山西文坛"风景线"(1949—2013)(插图本)

段崇轩 主编

SHANXI WENTAN FENGJINGXIAN

山西出版传媒集团
山西人民出版社

图书在版编目（CIP）数据

山西文坛"风景线"（1949—2013）/ 段崇轩主编 . —太原：山西人民出版社，2014.12
ISBN 978 – 7 – 203 – 08902 – 5

Ⅰ.①山… Ⅱ.①段… Ⅲ.①地方文学史—山西省 – 1949—2013
Ⅳ.① I 209.925

中国版本图书馆 CIP 数据核字（2015）第 000420 号

山西文坛"风景线"（1949—2013）

主　　编：	段崇轩
责任编辑：	高　雷
装帧设计：	陈　婷
出 版 者：	山西出版传媒集团·山西人民出版社
地　　址：	太原市建设南路 21 号
邮　　编：	030012
发行营销：	0351 – 4922220　　4955996　　4956039
	0351 – 4922127（传真）　　4956038（邮购）
E – mail：	sxskcb@ 163. com　发行部
	sxskcb@ 126. com　总编室
网　　址：	www. sxskcb. com
经 销 者：	山西出版传媒集团·山西人民出版社
承 印 厂：	山西出版传媒集团·山西新华印业有限公司
开　　本：	720mm×1000mm　　1/16
印　　张：	31.25
字　　数：	500 千字
印　　数：	1 – 1 500 册
版　　次：	2014 年 12 月第 1 版
印　　次：	2014 年 12 月第 1 次印刷
书　　号：	ISBN 978 – 7 – 203 – 08902 – 5
定　　价：	49.00 元

如有印装质量问题请与本社联系调换

《山西文坛"风景线"》编委会

主　任：张明旺　杜学文
主　编：段崇轩
副主编：傅书华
编　写：（以章节先后为序）
　　　　苏春生　杨占平　傅书华　王晓瑜　毕星星　孙　钊
　　　　王春林　陈　坪　乔林晓　杜学文　李　杜　杨新雨
　　　　玄　武　鲁顺民　侯文宜　段崇轩　阎秋霞

导 言

山西旅游风景线

在像一只雄鸡似的中国地图上，山西宛如一片树叶，静静地飘落在鸡的胸前。它是绿色的、椭圆的、有尖有梗，因此很多人说它像绿叶——一枚桑蚕叶。别看这片土地显得有点狭窄、封闭、古老，它可是东倚太行山、西傍黄河水、南控中原、北扼大漠，中部纵贯南北一脉河谷盆地，境内崇山峻岭、山环水绕，地形复杂、地貌多样，自古就有"表里河山""最为顽固"之称。这片土地又是中华民族文明的发祥地之一，历史悠久，源远流长，丰富多彩，深深地滋养、影响着山西乃至中国文化的发展演变。自然风景和人文景观的交融，造就了山西遍布全境、得天独厚、美不胜收的瑰丽风景。现在，我们沿着这枚绿叶的主叶脉，从北往南，领略一下山西的风光吧：全国三大佛教石窟之一的云冈石窟，气势雄伟、精雕细刻，被称为"雕刻在石头上的王朝"；悬崖峭壁上的恒山悬空寺，楼阁高悬、结构奇特，让人叹为观止；佛教圣地五台山，美丽的自然风景、精深的佛教文化和数千年的寺庙建筑群，和谐地集于一地；肃然而立的雁门关、杨忠武祠，依稀回响着历史深处不同民族的较量与融合；依山傍水、古树参天的太原晋祠，其圣母殿、鱼沼飞梁被视为古建筑的瑰宝；平遥古城、晋商大院，真切地传递出山西明清时代的辉煌和"西帮"的光荣岁月；永远常青的洪洞大槐树，熙熙攘攘的寻根祭祖活动，让人油然想到 600 年前那场浩大的移民壮举；元代道观建筑群芮城永乐宫，宫内壁画是中国绘画历史上的珍品；解州关帝庙、永济普救寺、黄河古渡和铁牛，无不折射出这片土地的古老、文化的深厚……

如果说，山西版图上的自然、人文"风景线"是有形的、空间的一种存在的话；那么，山西的文学——山西的当代文学，则是一种无形的、时间的存在形态，它同样是根深叶茂、独具特色、灿烂辉煌的，构成了别样的文化"风景线"。20 世纪 80 年代，有人就称山西是"文学大省"，它是无愧于这个称号的。

文学是整个文化中的"精魂""特区""重镇"，它是用语言、用形象来表现世界、社会和人生的。文学之花，根植在一地域的地理、历史、文化的丰厚土壤中。《山西文学大系·序》中指出："山西自古人杰地灵，人才辈出，群星璀璨。山西在五千年的文明发展史上，逐渐形成了自己独具个性和魅力的文化特征。这就是以华夏文明以及晋文化为核心，容纳边塞游牧文化，长期发展而形成的一种别具风格的三晋文化体系。这是一个具有质朴刚健、开拓进取、融合创新特点，富有生机和黄土气息的文化系统。三晋文化汇入源远流长、历久弥新的中华文化之中，丰富了中华文化的内涵，增添了中华文化的光彩。"（山西人民出版社 2005 年版）

山西历史格外古老。早在 180 万年前，境内就有原始人类的生存活动。传说中的伏羲、神农、尧舜禹，也在这片土地上留下了大量遗迹。在数千年的朝代更替中，山西因其山川地理的特殊，历来就是兵家逐鹿的舞台，成为众多王朝的"龙兴地"。特别是近现代以来，在推翻封建社会、在反抗外来侵略的斗争中，山西更是谱写了一曲艰难、悲壮的史诗。当代历史 60 多年，山西在全国格局中举足轻重，既付出了巨大的代价，又创造了辉煌的成就。山西文学与山西历史一路同行，它表现着历史的真实，推动着历史的前进。山西文化同样是一种独具特色的文化，它以早期儒家文化为基础，以春秋战国时期法家文化为主调，又容纳北方游牧文化，形成一种兼容并蓄的三晋文化体系；它儒、道、释融合贯通，在不同的历史时期此消彼长，呈现出不同的特征和风貌。求真务实、有守有变、包容进取等是三晋文化的主要特质，

导　言

即使其间也蕴含了一些封闭、保守、固执的文化弱点。三晋文化深深地渗透在一代一代作家的创作中，使山西文学独具特色和魅力。

《山西文学大系》，山西人民出版社2005年版

"积土成山，风雨兴焉；积水成渊，蛟龙生焉。"山西文学已有3600年历史，包括古代、近代、现代、当代四个时段。当代山西文学是既往山西文学演进的自然结果，是整个山西文学乐章中的壮丽篇章。从公元前17世纪的神话传说，如"精卫填海""女娲补天""愚公移山"等，到周代、春秋时期的民间诗歌，如《击壤歌》《伐檀》等，到先秦时期的"百家争鸣"，如李悝、荀子、韩非子充满现实性、变革性的思辨散文；从唐代诗文的大繁荣，如白居易、王勃、王维、柳宗元、司空图等的大量经典作品，到北宋时期王溥、司马光的诗文和历史著述；到元代诗文戏曲的活跃，如元好问的现实主义诗文，关汉卿、白朴、郑光祖的戏曲创作；再到明清时期白话小说和诗文创作的兴盛，如罗贯中的《三国演义》等长篇巨著，傅山、徐继畬等的诗歌散文等，山西文学自古成绩斐然。而从五四文学、"左翼"文学，又到解放区文学，时间虽然短暂，但变化之深巨、实绩之丰富，却是山西文学史上从未有过的。在漫长的文学运演中，山西当代文学继承传统、汲纳新潮、变革创新，又创造了本土文学的"新风景"。

当代山西文学是整个中国文学的重要组成部分，它的产生、发展、变化是和全国文学的历史轨迹紧密相连的。由于山西在政治、经济、文化乃至地理、历史、风俗等方面的特殊性，山西文学在全国文学的版图上又显示了独特的地域色彩和文化性格。但从文学史的分期而言，当代山西文学依然应该划为四个时期："一体化"时期、"文化大革命"时期、文学新时期、多元化时期。它与整个中国文学的步调是一致的。

山西文坛"风景线"

文学史可以以史为序,划分阶段,以作家作品为主线,"按部就班"去谱写;也可以提纲挈领,择取思潮、现象、事件等"亮点","各个击破"去描述。现在,就让我们由远及近、穿越时空,浏览一番山西当代文学的"风景线"吧!

1949年至1966年是山西文学的"一体化"时期。叙述山西当代文学,绕不开的话题是"解放区文学"。抗日战争爆发后,八路军在山西先后建立了晋东南、晋西北革命根据地,抗战后改为解放区。一南一北两大解放区,不仅是革命和战争的中心,也是文化和文学的"重镇"。全国的众多进步作家纷纷来晋投身抗日、参加革命,与山西本土作家一起,掀起了抗日文学的热潮。1942年5月,毛泽东发表《在延安文艺座谈会上的讲话》,成为解放区文学的纲领。外来的知识分子作家如李伯钊、徐懋庸、阮章竞、丁玲、田间等,在革命斗争和文学运动中"脱胎换骨",努力工农化,创作出一批崭新的作品,给山西文学注入了新的思想和艺术活力。本土的工农作家如赵树理、冈夫、马烽、西戎、孙谦、束为、胡正等,在此期间创作了大量通俗化、大众化的作品。山西解放区文学同延安等解放区文学,形成一种新的文学形态和潮流,改变和拓展了中国现代文学的发展路向,成为新中国文学的主流和方向。因此,山西当代文学的发生,其源头在20世纪40年代前后的解放区文学,它始终支配、制约着山西当代文学的发展。"赵树理现象"不仅是山西的文学现象,也是全国的文学现象。从赵树理的创作变化与人生浮沉中深刻地折射出五六十年代的文坛风云和文学生态。他在40年代是被奉为革命现实主义文学的"方向"和"旗帜"的,但在五六十年代却屡屡受到极左思潮的质疑、批评乃至批判。尽管这一时期也有《登记》《"锻炼锻炼"》《套不住的手》《三里湾》等一批优秀作品问世,但比之40年代,他的创作无疑显得迟缓、沉重、衰退了。赵树理的人生与创作,是一个历久弥新的文学课题。"山药蛋派"是当代文学史上一个重要的文学流派,它的命名源于评论家李国涛1979年发表在《光明日报》上的文章《且说"山药蛋派"》。这一流派的主帅是赵树理,但赵跟流派并没有太多联系,他的创作显然高于那些主将们,他事实上只是一个"精神领袖",他的思想、实践、创作无不深刻地影响着这一流派的创作乃至命运。这一流派的主将有"西李马胡孙"以及刘江、李古北等，这一代作家在五六十年代又扶植了"山药蛋派"的第二代作家，代表者有韩文洲、田东照、刘德怀、李逸民、义夫、杨茂林、谢俊杰、马骏等。"山药蛋派"的代表作除赵树理的几部作品外，还有《村仇》《"三年早知道"》《宋老大进城》《赖大嫂》《老长工》《于得水的饭碗》《伤疤的故事》《南山的灯》《七月古庙会》《汾水长流》《农村奇事》《太行风云》等一大批短篇和长篇小说。对"中间人物论"的批判是中国文坛上一个大事件，而山西是"大本营"。参加1962年大连农村题材创作座谈会的全国十五六个作家评论家中，山西就有赵树理、李束为、西戎三位。山西作家的作品在会上备受推崇、好评，其间着重提出了要写"中间人物"的文学主张。但到1964年，这次会议乃至文学主张、被肯定的作品，都受到了严厉批判。由此，山西的文学创作大伤元气，山西在全国文坛的主流位置渐渐丧失。《火花》杂志也是山西文学的一个"亮点"，它在当时的文坛上个性鲜明、广受好评，发行量一度达到8万份，一方面依赖的是创作处于旺盛期的"山药蛋派"作家，另一方面在于其自觉地追求着现实品格和地域特色。它的创办和兴盛，有力地推动了山西文学第一次高潮的形成。从1950年的《山西文艺》，到1956年的《火花》，到1976年的《汾水》，再到1982年的《山西文学》，一份刊物、四次易名，60余年，其间有多少故事和人物可讲啊！

1966年至1976年是山西文学的"文化大革命"时期。山西文坛与全国文坛一样，刊物停办、作家挨批、机关瘫痪，文坛一片混乱、荒芜。特别是晋剧《三上桃峰》的被批判，竟演变成一场轰动全国的政治事件，十足地暴露了"四人帮"一伙的政治野心，表现了极左文艺的荒谬。但在这样的时代背景和氛围中，还有一些新老作家在探索、写作，还有文学书刊在出版，为后来的新时期文学铺垫着道路。

1977年至1989年是山西文学的"新时期"。噩梦终结，新时代开启。随着山西和全国政治、经济、文化的拨乱反正、改革开放，山西文学也进入一个崭新的、全面的黄金发展期，时间长达十余年，形成了山西文学史上的第二次高潮。在这一时期，最"抢眼"的风景无疑是"晋军崛起"。《当代》1985年第2期以专辑的形式推出了山西青年作家的4部中篇小说，责任编辑章仲鄂在《编者的话》中称："近几年'晋军'的崛起，引人瞩目。"从此，

山西文坛"风景线"

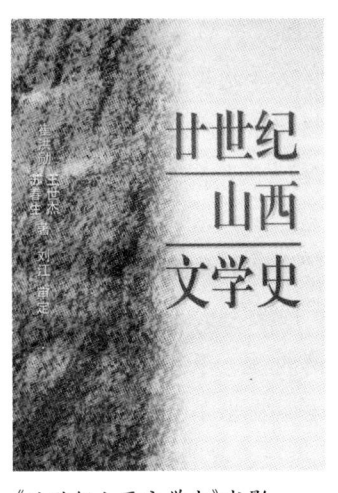

《廿世纪山西文学史》书影

"晋军崛起"成为山西文学创作态势的一种形象概括,而"晋军"成为或狭义或广义的山西作家的代称。从"山药蛋派"到"晋军",经历了30多年的时间,它标志着作家队伍的更新与壮大,标志着山西文学的突破与跨越。在这一时期,山西第一、第二代作家坚守阵地、勤奋创作,奉献了他们超越过去的新作,如马烽《结婚现场会》《葫芦沟今昔》、西戎《在住招待所的日子里》、胡正《几度元宵》,如焦祖尧《跋涉者》《归来》、田东照《黄河在这儿转了个弯》等。山西的第三代作家即"晋军"作家,厚积薄发、锐意创新,创作了大量别开生面的力作,如成一《顶凌下种》《陌生的夏天》、柯云路《三千万》《新星》、李锐《厚土》系列小说、张石山《镢柄韩宝山》《老一辈人》、张平《姐姐》、赵瑜《中国的要害》《强国梦》等等。这是文学的一个创新、扩张时期,不仅在题材、内容上,而且在思想、艺术上,上下求索,积极借鉴,铸造新我,形成了一种质朴刚健、丰富多彩的文学新风貌。文学创作与文学评论是相辅相成的"车之两轮""鸟之双翼"。这一时期,山西的文学评论也风生水起地活跃起来,应运而生的《批评家》杂志和《太原日报》"双塔"专版,对山西文学评论的振兴起了重要作用。老一代评论家郑笃、常风、姚青苗、高捷、宋谋瑒等,焕发青春、著书立说;中年一代评论家李国涛、韩玉峰、李旦初、董大中、张厚余、杨士忠、蔡润田、韩石山、孙钊等,立足当下、指点文坛;年青一代评论家丁东、席扬、谢泳、阎晶明、郝亦民、赵勇、段崇轩、杨矗、傅书华、苏春生、陈坪、杨占平、康序、侯文宜、杜学文、王春林等,发愤写作、冲击全国。几代评论家开创了文学评论的新局面,共造了山西文学的新时代。

20世纪90年代之后山西文学进入第四个时期——多元化时期。市场经济体制的确立,文化形态的"三分天下",使文学的生存与发展遭遇了前所未有的困境,逐渐滑向了边缘地带。山西文学则重振精神、与时俱进,出现了"柳暗花明"的新气象。在世纪之交的2000年,有作家、评论家提出:

以张平长篇小说《抉择》获茅盾文学奖为标志,山西文学形成了"第三次创作高潮"。对这一提法或观点,尽管见仁见智、难以定论,但一个不争的事实是,新世纪前后十多年的山西文学,确实呈现了一个全面开花、多元共存、新人辈出的喜人景象,可谓亮点多多、精彩纷呈。

长篇小说,潜力深厚。"晋军"主力作家如成一、李锐、柯云路、钟道新、张平等,转向长篇小说创作,拿出了一部部厚重成熟之作。《白银谷》《银城故事》《龙年档案》《天网》《权力场》等,是这一时期的重要收获。第四代青年作家正值盛年,创作上佳作迭出。如王祥夫《上边》《雇工歌谣》、曹乃谦《温家窑风景》系列小说、吕新《青草》《白杨木的春天》、谭文峰《仲夏的秋》《走过乡村》、张行健《田野上的教堂》《三月麦田》等等,代表了这一时期的创作态势和风貌。诗歌创作,兴旺繁荣。这一时期的山西诗坛,可谓四世同堂,共谱新篇。诗歌群落、流派生生不息,真正展示了艺术的自由、共生状态。据说山西诗坛有500多人,这是一个多么庞大的"江湖",这里我们不能一一列举那么多优秀诗人的名字,请读者阅读本书中的《四世同堂的山西诗坛》,就会对这个"群落"有所了解。散文写作,由弱到强。山西散文过去是一个小门类,20世纪90年代之后却得到了长足发展。有些作家以散文为主业,如张锐锋、杨新雨、乔忠延、沈琨、聂利民、玄武等;有些作家则兼写散文,如韩石山、燕治国、王祥夫、蒋韵等,他们以不同的题材、写法、风格,造就了山西散文"百花齐放"的景观。非虚构文学,厚积薄发。山西有着悠久的报告文学传统,但体式较为单一。新世纪前后,传统的报告文学依然后劲充足,涌现了赵瑜《革命百里洲》《马家军调查》、哲夫《江河三部曲》、聂还贵《雕刻在石头上的王朝》、鲁顺民《380毫米降水线》《送84位烈士回家》、魏荣汉《中国基层选举报告》等一大批力作。同时,传记文学和纪实文学也风行起来,出现了韩石山《徐志摩传》《张颔传》,周宗奇《文字狱纪实》,王东满《姚奠中》,陈为人《唐达成文坛风雨五十年》《重新解读赵树理》,毕星星《尖锐的往事》等众多佳制。短篇小说,薪火相传。山西短篇小说可谓传统深厚,从老一代的"西李马胡孙"到当下的青年新锐作家,五代人对短篇小说"情有独钟"。代代相传,硕果累累。短篇小说不仅是一个青年作家走向成熟的便捷途径,同时也是引导、提升整个文学的"前锋"文体。女性文学,异军突起。山西女性文学向来薄弱,20世纪90年代之后却突然活跃起来,让人不得不刮目相看。蒋韵、高芸香、张雅茜、高菊蕊、徐小兰、葛水平、陈亚珍、小岸、孙频等,以她们鲜明的女性意识和多样的艺术形式,创作了一大批优美温情的小说和散文,丰富和"优化"了山西的文学创作。新锐作家,走向全国。世纪之交,在山西的文学队伍中,又涌现了一批二三十岁的青年作家,他们是山西的第五代作家。他们起点较高,一出道就"冲击"全国文坛。他们守成创新,具有丰厚的创作潜力。这一方阵中的李骏虎、王保忠、杨遥、张乐朋、韩思中、闫文盛等,还有前面提到的葛水平等几位女作家,特别是年龄稍大的科幻作家刘慈欣,均已成果显著,走向成熟,受到全国文坛的关注。山西文学的希望寄托在他们身上!

当代山西文学已走过了60余年的非凡历程,它创造了众多的美丽风景,让人流连忘返;它积累了丰富的经验、教训,值得总结、记取;它面临着新的时代变革和文学转型,前行的路依然漫长。

在太原市府东街南华门路,有一处闹中得静的老院落,它曾是阎锡山的故居,新中国成立后成为山西省作家协会的驻地,60余年来这里始终是全省文学的"心脏""殿堂"。如今,世事沧桑,人事更替,早已不复昔日的模样,但你走进去,那古朴的小楼、雅致的楹联、葱茏的花木、伞盖如云的梧桐……依然会让人感受到文脉的悠长、文学的神圣……

位于太原市南华门的山西省作家协会老院落

目 录

导　言 / 001

第一章　从解放区文学走向共和国文学 / 001
　　"向赵树理方向迈进" / 001
　　太行区的"通俗化研究会" / 003
　　晋绥作家群 / 006
　　开创新的文学潮流 / 009
　　推动大众文艺运动 / 012
　　开启山西当代文学 / 017
　　《文艺报》推出"山西文艺特辑" / 019
　　共和国初期山西新一代作家 / 022

第二章　荣辱沉浮赵树理 / 026
　　《小二黑结婚》与解放区名人 / 027
　　"不识时务"的"铁笔圣手" / 033
　　坚持不跟风写作 / 043
　　人生悲剧的文化根源 / 049

第三章　"山药蛋派"的历史流变 / 052
　　说不尽的"五老" / 052
　　对"山药蛋派"的命名 / 060
　　"山药蛋派"作家的代际构成 / 062
　　"山药蛋派"的形成与发展 / 069

第四章　"中间人物"大本营 / 080
　　文艺政策的调整与大连会议 / 081
　　邵荃麟与"中间人物论" / 085

山西作家群与"中间人物"的大本营 / 090
"中间人物论"的批判与山西作家群的浮沉 / 098

第五章 "文革"中的山西文坛和《三上桃峰》事件 / 105
"山药蛋派"之劫 / 105
无妄之灾：《三上桃峰》在北京 / 109
无妄之灾：《三上桃峰》在山西 / 114
外伤与内伤，迷狂与守持 / 118

第六章 文学"地标"：《火花》《山西文学》与《黄河》/ 128
文学刊物与文学"地标" / 128
作家·编辑·文学气象 / 130
从《火花》到《山西文学》的演变轨迹 / 136
《黄河》的探索历程 / 146

第七章 "晋军崛起" / 153
现象生成与思想文化背景 / 153
知青作家与文化落差 / 157
艺术风姿各异的本土作家 / 171
广义上的其他"晋军"作家 / 177

第八章 "一报一刊"与文学评论的振兴 / 183
厚土上升起的"双子星座" / 183
中年批评家的用武"平台" / 188
青年批评家的成长"摇篮" / 194

第九章 跨世纪的"第三次文学创作高潮" / 208
高潮迭起的山西当代文学 / 209
引人注目的几种文学现象 / 213
高潮的主线：现实关怀与文化表达 / 220
高潮的意义：分化、蜕变与新生 / 227

第十章 四世同堂的山西诗坛 / 233
诗界两泰斗 / 235
归来的诗人 / 239

崛起的诗群（上）："50后"诗人或80年代 / 245

　　崛起的诗群（下）：90年代或"60后"诗人 / 256

　　诗歌新生代 / 269

第十一章　自成气象的山西散文 / 288

　　散文的兴起 / 288

　　以散文写作为主的重要作家 / 291

　　兼写散文的重要作家 / 301

　　尚须提到的散文作家、散文作品 / 312

第十二章　报告文学的强劲勃发 / 314

　　报告文学成为山西文学的重要一翼 / 314

　　焦祖尧：从《把爱长留在人间》到《黄河落天走山西》 / 318

　　赵瑜：从《中国的要害》到《寻找巴金的黛莉》 / 320

　　麦天枢：从《西部在移民》到《昨天》 / 326

　　马骏《东方世界的晨曦》和田昌安《南北奇婚录》 / 330

　　哲夫的大生态报告文学 / 332

　　传记文学赋予山西报告文学以重要文化品格 / 335

　　真相与真实：文体意识的强化 / 339

第十三章　风生水起的女性文学 / 344

　　从石评梅到"山西女作家群" / 345

　　"女性叙事热"与中短篇小说的"井喷" / 351

　　"风景这边独秀"的长篇小说 / 360

　　不可忽略的女性散文与诗歌 / 366

第十四章　五代作家的短篇小说情结 / 371

　　山西短篇山高水长 / 371

　　"问题小说"这把"双刃剑" / 375

　　对通俗化、大众化的执着追求 / 381

　　"晋军"作家的超越 / 384

　　走向现代、走向多元 / 390

　　新锐作家的承传和创新 / 394

第十五章 "山西新锐"再出发 / 400
　　"山西新锐"的文学生态 / 401
　　"山西新锐"之文本解读 / 404
　　"山西新锐"的创作瓶颈与前景 / 422

附：山西文学大事记（1949—2013） / 426
后记 / 479

第一章　从解放区文学走向共和国文学

中华人民共和国文学的开启,承续了此前的解放区文学和国统区文学,而以解放区工农兵文学为正统文学。体现解放区文学实绩的作家队伍大致分为两大部分,一部分是以丁玲等人为代表的从国统区奔赴解放区的知识分子型作家,另一部分是以赵树理等人为代表的成长于解放区本土的农民型作家。从抗战爆发到延安文艺座谈会召开之前,解放区的文学创作是以从国统区到解放区的作家创作为主的。他们顺沿五四以来启蒙主义的文学路向进行创作,表现出与解放区文化不相适应的尴尬。延安文艺座谈会之后,赵树理等本土作家迅速成长,他们践行毛泽东的文艺思想,创作出一批颇有影响的作品,把工农兵文学推向一个峰巅。在解放区文学中,取得标志性成就的是赵树理,"向赵树理方向迈进"成为一个时代的文学走向,赵树理的文学创作代表了一个时代的辉煌。除孙犁、李季等人外,在当时影响较大的当属山西地域作家的文学成就。山西地域的创作群体主要有"通俗化研究会""太行诗社""晋绥作家群"和"战斗剧社"等。其中有较大影响的作家大致归属于两个文学群体:"通俗化研究会"和"晋绥作家群"。

"向赵树理方向迈进"

为推动解放区的工农兵文学运动,践行毛泽东《在延安文艺座谈会上的讲话》(以下简称《讲话》)精神,解放区的文艺理论工作者提出了"向赵树理方向迈进"的口号。1947年7月25日至8月10日,晋冀鲁豫边区文联根据中共晋冀鲁豫中央局宣传部指示,召开文艺座谈会讨论赵树理的文学创作。参加会议的有中共晋冀鲁豫中央局的负责人、晋冀鲁豫文联、太行文联、华北新华书店、《人民日报》等单位的文艺工作者。座谈会认真讨论了赵树理的创作,"大家实事求是地研究作品,结合赵树理创作过程、创作方

20世纪40年代,赵树理在太行山

法的自述,参照此前郭沫若、茅盾、周扬等人对赵树理文学创作的高度评价,经过热烈讨论,最后获得一致意见,认为赵树理的创作精神及其成果,实应为边区文艺工作实践毛泽东文艺思想的具体方向。"(《晋冀鲁豫文联召开文艺座谈会》,载《人民日报》1947年8月10日)会上,陈荒煤根据与会者的讨论和一致意见,提出了"向赵树理方向迈进","作为边区文艺界开展创作运动的一个号召"。陈荒煤对赵树理的文学创作的特点作了认真分析总结:第一,作品政治性很强;第二,选择了活在群众口头的语言,创造了生动活泼的、为广大群众所欢迎的民族新形式;第三,真正做到了全心全意为人民服务,具有高度的革命功利主义和埋头长期苦干、实事求是的精神。陈荒煤代表与会者号召边区文艺工作者"向赵树理同志学习,走赵树理方向"(陈荒煤:《向赵树理方向迈进》,载《人民日报》1947年8月10日)。"赵树理方向"的提出,进一步推动了工农兵文学向前迈进,在解放区文学运动中具有重要的意义,对之后中国文学的发展产生了重大影响。

20世纪80年代初,在"重写文学史"的思潮中,一些学者对此前的一些重要文学现象进行反思,其中就包括对"赵树理方向"的质疑,具有代表性的是戴光中的《关于"赵树理方向"的再认识》一文,论者分析了赵树理所坚持的"问题小说论"与"民间文艺正统论"之后,认为不宜把"赵树理方向"作为新文学的"方向"。(戴光中:《关于"赵树理方向"的再认识》,载《上海文论》1988年第4期)这一观点引起了学界的争议。陈荒煤在1983年8月23日《人民日报》发表《向赵树理的创作方向迈进》,指出:"当时也有同志认为'方向'似乎太高了,但是我当时认为,老赵实际是一个具体实践毛泽东同志提出的为工农兵服务的标兵,提'赵树理方向'比较鲜明、具体、容易理解,所以最后还是以这个篇名发表了文章。当然,现在看来,如果用'赵树理的创作方向'可能更准确一些。可是,'向赵树理的方向迈进'这个口号,对当时晋冀鲁豫的文艺创作的确起了很大的推动作用。"他提出:

"我们反映新农村，就需要赵树理这样的作家，需要许多许多新的赵树理。在这个意义上讲，我觉得，向赵树理创作方向迈进，还值得大大提倡一下。"陈荒煤在改革开放新时期，再次响亮提出"向赵树理创作方向迈进"的口号。

那么如何看待"赵树理方向"呢？温儒敏、赵祖谟主编的《中国现当代文学专题研究》提出："'赵树理方向'是依照毛泽东《在延安文艺座谈会上的讲话》精神'想象'的结果。一方面肯定了赵树理小说创作中许多值得肯定的东西，另一方面对赵树理小说的丰富内涵作了简单化的描述，遮蔽了其中许多有价值的东西，同时也掩盖了赵树理小说创作、文学观念上某些带有根本性的局限，它是为了显示《讲话》后解放区的文学实绩进而为全国解放后实行文学规范所采取的一个策略。这是一个关于赵树理的'故事'。在这个'故事'的讲述中，突出了民间文化正统论者赵树理与中国共产党主流意识形态及文学主张相适应的一面，忽略了二者之间的差异。在当时，无论'方向'的构建者还是赵树理本人可能都没有意识到这一点，从而伏下了建国后赵树理'危机'的因子。"（温儒敏、赵祖谟主编：《中国现当代文学专题研究》，第211页，北京大学出版社2002年版）这样的思考，是耐人寻味的。

太行区的"通俗化研究会"

"通俗化研究会"是解放区文学提倡民族化、大众化、通俗化最有力、影响最大的作家群之一，也是解放区工农兵文学潮流中最富代表性的作家群之一。通俗化研究会从它成立起，有组织的活动时间并不长（以他们编辑《抗战生活》来看只有一年多的时间），但它作为一个作家群体，在20世纪40年代一直活跃在太行根据地，直到新中国成立后挺进北京，成立大众文艺创作研究会，火爆京城，影响很大。"通俗化研究会"是赵树理在太行山根据地到华北新华日报社工作不久，于1941年8月上旬同王春、林火等人发起成立的。主要成员还有袁勃、李庄、江牧岳、冯诗云、华山、章容和苗培时等人。其时，赵树理等人编辑的《抗战生活》革新号第6期的《编后记》中称："在'通俗化'方面，我们不过初步来一个尝试，这是我们工作中最薄弱的一环。也是我们今后最应努力的方向之一。……革新第一卷，不过刚刚奠定了一个基础,我们当然并不以此自满,今后方向,除了根据以上的目标,进一步的向前迈进以外,特别在'通俗化'方面,我们将作最大努力。为了在这方面的进步,我们现已成立了一个'通俗化研究会'。"这是"通俗化研究会"把"通俗化"作为最重要的努力方向的"发刊词"。"通俗化研究会"以先前的华北新华日报社的《抗战生活》和《中国人》报、后来的华北新华书店及其所属的《新大众》杂志和《新大众报》为主要阵地,先后发表出版了大量的理论文章和通俗文艺作品。据1945年8月13日《新华日报》太行版报道说:"新华书店自执行'为工农兵服务'的总方针以来,业务大为发达。据该店统计:在过去五个月中,先后出版的大众读物包括时事教育、工作经验、科学知识、大众文艺等共达32种132700册,其中尤以大众文艺为多,剧本《李来成家庭》、小说《孟祥英翻身》、大鼓《劳动英雄庞如林》等销路最畅。"(转引自董大中:《赵树理评传》,第178页,百花文艺出版社1990年版)1947年华北新华书店还编辑出版了《晋冀鲁豫边区文艺创作丛书》,其中重要的有《由鬼变人》《张苦孩挖穷根》《大柳庄记事》《福贵》《仇恨》《李家沟反维持记》等多种。通俗化研究会的作家除前述者外,新增加有袁毓明、毕革飞、李古北以及郑笃、刘江等人,人员众多,阵容强大。

赵树理、林火、王春等人发起成立通俗化研究会,力主文艺大众化、通俗化。据林火回忆:"关于新文艺问题,当时报社有两种意见。多数人认为新文艺应该以郭沫若、茅盾、巴金等知名作家的成功作品为标本,强调语言的科学化、文体的现代化,对明清以来的通俗章回小说重视不够,瞧不起普通的群众文艺,认为太土气。主张这种意见的是多数。另有少数同志,以老赵、王春为主力,力主文艺应该通俗化、群众化、大众化,积极拥护鲁迅关于大众化的主张,认为茅盾、巴金等人的作品不够通俗化、大众化,认为另一部分同志的主张倾向于追求'洋'气,崇拜欧美外国文学。"(林火:《赵树理在华北新华日报社》,见《赵树理研究文集》中卷,第415页,中国文联出版公司1996年版)

赵树理、王春等人以《抗战生活》为阵地,连续刊发《通俗化"引论"》《通俗化与"拖住"》《说八股》等文章,竭力倡导文艺通俗化、大众化的主张。《通俗化"引论"》指出:"我们认为通俗化工作,是目前文化运动中一个很重要的问题,所以极力希望,因我们的粗浅研究,而引起大家的注意,共同参加讨论。"文中进一步指出:通俗化"不仅仅是抗战动员的宣传手段","它还得负起'提高大众'的任务","它应该是'文化'和'大众'中间的桥梁,是'文化大众化'的主要道路;从而也可以说是'新启蒙运动'一个组成部分——新启蒙运动,一方面应该首先从事拆除文学对大众的障碍;另一方面是改造群众的旧的意识,使他们能够接受新的世界观。"(吉提:《通俗化"引论"》,见《赵树理全集》第4卷,第142页,北岳文艺出版社1990年版)《通俗化与"拖住"》把"提高大众"的任务分为四个方面:"第一是改造大众迷信落后思想,使大众都能接受新的宇宙观;第二是灌输大众以真正的科学知识,扫清流行在大众中间的一些对事物的错误认识;第三是在文学方面,也应该使大众逐渐能够欣赏新的形式,而不尽拘限于旧的鼓词小调上头;第四是应该注意到大众语言的选择采用,逐渐克服大众语言的缺点,更进一步丰富大众的语言。"(陶伦惠:《通俗化与"拖住"》,转引自《赵树理全集》第4卷,第147页,北岳文艺出版社1990年版)

大力倡导诗歌的民族化、大众化主张的是袁勃。他在1941年写的《诗歌的道路》一文中指出:"鲜明的大众诗歌的旗帜,招展在华北迤逦的山坡和广漠的平原……不过,诗歌民族形式的创造,是今后敌后现实所给予我们诗歌工作者的任务。这就要求我们每个诗歌工作者,不去再弹老调,并且努力汲取与提炼大众语言的精华,学习西洋诗歌某些优秀成分,采用民歌民谣某些优美的情调,而创造出素朴的、自然的、口语化的、非矫揉造作的民族的新风格。……只要我们忠实于生活,忠实于自己,遵循着战斗的大众诗歌的道路勇敢的前进,前途是光明的,诗歌的民族新风的创造,一定可以逐步得到成功。"(袁勃:《诗歌的道路》,载《新华日报》华北版《新华增刊》1941年7月7日)

"通俗化研究会"在文学创作方面取得了重要成就。赵树理创作了《小二黑结婚》《李有才板话》《李家庄的变迁》等小说,其他人都发表或出版作品,如短篇小说有李庄的《良民证》、林火的《火车站》、苗培时的《鞋》、袁毓明的《由鬼变人》、李古北的《大柳庄记事》、刘江的《新仇旧恨》等;报告文学有华山的《太行山的英雄们》、郑笃的《英雄沟》、林火的《火烧长治飞机场》等;诗歌有袁勃的诗集《不死的枪》和《人民大翻身颂》等作品。"通俗化研究会"作家的文学创作形成了共同的创作特色，他们有共同的文学主张，即文艺的民族化、通俗化、大众化；有共同的出版物和出版社；有较大的作家群体，到延安文艺座谈会后，这个群体已泛化，更为庞大；他们大都表现根据地民族民主革命战时文化，反映根据地军民投入战斗和参加农村改革以及生产劳动、自我改造的生存状态；他们大都运用民间的艺术样式，采用农民的口语，通俗易懂、朴素清新；他们的文学作品在解放区乃至全国都产生较大影响。

晋绥作家群

晋绥作家群是20世纪40年代在晋绥边区（曾称"晋西北"）形成的一个文学群体。它与晋冀鲁豫"通俗化研究会"作家群融合，形成后来被人所称的"山药蛋派"文学创作流派。

晋绥作家群是在国难当头、抗日救亡、农村革命和毛泽东发表《讲话》的背景下生成的，严峻的国情迫切要求文艺启蒙农民，唤醒农民、组织农民，完成民族民主革命的伟大而艰巨的任务。当时全国文艺界都投入抗日救亡运动之中，在此种形势下，山西成为抗日前线，许多文艺界人士纷纷云集山西抗日根据地。晋绥边区有其特殊性，由于地理环境的恶劣，经济贫困、文化落后，很少能留住到此的文化人士。所以边区领导下决心培养一批土生土长的作家。马烽这样写道："晋绥边区是个穷苦地方，文化相当落后，文学队伍更为薄弱。从延安到各抗日根据地的作家，路经这里的不少，长期留下来的却没有。于是党委就决定发现、培养土生土长的作者。我们虽然是刚冒出来的一点嫩芽，但领导上乐意施肥浇水，这就是我们吸收到文联文艺工作团的根本原因。"（马烽：《偶然机遇，步入文坛》，《五人集》，第48页，北岳文艺出版社1992年版）1943年春，赴延安参加鲁艺学习班的束为和从鲁艺附设的部队艺术学校结业的马烽、西戎、孙谦、胡正等人陆续回到晋绥边区，边区领导就把这些年轻人分配到晋绥文联文艺工作团。文艺工作团有20余人，实际上是一个文艺创作组，逐步形成一个创作群体。

晋绥作家群是在晋绥边区文联领导下形成的文学创作群体，是一个有明确的理论倡导、有丰硕的创作成果、有一批理论批评家和作家的文学实体。

第一章　从解放区文学走向共和国文学

它的理论批评家是亚马、卢梦和周文，他们既是晋绥边区文联的主要负责人，又是这个群体的发现者、扶持者，而马烽、西戎、束为、孙谦、胡正是其主要代表作家。这个群体的主要阵地是晋绥边区的主要报刊，如《抗战日报》

20世纪40年代，马烽、西戎、束为、孙谦、胡正的合影

（后改为《晋绥日报》）、《晋西北大众报》（后改为《晋绥大众报》）、《吕梁文化》《人民时代》以及延安的《解放日报》等报刊，还包括吕梁文化教育出版社。

周文、亚马和卢梦对晋绥作家群的形成起了关键性作用，时至后来，马烽等人在回忆散文中多次提到，念念不忘。他们不仅在组织上、工作上给予晋绥作家群大力扶持、帮助，而且写有多篇理论批评文章，引导了晋绥边区文学创作的走向。亚马在1943年到1946年的《抗战日报》发表《文艺工作与群众运动》《谈文艺与群众结合的问题》《关于戏剧的三题》《论发育成长中的大众文艺运动》等文章；卢梦从1941年到1946年在《西北文艺》《抗战日报》《人民时代》发表《谈我们写作的主题》《从主题的贫乏说起》《了解农村！了解农民》《对于〈大家好〉的评论》《读诗琐记》等文章；周文发表有《〈吕梁英雄传〉序》《记团拜会上的大秧歌舞》等文章。他们的主要观点同毛泽东的《讲话》精神相一致，强调文艺与群众相结合；作家要深入生活，了解农村，了解农民；文艺创作要紧密地配合革命斗争。这些理论观念直接影响了晋绥作家群的成长。

当马烽、西戎、束为、孙谦、胡正等人从延安回到晋绥边区后不久，正值毛泽东《讲话》传达下来，边区领导就把他们从文联分到基层深入生活、创作作品。他们又回到熟悉的农村，分别到保德、静乐等地负责基层领导工作和宣传工作。他们得到晋绥文联负责人的鼓励与支持，同时也受到太行区赵树理创作的影响，因而，创作出了一批农民喜闻乐见的反映农村斗争生活

延安鲁迅艺术学院

的作品。据不完全统计，他们在20世纪40年代发表的作品有马烽的《金宝娘》等12篇小说、西戎的《喜事》等10篇小说、束为的《红契》等10篇小说、孙谦的《村东十亩地》等7篇小说、胡正的《碑》等4篇小说；马烽、西戎合著有长篇小说《吕梁英雄传》，孙谦写有4部秧歌剧，西戎、孙谦与别人合作了一部戏剧《王德锁减租》，胡正与人合作一部戏剧《大家合作》，卢梦写有短篇小说《评议》，亚马写有戏剧《千古恨》，胡海有短篇小说《侯圪弹和他的少年》等。此外，晋绥作家群还有杨戈、苗波、田家、方山、常功等人，他们或写小说，或写戏剧，或写评论。可以说在20世纪40年代的晋绥边区，已经形成了一个青年作家群体。

晋绥作家群不但创作数量丰硕，而且在解放区和国统区都产生了较大影响。马烽创作的通俗故事《张初元的故事》，西戎、孙谦、胡正分别与别人合写的戏剧《王德锁减租》和《大家办合作》等作品，获得1944年晋绥边区"七七七"文艺奖金；《吕梁英雄传》在《晋绥大众报》连载时，在晋绥边区掀起了"吕梁英雄热"，到1946年下半年在重庆《新华日报》上连载，引起国统区的关注。由此可见，马烽、西戎、束为、孙谦、胡正等人

《解放日报》1943年10月19日发表毛泽东《在延安文艺座谈会上的讲话》

为代表的晋绥作家群的文学创作普遍受到农民读者的欢迎，引起全国文坛的极大关注，得到社会的认可。

晋绥作家群表现出土生土长、靠扶持培养而形成的特点。晋绥作家共同的文化选择和审美倾向是解放区通俗文学的农民化、乡村化。它区别于城市通俗文学的市民化、都

《革命根据地文艺作品选》（晋冀鲁豫、晋绥两册），山西人民出版社1982年版

市化，更迥异于纯文学的文人化和"西洋化"。这种农民化、乡村化的艺术追求具有极强的功利性，可以这样说，他们的文学创作是在强烈的功利性制约下文学创作的农民化与乡村化，因此，反过来决定文学功能的"化"农民与"化"乡村，也即配合了民族民主革命。

开创新的文学潮流

由于通俗化研究会和晋绥作家群有相同的地域、政治、文化语境背景，相近的出身、经历、艺术修养，相似的文学观念、审美追求、创作实践，促使他们形成了既表现自己创作特点，又呈现彪炳时代的审美走向。

首先，从创作思想上看，他们自觉地、忠实地实践毛泽东《讲话》所体现的文艺思想，重视文学的社会功利性，强调文学"为农民服务"，把农民作为主要的表现和读者对象，坚持用文学作品教育启蒙农民、陶冶农民，满足农民的精神和文化需要。

他们提倡并坚持作家要到农村的现实斗争生活中去，了解农民，了解生活，同农民共同生活和斗争，在思想感情上同农民打成一片，坚决反对"走马观花"或"下马观花"式地体验生活。他们自己首先是战士、农民，其次才是作家。他们首先参加农村现实中的斗争、生产，然后才进行创作。他们

大都提倡"问题小说"。在抗日民主革命根据地的斗争洪流中，在农村错综复杂的矛盾纠葛和人事关系里，他们以参与者的切身感受，透过大量的生活现象与现实矛盾，洞察其本质，从而把丰富多彩的生活材料变成浸透着作家审美理想和价值判断的意象，从而把作家在工作中遇到的带有普遍性的"非解决不可而又不是轻易能解决了的问题"形象地反映出来，以引起人们的注意并寻求解决的办法，使其产生了"指导现实的意义"。

他们坚持革命现实主义的创作方法，主张作家应该直接面对现实生活，从农民群众的根本利益出发，清醒而真实地反映农村现实斗争生活，要求努力表现新时代新生活中的光明面，热情地塑造和歌颂新人形象，反对掩饰现实斗争生活中的阴暗面，勇于刻画和揭露反动人物的丑恶灵魂和阴险嘴脸，同时也要求敢于反映人民群众的内部矛盾冲突，对农民群众中落后人物的缺点给予善意的批评和嘲讽，以达到教育的目的。

其次，从创作实践看，他们的创作已基本形成民族化、大众化、通俗化的审美品格，形成了为人民群众尤其是农民所喜闻乐见的"中国作风"和"中国气派"。他们的创作，在题材上都反映了山西抗日根据地的实际斗争生活，赵树理的《小二黑结婚》是在辽县发生的一个真实事件的基础上加工改编创作而来，他的《李有才板话》《李家庄的变迁》等小说主要是反映太行山的农村斗争生活。马烽的《张初元的故事》的主人公是晋绥边区一位劳动模范，他同西戎合著的《吕梁英雄传》则以吕梁山民众的抗日斗争为题材。

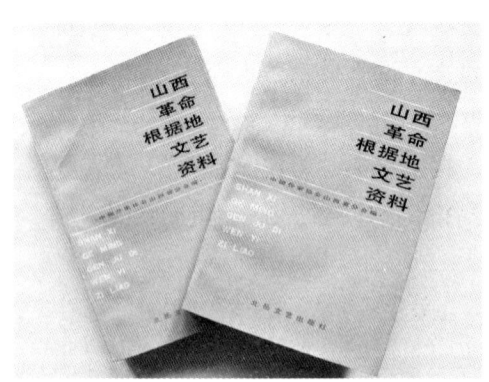

《山西革命根据地文艺资料》（上、下），北岳文艺出版社1987年版

他们的作品成功地塑造了一批抗日民主根据地的农民形象，这里有小二黑、小芹、李有才、铁锁、张初元等敢于同农村反动势力和落后观念做斗争的新一代农民形象，有二诸葛、三仙姑、福贵、老秦等深受封建意识熏染的落后的农民形象，也有以金旺、银旺、阎恒元等为代表的农村反动势力的形象。从这些人物形象中可以看出民族民主

革命给中国北方农村带来的翻天覆地的变化，可以看出农民长期以来形成的特有的伦理关系、道德规范和精神状态在新时代的发展变异。这些形象极大地丰富和充实了中国新文学宝库中的农民形象画廊。

他们的小说作品在结构上讲究有头有尾、首尾一贯，具有很强的故事性。赵树理曾经谈道："群众爱听故事，咱就增强故事性，爱听连贯的，咱就不要因为讲求剪裁而常把故事割断了。"（赵树理：《也算经验》，见《赵树理论创作》，第5页，上海文艺出版社1985年版）

苏春生《中国解放区文学思潮流派论》，中国社会科学出版社2000年版

他们的小说总是从农民读者的欣赏习惯出发来结构故事，安排情节。如《小二黑结婚》的每一节都是一个小故事，同时整篇小说又是一个有头有尾的大故事。《吕梁英雄传》充分利用章回体来讲叙一个一个的抗战故事，既让读者看到故事，同时也塑造出了性格鲜明的人物形象。

关于小说的语言，他们主张"要照着原话写，写出来把不必要的字、词、句尽量删去，不连贯的地方补起来。以说话为基础，把它修理的比说话更准确、鲜明、生活"。（赵树理：《和工人习作者谈创作》，见《赵树理论创作》，第175页，上海文艺出版社1985年版）每逢写作的时候，总不会忘记自己的作品主要是写给农民读者看的。同时，他们创作的小说语言都是从农民的生活中，依照当地的风俗习惯，在农民所使用的口语中筛选、提纯、改造和加工的，"土气"而不怪僻，通俗而不庸俗，鲜活而不落套，口语化又规范化，能雅俗共赏、南北皆通。不仅作品中的人物对话是个性化、口语化的，而且作家的叙述语言也是口语化的，从而形成了质朴明快、通俗流畅、幽默风趣的语言特点。

第三，呈现出较为鲜明的地域特色和浓郁的乡土气息。他们的小说大都反映了山西抗日根据地广大农村的斗争生活实际，描摹了太行山、吕梁山及汾河两岸的自然风光、风俗人情、生存方式。在他们的创作中，根据地的民族民主斗争如减租减息、土地改革等重大历史事件得到了充分的表现；普通农民的日常生活如父子弟兄、婆媳妯娌、亲朋邻里间的矛盾纠葛，民间的婚丧嫁娶、吃穿住行、春种秋收的生产生活方式和习惯，无不被原汁原味地反映出来，处处洋溢着浓郁的乡土气息。这些作家所塑造的人物形象，从举手投足的神情动作到语言表达、服饰打扮无不是地道的北方农民的形象，体现出北方农民敦厚朴实、机智幽默、粗犷豁达的性格特点。

毋庸置疑，这些作家在解放区的成长过程中，受战争环境的封闭性、农民意识的狭隘性的影响，从创作思想到创作实践都呈现出封闭性和狭隘性。这种局限性到新中国成立后渐趋明显。

推动大众文艺运动

开启与奠基中华人民共和国文学的是来自国统区和解放区的两支作家队伍。1949 年 7 月在北平召开的第一次文代会上，确立了毛泽东《讲话》为国家的文艺指导思想的权威地位。解放区文学是践行毛泽东文艺思想的典范，那么，来自解放区的作家自然成为共和国初期文艺的主流创作队伍。在来自解放区的作家队伍中，一部分是以丁玲等人为代表的作家，强调"提高"为主的"精英文学"；另一部分是以赵树理等人为代表的作家，提倡"普及"为主的"大众文艺"。赵树理"把太行的石头搬到北京去"，施展才华，实现抱负，以太行根据地通俗化研究会人员为班底，成立了"北京大众文艺创作研究会"，筹建了中国曲艺研究会（即中国曲艺家协会）。他们创办《说说唱唱》《曲艺》等多种刊物和报纸副刊，出版大量的通俗文艺作品，举办文学、戏剧、曲艺、美术、音乐、扫盲识字等等各种文化活动，同时参加戏曲改革委员会，开展戏剧改革活动。北京大众文艺创作研究会在京都开展了波澜壮阔的大众文艺运动，在新中国成立初期的文坛，占据了半壁江山。

北京大众文艺创作研究会成立于 1949 年 10 月 15 日。第一次会员大会在前门箭楼上召开，选举赵树理、王亚平、王尊三、连阔如、赵富成、王颉竹、凤子、李

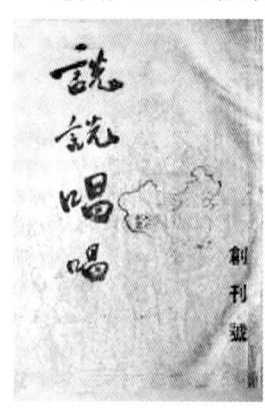

《说说唱唱》1950 年创刊号

熏风、辛大明、苗培时、郭玉如等 11 位同志为大会主席团，赵树理为大会执行主席。出席成立大会的有全国文联副主席周扬、全国剧协主席田汉和北京市委宣传部副部长李乐光等人。赵树理在成立大会上致辞，周扬和田汉分别发表讲话。10 月 23 日大会继续在太庙松林中召开，通过了会章草案，选举赵树理、王亚平、苗培时、辛大明、凤子、王颉竹、吴幻荪、景孤血、郭玉如、连阔如、李熏风、刘雁声、马烽、沈彭年、缪克沣等 15 人为执行委员。后来老舍回国，入盟北京大众文艺研究会，一起开展工作。该会"是在中国文联指导下，北京市委直接帮助下成立起来的。工作重点放在北京，对象是北京市百分之九十以上的人民大众，任务是团结广大的文艺爱好者、研究者、创造者，推动大众文艺运动。"（《创刊词》，载《大众文艺通讯》第 1 期，1950 年 2 月）大众文艺创作研究会下设组织联络、创作、研究三部及编辑出版委员会。

赵树理在成立大会上指出："我们想组织起这样一个会来发动大家创作，利用或改造旧形式，来表达一些新内容也好，完全创作大众需要的新作品也好，把这些作品打入天桥去，就可以深入到群众中去。""打入天桥去"是太行区通俗化、大众化文学在北京城喊出的响亮口号。在不到一年的时间内，大众文艺创作研究会就拥有会员 400 余人，会员包括工人、学生、艺人、教员、记者、编辑、画家、音乐工作者、演员、剧作家、诗人、新旧小说家、市民中的文艺爱好者。按照他们的职业身份划分为小说组、曲艺组、京剧组、美术组、曲艺作者组、记者组、第一民教馆组、掌故组、三联书店组、新华总社小组、十一区委会组、学校小组、工厂小组。此时的北京大众文艺创作研究会已形成了大气候。

北京大众文艺创作研究会创办的重要刊物有《说说唱唱》月刊和《大众文艺通讯》双月刊。《大众文艺通讯》作为会刊，主要任务是通报会务情况，开展会员工作，取得同各界的联络。《说说唱唱》是发表作品的主要阵地，它于 1950 年 1 月 20 日创刊，到 1955 年 3 月停刊（后改名为"北京文艺"），历时 5 年，共出版 63 期。《说说唱唱》的主编起初是赵树理与李伯钊，编委会其他成员有王亚平、田间、老舍、辛大明、苗培时、马烽、章容、康濯、凤子，后来增加了王春。1951 年 12 月 20 日，《说说唱唱》第 4

赵树理、王亚平、老舍（从左至右）在一起

卷第 6 期起，改由老舍任主编，李伯钊、赵树理、王亚平任副主编。编辑者则改为北京市文学艺术工作者联合会与北京市大众文艺创作研究会合编。到 1952 年 7 月号总第 31 期，编辑者改为北京市文学艺术工作者联合会。1953 年 1 月号第 37 期，编辑者改为说说唱唱社，直到停刊。

《说说唱唱》发表作品的要求：一、在内容上规定"用人民大众的眼光来写各种人的生活和新的变化"；二、在形式上规定"力求能说能唱，说唱出去大众听得懂、愿意听"。（《稿约》，载《说说唱唱》创刊号，1950 年 1 月 20 日）郭沫若为创刊特大号封面题字。在扉页上刊载有题词，郭沫若题："《说说唱唱》要表现出新时代的新风格，不仅内容要改革，说唱者的身段，服装也须得改革。请大家认真考虑一下。"茅盾题："民族的、大众的、科学的《说说唱唱》。"周扬题："在群众中生根开花。"表示出官方与名人的热情肯定与支持。《说说唱唱》发表了大量的通俗文艺作品，是新中国成立初期文坛效益好、成就高、影响大的少有的文艺刊物，确实推动了大众文艺运动的发展。

北京大众文艺创作研究会还编辑了许多报纸副刊与期刊，主要有北京《新民报》的"新美术周刊""新曲艺周刊""新戏剧周刊""工厂文艺周刊""新北京周刊"、天津《进步日报》的"大众文艺周刊"。此外，还编辑出版了《新曲艺丛书》《新大众文艺丛书》等多种丛书，发表文字 240 多万字。该会还同民间机构合作出版图书。他们通过宝文堂书店，组织编写、出版了反映新生活、新思想的曲艺作品"新曲艺普及本"80 余种，发行 200 余万册，通过各地庙会、集市出售，销往全国各地城乡。这股强劲的通俗化、大众化的文艺普及潮流，从太行山流进北京城，从乡间庙会涌向京城殿堂。

北京大众文艺创作研究会吸引、组织了一大批民间文人和艺人，诸如张恨水、金寄水、新凤霞、连阔如、侯宝林等人。联络他们走向社会，了解生活，进行创作，参加演出。同时他们还注重培养年轻队伍。此时在北京的一些山西籍作家也在大众文艺创作研究会主办的刊物上发表作品，如在中央文学研究所工作的刘德怀在《说说唱唱》等刊物上发表了《老婆转变》《爱国棉》等小说，在中央文学研究所学习的彦颖在《大众诗刊》发表《贵儿媳妇》、在《新民报》发表《乡村小景》《回娘家》等作品。

新中国成立初期，在北京掀起的这场轰轰烈烈的大众文艺运动，可谓人气旺、规模大、成就高。他们企图把解放区新文艺"打入天桥去"。赵树理的文艺理想与文化愿景是"把太行的石头搬到北京去"（据笔者采访上党梆子老艺人程联考先生访谈录）。这个表述有两层意思：第一层是说唱文艺要先摆"地摊文学"占领农村文化阵地，后占领城市"打入天桥去"；第二层意思是说先占领封建文化阵地，后占领新文学的领地。赵树理等人创办北京大众文艺创作研究会，创作大众文艺作品，开展大众文化运动，既占领封建文化阵地，同时又与新文学争取地盘，占领新文化的高地。

赵树理还是中国新曲艺的奠基人之一。1949年全国第一次文代会期间，赵树理等人发起成立中华全国曲艺改进会筹备委员会，多次召开筹备会议。在北京中山公园的来今雨轩召开的一次会议上，与会者就这个会的组织名称进行了讨论。参加会议的有赵树理、王尊三、王亚平、苗培时等人。大家说，这次文代会，人家都是作家、戏剧家、音乐家、美术家，都成立自己的组织，可这些说大鼓的、耍杂耍的算不算家？真正接近群众的是这些人，能不能也组织一个什么会？大家议来议去，终究找不到一个合适的词儿。赵树理一边喝着清茶，一边听着大家议论，慢悠悠地说："该叫什么呢？叫'说说唱唱'太啰唆，叫个工农文学也不行。"接着他展起了腰，兴奋地说："你们看，这些说、唱、变、练，什样杂耍，概括一下应该是什么呢？说唱可归纳为曲吧，如说曲唱曲；变练杂耍是否可以算艺呢？对了，这些都算是欣赏的艺术么，我看就合起来，用两个字，叫作'曲艺'。咱们成立个会，要简练地把意思概括起来，就叫'中国曲艺改进研究会'，你们看怎样？"这样"曲艺"的名称就在来今雨轩诞生了。从此，"曲艺"这个词便开始见于"经传"，并逐渐地约定俗成，为大家所认可了。后来，"中华全国曲艺改进会筹备委员会"得到中宣部批准正式成立了。说书的、耍杂耍的艺人首次被选为代表参加了文代会。

中国曲艺研究会（后改为中国曲艺家协会）正式成立大会于1953年9月30日举行，出席大会的有著名曲艺演员、琴师、诗人、作家、音乐家及通俗文艺工作者50余人。文化部副部长周扬应邀出席并作重要讲话。王尊三致开幕词，赵树理和连阔如分别作了关于起草中国曲艺研究会章程草案的说明和中国曲艺研究会理事会选举方式的说明。大会通过了中国曲艺研究会章程，选举王尊三为主席（后赵树理为主席），赵树理、连阔如、王亚平、韩起祥为副主席。研究会理事有王尊三、王亚平、王希坚、白凤鸣、何迟、沈冠英、林山、苗培时、马可、高元钧、侯宝林、唐耿良、连阔如、曹宝禄、张鲁、董天明、贾芝、赵树理、韩起祥、魏喜奎、萧亦五等。创办会刊《曲艺工作通讯》，于1957年1月又创刊《曲艺》（后为中国曲艺家协会主办延续至今），首任主编赵树理，副主编陶钝。该会以北京大众文艺研究会人员为班底，加入全国的名艺人、民间文艺理论家而组成，是推动全国大众文艺运动的又一个重要组织。

中国曲艺研究会、北京大众文艺创作研究会以及戏曲改革委员会等团体，一起推动开展大众文艺运动。众多名作家、名艺人、名理论家或探讨理论指导实践，或创造作品影响大众。其中，赵树理是领军人物，无论理论探索或是创作作品，都取得重要成果。赵树理十分推崇民间文艺，他说："我愿意努力向曲艺学习。"并创作了大量的曲艺作品，包括快板、小调、鼓书等多种样式。新中国成立初主要创作有鼓词《石不烂赶车》《小经理》、小调《王家坡》、评书《灵泉洞》等。尤以《石不烂赶车》最具影响力，可认为是赵树理曲艺创作的代表作。孙犁认为："赵树理对于民间文艺形式，热爱到了近于偏执的程度。"他说："很长时期他专心致志地去弄说唱文学。赵树理对于民间艺术是非常爱好、也非常精通的。他根据田间的长诗《赶车传》改编的《石不烂赶车》鼓词，令人看出，他不仅对赶车生活知识丰富，对鼓词这一形式也运用自如。这是赵树理一篇自鸣得意的作品。"（孙犁：《谈赵树理》，载《天津日报》1979年1月4日）赵树理为什么要改编《赶车传》？他在鼓词的开头做了说明：其一，认为《赶车传》故事情节、主题思想好，而它是新诗，销路较小，改成鼓词后销路就会大得多；其二，为了满足群众对鼓词的欣赏需求，占领一切文艺领地；其三，推广新鼓词，打开曲艺的新局面。鼓词《石不烂赶车》分上、下两部分，于1950年分别在《说说唱唱》创刊号和第2期上发表，京、津、冀、晋等地的艺人争相传唱，成为传世鼓词经典。赵树理对曲艺确实有着精深的研究，对鼓词有很高的造诣。《石不烂赶车》在鼓词艺术上作了新的探索与突破，表现在构思精妙、韵律和谐、技巧多变等许多方面，这些都体现了赵树理创作鼓词及曲艺的美学思想。

开启山西当代文学

开启与支撑共和国初期山西文学的作家队伍大致可分为三部分：一部分是原解放区的一批作家，如通俗化研究会的赵树理、李古北、刘江、郑笃等，"晋绥作家群"的卢梦、马烽、西戎、束为、孙谦、胡正等，太行诗社的高沐鸿、冈夫等；另一部分是原国统区（二战区）的作家，主要有穗青、姚青苗、张季纯等人；第三部分是共和国初期涌现出的新一代作家，如韩文洲、李逸民、义夫、刘德怀、杨茂林、焦祖尧等。在前两部分作家中主要是赵树理与马烽、西戎、束为、孙谦、胡正最为瞩目，他们在新中国成立后继续保持旺盛的创作活力，坚持现实主义的文学创作道路，取得重要的创作成就，并产生较大影响。后来学界把他们的文学创作取名为"山药蛋派"。共和国初期的新一代作家的文学创作曾在省内乃至全国文坛产生影响，但他们模仿老一代作家有余，而独立创新不足。后来有论者把他们中的多数作家归为"山药蛋派"第二代作家。

共和国初期，原解放区的一批作家一度分散各地，但很快又陆续回到山西，不约而同地选择了自己熟悉的山西农村作为创作基地，继续生活、工作和创作。他们的风格更加成熟，共同的特色趋向鲜明。这一时期他们的创作，主要是描写土地改革和农业合作化运动时期的农村斗争和农民生活，在歌颂农村涌现出新人新事新道德的同时，真实地表现了农民在前进道路上的犹豫、徘徊和痛苦，尤其是敢于大胆揭露生活的阴暗面，鞭笞和批判农村干部队伍中的官僚主义、宗派主义、浮夸风和道德败坏等劣行，其中影响较大的小说有赵树理的《三里湾》《登记》"锻炼锻炼"》《套不住的手》《实干家潘永福》《卖烟叶》等、马烽的《韩梅梅》《饲养员赵大叔》《"三年早知道"》《我的第一个上级》《太阳刚刚出山》等、西戎的《麦收》《宋老大进城》《灯芯绒》《赖大嫂》等、束为的《春秋图》《老长工》《好人田木瓜》《于得水的饭碗》等、孙谦的《奇异的离婚故事》《伤疤的故事》《南山的灯》、胡正的《汾水长流》《七月古庙会》《两个巧媳妇》等、李古北的《破案》《奇迹》等、刘江的《太行风云》《七里铺》等。

这一时期,有些作家还创作了大量的戏剧、电影和曲艺作品:赵树理写有《三关排宴》《开渠》《十里店》等戏剧剧本和《石不烂赶车》《小经理》等曲艺作品。马烽、西戎创作了电影文学剧本《扑不灭的火焰》,马烽创作有《我们村里的年轻人》,孙谦本时期是电影剧本多产的作家,写有《葡萄熟了的时候》《丰收》《陕北牧歌》《谁是被遗弃的人》等多部电影文学剧本。他们的电影文学创作基本上形成了质朴自然、流畅和谐、诙谐幽默的艺术风格。

这批作家的文学创作显示了共和国初期山西文学的实绩,引领地方文学潮流,在全国文坛影响颇大。然而,他们的文学创作并非一帆风顺,他们与逐渐滋生的极左思潮渐行渐远,坚守文艺为农民服务的初衷,在一条坎坷的道路上蹒跚前行。早先赵树理就因"《金锁》问题""武训问题"引来指责与批评。1959年赵树理的《"锻炼锻炼"》、马烽的《"三年早知道"》、孙谦的《伤疤的故事》连续遭到一些社会舆论的责难。当年《文艺报》就《"锻炼锻炼"》开展了一场题为"如何反映人民内部矛盾"的讨论,缘起于一篇指责文章,认为小说中的"小腿疼""吃不饱"在农村不占多数,农村干部的身上应体现党的影子,因此小说"歪曲了我国社会主义农村现实","诬蔑农村妇女和新干部"。(武养:《一篇歪曲现实的小说——〈锻炼锻炼〉读后感》,载《文艺报》1959年第7期)在讨论作结时,王西彦认为:"文艺批评不能给人家戴帽子,挥棍子",对于作者应当"按党的要求去编造理想即'党的化身'呢?还是按照生活实际去刻画有个性的活人呢?赵树理是走后一条道路的。"(王西彦:《〈"锻炼锻炼"〉和反映人民内部矛盾——在一个座谈会上的发言》,载《文艺报》1959年第10期)这场讨论否定了对赵树理作品的指责,维护了现实主义的创作原则。1962年大连农村题材短篇小说创作座谈会推崇肯定了赵树理的创作，康濯在会上说："赵树理的作品和人物总是使人感到是从浑厚的泥土中挖出，并历经时间磨炼而总是色泽不减。"邵荃麟说："为什么称赞老赵？因为他写了长期性、艰苦性。"大连会议前后，山西作家的创作出现兴盛现象，许多优秀作品就产生于此时。但到1964年，全国展开对"中间人物论"和"现实主义深化论"的批判，强烈冲击着这批作家，而且他们处于错误理论指责的突出地位。当时的批判材料中认为："赵树理同志作品，没有能够用饱满的革命热情描写出革命农民的精神面貌。"（见《关于写"中间人物"的材料》，载《文艺报》1964年第8、9期合刊）对马烽笔下的赵满囤，尤其是西戎笔下的赖大嫂进行了集中批判。虽然这次批判挫损了这些作家的创作方向，但并没有完全否定赵树理、马烽等作家的创作成就和地位。

《文艺报》推出"山西文艺特辑"

1958年《文艺报》第11期推出"山西文艺特辑"，发表的重要文章按目录顺序依次为李束为《永远和人民在一起》、陈笑雨《写下最新最美的诗篇》《民族的艺术风格 浓郁的生活气息——座谈〈火花〉上的短篇小说》、巴人《略谈赵树理同志的创作》、阎纲《一篇幽默生动的好小说——读马烽的小说〈"三年早知道"〉》、闻山《从四块白洋到一铁锹》、郑笃《〈姑娘的秘密〉读后》、陈志铭《读〈长院奶奶〉》、沈思《〈老长工〉的阶级感情》、宋爽《两个农村姑娘——读〈火花〉3月号上的〈蓝帕记〉和〈变〉》等。

共和国初期，山西是全国的文学高地，创作了一批引人瞩目的作品。赵树理等人的创作在全国的影响力持续扩大。《文艺报》想推出一个有创作实力的作家群，引领带动全国的文学创作。为此，《文艺报》副主编陈笑雨到太原，由《文艺报》编辑部和《火花》编辑部召开了"座谈〈火花〉上的短篇小说"的座谈会，并约组省内外的知名评论家撰写了评论山西作家的文章。《文艺报》

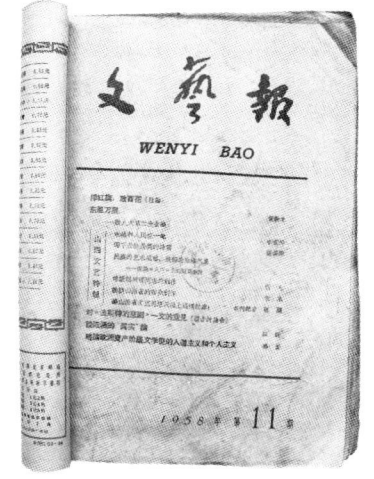

《文艺报》1958年第11期"山西文艺特辑"

把"座谈纪要"和作家评论一起以专辑形式推出,意图引领全国文坛的创作走向,影响全国的文学创作潮流。

"山西文艺特辑"对赵树理的小说创作进行了全面的评析,分别对马烽、西戎、束为、孙谦、韩文洲等人的单篇作品发表了专门的评论文章。《文艺报》集辑推出山西作家群的文学创作,引起了全国文坛的注目,给山西作家带来了较大声誉。作家队伍的壮大、作品数量的增加和质量的提高、风格的鲜明、影响的扩大,成为山西文学在中国当代文学史上成就的一次重要展示。

陈笑雨站在全国视角对山西作家的文学创作给予肯定,他认为"山西的专业和业余作家们,在党的培养和领导之下","长期在农村工作","熟悉农民的生活,理解农民的思想感情、愿望要求","深入群众,努力提高自己",虽然有些作家自身文化水平不高,仍然"写了许多新的、美的文章,受到广大读者欢迎"。(《写下最新最美的诗篇》,载《文艺报》1958年第11期)李束为以东道主的身份认为,山西当下的创作中存在着深入群众生活不够、作品的乡土风味不足等缺陷。提出要下一番苦功夫,"全心全意地为人民服务,长期地深入群众生活",并建议大家学习赵树理"那种深入群众的精神"。(《永远和人民在一起》,载《文艺报》1958年第11期)

巴人《略谈赵树理同志的创作》一文,首先指出赵树理作品"直接鼓舞了工农劳动群众,掀起了生产的热情","较之同时代的作家……是更为杰出的",然后从主题思想、人物塑造、艺术特色上进行了全面的分析,并指出他在人物塑造上的不足。赵树理"作品中善于抓住时代跳动的脉搏",在人物塑造方面赵树理"善于创造正面的积极的人物",从艺术手法上发展民族形式,使用人民群众易懂的"朴素、明朗、自然"的语言,"有完整的故事和生动的情节,不注重场面的描写、外形的刻画和内心的雕镂",以"乐观主义和幽默风趣"为基调,表现了"新鲜活泼的,为中国老百姓所喜闻乐见的中国作风和中国气派",但存在"形象还不够完整,还不够丰满"的不足。(载《文艺报》1958年第11期)

阎纲对马烽的短篇小说《"三年早知道"》从作品内容、叙事技巧、艺术特色等多方面作了全面论述:巧妙的叙事笔法,喜剧性的手法,朴实明快、轻松幽默的氛围,通俗活泼、生动有力的语言。同时中肯地指出马烽作品中出场人物过多所导致的不足。(《一篇幽默生动的好小说——读马烽的小说〈"三年早知道"〉》,载《文艺报》1958年第11期)闻山认为孙谦的短篇小说《伤疤的故事》写了一个使人惊心动魄的故事:哥哥是如何由一个将自己全部积蓄四块白洋全部奉献给弟弟参军,到嫌弟弟阻碍他发财而举起铁锹向弟弟砍下去。揭示出"要生活得好,就一定要连根拔掉私有制与剥削思想"的道理。哥哥和弟弟两个人物形象,个性鲜明,描写"活灵活现"。(《从四块白洋到一铁锹》,载《文艺报》1958年第11期)

郑笃阅读西戎的《姑娘的秘密》后有三点印象:第一,小说采用了很独特的写法,即"把女方放在一个极其突出的地位,集中力量细致地来描写女方的内心活动";第二,小说"对人物的内心活动的描写,是十分细致的","他不但很会刻画一般农民的形象和心情,而且也很会刻画农村青年男女的形象和心情";第三,小说通过对玉花的内心活动的描写,来表现一个新的人物的新精神面貌和新的道德品质。(《〈从姑娘的秘密〉读后》,载《文艺报》1958年第11期)陈志铭以韩文洲的《长院奶奶》为例,驳斥了"文艺创作衰退论":小说"不只反映了新的时代人物的性格和相互关系的根本变化,而且也描绘出一幅欣欣向荣的新农村图景",认为唐丙辰是一个"淳朴善良的青年农民形象",长院奶奶是"自私自利带有严重的小农经济思想的人物";赞扬了小说"语言通俗群众化,充满了浓厚的生活气息,给人一种亲切幽默的感觉"。(《读〈长院奶奶〉》,载《文艺报》1958年第11期)沈思从阶级斗争角度分析了李束为的《老长工》中的人物形象,"反映了农业合作化过程中的尖锐、复杂的阶级斗争,歌颂了一个忠贞淳朴的农村无产阶级战士"。最后,告诫人们"阶级虽然已经或正在消灭,但政治上、思想上的阶级斗争是不会很快完全消失的"。(《〈老长工〉的阶级感情》,载《文艺报》1958年第11期)宋爽在《两个农村姑娘——读〈火花〉3月号上的〈蓝帕记〉和〈变〉》中分别对两篇小说的内容作了概述,并对人物形象塑造中的优缺点提出自己的看法。

《民族的艺术风格,浓郁的生活气息——座谈〈火花〉上的短篇小说》一文,就《火花》杂志上"群众喜读爱看的""短篇小说的创作倾向、风格和特色"从五个方面做了概括:第一,名副其实,确是短篇;"大多数小说,不只短小,而且精悍";第二,塑造人物有方法,作品中"刻画的人物都栩栩如生,活灵活现",塑造了典型的"中农形象"和"新的人物形象","采用肖像描写和心理刻画结合起来的手法";第三,语言、故事性、情趣——浓厚的乡土味;"语言是比较口语化、群众化的","善于讲故事,可以像说书一样地讲出来","吸收了古典小说和民间故事的优秀的传统","农民式的朴实而健康的情趣和幽默的格调特别诱人",有"浓厚的乡土味";第四,时代精神和生活气息,这些作品散发出浓重的生活气息,蓬勃的社会主义热;第五,《火花》上的短篇小说存在"反映生活的面比较窄""气魄还不够宏大""新名字出现不多"等不足。(载《文艺报》1958年第11期)

这里对山西短篇小说的评价,除第一点谈短篇小说名副其实的短小外,其他几点评价基本上概括了当时山西文学创作的特色与不足。同代评论家的评论,比后来者更感同身受,有时代感,有同代作家的交流,更能贴近时代、感悟生活、理解作家。当然,也存在反映时代的局限性、感知社会生活的狭隘性、理解作家的片面性。譬如受到大跃进时代的影响、阶级斗争意识的左右,群众运动的裹挟等的弊端。

共和国初期山西新一代作家

共和国初期涌现出的山西新一代作家,追随赵树理、马烽等解放区作家,创作发表了许多作品,他们的文学创作给共和国初期的山西文坛带来了新面孔,输入了新血液,增加了新活力。在山西文学界形成了一股较强的创作态势,并逐渐走向全国文坛。这一代作家受老作家的影响,自觉接受毛泽东的文艺思想,强调作家的社会责任感;注重文艺的社会效果,重视文学作品的道德价值和政治功利性;在艺术形式上,继承民族文学的优良传统,采用群众喜闻乐见的样式，作品基调高昂向上、健康明朗；同时保持与现实生活的密切联系，具有浓郁的乡土气息。相比较老一代作家而言，新一代作家模仿意识浓而创新思想淡。他们的作品虽然近生活、接地气，然而较少思想的力度和艺术的美感。

韩文洲是新生代作家群中的重要作家。在新中国成立至"文化大革命"前共发表小说60余篇，出版6部作品集。韩文洲的小说选取农村现实题材，故事完整，人物真实，语言通俗。《浸种记》叙写新中国成立初期老解放区农民在共产党和政府的领导下发展农业生产的新生活，表现了农民一方面对共产党满怀感激之情，一方面对生产却持保守观念的现状；刻画了农村中的青年干部不能适应新形势的要求，虽工作热情却做法粗鲁的性格特点。作品曾获1950年山西省文艺创作甲等奖。《长院奶奶》写农村青年唐丙辰和他父亲经常出义工，帮助邻居盖房子，遭到他母亲——长院奶奶的激烈反对，由于两人的坚持，最终长院奶奶受教育，也加入到做义工的行列。该小说被收入1959年新中国成立10周年《短篇小说选》。《蓝帕记》《天门取经记》也分别入选外文刊物《中国文学》和《中国建设》。

刘德怀是新一代作家中的资历较长者。共和国初期是刘德怀文学创作的兴盛期，他从《说说唱唱》等刊物上发表《老婆转变》《爱国棉》等小说开始，便一发不可收，发表了许多作品，有描写农村生活的《水泉社长》《春天里的故事》等、反映革命战争生活的《侦察的故事》《松籽儿》等，其中，《三过湛江》由《人民中国》翻译介绍到国外。他的大部分作品是反映农村生活，歌颂新中国成立初期经济恢复发展时期，农民当家做主积极发展生产的动人事迹，塑造了农民朝气蓬勃、忘我劳动的形象，表达对新成就的赞颂和对新生活的向往。

李逸民1950年发表处女作小说《捐粮》，反映劳动模范王顺堂主动额外捐粮，支援抗美援朝的事迹，获山西省1950年小说乙等奖。此后他连续创作出版了长篇小说《双喜临门》、中篇小说《春水碧》、小说集《丽梅的心事》《初春的早晨》《同伴》等，同西戎合作了电影文学剧本《兴业春秋》以及传记体报告文学《涑水河边》等。他这一时期的作品，既体现了以反映农村生活为主，坚持现实主义，继承优秀文学传统，追求文艺大众化、通俗化的山西作家的创作特色，又有鲜明的个性特征：以反映老一代农民生活，刻画老农民形象见长。

义夫1957年在《山西农民报》发表第一篇小说《推磨》，紧接着他一发不可收，先后出版短篇小说集《羊胡爷爷》和《红日当头》。有主要讴歌农村新人新事新风尚的《推磨》《春天的早晨》等，有重点塑造人物形象的《两个李老头》《羊胡爷爷》《宋三黑》等，有以叙述故事为趣味的《借马》《赶车记》《红薯秧子的故事》等。义夫的作品善于通过写生活小事反映社会现实，以小见大，讲究故事，注重细节，语言通俗轻松。

杨茂林在新中国成立之初到"文化大革命"前，文学创作活跃，硕果累累。他是创作的多面手，写有小说、评书、特写、戏曲和歌剧，其中较有影响的是中篇小说《新生社》和短篇小说《县长探妻》。前者反映农村合作化初期的社会生活，主要描写农村合作化过程中的各种矛盾斗争。后者塑造了一位保持革命战争年代优良传统的县长形象。他的创作注重在矛盾冲突中写人、挖掘主题思想。艺术上重视白描手法和细节描写，故事结构较为严谨，语言朴实而明快，富有鲜明的地方色彩。但他的创作不足之处在于如人物性格单一、内容少有深度。

焦祖尧1960年出版的第一个短篇小说集《故事发生在双沟河边》，选择的生活范围较广，有写工厂题材的《资料员老杨》，有写历史题材的《月季花》，其中《故事发生在双沟河边》《山药蛋种子的问题》描绘农村的新人新事和农民公与私思想的斗争。这些作品，虽显稚嫩和单薄，但表现出清新的气息和流畅的笔调。焦祖尧的一些作品洋溢着秀丽的江南水乡的生活气息，这是其有别于新一代作家的文学特色。他后来出版了短篇小说集《春天在榆树堡》和《在阳光下》。其中写煤矿题材的作品最具代表性，如《时间》《岗位》《褚三这个人》等，用比较集中的笔墨刻画了季艾水、石老铁、褚三等经历不同、性格迥异的煤矿工人的形象，用笔比较粗重，揭示生活也较深刻。其中，《时间》在《收获》发表后，很快由《中国文学》杂志用英、法两种文字，以首题译载向国外读者介绍；《人民日报》《文艺报》《收获》等都有专文评论，充分肯定它的思想和艺术价值，先后被收入《新人新作选》等多种作品选集和《中国新文学大系·短篇小说卷》。

谢俊杰发表有《社长看瓜》《七队食堂》《回乡记》《扎根》《种棉之前》等多篇小说。这些作品主要为配合政治任务,有强烈的时代感;注重故事情节,从富有意趣的生活事件中展开矛盾冲突,塑造人物形象;语言朴实、明快、诙谐,富有生活气息。

在 20 世纪 50 年代中期,《山西文艺》编辑部女编辑霞裳、郁波、杏绵、青稞和彦颖,在编好刊物的同时,努力投入文学创作,为共和国初期山西文学的开拓与发展做出了贡献,时称"山西文坛五女杰"。段杏绵主要创作有《新衣裳》《小罗成魏汉江》《地下小学》等儿童文学作品,笔调温柔、清丽、细腻、隽永。郁波主要写有报告文学《不怕疲倦的人》《青春的光辉》《红色兽医》《山村教师》等,作品取材精当,角度新颖,通过感人的事迹展现了人物的崇高思想情操。李霞裳写了《民主改革中的张板头》《星期六的夜晚》《在迎泽公园里》《养猪姑娘》《真正英雄看今朝》等散文和报告文学。作品描写工农业生产中的先进事迹,时代气息浓,多为配合政治任务之作。青稞创作有散文、报告文学、诗歌和评论,较有影响的是和霞裳合作的《同蒲风光》,写大同到风陵渡沿途所见所闻,文字清秀而激情喷涌。彦颖兼写诗歌、散文、小说、报告文学等,主要有《贵儿媳妇》《乡村小景》《回娘家》《漳河畔的姑娘》等作品。

第二章　荣辱沉浮赵树理

当今的中国文坛越来越多元化，既有一批坚守纯文学品格，奉行用深刻思想内涵与艺术探索精神感染读者的传统作家，靠他们不断成熟的作品影响人们的价值观念和道德品行，同时逐渐走向世界，在国际文坛赢得一席地位；也有不少把写作作为换取利益手段的急功近利的作家，追求繁华都市的舒适生活，完全坐在书房中凭借想象敲打出一部又一部或者表现当代人孤独感、性苦闷，或者设计痴男怨女情爱纠葛故事，或者想象历史名人逸闻逸事的小说和电视剧剧本，赚取可观的稿酬和版权费，再去享受高质量的生活，至于别人活得好不好、大众的利益是否受到侵犯，以及社会生活中有什么重大焦点问题，根本不去过问或者表示出一点关心。由此不禁让人想到，曾经名气很大的赵树理，他辉煌的文学成就与令人深思的荣辱沉浮和他对中国文

沁水县尉迟村的赵树理故居

学以及几代作家的深刻影响。

《小二黑结婚》与解放区名人

20世纪30年代末期，抗日战争爆发后，还是上党乡村师范学校教师的赵树理义无反顾地加入到抗战行列，成为晋东南牺盟会的一名特派员，深入到阳城县山区，走村串户，发动群众，很快组织起一支精干队伍，开展了轰轰烈烈的抗日斗争。不久，他奉命担任烽火剧团团长，亲自改编上党梆子历史剧《韩玉娘》和《邺宫图》，带领团员们四处演出，鼓励群众与侵略者斗争的信心。后来，上级领导根据赵树理的特长，调他去做报纸副刊编辑，先后编过《黄河日报》路东版副刊《山地》、《人民报》副刊《大家干》、《新华日报》华北版副刊《中国人》。他非常投入地编这些副刊，形式以快板、鼓词、民谣、小故事为主，把读者对象定位于广大普通群众，让识字的能看懂、不识字的能听懂。

1942年1月16日到19日，八路军一二九师政治部与中共晋冀鲁豫边区党委联合在河北省涉县曲园村召开了文化人座谈会。从事宣传文化的领导干部与边区文艺工作者，总共400多人参加了座谈会，是抗战以来这个地区规模最大的一次专门讨论文化问题的会议，人们称其为"文化战士大聚会"。以写通俗文艺作品小有名气的赵树理，是会议确定的重要代表人物之一，他做了认真的发言准备。他历数了封建通俗文艺在根据地占据阵地的事实，发出了自己的"宏誓大愿"："我搞通俗文艺，还没想过伟大不伟大，我只是想用群众语言，写出群众生活，让老百姓看得懂、喜欢看、受到教育。因为，群众再落后，总是大多数；离开大多数就没有抗战的

赵树理在1942年1月太行区文化人座谈会上发言（主席台上发言者）

胜利，文艺也就没有对象了。"会议结束后不久，他以黎城"离卦道"暴乱事件为素材，写了一部戏剧《万象楼》，以反对封建迷信活动为宗旨，揭露了日伪勾结，利用群众中的迷信思想破坏抗日的罪行。剧本主要塑造了三个不同类型的反面人物和一个老实善良农民及其女儿的形象，每个人都有鲜明的性格。在剧情上，讲究气势起伏，有松有紧，人物对话简洁，布景简单，非常适合在民间演出。交给剧团排练时，赵树理亲自指导演员和乐队。正式公演时，效果良好，成为抗日根据地的一部保留剧目。

应当说，赵树理选择通俗化、大众化文艺道路，既有他个人生存环境和从小接受教育的因素，更有社会大背景的作用。他的选择没有错，正是这条道路成就了他一生的荣誉，也带给他无穷的烦恼，同时，也影响了整个山西乃至国内很多作家的创作。

尽管《万象楼》很成功，反响强烈，但赵树理的通俗化、大众化观点还是不被一些从大城市来的文化人完全认同，继续说他是庸俗化。赵树理没有放弃自己的主张，仍然坚持走这条路。1943年5月，他完成了著名的短篇小说《小二黑结婚》。这是确立赵树理在中国文坛上重要地位的作品之一，也是中国解放区文艺创作的代表作之一。

《小二黑结婚》的素材是赵树理1943年初到辽县（今山西左权）下乡时获得的。赵树理从农村青年岳冬至和智英祥的爱情悲剧中看出了农村封建思想的严重性与基层村干部的低素质问题，感觉应当用小说的形式表现出来，以引起人们的重视。同时，这也是落实边区文化人座谈会的一个实际行动。他考虑，如果只表现案件本身，肯定就是个一般性男女找对象故事，最多是个坏人逞凶、好人受害的老套路，不会有多少深刻意义；如果抓住封建迷信与婚姻自主这对矛盾设置情节，并且有个大团圆结局，作品就能够切合普通农民群众的生活现实，蕴含比较广阔的社会意义；这样写，也容易出故事，出人物；写好了，影响将是很大的。

赵树理联想起自己的父亲也是封建迷信的受害者与体现者，特别是在儿女的婚姻大事上，一手包办，有些做法实在可笑；还有那许多农村妇女信神信鬼的事，封建迷信的毒害不可低估。想着想着，他兴奋起来：对，就以这个问题为小说的主导思想。下来就是人物了，要选一对青年男女，现成的岳冬至和智英祥是基础；另外，要创造两个深受封建迷信毒害的老一辈人，他们在目前农村中很有代表性；还要设置两个专门使坏的人物……他的思路越来越清晰，故事和人物都成熟了，动笔写起来特别顺畅。不久，一篇名为"小二黑结婚"的作品完稿了。

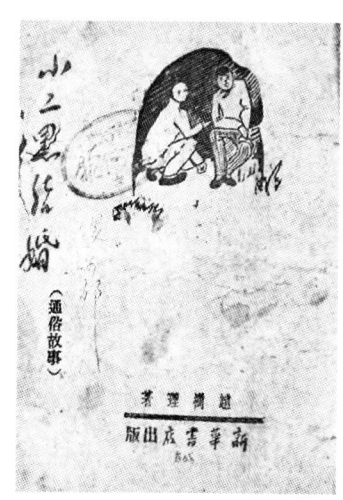

《小二黑结婚》早期版本，新华书店出版

作品中的主人公小二黑和小芹的原型取自岳冬至和智英祥，但小二黑和小芹绝不同于岳冬至和智英祥，自由恋爱差不多，结局却不是现实中的悲剧，而是两人通过斗争取得了胜利，大团圆结局。这样写，既宣传了破除迷信、婚姻自主的思想，也符合人们的阅读心理愿望。另两个重要人物二诸葛和三仙姑，是赵树理在多年生活积累中对人物观察形成的形象，用来做小二黑的父亲和小芹的母亲，增强了故事性、喜剧性和典型性。

然而，《小二黑结婚》的问世却是有过一些波折的。当时，赵树理写完并修改好作品后，便交给了他的直接领导、中共北方局调查研究室负责人杨献珍。杨献珍读后感觉很好，并让北方局妇委书记浦安修及其丈夫、八路军副总司令彭德怀看。两人都认为是好作品，可以出版。

但是，书稿交给出版单位却受到了耽搁。据杨献珍《从太行文化人座谈会到赵树理的〈小二黑结婚〉出版》一文中回忆：

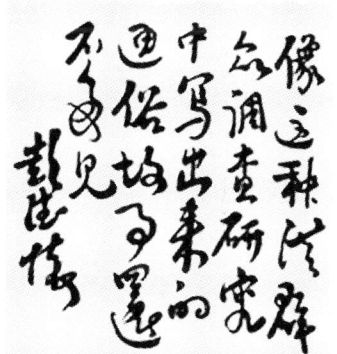

彭德怀为《小二黑结婚》写的评语

> 《小二黑结婚》书稿交到太行新华书店后，如石沉大海，杳无音信。这时的太行区文化界思想仍然有些混乱，也还存在着一种宗派主义倾向。如当时刊印郭沫若的《甲申三百年祭》，用的是最粗的稻草纸，而印徐懋庸注释鲁迅的《理水》，却用的是从敌占区买来的最好的纸张。有些自命为"新派"的文

化人，对通俗的大众文艺看不上眼。《小二黑结婚》久久不给出版，我便去找彭德怀同志，向他说明情况。彭德怀同志听后，就在一张纸上写了几个字，记得是"像这样从群众调查研究中写出来的通俗故事还不多见"，以示支持。这个题词由彭德怀同志亲自交给了北方局宣传部长李大章同志，由他转交太行新华书店，小说才得以出版。彭德怀同志热情的题词，即印在《小二黑结婚》一书的扉页上。小说在十月份出版后，受到太行区的广大群众热烈欢迎。仅在太行区就销行达三四万册，获得了群众的好评。太行山各村庄很流行秧歌剧，许多村子的群众自动地把《小二黑结婚》改编成秧歌剧，自演自唱，可见群众之喜爱了。（《回忆赵树理》，山西人民出版社1985年版）

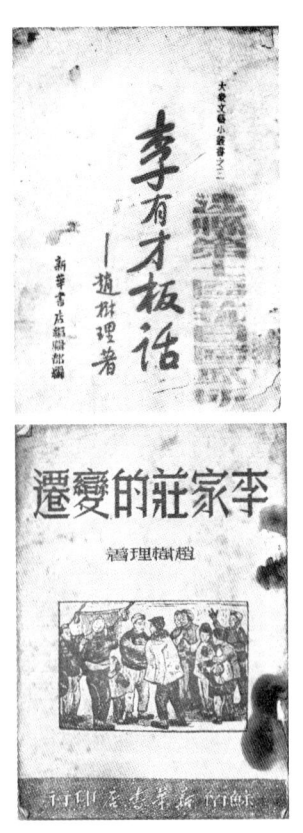

赵树理旧版书影

《小二黑结婚》引起的强烈反响，带给赵树理许多荣誉，但他并没有满足，又开始思考写作新的作品。那时，根据地农村的中心工作是减租减息，这是触动农民根本利益的大事。边区政府对此项工作做了全面部署，实际落实却非常复杂。土地所有者从个人利益出发，当然不愿意减租减息；农民由于多年的传统观念束缚，对减租减息持怀疑态度，害怕政策不能长久；各级抗日政府派出的工作人员，有一些出身于城市的同志对农村情况不熟悉，工作粗糙，使得减租减息不能正常发展……赵树理感觉这是个大问题，同样应当用小说的形式表现出来。于是，他根据自己下乡时获得的素材，写出了《李有才板话》。

新华书店负责人收到《李有才板话》原稿，很快送给时任边区宣传部部长的李大章审阅。李大章读完后认为：这部小说反映出根据地的某些农村或某些角落的某一阶段的生活特点，内容新颖现实，形式接近民族化，从旧形式中蜕化出来，又加了新的创造。他亲自动笔撰写了《序言》,交书店尽快安排印刷出版;随后,又在《华北文化》杂志上发表了《介绍〈李有才板话〉》的推荐文章。

《李有才板话》发行后,受到读者欢迎的程度不比《小二黑结婚》弱。除了在山西大量发行外,山东、东北、香港等地的出版机构纷纷重印;延安的中共中央机关报《解放日报》全文转载,并配发多篇评论文章。于是,赵树理的知名度更高了,原来那些对他坚持通俗化、大众化文艺道路有偏见的文化界人士在现实面前不能不改变看法,承认赵树理的通俗化、大众化再加上坚持民族化的创作,确实是一条路子。

赵树理接下去又创作出了《孟祥英翻身》《李家庄的变迁》《催粮差》《福贵》等小说,他凭着自己的实绩,在中国文坛打出了一片天地,声誉与日俱增。一位叫作杰克·贝尔登的美国记者,去晋冀鲁豫边区采访时,明显感觉到赵树理是解放区除了毛泽东、朱德之外名气最大的人物,于是,提出要访问赵树理,边区有关方面满足了他的要求。

赵树理跟贝尔登见面是在1947年春节前夕。那天,大雪纷飞,赵树理忘了换一身干部服,还是像平时一样穿着棉袄,戴着毡帽,像个私塾先生,让贝尔登颇感意外,好在他并没有在乎这些,热情地与赵树理攀谈,气氛很快就融洽了。赵树理用了差不多两天的时间,给贝尔登讲述了自己40多年的人生旅程、从事文学创作的前前后后以及对文艺通俗化、大众化的看法。

贝尔登《中国震撼世界》,北京出版社1980年版

贝尔登没想到赵树理的经历那么坎坷,其做人那么诚实,因此,大受感动,到后来竟像老朋友一样与之交谈。他问赵树理:"你的作品印过很多版,发行量非常大,稿费收入一定可观吧?如果在美国,你会成为富翁的。可我看你的衣服像贫穷农民,面色营养不良,估计生活并不怎么好。你能谈谈这个情况吗?"

赵树理回答:"我的书出过多少版,我也不知道,反正哪儿也出。至于版税、稿费,我没有得过,也不去讨要。我是不谈稿费的。"

1947年赵树理与陈荒煤（左）、于黑丁（右）的合影

贝尔登很吃惊地问："用你们共产党的观点对照，这不是剥削你了吗？"

赵树理说："这不算剥削，因为我的工作岗位就是用笔写作。谈到我的生活，比以前要好多了。除了写作，我还做出版社编辑，大家共同劳动，分享果实。出版社每天发给我一斤半小米、半斤菜，还给我一些医药费，因为我身体不好。我每年领一套棉服，领一套单衣。我的生活现在简直没有什么负担，可以更自由地从事写作。"

听了赵树理的这一席话，贝尔登似懂非懂。这样的作家大概是他走了大半个世界见到的最特殊的一个。看来，美国人想研究明白中国人实在不是件容易的事情。1949年，贝尔登出版了纪实文学《中国震撼世界》，记叙了中国正在发生的解放战争，其中描述了他对赵树理的这次采访。

1947年7月下旬到8月初，晋冀鲁豫边区文联召开边区文艺工作者座谈会。与会者结合郭沫若、茅盾、周扬等人评论赵树理作品的文章，讨论了赵树理的创作道路、文艺观念和作品特色。赵树理应邀在会上介绍自己的创作过程和体会时说："我并不是什么大作家，不过是为农民说了几句真话，是要摆个地摊儿，夺取农村封建文化阵地。"

会议结束前，边区文联副理事长陈荒煤，作了《向赵树理方向迈进》的总结性发言，集中了大家的看法，详细分析和高度评价了赵树理的创作，明确提出："应该把赵树理同志方向提出来，作为我们的旗帜，号召边区文艺工作者向他学习、看齐！"

赵树理很不情愿把他作为学习榜样、作为一面旗帜、作为一个文学创作方向提出来，他很清楚自己的位置和作用，他需要创作出更多群众喜闻乐见的作品，不需要名誉、地位。会后，他一如往常，生活方式不变，穿衣吃饭习惯不变,经常下乡的习惯更不变。

"不识时务"的"铁笔圣手"

全国解放后,赵树理随工作单位进了北京。古都北京文化氛围浓厚,各路人才聚集,让赵树理这个太行山里来的农民大作家既感到新奇,又有些不适应。他特意穿上了一身干部服,摘掉多年爱戴的毡帽。可是,他说话浓重的晋东南口音,他待人处事厚道实在的方式,却无法脱去太行山区的乡村本色;北京人的生活方式,文人圈的清谈阔论,让他常常产生困惑。

不过,赵树理对组织大众文艺创作却产生了兴趣。他多方奔走,在中宣部和中国文联以及北京市委负责人周扬、李伯钊等的支持下,成立起北京市大众文艺创作研究会,吸收了一大批知名人士,像京剧名家梅兰芳、马连良、荀慧生和通俗小说大家张恨水等都入了这个会;他主持开展了好多公益活动,产生了广泛影响;他创办了通俗化杂志《说说唱唱》,专门发表大众化作品,发现和培养出陈登科等一批青年作者,后来都成为文艺创作的骨干。

到了 1951 年初,中宣部领导为了让年富力强正处创作黄金时期的赵树理写出优秀作品,调他到中宣部文艺处,帮助他摆脱大量杂务,集中精力读书写作。他先读了一段领导开列的书,不久便离京回山西晋东南农村深入生活,搜集素材,进入写作状态,后来把工作关系调到中国作协,成为专业作家。

在生活方面,赵树理有了固定的收入,工资待遇都不低,在北京买了房子,接来了家属。按说,他完全有条件过舒适的日子,况且,他从 20 年代起已经颠簸了几十年,也应当享受城市相对安逸的生活了。可他骨子里流着的农民血液,让他无法与城市融合。他关注的仍然是农村的状态和农民的生活。

从 1949 年进京,到 1965 年举家迁回山西,15 年的时间里,赵树理有一多半是在晋东南农村生活的。他跟农民们吃住在一起,如鱼得水般愉快。他把自己当作农民中的一员,操心庄稼收成好坏,研究农业政策的实施,帮助农民开展文化娱乐活动。他选择这种方式,一方面是为了体验生活,获取创

1954年赵树理在中国作协院子里

作素材;另一方面是要同农民一道,寻找过好日子的途径,让农民能尽快从千百年的贫穷落后中摆脱出来。因而,他总是心甘情愿地充当农民的代言人,时时处处维护农民的利益。看到农民生活有起色,他就特别欣慰;发现农村政策有误,农民利益受损害,他就忧心忡忡;在生命的最后时刻,他惦记着的仍然是农民过着艰苦日子。

可以说,在中国现当代作家中,没有几位像赵树理这样与农民的利益息息相关、这样期盼农民过上好日子的。特别是在失去理智的"大跃进"年头,浮夸虚假风气甚嚣尘上,农民的利益遭遇严重危机。多数作家尝过了挨批受整的苦涩,对此现状采取观望态度,唯有赵树理敢于站出来为农民的利益说话。

1958年10月,赵树理访问了苏联、朝鲜后回到晋东南。也就几个月时间,农村形势真有些让赵树理看不懂了。"大跃进"方兴未艾,各地频频放"卫星","人有多大胆,地有多大产"式的豪言壮语比比皆是。听到如此宣传,他不禁产生了疑问:我才几个月没下乡,农村就能有这么大的变化?他决定马上去实地看看。在北京稍事停留几天,他便匆匆去了山西阳城

20世纪50年代,赵树理与农村八音会

县,挂职担任了县委书记处书记。

在县里的几天中,赵树理对"大跃进"的一些做法和数字、口号产生了怀疑,觉得有些虚夸。于是,他决定尽快到乡下亲眼看看实际情况。他先去了自己的老家尉迟村(此时沁水已经跟阳城合并),看到的是大办集体食堂,全村人吃一锅饭的"景象",村支书跟赵树理说:"起先我们也不想办,觉着众口难调,一家几口还不同口味呢,这六七十户吃一锅饭能行?可上边说我们是思想保守,说办成集体食堂人们才能一心一意搞大跃进,说这叫'放开肚皮吃饭,鼓足干劲生产'。我们看着顶不住了,这才办起来。"通过几天的调查了解和亲身体验,赵树理明显感觉到这集体食堂实在不是长远之计,肯定会带来无穷后患。

随后,赵树理又去了附近一个土高炉炼钢铁的"先进"村。村干部陪他去看一个工地,场面真是够热闹的:地上放着一大堆从各家各户收来的铁锅、铁盒、铁茶壶、钉子、铁门栓、火炉子之类,是准备炼铁的原料;一座用砖和土坯砌起来的土高炉内,炉火正熊熊燃烧。赵树理走到原料堆旁,弯腰翻拣了几下,问村干部:"这都是原料?"

村干部得意地回答:"对,就是用它们炼铁呢!"

赵树理心疼地说:"这里头还有好好的犁铧、鏊子、铁锅、火炉嘛,以后用起来咋办?"

村干部回答道:"快进入共产主义社会啦,这些锅、火炉都是一家一户的,吃食堂不用它们;犁铧更没用了,以后都是机械化种地!"

赵树理真有些哭笑不得地说:"这还不知道是啥时候才能实现的事呢!"

离开土高炉炼铁工地,赵树理又走了几个公社和大队,情况与这里相比有过之而无不及。不少公社和大队干部专心在数字报表上做文章,可以比实际数字提高几倍甚至几十倍。有的村为了让上级检查团"亲眼见"粮食"卫星",竟把几十亩地的庄稼运到几亩地上,说成是这几亩地的产量。而检查团的人也信以为真,又是表扬又是推广,又是登报又是广播。这种把戏却糊弄不了赵树理,他对一亩地能产多少粮食了如指掌,只能痛心地说:"人哄地皮,地哄肚皮,你虚报产量,到头来吃什么?"

全民"大炼钢铁"的荒唐和把好多亩地的粮食运到一亩地放"卫星"的

虚假，让赵树理的心情沉重无比，感觉浮夸风已经走到了极端地步，如果不紧急刹车，后果将难以挽回，农业生产必定会严重受挫，苦果只能让农民吞咽。

赵树理在乡下转了一圈，回到县城已是春节前夕，而"跃进"气氛更浓了。他在参加县委会时，直截了当地谈了自己的见闻，谈了自己的认识和理解："我这一个来月，走了不少公社、大队，实地看了'大跃进'的做法。我觉得人民公社的优越性并没有充分显示出来，办集体食堂弊大于利，得不偿失；大炼钢铁纯粹是劳民伤财；基层浮夸风和假报风盛行；如此下去，后果将是非常严重的！"

然而，参加会议的一些激进分子却认为他是跟中央号召唱反调，否定"大跃进"的成果，只是碍于他是大作家又挂着书记处书记职务不便直接反驳。一些比较知情的人，倒是同意他的看法，可又怕被扣上右倾的帽子，不敢表示支持。官场上的人清楚，赵树理是大作家，还是全国人大代表、全国党代会代表，下来只是体验生活，以后拍拍屁股走人了，自己要长期工作下去，贸然支持他没有多少好处。主持会议的县委书记看出了人们的思想，采取了回避的办法，表态说："老赵的看法只是一家之言，咱们还是按会议的计划往下进行，有些问题会后再讨论。"显然，县委并不想讨论赵树理的意见，继续安排1959年的"大跃进"工作。但他受到冷遇却不罢休，还是找机会陈述自己的看法。

春节前夕，阳城县委召开三级干部会，制定出1959年一个个不合实际的生产指标。赵树理再也坐不住了，在大会上几次打断正在做报告的一位副书记的话，对生产指标质疑，不赞成虚假做法。那位副书记根本不接受他的意见，并指责他是"老右倾、绊脚石"。尽管他力陈己见，却改变不了会议主题，县委也由此对他采取了敬而远之的态度。

县委书记怕他在以后的会上再发表不同意见，搞得县委难堪，婉转地劝他回老家尉迟住一段。他明白县委的意思，说："我这人就这脾气，有话爱当面说。我知道我不可能改变县委的决定，就回尉迟吧。"在尉迟住了些日子，心里又焦急又烦闷，正好收到中国文联的电报，要他回京开会，便离开了阳城。

赵树理回到北京，还是忧心忡忡，整天想着农村那一幕幕浮夸情景，担心农业生产会恶化。在参加各种会议时，在跟朋友交谈中，他总讲自己在乡下见到的浮夸现象，讲基层干部头脑发热乱指挥生产的现状。有朋友劝他："老赵，你说的这些情况跟新闻宣传的调子可是相反的。还是少说些吧，省得惹出麻烦来。"他却不以为然，说："我是担心农业生产垮掉，到时受苦的是老百姓。"

他认准的事不回头，不光嘴上讲，并且凭着一位作家正直的良知和不计较个人得失的心胸，写出了一万多字的长文《公社应该如何领导农业生产之我见》，站在农民利益的立场上，发表了对农村工作的看法，主要观点与党中央刚刚在庐山会议期间批判的彭德怀的"万言书"基本相似。

有点"不识时务"的赵树理明知这是一篇"不合时宜"的文章，还要寄给当时《红旗》杂志的负责人陈伯达。正如他在附信中所说："在写这文章时候，因为要避免批评领导的口气，曾换过四五次写法，最后这一次虽然把这种口气去掉了，可要说的话也有好多说不进去了。即使如此，这文章仍与现行的领导方法是抵触的，我估计不便发表，请你看看给我提出些指正——说不定是思想上有了毛病。不过即使是那样，我也应该说出来。"他之所以这样做，是期望能引起中央决策层的注意，尽快改变农村工作方针。

遗憾的是，赵树理的良苦用心无人理解，带来的却是一系列无情打击。陈伯达收到赵树理的文章，如获至宝，马上把文章作为反面材料，转给中国作协党组。中国作协不敢怠慢，很快展开了对赵树理的批判，锋芒颇为激烈。一些名气很大的作家上纲上线指责赵树理，说他与彭德怀一唱一和。赵树理面对压力，并没有改变自己的看法，只是以沉默对抗。

在当时特殊的政治时代，那些作家站出来批判赵树理，虽然是形势所迫，但也不能说没有包含他们的政治需要。为什么都是作家，赵树理就敢于实事求是地表达自己的意见，敢于做农民的代言人，而他们不光不敢说实话，还要批判说实话者呢？所谓作家的人格由此可见一斑。

特别需要提到的是，阳城县委听说赵树理被当作右倾典型批判，非常高兴，专门组织人员把他在阳城的一些谈话整理成"赵树理右倾言论材料"，送到省里和中央，进一步提供了赵树理的"罪状"。真是有点落井下石的味道，让赵树理感到十分悲哀。后来的事实证明，赵树理的这些做法是正确的。

1962年8月，在政治和文艺形势都有所松动的背景下，中国作家协会在海滨城市大连召开了全国农村题材短篇小说创作座谈会，邀请赵树理、周立波、康濯、李准、李束为、西戎等长期从事农村题材小说创作的作家参加会议。大家心情舒畅地畅谈各自对农村历史、现实生活的理解，气氛热烈、融洽，是那几年文学界不曾有过的。会议的基调是，对"大跃进"的经验教训进行初步总结，强调要讲老实话，纠正浮夸风。

这样的基调，是对赵树理前些年坚持的立场、观点的肯定。他按捺不住兴奋的激情，一次次主动发言，还常常在别的作家发言中插话，谈农村的形势，谈基层还是有一些正直的干部顶住浮夸风干实事的情形，谈农村题材小说创作的基本路子应当是实事求是地反映农民的生活，谈作家在政治风云面前要保持独立品格……他似乎要把好几年闷在心里的话，全都倾吐出来。

与会作家都十分赞赏赵树理坚持实事求是的可贵品格，坚持不写违心作品的原则。特别让他欣慰的是，中国作协领导在会上宣布：1959年对赵树理的批判是错误的，予以彻底平反！

作为文艺界最高领导人之一的周扬，在讲话中再一次给赵树理很高的评价："中国作家中真正熟悉农民、熟悉农村的，没有一个能超过赵树理。他对农村有自己的见解，敢于坚持，你贴大字报也不动摇！"

会议的一个重要议题是农村题材小说创作的路子要宽一些，写英雄人物应该，但农村矛盾往往集中在中间人物身上。因此，描写中间人物是很重要的。赵树理的《"锻炼锻炼"》被确定为代表性作品给予肯定。

主持会议的中国作协党组书记邵荃麟在讲话中多次提到赵树理，他说："在现实性方面，我们有些作品也达到了相当深度。有些作家对农村斗争的长期性、复杂性、艰苦性有深刻认识。这次会上，对赵树理的创作一致赞扬，认为前几年对老赵的创作估计不足，这说明老赵对农村的问题认识是比较深刻的。……在我们社会里，独立思考往往被忽略，作家当然应该了解政策，但是应该通过自己的思考去了解、认识。赵树理同志对生活的理解、独立思考的能力就很强。"

参加会议的作家们用形象的说法，称赵树理是写农村题材小说的"铁笔""圣手"。

然而，赵树理舒畅的日子没有延续多长时间，进入1964年，"阶级斗争"的口号开始喊得响亮起来，文艺界受到"特殊关照"，"阶级斗争"这根弦绷得格外紧，可他仍然认为"把任何问题的原因都反映为阶级斗争，是扩大化的倾向，应当避免"。不过，他也感觉到，又一场运动快要来临了。

赵树理的感觉没有错，很快，毛泽东先后两次下达指示，要求文艺界整顿作风，加强阶级斗争观念。头脑发热的积极分子们，抓住两年前中国作协在大连开的农村题材座谈会横加指责，批判邵荃麟的"写中间人物论""现实主义深化论"。在"大连会议"上受到赞赏的作家，统统都被列入批判对象行列，"铁笔""圣手"赵树理首当其冲。

到1964年10月间，批判由内部转向公开，《文艺报》发表长篇大论，全面否定"大连会议"精神，同时还发表《关于"写中间人物"的材料》，点了赵树理的名："……近几年来，赵树理同志的作品没有能够用饱满的热情描写出革命农民的面貌，邵荃麟同志不但没有正确指出赵树理同志创作上的这个缺点，反而把这种缺点当作提倡的创作方向加以鼓吹。"

整风运动的积极分子把赵树理的《锻炼锻炼》《套不住的手》《实干家潘永福》等作品拉出来一起批判。而他对这场运动继续采取沉默的态度，不作任何辩解；同时，对于北京这个"文化中心"彻底失去了信念，当然，北京的"文化中心"也不留恋他。1964年底，赵树理向中国作协提出调回山西工作的要求，很快就获得批准。

几位交情笃深的老朋友听说赵树理要回山西工作，都去家里话别。他进北京结识的苗培时，原来俩人到了一起常常为一个问题争论，甚至吵架，结果是越吵心越近，不争不吵反倒觉得生分。这次见面，俩人却吵不起来了，只是平静地抽烟，满肚子话不知从何说起。苗培时打破平静问道："老赵，你回了山西有何打算？"

赵树理沉重地说："苗公，我这辈子是不写违背良心作品的，要写就写真正的人!"他顿了顿接着说:"我是吃山西的小米长大的,不写山西怎么行啊!我们将来在山西见面吧!"

60岁在每个人的一生中是一个驿站,有功成名就的,有一事无成的;有大起大落的,有平平静静的。赵树理属于大起大落一类,有成就却总难顺利。到60岁该安享晚年了,却又迎接着更大的人生风雨。他和妻子、儿子在北京沉闷地过完1965年春节,结束了15年的"京都里的乡下人"生活,带着简单的行装,迁回太原。他的工作关系转到山西省文联,继续当专业作家。

省文联把他一家安排在机关附近的南华门15号院居住。这是一座没有北房的三合院,赵树理自己掏钱置买了几件必需的家具以及日常生活用品,就算安顿下来了。

赵树理知道要想获得写作素材,还得到基层去。因此,他找省委有关领导表达了心情,被批准挂职到晋城县当副书记。晋城县委让他分管宣传文化工作,他也很乐意。当地有一种民间说唱艺术叫泽州秧歌,在群众中有非常广泛的影响。那几年由于政治形势的缘故,有些不景气。赵树理到任后,花了很大力气振兴泽州秧歌。他把这种艺术作为宝贵的遗产看待,强调要去除糟粕,保留精华,提倡创新。到公社、大队下乡,他总忘不了访问老艺人;去地委开会,或者碰到省里来的宣传、文化部门负责人,总要建议省里扶植泽州秧歌。县委书记开玩笑说:"老赵,你快成泽州秧歌迷了!"他则笑着说:"这也是一项晋城的文化建设嘛!"

除了抓泽州秧歌,赵

太原市南华门的赵树理故居

树理对晋城的文学创作也尽力给予帮助。事实上，晋城县的文学爱好者听说赵树理来晋城当县委副书记，十分高兴，对他热心扶植文学青年的事早有所闻，也就不惧怕他是书记，经常几个人相约来他住的地方请教。

赵树理跟文学青年一起谈文学、谈人生、谈社会，对他们拿来的习作，认真辅导，诚恳地教诲："你们要多看书，首先是增加文学修养，不要急于要发表。"他发现，文学青年的习作基本上是描写英雄人物的，情节大体上一样：有坏人搞破坏，英雄人物依靠群众识破坏人的阴谋，最后坏人受到惩罚，英雄取得胜利。生活细节、人物个性、独特感受很淡薄。他问："你们说说，社会上英雄人物多还是中不溜溜的人物多？"

几个人差不多一齐说："当然是英雄人物多！"

赵树理摇摇头说："你们细细想想，在你们身边的人中间，惊天动地的英雄人物有几个？专门做坏事的人物又有几个？"

文学青年们面面相觑，不好回答。

赵树理继续语重心长地说："其实，还是中不溜溜的人物占绝大多数。你们想搞文学创作，想当作家，就得用跟普通人不一样的眼光看待社会，观察生活，认识各种人，这才能获得创作素材。就是确实碰上了某个英雄人物，也要多做些调查，不要人为地拔高他的事迹。文学创作最重要的一点，是要有各人的特点。我写小说几十年，体会最深的也是这一点。"

1966年盛夏，全中国开展起了轰轰烈烈的"文化大革命"运动，晋城的红卫兵小将寻找批斗对象时，获悉全国著名的大作家赵树理正在晋城挂职下乡，特别兴奋，组织了一场接一场的批斗会。

起初，赵树理天真地以为中央开展这次"文化大革命"运动，是触及每个人灵魂的事，文艺界的人更应该无一例外地接受"革命的洗礼"。然而，他的理解被无情的事实粉碎了。

7月下旬，赵树理奉命从晋城到了长治，接下去又是轮流被地委机关和各局、各学校、各文化单位批斗。

赵树理在挨批斗的同时，还得写"检查"。他用那支写出过《小二黑结婚》《李有才板话》《三里湾》的笔，用那颗对党、对人民虔诚相信的心，用那种天才的文学才华，竟写出了数万字的"检查"！他把写"检查"作为总结人生和创作经历的机会，解剖自己，袒露出一位参加革命几十年、实实在在做人、真真切切写作的作家心底的感受，最具代表性的当数《回忆历史认识自己》。

这份"检查"长达两万三千字，从中，能读出赵树理一生做人的准则，读出他整个文学创作的历史，读出他对许多政治问题和事件的思考。下面是该文最后的两段话——

> 我自参加革命以来，无论思想、创作、工作、生活各方面有何发展变化，有什么缺点、错误，也就是说是个什么成色，始终是自成一个体系的。入京以后，除了戏改方面受了些感染（也因本身就有爱好封建戏曲的弱点）外，其他方面未改变过我的原形。广大人民不了解内情，从某一段社会关系上把我和有些人摆也摆在一处、扫也扫在一处，但我把自己的来踪去迹向党说明之后，要求党在数年之内，经过详细调查，最后把我加一点应有的区别，放到应放的地方。

> 我不要求过早地加以区别，此次"文化大革命"是触及每个人灵魂的事，文化界、文艺界的人们更应该是一无例外的。待到把我和我共过事的人都接触到，把问题都摆出来，我本人的全部情况也会随之而出，搜集起来，便是总结。我以为这过程可能与打扑克有点相像。在起牌的时候，搭子上插错牌也是常有的事，但是打过几圈来也就都倒正了。我愿意等到最后洗牌的时候，再被检点。

1967年初春，山西造反派紧跟上海的"一月风暴"，全面夺权，乘胜追击，省城的造反派勒令赵树理从长治回太原接受批斗。

1968年，"文化大革命"进入第三个年头。山西文艺界的"资产阶级权威"都被集中到一所房子里，也就是"牛棚"中。赵树理当然是首犯，还有马烽、西戎、李束为、孙谦、王玉堂等名流。

到了1969年，造反派组织忙着打派仗，"工宣队"顾不过来管制，才允许"资产阶级权威"们回家去,但随时要准备接受批斗。不久,"清理阶级队伍"作为"文化大革命"的重要内容开始了,赵树理又遭到新一轮批斗。

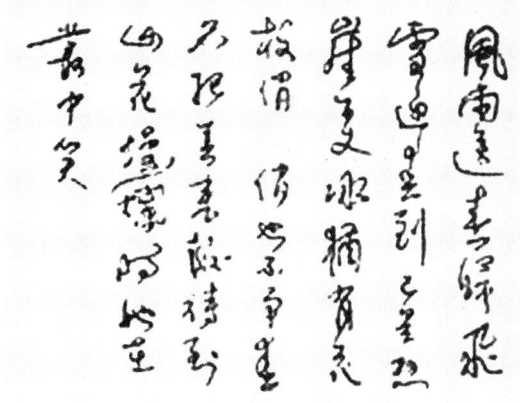

"文化大革命"时期赵树理抄录的毛泽东诗词

家乡人听说赵树理被折磨得重病在身,偷偷地到家里看望他,劝他想开些,相信总有出头的日子。他一般不谈自己被折磨的情况,对乡亲们的关怀很感激,只说:"……对我的一生,社会自有公论!"

1970年6月下旬,赵树理被关进了省高级人民法院,住在一个小隔离间内,家属要求护理,起初遭到拒绝,后来看他病情确实严重,不想承担责任,才同意小儿子照料。

9月16日,赵树理没能等批斗完,就再也坚持不住,昏迷过去了……

1970年9月23日凌晨,赵树理走完了他坎坷的人生道路,离开了这个让他又爱又恨的世界,时年65岁。

坚持不跟风写作

在创作方面,新中国成立后赵树理的成就最重要的还是小说和剧本。《登记》是他写得最精彩、最有影响的短篇小说之一。作品通过叙述艾艾和她的母亲"小飞娥"两代人爱情、婚姻的经历,批判了农村包办婚姻封建思想的危害;同时,也通过描写基层干部王助理员的不良行为,尖锐地揭露了新中国成立初期某些干部身上以权谋私的不正之风。因此,这是一篇极具现实意义的作品。

1952年赵树理与劳模郭玉恩的合影

1958年人民文学出版社出版的《三里湾》精装本

小说最突出的成就还在于塑造了"小飞娥"这个人物。"小飞娥"是一个充满矛盾的悲剧人物，表面上她屈服于封建礼教，牺牲了真挚的爱情，但内心深处却一直期盼着自由的恋爱。所以，当她的女儿艾艾的爱情同样遭遇到阻挠时，她坚决站在女儿一边，不希望自己的悲剧重演在女儿身上。正是由于这个形象的深刻意义，使得这篇作品没有因为时间的流逝而失去光彩。

1955年出版的长篇小说《三里湾》是赵树理最有代表性的作品之一，也是新中国成立后国内文坛最早反映农村现实生活的长篇小说。这部长篇的素材来自于赵树理在平顺县川底村一年多的生活积累。小说围绕着秋收、整党、扩社、开渠等事件，勾勒出解放后的中国农村所经历着的巨大变革轨迹，通过多组矛盾冲突的描写，生动地再现了农村中先进力量与落后势力的交锋过程。而如此深刻的主题，则是凭借家庭琐事、恋爱婚姻、农业生产、人际关系等细节来体现的。

当然，现在来看这部小说的主题，或许不符合当时社会发展的规律，因为过早地实行农业合作化，对于提高农民的生产积极性并不利。然而，在那个特定社会环境中，要求赵树理不去表现这样的主题，是不可能的。

赵树理在《三里湾》中倾注心血最多的，是写出了一系列性格迥异的人物，包括王金生、王玉生、范灵芝、王满喜等青年积极分子，私心观念很重的党员干部范登高，个体农民马多寿和他老婆"常有理"、儿子马有余、媳妇"惹不起"。王金生是党支部书记兼农业社副社长，富有领导才能，性格淳厚朴实，做工作踏踏实实，在他身上体现着赵树理对农村基层干部的理想，正如他在《〈三里湾〉写作前后》一文中所说："正因为农村中到处有这样一些好党员，才把推广农业生产合作社形成一种全国性的运动。"王玉生、范灵芝、王满喜，是农村青年积极分子形象，也是农业发展的希望所在。这些先进人物没有叱咤风云的气概，没有动人心弦的豪言壮语，然而，就是这些朴素、乐观、幽默、实干的山村人，在社会大变革中起着决定性作用。他们既是普通劳动者，又是创造历史的英雄。范登高则是一个寓意深刻的形象。他身为党员干部，却不是带领农民克服困难，发展生产，而是一心要谋个人利益；最终还是在各方面的教育下，转变了过来。其实，这类人物在当时的中国农村是非常普遍的，赵树理正是要通过范登高提出一个干部教育的问题来，以引起有关领导部门的关注。

事实上，《三里湾》中描写最成功的人物，应当说是马多寿、"常有理"、马有余、"惹不起"这几个所谓落后农民。他们身上集中体现出农民所固有的自私、保守、狭隘等小农经济意识，但他们同时也不乏农民身上依靠自己不求别人的思想。他们不是坏人，只是一时跟不上形势的发展，没有觉悟过来。可以看得出来，赵树理写这些人物非常得心应手，一个个都活灵活现，栩栩如生，给人留下深刻的印象，这就说明他对这类人是很了解的。他往往是通过一些生活细节、有特点的语言和行动，刻画出人物的性格来。可以说，《三里湾》成为经典之作的价值，正是建筑在人物描写之上的。

1958年社会各界都"大跃进"，文艺界也不例外。中国作协号召作家们要用"大跃进"的速度写作，赵树理被点名表态，只好说："我倒是计划写一个长篇小说，分为三部，第一部争取一个月左右完成，后两部也尽量早点写完。"

"后两部一定要在今年内完成。要有'大跃进'的速度嘛。"领导要求他。

他只是笑一笑说："尽量争取吧。我这个人怕挤，挤得太狠反而完不成任务。"

赵树理要写的长篇小说叫《灵泉洞》。北京的热闹气氛让他根本静不下心来，他就跑到太原住进一家招待所，专心致志地写起来。一个月后，七万字的上部竟写完了，这个速度在他新中国成立后的写作中，确实有点"跃进"的味道。他自己感觉写得很累，很不顺畅，实在不想继续写后两部了，于是，打点行装又去了长治。

刚到长治安顿下来，山西省文联《火花》杂志编辑韩文洲就找他要稿子。《火花》杂志当时办得很出色，是全国优秀文艺杂志之一。赵树理当然知道这个事实，而他给《火花》的稿子不多。现在人家专门来约稿，感觉一定不能让杂志失望,就答应下来。韩文洲也住到招待所,等着拿稿。

赵树理想了一个晚上,构思成一个短篇小说,他考虑,这个作品应该力图反映当前农村中一部分既不先进也不落后人物的思想行为,就是后来的《锻炼锻炼》。第二天他就动笔,写一段韩文洲读一段;他写完了韩文洲也读完了,连声称赞:"赵老师,这篇小说写得好,写得实在,写出了农村的真实情况。"

"我这是急就章,你拿回去跟编辑部的其他同志研究研究,需要改动就改动。"赵树理谦虚地说。

韩文洲表示:"我相信编辑部的其他人读了肯定会叫好,根本用不着修改,发表出去会产生很大反响。"

韩文洲拿上《锻炼锻炼》回到编辑部,8月号的稿已经发排,编辑部决定从校样中抽下一篇,编发了这篇小说,到8月份就和读者见面了。《人民文学》则于9月号全文转载,进一步扩大了影响。

这篇短篇小说体现了赵树理坚持实事求是、反对浮夸的态度。他在小说中通过刻画"小腿疼""吃不饱"一类所谓落后农民形象,是要说明农村中确确实实存在许多这样的人。在普通农民身上,旧的思想负担不是一下子就能改变的,需要一个长期、曲折的过程。同时,也是他所坚持的文学创作应当表现"中间人物"思想的实践之作。

小说反响确实很大,看法却不尽相同。普通读者非常喜爱,争相阅读,称赞赵树理真实地表现了生活本质;而那些被"大跃进"冲昏头脑的理论家和官员,则指责赵树理是丑化农民群众,没有歌颂先进人物,立场有问题。赵树理并不服气,坚持认为自己写的是真实生活,可他不想写文章辩解,他要让历史去证明。作品在后来的极左思潮中多次被批判,更证明了它是一篇优秀之作。

到1960年夏天,对赵树理的批判基本结束,而此时国家进入了困难时期,全国人民勒紧裤带还"老大哥"的账,老天又频发灾害,加上"大跃进"的严重后果,人民群众的生活十分艰苦。赵树理的担心不幸而言中,人们得到了浮夸虚假风无情的"回报"。赵树理从老家来人嘴里听到许多农民吃不饱饭，靠糠菜填肚子，有的村里甚至几个月见不到粮食。于是，他又打点行装回了老家。

沁水跟阳城已恢复两县制，领导班子有了调整。不过，县官们对赵树理敬而远之。赵树理也不想在县里停留，他要看看农民的日子咋过。少数干部仍然热衷于喊口号、搞浮夸，根本不关心群众的生活，赵树理看在眼里急在心上，可凭他一人之力是改变不了干部作风的，他只能尽力帮助群众解决一些吃饭的燃眉之急。

一位以写小说为职业的名作家，不正常地停止创作好几年，赵树理感觉有些对不住读者，应该写东西了。几个月的乡下生活，让他真切地体会到说大话、搞浮夸的危害，决定写几篇颂扬干实事人物的作品。首先拿出来的是短篇小说《套不住的手》。

《套不住的手》的主人公是个叫陈秉正的老农民，儿孙为了让他享享清福，特地给他买了一双手套。老汉却经常丢失，儿孙们埋怨他，可他说："我这双手是戴不住手套的！"他平时总是实实在在干活，从不说空话、假话，最后成了劳动模范。

赵树理是要通过笔下的陈秉正老汉表达出自己的看法：实实在在做点事，比光喊口号、随意定指标要好得多。

接下去，他非常投入地为实干家潘永福写报告文学，跟写《套不住的手》指导思想一样，用作品宣扬实干精神。

潘永福是尉迟的邻村嘉峰村人，跟赵树理的姐姐家住得很近，俩人从小就认识。潘永福诚实、聪明、勇敢，乐于助人，又有领导才能，当过区长、部长，那时是县工会主席。他的不少事迹被人们说得带上了传奇性，赵树理经常回沁水，听说过许多潘永福的事迹。他对潘永福的印象，主要是个实干的人，是个善于经营的人才。在说假话成风的年代，这种干部太少了，值得大力宣扬，树为榜样。

赵树理和潘永福长谈了几天，又跟着他一块下厂，目睹了他的工作方式，再加上多年的感受，丰富的素材让赵树理文思敏捷，十几天时间，一口气写完将近两万字的《实干家潘永福》，交给《人民文学》杂志，于1961年4月号与读者见了面。他预感到，这部"不识时务"的作品，不会招来喝彩，但他宁可叫人说三道四，也不写违心之作。

果然，除了《文艺报》副主编侯金镜写了一篇评论外，其他媒体都没有反应。但是，后来的事实却证明了这部作品是很有价值的。

上党梆子剧本《十里店》，是新中国成立后赵树理在剧本创作方面最有代表性的作品。这部剧本的创作与修改，是在"文化大革命"前夕。正是由于这个特殊时期，整个过程对赵树理来说，实在是没有多少快乐。

赵树理最早萌发写《十里店》的想法，是1963年秋天在长治郊区曲里大队下乡时。他看到曲里的副业生产搞得红红火火，农民收入高，生活比较富裕；同时，他也看到曲里存在一些不良风气，诸如小偷小摸、打架斗殴、贿赂干部等。他认为，这些现象不一定抬到阶级斗争的高度，却也是需要彻底克服的，农村不能让这类现象蔓延，最好是用戏剧的形式，塑造一个思想进步的青年妇女与这些不良风气做斗争，意义会深刻一些。于是，他构思出一出戏的轮廓，剧名就叫"结婚前后"，以一个刚结婚的年轻妇女为主角，再配上几个不同身份和思想各异的人物，着重表现新旧人物之间的思想斗争。动笔刚写了一个开头，因为有其他事情便放下了。1964年5月，晋东南地区为了参加全省现代戏调演，恳请赵树理写一部剧本。他想起了《结婚前后》，就在那个剧的构思基础上，又去走访了陵川县先进人物、年轻媳妇董小苏。这位董小苏的事迹，正好符合他构思中的女主角的需要，丰富了创作素材。之后，他用了一个月的时间写出了剧本，剧名则改成了"十里店"。

剧作体现出了赵树理的创作初衷，通过女主角马红英同一些不良风气做斗争，赞扬了知识青年在农村建设中的积极作用，批评了少数农村干部错误的工作作风，提出了要加强对农民进行思想教育的问题。然而，剧团赴省里调演只在内部演了一场，就被勒令停止演出，因为有领导认为《十里店》没有突出阶级斗争大纲，过分暴露了社会主义的黑暗面，英雄人物塑造得不够。尽管赵树理对这些意见并不认同，但是，为了能让剧作公演，他只好违心地作修改，在保持原来的基本构架前提下，适当减少了一些所谓黑暗面，增加了马红英等正面人物的戏。结果又被有关领导人指责为不真实，仍然是通不过，要求继续修改。

赵树理在修改讨论会上激动地说:"《十里店》真实不真实?能不能演出?这应当由农民群众来决定!他们是生活的主人,最有发言权。在思想倾向上对不对?我是根据革命需要看重现实的。现实变化了,政策也得改。各级领导干部们是执行政治路线者,在这方面最有发言权。艺术技巧上成熟不成熟?在座的都是戏剧内行,古典的,现代的,甚至外国的,不同剧种的,看过许多戏,在这方面最有发言权。有同志说《十里店》是个坏戏,这也吓不倒我。我怕的是事实先生!全盘否定的态度,不利于文艺创作……"

想不通归想不通,赵树理还得一次次去修改,到修改完六次,还是没有获得通过。因为政治气候不可能让他这样的作家作品问世,这也正是他所感叹的:"我是生于《万象楼》,死于《十里店》哪!"直到他逝世多年,"文化大革命"结束以后,《十里店》才获得公演的机会,第一稿在《人民文学》杂志上发表。

人生悲剧的文化根源

对于赵树理一生的坎坷经历,在时下的一些作家看来,他活得实在是沉重,没有一点潇洒风度。你一个作家只管写你的小说就够了,当什么农民的

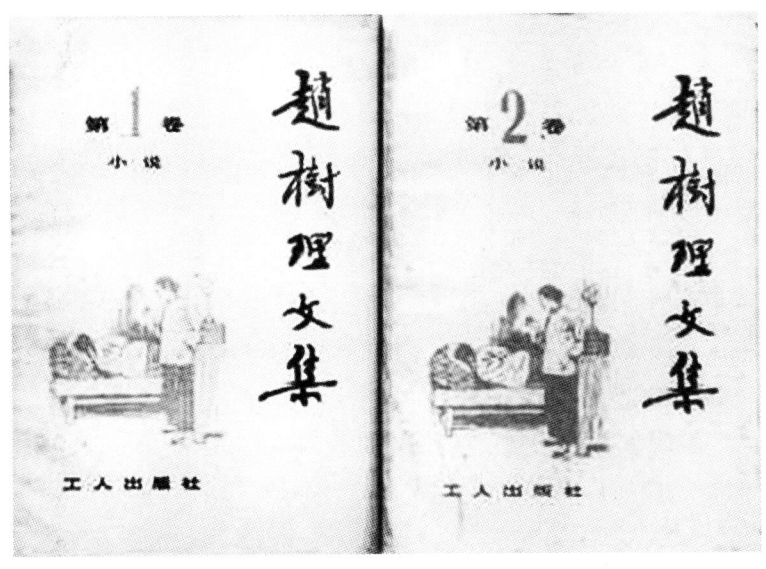

工人出版社1980年出版的《赵树理文集》(全4卷)

代言人，管什么农业生产该如何领导，而且还要写成文章，往人家枪口上撞，累不累呀！的确，赵树理时刻想着农村政策，想着农业生产，想着农民的利益。按常理，这些事情应当由各级政府官员去想、去做，不是他一个作家必须想的。他却想得那么投入，那么执着，并且要奔走呼号。应当说，这就是赵树理的性格特征。正是这种性格铸就了赵树理的独特人格，也是他能够写出一部又一部脍炙人口的小说、创造出一个又一个让人难忘的艺术形象的重要原因。

我们完全可以相信，如果赵树理生活在当今时代，按照他的一贯性格，依旧会做农民利益的代言人。事实上，现在的农民非常需要代言人，农村中不光弄虚作假之风没有根除，各种新的腐败又在侵害农民的利益，正像前些年湖北省监利县棋盘乡党委书记李昌平所反映的："农民真苦，农村真穷。"农民热切期盼作家能替他们说话，能维护他们的利益，能有很多赵树理式的作家。

赵树理选择文学创作道路，或许就是一个悲剧。文学让他把聪明才智贡献得淋漓尽致，文学也让他耗干了心血。他最早发表作品竟然是20世纪30年代，在被囚禁的国民党山西省党部的"自新院"院刊上，可以说，赵树理是以充满悲剧色彩开始文学创作生涯的。以后的大多数日子里，愉快的时候很少，总有这样那样的难题围绕着他，最终以令文人心悸、令大众灵魂震颤的结局离开了这个世界，实在是一出人生悲剧，更是一曲文坛悲歌！

酿成赵树理人生悲剧的深刻原因究竟是什么？不可否认，动荡不安的时代和复杂多变的社会这些外在元素当然是很重要的，因为，赵树理在60多年的人生旅途中，经历了20世纪中国改朝换代、变幻莫测的时期，他所走的每一步，似乎总是与他的善良愿望、他的美好理想有距离，有时甚至无法立足。他不能跟时代、跟社会合拍，也就避免不了悲剧的产生。他个人的能力左右不了时代特性，更左右不了社会的力量。

然而，赵树理个人性格同样是酿成他人生悲剧的根本原因。可以说，赵树理的一生，基本上是处在矛盾状态，从他十几岁走出尉迟老家去长治师范念书起，直到最终含冤去世，总是有许多矛盾让他无法解脱，譬如，家庭教育与科学教育的矛盾、不甘于二亩地一头驴老婆孩子热炕头的田园式安定生活与漂泊在外事事不顺心灵疲惫的矛盾、创作上想按自己的意愿写感受最深刻的作品与碍于面子不得不经常写遵命之作的矛盾等等。

赵树理的性格是民族传统文化的集中体现，诚实、善良、吃苦、厚道、随遇而安、不图回报、乐于付出，组成了他性格的基本元素；而那种与命运抗争、与不公平社会抗争、与不正常待遇抗争，这些充分表现个人尊严和民主思想的行动，偶然也有过一些，但总体上不是他性格的主流。从文化意义上理解，20世纪是东方民族传统文化与外来开放性文化逐步融合的时期，而赵树理性格中的民族传统文化，一直是处于主导地位，外来开放性文化的渗透比较缓慢，这就形成了他人生悲剧的文化基础。

赵树理的这种文化基础，致使他的思想观念、生活方式、写作风格也只能是传统式的。因而，他的工作关系和户口在北京十几年，他却实际上是个乡下人，无法适应京都的政治、文化、生存氛围，总有一种压抑感。可他如果到了乡下，他会那么畅快、兴奋，如鱼得水。传统的生活方式才能让他舒心。他的写作风格基本上是承续了中国传统文学的表达方式，这样做，既是体现他为普通群众提供精神食粮的观念，更是他性格特点的必然选择。

如果我们把赵树理与和他齐名的同代作家进行比较，他的传统文化基础之深是非常突出的，他的性格中所包含民族精神之重是别人不多见的。而从接受外来文化方面看，由于别人多数有去外国留学经历或念过国内理念开放的大专院校，文化融合性明显强于赵树理。这些不同点，促使赵树理成了个性非常独特的作家，同时也促成了他人生的悲剧。

作为一个具有独特思想认识和艺术追求的作家，赵树理成为20世纪中国文坛最重要的作家之一，在文学史上取得了别人无法代替的地位，更铸造了山西文学的一次辉煌，形成了以他为代表的"山药蛋"文学流派。他的作品在国内产生过极为广泛的轰动效应，曾经影响过众多坚持现实主义创作的作家，影响过一代文风。他的作品还在40多个国家和地区翻译出版，国外有不少专家学者在研究他的人生道路与作品的价值。随着时间的推移，赵树理作品的价值将会更加显现。

第三章 "山药蛋派"的历史流变

说不尽的"五老"

马烽、西戎、李束为、孙谦、胡正是"山药蛋派"的主力作家,在山西文坛被敬称为"五老",他们因为人生经历、形态、创作历程、范式、实绩及在"山药蛋派"文学乃至中国现当代文学中的位置、意义的相近,因为五人之间关系的亲密,作为一个中国现当代文学中少有的独特的创作群体而广受关注与研究。我们探讨"山药蛋派"的历史流变,不妨先从他们谈起。

人生经历、形态的相近及相互关系的亲密,是"五老"的一个显著特征。

"五老"年龄相近,李束为为长,生于1918年,胡正最少,生于1924年,相差6岁。他们都出身于农村,除李束为原籍为山东但却长期生活在山西外,其他四人都是山西土生土长之人,且家境在乡间均属一般。他们学历不高,最高的是马烽与胡正,也只有高小文化程度,但他们从小都偏爱文艺,尤其对中国传统小说有着浓厚兴趣,从中受到了潜移默化的影响。抗战爆发不久,他们几近同时参加了中国共产党领导下的革命队伍,在连队当战士、宣传员等,又于20世纪40年代初,同入"鲁艺"与"部艺"学习,开始了自己的文学生涯。1943年初,他们回到晋绥根据地,边工作边进行文艺创作。新中国成立后,除李束为外,其他四人一度离开山西进入北京等地工作,但又于1957年前,先后自愿调回山西工作,且直至晚年,长期在山西文艺界担任着领导工作。

相近的出身与经历,使他们的人生形态颇多近似之处,这一近似之处,首先体现在情感形态。受其个人出身及其后经历中革命及与农民亲密关系的影响,他们与普通乡民在思想感情上有着一种天然的血缘性关联,这也是马

第三章 "山药蛋派"的历史流变

马 烽　　　　　　西 戎

李束为　　　　孙 谦　　　　胡 正

烽等四人先后自愿调离作为政治文化中心的京华等地而回到家乡的主要原因。在回忆"五老"的文章中,回忆他们与乡民水乳交融如一家的文字比比皆是。如果说,理性的认识在短期内可以有所改变,那么,情感却是在长期的人生过程中形成的,且近于生命中的天性构成。"五老"与农民的关系,是情感上的、是血缘上的、是由内而外的、是"形"与"神"的统一,而不是如"深入乡村生活"的作为乡村外来者的作家之于乡村的关系;如柳青、周立波等人,他们是理性的姻缘上的、由外而内的、"形"与"神"在某种程度上是相脱节的。前者是一种天生的、与生俱来的亲近,后者则是相互需要的结合;前者去乡村,是回家,后者去乡村,是"下乡"。

受上述情感形态的支配,也因为他们年少时受到的乡村文化的影响,成长时代所受到的民族化、大众化、通俗化的与乡村文化联姻的政治文化的影响,他们的知识结构价值形态更多地立足于传统的乡间的伦理文化土壤,且与中国以善为美的历史长河一脉相承。这样的情感形态、知识结构、价值形态,使他们在反映农村生活时,更易贴近农民贴近农村现实。他们的创作实绩全部体现在农村题材的创作上，与他们的此种创作生态是密不可分的。但有一利即有一弊，耀目的灯光下即是黑影的存在。对此种情感形态、知识结构、价值形态的执着、眷恋、赞美，使他们对生活的体验、使他们的文化视野，更多地处于文化封闭状态，更多地处于同质浸染的循环，缺少文化上的开放性，缺少文化异质冲突的可能，也使他们的文化心理结构得不到质的更新与嬗变，在观照农村生活时，缺少了现代文化的参照。这使他们在1957年共和国出现新的社会问题与时代矛盾时，能够免遭王蒙等人般的厄运却也不及王蒙等人的深刻。这也使他们在新时期的文学创作中，因为对社会转型中新的时代质素如现代性、都市形态、商业经济的陌生与疏离而远离了时代、社会的中心，成为一种边缘化的存在。

"五老"的人生经历决定了他们的写作身份。"五老"与农民的关系，是基于自身生命天性的，他们与党的关系，是基于理性的自觉追求的。他们一方面试图做农民利益的代言人，一方面力图做党的利益的代言人。在农民利益与党的利益相一致时，"五老"的创作顺风顺水；当二者不一致时，"五老"则试图在自身理性追求的规训下，写出自身对现实的生命感受，且与中国"发乎情"但必须"止于礼"的温柔敦厚的诗教传统一脉相承。面对此种对现实的生命感受，"五老"有时表现出了"随心所欲"的精彩，但却无论如何也"不逾矩"。所以，在党的利益框架容许农民利益对此有所突破时，"五老"会在20世纪50年代后期写出批判官僚特权浮夸之风的《一篇特写》《四访孙玉厚》（马烽）、《言大必空》（孙谦）等等，会在新时期写出与党的包产到户、取消阶级斗争政策并不吻合的三个电影文学剧本《咱们的退伍兵》《山村锣鼓》《黄土坡的婆姨们》（孙谦、马烽）及长篇《玉龙村纪事》（马烽）等等，但他们基于农民利益的对现实的反思、批判也就到此为止。他们是将对农民利益的表达局限在党的利益、党在一定时期的理念的框架之内的。

人生经历、形态的相近，形成了"五老"私人性相互关系的亲近。西戎曾在一篇文章中介绍了四幅"五老"的照片：分别摄于1944年、1964年、1972年、1987年，都是半身像，都是五个人且站的位置也都一样。前两幅照片曾以"文艺战线上的五战友"为题，由新华社向海内外播发过。西戎并在文章中讲述了他们五人之间的亲密关系："在漫长的八年抗日战争中，我们几乎很少不在一起生活，一块参加反扫荡战斗，一块参加开荒种地，一个锅里吃饭，一条炕上睡觉。"还有一个细节也颇能说明五人关系的亲密：西戎在1946年写给马烽的信中提到，他外出时，因为来不及缝自己的裤衩，就穿上李束为的裤衩走了。

1982年的"五老"合影

真应了那句话：好得穿一条裤子。但在五人关系的亲密性中，我们也应该直面他们之间人际关系的阴影的存在。这样的阴影有时是受"左"的政治运动的影响，譬如中共中央八届十中全会后，重提阶级斗争，李束为即给山西省委宣传部打了报告，把马烽、孙谦、西戎、胡正的作品报上去，作为批判材料，从而严重地伤害了他们之间的情感。这样的阴影有时又体现为受中国文人关系传统中负面性的影响，并在体制下给以表现，譬如，陈为人在《马烽无刺》一书中披露：胡正这样谈到李束为："那时李束为是文联主席、党组书记，马烽是副主席、副书记。李束为内心有个根本的矛盾，根本的矛盾是

1991年的"五老"合影

什么呢？主要问题是领导地位与文学成就的问题。"陈为人在该书中引用唐达成的话说："政治、文艺，原本就是两个不同圈子的事情，可文坛就是有不少人，把自己看成是'双枪老太婆'也用这个标准要求别人。当一个中国文坛的头头脑脑，实在是太难了。""五老"关系的亲密性及其在这之中的阴影，对于我们研究新中国成立后文人之间关系的丰富性，是一个生动的典型个例。

"五老"人生经历、形态的相似，决定了他们创作历程、范式、实绩的相似。他们创作历程、实绩的相似，我们在后面再作论述，在此，我们先对"五老"的创作范式，并将这一范式置于与工农兵文学的关系中给以考察，置于"五老"的人生形态中给以考察。

工农兵文学的创作范式最初来源于苏联的社会主义现实主义，社会主义现实主义的核心概念是要求作家写出"发展中的现实"，其后在中国与苏联关系破裂后，工农兵文学将自己的创作范式由社会主义现实主义改造为"两结合"，即革命现实主义与革命浪漫主义相结合，以现实主义为基础、浪漫主义为主导。究其实，仍然是换汤不换药，只是用浪漫主义代替了"发展中"。"五老"的创作范式，在这一大的创作范式的框架下，以自己的创作实际形成了自己的独特之处，要而言之，有三：

首先，以"问题小说"为凝聚点，立足于对农民生存形态的真实反映，形成了农村生活气息浓郁的鲜明特色。社会主义现实主义及"两结合"均有强调及时反映社会现实的一面，工农兵文学创作的宗旨是文学创作为政治服务，而其时，中国的"现实"，中国的"政治"，主要地体现在农村。所有这些，在"五老"那里，都被具体地落实到力图对农民当下生存形态的真实反映

马烽、冈夫、西戎、孙谦、胡正的文集

上，这种生存形态是建筑在日常物质生活基础上的物质生活形态与精神情感形态。不能否认，"五老"的文学创作如同赵树理一样，是为政治服务的，"问题小说"写的是党的方针、路线贯彻中出现的问题。如党提出动员高小毕业生回农村参加社会主义农

束为的文集

村建设，马烽就写了《韩梅梅》；1958年"大跃进"，写了《"停止办公"》《重要更正》；实现人民公社化，写了《太阳刚刚出山》。农业社时期，男女同工同酬成为当时的"问题"，西戎写了《纠纷》；发展集体经济，面临着集体与个人的矛盾，西戎又写了《盖马棚》，孙谦写了《伤疤的故事》。1959年至1961国民经济三年困难时期，束为写了《迟收的庄禾》《于得水的饭碗》等等。如是，"政治理念"的框架，极大地束缚了赵树理与"五老"的创作空间，规范了他们创作中的价值指向，对"政治理念"的自觉服从，又是与"五老"自觉地力图作党的利益代言人的写作身份是相一致的。但如同赵树理一样，"五老"又总是要把为一个时代的"政治"的服务，融入对农民当下现实生存的关怀情怀之中，融入中国传统的对现实关怀的忧患意识之中。表现在"问题小说"中的"问题"上，赵树理在《也算经验》一文中说："我在做群众工作的过程中，遇到了非解决不可而又不是轻易能解决了的问题，往往就变成所要写的主题。"这里的"问题"是党的方针、路线贯彻中出现的"问题"，但更是农民实际生存中所遇到的问题，特别是农民切身的物质利益、家庭利益，如经济的收入、家庭结构的改变等等。只是因为其时党的利益与农民利益相一致之故，所以，大家才把这"问题"混为一谈了。当二者关系一致时，赵树理与"五老"的作品中，就将对农民利益实现的歌颂与对党的路线、方针的歌颂融为一体，如赵树理的《小二黑结婚》、马烽的《一架弹花机》、西戎的《赖大嫂》、束为的《于得水的饭碗》等等。当二者关系不一致时，赵树理与"五老"小说中的"问题"就因不合时宜而被现实弃置不顾了，或者以与社会现实中的"问题"相对照的形式，在对照中完

成对"问题"的呈现。如赵树理的《套不住的手》《实干家潘永福》等，以主人公的实干精神反衬了社会现实中的浮夸之风；马烽等人通过通讯、特写等纪实性文字对农村现实的关注也是如此。这种对农民利益的执着维护，则是与"五老"自觉地试图做农民利益的代言人的写作身份相一致的。

如是，两种写作身份的一致与不一致，或者一致与不一致相互的交叉、重合、错落，制约了他们笔下对农民当下生存形态反映的真实程度、丰富程度与深刻程度，但农民当下的生存形态，却始终是赵树理与"五老"写作的立足点与凝聚点，这却是毫无疑问的。

所以，我们也才能明白，虽然文坛一度认为马烽等人之于赵树理的区别是他们善于塑造农村的先进人物，但经过了岁月的淘洗，我们来看"五老"的作品，写得最成功最有魅力的依然是"中间人物"如赵满囤、赖大嫂、田木瓜等等。

其次，赵树理与"五老"在创作中的一个主要特点，是将一个时代的政治性伦理诉求转化或者融入乡村民间的伦理性诉求。这样的转化或者融入，可以体现他们前述两种写作身份的统一，体现他们前述两种"问题"的统一，体现他们前述为政治服务与为维护农民当下切身利益的统一。社会主义现实主义中"规范""现实"的"发展中的现实"之"发展"、"两结合"中作为"指导"的"浪漫主义"均是指政治革命价值诉求对未来社会发展的理性认识或者情感想象，如对农村集体化道路与远景的肯定等等。但赵树理与"五老"却是将这样的理性认识与情感想象扎根于农民现实生存的价值诉求之中，成为一种乡村民间性的伦理标准、情感愿望。如《于得水的饭碗》中对"吃"的期待、《赖大嫂》中赖大嫂对切身利益得以兑现的向往、《两个巧媳妇》中对农村女性丰富性格的展示等等。与之相关联的，是"五老"的作品将工农兵文学、将社会主义现实主义或者"两结合"中，对作品中人物褒贬的政治性规定置换为乡村的伦理性规定，或者以前者的外衣包裹后者的身躯。所以，我们在他们笔下的先进人物或者农村新人身上，更多地看到的是乡村伦理所肯定的务实、勤劳、节俭、友善、向上等等。如马烽的《我的第一个上级》中的田局长，在他身上更多的是从实际出发，熟悉实情的朴实的工作风格；《韩梅梅》中的韩梅梅，体现了青年人热爱家乡、勤劳上进的人品;孙谦《伤疤的故事》中的妹妹小凤,更多的是勤劳、谦让、无私、美好的品格;等等。而在对"中间人物"的批评中,也更多的是将政治伦理性的批评转化、融入乡村民间性的伦理批评之中。如对《三年早知道》中赵满囤、《伤疤的故事》中姐姐大凤、《太阳刚刚出山》中老大的批评,都是对其自私品格的批评,而超越了对农村集体化过程中农民或者农村干部如何对待农村集体化态度的批评。如此,就使得作品中的人物能够超越作品中所写的时代问题及依附在这个问题上的政治品格,具有为广大农民读者所喜爱的民间伦理之美与人性之美。

再次,是小说的大众化写法。这是前述赵树理与"五老"试图将两种写作身份、两种写作追求给以统一的在写法上的体现,这就是文艺在为广大农民所接受中所起到的文艺为政治服务的功能与对农民阅读情味的满足。这种大众化写法,如讲究小说的故事性、情节的连贯性、语言的大众化、形式的通俗性等等,学界论述多多,此处不再赘述。值得给以特别提出的是,中国大众,一向多的是对人生对世界的形而下关怀,而少有形而上探讨;一向多的是对当下生存境况的重视,而少有对终极目标的追问。由是,与创作中将反映农民当下生存境况满足农民的阅读趣味为自己的创作立足点相吻合,"五老"在作品中,特别重视的是对农民具体日常生活细节描写的真实性、丰满性与生动性,并因此带来了意义的丰富性与人生的认同性,突破了小说创作中理念预设的束缚与偏颇。对情节的理性设计,有时难免不脱其时的政治理念,一旦这一政治理念走偏,情节所体现出的意义即被大打折扣。但细节的感性化生活化,却给人以理性认知不断得以进行的广阔空间。所以,"五老"的作品,从情节上看,从情节所体现的主题上看,免不了是苍白的单一的甚至是过时的错误的,但其丰满生动的细节,却使作品有了超越时代的审美魅力。当然,由于情节框架理性上的僵硬、逼仄,也常常会限制了细节意义上展开的空间。

"五老"的这一创作范式,既与工农兵文学的创作范式大体吻合,又是对工农兵文学创作范式的丰富与有限度的突破。这一创作范式,与"五老"的人生形态亦血肉相连,即他们对一个时代政治的自觉的理性追求与服从,决定了他们对情节、主题、对作品中人物性格核心性质素的设计,他们身上与生俱来的乡村的情感形态,又使他们在具体的描写中,自觉不自觉地把乡村的情感形态、伦理标准融入体现人物、故事、行动的大量的丰满生动的细节之中。这一创作范式,在总体上,与中国传统文学的创作范式相通,与赵树理的创作范式相连,只是程度上大有差异罢了。

作为一个在工农兵文学中少有的特定的创作群体,作为"山药蛋派"的中坚力量,"五老"有着他们自身独特的"史性"意义与价值,这主要体现在他们在创作轨迹创作范式及作品中所体现的中国政治中心与农民关系的变动上,体现在一个时代政治伦理文化与乡村伦理文化的"张力"关系上,体现在他们的创作与工农兵文学的"张力"关系上,体现在他们自身创作中情感与理性之间的内在矛盾上,等等,他们的创作给后人提供了认识"故事"及认识对"故事"的"讲述"的丰富性与深刻性。他们已经化入历史,且在历史中少有闪电的夺目、风雷的气势,但在看似平常的朴实无华中,却有着值得我们细细咀嚼、回味的五味存焉,他们是言说不尽的。他们作为"山药蛋派"的主力作家,有了对他们的初步认识,有助于我们走进"山药蛋派"的艺术世界,有助于增进我们对"山药蛋派"丰富性的理解。

对"山药蛋派"的命名

2011年元月17日,"山药蛋派"的最后一位主将胡正驾鹤西去。胡正的离世,在形式上给颇负盛名的"山药蛋派"画上了一个句号,让人不禁想到,在这之前数年,张中行老人离世时,学界纷纷感叹五四时代的渐行渐远。但前人的"背影",却永远地昭示着后人的远行。

在1942年至1976年中国大陆的文学发展过程中,曾经有过一个完整的工农兵文学运动、思潮雄踞于这一过程的主流、主潮并贯穿于其始终,"山药蛋派"则是这一运动、思潮中唯一的一个公认的创作实绩最为丰硕的文学流派,且与这一运动、思潮有着最为亲近的剪不断理还乱的血缘关系。"山药蛋派"虽然在实际上几近贯穿于工农兵文学运动、思潮的始终,但对它的命名,却有着一个由非正式到正式的过程。第一次命名,是在各种公开或私下场合,以非正式的多种称谓形式,如"火花派""山西派""赵树理派""山药蛋派"等等名称开始出现并流行,时间大约是在20世纪50年代中期之后。其原因，一是因了赵树理特别是马烽、西戎、李束为、孙谦、胡正等人一大批成熟作品的出现；二是山西的文学刊物《火花》，因为对有特色的山西作家的推出而在全国文坛名重一时；三是因为1958年《文艺报》11月号推出"山西文艺特辑"，在这一辑中，除对赵树理、马烽、西戎、束为、孙谦、胡正、韩文洲等人的作品进行了总的评述外，又对《三年早知道》（马烽）、《姑娘的秘密》（西戎）、《老长工》

李国涛《且说"山药蛋派"》1979年11月29日《光明日报》

（束为）、《伤疤的故事》（孙谦）、《长院奶奶》《蓝帕记》（韩文洲）等单篇作品发表了专门的评论文章，标志着新中国文艺界第一次把他们有意识地作为群体给予了特别的关注。第二次命名，来自于李国涛先生1979年11月29日在《光明日报》上刊发的《且说"山药蛋派"》一文。在这篇文章中，李国涛先生说："在社会主义文学中是存在着不同的文学流派的……以赵树理为开创者的山西作家群，就是其中的一个……过去人们在口头上曾把山西的这个流派称为'山药蛋派'。为什么称'山药蛋派'？这是结合着山西在生产上和生活上的特点，又针对这批作家深深扎根于农村生活，作品有深厚的生活气息和地方色彩，这些特点而命名的……自从'山药蛋派'的称呼在人们口头出现之后，已经过去二十多年，在总结三十年来的经验教训之后，我们应该把发展文学流派的口号响亮地提出，'山药蛋派'的作家们也应该及时地亮出自己的旗帜了。"该文虽然不长，但犹如谢冕先生同样发表在《光明日报》上的《在新的崛起面前》一文之于"朦胧诗"的社会效应一样，李国涛先生的这篇文字，给了"山药蛋派"以正式的书面命名，也标志着"山药蛋派"从此具有了"史性"的意义。这篇文章还有一个耐人回味、深思之

赵树理

处,那就是李国涛先生是江苏徐州人,出身文化世家,旧学根底甚深,而又通外语,西学视野颇宽,血肉里流动着的应该是民国老派文人的"气"与"神"。他青年时代来到山西工作,所写文字用一位"正统文化观念者"的话说,是"不对味儿"。中国现当代文学中,有"外来者"一说,李国涛先生可谓是山西文化的"外来者"。但就是这样一位"外来者",对山西文学中的"山药蛋派"给予了精辟的命名与概括,这二者之间的关系,或许也可以让人对"山药蛋派"创作的思想资源、创作要素的构成有更多的思考与品味——"山药蛋派"毕竟不是在本土中自发地生成的,而是在外来文化风雨的滋润下,在黄土地上长起来的"大树子"。

"山药蛋派"作家的代际构成

就创作主体而言,"山药蛋派"由三代作家构成:

作为代际作家整体规模在20世纪40年代前期出现,"山药蛋派"第一代作家的主要代表是赵树理和"晋绥五作家"马烽、西戎、李束为、孙谦、胡正以及太行区的刘江、太岳区的李古北等人。但他们虽然同为"山药蛋派"的第一代作家,却在创作历程、成就上,有着显著的区别,这主要体现在赵树理与马烽等人的区别上,这种区别,成为认识"山药蛋派"的一个重要问题。

李古北

赵树理的创作成熟于20世纪30年代中期,其标志是长篇小说《盘龙峪》的出现,虽然这一小说在今天还只能看到其第一章,但赵树理创作的成熟,却在此得到了证实,发表于1941年的小说《再生录》更是其创作成熟的确证。赵树理创作的高潮期是20世纪40年代中后期,代表作是短篇小说《小二黑结婚》、中篇小说《李有才板话》和长篇小说《李家庄的变迁》等等。郭沫若在其《读了〈李家庄的变迁〉》一文中说:"赵树理,毫无疑问,已经是一株子大树子。"更由于陈荒煤的《向赵树理方向迈进》等将赵树理在此时的创作概括为体现毛泽东《讲话》精神的代表,从而使赵树理的创作在此时处于顶峰时期。其后的《登记》《三里湾》可算是这一高潮的延续。1955年的《三里湾》之后,是赵树理创作的下滑期,赵树理在晚年《回忆历史认识自己》的长文中说:"我的思想和农村工作的步调不相适应正产生于此时。"孙犁则对此在《谈赵树理》一文中评价说:"不管赵树理如何恬淡超脱,在这个经常遇到毁誉交于前、荣辱战于心的环境里,他有些不适应……他的创作迟缓了、拘束了、严密了、慎重了。"赵树理创作下滑期间最重要的代表性作品是1958年的短篇小说《"锻炼锻炼"》,在这之后,经过了在1962年"大连会议"上的回光返照,赵树理的创作即进入了衰落期,1966年的剧本《十里店》标志着其创作的结束。

刘 江

刘江长篇小说《太行风云》,作家出版社1962年版

马烽等人的创作成熟于20世纪40年代中后期,其代表作是马烽、西戎的长篇小说《吕梁英雄传》、马烽的《张初元的故事》、孙谦的《村东十亩地》、胡正的《"长烟袋"》、西戎的《谁害的》、李束为的《红契》、刘江的《新仇旧恨》、李古北的《大柳庄记事》等一批短篇小说的出现。他们创作的高潮期是20世纪50年代后期和60年代前期,代表作是马烽的《我的第一个上级》、孙谦的《伤疤的故事》、李束为的《好人田木瓜》、西戎的《赖大嫂》等等一大批短篇小说的出现,以及胡正的长篇《汾水长流》、刘江的长篇《太行风云》和孙谦、马烽的电影剧本《我们村里的年轻人》等等。1962年"大连会议"之后,他们的创作进入下滑期,至1966年,代表作多为散文及纪实性文字。新时期

之后，他们的创作有了新的发展，最有代表性的是马烽、孙谦的"农村三部曲"电影剧本《咱们的退伍兵》《山村锣鼓》《黄土坡的婆姨们》，马烽积50年人生经验与创作功力写就的长篇小说《玉龙村纪事》和胡正的"反思三部曲"中篇小说《几度元宵》《重阳风雨》《明天清明》等等。

赵树理与马烽等人的区别主要体现在以下三个方面，第一，如前所述，从他们的从成熟到高潮、下滑的创作发展轨迹看，赵树理是早于马烽等人整整一个时段的，即赵树理创作的高潮期，是马烽等人创作的成熟期，赵树理创作的下滑期，是马烽等人创作的高潮期。第二，在创作的文化资源上，赵树理也是早于马烽等人整整一个历史时段的。赵树理是站在本土的文化立场上接受五四时代的文化思想资源，马烽等人则是站在本土的文化立场上接受根据地时代的文化思想资源。就以他们与鲁迅的关系为例：赵树理最初的文学大众化的追求，与鲁迅为代表的五四文学在20世纪20年代末文学大众化的讨论可以说是一种遇合，因之赵树理可以以平视的角度看待鲁迅，抛弃鲁迅小说行文的书面白话语，而改用口头白话语进行小说写作。诚如李国涛在《再说"山药蛋派"》中所说："鲁迅是白话不够，宁用古语，因为他是要给一般知识分子看的。赵树理是白话嫌文，宁用口语，因为他是要给一般农民看的。"据马烽等人的回忆，马烽等人是1940年在延安"鲁艺"所属的"部队艺术学校"学习才知道了鲁迅，是通过鲁迅的弟子周文、丁玲、张天翼等人，是通过延安研究鲁迅的专家走近鲁迅的。就是说，马烽等人接受的鲁迅，是纳入了根据地文化形态的鲁迅而不是赵树理视野中的五四文化谱系中的鲁迅。第三，在这样的历史时段的落差中，马烽等"晋绥五作家"的创作在创作形态上与赵树理既有相同的一面，也有着不同的一面，在创作水准上，则马烽等"晋绥五作家"的创作是远不及赵树理的。李国涛在《再说"山药蛋派"》一文中，很公允地说：

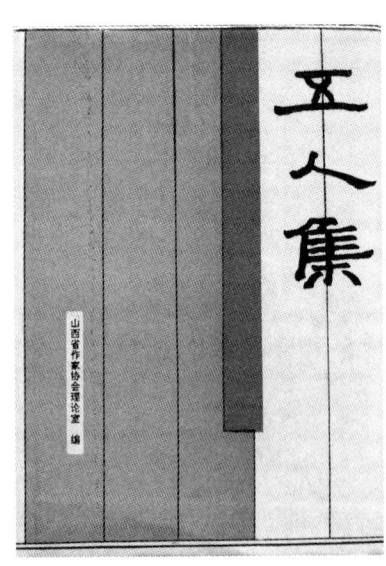

《五人集》，北岳文艺出版社1992年版

"按照'山药蛋派'的阵容来看,赵树理和马烽、西戎等人,其实应当算作两代。赵树理从20世纪30年代中期已经成熟,不过当时不为人所知罢了。但是后来统以'老作家'目之,就把他们看作同一代作家,其实是不很恰当的。不过我们现在仍然沿用这种概念。"

我们之所以把赵树理与马烽等人视为是同一代作家,一是因为赵树理虽然在20世纪30年代已经成熟,但其时却还不为人知,更构不成一个文学流派的规模;一是因为"山药蛋派"作为一个文学流派,其奠基、形成期是因了赵树理创作高潮期的丰硕成果、艺术标高及马烽等人成熟期的艺术成果而共同同时构成的。

但赵树理与马烽等人的这一差异性,又常常让学界得出另外的与将赵树理、马烽等人视为同一代作家完全不同的结论,即认为赵树理与马烽等晋绥五作家是完全不同的两种创作谱系。这一学术见解最初的代表作是戴光宗发表于1982年的《"山药蛋派"质疑》,在这篇文章中,戴光宗从描写重点(赵树理重在写人物,马烽等人主张写新人新风尚)和对待传统的态度(赵树理强调继承传统,马烽等人则不同)两个方面,论述了赵树理与马烽等人没有共同的理论主张,因而认为"山药蛋派"并不存在。其后有影响的代表作是张恒发表于2001年的《一道消失的风景线——"山药蛋派"文学的回眸与审视》,在这篇文章中,张恒认为:"事实上,却很难说赵树理与'山药蛋派'有什么实质上的瓜葛……只是到了1980年代初,某些'山药蛋派'理论家为了证明'山药蛋派'的显赫,才把这位含冤死于自己故乡的作家生拉硬扯了进来。'文革'前,在'山药蛋派'作家中,有所谓西、李、马、胡、孙一说……这时是没有赵树理的。"对赵树理与马烽都很熟悉的山西省委书记王谦也曾说过:马烽和赵树理不一样。马烽是为党而写农民,赵树理是为农民而写农民。所以,当党和农民利益一致的时候,他们两人似乎没什么差别。而当党和农民的利益不一致时,马烽是站在党的一边,赵树理是站在农民一边。即使是学界大多数论者,虽然是将赵树理作为"山药蛋派"的盟主的,但在具体论述时,却也是将赵树理与马烽等人作分开论述的。譬如席扬,虽然在论述赵树理、马烽与"山药蛋派"的关系时那么肯定地将赵树理归入"山药蛋派"的"旗手"位置,但在具体论述时,却也特别是将

韩文洲

李逸民

义　夫

刘德怀

"赵树理作为'山药蛋派'中一个独立的特殊存在",声明自己在论述"山药蛋派"时,"一般不再包括他"。

赵树理在抗战时期,与马烽等"晋绥五作家"是分属于晋冀鲁豫与晋绥这两个根据地的,其时他们互不相识,他们的相识是1949年进京之后的事。马烽等"晋绥五作家"在20世纪40年代冬,在延安"鲁艺"与"部艺"学习,在1942年分别听取了对毛泽东1942年5月《讲话》精神的传达后,在不到一年的时间内,在延安的《解放日报》发表了作为他们日后创作源头的第一篇小说。马烽的《第一次侦察》发表于1942年9月16日,西戎的《我掉了队后》发表于1942年10月31日,胡正的《碑》发表于1943年5月26日,束为的《租佃之间》发表于1943年8月3日、4日,孙谦的《我们是这样回到队伍里的》发表于1943年8月5日。可以说,虽然他们日后在创作中自觉地向赵树理学习且赵树理在实际上,亦可以视为是他们的精神导师,但他们最初的创作却是在《讲话》精神指引下,在根据地的土壤上产生而并非是受赵树理创作直接影响的结果。新中国成立后,"晋绥五作家"先后回到山西工作与生活,赵树理则是定居在北京而时常回到山西老家体察生活。如此的创作实际,也是常常让学界一些人将赵树理与马烽等"晋绥五作家"的创作分而视之并不将其视为一体的重要原因。

"山药蛋派"的第二代作家是韩文洲、李逸民、义夫、刘德怀、杨茂林、张旺模、侯桂柱、杜曙波及在新时期文学中显露头角的田东照、谢俊杰、马骏等人。韩文洲等人的创作成熟于20世纪50年代末到60年代初,如韩文洲的《长院奶奶》收入1959年新中国成立10周年《短篇小说选》,《四年不改》受到茅盾的公开称赞,被认为"是一篇有意义的作品"。《蓝帕记》《天门取经记》分别入选外文刊物《中国文学》和《中国建设》。李逸民的长篇《双喜临门》、短篇小说集《初春的早晨》在当时文坛也引起了较大的反响。他们以自己的创作成果,壮大了当时的"山药蛋派"文学的阵容,赵树理就曾不止一次在各种场合中说:"韩文洲写的小说虽然有他自己的风格,但跟我的风格很接近。如果韩文洲的小说不写韩文洲而换成赵树理,读者不会说不像的。"但这批作家的创作还没有达到高潮,就夭折于"文化大革命"之中。他们的创作起点不高,处于赵树理创作的下滑期,也是马烽等人创作从高潮开始下滑的临界点,且他们又更多地将"山药蛋派"的第一代作家作为他们创作上的师从对象,更加上当时日益逼仄化的政治文化形态对他们创作视野、创作内容的限制,从而极大地削弱了他们作品的思想深度和艺术品格。譬如韩文洲的《芦四梅》写一个女社员不计报酬想尽办法多为公社出力,李逸民的《父子俩》写父子俩爱社如家等等,形象的画面、细节的描写均完全囿于政治理念的框架中。即使那些写所谓"中间人物"的作品,如李逸民的《老木匠》写老木匠由一心为私到一心为公的转变过程,也由于小说中生活场景、细节描写在内涵上完全被束缚于同一政治理念,所以,虽然他们在小说的叙事技巧、结构方式、语言用语等方面,对"山药蛋派"的第一代作家的作品,模仿得惟妙惟肖,但终于等而下之,有其"形"而无其"神"。新时期之后,他们虽然也创作了一批优秀的小说,如韩文洲的长篇小说《五女记》、杨茂林的短篇小说《酒醉方醒》,特别是田东照的《黄河在这儿转了个弯》《农家》,以及谢俊杰的中篇小说《悠悠桃河》等等,但终于因为没有马烽《玉龙村纪事》中所体现的50年创作沧桑的经验与功力、没有胡正"反思三部曲"中的反思深度,

杨茂林

田东照

谢俊杰

马 骏

也没有"晋军"对新的时代把握的敏锐与深刻,从而成为在"山药蛋派"代际构成中最弱的一代。这不是他们自身的责任,而是时代使然。

"山药蛋派"的第三代作家是新时期文学之初的张石山、成一、韩石山、张平等人,其代表作有张石山的《镢柄韩宝山》、成一的《顶凌下种》等等,但这一代作家很快就从"山药蛋派"的阵营中风流云散,转向了新的创作范式。真正能够继承"山药蛋派"衣钵的,用李国涛的话来说,仅张石山一人耳。张石山的中篇小说《官锥》《血泪草台班》及他改编的电影文学剧本《吕梁英雄传》等等,真实地体现了中国民间的生存形态、存在方式、精神风采、情感世界,确实得了"山药蛋派"的"真经",是对"山药蛋派"的突破与发展,只是独木不成林,再难构成"代"的规模了。不过,"山药蛋派"能够以中国民间圣者赵树理为旗帜始,开大格局,以中国民间高人张石山终,精彩呈现,中间流转出中国文坛风云气象万千,作为一个文学流派,足矣。

从"山药蛋派"作家的代际转换看,可以说,第二代作家大大地弱于第一代作家,第三代作家是"山药蛋派"的回光返照。说来凑巧,"荷花淀派"的代际转换也是如此。"荷花淀派"是在工农兵思潮、运动中,唯一的一个可以与"山药蛋派"相提并论的文学流派。这一流派是否可以成立,一向争议多多,被称为"江流天地外,山色有无中"。其第一代作家是孙犁、刘绍棠、丛维熙等,第二代作家是房树民等人,第三代作家是铁凝。也是在第一代作家中,孙犁与刘绍棠、丛维熙等人有着显著区别,但作为代际作家规模却同处于一代之中;也是第二代作家大大地弱于第一代作家,且也是在继承"荷花淀派"中有"形"无"神";也是第三代作家精彩一现,但再难以构成"代"的规模;也是以孙犁为旗帜开流派的大格局始,以铁凝之精彩呈现

朱晓进《"山药蛋派"与三晋文化》

终,其间也是可以让人一览中国文坛之气象之风云。如此相似,殊途同归,实非偶然,实乃"规律"于其中存焉。

"山药蛋派"的形成与发展

如前所述,对"山药蛋派"的非正式及正式命名,是在其形成过程中及形成过程后完成的,但在对其给以非正式及正式命名前,"山药蛋派"作为一个文学流派,就在中国文坛实际存在着。如果我们把"山药蛋派"的形成与发展置于与工农兵文学思潮、运动的关系中给以考察,就会更加见出其意义之所在。

就创作实绩而言,"山药蛋派"的形成与发展,大致可以分为五个阶段,由"山药蛋派"的三代作家交叉构成:

第一个阶段,从20世纪30年代中期到40年代初期,可以称之为源头,或者称之为孕育期,由赵树理成熟期的创作担纲,如《盘龙峪》《再生录》等等。在这个阶段,赵树理在创作上,承接五四文学之后的大众化、通俗化的左翼文学一脉,并为其后的工农兵文学思潮、运动准备了在这方面成功的实践经验。

第二个阶段,是20世纪40年代中后期,可以称之为形成期、奠基期,由赵树理高潮期的创作与马烽等"晋绥五作家"及李古北成熟期的创作担纲,且与工农兵文学运动、思潮的形成期、奠基期同步。

工农兵文学思潮、运动,其最初的形成、确立,理论上的标志,是毛泽东的《讲话》,创作上最初的标志是《小二黑结婚》的出版,是"赵树理方向"的形成。工农兵文学思潮、运动由三个文学板块构成,一个板块是进入根据地并被收编、规训的五四文学,其代表是从上海来到根据地的丁玲、周立波等人;一个板块是适应根据地的经济、政治、社会结构而在根据地土壤上生长起来的文学,如贺敬之、李季、柳青等人;一个板块是中国传统乡村进入到根据地后,站在农民的价值立场上体现以农民为载体的中国乡村生活形态变迁的文学,赵树理及马烽等"晋绥五作家"、李古北等人的创作就是如此。与五四价值形态与根据地价值形态相冲突构成鲜明对比的是,在工农兵文学思潮、运动的形成期、奠基期,根据地的价值形态与以农民为载体的乡村民间的价值形态却正处于蜜月期。之所以如此，一方面是因为根据地的经济、政治、社会结构、价值诉求，与农民的利益需求高度一致，并在这一基础上，形成了二者在价值形态、审美趣味、情感诉求上的高度一致，形成了政治伦理文化与农民民间伦理文化的高度一致；另一方面，根据地也迫切地需要动员农民，作为发展自己的主要的依靠力量。在这样的蜜月期，虽然身处晋冀鲁豫的赵树理与马烽等"晋绥五作家"分属于两个根据地且双方创作水准亦不在一个层面上，但他们却共同生活于山西且不约而同地追求着以山西农民的语言、以山西农民所喜闻乐见的艺术形式，写山西农民的生活，表现山西农民的审美趣味、价值形态，从而因为符合毛泽东《讲话》所倡导的创作方向，符合根据地政治文化的价值诉求，而为其时文坛所瞩目。特别是赵树理，更被视为"方向"而备受推崇，灿烂于一时。

把工农兵文学思潮、运动放在一个更宏观的历史视野下给以考察，我们或许会对其历史性意义有着更为深刻的认识。鸦片战争之后，传统中国的社会结构价值形态全面崩溃，经由洋务运动、戊戌变法及辛亥革命、五四运动的技术革命、政治革命、文化思想革命的"三级跳"后，与中国传统社会结构价值形态更多歧异的西方资本经济的社会模式在中国初步形成。但这一模式在中国所发生的深刻的社会危机及1929年世界性的经济危机，让国人对这一社会模式产生了巨大的怀疑，与之对抗的社会主义模式则日益显示出其历史合理性，且这一模式与中国传统社会结构价值形态更具亲缘性。所谓的工农兵文学，正是这一模式下国人生存形态情感形态价值指向的真实反映。工农兵文学巨大的历史性意义，是在根据地与国统区、沦陷区的"张力"中生成与显示出来的。

在这样的历史视野下，当我们认识到形成期、奠基期中的"山药蛋派"在工农兵文学思潮、运动的形成期、奠基期中占有着十分重要的位置；当我们认识到在"山药蛋派"的形成期、奠基期中，赵树理的作用、影响力之所以要远远高于马烽等"晋绥五作家"，我们对"山药蛋派"及赵树理在这一时期的历史意义当会有着更为高度的评价。

第三个阶段，从20世纪50年代前期到60年代前期，可以称之为"山药蛋派"的高潮期，担纲这一高潮期的，是赵树理创作高潮期的晚期作品及下滑期的创作，与马烽等人创作高潮期及"山药蛋派"第二代作家创作成熟期的创作，且与工农兵文学思潮、运动的高潮期同步，或者说，作为重要的组成部分，参与了工农兵文学思潮、运动高潮期的完成。

20世纪50年代中期，马烽等"晋绥五作家"先后回到山西且在山西文艺界出任领导职务，那时，他们及李古北在艺术创作上也正值自身创作的高峰期，他们以山西文联的《火花》杂志为出版阵地，集中刊发体现他们自身艺术趣味艺术追求的作品，如《"三年早知道"》《七月古庙会》《好人田木瓜》《破案》《奇迹》等等；时在北京却以大部分时间生活在山西老家的赵树理，也把自己的得意之作贡献于其中，如《"锻炼锻炼"》；而韩文洲、李逸民等一批后起效仿者的创作也蜂拥而至，如《四年不改》《初春的早晨》等等。于是，有领导，有阵地，有作品，又与其时政治文化的要求在某些方面相吻合，"山药蛋派"发展到了自身的黄金时代，"山西派""火花派""赵树理派""山药蛋派"等等称谓于公开、私下场合广为流传。

于其时，工农兵文学思潮、运动也达到了自己的高潮期，农村题材与革命斗争武装斗争题材的长篇小说，成为工农兵文学高潮的主要标志，前者如柳青的长篇《创业史》、周立波的长篇《山乡巨变》，后者如长篇小说《保卫延安》《红日》《红岩》《红旗谱》《青春之歌》《林海雪原》等等。1959年出版的"山药蛋派"重要作家刘江的长篇小说《太行风云》，作为唯一反映抗日战争时期以来太行革命根据地农民革命的长篇小说，也因之成为工农兵文学高潮中的一部重要之作。除了对既往一个历史时段的"史性"体现的长篇小说，作为对新的时代的及时敏锐的反映，同样由于中国传统的乡村社会结构在其时占据着主导位置，所以，农村题材的短篇小说成为当时工农兵文学高潮的重要的组成部分，其主要代表就是赵树理及马烽等"山药蛋派"作家的农村题材的短篇小说，这正是"山药蛋派"作家在工农兵文学思潮、运动奠基期之后的再次辉煌之所在。

当我们把"山药蛋派"作家在工农兵思潮、运动高潮期的辉煌放在一个更为宏观的历史视野下给以考察时，我们同样会对其"辉煌"的丰富性、深刻性有着更为深入的认识。

第一，这一辉煌是在工农兵文学思潮、运动日益一元化的过程中形成的。在这一时期,原有的根据地与国统区、沦陷区的"张力"关系消失了,相应的,在文学生态构成中,作为"张力"构成形态的文学形态也消失了。原有的国统区、沦陷区的作家或者去了海外,如梁实秋、张爱玲等人;或者因为自己所写的内容、风格、趣味不适应新的时代而自动或者被迫停止了创作,如沈从文、茅盾、萧军、钱锺书、路翎、苏青等人;更多地则是因为与新的时代的隔膜、疏离创作质量与数量急剧下滑,如巴金、曹禺、老舍、沙汀、艾芜等人。在这样的文学生态中,"山药蛋派"作家的创作成就得以成为显赫的存在。马烽曾经说过:"我们就是时代造就的一批作家,如果沈从文、钱锺书他们还继续从事创作,怎么也不会显露我们。"

学界许多人认为共和国后的"十七年文学"是根据地文学在时间上的延续与空间上的扩展,却没有看到二者有着质的不同。如前所述,根据地是在与国统区及沦陷区的资本经济对抗的"张力"关系中显示其历史性意义的。但共和国诞生后,这一"张力"关系就消失了,新的对抗与"张力"来自于共和国内部所形成的新的各种社会矛盾,如城市文明与乡村文明的冲突、国家与个人的冲突、新的利益群体之间的冲突等等。文学界敏感地意识到这些冲突的时代性意义并对此给以及时的尖锐的表现,如萧也牧、王蒙、邓友梅等人的作品,但在工农兵文学思潮、运动一元化的过程中,这些位居时代潮头体现新的时代矛盾的作家的创作,也就被整肃而在文学格局中付诸阙如了,"山药蛋派"作家的创作,因这些作品耀眼光芒的消失而益显"辉煌"。

第二,"山药蛋派"作家的创作,在工农兵文学的高潮中却又并不占据着中心位置。史家均承认,在工农兵文学中最具经典性的作品是所谓的"三红一创,山青保林",即《红岩》《红日》《红旗谱》《创业史》《山乡巨变》《青春之歌》《保卫延安》《林海雪原》,"山药蛋派"的作品是不在工农兵文学的"经典"行列的,为什么呢?

根据地时代是一个革命的时代,新中国成立后的十七年,原本应该是一个建设的时代,但一是因为革命的成功、革命的刚刚过去,对革命的热情、赞美、怀念成为这个时代的精神主潮,更重要的,则是因为在一个本应该是建设的时代,主流意识形态却仍然沿用着革命时代的模式、思维,使建设的时代成为一个继续革命的时代。而在这样的革命时代,主要接受的法德俄的思想谱系,注重理想、献身、牺牲、激情、突变、浪漫、英雄主义、革命传统教育等等,并将之作为这个时代的精神标高,红色经典因此而生成。注重写农民日常生存实际利益及建筑在这一基础上的精神世界情感世界的"山药蛋派"的作品,在这方面自然无法与突出体现这些精神特征、史迹的"三红""青保林"相并肩。"山药蛋派"的作家们,之所以总是写不出被当时时代认可的英雄,总是在这方面受到批评,其主要原因也正在这里。赵树理曾经多次说过:"凡是读过我的作品的朋友们,是会感觉到我所写的新人物没有我所写的旧人物生动、具体。"马烽的《吕梁英雄传》虽然名为英雄传,但他笔下的主人公,相比红色经典中的英雄人物,在其时所认可的英雄的形象塑造上,也实在逊色得很,"土"得很。就是其被称为写了先进人物的代表性作品《我的第一个上级》中的老田,其形象也更多的是务实色彩,而少有红色经典中英雄的超凡品格超凡行为。赵树理的作品,在新中国成立伊始就受到胡乔木等人的批评,赵树理在《反思历史认识自己》一文中说:"胡乔木同志批评我写的东西不大(没有接触重大题材)、不深,写不出振奋人心的作品来。"胡乔木对赵树理的这一批评,也可以视为新中国成立后主流意识形态对赵树理的基本评价。

不但在表现时代所要求的英雄形象方面,"山药蛋派"的作家难以进入红色经典行列,就是在"山药蛋派"所最为擅长的农村题材领域里,"山药蛋派"作家的创作,包括赵树理反映合作化运动的长篇小说《三里湾》,也要让位于同样表现合作化运动的《创业史》与《山乡巨变》,这又是为什么呢?

如前所述,在构成工农兵文学的三个文学板块中,根据地文学形态体现的是根据地的经济、社会、政治、文化的价值诉求,乡村文学形态体现的是农民的经济、政治、文化的利益诉求,在根据地时代,这二者基本一致并构成了其遇合状态,在这种遇合状态中,是以农民的经济、政治、文化利益的价值诉求作为遇合的主要标志的,且因赵树理借鉴五四文学谱系的思想纵深、创作积淀与生命扎根乡土的深厚,所以,在根据地时代,赵树理所代表的乡村文学形态比根据地文学形态更为成熟。但新中国成立之后,根据地文学形态顺理成章地体现的是国家的利益诉求，而这时，因为工业化的需要，因为国家对农村生产的计划性管理等等，国家的利益诉求与农民的利益诉求，二者出现了疏离与矛盾，在这一疏离与矛盾中，不再如根据地时代以农民的价值诉求为标志，而是以国家利益的价值诉求为主要标志。柳青、周立波是按照国家利益对农民的价值诉求来写农民的命运，赵树理是按照农民利益对国家的价值诉求来写农民的命运，即使勉强写二者的统一，其出发点立足点也依然首先是因为符合农民的个体利益，如是，前者自然容易受到当时时代的肯定，被称为且自身也以体现国家宏大叙事的"史""巨变"来作为自己的追求；后者自然容易受到类如前述胡乔木对赵树理的批评，只能被称为且自身也以体现农民个体生存生态的"湾"来作为自己的追求，而且"湾"也因只是体现农民个体当下的生存需求而只有"三里"的规模。赵树理曾经自述过此时自己的苦恼：认为自己的"思想和农村工作的步调不相适应正产生于此时"，自己的"最大错误是思想跟不上政治的主流"。赵树理的这一苦恼，正是基于新中国成立后国家利益与农民利益疏离而发生，也是对高潮期的"山药蛋派"文学所隐伏的内在的深刻危机的预言。

第三，在根据地时期，"山药蛋派"的主要作家赵树理、马烽等人分属太行边区与晋绥边区，他们虽然与工农兵文学运动、思潮气脉相通，实为一体，马烽等"晋绥五作家"还在延安学习过，但他们毕竟不在根据地权力中心的陕甘宁边区，这就使得他们不会直接受到根据地权力中心的政治风雨激荡的冲击，有着相对稳定的创作空间。新中国成立后的十七年，虽然赵树理、马烽特别是赵树理，曾经长期生活在北京，但其主要创作活动却是在山西，这与他们在根据地时期的创作空间有着某种相似之处，即都是在创作内容上与政治中心有着一致之处，但在创作空间上却与政治权力中心有着一定的距离。这样的一种创作生态，就使得既在情感上坚持自己本土性农村经验，又在理念上追求与政治权力中心一致的"山药蛋派"作家与政治权力中心形成了一定的"张力"关系，他们既被政治权力中心承认，但又不能居于领导潮头的位置，不能居于文坛的中心位置。根据地时期赵树理方向与赵树理的关系，新中国成立后工农兵文学主潮与"山药蛋派"的关系均是这样。

第四，也正是因此，"山药蛋派"在中国现当代文学史中，在工农兵文学的历史演化过程中,具有了无法为他人所取代的独特的重要位置与意义,那就是当工农兵文学经典作家以观念歪曲、遮蔽了一个历史时段农民的真实生存形态且以国家的声音代替了农民的声音时,"山药蛋派"作家却通过对农民日常生存形态的真实描写、直接呈现去除了观念对存在的遮蔽,直观事物本质,保存了一个历史时段农民的真实风貌真实存在,让农民有了自己的代言人。那就是当工农兵文学经典作品以"英雄化"构成对"人"的神化且日益远离了五四时代"人的文学"时,"山药蛋派"作家却以自己对农民个体物质生存形态及这一形态的价值认可的卫护,以对非"神"非"鬼"的普通"人"的形象,农民的形象的塑造,延续了五四时代"人的文学"的价值脉系,如周作人在《人的文学》中所言:"我所说的人道主义,并非世间所谓'悲天悯人'或'博施济众'的慈善主义,乃是一种个人主义的人间本位主义……至于无我的爱,纯粹的利他,我以为是不可能的。人为了自己所爱的人,或所信的主义,能够有献身的行为。若是割肉饲鹰,投身给饿虎吃,那是超人间的道德,不是人所能为的了"。只是学界对此从未给以相应的重视,更遑论研讨。

第五,明乎此,我们也就可以进一步探讨赵树理与马烽等人、马烽与韩文洲等人的差异之所在。赵树理与马烽等人,因为是同样出发于根据地形态,血液中流淌着根据地与农民价值诉求相一致的混合体,所以,在新中国成立后,他们都有着面临国家利益诉求与农民利益诉求相矛盾时的困惑,只是如前所述,在工农兵文学的奠基期,赵树理与马烽等人分别处于高潮期与成熟期,其区别之一就是他们在立足于乡村文学的价值立场上的坚定与深刻之别。这一区别,使他们在新中国成立后的共同性的困惑中,赵树理更多地站在与国家利益诉求相对抗的农民利益诉求方面,并因此日益被边缘化,创作数量与质量均呈下滑态势,而马烽等人则试图在二者之间寻求更多的"共存"空间,创作处于丰收期,并因此在工农兵文学的高潮中占据着重要位置。明乎此,我们也就可以明白,虽然在价值形态上马烽等人较之赵树理"后撤""下滑",但在历史事实形态上,却因为马烽等人创作数量上的优势,质量上与工农兵文学主潮较多的一致,因而"山药蛋派"高潮的主体构成是马烽等人。韩文洲等人在进入创作起步及成熟期时,均无根据地的历史纵深，他们创作的"根"与赵树理、马烽等人不同，他们是在其时将农民日常生活纳入国家利益的政治文化构架下，写农民的生活，所以，如前所述，他们较之赵树理、马烽等人的创作，有其"形"而无其"神"，相差不可以道里计。

"山药蛋派"创作高潮的最为鲜明的时代性标志是"大连会议"。在工农兵文学主潮对赵树理长期排斥后，与其时政治上对"左"的指导思想的反思同步，工农兵文学主潮开始了对自身的反思，从而有了对赵树理、西戎等"山药蛋派"作家的高度肯定。如其时中国作协负责人邵荃麟说："赵树理同志对农村的问题，认识是比较深刻的……前两年对他评价低了，这次要给以翻案。现在看来，他是看得更深刻些，这是现实主义的胜利。"在这一肯定下，大连会议树立了一个标兵（赵树理）、三个样板，而在三个样板中，"山药蛋派"得其二：西戎的《赖大嫂》和韩文洲的《四年不改》，但惜乎对"山药蛋派"的肯定昙花一现转瞬即逝，随着对"中间人物论"的批判，"山药蛋派"的创作失去了自己的理论支柱，终于转入了下滑期。

第四个阶段，"山药蛋派"创作的下滑期从1963年开始，到"文化大革命"滑到谷底，其创作构成是赵树理衰落期的创作，马烽等"五老"作家下滑期的创作以及第二代作家成熟期的创作构成。对"中间人物论"的批判，是国家利益与农民利益彻底"断裂"后在文学领域里的反映，这一"断裂"，也使试图在国家利益与农民利益之间求取平衡的"山药蛋派"的创作失去了理论上的支撑与现实实现的可能。在这之后，不论"山药蛋派"作家如何绞尽脑汁费尽心血，但在逼仄狭小的创作空间里，终于不可能再有大的作为。这一时期的赵树理在小说《卖烟叶》中，借助对小说中贾鸿年写作行为的批判，表示了对写作行为意义的高度怀疑，并且直言不讳地说："读了一本《欧阳海之歌》，这些新人新书给我的启发是我已经了解不了新人，再没有从事写作的资格了。"他的《十里店》一反他往常写作一气呵成的习惯，连续修改五稿而不能完篇，赵树理感叹地说："《十里店》真害死我也。"这正是赵树理试图在理性的国家利益的框架下，通过农村干部与群众的矛盾，在情感上维护农民利益的最后挣扎。马烽等人则因此转入了通讯写作或者转入对过去革命历史的写作，如传记文学《刘胡兰》等等。马烽曾在事后说过:"三年困难时期,创作上就不大好办了……你歌颂那些共产风吧,觉得有愧于良心。要真正写些实事求是的作品,又不可能发表。所以后来我们就走了另一条路子,就是写通讯、特写。""文化大革命"中赵树理的惨死与马烽等人的停止创作,标志着"山药蛋派"的创作滑入了谷底。

"山药蛋派"创作的下滑,在新中国成立后工农兵文学的演化历程上有着重要的位置。如果说,1955年对胡风、路翎等人理论及创作上的批判是工农兵文学对外在于自己的文学思潮的彻底拒绝;1957年对秦兆阳、钱谷融、王蒙、邓友梅等人的批判,是工农兵文学对新出现的社会矛盾、对新出现的现代文明形态的彻底拒绝,那么,大连会议后,对原本是工农兵文学理论主将的邵荃麟等人"中间人物论"及赵树理等人创作的批判,则意味着工农兵文学对调整自身内在矛盾的彻底拒绝,是对在历史上与自身血缘关系作为密切的能够支持自身的农民价值诉求的彻底拒绝,从而步入了自身发展的死胡同。或者说,"山药蛋派"创作的下滑,是工农兵文学下滑的最后的根本性标志。

第五个阶段,是"山药蛋派"的回光返照期,从1978年开始,到2006年胡正的中篇小说《明天清明》为结束的标志,由第一代、第二代、第三代作家的创作构成,且依然与工农兵文学在新时期之初的拨乱反正时段的回光返照血肉相连。

这一阶段,"山药蛋派"的文学创作基本上可以分为两支,一支是以张石山为代表的"山药蛋派"第三代作家的创作,如张石山的中篇小说《血泪草台班》《官锥》以《小二黑结婚》中的小二黑、小芹、三仙姑为人物原型,却从个体感性生命、个人欲望的角度,写其在历史长河中的沉浮,写人性与传统文化伦理、政治文化伦理的冲突,从而成为新时期回归五四"人的文学"的新启蒙文学中的闪光之作。如张石山改编的电影文学剧本《吕梁英雄传》试图超越马烽、西戎当年狭隘的阶级意识的历史局限,回归历史的真实。

另一支创作队伍以马烽、孙谦、胡正、杨茂林等人为代表,这一支队伍是"山药蛋派"在这一时段的主要构成。其代表作是马烽、孙谦写农村现实生活的三个电影剧本,马烽的长篇《玉龙村纪事》,胡正的三部反思性中篇,杨茂林的《酒醉方醒》，等等。马烽、孙谦的三个电影剧本及马烽的长篇，体现了这一代作家试图从农民的生活实际出发，坚持农村集体化共同致富，坚持阶级斗争的历史存在，而不是从新的观念出发的创作立场、创作特征。胡正的三部中篇，则体现了这一代作家所能够达到的对自身对历史的反思的高度。

新时期较之根据地与共和国的"十七年"的一个根本性区别，是生产形态社会结构出现了根本性的现代转型。在转型初期，因为原有的生产形态、社会结构的需求，原有的文学范式仍有其存在的合理性，这就是新时期之初的作为工农兵文学拨乱反正形式的伤痕文学、反思文学、改革文学的出现，这也是"山药蛋派"之所以能够回光返照的原因及意义之所在。但随着社会转型的完成，工农兵文学终于完成了自己的历史使命，退出了历史舞台，与之相伴始终的"山药蛋派"文学也随之成为过去。犹如工农兵文学在反思自身时不可能以自身的力量达到反思的高度一样，"山药蛋派"也同样如此。或者可以说，自始至终，"山药蛋派"始终是工农兵文学的一个标志、一个标高。

与作家代际演化轨迹相似，"山药蛋派"发展演化的曲线与"荷花淀派"发展演化的曲线，仍可谓有着异曲同工之处，即"荷花淀派"奠基期与工农兵文学奠基期同步，1956年由其第一、二、三代作家共同构成了其高潮期后，即迅即进入下滑期，而在新时期同样有着一个由铁凝等人创作为代表的回光返照期。只是"荷花淀派"的这一发展演化形态，无论从规模还是从代表性上，均远远逊色于"山药蛋派"。

孙犁在《论赵树理》一文中说："每个时代都有它自己的歌手，但是，歌手的时代，有时要成为过去。"用此语来评价"山药蛋派"，同样可谓一语中的。但"山药蛋派"虽然成为过去，其影响在山西的文学创作中却依然存在，犹如工农兵文学的影响存在于"主旋律"小说、现实主义冲击波小说一样，"山药蛋派"小说的影响，也依然在张平、李骏虎、葛水平等人的文学创作中可以看到：诸如张平文学创作中的人民性、李骏虎小说中的乡土性，葛水平文学创作中如同赵树理的以对生活感受的忠实，直观事物本质，甚至从都市现代文明的价值需求出发对葛水平小说的误读，也同"赵树理方向"对赵树理的"误读性"命名,在"误读"形态上有着惊人的相似等等。从这一意义上说,"山药蛋派"文学的精髓,已然潜在地融入山西新时期及新世纪文学创作的血肉之中。

第四章 "中间人物"大本营

20世纪50年代是山西文学极为辉煌的一段岁月。在20世纪中国文学发展进程中,甚至在几千年来的中国文学发展运演中,山西文学从未如这一时期的赵树理与"西李马胡孙"为代表的山西作家群在全国文学格局中占有如此重要的地位。这种位置当然要从山西作家群和发端于解放区文学的新中国文学特殊渊源说起。如果说解放区文学作为中国新文学的一种新的样态,其理论支撑是毛泽东文艺思想的话,那么在文学实践上把这种文学新样态展示出来的则是以赵树理与马烽、西戎、胡正、束为、孙谦等为代表的晋西北根据地作家的创作。赵树理在《讲话》公开发表后不久,就被树为这种文学新样态的方向性作家,而马烽等"晋绥五作家"则更是真正的在解放区文学中产生出来的作家,其创作其实更为典型地展示着这种文学新样态的状貌。1949年后,随着《讲话》对中国文学的设计被确立为新中国文艺发展的唯一方向,解放区文学的生产范式在全国范围内迅速推广。作为这一文艺方向的杰出实践者,来自解放区的"文艺工作者"赵树理与马烽等"晋绥五作家"自然步入了文坛的中心,成为主流文学的代表作家。尽管赵树理在新中国成立以后对主流文学的跟进有些迟缓,其创作显得有些慎重、拘束,有些作品在一定范围内受到批评,但其在解放区时期被赋予的文学地位至20世纪60年代初仍能基本维持;马烽等五作家则在50年代进入文学创作的成熟时期,创作了许多有影响的作品;韩文洲等"山药蛋派"二代

大连宾馆

作家也在此时走上文坛,时有佳作问世。50年代的山西作家群是个创作实绩丰厚而发展后劲很足的群体,但这种状态与发展势头至60年代中期发生了改变。随着上海的文化激进派借助文艺界的大批判成为文艺新方向的代表,山西作家群淡出了文坛的中心。在这样的文学格局的演变过程中,大连会议与"中间人物论"的被批判是对山西作家群在全国文学格局中位置影响极大的事件。

文艺政策的调整与大连会议

1960年中共中央决定实行调整、巩固、充实、提高的经济方针,以应对因"大跃进"期间经济政策的失误与随之而来的自然灾害造成的国民经济的严重困难。在这样的大背景下,文艺政策的调整也随之而来。这种调整既源于新中国成立以后新的文艺机制的运行特点——文艺与政治的关系被极大限度地拉近,政治经济政策的变动往往会引发文艺立竿见影的变化;同时也符合文学自身运演流变的内部逻辑——文学在经历一段昂扬狂欢之后往往会转入冷静与深沉。1961年6月中共中央宣传部在北京召开全国文艺座谈会,同时全国故事片创作会议也在北京召开(因同在北京新侨饭店举行,因此合称"新侨会议"),周恩来到会发表了重要讲话。接着周恩来又在1962年6月17日中南海紫光阁发表《对在京的话剧、歌剧、儿童剧作家的讲话》,这两篇讲话与后来在广州会议上发表的《关于知识分子问题的报告》贯串的一个中心主题即是提倡艺术民主、尊重艺术规律,这三篇讲话中的文艺思想事实上成为这次文艺调整的指导思想。1962年4月5月,文化部党组与全国文联党组《关于当前文学艺术工作的若干问题的意见》(其中有进一步贯彻执行"双百"方针、正确开展文艺批评及改进领导方法与领导作风等内容),经中共中央批准下发各文艺单位。1962年3月,文化部、中国剧协在广州召开话剧、歌剧、儿童剧创作座谈会(即广州会议),周恩来与陈毅出席会议,会上周恩来作《关于知识分子问题的报告》,陈毅提出"取消资产阶级知识分子的帽子",为知识分子"行脱帽礼",喻示着党开始对"反右"时期严厉的知识分子政策进行一定的调整。在此背景下,1962年8月2日至16日,中国作协在大连召开了农村题材短篇小说创作座谈会,在当代文学史上一般被称为"大连会议"。

大连会议由当时的中国作协党组书记邵荃麟组织主持,参会者主要是来自北方省市的十几名作家批评家,加上文艺界的领导与作协的一些工作人员,在20人上下。中国作协主席茅盾与中宣部主管文艺工作的副部长周扬也参加了会议。由于当时国内政策调整的大语境与会议组织者在筹划会议时就定下了"实行'三不主义'(不打棍子、不出帽子、不抓辫子),让大家敞开心来交谈",会议的氛围很是宽松、自由。参会者黎之后来有这样的描述:

> 这是一次名副其实的"神仙会"。既无主席台、首长席,也无开幕式。十六七位知名作家,依自己的习惯用舒适的姿式,在沙发上就坐。赵树理有两点"特殊化",一是他爱坐木板椅,在中宣部开会时,有一次我特地为他找过一次。这次他好像有时也随意坐坐沙发。二是要吃粗面馒头,在这种高级宾馆也只能特意做几个了。(黎之:《回忆与思考——大连会议·"中间人物"·〈刘志丹〉》,载《新文学史料》1997年第2期)

这样的会议形式好像有一些20世纪二三十年代文艺沙龙的影子。会议的组织者似乎要刻意淡化会议的官方色彩,营造一种非正式的带有作家私下聚谈的放松随意的氛围,以此消除"反右"给作家留下的心理阴影,使其在讨论中能畅所欲言。从参会的作家评论家的发言来看,话题并不局限于文学创作,而是大量地涉及经济、政治(比如赵树理的发言谈论政治经济形势与农村现状的内容远多于文学方面)。谈论最多的是"大跃进"以来农村的真实状况以及对农村政策的一些思考,有些发言颇为尖锐,一些人情绪也有些激动。比如,康濯说的"1959年反右倾以后","狂热性"更大的"主要的不是农民而是我们干部";方冰说的"民主生活"是"上面指定的,大家举手"以及1960年是"天怒人怨";李束为说的"'大跃进'时头脑发热,不够实事求是,五风很严重","那时是吃了兴奋剂,现在吃了副泻药,浮热下去了,真正的热情还没有起来";茅盾的"1960年要买个鸡毛掸子不容易"与"暴发户心理"的说法;李凖讲搞高级社"部分农民很难说是自愿";韶华讲"党校放些电影,反映'大跃进',大家一看就哄笑起来"……最为突出的是赵树理,会议发言中有"1958年以后,(东西)越来越少……分了钱,只能买包胡椒面","锅子搬到工地上去……孩子回来没饭吃","物质基础没保证,只凭思想教育是不行的","咱们下去最好不要看模范、写模范村","模范都是布置叫我们看的",瞒产"比浮夸好","1960年时的情况是天聋地哑"等尖锐而有些激愤的话。讨论中也有看法的分歧与争论,比如胡采与多数参会者对文学现状以及赵树理创作评价上的分歧与论争。(以上所涉会议上的发言,参见洪子诚:《大连会议的材料注释》,载《海南师大学报》2011年第4期。黎之:《回忆与思考——大连会议·"中间人物"·〈刘志丹〉》。赵树理:《在大连"农村题材短篇小说创作座谈会"上的发言》,见《赵树理文集》第4卷,人民文学出版社2005年版)

但是这种众声杂陈的自由状态只是会议的一个层面。大连会议虽未如新侨会议与广州会议一样,有周恩来与陈毅这样级别的国家领导人出席,但也规格相当高,文学领域的三个最高的领导人:周扬、茅盾与邵荃麟全部参会。在当时的文艺领导体制中,三人的身份有着不同的含义:作协党组书记邵荃麟是中国作协这一文学领导机构权力核心的代表,作协主席茅盾是这一机构与中国文学界的象征,中宣部副部长周扬则是文学管理机构与国家管理机构之间的中介。三人齐聚于此喻示着大连会议实际上是中国作协发布关于文学创作的政策性话语的场域。而且通过周扬使得这种话语一定程度上成为党关于文艺的政策性言说,用涂光群后来的话说"是在贯彻中央精神"。为了方便在大连度假的茅盾参会,邵荃麟把会议地点定在大连。在会议的筹备阶段邵荃麟就几次找周扬汇报商量,会议期间也几次向周扬汇报,因此,周扬始终掌握着会议的进程。作为一次由作协党组组织、作协主席与中宣部副部长一起参加的会议,"大连会议"显然不是作家私下的聚谈,而是有其来自于文艺界领导层的会议的中心话语——这才是会议的"灵魂"。这些内容主要体现在周扬、茅盾和邵荃麟在会议上的三个长篇讲话中,特别是周扬的讲话。

周扬的讲话是在会议的中段(8月9日或10日)发表的,讲话主要围绕"不回避当前问题"与"题材要广泛"展开。周扬在讲话开头就提出"作家还是要写他所看见的、所感受到的、所相信的"；还提出"有思想的作品都是美中有刺"，"歌颂与批评不要分割"，"对错误缺点的批评"是对"社会主义制度"的"巩固"。对于题材问题，周扬提出农村题材可扩大到写"一百〇八年的民主革命"，作家"要在广阔的历史背景下观察问题。不要今天上边提出个政策就去写，明天提出个政策又去写"，"'大跃进'要写，纠偏也要写"；人物方面，"农村里不仅是写生产队长，农民可以写，技术员、气象员、小学教员、知识分子也都可以写"。当然在讲话中也体现出周扬作为成熟的政治领导者的谨慎，对于"大跃进"后农村的真实现状，周扬又说"不一定马上写"，"暂时不要写，还早一些"，"有些尖锐问题是不能写、不好写的，还要看一看"；提出"办内刊"登载"批评性作品""揭露消极现象的长篇短篇"，目的显然是要把反映生活的阴暗面、直面当前问题的作品的影响限制在小范围之内。（参见周扬：《在大连创作座谈会上的讲话》，第201～208页，见《周扬文集》第4卷，人民文学出版社1991年版）李洁非说周扬的讲话"非常彷徨，语意流转不定，乃至互生歧义"（李洁非：《典型文案》，第338页，人民文学出版社2010年版），确乎如此。

　　除了在会议开始时讲的讨论中的零星插话，茅盾在充分准备之后于8月12日上午作了"两小时多些的时间"的讲话（参见《茅盾全集·日记一卷》第39卷，第333～335页）。茅盾的讲话这样开头："在听到同志们和周扬同志内容丰富的发言，我感到有很多启发，才有胆量来讲几句。"在这里语义的重心显然在"周扬同志"的发言。茅盾把自己的讲话定位为此前周扬讲话的理解与发挥，这其实也是周扬与茅盾在文艺领导体系中权力隶属关系的反映。茅盾的讲话分四个部分："关于题材问题""人物创作问题""谈谈形式方面"与"谈几篇长篇小说"。第二部分中，茅盾对文学现状做了温婉的批评："干部写得不少，但大部分一律用干部腔，从动作到语言都是一样"；"描写知识分子很少"，尤其是老年知识分子，而且"只是表面的写，通过内心深刻的表现就比较少"；"工人农民写得很多"，但"也是写两头的多，写中间状态的少，写中间状态的也有，但不是作为典型"，茅盾提出这些"中间状态"的人物"还是可以作为典型的"；第四部分则具体分析了几个小说文本，这几个小说后来都被看作"中间人物论"的代表性作品。这两部分与"中间人物论"直接相关，第三部分中人为拔高人物也是当时英雄人物写作中大量存在的问题，也与"中间人物论"有间接的关系。与茅盾在会议讨论中插话的随意，时有尖锐之语相比，这篇正式的讲话显得有些拘谨、婉曲，尽量避免对文学现状做直接的批评。（参见茅盾：《茅盾全集》第 26 卷，见《中国文论》（九集），第 410~418 页，人民文学出版社 1996 年版）。分析其原因恐怕在于这是一篇正式的会议讲话，做这篇讲话时，茅盾的身份更偏于作协主席与文化部长而非会议讨论中的作家评论家；另一原因在于茅盾的讲话是在周扬的讲话之后，作为受中宣部领导的作协的领导人与需团结在党的周围的非党文化官员，茅盾的讲话须以中宣部副部长周扬的讲话为中心而展开。

邵荃麟与"中间人物论"

邵荃麟可以说是大连会议最为关键的一个人物。在文学史的叙述中，大连会议总是与"中间人物论"与"现实主义深化论"联系在一起，而这两论从 20 世纪 60 年代开始被批判起就被叙述为是邵荃麟在大连会议上正式提出的。大连会议改变了邵荃麟的人生轨迹，其晚年的坎坷人生因之而起，并最终为之付出了生命的代价。当然邵荃麟也因之进入了文学史的叙述之中。

邵荃麟是以三重身份参加大连会议的，即会议的组织者和主持者、文艺界的领导者、文艺批评家。会议期间，邵荃麟较为集中的发言有三次，"第一次讲话（8 月 2 日）说明开会的主要宗旨和主要议题：'感到农村题材最重要的是如何反映人民内部矛盾，因此确定把这作为会议主要议题'。围绕这个中心，讨论'人物创作问题''题材的广泛性与战斗性关系''深入生活问题'和'艺术形式上的问题'。第二次讲话（8 月 7 日）只是归纳宣布了小组会议上的问题，并没有发表个人看法。第三

邵荃麟（左）和周扬（1960 年）

次讲话（8月14日）也就是会议的小结。"（见朱寨主编：《中国当代文学思潮史》，第385页）

在这三次发言中涉及"写中间人物"较直接集中的有两处，8月2日关于"人物创作问题"的发言中谈得最多，对"写中间人物"的观点表述得最为明确：

> 环绕这个中心问题还有什么问题？主要是人物创作问题。作品是通过人物来表现的。近来的作品，写了各种人物，创造了很多的艺术形象。1954年前后，概念化的东西很多。最近几年，纯粹从概念出发的，还不太多。性格化比较突出，《张满贞》《耕云记》里的气象员、《静静的产院》中的谭大婶，都各有个性。创造的人物绝大部分是先进人物：倔强的老头，生龙活虎的妇女，生气勃勃的青年。强调写先进人物、英雄人物是应该的。英雄人物是反映我们时代的精神的。但整个来说，反映中间状态的人物比较少。两头小、中间大，好的、坏的人都比较少，广大的各阶层是中间的，描写他们是很重要的。矛盾点往往集中在这些人身上。我觉得梁三老汉比梁生宝写得好。亭面糊这个人物给我印象很深，他们肯定是会进步的，但也有旧的东西。毛主席也说，要写各种各样的人物。分析一切人、一切阶级，这样就更丰满了，写得更丰满更深刻，只有把人物放在矛盾斗争中来写，不然性格不突出。比如林黛玉，如不把她放在爱情的矛盾中心，就不可能突出。所以，要研究人物与矛盾的关系。有些简单化的理解认为似乎不是先进人物就不典型。一个阶级只有一个典型，这是完全错误的看法。从这个理论出发又发生拔高问题。要人物高，这就容易把人物孤立起来。

另外一处在8月14日的会议总结发言中：

> 茅公提出"两头小、中间大"，英雄人物与落后人物是两头，中间状态的人物是大多数，文艺主要教育的对象是中间人物，写英雄是树立典型，但也应该注意写中间状态的人物。

另外，发言中的关于当时农村题材小说中人物性格"单纯化"、"人物性格只有在矛盾斗争中表现出来"、人物的典型化和英雄人物的写作等内容也与"写中间人物"有一些关系，但都是关于人物塑造这一较大话题的探讨，并不是仅仅探讨"中间人物"，而且其间也没有"中间人物"的说法。（邵荃麟讲话内容参见《在大连"农村题材短篇小说创作座谈会"上的讲话》，见冯牧主编：《中国新文学大系（1949—1976）·文学理论卷一》，第514页~526页，上海文艺出版社1997年版）

邵荃麟的发言当时并未发表，现在可以看到的文本是后来依据会议记录整理出来的。这篇讲话长达万余字，兼涉文学之内与文学之外的多方面内容，谈论"中间人物"的内容其实并不多，"写中间人物"很难说是邵荃麟讲话的中心话题。

从这一文本来看，以多重身份参会的邵荃麟，尽管会前就提出"实行'三不主义'"，尽力营造宽松的会风，但其会议发言依然很是拘谨与温婉，其自由度与尖锐性并未超过周扬，甚至于茅盾。比如，邵荃麟在提出"人民内部矛盾是大量存在的，作家应该去写"，"矛盾是广泛的"，除了写"群众之间的矛盾"，"官僚主义也是可以写的"后马上补充"但这不是主要的"。后面又说："有人认为什么都可以写，我看不一定。这与宣传党的政策有关。比如农村有些干部，蜕化成敌我矛盾，像恶霸似的，能不能写？画条线也很难，编辑也很难，可以讨论一下。总之，回避矛盾是不行的。写，是为了解决矛盾，是为了教育人民。为矛盾而写矛盾，也是不行的。"在谈论了描写"中间人物""是很重要的"这一问题后，唯恐留下否定写英雄人物的重要性的印象，在紧接着谈论"题材的广阔性与战斗性的关系"时马上强调"不是提倡写小人物，日常生活中，我们还是可以看到有不少可歌可泣的人物。如《看愚公怎样移山》，作用很大。还有一些这类报道，教育群众，意义很大；不是写灰溜溜的，就是人民内部矛盾，这点也要说清楚"。邵荃麟似乎始终在作家批评家与党的文化官员之间游移不定，在传统文人的为民请命意识与做"灵魂的工程师"对人民做"思想教育"之间游移不定。

邵荃麟发言关于"中间人物"的内容很难称得上有一定体系性的"论"。

在邵荃麟的几次会议发言中，8月14日的发言是会议的总结讲话，较为正式，其身份更偏于文艺界领导人，"讲得比较全面、严谨、平稳。没有特别发挥'中间人物''现实主义深化'等论点"（黎之：《回忆与思考——大连会议·"中间人物"·〈刘志丹〉》）。"中间人物"相关的内容主要在8月2日的发言中。比较而言，此次发言，邵荃麟的身份更偏于作家批评家。从根据会议记录整理出的文本看，这篇口语化色彩较浓的发言比较放松随意，内在逻辑也不是很严谨，文意也不是前后很连贯。尽管邵荃麟在会前对发言中的问题应该有过一些深入思考，但其中有不少内容是在较为宽松的语境中与其他参会作家批评家较为畅通的交流讨论中临时生发出来的。所以说，所谓"中间人物论"其实并不是邵荃麟酝酿已久经过深思熟虑后提出的理论主张，而是后来批判不断升级的产物。曾参加会议的唐达成在20世纪90年代的一次访谈中这样讲："主要是文艺界的一个领导把这归纳为'中间人物论'，问题就严重了。"（唐达成：《四十年来的印象和认识》，见《南窗外集》，第356页，辽宁人民出版社2001年版）唯其如此，应该是"中间人物论"的核心概念"中间人物"含义始终模糊。即使发起"中间人物"批判的重要文章《"写中间人物"是资产阶级的主张》（刊发于1964年《文艺报》8、9期合刊）中，尽管归纳出"中间人物"的定义："是农民和工人中动摇于社会主义、资本主义两条道路之间的人，是革命性不强的人，是不觉悟或觉悟程度很低的人，是充满着资产阶级、小资产阶级'精神负担'的人"，也不得不承认"邵荃麟同志自己有时也把'中间人物'同落后人物、小人物混为一谈，并没有把界限划分清楚。"直至目下，对于邵荃麟所说的"中间人物"含义是什么，研究者仍是莫衷一是。事实上，邵荃麟在发言中本就没有这样的界定，因之"有的说是'自私自利的人'，有的说是'身为群众有缺点的落后人物'，这就把落后人物包括在'中间人物'的范围了。有的说，'中间人物'是'不好不坏、亦好亦坏、中不溜儿的芸芸众生'那就是浑浑噩噩的小人物了"，（参见《文艺报》编辑部：《"写中间人物"是资产阶级的主张》）这些理解都对，都可以在邵荃麟的讲话中找到依据，但又都不对，很难说哪种更符合邵荃麟的原意。包括《"写中间人物"是资产阶级的主张》归纳的"中间人物"的定义也可如是观。邵荃麟的发言理论色彩很为单薄，显然不是体系性规范性很强的学术性言说，称之为"论"，明显言过其实，在批判中使用，明显是在用"大帽子"压人。

邵荃麟是在谈论"人物创作问题"时提出"写中间人物"的意见的。在邵荃麟的发言中，"人物创作问题"是"环绕""农村题材最重要的是如何反映人民内部矛盾""这个中心问题"的问题。而关于"人民内部矛盾"的理论是毛泽东提出的。邵荃麟在谈论"如何反映人民内部矛盾"这一文学问题之前就引入了"人民内部矛盾"这一概念，发言中有大量关于"人民内部矛盾"的内容，并且一开始就提到毛泽东的《关于正确处理人民内部矛盾的问题》。从逻辑上讲，邵荃麟探讨的"农村题材最重要的是如何反映人民内部矛盾"问题、"人物创作问题"的理论基础即是毛泽东的关于"人民内部矛盾"的理论，当然"写中间人物"的理论基础也是这一理论。在提出写"中间人物""是很重要的"后马上引用毛泽东的话："毛主席也说，要写各种各样的人物。分析一切人、一切阶级，这样就更丰满了，写得更丰满更深刻"，以此作为理论依据。另外，发言中也引用了周恩来的话："总理说，人民内部矛盾是大量存在的，作家应该去写"。因此有人认为邵荃麟"写中间人物"的说法"还是非常正统的""也没有什么'出格'的地方"（黄秋耘：《"中间人物"事件始末》，见《黄秋耘文集》（第四卷），第181页，花城出版社1999年版），"很周到谨慎"（唐达成：《怀荃麟》，见文汇报笔会编辑部编：《默守高尚》，第23页，文汇出版社2000年版），后来周扬所致的邵荃麟的悼词中也说"阐释了毛主席《讲话》的精神"（转引自朱寨主编：《中国当代文学思潮史》，第388页），甚至有人认为"邵荃麟的话没有超出毛泽东的原意。我们还可以明确地说，这位谨慎的文学家关于'写中间人物'的观点句句是对毛泽东思想的阐释和运用"。（张景超：《文化批判的背反与人格——中国当代知识分子问题研究》，第64页，黑龙江人民出版社2001年版）。如果从逻辑的角度看，对照邵荃麟的发言，以上说法都有很充足的证据。但是这篇属于文学领域的发言毕竟与法律诉讼文本不同，仅从逻辑分析只能获取其极为表层的含义，只有还原当时的语境把其置入，设身处地的用心去感受，才有可能理解其真正的含义与价值。如果从这样的角度解读邵荃麟的"中间人物论"，周政保的看法很有见地。周政保把"中间人物"称作"策略性的命名"——

> 这是对当时"革命现实主义"所提出的某些规范的戒拒:公开抵制行不通的,也是无效的;以现在的眼光回眸,"中间人物论"或许是最好的选择了。
>
> 在共和国文学史上(从50年代到70年代末),面对持续不断的教条主义、公式化、概念化、"主题先行"以及一味强调塑造"英雄典型",直至"根本任务论"与"三突出"创作原则,等等,最具抵抗或对峙能力的"理论",也许首推"中间人物论",因为这一"论"的理论色彩抹得比较淡薄,通俗易懂,既符合整个社会的生存状态,也容易与作品与作家正在进行的创作联系起来,所以,它拥有相当大的潜在号召力或创作上的影响力。
>
> 且不论"思想性"如何,就说作品所可能留下的印象;或被感动,或受到启示,或让作品洞开了联想的空间,关键的问题是要写出人的过程及人的变化,而"中间人物论"所顺应所体现的,正是这样一条难以颠覆的文学真理。
>
> 在当时,"中间人物论"的提出者虽苦于无奈,不得不利用文学生存的夹缝,很策略地亮出了这样一种创作主张,看起来有点偶然,实际上却是一种文学必然。不管自觉还是不自觉,关于"中间人物论"或"写转变中人物"的不少见解,很能传达现实主义创作的文学精神,尤其是对人的性格复杂性或多重性理解方面,如此艰难而又迈出了如此扎实的步伐。(杨匡汉、孟繁华主编:《共和国文学五十年》,第186、187、192、193、194页,中国社会科学出版社1999年版)

这种理解应该说很多方面接近了"中间人物论"的深层语义及其文学史价值。对于这样一种在特定历史语境中具有特殊身份的主体对于文学的言说,其语义与效应的复杂性要远大于其与主流文学理论与文学规范逻辑上是否背离。

山西作家群与"中间人物"的大本营

在后来的"大连黑会"与"中间人物论"的批判中山西文坛被视为"写

第四章 "中间人物"大本营

中间人物"的"大本营",山西作家群是"中间人物论"的另一主角。

在参加大连会议的作家批评家中,山西作家就有三人:赵树理、西戎、李束为(中国作协最初确定的参会者有马烽没有李束为),参会人数为各省之最。而直接涉入"中间人物论"的则有五位作家。参会者中,在会议期间受到邵荃麟以及绝大部分参会作家批评家肯定的赵树理先是被誉为"铁笔""圣手",后来被批为"写中间人物的祖师爷";西戎的《赖大嫂》在会议期间作为写"中间人物"的成功例子广受赞誉,批判时成为"写中间人物的标本";李束为的作品起初并未被点名,但李束为却成为山西省内因大连会议与"中间人物论"被公开批判的第一个作家;马烽虽未参会,但其《"三年早知道"》无论是会议期间还是后来的批判中始终被视为"写中间人物"的典型作品;另外一人是青年作家韩文洲,其作品《四年不改》在会议期间受到邵荃麟尤其是茅盾的称赞,也是"写中间人物"的代表作品(此篇作品因保护青年作者的原因没有出现在《关于"写中间人物"的材料》中)。

根据韩文洲的说法,"在大连会议期间,就'中间人物'的实绩问题,曾有一个提法或曰共识,即'一个标兵(赵树理),三个样板(西戎《赖大嫂》、张庆田《老坚决外传》、韩文洲《四年不改》'(参见蔡润田主编:《山西文学五十年纵横论》,第101页),在这四个作家中,有三个属于山西作家群(或曰"山药蛋派")。如果再作进一步的分析,会发现河北作家张庆田的《老坚决外传》似乎不是很受肯定的作品。邵荃麟说:"《老坚决外传》这个作品,在地方刊物上也应该肯定,有教育作用。缺点是人物性格单纯化。名副其实,处处坚决;王大炮更加单纯化。短篇小说很短,只能强调一点,但这个作品使人感到单纯化,人物在作品中提出问题到解决问题很快,没有反映引出人物性格的复杂性。"

从邵荃麟大连会议发言中关于"中间人物"的言论看,邵荃

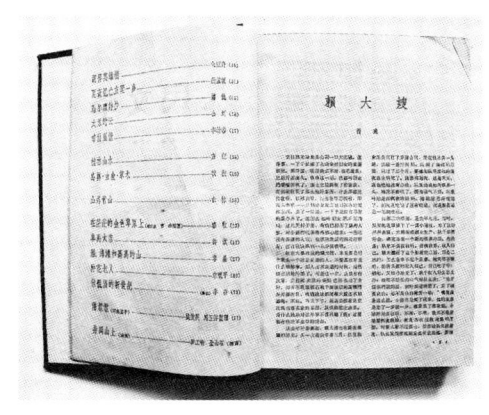

西戎《赖大嫂》,载《人民文学》1962年第7期

麟很看重人物性格的复杂性，他之所以强调"写中间人物"，就是因为"中间人物"身上集中着复杂的现实生活中的矛盾，据此看来邵荃麟对《老坚决外传》批评多于肯定。

茅盾也对其有不少批评："还没有挖到更深的地方"，"他所讲的问题也不是内部矛盾的主要问题"，"老坚决写得深一点，王大炮就差一些，更加简单化"，"王大炮的性格应该还要复杂些，没有挖得很深。所以我想生活中的老坚决，与这篇的老坚决不一样"，"王大炮也有这么一点不够，写顶风也还简单。斗争有思想方面的。写简单了就失真，感人力量就差了"。

由此看来，《老坚决外传》未必就是"写中间人物"的正面范例，对其的评价与赵树理的创作相差甚远，也远不如《赖大嫂》与《四年不改》。

赵树理是在大连会议上受到绝大多数作家批评家与文艺界领导高度肯定的作家。

康濯："批评界对老赵作品评价不够，不够高。'大跃进'时，我犯了很多错误，浮夸，他很冷静，而且热情很高。他是写老老实实，正是提醒人。"

侯金镜："他写这些，有生活目的，思想目的……思想目的战斗性很强的。写轰轰烈烈的青年队也许是老赵不能的。杜鹏程式的用政论办法来加以表达，恐怕也是老赵不能的。各有一路。但这并不妨碍老赵成为语言艺术家。我曾问他为什么不写'户'，他说旧的东西，看清楚了，但是新的东西还没掌握住，需要下去搞一阵，抓住了再写，这是现实主义的态度。我们需要善于运用目前这种条件。会使我们作品发挥更大的战斗性现实性。"（这两段发言参见洪子诚《大连会议的材料注释》）

当然更为重要的是文艺界领导人邵荃麟、周扬会议讲话中对赵树理的肯定。

邵荃麟——

在现实性方面，我们有些作品也达到了相当深度。有些作家对农村斗争的长期性、复杂性、艰苦性有深刻认识。这次会上，对赵树理的创作一致赞扬，认为前几年对老赵的创作估计不足，这说明老赵对农村的问题认识是比较深刻的。

……

在我们社会里，独立思考往往被忽略，作家当然应该了解政策，但是应该通过自己的思考去了解、认识。赵树理同志对生活的理解、独立思考的能力就很强。

周扬——

赵树理同志对农村确实熟悉，他有些看法，而且也写过书面意见，那时我支持他说，你如果觉得难写，现在就不要写，可能你判断错了，也可能你对了。后来不少方面证明赵树理同志是对的，譬如对于生产指挥太多太死，他那时就有意见。这种精神值得学习。他从生活里感受到的，他能够坚持，他并不因为作协批评他并贴了大字报(有时内部用大字报不一定都适当)而消极下来。

在20世纪50年代日渐激进的文学语境中，赵树理尽管也吃力地蹒跚跟进，但因其创作始终坚持立足于现实仍受到"落后""落伍"的批评。1959年赵树理又因向《红旗》杂志投稿《公社应该如何领导农业生产之我见》在中国作协受到批判。联系到这样的背景与邵荃麟、周扬的身份，邵、周在会议讲话中对赵树理的肯定有着为赵树理"平反"与重新确认赵树理方向的意味。由于受肯定之后内心的兴奋与作协领导的鼓励，赵树理成为受邀参会的作家批评家中发言最多也最尖锐、最直言不讳的人。赵树理及其创作是大连会议的聚焦点，这也可以说是赵树理生前最后一次以正面形象出现在中国文坛的中心场域。

在邵荃麟的发言中多次提及西戎的《赖大嫂》。在8月2日的发言中，邵荃麟提出"文学的任务"是"加强思想教育"，"作品写人与人的关系，灵魂状态的变化"其中"是有许多思想问题的"，接着便以《赖大嫂》为例，"西戎同志写的《赖大嫂》，在养猪问题上，就有许多想法"；邵荃麟把《赖大嫂》称作1962年"写得很少"的写"人民内部矛盾"——"经济基础的变动反映在意识上的矛盾"——的作品，邵荃麟认为"《赖大嫂》写农村妇女的个体思想",是写"个体经济的思想与集体主义思想、国家利益与个人利益之间的矛盾"这一"主要的""人民内部矛盾"问题的作品,邵荃麟把西戎的《赖大嫂》看作是不回避矛盾坚持现实主义写作的例子。在 8 月 14 日的讲话中,针对"有些批评者批评赖大嫂思想没有转变成集体主义",邵荃麟为之辩护说:"是否非要写出解决问题不可?如果水到渠成,可以解决;否则,也可以指出方向,让读者自己去得出结论。……短篇小说创作在进行概括时,抓住一点,让人看出前因后果就行了。"

茅盾也对《赖大嫂》非常赞赏:

《赖大嫂》也是篇很好的小说,是侧面来反映的,是现在的新面貌,养猪是严重的问题,却写得很轻松,这篇小说很有意义。赖大嫂这个人物不必拔高,有的读者认为要拔高。这个人物是对养猪的好处有怀疑,这种人物事实上会得到教训,最初怀疑后来相信了,这也有教育意义。……从这篇中可以得到一种启发,这类事对中间状态的农民是有积极意义的,也还是可以写。

在三篇写"中间人物"的"样板"小说中,《赖大嫂》是邵荃麟与茅盾没有提批评意见的唯一一篇。

韩文洲的《四年不改》其实是大连会议所肯定的作品中反映现实问题最为尖锐,写得最为大胆的一篇。这篇小说围绕晋东南农村孙家坪冬季打旱井的故事,对县乡领导层无视农村实际,盲目下命令瞎指挥的官僚主义、形式主义做派,农村基层干部迎合上级弄虚作假以及农民生产积极性受挫后的敷衍应付都有很为大胆与真实的反映。而且这部小说是当时少有的不以光明的尾巴结束故事的作品。

韩文洲《四年不改》,载《火花》1956 年第 11 期

小说结束时丽丽们写的反映真实情况的稿件寄出后，报纸上刊出的不是他们提供的"先锋社打的井不起作用"，而是记者马召根本没经过调查关起门来胡编乱造一个晚上写成的"先锋社打井成绩大，十天打井三十眼"；1956年春天上级的号召变成了"大力开展植树运动"，"人们为了省事，就把一九五五年冬天在这条大路两旁打的一百四十眼井一同填了起来，填到只剩二尺深浅，就变成了栽树窝窝，每眼井里栽了一株树。关于树的株距，跟农林局规定的一样，每隔一丈五尺一株，不远也不近。先锋社打的井到底用上了"，号召变来变去，问题依然如故。（以上内容参见韩文洲：《四年不改》，载《火花》1956年第11期）这篇发表于1956年的小说显现出青年作家的一种初生牛犊不怕虎的锐气，其尖锐性与冲击力不下于王蒙的《组织部新来的年轻人》。

对于这篇小说，邵荃麟认为尽管没"写出解决问题"（邵荃麟认为不是"非要写出解决问题不可"），但"得到"了"指出方向，让读者自己去得出结论"的"效果"，激赏之情溢于言表。茅盾尽管对其"斗争的复杂性、艰苦性""写得不够深刻"提出轻微的批评，但更对其做了多方面的肯定："批评的是官僚主义，记者客里空，结尾很有讽刺意味，又提倡植树"，"这篇小说现在看来仍有意义，仍有教育作用"；"作品是写得夸张一点，作为讽刺小说是允许的"，而且讽刺的态度"是严肃的"；"形式上，这篇小说开始不是第一人称，后来变成第一人称，写得还活泼"。

另外就是马烽的《"三年早知道"》，茅盾说："马烽的《"三年早知道"》，是中间状态的人物，既幽默而不油滑，我们写两头的典型，写得非常生动鲜明，但还是太简单些。"很明显，在当时"中间状态的人物"写得很少且"不是作为典型"的背景下，在茅盾看来，马烽在小说中塑造的"中间状态人物"的典型要优于当时小说大量存在的"写两头"的典型。

由此看来，山西作家群之所以成为"写中间人物"的"大本营"，不仅仅是作家与作品数量的问题，而且更是因为作品的内涵与质量。

20世纪50年代与60年代，山西作家群的主体是后来被称为"山药蛋派"的作家群。当时这个群体构成是这样的：赵树理被认为是"山药蛋派"的主帅，马烽、西戎、束为、孙谦、胡正等为"山药蛋派"第一代作家，韩文洲、李逸民、义夫、刘德怀等为第二代"山药蛋派"作家。涉入"中间人

马烽《三年早知道》载《火花》1958年第1期

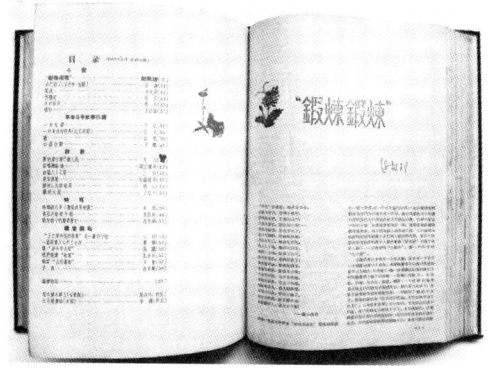

赵树理《"锻炼锻炼"》，载《火花》1958年第8期

束为《好人田木瓜》，载《火花》1958年第1期

物论"的作家既有主帅赵树理，也有第一代"山药蛋派"作家西戎、李束为、马烽，还有第二代"山药蛋派"作家韩文洲。涉入"中间人物论"的作家结构与当时"山药蛋派"作家群的整体结构完全相同。

从作品方面来看，在整个50年代与60年代初，"山药蛋派"作家根据自己"所见到的，所感受到的"创作的"反映人民内部矛盾"写"中间人物"的小说远不止大连会议上提到的那几部：赵树理的《三里湾》《"锻炼锻炼"》《实干家潘永福》、西戎的《赖大嫂》、马烽的《"三年早知道"》、韩文洲的《四年不改》，数量要比这丰富得多。

赵树理的作品中，《登记》《表明态度》《互做鉴定》《卖烟叶》《老定额》等用墨最多、刻画成功的都是"中间人物"，从中可以读出较多的有关农村生活现状与农民精神状态的真实信息。

马烽的《孙老大单干》《老社员》《自古道》《一篇特写》、西戎的《丰产记》《盖马棚》《冬日的夜晚》《老好干部》、李束为的《于得水的饭碗》《好人田木瓜》《迟收的庄禾》、胡正的《嫩苗》《两个巧媳妇》《七月古庙会》、孙谦的《奇异的离婚故事》、李古北的《破案》《奇迹》、韩文洲的《关门领导》《藏红旗》《冻鲜花开》《长院奶奶》、李逸民的《老木匠》、杨茂林的《县长探妻》、义夫的《宋三黑》等也都是不过度拔高人物、离现实生活较近的作品。

创作上与邵荃麟、周扬等在大连会议上隐晦地提出的文学主张相契合的其实不是零星的山西作家，而几乎是整个的"山药蛋派"作家群。

"山药蛋派"作家都是来自农村，走上创作道路后，始终保留着许多农民的习俗与性格，维持着与农民紧密的思想感情联系。这不是一个以思想性见长的作家群体，其优势在于他们与农民间毫无隔阂的融入，在于他们对各式各类农民的熟谙与丰富的农村生活体验。他们的作品中很少有形而上的思考，更多的是从经验出发对农村现状作同步式的鲜活真切的反映。这种写法当然有其局限性，在大连会议上，胡采批评赵树理"看问题也不应是从自己亲身感受的角度看，应看到宽广些"（洪子诚：《大连会议的材料注释》），其实也很切中赵树理文学创作的要害，如果放在"山药蛋派"其他作家身上，也是如此。但是在过度强调浪漫化理想化而越来越不顾及生活真实的文学语境中，对自我生活经验的超离抵达的很可能不是独立的深层次的思考，而更可能是受时代流行政治观念的支配，成为这些观念的注释与图解。在此种背景下，"山药蛋派"作家的这种拘执于自己熟悉的生活局部的视野不够广阔的经验性写作，反倒有可能摆脱过于理想化、浪漫化的时代主流观念与文学规范，把更多的真实的生活信息蕴含于作品之中，与同时代的其他作家的作品相比，体现出更多的现实主义色彩。在他们笔下，更多的是依据他们熟悉的父老兄弟们创造的有着芸芸众生的喜怒哀乐、性格中有优点也有缺点的小人物。即使正面人物也非通体透亮、完美无缺，他们身上往往有着浓厚的生活气息，体现出较多的生活本色。此外，"山药蛋派"作家毕竟又是在起源于解放区的文学新形态中成长起来的文艺工作者。他们首先是党的工作人员，然后才是作家，这不仅是外在的身份，也是他们内在的意识（在马烽等"晋绥五作家"那里更是如此）。因之，尽管他们在写作中也会因当时主流的观念及文学规范与农村生存现状矛盾而困惑，但他们不会作更深的思考，把这种困惑上升到对党的路线方针的整体性的质疑，更不要说上升到制度的层次。在文艺政策稍稍调向宽松的1962年，这样的创作可能正是邵荃麟、周扬等文艺界领导人所期待的：对于"社会主义教育"这一"文学的根本任务"，文学作品之中太多太深的质疑与远离现实的浮夸都会影响到教育效果，尤其是在这样一个国家的发展遭受挫折的时期。

"中间人物论"的批判与山西作家群的浮沉

几乎在大连会议召开的同时，为八届十中全会做准备的中央工作会议在与大连隔海相望的北戴河召开，随后召开八届十中全会。会上毛泽东重提阶级斗争，历史小说《刘志丹》被点名批判。

大连会议结束后，《文艺报》党的核心组"为了配合宣传'大连会议'精神"，原计划"发表一篇由唐达成同志执笔写的'会议纪要'，一篇由谢永旺同志执笔写的'文艺笔谈'"。但是《文艺报》的主编张光年在获悉北戴河会议的精神后，决定抽掉"会议纪要"，因之，只有谢永旺署名沐阳的"文艺笔谈"《从邵顺宝、梁三老汉所想起的……》在《文艺报》1962年9期发表出来。（参见黄秋耘：《中间人物始末》，《黄秋耘文集》第4卷，第182页）这篇文章与康濯的《试论近年间的短篇小说》、沈思的《我读〈赖大嫂〉》、侯墨的《漫谈〈赖大嫂〉》成为当时公开发表的为数不多的呼应大连会议精神、阐发"写中间人物"问题的文章。

时隔不久，《文艺报》1962年12期刊发了黎之的文章《创造我们时代的英雄人物——评〈从邵顺宝、梁三老汉所想到的……〉》，对沐阳以及沈思、侯墨的文章提出了一些不同意见，黎之强调"不能看轻了社会主义文学艺术典型创造的根本任务：创造带动我们这个时代前进的英雄人物"，对沐阳强调重视写"中间人物"提出异议，提出不应夸大"中间人物"的教育作用。文章尽管针对的是沐阳及沈思、侯墨的文章，其实也是对邵荃麟"写中间人物"主张的批评。从内容与语气看，黎之文章尚未超出学术探讨的范围，比较平和，但如果联系这篇文章的产生过程，便会发现事情远未如此简单。黎之在《回忆与思考》中对这篇文章的产生过程有过这样的叙述：

> 在十中全会预备会进行期间，正在参加会的周扬让林默涵召集有关单位吹吹风。九月二十二日林召集在京文艺报刊和各大报副刊负责人开

会，讲了毛泽东提出抓阶级斗争的精神，布置检查。会上作为问题他点了中间人物。

十月十九日周扬召集文化部、文联、各协会负责人研究如何贯彻十中全会精神，检查工作。

这期间，九月号《文艺报》上发表了沐阳根据大连会议精神写的随笔《从邵顺宝、梁三老汉所想到的……》，自然成了问题。有一次林默涵同张光年谈事，同时也提到这篇文章。林说：恐怕《文艺报》要再写篇文章，表明态度。张光年指着我说：让黎之也写篇随笔，与作者商榷。这个与沐阳商榷的任务就落在我头上。我就赶写了一篇《创造我们时代的英雄形象——评〈从邵顺宝、梁三老汉所想到的……〉》。

这篇文章的出现已经为两年后的"中间人物论"的批判埋下了伏笔。

1963年12月12日，毛泽东在中宣部文艺处编印的一份关于上海举办故事会有成效的《文艺情况汇报》上做了批示，对当时的文艺工作表达了强烈的不满："各种艺术形式——戏剧、曲艺、音乐、美术、舞蹈、电影、诗和文学等等。问题不少，人数很多，社会主义改造在许多部门中，至今收效甚微。"措辞非常严厉地批评文艺界部门的领导人"热心提倡封建主义和资本主义的艺术，却不热心提倡社会主义的艺术"。

批示下达后，文联所属各协会都进行了整风。整风告一段落后，江青通过林默涵要走了尚在修改中的中宣部就全国文联和所属各协会整风情况写给中共中央的报告的草稿，交给了毛泽东（据陈雪薇、范守信等访问整理：《林默涵谈十七年文艺战线的一些大事》，见朱元石主编：《共和国要事口述史》，第101~102页，湖南人民出版社1999年版）。1964年6月27日，毛泽东在报告上做了更为严厉的批示：

这些协会和他们所掌握的刊物的大多数（据说有少数几个好的），十五年来，基本上(不是一切人)不执行党的政策，做官当老爷，不去接近工农兵，不去反映社会主义的革命和建设。最近几年，竟然跌到了修正主义的边缘。如不认真改造，势必在将来的某一天，要变成像匈牙利裴多菲俱乐部那样的团体。

批示引发了文艺界更大的震动。黄秋耘后来回顾当时的情况，曾这样讲："到了1964年夏天，十二级台风已经在酝酿中，眼看牺牲几个中、小人物已经无济于事，非牺牲几个次要一点的'大人物'不可了。"（黄秋耘：《"中间人物"事件始末》）。1962年原本要发表的大连会议纪要没有发表，只发表了谢永旺阐发"写中间人物"的文章；后来又有黎之受命写得"表明态度"的批评"写中间人物"的文章；而且周扬的讲话不知何时已经被预先从作协保存的大连会议的会议记录中抽走（参见涂光群：《五十年文坛亲历记》，第181～182页。黎之：《回忆与思考——大连会议·"中间人物"·〈刘志丹〉》），邵荃麟与其"中间人物论"不知不觉中一步一步被推向大连会议的中心，邵荃麟无可避免地要成为黄秋耘所说的"大人物"了。

毛泽东的第二个批示出来后，中宣部立即调正在大连海滨养病的作协党组副书记刘白羽回京代替邵荃麟全面负责作协工作，主持作协的整风。邵荃麟则成为批判对象。1964年9、10月间，《文艺报》8、9期合刊刊出《关于"写中间人物"的材料》与《"写中间人物"是资产阶级的文学主张》，对"中间人物论"的批判正式开始。《材料》一文把邵荃麟"写中间人物"的主张的提出在时间上往前做了延伸，列举了邵荃麟的四次并未公开的关于"写中间人物"的言论，其意图显然是强调"写中间人物"是邵荃麟一贯的主张，并非在大连会议上临时生发出来。文中根据会议纪要整理出来的材料，也不无断章取义，与邵荃麟的原意多有不符。《主张》则分十个部分对邵荃麟的相关言论做了全方位的激烈批判，邵荃麟被指为"资产阶级、小资产阶级中间抵抗社会主义革命改造的力量"在文艺领导机构中的"代理人"，"写中间人物"的主张则成为"反社会主义的文艺路线"。1964年10月31日，这两篇文章在《人民日报》转载，意味着批判运动的升级，对邵荃麟的"中间人物论"的批判已跨出文学领域，成为政治事件。紧接着全国各地报刊也纷纷转载这两篇文章，批判的范围急速扩大。

1964年12月，《文艺报》11、12期合刊出了"资料"《十五年来资产阶级是怎样反对创造工农兵英雄人物的?》，其中指出："'写中间人物'的主张实际上是和十五年来曾经出现过的形形色色的资产阶级、修正主义的理论，特别是关于人物描写上的反动理论一脉相承的，是这些理论在新条件下的一个突出的表现。"实际是把邵荃麟划进了丁玲、陈企霞、胡风、冯雪峰等文艺界已经落马的"反党""反社会主义"人物的范围。

1964年12月4日，《解放日报》发表了姚文元的长文《使社会主义文艺蜕化变质的理论——提倡"写中间人物"的反动实质》，文中指"写中间人物"的理论，"抹杀和否定了社会主义文艺歌颂的对象"，"维护和抬高了资产阶级的地位"，"是唯心主义和形而上学的理论"，"违背了毛泽东的文艺方向"，其结果是"抽去了社会主义文艺的阶级内容和革命灵魂。使社会主义文艺完全丧失革命的战斗性，蜕化变质为修正主义文艺，即在'社会主义'外衣下的资产阶级文艺。"批判的调子提到新的高度。

1966年2月，"中间人物论"与"写真实论""现实主义广阔道路论""现实主义的深化论""反题材决定论""反火药味论""时代精神汇合论""离经叛道论"被"文革"文艺路线的纲领性文件《林彪同志委托江青同志召开的部队文艺工作座谈会纪要》，列为"与毛主席思想相对立的反党反社会主义的黑线"的"代表性论点"。《纪要》指"有些作品，不写英雄人物，专写中间人物，实际上是落后人物，丑化工农兵形象"，是"资产阶级的、修正主义的东西，必须坚决反对"。

从1964年10月起，各地纷纷召开座谈会开展对"中间人物论"的批判。全国各地的报刊刊登了大量的批判文章，笔者做过粗略的统计，仅1964年10月至1965年9月一年的时间里，各地报刊刊载的与"中间人物论"直接有关的批判文章就达512篇之多，作者包括作家、评论家、高校师生、机关干部、部队官兵、公社社长、公社社员、人大代表、劳模、图书管理员、车间工人、农民、演员、中小学教师（甚至还有中学学生）等等，涵盖各个行业、多个层次。

山西文艺界对"中间人物论"的回应与上面所勾勒的邵荃麟与"中间人物论"的批判的推进过程基本对应。

1962年10月山西文联的机关刊物《火花》发表沈思的《我读〈赖大嫂〉》与侯墨的《漫谈〈赖大嫂〉》肯定了"写中间人物"，对沐阳的文章做

山西文坛"风景线"

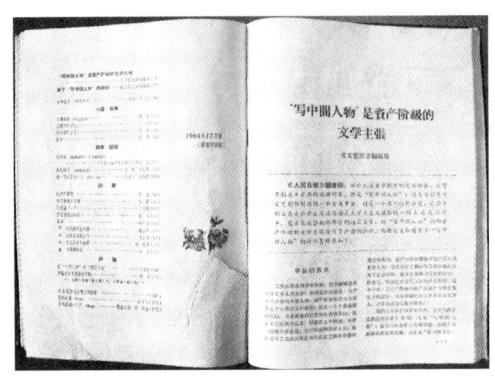

《火花》1964年第12期对"中间人物论"进行批判

了呼应。年底黎之的文章发表后,《火花》1963年2月号发表了黎耶的文章《努力塑造新英雄人物》,对沈思、侯墨的文章提出了批评。

1964年11月14日,在《文艺报》正式公开发起对"中间人物论"的批判后,《山西日报》率先登出方绪原的批判文章《"写中间人物"论的实质何在?》,1964年11月28日刊载了一组批判文章:分别是署名"晋中公安大队李××""榆社中学武××""太原重型机器厂铸钢车间工人杨××"的《英雄形象鼓舞我们前进》《英雄人物的地位不能动摇》《英雄写多了吗?》。12月5日又刊登一组三篇批判文章,作者来自"解放军某部""太原化学工业公司氮肥厂""太原市小井峪公社后北屯大队"。多行业不同身份的作者的参与造成了一种"全民"批判的浩荡气势,受批判者则陷于"人民群众"的"汪洋大海"之中完全失去辩驳的可能。12月7日又刊发了调查报告《群众喜爱什么样的文艺作品?——关于"英雄人物"在农村的调查》。

1964年底,《火花》12月号转载了《关于"写中间人物"的材料》与《"写中间人物"是资产阶级的文学主张》两文,同时刊发了两篇批判文章《从"中间人物"到"问题小说"》与《评论文章应该鼓吹什么?——也评〈我读《赖大嫂》〉和〈漫谈《赖大嫂》〉》。1965年2月号的《火花》专门设置"批判'写中间人物'的谬论"栏目,刊发了一组7篇批判文章,作者身份包括工人、社员、军人等多种。此外,这期间《山西日报》与《火花》上还刊发一些零星的批判"写中间人物"、提倡写英雄人物的文章。

1965年年初作协山西分会还组织了批判"中间人物论"的座谈会,并且在《火花》1965年2月号上以"编辑部"的名义刊登了检讨性文章《改进错误 继续前进》。

在"中间人物论"批判前后,山西作家也曾努力调整自己的创作,以适

应领导层对文学的新要求。西戎后来有这样的回顾:

> 一九六三年和几位老同志一块商量,怎么办?写小说,难免再写出中间人物,那就暂时不写小说,大家都去找陈学孟式的模范人物吧。写他们的英雄事迹,这样做,也许就不会再因写"中间人物"而危害革命了吧?于是我也和其他几位同志一样,十分认真地用自己很不熟练的文学样式,写了表彰植棉模范吴吉昌的报告文学《在荣誉面前》。(西戎:《走向广阔的道路》,见高捷编:《马烽西戎研究资料》,第304~305页,人民文学出版社1983年版)

在1964年至1966年,"山药蛋派"作家写作了大量的歌颂社会主义英雄模范的报告文学作品:孙谦写了《大寨英雄谱》《曲峪新歌》,马烽写了《雁门关外一杆旗》《林海劲松》,束为写了《南柳春光》《革命家训》,西戎写了《在荣誉面前》,胡正写了《汾河湾里一枝梅》,青年作家韩文洲写了《一心为革命》,刘德怀写了《大寨山上一棵松》。即使倔强迂执如赵树理,其剧本《十里店》中也有了阶级斗争。但是在一次次的文艺批判中逐渐占据主导的文艺激进派,要求的文学不是依据生活现实而是用某种激进的革命观念推演故事、塑造人物,这与"山药蛋派"作家的生活阅历、创作个性相去甚远,曾经是"山药蛋派"作家的优势的丰富而真切的农村生活积累在这样的写作中已成为负累,"山药蛋派"作家显然不具备成为这种文学的代表作家的条件。

当然这只是问题的一方面。现实中有多少中间人物,可不可写,甚至于"写中间人物"代表的是什么样的文艺路线都只是"中间人物论"批判中很为表层的问题,更为关键的是这场批判牵涉到文艺界的领导权的更替,"中间人物论"的批判只是这种更替的外在表征之一种。差不多与"中间人物论"批判的同时,1964年的6、7月间,全国京剧现代戏观摩演出大会在北京举行。在大会的筹备与近两个月的观摩演出中,始终活跃着江青的身影。在众多的京剧现代戏的英雄人物典型的"簇拥"之中,文艺界的新"旗手"正在走向前台。自以《讲话》为理论依据的革命文学产生以来,文艺界最为彻底的一次领导层的重组已经启动。在这场文艺界的"改朝换代"式的巨变中，作为"前朝旧臣"的"山药蛋派"作家走向边缘是其必然的命运。

　　1965年2月，"山药蛋派"的主帅赵树理悄然离京举家迁回太原，此时距其作为解放区文学的方向性作家以胜利者的身份进入北京近16个年头。在太原短时停留之后，赵树理便返回故乡晋东南，这里正是他文学之旅的起点。这仅仅是山西作家群沉落的开始，对于"中间人物论"批判对山西文坛的冲击，蔡润田在《山西文学五十年纵横论》中有这样的描述："在此期间，不仅西戎同志的《赖大嫂》受到多方围剿，赵树理同志的《"锻炼锻炼"》《三里湾》等一些作品也因'问题小说是中间人物的翻版'遭到批判。马烽的《"三年早知道"》、束为的《好人田木瓜》等其他山西作家的一些作品也同时被当作'写中间人物'的作品而大触霉头。'文革'中，这些作家被批斗、游街、受尽凌辱。赵树理因为是'写中间人物的祖师爷'，甚至被打伤致死。"（蔡润田主编：《山西文学五十年纵横论》，第112页）对于山西文学而言，"中间人物论"遭批后，山西作家群的中坚作家相继受到牵涉，其创作能力很长时间内难以正常发挥，很难再写出如50年代那样的优秀作品；而韩文洲等"山药蛋派"二代年轻作家，遭此变故后成长受阻，其创作始终未能达到"山药蛋派"一代作家的高度。当代文学史上，山西文学的第一次崛起到此结束。

　　一年之后，周扬被打倒。当年正是周扬确立了赵树理在解放区文学中的地位，由此也开启了山西文学近20年的辉煌。随之上海在时隔近30年之后，再次成为中国文学的中心。一个文学时代结束了！

第五章 "文革"中的山西文坛和《三上桃峰》事件

现在人们通常所说的"文革"10年，只是一个习惯的模糊表达，应该说，就在毛泽东1963年、1964年对于文学艺术的两个批示之后，文艺界的大型整肃已经开始，"文革"的序幕已经拉开。在山西，以集中批判《赖大嫂》等"中间人物"为标志，号召大写社会主义英雄人物，文艺工作者大批下放基层劳动，这一运动已经显示出指向知识分子和文化人的尖锐锋芒。"文革"的逻辑起点，应该在更早以前。由此开始，十多年的批判斗争，形成了新中国成立以来"山药蛋派"的最大劫难。

"山药蛋派"之劫

1966年夏天，"文化大革命"如火如荼全面展开。此时的赵树理、马烽、西戎、李束为等人，都还在乡下参加"四清"运动。在乡下，他们已经听到单位贴出了大字报，批判以赵树理为代表的山西几位作家的文艺观点和代表作品。山西的作家，以描写农村生活见长，作品也多以写乡村故事、刻画普通农民形象为特色。1962年在大连召开的全国农村题材短篇小说创作座谈会，肯定了这个成果。"文革"中，大连会议业已成为"中间人物论"的渊薮，参加会议的赵树理、西戎、李束为被指为"推行修正主义文艺黑线的黑帮分子"，山西成为"写中间人物"的大本营，批判的势头格外凶猛。

"文革"刚开始，文联的主要批判对象是赵树理、西戎、李束为等，1966年5月20日至7月10日，马烽、苏光二人还参加了华北局扩大会议，研究商讨怎样领导群众运动。回到机关以后，同年8月23日，机关党组成立了文化革命小组，选举马烽、苏光二人担任机关"文革"小组正副组长，说明当时的运动还力图纳入党的领导的轨道。这和北京的派工作组是一个思路。不久，各级党委瘫痪，群众组织林立，文化单位的名人由于他们的社会

山西文坛"风景线"

1966年8月9日,《山西日报》发表批判赵树理的文章

左:黎城县漳南区工地贫下中农批判赵树理
右:永济县朱家庄大队知识青年写批判赵树理的大字报

声望,此时都成了反动权威,省文联受到内外夹攻,赵树理、马烽、西戎、孙谦、胡正、郝汀等人一律都打成黑帮,成为斗争对象。

各单位的"黑帮"都要统一关押,即住"牛棚"。文联的这一批作家,分别关在机关的几间平房里,期间写检查、写揭发,随时准备上会挨批挨斗。

山西省的著名作家,遭到批判最多的是赵树理、马烽,经常有外单位来解押了去,开会批判。也有全省组织的大规模批斗会,全省展演。押上汽车,拳打脚踢是常有的事。其中,对于赵树理的批判,又是最严酷。

"山药蛋派"作家作品中,大多都洋溢着一种中国农民式的幽默。时至今日,人们谈起"文革"中的赵树理,难忘的依然是他苦难中的幽默。他的晚年留给我们的,除了多部文学史上永不褪色的名著,就是在逆境里血泪相和的幽默。

赵树理被打伤,带着一身伤痕去就医,医生看到面前这个名字叫"赵树理"的病人,惊讶地问:"你就是那个写了《小二黑结婚》的赵树理?"赵树理回答:"都这个时候了,谁还肯冒充我!"

"文革"初期把干部分为好的、比较好的、犯了错误能悔改的、反党反社会主义的四类。一场批斗会上,造反派逼问赵树理:"你说你是哪一类干部?"赵树理微笑着回答:"说我是一二类干部,我自己觉得不配。说我是三类,你们不会答应。说是四类吧,我自己不承认。我看算个三类半吧!"

工宣队进驻省文联,组织批斗会有个别名,叫作"拼刺刀",指的是双方你死我活地格斗。赵树理对此很反感。有一次批斗会,造反派称要和赵树理"拼刺刀",赵树理说:"拼刺刀,要是拼呢,得双方都有刺刀。你们不叫我说话,我这里是赤手空拳,怎么个拼法?你这是捅刺刀。"那些造反派实在哭笑不得。

有个造反的积极分子,想把公家的一盆花拿回家去,又不懂花,就去问赵树理:"这花儿好不好?"赵树理说:"这不好说。我是黑帮。我说是香花,你们说是毒草。我说是毒草,你们说是香花。——"那人忍不住大骂赵树理反动透顶,但无论怎样虚张声势,人们都知道他被赵树理耍了。

幽默是赵树理的风格,也是赵树理的武器。这个幽默到死的人,幽默简直是他的本性。在风刀霜剑严相逼的日子里,能保持这样一份幽默和体面的仪态又有几人?几十年以后回忆老赵在生死场上的幽默,我们看到了一笑背后的达观,看到了山崩于前的面不改色。我们当然感到了刺心的疼痛,一身伤痕渗出血珠,老赵依然能笑出来,那是血泪交流凝结成的超越生命的大美。他的一生,就是一部伟大的幽默传奇、刻骨的幽默传奇。

赵树理被折磨致死。马烽、西戎、李束为、孙谦、胡正等"山药蛋派"名家,哪一个不是清水里洗、碱水里泡,几番挣扎,才还得一份清白自由。

1969年8月,"文革"在山西发展到了一个节坎。军队介入,平息大规模武斗,局面较前开始平静。大批干部已经被封锁了三年多,工厂停工,机关停办,再也不能继续下去。中央于是开始着手解决山西问题。山西省文联全体干部到北京参加"毛泽东思想学习班"。学习班决定将原有的文化系统干部绝大部分打散,分配到山西各地插队。一年以后,学习班里没有审查结论的人员,搬回忻州定襄继续办班。一直到1971年底1972年初,忻定学习班才告结束。

不论在北京,还是在忻定,学习班的纪律是很严格的:不准通信,不准亲属探视,不经批准不准外出,实行全封闭管理。这实际上是一种变相幽

山西文坛"风景线"

1972年马烽一家在平顺县西沟公社池底村插队,玛拉沁夫来访,摄于住房前

禁,是审查干部的一种方式。历史上曾经多次有过这样的审干运动,但是像"文革"期间这样大规模大声势长时间整体搬迁人人过关,却是党的历史上从未有过。

经历了数年审查,马烽、西戎、孙谦、李束为、胡正等人在忻定学习班陆续获得"解放",这是"文革"中的术语,意思是不再当作敌我矛盾看待了。

干部解放后统统安排插队,全家注销城市户口,下放到农村当农民。马烽到了平顺西沟,西戎到了运城金井西膏腴村,孙谦到了大寨公社武家坪,胡正回到了灵石北张的故乡。

胡正夫人郁波,后来今回忆起当年下放,依然不堪言说。一开始安排全家到运城闻喜,他们人生地不熟,哪里敢去?胡正申请回老家灵石,批准了。就在灵石县城10公里以外,山顶的一个小村庄。头一天回来,第二天就督促一家离开太原。工宣队的小战士一天几次催骂,第二天就打行李搬家上了火车。

山西南北角落,散落着这样一批名作家。苦寒的山乡,苦寒的日子。

一下乡就是三四年,一直到1975年成立山西省文艺工作室,他们才有机会重新回到省城,重新回到创作队伍,战战兢兢拿起笔。

砸烂批斗、北京学习班、忻定学习班,下放农村,允许创作,回到山西省文化局创作组,组建山西省文艺工作室,恢复文联——"文革"10年,山西的文艺队伍,大体上走过的,都是这样一套坎坷不平的苦难道路。

马烽、孙谦奉命创作电影剧本《山花》,这是一部以大寨为原型的电影。创作组掺杂了郭恩德、杨茂林、谢俊杰几个年轻作家,他们明白,这是有控制地使用的意思。

"文革"中的文艺创作，演绎极左政治，生套样板戏经验，完全无视艺术创作规律，各种"婆婆"都来插手干预，成功一出戏，难于上青天。《山花》前后历时4年，改了19稿，留下的是无果、疲惫、委屈和叹息。孙谦回忆说，那就是蹉跎岁月，浪费青春。

一直到"文革"结束，作家们才得以堂堂正正拿起笔，享受创作的愉快。马烽最初的小说是《有准备的发言》和《无准备的行动》，构思、提笔，作家突然发现，自己的看家本领没有了，小说家马烽不会写小说了！两个短篇，马烽前后改了多次，才勉强成型。

一个国家十年停顿倒退，几近崩盘。在这样的大风浪里，一群作家虚度岁月，浪费才华，生命中最美好的时光在绝境里无望地虚耗。十年休止，握笔陌生。十年禁锢，思路僵了，手脚生硬。他们本能地活动身子，向往自由思想自由表达。一个群体的再出发，只能期待思想解放的春光。

无妄之灾：《三上桃峰》在北京

1974年"文革"已经进入后期，所谓强弩之末。所有该折腾的都折腾了，该整的人事都整垮了，人们心下也已经平淡冷却，以为世事不过如此，还能翻出什么花样？不料极左一流总有它的出人意料之处，有人总能在你判定的高音区，再翻出一个高八度来，这就是1974年的《三上桃峰》事件。这一事件的风暴中心，恰在山西文艺界。

《三上桃峰》是一出晋剧。它的源头，应该追索到1965年7月25日《人民日报》的一篇通讯《一匹马》，说的是河北抚宁县的事情。一个村子把一匹病马卖给邻村生产队，发现以后，几次追讨赎回。两个村子友好互帮的故事，在当时被赋予"发扬共产

晋剧《三上桃峰》剧照

主义风格"时代新风的主题来颂扬。山西晋中青年剧团编导许石青抓住这个题材创作了五场晋剧，修改过程中，省文化局委派戏研室杨孟衡帮助，定名为"三下桃园"。"文革"开始以后停演。1972年吕梁地区又开始改编这个戏，剧情搬上吕梁山，自然改名"三上桃峰"。

"文革"中间只能演出革命样板戏。样板戏都是京剧，京剧覆盖全国，但一地民众喜好的还是当地的地方戏。除了以地方戏"移植革命样板戏"演出外，各地也演出一些自己编创的地方戏。当然这些编创，一定要严格依从样板戏的创作演出法式，亦步亦趋模仿，不得越雷池半步，说是地方戏，减色不少。即使如此，当地人还是偏好观看当地的戏，这就为一些地方戏的艰难生存留下了一小块自留地。当局感觉到京剧不能一统天下，也就容忍各地有限度地编演一些适合当地口味的曲目。"文革"期间各地的地方戏调演，一直到文化部组织的大规模的全国戏曲调演，就是在这样的背景下形成的。

《三下桃园》向《三上桃峰》演变的时候，适逢山西省文化局开始筹备参加1974年的华北地区调演。"文革"中文艺园地百花凋零，参加全国调演是政治大事。省文化局领导同样选中了《三上桃峰》，委派杨孟衡和许石青再次合作加工修改剧本。其实这个剧本改来改去，不外买马、追马、夸马、赎马、赔马这个基本的套路。适应各个剧团男女角色演唱能力，剧中人当然要做相应调整。台词道白自然也会打磨精细，精益求精。1974年的1月23日，文化部举办的华北地区现代戏会演开锣，山西省带着这台晋剧参加了会演。

山西没有想到精心准备的大礼恰好撞在枪口上。其实就在会演开场之前，江青控制的文化部就已决定了拿《三上桃峰》开刀。山西省带队领导陪同文化部观摩组一起看戏，审查演出。当天晚上，于会泳等人看了《三上桃峰》彩排以后，急不可耐地给中央政治局报送了一份《关于晋剧〈三上桃峰〉问题的报告》，说"这出戏有严重的政治问题"，要害是为刘少奇翻案，为王光美的桃园经验招魂。于会泳同时送给江青一封密信，提醒"这里不仅仅是一个一般的创作思想倾向问题，而是当前阶级斗争和路线斗争中一个值得注意的动向"。文化部还立刻组织秘密调查团奔赴河北抚宁县，调查所谓反革命事件的来龙去脉。公演之前，《三上桃峰》的问题已经定了性。当夜

第五章 "文革"中的山西文坛和《三上桃峰》事件

于会泳和他的干将回到西苑旅社,立刻在小会议室召开秘密会议,安排部署绞杀《三上桃峰》。一切都说明,演出未开始,扼杀已在预谋之中。

华北会演,此时会演已不重要。文化部传出了爆炸性的精神,《三上桃峰》是一株反党反社会主义的反革命大毒草,这出戏的要害是为刘少奇翻案。理由是1964年"四清"运动中,刘少奇夫人王光美曾经在河北抚宁县桃园大队蹲点,创造了著名的"桃园经验"。"文革"中刘少奇已被打倒,"桃园经验"也已经一批再批,成为"复辟资本主义"的"黑经验"。这个时候,你竟敢"三下桃园",这不是为刘少奇招魂是什么?虽然你改成了"三上桃峰",改名恰好证明你心里有鬼。改头换面万变不离其宗,不过是掩盖其反革命本来面目的障眼法。兴致勃勃进京的山西人顿时恰似挨了一重头闷棍。咱们是为了歌颂党歌颂社会主义新风进的北京,怎么一不留神成了反党反社会主义的急先锋?在山西反还不够,竟敢带着大毒草到北京来反,这才是狼子野心何其毒也。

2月1日,江青批准了于会泳的报告,同意"以评论文章和座谈会形式进行批判"。2月6日,于会泳等人急急忙忙拟定了"批判《三上桃峰》的

晋剧《三上桃峰》广告

《三上桃峰》最初以《三下桃园》剧本刊登于《火花》1966年第1期

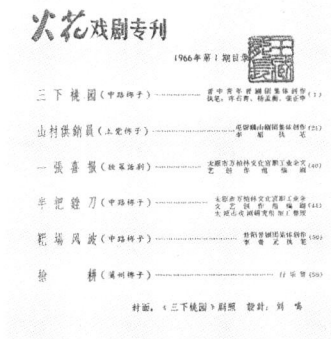

《火花》1966年第1期目录

111

初步计划",一场"革命大批判"就此展开。

2月7日夜里,国务院文化组在西苑旅社召集各演出代表团负责人开会,山西由卢梦和贾克参加。于会泳代表江青、张春桥宣布《三上桃峰》是为刘少奇翻案的大毒草,命令山西代表团立即开始揭发批判。会上还宣布决定,《三上桃峰》立即停止公演,改为内部演出供大家批判。江青、张春桥已经命令山西省委常委全体进京,解决山西问题。对卢梦、贾克来说,简直是晴天霹雳,当头一棒。卢梦患有高血压,当场吓得头昏脑涨,支持不住。2月8日,于会泳等人召集了在京的"样板团"和参加调演的100多人召开揭批大会,散发了《关于揭发批判毒草戏〈三上桃峰〉的情况简报》。2月9日在北京展览馆召开2000多人的批斗大会,给《三上桃峰》安上了十大罪状。各演出团体、楼道大院饭厅,到处贴满了铺天盖地的大字报。

3月中旬,华北调演接近尾声,《三上桃峰》事件的性质终于定论。国务院文化组指出,它不是一般的创作倾向问题,要害是为刘少奇翻案,为王光美翻案。于会泳的调门最高,什么恶毒咒骂三面红旗、疯狂攻击毛泽东的革命路线,不一而足。于会泳号召文艺界投入这场斗争,他的著名的头上长角的名言就来源于此:"牛长两只角不是为了好看,是为了斗,斗则进,不斗则退,不斗则垮,不斗则修!"

晋剧演员王爱爱,在《三上桃峰》中扮演杏岭支部书记青兰

国务院文化组写作班子是"四人帮"的御用工具,报纸署名多用初澜。初澜的《评晋剧〈三上桃峰〉》,姚文元修改了11处,几处"画龙点睛"之笔,全出自这位刀笔吏之手。"这出戏完全站在地富反坏右的立场上","三上被揭露了,会不会搞四上、五上呢?值得我们深思"。经江青、张春桥审定,先后在《人民日报》《红旗》杂志抛出,全国28个省市32家报纸包括《参考消息》,都转载了这篇文章,批判《三上桃峰》的浪潮,席卷全国。

翻开1974年2月、3月的报纸,那一个时期,全国舆论的重点就是声讨

《三上桃峰》。于会泳在揭批会上指斥《三上桃峰》是"文艺黑线回潮的典型，黑论皆备，五毒俱全"。《人民日报》带头发表文化部写作班子初澜的文章，全国28个省市各大报都刊发了社论和评论员文章。实名的化名的一起上阵围剿，从著名演员到大字不识的工农兵一齐声讨。大黑字体，大版面，长篇评论，无一不是指斥《三上桃峰》的包藏祸心。省市报纸不敢怠慢，各地都组织了大批判组，安排口诛笔伐。被卷进这场厄运的干部群众难以胜数，《三上桃峰》成为继"反党小说"《刘志丹》以后文艺界又一宗轰动全国的反革命事件。

神州大地这一场祸起无端突如其来的风暴，不但震惊了全国，也震惊了世界。本来是莺歌燕舞歌舞升平的调演，怎么突然变调，成了刀光剑影的厮杀？外电迅速做出反应：

路透社说："有一出叫《三上桃峰》的戏剧的创作者们，打算把党的决定倒退到刘少奇的反革命修正主义路线上去。""中国官方的《人民日报》今天说，失宠的前国家主席刘少奇的一些支持者在中国仍很活跃。"

安莎社报道："出现在山西省，只是略微改动了一下剧名的一部旧剧《三上桃峰》，被指责为美化刘少奇和他的妻子，据说负责上演这部作品的那群人，是山西省文化局艺术创作组的。"

英国《泰晤士报》刊登博纳维亚发自北京的一则消息《把戏剧视为对毛政策路线的攻击》，文中说："中国一批没有点名的人士被控利用一出新的戏剧来攻击毛泽东的政治路线，企图为失宠的前国家元首刘少奇翻案。"

四海翻腾，五洲震荡。《三上桃峰》这样一出小小的地方戏，就这样以一种荒谬的方式走遍全国、走向世界，成为一场翻卷政治风云、牵动全国视听的大事件，其影响早已超越了山西省界，震撼全国，摇动了世界。

揪出《三上桃峰》示众，是为了打击所谓翻案倒退，关节点是山西的戏为刘少奇鸣冤叫屈。但正如贾克所说，给刘少奇翻案？借给我十个胆子，我也不敢啊！北京批判的目标，就是要做成冤案。谁来证明山西人的包藏祸心？事实证明，随着大批判泰山压顶，自然有人出来罗织构陷，无中生有。山西随后就爆出猛料，有人揭发贾克私下的言论。其时报刊多次引文批判，说山西代表团夸赞"这个戏好就好在突破了样板戏的框框""没有'文化大革命',这个戏早就红了"!"文革"后再清查,都属于查无实据的捏造。捕风捉影而后言之凿凿做成铁板钉钉,也显示了"文革"定案的空中取水蛮横凶暴。

无妄之灾:《三上桃峰》在山西

围剿《三上桃峰》的批判斗争,先在北京会演会场开始,山西代表团的领导难逃罗网。李蒙、卢梦、贾克一个个五雷轰顶,检查交代,寝食难安。贾克主管剧协,《三上桃峰》一剧,贾克介入较深。编创过程中,贾克朝夕监督,统领部署,细部也有好点子。《三上桃峰》成功,贾克脸上有光,这会儿出了大事,贾克自然难辞其咎。支持者炮制者一身二任,批判的火力当然很猛烈。

《三上桃峰》编创领导贾克

《三上桃峰》示众以后,各种批判会都揪住贾克不放。贾克犯了心脏病,卧床不起,文化部来人也不放过,围住床头揭批。华北调演结束以后,其他省区演出团离开了,山西演出团留下来继续揭批。在北京遭受批斗十多次,回到山西,贾克立即被隔离审查,省城文艺界各单位轮流批斗,上午下午两场,连续二十多天。儿子和女儿在学校遭到批斗毒打,小子实在忍受不了欺辱,15岁就下乡插队,在知青点,依然是受欺负的苦孩子。

在强大的压力下,山西省委专门成立了《三上桃峰》调查组,事后的处理认为,贾克拒绝承认错误,顽抗到底死不改悔,省委决定撤销贾克党内外职务,继续审查。

在省一级机关,贾克是唯一的一位因《三上桃峰》事件离开领导岗位的当事人。

《三上桃峰》编剧杨孟衡

《三上桃峰》进京演出是太原改编本,编剧杨孟衡跟随山西演出团进京,被抓个正着。在京扣留期间,已经经历了多次追查批斗。批判大会,他是第

第五章 "文革"中的山西文坛和《三上桃峰》事件

一个做公开检查的。他恳切地做了自我批评,但这是一个执意要把你打成反革命的大会,他的检查当然不能轻易过关。文化部很快从"样板团"调来大批听话的御林军帮手集体围攻。高压之下,一些当年的合作者也纷纷反水,揭露出《三下桃园》和所谓"桃园经验"的关系,并判定编剧的创作是"为刘少奇翻案"。这些"知情人"的发言像火上浇油,会议气氛骤然升温。人们争相声讨什么"反革命"呀、"恶毒用心"呀、"竟敢用大毒草杀气腾腾杀向北京"呀,一片嘈杂。除了这些吃惊的词句外,杨孟衡什么都听不清楚,手中握着的钢笔被手心的汗水沾湿滑掉,找不着了。

回到山西以后,全省批判《三上桃峰》的势头正旺。山西省委发出通知,号召全省掀起大批判新高潮。3月1日,全省召开3万多人大会,分28个会场联合批判《三上桃峰》。大标语贴满了墙,到处都是"彻底批判大毒草《三上桃峰》","《三上桃峰》要害是为刘少奇翻案"。《山西日报》每天都有整版的批判《三上桃峰》的文章,一个多月从不间断。杨孟衡的办公室被查封,搜走了有关《三上桃峰》的所有材料,家里也来人查抄过。文化局通知杨孟衡,停止工作,接受批判,做出深刻检查,写出翔实交代材料。自此,杨孟衡的任务,就是一遍一遍写检查交代,直到下放农村。

现存杨孟衡的检查交代主要有两份,一份是《关于大毒草〈三上桃峰〉问题的交待》,写成于1974年3月18日,9000多字。一份是《我参与炮制大毒草〈三上桃峰〉的检查》,写成于1974年9月28日,1万余字。两份检查,杨孟衡分头回忆了《三上桃峰》由《三下桃园》起头,改编京剧本《桃杏迎春》,又经过五易其稿,定稿进京演出的全过程。每一个环节的改动,杨孟衡都免不了抖落事情经过,给自己扣上不同色彩、不同尺码的政治帽子。"文革"时代的检查,是强制酸碱淘洗的灵魂过滤,当事人的痛苦,无可名状。

远在吕梁的许石青和李旦初也难逃干系。他们二人,许石青原创《三下桃园》,又参与了

《三上桃峰》编剧许石青

《三上桃峰》编剧李旦初

太原本的改编；李旦初是吕梁版《三上桃峰》的编剧。吕梁立刻举办学习班，将李旦初、许石青、贺登朝等人易地隔离，招来全区的文化系统干部集体批判肃清流毒。许石青已经做好了关进监狱的种种准备。

学习班大量的时间是写检查，检查交代自己的错误事实，再对照上级精神自我批判。许石青写过多少检查，已经不可历数。从1974年初，传达《三上桃峰》政治事件以后专案整顿，3月8日他第一次写了《许石青的初步检查交待》，此后每开一次会，照例是"检查不深刻""企图蒙混过关"。

许石青的检查持续了一年多，一直到1975年，他仍在一遍一遍写检查，自我揭露、自我羞辱，也揭露事实，按照上边的要求解释事情的来龙去脉。

《三上桃峰》一案，最惨的要数含冤死去的赵云龙。

赵云龙是江苏南通人，上海华东师范大学中文系的高才生，1958年毕业分配到山西忻县（忻州），1964年夏天调进忻县地区文化局戏剧研究室，参与编创过好几出现代戏。按说，这是赵云龙放开手脚施展才华的广阔天地，可是在严酷管制的"文革"时代，赵云龙无疑一脚踏进了死地。

赵云龙遗作《对塑造无产阶级英雄形象问题的一些理解》，载《人民戏剧》1978年第1期

赵云龙进了戏剧圈子，对戏剧当然有了发言权。他不是个凡庸之辈，虽然命运坎坷，依然保持着探索争鸣的勇气。"文革"中样板戏已经红透天下，样板戏的创作经验也已经成为金科玉律，谁敢说半个"不"字。江青主持的部队文艺工作座谈会纪要提出了"塑造无产阶级英雄形象是社会主义文艺的根本任务"的重大命题，赵云龙养成了理论思考的习惯，思来想去，觉得这一提法不科学、不准确、站不住脚。他写了一篇论文《对塑造无产阶级英雄形象问题的一些理解》，对

第五章 "文革"中的山西文坛和《三上桃峰》事件

这一命题展开批评。按说,文艺理论问题探索争鸣,再正常不过了。可是"文革"中间江青专横跋扈,谁敢逆势揭龙鳞?赵云龙指出,所谓"根本任务论",是"把文艺描写的内容和社会作用混为一谈",容易导致题材狭窄,人物概念化。他认为这个提法"欠妥当"。这是明显地和样板戏理论唱反调,谁敢发表这号论文?赵云龙似乎没有意识到这些,这个不识时务的鲁男子,依然以挑战姿态执着地推进他的探索研究。

1973年经贾克批准,赵云龙调进山西省文化局创作组。这年秋天,文化局召开戏剧创作座谈会,座谈会期间,赵云龙将论文打印了20份,分送座谈会有关领导同志征求意见。此事非同小可,山西省委当然密切关注事态发展,省委指示创作组起草批评赵云龙文章的报告,同时又要严格控制事态扩大。省委文教书记张平化批示:要同志式的,和风细雨地批评赵云龙的文章。在"文革"剑拔弩张的格斗气氛中,山西省委的这种处理,非常难得。根据省委决定,省文化局在这年冬天召开过一个小型座谈会,作为一种"错误倾向"温和地批评了赵云龙的文章,会后,给国务院文化组写了结案报告。此后不久,国务院文化组专门派人来山西了解赵云龙一事的处理经过,他们认为,此事处理及时得当,赵云龙的态度也很好。据说姚文元还专门在省文化局呈送的报告上批示:"销案,不再追究。"

赵云龙的事情本来也就过去了,谁也不会想到,《三上桃峰》事件一出,赵云龙的文章又被翻腾了出来。于会泳他们没有忘了旧账,他们要借此机会报一箭之仇。"四人帮"控制的写作工具把赵云龙的文章概括为"反根本任务论",诬称它是大毒草《三上桃峰》的理论基础。各大报纸纷纷布置批判"反根本任务论",歌颂"根本任务"的文章甚嚣尘上,都知道这是针对山西那个人那篇文章去的。于会泳在大会公开点了名,在"文革"中,这已经是规格很高的批判调门。

赵云龙笼罩在悲观绝望的思绪里。压力太大,借酒浇愁,醉成一摊烂泥也不济事,醒来了更加焦虑忧惧。杨梦衡那时和赵云龙同住一个楼层,偶尔交谈,赵云龙只是哀叹自己"不白之冤,无洗刷之日"。

他家在南通,此时如果家里稍稍有点慰藉,量还不至于走上绝路,偏偏他们夫妻感情不好。丈夫出事,夫妻反目,父斗子,妻斗郎,朋友批斗似虎狼,这也是"文革"中间常见的场面。

孤身一人的赵云龙走投无路,于1974年5月3日自杀。他在一张纸上留下了激愤的遗言:莫将自己想象的东西强加于人,莫将自己心中的脏水硬往别人身上倒!诬人太甚!辱人太甚!

见过赵云龙自杀场面的山西朋友,都说他死得很惨。他喝下了大量烈酒,将毛巾搭上穿进屋顶的暖气管道,想站在床上自缢。想是挂不稳,跌落下来,脑袋碰了暖气片,引起颅内出血死亡。他满脸血污,酒气和着血腥,地上呕吐了一片。送到医院,当天晚上就死了。结论是:自杀未遂致死。

就在赵云龙死去的那些日子,广播喇叭整天还在铿锵有力地播送着批判"反根本任务论"的文章,各地工农兵都在奋起反击赵云龙"妄图开历史倒车","对无产阶级文艺革命猖狂反扑",赵云龙正是在一片叫骂和喧嚣声中,结束了自己年轻的生命。

"文革"结束以后,《三上桃峰》事件平反,赵云龙理所当然地获得了应有的评价。山西省重新举行了赵云龙骨灰安放仪式,所写检查全部退给家人。这个冒死辩驳的刚烈之士,不知九泉之下是否可以安息?

和"文革"中间许多无辜的受难者不同,赵云龙是以笔做刀枪愤怒反抗,要求独立思考,顽强地发出争鸣之声的骨鲠之士。"根本任务论"的荒诞和蛮横,也许好多人都看在眼里了,但是敢于开口批驳的,赵云龙是天下第一人。他的"把文艺的描写内容和社会作用混为一谈",至今也是直指"根本任务论"的一剑封喉。天下有多少人看出了它的荒诞,但天下只有一人拍案而起,谔谔敢言。为此他付出了生命的代价,也让我们看到了士人的拼死反抗。有的时候,识别荒谬,并不需要很高的学术水平,铿锵宣告点破荒谬却是需要超人的勇气。赵云龙的冲天一怒,足可以让他成为那个年代的英雄。

外伤与内伤,迷狂与守持

评价"文革"10年的山西文学,常常听到山西朋友的一句话:一片空白。一片空白,这是经历过10年"文革"的人们对于戕害文学的控诉和指

第五章 "文革"中的山西文坛和《三上桃峰》事件

斥。没有文学,指的是没有能够堂堂正正摆进文学殿堂,为艺术史增光添彩的文学。这个现象,令我们痛心沮丧。至于"文革"中间的文学,如何以一种非常态的方式存在,如何走过了艰难曲折的10年、形态变异的10年,还应该是我们关注审视的对象。

艺术创造是人类的天性,也是人类须臾不可离开的活动。只要创造性受到扼杀,它必然以各种变异的形态曲折进行。文学是那样一种生命力极其顽强的东西,遭到百般摧毁迫害破坏而不能死灭,在特殊条件下的薪火相传,让文学从业者的作文闪烁着一色怪异的光谱。那个时代的文学青年,热血浇灌之后收获失望、收获劣种,几十年过去再谈论,依然是一个面色凝重的话题。

"文革"初期,大量的文艺作品遭到封杀,大批作家封笔,文学事业发展停顿。史无前例的"文化大革命",对文学的摧残也是史无前例的。清除"文艺黑线",各个地区都在抓"代理人"和"黑爪牙",略为有点成就的作者,无一例外地受到冲击或迫害。大凡有点影响的作品,几乎都成了"资产阶级文艺黑线"的产物,统统被打成反党反社会主义的"毒草"。"赵树理式的黑笔杆子"、"小三家村"黑秀才,都是可怕的恶名。批斗、游街不乏其人,打成反革命判刑入狱更是令人发指。这些本来就身处基层的写作者,进一步被下放到偏僻山乡。他们被迫离开文化、文艺部门,或回原籍农村,或进"五七干校""五七农场",接受工人阶级和贫下中农的"再教育",务农、放羊、赶大车。"文革"前刚刚形成的文学创作队伍风流云散,不知所终。"文革"初期几年,文学创作完全停顿,文学园地一片荒芜,大有万劫不复之势。

《凌云峰上》,山西人民出版社1973年版

如果说我们的文学之心未死,尚能命悬一线艰难运行,那么在这条微弱跳动的心电图上,你能看到有两次小脉冲式的跃动。那就是1972年的批极左,以及1975年初期传达关于电影《创业》的批示,正是这两次短暂的政策调整,给了文学艺术复活的一线生机,文学创作终于获得艰难喘息。如果说还有一些创作,大多出现在这两个放松管制的时

期。

一旦高压减压，底层的文学创作积极性立刻释放出来。

1972年5月，正值毛泽东《讲话》发表30周年，各地的纪念都颇为隆重。"文革"之中《讲话》被奉为创作圣经，纪念会都有个人崇拜的浓重色彩，但是却给了各种艺术形式一个展示的机会。阳泉市在体育场举行大型庆祝会，借机创办了《阳泉文艺》，收入戏曲、长诗、小演唱等形式的作品；运城地区收编了当地作者的诗歌、小说、故事等，编印一集文艺作品选，定名《杏黄时节》，收录了张恩忠、张旭林、文超万、王西兰等人的作品；忻州地区以革委会政工组的名义编印了《文学创作选集》一书，收录了成一、降大任、宋达恩、段崇轩、田昌安等人的作品。所选作品，有的也达到了一定水准，引起文学界的关注。成一的《梨乡春色》被选入山西人民出版社出版的短篇小说集《山丹花开》；田昌安的《把关》同时被收入人民文学出版社出版的短篇小说集《篝火正旺》，后来收入新中国成立30周年《山西短篇小说选》。

借纪念《讲话》的契机，各地纷纷恢复文学创作机构，大多设置在文化局，成立创作组。创办文学刊物，不定期编出文学作品集。晋东南创办《上党文艺》，雁北创办《新雁》。甚至有的县也编印当地文学期刊，实在没有条件就油印发行，比如永济县的《红艺》、灵石县的《灵石文艺》等。

1972年，全省文艺创作会议于10月15日至11月3日在太原召开，会上举办了文艺讲座，交流了创作经验。

1973年8月，全省文艺创作座谈会在太原召开，地市负责人、部分创作人员、省直有关单位100多人参加。

当年，山西人民出版社出版短篇小说集《警钟常鸣》、长篇小说《连心锁》、短篇小说集《凌云峰上》、报告文学集《风光无限》、诗集《红霞万里》、长诗《岳云贵之歌》。

《煤海的报告》，大同矿务局工人业余文艺创作组，山西人民出版社1975年版

文联作协都已经砸烂，出版社承担了组织文学活动的功能。1973年冬，山西人民出版社在东阳召开工农兵文艺创作笔会。出版社林友光、关守耀主持笔会，出版局领导刘江、高鲁到会辅导，审阅作家作者们的来稿，准备辑集成册，予以出版。这是省内第一次大型的文学交流，青年作者计有周宗奇、李锐、马骏、张石山、周山湖、崔巍、贺小虎、郑惠泉、白蔚、王红罗、邓建中、马立忠、王巨台、张平乐等人。周宗奇，当时名头最为响亮，在《山西日报》副刊版连续发表了《火红的袖标》等好几篇七八千字的小说，在《解放军文艺》发表过小说《一把火》，可谓轰动一时。会后出版了短篇小说集《松青旗红》。

《杏花塘边》，运城县文艺创作组编，上海人民出版社1973年版

1974年12月，山西人民出版社在洪洞县举办以业余作者为主的文艺创作学习班，80余人参加。临近过年，出版社组织了一次大寨行写作活动：全省组织15个重点作者去大寨深入生活，专题写作。参加人有崔巍、李林娃、郑惠泉等，在大寨住了几个月，各位作者都有收获，所写作品编辑成散文特写集《青山翠柏》出版。

1974年冬，山西人民出版社在洪洞县举办工农兵业余文艺创作学习班

《文学创作选集》，忻县地区革命委员会政工组编印，1972年5月

1975年8月，山西省委通过决定建立文艺工作室，创办文学刊物。

山西省文艺工作室组建，马烽、西戎、李束为、孙谦、胡正等名作家是当然的入驻人选。首批调进文联机关的，有李国涛、顾全芳、蔡润田、周宗奇等人。有了文艺创作室，马烽、西戎这些名作家开始堂堂正正主持文学活动了。首次笔会选在侯家巷招待所。会后，胡正、郁波、杏绵带领一部分作家去昔阳大寨体验生活，编写出版了散文集《在昔阳大地上》。

侯家巷招待所是文联作协活动的偏爱。"文革"期间的许多文学活动都选择在这里举行。马烽在侯家巷招待所招待过丁玲。社科院文学所的蒋守谦、河北作家刘真来访，也是在这里和山西作者见面。

1976年1月，《汾水》文学双月刊面世，创刊号发表了马烽、孙谦的电影剧本《山花》，胡帆、田东照、陈为人、李锐等人的短篇小说。另有孔令贤、莎荫等人的学大寨小辑、学大寨新民歌等。

《汾水》第五期介绍山西人民出版社出版昔阳县编选的《昔阳群众诗歌选》《昔阳群众曲艺选》《昔阳群众歌曲选》三本集子。"这些作品以阶级斗争为纲，坚持党的基本路线，热情歌颂了伟大领袖毛主席，歌颂了无产阶级'文化大革命'和社会主义新生事物，深刻反映了大寨和昔阳人民的英雄气概"。同时报道董耀章的诗集《虎头山放歌》（上海人民出版社出版）。"诗集以阶级斗争为纲，歌颂了大寨昔阳及太行山区人民大批修正主义，大干社会主义，大办农业的壮丽图景和战斗风貌"。这是那个时候习惯的表彰文学作品的方式，清一色的政治判断。

省内的文学刊物，《火花》停刊，山西省群众艺术馆的刊物却很早就在办。"文革"初期，刊物是所谓革命大批判的阵地，叫作"革命文艺"，后来逐渐演变成综合刊物，发表小说、散文、诗歌等，不定期发行。1975年4月改成《山西群众文艺》,双月刊。再改成《晋阳文艺》时就成了月刊,大开本。发表过成一、韩石山的小说,以及董耀章、文武斌、张承信、张不代、马晋乾等人的诗歌。

这些史迹,大体可以勾勒出那10年间的创作概貌。一窝蜂学大寨,既是当局的政治动员,也是文学确保自己政治正确的护身符。"文革"10年间,文学就是政治的婢女,哪里谈得上自主性和主体性,当时文学创作题材的单一和强制,历史上也是罕见的。文学成为政治的简单的传声筒,千部一曲、千篇一律就是那个时代的风貌。文学受到政治的强暴干涉,如此亦步亦趋复制标语口号,是文学的屈辱,也是那个年代的屈辱。

《革命文艺》,全省当时唯一的文艺刊物,1972年5月纪念《在延安文艺座谈会上的讲话》30周年特辑

10年中,长篇小说的创作也在含辛茹苦地进行。侯家巷笔会,朋友们看到田东照挎着一大包小说稿纸,那是他的长篇小说《长虹》。王东满的《漳河春》,1976年2月出版。焦祖尧的《总工程师和他的女儿》,崔巍、钮宇大的《爱与恨》,田东照与罗贤保合作的另一部长篇《龙山游击队》,张恩忠的《龙岗战火》,虽然在"文革"以后出版,但都是写成于"文革"期间,属于10年的创作成果。长篇小说,生活场面阔大,描绘的历史时段较长,按理说

田东照《长虹》,山西人民出版社1976年版

王东满《漳河春》,山西人民出版社1976年版

崔巍、钮宇大《爱与恨》,山西人民出版社1978年版

应该距离"文革"的现实较远，可是在当时的政治情势下，任何艺术形式都难逃桎梏。曲解革命战争史实，按照"文革"的政治定调颠倒历史，曲意逢迎和造作叙述的比比皆是。

翻检山西人民出版社 10 年间出版的长篇小说和短篇集，还有以下记录：1972 年、1973 年，重版长篇小说《连心锁》，这是一个朝鲜战友在中国的战斗故事。1972 年 8 月，出版《红霞万里——工农兵诗选》，1973 年 10 月出版《正确评价秦始皇》，关于大寨的有《大寨》《大寨精神代代传》(1972)、《大寨民兵》(1972)、《大寨人的故事》(1973、1975)、《昔阳山河换新颜》(1973)，莎荫等人所著《大寨红旗》(1974)、《昔阳学大寨十年》(1974)、《昔阳人民的新胜利》(1974)、《大寨儿歌选》(1975)、《昔阳群众歌曲选》(1976)，围绕学大寨的模范典型有《曲峪》(1975)、《大雁成行——临汾乔李大队路线教育故事》(1973)、《下章召》(1975)、《朝气蓬勃的战斗堡垒》(1972)，1974 年批林批孔运动中，出版了《打倒孔家店》《坚持革命，反对复辟》《打好批林批孔的人民战争》，还有一些讲述革命战争时期英烈的故事，如《女英雄刘胡兰》由山西人民出版社和人民文学出版社合作出版，《高尚的人》讲述白求恩在抗日前线的故事，作为工人阶级的代表，大同矿务局编写了《煤海的报告》，配合当时宣传的，还有《学习毛主席诗词二首》(1976)、《评〈红楼梦〉》(1974)，另有 1975 年出版的《镇安寨》《情深谊长》。这一份不完全的记录，大体上可以体现出"文革"10 年的出版面貌。

"文革"10 年的文学创作，实在是乏善可陈。在一个政治狂热的年代，艺术根本没有自己应有的位置。即使脱开当时的政治不谈，对于一些实心实意探求，企图艺术地表现生活，再现历史的忠诚的写作者，那种种条条框框也足以扼杀他的艺术才能。三突出、高大全、完美到极端、强硬到极端、一招一式拿腔拿调、盛气凌人，当这些完美的真神横空出世，人间烟火气顿时一片暴戾，哪里还有艺术美可言。最忠诚的写作，换来的是最虚假的篇什。那个时期的文学面目可憎，至今人们也不堪回首。

但是如果注意我们以上提到的许多作者，你可以发现，"文革"以后建设创作队伍，较快恢复创作活动的，大体上还是这个作者群。若干年以后"晋军崛起"，做出文学贡献、成绩骄人的，绝大部分还是出自这个群落。这个名单，属于无可置疑的晋军主力。也就是说，山西这一代作家的主体，还是在"文革"时代完成了自己的成长。虽然成长艰难，走了长长的弯路，但他们还是承担了自己的使命，完成了山西文学队伍的承前启后。由几代作家完成的文学接力中，这一代人的特殊的历史、特殊的心路历程，将是一个久久难以摆脱的历史存在。

外伤加内伤，"文革"作家受到的是双重伤害。

后来人们习惯于把这一代作家称为"狼奶喂大的一代"。青少年时代接受极左思潮教育影响，艺术成长扎根不正、营养不良，这是一代人的先天缺陷。也要看到，人不能脱离历史兀立荒原。时代不会赦免任何一个置身其中的人。食狼奶中毒，不食狼奶饿死，这是历史留下的尴尬背反。在一个极左思潮甚嚣尘上的年代，文学的向往变成迷狂，一代人迷失了自己，责任不在他们。也许这就是成长的烦恼、成长的代价。何况他们在负重前行的过程中，也在不断自我改造，吐出狼奶，更新肌体。有的人甚至经历了血液透析、脱胎换骨的自我排毒，才治愈了精神奴役的创伤，重新焕发出创造力。血脉一息，不绝如缕，薪火相传，天假以时，中华文化的强大修复能力，必然能够矫正一个年代的跑偏。文学发展的历史就是这样。

"文革"岁月，风雨如晦，鸡鸣不已。我们还要看到，作家们的艺术良心即使受到强大挤压，一有机会也还是要发起一定程度的反抗，哪怕是微弱无力的反抗。

现实主义创作往往能够矫正作家的理性认识，顽强地表现出社会人生的某些真实和深度来。山西文学有着深厚的现实主义创作传统，这种体验会驱使作家自然而然地呈现生活真实的一面，在盲目跟风的时候，和"文革"的假大空有意无意地表现出疏离。从那时山西的某些创作中可以看到，作家们良知还在，与轰轰烈烈的跟风应制，还是保持了一定距离。

1973年出版社笔会以后，崔巍被安排到大寨武家坪深入生活。他在这里住了三个来月，听到了农民的告状哭诉，了解了学大寨运动中许多伤害农民利益的事。他渐渐形成了新的思路，要真实地表现学大寨运动的荒诞一面，写出农民在强大政治力量面前的伤痛。此时崔巍和钮宇大接受了创作黄崖洞八路军战史的长篇小说任务。陌生的题材，陌生的人物，崔巍感到只能制造一个假大空的废品。他向出版社隐瞒了选题,住在黄崖洞,悄悄地写学大寨运动的真实场景。当时学大寨之风炽烈,反大寨就是反革命。崔巍二人顶着压力,冒着风险,和出版社的责编暗通款曲。等到书稿完成,恰逢学大寨降温,人们对于大寨几十年的兴衰折腾终于有了一个客观的评价。崔巍道出真情,出版社大喜过望。1978年,这本《爱与恨》的长篇终于出版,印数28万。《光明日报》《文汇报》都做了报道,出版社参加北京书展,读者反应强烈。后来,《爱与恨》荣获首届赵树理文学奖。

《爱与恨》之外,作家在自己的创作过程中时时手下留情,于高压下袒露生活真实,秉笔直书,还是每每看到。民间疾苦,笔底波澜,永远是中国作家的浩茫心事。

在山西的那一批插队知青,他们的觉悟更早一些。柯云路、郑义、李锐、钟道新,很早就在知青点传读禁书,交流经典,他们属于较早进入文学境界的一个群落。回乡知青张平,大院子弟赵瑜、潞潞,都是在匮乏时代艰难完成创作准备的。

这一批人,幻想通过写作改变生活境遇,因而写作和时风有染,可以理解。整体上说,没有政治投靠,没有离谱的歪门邪道,却是难能可贵。

即使在"文革"专制最黑暗的时期,我们也没有完全放弃作家的良知。巨大的暗影里,也有一线光明。尽管只有微茫的毫光,它也给人希望。1976年10月,"文革"轰然一声结束。

"文革"的结束,却又远远不是抓起四个人能完事的。

山西依然在"两个凡是"的大旗下踟蹰不前,反大寨的帽子依然凛然惊悚。派性清查,又让多少人身陷囹圄,仰望山外的天,依然层峦叠嶂,云山雾罩。

冤假错案迟迟不得平反,就连《三上桃峰》这样的大案,在山西也是讳莫如深。山西文化厅有人到北京去,领导们就紧打招呼:多听人家,少说话。

《三上桃峰》平反,还要拖下去吗?山川锁固,终于挡不住关外怡荡的春风。1978年,思想解放的劲风终于吹度娘子关。北京报纸呼吁为赵云龙平反,山西于是开始解放干部。1978年8月,中共中央批转文化部报告,以中央文件形式为《三上桃峰》事件平反。不过,那些最应该听到平反消息的当事人还封闭在一隅,没有资格听传达。

第五章 "文革"中的山西文坛和《三上桃峰》事件

1978年9月2日一早,杨孟衡习惯性地打开收音机,中央人民广播电台广播新闻节目播出了一个激奋昂扬的声音:"——全文广播《人民日报》发表文化部理论组文章:《为晋剧〈三上桃峰〉平反》!"

杨孟衡的妻子好像听到了什么,她急匆匆地从厨房跑过来,手里还抓着一把没有下锅的挂面,连声问:"说什么?说什么?"

《山西日报》头版,为《三上桃峰》平反

杨孟衡连忙摆手:"听!"

广播首先播出《人民日报》的编者按,指出《三上桃峰》事件是一个大政治阴谋,是"四人帮"及其亲信篡党夺权罪恶活动的组成部分。为了拨乱反正,澄清是非,"四人帮"强加给《三上桃峰》的污蔑不实之词必须推倒,由此遭到迫害的文艺工作者,必须平反昭雪——

两人站着,一动不动听完《人民日报》全文。女人眼泪汪汪盯着收音机,手里不自觉地揉搓着抓住的那把挂面。长面一根一根断开,一节一节摔到地面,细碎的面段在地上迸溅,跳起落下,像一个个小精灵轻巧地舞蹈,地面发出细碎的声响。透过朦胧泪眼,他们看到,千里江山的无边阴霾已经开始消散,一个崭新的时代,大门正在隆隆开启。

1978年9月11日,山西省委召开4000人大会,郑重宣布为晋剧《三上桃峰》平反,为所有受迫害的同志昭雪。《山西日报》发表社论,公布《三上桃峰》事件的前后内外真相,一块压在山西全省头上的巨石终于掀翻,山西,要开始自己的前行之旅了。

第六章
文学"地标":《火花》《山西文学》与《黄河》

文学刊物与文学"地标"

"地标"之喻,既是循着"风景线"的寻觅所得,也是风景的题中之义,偌大一片美景怎么能没有地标呢?

按照一般的解释,地标是指具有独特地理特色与价值的建筑物或者自然物。但是,目前这个好端端的词语正在被滥用,经常有地产商盖一个楼群或者一座高大建筑,就随便称之为城市地标。近些年来,汉语作为每个中国人的母语,遭受不敬甚至玷污时有发生,经常让人忍无可忍。为了不被混淆也为了保卫词语的纯洁性,不得不先强调一句:这里所说的地标仅限于严肃的本义,具有唯一性和权威性,既不可更替也不可拆除,如故宫之于北京、晋祠之于太原。应该说,"山西文坛风景线"喻指精神的风景,也就是一群文人的心景。那么,《火花》《山西文学》《黄河》就是长期以来矗立在这道风景线上的标志性——精神建筑,只有它跟山西当代文学一样长久,是走进山西当代文学史的必经之处。可以从这三份刊物看到山西文学的立体框架与历史行程,山西文学的布局、成就、地域特性,作家个体及群体的状貌,等等。把几十年的刊物一一摆在面前,已经构成一种实体的文学数据库。地标的意义远不止物体的表征,它们迸发着感动人召唤人的力量,是民族魂魄与中华历史不同侧面与层面的见证。

山西作协工作的标志性意义。

一般人看来,山西作协是作家的社区,这些作家是山西当今文学的实力派主体,他们象征着山西作协的存在。但是,作家的文学创作是个体性活动,在评论某作家作品的时候,不会说这同时也是在评价作协的工作。这是不言而喻的。而《火花》《山西文学》《黄河》则完全不同，它们是编辑部集体的劳动，是作协领导与管理的机构。总之，是评说山西作协政绩随时随地可用以举例说明的实例。

看到这些刊物，等于看到山西作协工作的重心和重点所在。因为刊物既是大量作品和见证，又代表着大量作者。拥有一支蓬勃兴旺的作者队伍，且人才辈出，这不正是创立协会的初衷吗？期刊的意义就是作协的意义。反之，假如没有《山西文学》《黄河》，包括过去的《山西文艺》《火花》《汾水》，作协便不可能凝聚这么多优秀的作家、作者，国家建立的协会就徒有其名，不能务实，只有务虚、开会。总而言之，文学存在一天，期刊就当存在一日。

其实，我们的定调还基于一个早有的愿望，站在读者私人的角度，为坚持正统（纯正）文学之路的刊物说说公道话，直言不讳一吐为快。纯正的文学，在物质主义大行其道的潮流下，很容易被一些市场万能论者所诟病，始于20世纪90年代中期，文学（文化）出现过一次大变局，在"两会"那么庄严的场合，有提案认为应该对文学期刊"断奶"，财政不再"养活"刊物，刊物是死是活让市场去决定，形象而又决绝。此提案后来不了了之，但并未正式收回"断奶"政策，"断奶"仍然是唐僧手里的紧箍咒。百度一下，看到2012年还有人在作期刊走市场的研究。至于哪天会不会把不赚钱的文学刊物怎么样了，目前还看不出来，只能说眼下不会，但是明年、后年会不会？有备无患，提前预警还是比猝不及防的好。

人们都知道文学的商品属性古已有之，何况大力发展的市场经济下，更应该商品化。但是，为什么绝大多数无法在市场上存活？有个很多人不明白，而明白的人却又有意淡化与避开的问题：中国的纯文学刊物是团结广大文学爱好者与培养作家的平台，具有很明确的公益性，已经制度化，这是其一；其二，意识形态功能，全国各省的文学期刊不论风格差异多大，方向是一致的，套用时下流行语，表现的"正能量"是一致的，这也是国家与社会的刚性要求。这些就是中国当代文学期刊的主要功能和主要的价值层面。

假设省级刊物都停办，中国文学进入新的一轮尴尬局面，退到改革开放之前的沙漠化将是必然，当然历史的倒退是不可能的。总之，这是个两难的悖论。如果稍加注意，必然会看到，文学期刊在坚持正统文学之路，团结文学青年走上正轨，他们一波接一波延续着，每隔几年便会有新的文学力量脱颖而出，不只是他们自己，还会影响到他们的周围，对于整个社会人文的发展与进步、对于社会风俗道德的改善，会有润物细无声的作用，可以说，在纯正文学的影响下，公众告别拜金主义，重回崇尚读书的时代也许不会很遥远——回想80年代初到90年代，那是多么令人怀念的一段读书时光。

纯正文学期刊是不是好，不是看市场效益有多好，而是看作品的寿命有多久，也就是说有没有经典、佳作。而经典与佳作需要时间来证明，当时的好不能说明问题，需要拉开距离，三五十年之后，还能不能读下去，还有没有人在读、有没有人在研究，时间可以证明一切，包括文学作品的生命力。说现在文学期刊的作品会成为经典，为时尚早，而为了说明这个逻辑的合理性，可以用几十年前的期刊来验证。

作家·编辑·文学气象

考虑到这篇文字不是只为圈内人看的，也希望外界人对期刊有比较深刻的了解，有必要对这三者的关系作一个简要陈述。

评论家都把注意力盯在作家身上，没有人关注与作家有某种神缘的编辑们，那似乎为冥冥之中的天意之遇，不为人们所注意。不光是评论家不关注，读者也只是关注作品。编辑处在作品的发生系统之中，对于天才作家他们是伯乐，对于普通作家他们是园丁。两者可能结为同道，也可能人走茶凉。消极地看，可有一比，如作家与评论家之间，作家会说你评不评，我都在那儿，你不评还有别的评论家云云。作家与编辑也是这样，你不给发没关系，刊物多的是，作家成名之后，更是应接不暇地约稿，给哪个刊物都需要思量。一般作家在初出茅庐时对编辑会有敬畏之感，而天才作家则不会，他们很快会赢得编辑的敬畏，编辑也会有点自豪有点开心，毕竟没有失之交臂。形形色色的作者、作家，他们与编辑的关系也微妙有趣，是这些人共同营造出山西的文学气象。

文学，从来没有像现在这样普及，人人都能对文学说个一二三四、

第六章 文学"地标":《火花》《山西文学》与《黄河》

ABCD,人们太容易接触到各种各样的文学,因为满世界都是文学;但是,又从来没有像现在这样被冷落,因为人们越来越不爱阅读。而只有期刊编辑,在他们心里这是一项很让人上心的工作,发现好稿子,简直像沙里淘金一般,从大量来稿中挖掘好作品,造就人才,需要耐心细致的功夫,需要点石成金的功夫,对于当前的文学对于整个的文学史,这都是一项功德无量的事业。因为喜爱而乐此不疲,默默无闻、勤勤恳恳、孜孜矻矻,是每个编辑自觉信奉的职业律条。所以才有仍然很热闹的文学界、文坛,才有大量愿意在这里一试身手的文学爱好者,才有不少成为作家与杰出作家的文学群体,才有庞大的作家协会,才有众多文学期刊不绝如缕的出版发行、源源不断的人才涌现。

在挖掘与发现的过程中,编辑获得别人所没有的满足与快乐,他们也有沮丧和苦恼,那就是苦于来稿的质与量的不能令人满意,甚至也会抓狂。编辑天天期待着的就是稿件的海量与高品质,是很像老家农民对好年景的期盼。就一个省来说,文学的收成是不是有淡季旺季之分、大年小年之分?看收成好赖好像农民,话生产程序仿佛工人。实际上也就是如此,说高雅也高雅,说普通也普通,既了不起,又没什么了不起。

如果说得再时尚一点,他们是幸福的,只因他们热爱并敬畏着这一行。近年常被人讨论的幸福快乐指数,包括从事自己喜爱的工作,从事自己喜爱的工作的人不是很多,幸福的人自然也就不很多。还可以拿韩石山的话来佐证,曾任《山西文学》7年主编的韩先生说过"干编辑会上瘾",这自然是他的内心自白,喜爱做的事情到了上瘾的份儿上,不是幸福是什么?编辑们从事着自己热爱的工作,能干不好吗?编辑的形象就是期刊的形象。在另一处他对上瘾一说作了注解:"编辑是个让人上瘾的职业,能满足你的虚荣心,也能满足你的求知欲,任你有多大的本事,在这儿只是一个不够用。"不仅上瘾而且顺便求得知识,又增加了一份幸福。但是,编辑并不是一个好干的营生,已有的那点儿知识根本不够用,只有不停地更新自我。而且,编辑是寂寞与清苦的营生,必须耐得住这两项。不用说他们是这样做的。

所以,同样是《山西文学》原主编段崇轩,则用他评论家的眼光理解编辑:"如今,商海横流,作家的桂冠也不再那样尊贵,遑论'为人作嫁'的编辑？但固守在这古老编辑楼里的年轻或不年轻的编辑们，依然兢兢业业地编稿，依然孜孜矻矻地写作，守望着一片未被污染的精神家园。"这样的家园在当下显然已经不多而且需要守望，而编辑们又很甘愿地坚守着。说大点是崇高，按常理说起码是良好的职业道德。

今天回忆半个多世纪之前的《火花》，知名女作家、当年的编辑王樟生，依然十分感慨。她在《在文学的道路上》中写道："《火花》凝聚了作家与编辑的心血，值得怀念与珍惜。每当昔日的《火花》同仁在一起谈论，回忆当年齐心协力打拼，使得《火花》推向全国的那番激情，不觉心潮澎湃，怀旧之情油然而生。不是说我们做了多么大的贡献，而是我们为贯彻延安《讲话》的精神付出了一切：青春、理想和此生的追求。"（《黄河》2012年3期）

热爱它为它尽力，无怨无悔，这就是山西文人气象、文坛气象。也就是这文学刊物的形象。

稍有了解就会看到，山西有成就的作家最初都在基层业余写作，后来调入省作家协会，是山西文坛的传统做法。这是只知其一，其实他们进入作协并不等于成为专业作家，一般都是先进入期刊从事编辑若干年，然后转为专业写作，严格地讲此前都不算专业作家。把这个话倒过来说，作家不仅靠他们的作品也靠他们的编辑岗位，造就了刊物，培养了造就了山西的作者队伍，作家、编辑、作者之师，三者的关系就这样美好与分不清。几个刊物有史以来很少直接招聘大学生，即使大学生也是发表过作品有一定写作能力的，大都是从作者中选拔，这是不同于一般事业单位之处。《山西文学》

1958年《火花》编辑部全体编辑人员合影。前排左起：陈志铭、段杏绵、西戎、彦颖、王光宇。中排左起：武静瑜、霞裳、王玮、青稞、郁波。后排左起：王培民、韩文洲、陈仁友、袁毓明、康德休。

《黄河》历来的主编,同时也都是成熟的作家或评论家。

这些作家以这样的方式进入作协工作与生活,先经过期刊通道这个必由之路,从20世纪50年代起就成为一种不成文的制度,这个做法的高明之处主要在于作家们对文字、对艺术的敏感性,处理来稿的责任感与技术感,是一般编辑所不具备的,自然成为编辑的榜样。此外,大约当时的制度改革尚未展开,基层作者也不容易直接按作家调入,用迂回的办法先安排他们从事编辑,那个年代有的作家是农民、工人身份,先变为以工代干,然后转干,获得干部编制和名分。有的几年之后过渡为专业写作,有的则愿意两者兼顾继续下去。我们没有做过全国文学刊物的调研,但知道好多编辑也是知名作家。山西这几份文学刊物有点像博士后流动站,有的流动时间短,有的则很长,完全因人而异。

编辑的职业训练与作家的写作训练也有明显不同,有的作家更愿意专事写作而不是兼顾写作,有的则愿意既是编辑又是作家。《山西文学》老主编李国涛回忆他任主编那几年时写道:"当时编辑部的人都很努力,内部比较一致、团结。像张石山、李锐、燕治国都刚调到编辑部,因为插队中断了学业,只有高中学历,不过他们工作上、学习上、写作上,都很自觉。这些人,都成群。好多编辑都是从各地市借调来的,一下班,大家也不像现在就直接回家,而是待在宿舍,聊得热火朝天。大家谈的都是这方面的事情,用书面话讲,就是切磋。那一批编辑的素质,现在看来都是很好的。像双主编制时的周宗奇,当过副主编的董大中,理论方面的蔡润田,都是各把一方,都能尽心尽力地做好。"(李国涛:《好像也做了点事》,载《山西文学》2010年第1期)

李国涛担任《山西文学》第一任主编,历时5年,这是他的由衷之言,也是马烽一代作家的由衷之言。作家需要培养,编辑也需要训练。什么是《山西文学》的好传统?除了以热情负责的精神发现与培养人才,还包括艺术品位的优先选择、艺术价值观的确立,以及指导创作的见解与表达技术。下面的话也是具体的注解。李国涛说:"做编辑,必须写稿签。稿签也要规范。有时,编辑的稿签写得太简单了,我说不行,重写。必须写清楚能用不能用,为什么能用,为什么不能用。编辑是编辑的意见,组长是组长的意见，稿签拿过来，我得看清楚到底是因为什么。编辑除了自己写东西，这样写大量的稿签，也能逼着他们作一些理性思考，对稿件对文字有一个清醒的看法。"（李国涛：《好像也做了点事》，载《山西文学》2010年第1期）

也可以说，编辑是一种有风险的职业，表现在两个层面：一是政治上担责，无须多说，这个担责也就是要在意识形态上把好关；二是技术上与一个未来作家擦肩而过，由于不够敬业造成的疏忽，或者水平能力的限制，让天才作家从自己眼前走过，不单单是编辑终身的遗憾，也是不大光彩的事情。如果是主编否弃，主编的罪感则会加倍。不过，编辑偶尔失误的时候也有见仁见智的问题。

对于来稿的处理需要敬业精神与鉴赏能力，所以才有大量作者被发现、大量作品被刊登，其中很少的作品会产生反响，极个别作品可能会产生巨大反响。山西文坛每隔几年便会出现一茬新秀，让人刮目相看，全国各种奖项山西作家都有斩获，接连不断。全国最高文学奖项茅盾文学奖得主张平则是一个很有意思的特例，后来担任山西作协主席这属于常见，但又过几年被任命为山西的副省长，实属罕见。站在文学期刊的角度，完全可以说《汾水》《山西文学》的扶持，促成了一个典型中国作家的典型人生。

张平，读中文系之前就一直在进行文学创作，直到1981年，这位山西师大大三学生继续靠妻子每月专门给他寄的生活费不断写稿投稿，收获的却都是退稿信，用他的话来说"不知退了多少次稿，万念俱灰"，"几度灰心丧气，准备放弃"。这一年他终于等来了好消息，他的《祭妻》被《汾水》编辑看上，当年的第8期发表，并且配发了新岩写的编稿手记。这一期七篇小说，共三篇手记，次年这篇小说荣获山西文学奖。处女作发表而且获奖，对于作家来说十分重要自不待言，而对于张平来说，更是一个关键的开端，无异于雪中送炭。那篇小说不仅仅是文学也成为他整个人生的奠基仪式，开启了他后来的一切。不只是一篇几千字的小说的发表，更重要的是他作为一个文学新人，引起马烽、西戎的重视，一年后张平大学毕业，这两位老作家主动出面，推荐张平到临汾地区文联工作。从此，他的创作更加得到《山西文学》不断的支持。1996年第4期刊发张平小说《入党》，主编段崇轩在卷首语《作家的良知》中说："本期我们用从未有过的篇幅，郑重推出青年作家张平的中篇小说《入党》，期望引起广大读者的关注！《山西文学》近年来发表的中篇小说，字数大抵在三万字以内，发一部五万多字的中篇，并为此而增加了页码，这可看作我们对现实题材小说的一种偏爱和推崇吧！"

请注意，当时张平虽然已经有了一定影响，但还不算很有名气的作家，这一年正是张平陷入《法撼汾西》《天网》10年漫长官司的第5年，《山西文学》看好他的创作潜力，看好他的文品人品，愿意开辟版面，破例给这位年轻小说家的发展添加动力。刊物与以往任何一次是一样的，只是做了普普通通应该做的事情，我们想说的是，正是期刊的鼎力相助，张平的文学道路更加通畅。1999年，张平写出了扛鼎之作《抉择》，轰动全国，并被搬上银幕，次年，毫无悬念地荣获第五届茅盾文学奖。接下来，2001年任民盟山西省委副主委。2002年任民盟中央副主席。2003年任第十届全国政协常委、中国作协副主席、山西省作家协会主席。2007年任民盟山西省委主委。2008年任山西省副省长。至此，应该是张平人生的顶峰。从作家到省部级，从写小说到副省长，这种跨界十分罕见。有道是时势造英雄，他恰逢一个进步开明的时代，当然还有他自身的良好条件，这个结果借助于多因素的合力，但其中肯定有文学期刊助他的一臂之力。

现在的《山西文学》《黄河》虽是枝繁叶茂的大树，但与喧哗繁闹的市面没有关系，默默无闻、不声不响，在两栋既古典又简朴的旧楼上，几十年如一日地工作着，他们不曾想也不去想那些浮华，刊物与作品是他们的心爱。他们的辛勤工作在向社会做奉献，向中国文学大厦输送人才，是山西文人精神谱系的自然接续。就改革开放的新时期来说，从《汾水》《山西文学》《黄河》起步，进入中国当代文学史视野的或在全国有影响的作家就有张平、李锐、成一、赵瑜、张锐锋、潞潞、韩石山、张石山、蒋韵、李杜、吕新、曹乃谦、葛水平、李来兵、杨遥、王保忠、李骏虎、唐晋、杨新雨、聂尔、乔忠延、玄武、孙频、手指、闫文盛等等。

文学最是一种寂寞的事业，即使莫言这样了不起的作家，获诺奖之后他的知名度尽管提高了很多倍，但他还是远不如歌星、影星的身价，他的出场费也就是那些星的几十至几分之一，他获得的世界最高文学奖金在北京买不下一套稍好一点的房子，等等。这就是伟大时代的一种怪胎，当前中国文化的怪现状。这个问题很现实，很无情。可见，需要加强文学的教育、阅读的教育，从文学的启蒙开始，但这不是一蹴而就的事情，还需要耐心地等待大气候的到来。

从《火花》到《山西文学》的演变轨迹

《山西文学》是山西唯一"标配"的文学月刊。

既然是一部历史，那么落下历史过程的任何一阶段都是残缺，哪怕那一段是穷困潦倒、衣不蔽体，那也是你的过去。所以，从《山西文艺》开始说起。

《山西文艺》创办于1950年4月，模糊算至今已64年，经过了四个阶段：《山西文艺》《火花》《汾水》，然后是《山西文学》，到现在。

不妨先看一下当时的大背景。在全国省级文学刊物里，《山西文艺》是最早创办者之一。虽新中国刚刚成立，百业待兴，和人们想象的不同，国家似乎对文学并非无暇顾及，而是在某种意义上表现了高度重视。一是，新中国成立之前1949年7月2日至19日召开了第一次全国文代会，开了半个多月，这么长时间研究文艺工作实乃空前绝后，可见研究问题之多之细，国家草创，百废待举，而把文艺放在如此重要地位，恐怕在国际上也属仅见。当然这也显示了重视意识形态的革命传统。二是，国刊《人民文学》创刊时间选在1949年10月25日，"与共和国共生"，特别是毛泽东专为《人民文学》创刊题词，就是那句著名的语录"希望有更多好作品出世"。多少有点

《山西文艺》主编郑笃

20世纪50年代的《山西文艺》杂志

意料之外并感到费解的是，直辖市的反应似乎有点迟缓，4年之后的1953年10月，上海才创办文学期刊《文艺月报》，是《上海文学》的前身，60年代与《收获》合为《收获》，后又分开至今，1977年复刊或再创刊，为《上海文艺》，1979年改为《上海文学》至今，上海青年文学期刊《萌芽》，创刊于1956年7月；天津的《新港》也是创刊于1956年7月。

看到全国的文艺形势与国刊的创办，才会明白山西文坛与《山西文艺》真是很不简单，或者说确实跟得很紧，至于说文艺而非文学，也是当时全国形势，可以想象，从中华人民共和国成立之前到新中国成立，文艺起到多大作用？相当大！文艺就是宣传，在抗战和国内战争中，起到一定作用，新中国成立了，不能放弃宣传功能极强的文艺，况且完全搞文学刊物那是原先国统区的事，革命文艺工作者暂时还不适应。

《山西文艺》以发表演唱作品为主，所以有时候人们会把它忽略掉，往往是从《火花》开始说《山西文学》。其实也不该这样，《山西文艺》毕竟是前身，是创刊年代的状貌，而且也毕竟包含有文学的成分的短篇小说、诗歌类作品，毕竟是山西最权威、最具代表性的——不论其水平如何，按当时的文艺标准，它就是山西的唯一，当时文学艺术界联合会与文学工作者协会是一个机构两块招牌。办刊的宗旨与方向，由时代所左右，这是不言自明的事实。

当年改刊的前言是这样写的：

> 为了更好地繁荣文学艺术创作和培养业余作者，决定从10月份起将《山西文艺》停刊，与原《太原画报》合并创刊《火花》文艺月刊。《火花》是一个综合性的文艺刊物，主要刊登各种文学艺术作品和一部分文化生活的报道、评论。在内容方面，它和文化局即将出版的"俱乐部"有所分工。它不再刊登和处理演唱稿件了。我们衷心地希望过去支持本刊的广大读者、作者们，继续积

《山西文艺》主编胡正

山西文坛"风景线"

《火花》创刊号

极地关怀和支持即将创刊的《火花》文艺月刊。

为什么选择1958年？不是文学在选择，而是这个年份在选择。《火花》1956年筹备、创刊，至1957年底，刊物表现平平，乏善可陈。1958年，当代历史最不可思议的那个年份，爆发出一系列的荒唐愚昧，全民炼钢、"十五年赶英超美"，工农业放卫星，创高产，好多地方一亩地可以收获万斤粮食……创造了人类思想史、经济史空前的笑话。文学也如此，全民是诗人，一天写多少首诗歌，一年写多少小说，当年的出版物今天不忍目睹。但是，1958年对于山西作家和《火花》来说，却是非常奇妙与幸福的年份，1958年及以后几年简直是狂飙突起，是山西重大作品诞生之年。非常有意思的是，这些作品是隐藏在大量时政、概念、口号、宣传类文字茂密的杂草丛中，山西作家是聪明而智慧的，骨子里也是固执而狡猾的，他们的真创作一刻也未曾停下。下面的罗列，可以看出，他们在需要的时候也会写点应付的文字，为的是掩护文学的前行。他们一直都没有放弃文学的信念，1958年的《火花》，发表了，记载了，这些老到的作家们写下了有违时代要求，但是真正的小说、文章。在那种昏头昏脑的年代，这样的行为举动真是堪称崇高与伟大。主要成果如下：

《火花》主编西戎

赵树理：短篇小说《"锻炼锻炼"》，载《火花》1958年第8期。该作品是60年来学界提到最多的作品之一。以赵树理为首的"山药蛋派"是中国当代小说流派之一，该流派"五老"作家持续受到学界重视，是当代文学史的传统章节；

评论《起码与高深》，载《火花》1964年第1期；

评论《谈"久"——下乡的一点体会》，载《火花》1960年第9期，中国作协60年理事会上的发言，引起反响，同时还发表于《人民文学》《文汇报》。

马烽：短篇小说《"三年早知道"》，载《火花》1958年第1期，北京电影制片厂改编成电影发行；

短篇小说《我的第一个上级》，载《火花》1959年第7期，文学界给予很高评价；

电影剧本《我们村里的年轻人》，载《火花》1958年第10、11期，长春电影制片厂制作发行，获建厂35周年优秀影片奖。

西戎：短篇小说《盖马棚》，载《火花》1956年第11期；

短篇小说《行医事件》，载《火花》1957年第7期；

短篇小说《王仁厚和他的亲家》，载《火花》1958年第3期；

短篇小说《两涧之间》，载《火花》1959年第9期；

短篇小说《平凡的岗位》，载《火花》1963年第2期。

束为：短篇小说《好人田木瓜》，载《火花》1958年第1期；

短篇小说：《于得水的饭碗》，载《火花》1960年第2期；

报告文学《南柳春光》，载《火花》1964年第3、4期。

孙谦：短篇小说《新麦》，载《火花》1958年第1期；

短篇小说《伤疤的故事》，载《火花》1958年第6期；

短篇小说《南山的灯》，载《火花》1963年第6期。

胡正：短篇小说《七月古庙会》，载《火花》1956年第11期；

短篇小说《两个巧媳妇》，载《火花》1957年第3期；

长篇小说《汾水长流》，载《火花》1961年第3—8期连载。

冈夫：诗歌《英雄的土地》，载《火花》1957年第2期。

焦祖尧：短篇小说《两个年轻人》，载《火花》1957年第1期；

短篇小说《春天在榆树堡》，载《火花》1961年第12期。

《火花》主编唐仁钧

《火花》主编高鲁

《火花》代主编陈志铭

1956年10月,《山西文艺》改为《火花》,开本由32开改为16开,双月刊改为月刊,由竖排改为横排。前面提到王樟生的回忆文章《在文学的道路上》,热情洋溢地谈到当年的编辑生涯:

> 《火花》的发行量在全国文学期刊中遥遥领先。因为《火花》是一本忠实执行毛泽东文艺路线,始终坚持为农民服务的文学刊物,赵树理与马烽、李束为、孙谦、西戎、胡正这5位战友以创作指导创作,用自己的作品为农民代言,故为农民喜闻乐见。

从20世纪50年代中期到"文革"之前,《火花》的影响之大,令人刮目相待。《解放军文艺》《长江文艺》《青海湖》等多个编辑部接踵而来,访问参观,交流办刊经验。

1958年,《文艺报》负责人陈笑雨率领一个编辑组专程来到山西采访,与《火花》编辑部人员座谈办刊心得;1958年第11期《文艺报》编发《山西文艺特辑》将《火花》与山西作家的作品向全国读者推荐。

改革开放之前的30年,王樟生因"父亲是国民党军官,而且去了台湾","需要脱胎换骨改造自己",经常处在"心惊肉跳,惶惶不可终日"的心理压迫中。但是文章里我们看不到半点幽怨,文中只用一句话"小我的得与失何足道哉",很轻松就消解了一切苦难与不快,回味事业却简直是兴奋不已。那句流行的佛语"一切的安排就是最好的安排",显然也是对所有人的安慰。这一代人就具有这样的胸襟，他们的宝贵记忆，足以唤起很多人当年的热血沸腾，一切仿佛并未远去。不管历史有多少的对与错，它强大无比，弱小的个人跌跌撞撞走到今天已是万幸，于是我们也只有感动。

第二次停刊就是全国性的了，1966年由于"文革"的爆发，6月《火花》停刊，直到1976年1月创刊《汾水》。《人民文学》1966年6月停刊，直到1976年1月复刊。

《汾水》创刊或者说《火花》的复刊和改刊（16开本，双月刊，1978年1月起改为月刊，1982年1月改为《山西文学》），其办刊宗旨是"以登载农村题材的短篇小说为主，兼登别样。力求通俗化，群众化，富有地方特色"。

《汾水》1976年创刊号

《汾水》主编是时任省作协副主席、老作家西戎。从1976年创刊至1982年改刊为《山西文学》，6年时间奠定了非常好的刊物的整体素质的基础，一步一步地建立与形成，很扎实。西戎作为省作协副主席，兼任《汾水》主编6年，现在回头来看，我们分析改革开放初期由他担纲第一任主编，不单单是因为重操旧业轻车熟路，而且上面非常重视"文革"后文学艺术振兴的问题，更重要的是在意识形态上的控制与引导，一个协会领导主持刊物的全面工作，本身就说明这个问题。西戎是革命作家出身，是文学界前辈，德高望重，确实没有比他更得力的主编。《汾水》创刊正值改革开放刚刚拉开序幕，一切都在恢复与调整，很多事物在不断重新认识中，有关文学的美学价值与社会功能的基本观念在清理与明确中，这是一个关键而困难的时期，诸如阶级斗争、学大寨口号还印在封面，内文自不必说。后来逐渐趋于文学的正常化，不是消解政治或去政治化，而是把政治形象化艺术化，然后是学术化，也就是去标签化与口号化。《汾水》发表了不少重要的、有影响力的作品，有马烽、孙谦、成一、李锐、张石山的代表作或者重要作品，如：

孙谦：电影剧本《山花》（与马烽合作），载《汾水》1976年第3

期。北影制作发行。

马烽：短篇小说《短篇二则》，载《汾水》1978 年第 10 期；

短篇小说《李德顺和他的女儿》，载《汾水》1978 年第 12 期；

短篇小说《典型事例》，载《汾水》1981 年第 2 期；

短篇小说《山村医生》，载《汾水》1981 年第 9 期。当期发表中短篇小说共 7 篇。

西戎：短篇小说《春牛妈》，载《汾水》1979 年第 5 期。作者的代表作；

短篇小说《走向新岗位之前》，载《汾水》1981 年第 9 期。

成一：短篇小说《顶凌下种》，载《汾水》1978 年第 1 期，获全国优秀短篇小说奖；

短篇小说《七月二十二》，载《汾水》1978 年第 10 期；

短篇小说《人样儿》，载《汾水》1980 年第 10 期。

张石山：短篇小说《镢柄韩宝山》，载《汾水》1980 年第 8 期，获全国优秀短篇小说奖；

《晚来的摔跤手》，载《汾水》1980 年第 10 期。

韩石山：短篇小说《两个队长》，载《汾水》1978 年第 1 期，作者的代表作；

《麻缠主任》，载《汾水》1978 年第 7 期；

《三白瓜》，载《汾水》1981 年第 6 期。

《汾水》改为《山西文学》，首任主编为李国涛。作为学养深厚的理论评论家，其主持的对刊物的进一步改革由此开始。时间不是很长，但现在看实际上西戎做《汾水》主编的 5 年是"文革"后改革之初，文学期刊因思想界学术界的缘故，起伏比较大、调整幅度比较大的 5 年，李国涛接任是需要进一步调整并巩固的阶段。两任主编共 11 年，为之后的办刊，在保持本土特色、放眼全国水平方面，提供了一种模式或样板。迎着全国文学良好的大趋势，山西的文学格局也走上正轨。此前李国涛只是编辑部副主任，等于跳级的破格提拔，这是没有先例的，迄今也再没有。这应该是老作家们的良苦用

第六章 文学"地标":《火花》《山西文学》与《黄河》

心,是为了让刊物更理性化,让山西的文学走向繁盛更加自觉,以刊物推进创作,提升创作。事实证明,这种思路很英明,李国涛不负众望。

李国涛总结了老作家的文学观与办刊之道,上任伊始就提出:"《汾水》《火花》都曾以较浓郁的生活气息和健康的思想情调引起文学界和广大读者的注意。现在,《山西文学》的编者深知这一点,在今后的编辑工作中要更好地发扬这一点。我们希望,这将成为《山西文学》的特色。"然后就现实主义精神与民族化特色问题、努力培养青年作家问题、正确开展文学批评(好的说好、坏的说坏)问题等,就四个方面对读者做出承诺,对刊物自身做出要求。四个问题用了四个排比句式"《山西文学》的编者深知这一点",以此强调继承与发展的必然联系。(见《山西文学》1982年改刊第1期的《致读者》)

这是宏观的策略的安排与要求,是对刊物的大致标准,或者说方向。还增添了一项重要的编辑制度,写编稿手记,这是微观的方法,对于作者、编辑、刊物都是太好太有用。看上去不是大事,但是,凡写成白纸上的黑字都不是小事,因而李国涛多次谈到此事。下面摘抄的是他在《学术自述》中的一段文字:

《汾水》改名《山西文学》,西、郑都不干了,我当了主编,不久周宗奇任了主编,成为双主编,好像当时时兴双主编的体制。我们都在发现新人上下功夫,一时之间,可谓新人辈出,好作品不断在《山西文学》(也包括《汾水》)上出现,连续获得全国小说大奖。我这时很注意在刊物上写"编稿手记",指出一篇小说的好处,以及该作者的优长之处,使他知道哪些该发扬。我以为这是我在文学评论工作中的一项很重要的项目。请想,那年头刊物少,业余作者能在一

《山西文学》1982年1月改刊号

143

个省级刊物发一篇文章，已很不易，何况又得到编者的表扬呢？所以这个栏目很受青年作者的重视。后来还有不少作者忆及当年的事。我写编稿手记时用的笔名是"言以实"，还有"徐漫之"等。

和作家主编有不同，完全是评论家、学者的风度。

制度是很好的制度，因此李国涛在最近的 2010 年、2013 年两篇文章中正式谈起这个事。这或许是见之于近些年来这个方法没有坚持好，才又这样强调的吧？

《山西文学》也有过短时间的变革，那是韩石山接任主编之后，之前也有变革的尝试，但都是边缘性的小动作。2000 年 4 期，韩主编进行的是大刀阔斧、雷厉风行的改革，上任伊始第一期就呈现一个全新的面貌，刊名改为"北方纪实·山西文学"，但事情并不如想象的那么乐观，有些作者与读者表达了他们的强烈反应，其中有代表性的是老作家、忻州地区文联原主席杨茂林，也是韩石山的朋友。他在致主编的信中直言不讳："原来的《山西文学》以出人才、出作品为宗旨，为发现、培养文学新人，团结新老作家，全面繁荣山西文学，做出很大的贡献。改刊为《北方纪实》后，纪实文学突出了，其他文学作品失去了园地，好多文学作者只好搁笔，必然导致文学的萧条。当然，有好作品寄到省外也可以发表，但那是少数知名作家的事，一般文学作者是可望而不可即的。从省作协来说，应该全面考虑到刊物的布局和结构调整，停止一种倾向掩盖另一种倾向，强调了走市场丢掉了出人才、出作品的根本，那是不合算的。"

韩主编的回信中说道："这不是你一个人的看法，多少人都用其他方式表达过。"

后来《北方纪实·山西文学》很快恢复《山西文学》，与杨茂林等一批人士的反应不无关系。韩主编很豁达大度，在第 8 期全文发表杨的信件以及他的复信。

附：《山西文艺》《火花》《汾水》《山西文学》历任主编、
副主编

《山西文艺》主编
郑　笃　1950年—1955年
胡　正　1955年—1956年

李国涛主编

《火花》主编
西　戎　1956年—1966年（1965-1966养病）
唐仁钧
高　鲁
陈志铭　1965年—1966年代主编
《火花》副主编
黎　军
陈志铭
韩文洲
李济远
李太和

周宗奇主编

《汾水》主编
西　戎　1976年1月—1981年12月
《汾水》副主编
郑　笃　1976年1月—1981年12月

张石山主编

《山西文学》主编
李国涛　1982年1月—1986年6月
周宗奇　1985年4月—1986年6月
　　　　（当时实行双主编）
张石山　1986年7月—1988年4月

冯池主编

山西文坛"风景线"

段崇轩主编

韩石山主编

朱凡主编、社长

鲁顺民主编

冯　池　1988年5月—1994年7月
段崇轩　1995年12月—2000年3月
韩石山　2000年4月—2007年12月
朱　凡　2008年1月—2010年9月主编
　　　　2010年9月任社长—
鲁顺民　2010年9月任主编—
《山西文学》副主编
周宗奇　1981年—1985年
阎安广　1981年—1982年2月
董大中　1984年—1985年
张石山　1985年—1986年7月
李　锐　1986年7月—1987年4月
周景芳　1986年7月—1988年2月
燕治国　1987年—1994年6月
王子硕　1988年4月—1995年11月
祝大同　1994年8月—2003年6月
段崇轩　1994年6月—1995年12月
毕星星　1995年10月—2009年12月
胡经伦　1995年4月—1999年12月
王爱琴　2000年1月—2001年12月
朱　凡　2003年6月—2008年1月
鲁顺民　2005年3月—2010年9月
姚　霓　2010年11月—
陈克海　2010年11月—

《黄河》的探索历程

《黄河》，山西唯一的大型文学期刊。

《黄河》的历史比较简单，没有《山西文学》前世今生的戏剧性过程，没有五六十年代，没有"文革"。于

1985年3月创刊，季刊，1987年第1期改为双月刊至今，16开本，200个页码。诞生于文学复苏的新时期，很幸运，一出世就奔着艺术而来，就很单纯，就雄心勃勃。因这个为艺术的使命，当时作协的领导对创刊号、主编人选、启动经费以及今后的来源等诸多问题，想必也是颇费思量。《山西文学》无论哪个阶段的转折，主编都是我省著名老作家，而《黄河》是一个新刊，老作家都已荣休，只有从年轻作家中遴选。当然最重要的是主编人选，文学水平、人品、威望都得好，他们最看好并选择了成一，总之这是个明智的决策。事实证明，成一堪当重任，创刊头一年便为全国很多名家所认可而得到他们的热情支持，当然山西自己的作家更不必说。

《黄河》虽然是官办刊物，但成一作为成熟的作家，办刊物与他的文学创作观念、艺术的追求是一致的，当然稿源如何作者队伍如何，这是主编不好控制的，今天再读他的发刊辞，便又回到当年的语境之中，那时候中国的快速发展刚刚起步，文学艺术的浪潮掀起第一波，思想界学术界则进入空前的活跃期，整个国家民族全处在兴奋愉悦与充满信心的情绪之中。小说、诗歌、散文、报告文学，大量文学作品在传递着热烈与奋进。那时候还没有腐败的概念，官倒就是最严重的说词了。文学作品主要的思想价值取向乃是呼唤社会良知与弃旧图新，投身改革大潮，同时思想解放运动也在进行中，有"人道主义问题"的讨论，有"清除精神污染"的运动，保守正统与大胆开放之间的争论几乎没有停歇。

可以理解为主编的文学主张与思想价值观的《黄河》创刊辞，以一种特有的拥抱开放时代的热情，传达出新的文学信念与满满的期待，非常契合文艺复苏的时代氛围。他说："于今的时代精神，似可以两字概括，曰：革新。眼前的改革浪潮，已推动我们民族迈开时代新步。本刊求新的要旨，就是传达这历史的足音吧。历史传统与时代精神，民族性与开放性，乡土色彩与现代色彩，分明正融合于当代生活的画卷中，似乎已无须文学来争论、呼

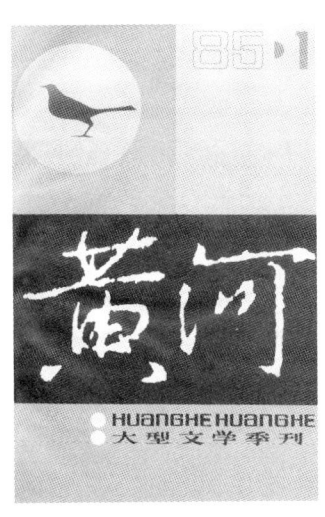

《黄河》1985年创刊号

唤。恰是生活在向文学挑战了。这挑战似乎也是全新的。描绘历史与现状、昨天与今天，描绘昨天历史与今天现状的交融和反差，看来都需拿当代的眼光，也就是新的眼光了。"从字面上看对于稿源似乎不敢期望太高，其实是很高的要求了，既有渴盼又有忐忑。当时确实还估计不到未来的山西作家们会有怎样的作为，一种留着余地的沉稳和殷切。在提到对新时期文学运动的参与时则提示："也许还需要有新的手法、新的形式、新的审美观念。因为时代日新，文学自身显然也在发展变化。作为文学的客体，广大读者的审美趣味在不同的层次上都有新的要求，因而也更趋多样化了。我们打算充分注意这一点。《黄河》容纳各类题材，支持各种积极的艺术探求。继承与借鉴，探索与创新，地方特色与外来手法，通俗可读与典雅精美，雄浑厚重与多姿多色，我们都将尊重。"

《黄河》从创刊走到今天，虚算的话30年了，简直不敢相信如此快速，像是转眼之间。由于当时方向很明确基础很扎实，走到今天《黄河》依然如故，艺术追求没变，格调与质地没变，不能不改变的是作者队伍、作品形式，由品质到数量，都变化很大，在质地上也许30年之间不能对比，至少要在仔细研究之后才能比较，但有一点可以说，我们一天天看着它从过去走来，和看着它长大差不多，人在渐老，而刊物在长在变，理论上刊物不会消逝，只会不断改变，适应社会与读者。

即使30年后的今天，翻开《黄河》创刊号的目录，我们仍然兴奋，都是山西作家的重要作品或代表作品，堪称一流。

长篇小说是柯云路的《孤岛》，中篇小说有成一的《泥房子》、钟道新的《历史的十分钟》，短篇小说有西戎的《难忘的一幕》，报告文学是焦祖尧的《火》，诗歌是江河的《太阳和他的反光》，理论有荒煤的《艺术质量与群众性》、李国涛的《马烽论》、谢冕的《诗在超越自己》等。

创刊号编后称："本刊开始筹办是在盛夏，此创刊号编就付梓时，竟已是隆冬了。由夏而冬，勉力以求者，不是奢望'打响'，仅想能有新刊该有的些许生气和新意而已。有了点吗！仍惴惴地。"很谦虚很平静很委婉，又分明渲溢着心底的愉悦。"两个中篇，《泥房子》和《历史的十分钟》，题材与手法各不相同。前者写农家老院而偏重于心理分析，后者写南国外贸而带着侦破笔法，不过都贴近着时代的变革。长篇《孤岛》则借某次突发事件，俯写一幅浓缩的社会画面，将维系社会所需要的权威、秩序、公德以及爱情、友情、善恶斗争，比较简明地凸现出来。它在整体构思上带着象征色彩，而细节描写则仍是现实主义笔调。这是一种尝试吧。""组诗《太阳和他的反光》，显然是更新的尝试。""本刊在筹办中，曾得到省内外许多著名作家、兄弟刊物以及社会各方的关心与支持，在此谨一并致谢。"

成一主编

第二期仍然是大家名家之作占主导，我们来看。

中篇小说钟道新的《国手》、韩石山的《一个名声不好的女人》、蒋韵的《少男少女》、崔巍的《甜杏泪》，诗歌有潞潞的组诗《黄土地》，散文有陶本一《访美掠影》，理论有蒋子龙《创作的内功与外功》、张曼菱的《大地所赐》等。

周山湖（珊泉）主编

第二期编后说："从反馈回来的信息看，《黄河》创刊号似乎还受到了读者的欢迎。这更使我们感到责任不轻。"

后面三期分别有贾平凹、谢望新、程德培、蒋子龙、荒煤、北岛、吴亮的作品，有马烽、孙谦的电影剧本《咱们的退伍兵》。

1985年作为创刊年，四期做得都很丰满，称得上质地优良。第二年也很出色，《黄河》挟带着新时代文学的大潮流，昂扬着山西的文学传统与地域文化的特色，影响达于全国，风生水起。

张发主编

《黄河》1986年第一期，署名主编成一，副主编韩石山、郑义、周山湖（珊泉）。这个班底保持到1987年。

副主编周山湖接任主编，从1986年12月开始，一直干到1998年12月，长达12年。这也是刊物规模、性质有所不同的缘故。周山湖还是山西《易经》学会的会长，对《易经》颇有研究，个人的学术偏好自然也会带

翁小绵主编

张明旺主编

刘淳主编、社长

黄风主编

入编刊物当中,不是宣传《易经》而是试图让这门学问给刊物带来经济帮助。有所收效却不是很明显。

张发,从 1985 年《黄河》创刊担任编辑,次年任编辑部主任,再一年任副主编,退休以前担任主编 10 年。供职 30 多年,目前为止在《黄河》杂志社编龄最长,担任主编时长则仅次于周山湖。

张发任主编期间有过两次改革,一次是刊物宗旨和面貌的大调整,试图办成"知识分子读物",主要动机仍然是想为《黄河》找一条扩大发行的新路,挣脱财政拨款的制约。共出过 6 期,期间不少作品在全国产生影响。1999 年 1 期至 2000 年 2 期,《黄河》改刊,刊名还是"黄河",但加了一句醒目的旁注:"大型知识分子读物",显然带有文化时尚的意味。期间吸引了不少知名学者与作家,积极热情提供他们的力作,支持刊物。这与谢泳作为全国知名学者分不开。一年之间竟有林贤治、栗宪庭、夏中义、洁泯、于坚、韩东、摩罗、余杰、楚歌、雷颐、荆歌、高强等大家或名家的作品让《黄河》增色生辉。总之,这一年毕竟为山西文学期刊史留下一个很深的印迹。这些公共知识分子,大多数是忧国忧民的现代士子,一腔热血为了中国的进步,本质上都是优秀的思想者。但这样的改刊对培养山西作家有所削弱。且有的话题现在看虽已不敏感,但当时却引起了有关方面的注意,然后调整回原初的办刊路线上,更明确地为培养与扶持山西作家服务。

第二次是办刊策略的根本性调整。

主编张发在很多场合反复鼓吹他的主张"扶新不扶旧,扶强不扶弱",最初很多人不理解,"扶弱济贫"这在中国是常理,强还需要扶吗?后来便明白这话的道理。这执着的精神很让人感动,实际上就是重视新生代、重视有发展前景的作者,给他们提供平台。他担任主编近 10 年,这个观点和主张有一段时间逢会必讲,都是很急切的样子,像发布宣言书一般,希望大家立刻响应并给予完全的理解与支持。后来人们渐渐理解了这是一种革命性的举措,也确实培养出一批走向全国的知名作家。

围绕这个政策,张发专门开设与之匹配的专栏。

比如,为了加大"扶新"的力度,《黄河》开设了一个"期期见"的栏目,即一年之内,每期都要为同一作者至少发表一篇作品。譬如王保忠、李来兵就是多次扶持的年轻作家,最近几年,他们先后在《人民文学》《中国作家》等重要报刊发表小说,成为"晋军新锐"中的骁将,参加了全国青创会,省作协推荐他们到鲁迅文学院学习。譬如2006年,《黄河》光为杨遥刊发的短篇小说就有10篇之多,2007年为王保忠刊发的小说也有6篇。如此高密度地强力推出,就是要让这些新人出人头地,早成气候。

"晋军新锐"这个栏目,是专为小说作者开的,因此题材主要是小说。

从这里走出在文坛上已有较大影响的作家当数葛水平,其后有王保忠、杨遥、高菊蕊、镕畅、玄武、李来兵、闫文盛等人。

2004年与2007年的两次文学会议上,张发发言都涉及《黄河》这些年来的定位问题,在外省开会他也会不失时机地宣传他的主张,以引起关注。他的"扶新扶强"论在一定范围已经耳熟能详。应该说,这十来年张发所吆喝的口号,既是经验之传播,也取得了前所未有的成果。

张发非常得意于自己给《黄河》的定位,他说:这几年《黄河》为文学"晋军"打造平台,推出了一大批新人新作,足以让我欣慰。作为省一级的文学期刊,你的目光必须80%向内,把省内的资源挖掘整合了,你就给全国的文学做大贡献了。

什么是称职的主编,他认为也必须是一位优秀的社会活动家,必须学会和方方面面的人打交道。你瞄准了人家的口袋,想掏人家的钱出来,你说出的理由得充分、得中听。

他还说:做编辑工作得甘为人梯、甘为他人作嫁,这是一句老话,我认为自己做到了。作者写出好作品了,你发自内心为他高兴;能写出而又写不出来,你甚至要比他还着急。这样的心理伴随了我几十年。(以上参考龙源期刊网记者2008年1月访谈)

张发已经退休,《黄河》仍在前行。

附：《黄河》历任主编、副主编

《黄河》主编

成　一　1985 年 1 月—1986 年 12 月
珊　泉　1986 年 12 月—1998 年 12 月
张　发　1998 年 12 月—2009 年 12 月
翁小绵　2009 年 12 月—2011 年 3 月（兼）
张明旺　2011 年 3 月—2013 年 8 月（兼）
刘　淳　2013 年 8 月任社长
黄　风　2013 年 8 月任主编

《黄河》副主编

韩石山　1985 年 1 月—1986 年 12 月
珊　泉　1986 年 1 月—1986 年 12 月
郑　义　1986 年 1 月—1986 年 12 月
张　发　1986 年 1 月—1998 年 12 月
秦　溱　1993 年—1999 年
谢　泳　1998 年—2007 年 6 月
刘　淳　2000 年 3 月—2013 年 8 月
黄　风　2008 年 4 月—2013 年 8 月

第七章 "晋军崛起"

现象生成与思想文化背景

"晋军崛起"这一文学现象的出现时间，是 1985 年。首倡者，是时任《当代》杂志编辑的章仲鄂。1985 年第 2 期的《当代》杂志集中发表了成一、郑义、李锐以及罗雪珂这四位山西作家的中篇小说。"晋军崛起"这一说法，就出现在这期刊物《编者的话》中："本期刊载的中篇小说，均出自山西省的中青年作家之手。近几年'晋军'的崛起，引人注目，这里选发的四篇，不仅题材各异，风格也迥然不同。郑义的《老井》浑厚沉郁，雪珂的《女人的力量》明丽晓畅，成一的《云中河》质朴本色，李锐的《红房子》清新感人……"对于这一说法的酝酿与提出经过，章仲鄂自己曾经在一篇文章中有过真切的记忆描述："'晋军'是指山西省新时期以知青为主的一批作家，它不同于原先的'山药蛋派'，是当时在国内文坛可与'湘军'南北辉映的一支实力派队伍。而'晋军'的名号能有影响地打出来，实自《当代》始，我则是具体运作者。大约 1985 年，我首次去太原，那是因为找焦祖尧谈对他的中篇小说《跋涉者》的修改，从而开始接触山西一批年轻作家的。我先去原平县找到成一，他是河北籍的知青；后又去榆次找郑义和柯云路及其夫人罗雪珂，他们都是北京知青；李锐也是北京的，我去之前就已结识，他的夫人蒋韵是山西籍的知青，也是'晋军'的巾帼将军。后来我在《当代》组发了一个山西作家中篇小说专辑，包括郑义的《老井》、李锐的《红房子》、成一的《云中河》和雪珂的《女人的力量》。其中《老井》和《女人的力量》都被改编为电影，特别是《老井》还拿了国际奖。在这专辑前的'编者按语'中我写了'晋军崛起，引人注目'一段话，从此前和以后的'晋军'创作实绩看，我的估价是有根据的，因而得到了文坛的认同。"

山西文坛"风景线"

《当代》1985年第2期"晋军"专辑

(章仲鄂《岁月如歌》,载《当代》1999年第4期)揆诸史实,章仲鄂的错讹之处,主要有三。一、焦祖尧的《跋涉者》是长篇小说,并非中篇小说。二、成一与蒋韵,均不是知青作家。而且成一的籍贯,也不是河北。三、应该是《编者的话》而不是《编者按语》。但除了以上这些个别处记忆有误之外,章仲鄂的回忆还是相当可靠的。他的回忆文章以其鲜活的细节丰富了关于"晋军崛起"状况的历史叙述。

自从《当代》1985年第2期出版发行之后,所谓"晋军崛起"的说法便在文学界不胫而走,居然约定俗成地成为20世纪80年代山西作家的代称。"十七年"期间的一批山西作家,曾经获得过"山药蛋派"的美誉。"晋军崛起"一出,一批在新时期走上文坛的新一代山西作家,也就此拥有了一个标志性的符号。两个文学称号的先后出现,从根本上标志着山西当代文学尤其是小说创作的两次高潮。在新时期文学史上,以"什么什么军"来作为某一省区的作家代称,就起始于"晋军崛起"这一说法。正是在"晋军崛起"的说法提出之后,文学界才开始逐渐流行开了诸如陕军、湘军、鲁军、豫军这样的代称方式。细细想来,把文学创作的区域分野与"军"联系在一起,实际反映出的,是一种隐隐约约的战争文化心理。按照陈思和的理解,所谓战争文化心理,就是指尽管实际上的战争形态已经不复存在,但战争期间形成的心理思维惯性却依然有着长时间的留存:"文化规范的形成总是比经济基础的变革要缓慢得多,战争在战后的社会生活中留下的影响要比人们所估计的长久得多也深远得多……实用理性和狂热政治激情的奇妙组合,英雄主义情绪的高度发扬,二元对立思维模式的普遍应用,以及民族主义爱国主义占支配的情绪,对西方文化的本能性拒斥,等等。这种种战争文化心理特征并没有在战后几十年中得到根本性的改变。"(陈思和:《中国当代文学史教程》,第6页,复旦大学出版社1999年版)战争文化心理存在的一个显著标志,就是对于战争语汇的日常普遍征用。虽然说时间的脚步已经延伸到了改革开放的20世纪80年代中期,但诸如"什么什么军"此类构词方式在文学界的流行,就充分说明,一直到这个时候,战争文化心理在现实生活中依然有着强劲的留存。

"晋军崛起"说法的提出及其广泛流行,标志着山西当代文学继"十七年"间的"山药蛋派"之后,又一次文学高潮的形成。需要特别注意的是,虽然《当代》1985年第2期只是具体提及了成一、郑义、李锐、罗雪珂四位作家以及他们的四部中篇小说,但在传播运用的过程中,崛起中的"晋军"却并不只是这四位作家。细致地回顾考察一下"晋军崛起"这一文学概念的流播运用过程,即不难发现,80年代的所谓"晋军"云云,实际上有着狭义和广义的差异。狭义上,"晋军"指称的是一批出生于20世纪四五十年代,于"文革"结束后的新时期之初在文坛崭露头角的作家。具而言之,主要包括成一、周宗奇、张石山、韩石山、王东满、柯云路、李锐、张平、钟道新、权文学、崔巍、蒋韵、哲夫、燕治国、赵瑜等。在山西文学界,曾经在作家代际的意义上流行过所谓"五代同堂"的说法。按照这种分代方式,赵树理与"山药蛋派"的"西李马胡孙"为第一代;韩文洲、焦祖尧、李国涛、田东照、李逸民、杨茂林、义夫、草章等为第二代;以上所列狭义上的"晋军"各位为第三代;王祥夫、吕新、毛守仁、谭文峰、房光、常捍江、张行健、张雅茜、刘维颖、陈亚珍等为第四代;而相比较更年轻一些的葛水平、李骏虎、笛安、王保忠、杨遥、李来兵、小岸、李燕蓉、孙频、手指、闫文盛、韩思中、李心丽等,则是第五代。这样,代际意义上的第三代作家,与狭义上的那批"晋军崛起"作家,其实就呈现为一种完全重合的状态。广义上的"晋军",在包含第三代作家的同时,也包含了第二代中的部分作家,比如焦祖尧、田东照、李国涛等等。其所以如此,根本原因在于,尽管这些作家从年龄构成上属于第二代,但与其他那些主要成就取得于"十七年"期间的作家形成鲜明对照的是,这些作家主要创作成就的取得,乃是在新时期的80年代。从时间上看,他们的创作高峰,与狭义上的"晋军"作家持基本同步的状态。也正因此,文学界往往会在广义上把他们也看作是所谓的"晋军"作家。

现在看起来,"晋军崛起"的形成,与80年代的总体思想文化背景存在着殊为紧密的内在关联。在经历了共和国前30年政治运动的频仍不断,尤其是经历了10年"文革"之后,80年代的中国社会开始回归正常的发展道路。"思想解放"与"改革开放",一直到今天为止,都是那个时代特色鲜明的精神标签。要想很好地理解把握80年代的时代特质,由查建英主编的那本以80年代的一大批文化精英人士为访谈对象的《八十年代访谈录》(生活·读书·新知三联书店2006年版)就是一个极好的入口。"也许不是所有人都对80年代心存好感,但是的确像查建英所说,有很多人对它'心存偏爱'。有这种偏爱的,不外是'文革'的过来人。经过政治暴力下的恐惧、压抑与紧张,1976年、1978年的翻天覆地的政治变革,给了他们精神上获得解放的轻松感。这种轻松感,伴随着进入新时代的兴奋和对新生活的憧憬,持续到80年代的末。说80年代'深藏在我们每个人的身体里',指的当是这样一种满足了人的深层需要的美好感觉。并不是所有的时代都能给人这样的感觉。10年'文革'不能,90年代也不能。所以80年代才被人说成是'中国最好的时期'。"(毕光明:《精神的八十年代》,载《海南师范大学学报》2007年第3期)或许正与理想主义的精神的时代氛围密切相关,从文学的角度来说,80年代乃是一个文学生态格外良好的黄金时代。之所以如此,与当时禁锢多年的国门重新打开之后一种"文化热"的生成有直接的关系。这种"文化热"的一大突出表征,就是几套丛书在当时产生的巨大影响力。这几套丛书主要包括有生活·读书·新知三联书店的"文化:中国与世界"丛书、四川人民出版社的"走向未来"丛书,以及由李泽厚先生担纲主编、由中国社会科学出版社与其他几家出版社联合推出的"美学译文"丛书等等。自然,这里边也肯定少不了商务印书馆那套老牌的"汉译世界学术名著"丛书。从根本上说,也正是通过以上这些丛书的适时出版介绍,诸如叔本华、尼采、维特根斯坦、海德格尔、胡塞尔、弗洛伊德、荣格、萨特、马尔库塞、韦伯、本雅明、弗洛姆、福柯、汤因比、马斯洛、阿恩海姆、罗兰·巴特等等这样一系列现代西方思想名流的代表性著作，方才能够在中国这块古老的土地上扎下根来，开始有了广泛的传播。尽管从表面上看起来，思想文化界的这种"文化热"与所谓的"晋军崛起"之间并无直接关系，但在一个时代的文学繁荣背后，思想文化那样一种深层的决定性影响，却是无论如何都不容轻易忽视的。在逻辑层面上，"晋军崛起"是总体上的中国新时期文学中一个极其重要的文学现象。设若没有新时期文学的整体辉煌，那么，"晋军崛起"就显然是不可能的事情。但从根本上决定着新时期文学辉煌的，却又是思想文化界的那种"文化热"。正是因为整体意义上的社会思想有了一种难能可贵的自由度，一个文学黄金时代的到来，方才成为可能。就此而言，"晋军崛起"与"文化热"之间的必然关联，自然不容忽视。

知青作家与文化落差

在强调"晋军崛起"如同"山药蛋派"一样标志着山西当代文学又一次文学创作高潮到来的同时，我们也必须充分认识到二者之间的根本区别。二者的共同点在于都属于某种文学现象的代称，但与此同时，"山药蛋派"却也是一个小说流派的名称。之所以被看作是一个小说流派，根本原因在于包括赵树理与"西李马胡孙"五作家在内的这批"山药蛋派"作家，在小说创作的过程中，无论是作家主观意义上的创作思想，抑或是作品客观层面上的思想艺术风貌，相同相近处都非常突出。或许与思想文化的禁锢有关，整个"十七年"期间，唯一真正具有流派意义的，实际上只有山西的"山药蛋派"一种。也正因此，"山药蛋派"的存在，才会对于中国当代文学史具有弥足珍贵的重要意义。但"晋军崛起"的情形，却与此绝不相同。假若说"山药蛋派"诸作家思想艺术风貌趋于一致的话，那么，这批"晋军崛起"作家的写作却绝对称得上是"八仙过海各显神通"，各自都有着非常突出的思想艺术个性。也正因此，所谓"晋军崛起"云云，归根到底也只是群体性作家构成的一种文学现象的代称而已，与文学流派了无干系。

从作家的来源看，狭义上的这批"晋军崛起"作家，主要是由知青作家和本土作家两部分构成的。其中郑义、李锐、柯云路、钟道新，也包括偶有作品发表的《女人的力量》的作者罗雪珂等，属于外来的知青作家。其余如成一、周宗奇、张石山、韩石山、王东满、张平、蒋韵、哲夫、燕治国、赵瑜等，虽然原初的籍贯未必都是山西，但由于自己出生于山西并长期在山西生活写作的缘故，被视为本土作家，是理所当然的事情。来源的不同，乃意味着文化构成上差异的明显存在。这一点，在很大程度上决定着这两类作家写作特点的形成。对此，谢泳曾经做出过可谓是相当透辟的观察与分析。

  从创作成就上观察，我们现在可以说，在"晋军"里面，最有成就的还是知青作家。本土作家在全国文学发展的总格局中，没有知青作家那样引人注意。从教育背景上说，知青作家不如本土作家。在几位重要的知青作家中，只有郑义一人在"文革"后进入晋中师专读书，其余的知青作家，都没有受过严格大学教育。与知青作家不同的是本土作家都是受过大学教育的。知青作家虽然没有受过大学教育，但他们的中学教育却是在北京完成的。如郑义、钟道新都是清华附中的学生，柯云路是北京著名的101中学的高中学生，秦岭是北京南四中的学生。在新时期文学的作家中，清华附中和北京南四中都是出了很多作家的中学，如张承志、北岛、史铁生等。

  新时期文学中有一个现象很特殊，就是那些在创作上显示了很大潜力的重要知青作家中有好几位都是没有上过大学的，如铁凝、王安忆、史铁生、北岛等。这一点倒是和"晋军"的文化构成有相似的一面。在小说家中有这种情况，但在学术界和科学界，这样的情况却几乎是不存在的。也许是因为文学写作依赖天赋的因素更多一些，训练有时反而倒不是很重要了。"晋军"在小说上的成就，我们以为除了那些知青作家来自北京这个文化中心，有较为开阔的视野之外，也与他们在山西农村的真实生活处境有关。他们是一些由都市而乡村的青年知识分子，他们在农村的生活比那些长期生活在农村的人（如山西许多本土作家）更有新鲜感，这种城市和乡村的差异，使他们对于同样的生活产生了不同的感受，这种感受我们把它认为是一种文化上的反差。

何为"文化反差"？所谓文化反差是我们观察一个人文化阅历幅度和深度的概念。比如一个人，在他生活经历中有了两种以上相互间差别很大的文化环境，特别是当他从一个文明程度较高的环境到了文明程度较低的环境时，他就容易获得比在那一环境里长期生活的人更为深刻的认识，对于作家来说，这种反差就是一种创作上的优势。反差越大，优势也就越明显。

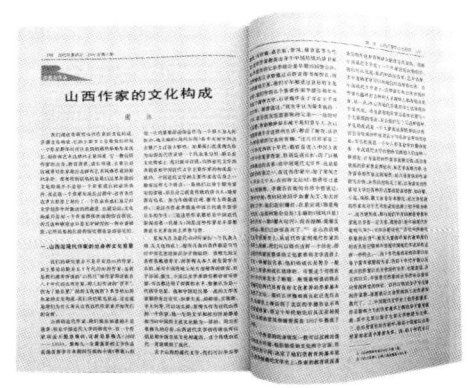

谢泳《山西作家的文化构成》，载《当代作家评论》2001年第3期

在"晋军"当中，它的第一部分作家与山西本土的文化反差有这样几个层面：一是地域的反差，二是身份的反差，三是命运的反差。第二部分作家中也有同样的文化反差，但他们的反差就不如第一部分作家的反差大。他们的反差从区域上说，只是在同一块土地上由乡村到都市的反差，而且这种反差是由低级向高级的。但对于知青那部分人来说，他们的反差是由高级到低级的一个过程，这给一个人心理上带来的变化是极强烈的。这种反差对作家的情感气质、思想境界、艺术追求和审美理想都有很大的作用。（谢泳：《山西作家的文化构成》，载《当代作家评论》2001年第3期）

但是，在承认谢泳的观察与分析具有相当合理性的同时，我们也须看到，尽管这批狭义"晋军"作家就来源而言可以被切割为不同的两个类型，虽然这两类作家在文化构成层面上也的确拥有一些共同的特质，但假若更加细致地考察比较他们的小说创作（无论如何都不能忽略的一点是，除了赵瑜以报告文学创作名世之外，这些"晋军"最擅长的文学文体，都是小说），你就不难发现，除了大体上都遵循恪守着现实主义的创作方法，这些作家都各自保有着不可通约的思想艺术个性。因是之故，对于他们的小说创作，我们只能在个体的意义上分别展开讨论。

首先是这批来自于北京的知青作家。这批知青作家中,凭借小说创作而在20世纪80年代之初最早爆得大名的作家,乃是柯云路。尽管自己从未涉足过政坛,但从他的小说创作来看,柯云路却是一位对于社会政治有着极浓烈兴趣的作家。无论是曾经获得过全国优秀短篇小说奖的《三千万》,还是长篇小说《新星》《夜与昼》《衰与荣》,可以说都是这一方面的明证。也正因此,在一篇关于新时期山西文学总体艺术形态的文章里,有论者才把柯云路归入到了具有突出的"宏大叙事"特质的政治现实主义一脉之中。"……张平与柯云路的长篇小说创作(必须强调的一点是,虽然他们都有过中短篇小说的创作体验,但他们操持得最为得心应手的都是长篇小说这种小说体式,他们的最高成就都体现在长篇小说的写作上。在这样的意义上,我们甚至完全可以把他们干脆就称为长篇小说作家),极鲜明地体现出了'宏大叙事'的特征。在他们的长篇小说写作中,我们不难发现诸如《子夜》与《创业史》这样潜文本影响的突出存在。不管是张平,还是柯云路,都力图以长篇巨制的方式全面立体地概括表现作品所描写着的那个时代,而且都还试图穿透生活的表象,将某种内在的深层本质挖掘出来。张平的《抉择》《国家干部》相对于1990年代以来的中国社会,柯云路的《新星》《夜与昼》相对于1980年代的中国社会,其具体艺术表现的情形都是如此。然而,同样值得注意的是,在力图全景式呈示再现现实社会图景的同时,一种突出的主流意识形态色彩的存在也是格外明显的。张平小说因为对于反腐倡廉的表达而被称为主旋律作家,柯云路的小说对于80年代那样一种改革开放的时代主旨的强力体现,都是他们的小说创作具备的突出特征所在。我们之所以将他们的这种'宏大叙事'看作是政治现实主义的艺术形态,其根本的原因也正在于此。"(王春林:《新时期三十年山西小说艺术形态分析》,载《小说评论》2007年第1期)在这里,把80年代的柯云路与90

柯云路

柯云路长篇小说《新星》

年代之后的张平，划归为一类加以分析。实际上，作为狭义"晋军"之一员的张平，他在80年代的小说作品所呈现出的，是另外一种思想艺术风貌。他把自己的关注点投射到了那些饱受苦难命运折磨的女性身上，因而创作出了现在看来对于当时流行的"伤痕文学"有着某种艺术超越的"家庭苦情"系列小说。这一方面的主要作品有短篇小说《祭妻》《姐姐》、中篇小说《梦中的情思》等。

张　平

虽然柯云路小说创作数量颇大，但无论是就社会影响力而言，还是从实际所达到的思想艺术成就来看，其代表作都应该是长篇小说《新星》无疑。在小说文体层面上，80年代的中国文坛可以说还是中短篇小说的天下，长篇小说时代的真正到来，是90年代中后期的事情。那个时候的中国作家，很少会把自己的写作精力投注到长篇小说之上。而柯云路，则是极少数很早就把长篇小说作为自己主要写作文体的一位作家，他的《新星》《夜与昼》《衰与荣》《孤岛》等一系列长篇小说的写作出版，都是80年代的事情。这就使得柯云路颇有些鹤立

张平长篇小说《国家干部》

鸡群地成为中短篇小说时代的一位长篇小说作家。《新星》首先发表在《当代》杂志（增刊）1984年第3期上，然后由人民文学出版社推出单行本。小说发表之后，在文坛引起强烈反响，其影响状况差不多可以称为洛阳纸贵。再加上，时隔不久，作品就被改编为长篇电视连续剧在央视播出。与文学相比较，电视剧显然是一种更能够适应时代发展的强势媒体。如此一种强势媒体，再加上适逢一个改革开放已然成为最流行的时代主词的时代，以一代改革者为主要表现对象的电视剧《新星》果然一炮而红。一部长篇小说，居然可以在社会上形成如此巨大的反响，一方面固然与80年代是一个文学的黄

金时代有关，但在另一方面，更主要的原因，恐怕却在于拥有突出政治情结的柯云路在很大程度上切中了时代脉搏。

作为改革文学的代表性作家之一，"晋军"时代柯云路小说创作的基本主旨，即在于对于当时那样一个改革开放时代的同步式艺术记录。他的小说作品中，举凡那些一直到现在都还能够被大家提及的作品，比如《新星》《三千万》《夜与昼》《衰与荣》等，其情形皆是如此。其中，《新星》是一部旨在关注表现乡村与基层政权改革的长篇小说。小说的故事主要发生在位于中原腹地的一座古老的县城古陵县里，集中描写新任县委书记李向南，一位拥有锐利生命朝气的年轻干部如何在古陵县大刀阔斧地进行改革实践的过程。

作为一部曾经产生过巨大社会影响的改革小说，《新星》最主要的矛盾冲突发生在以李向南为代表的改革势力与以县委副书记、县长顾荣为代表的保守派势力这两大阵营之间。刚刚走马上任的年轻县委书记李向南真可谓是初生牛犊不怕虎，怀抱着勃勃雄心，要在古陵这块古老的土地上大展身手，做出一番轰轰烈烈的事业来。他既有很高的理论水平，更有突出的实践能力，生性果断而有魄力。虽然只是经过了短短一个月的时间，便取得了斐然的政绩，大获民心，被群众亲切地誉为"李青天"，成为政坛上一颗格外耀眼的"新星"。很显然，柯云路之所以把小说命名为"新星"，其根本思想艺术主旨恐怕也正在于此。但是，李向南大刀阔斧式的改革举措，必然会严重触动古陵县政界的那些既得利益者，并进而引发这个既得利益集团的强力对抗。这个利益集团的代理人就是身兼县委副书记和县长二职的顾荣。李向南与顾荣之间的矛盾冲突，也就因此而成为改革与反改革两种势力之间的一种强烈碰撞。尤其值得注意的是，李向南与顾荣又有着各自不同的复杂家庭背景。李向南的父亲是京城里的高级干部，顾荣当年曾经是他父亲的部下，个人关系上，李向南还得称呼顾荣为叔叔。而顾荣的哥哥顾恒，却又是省里的书记。这些家庭政治背景的缠绕，就使得小说的矛盾冲突更趋复杂化了。《新星》在海外出版后，之所以被看作是一部当代意义上的《官场现形记》，与作品中这一方面的描写显然存在着直接的关系。但在官场的描写之外，同样不容忽略的，还有围绕李向南所发生的那些情感故事。由于自身的年轻有为与风华正茂,在古陵县,李向南先后与两位女性发生过情感纠葛。一位是林虹,李向南当年的同学加恋人,现在是古陵县的乡村教师。另一位则是顾恒女儿、顾荣的侄女,目前在古陵县挂职县委宣传部副部长的顾小莉。尽管李向南内心中一直无法释怀于林虹,但生性大胆泼辣更具现代青年气质的顾小莉却在不管不顾地对李向南"穷追猛打"。两位女性的感情夹击使得在改革上一向都大刀阔斧的李向南,往往莫衷一是而无所适从。就这样,锐意改革与官僚保守之间的冲突、官场利益的介入、感情纠葛的缠绕,三方面的因素最终被柯云路组构为一个有机的艺术整体、一部具有开阔的艺术视野与复杂艺术结构的长篇小说。

  时过境迁之后重新阅读《新星》,可以发现,作品最主要的思想艺术成就,恐怕体现在如下两个方面。首先,是以时代镜像的方式对于80年代县一级政权所进行的改革开放状况进行了一种堪称真切的社会学式的记录。随着时间的推移,这种真切记录的价值显得越来越难能可贵。其次,是人物形象的刻画与塑造。其中,最具人性内涵与美学价值者,当推李向南和顾荣。李向南身上显然寄寓着作家柯云路的理想主义情怀,无论是他那高远的政治抱负,还是他积极的生活态度,抑或还是对于情感的呵护与珍视,都能够给读者留下难忘的印象。但或许是因为李向南的性格设计过于完美,而且曾经被古陵县老百姓称之为"李青天"的缘故,作家在这一理想化人物形象的塑造过程中所潜藏着的一种"清官意识"的非现代性,也被文学批评界普遍质疑。与充满理想主义色彩的李向南相比较,顾荣就可以说是一位谙熟官场各种运行规则的政坛老手。这一形象的美学价值,主要体现在一种人性真实性的深度开掘上。他的老谋深算与纵横捭阖,的确令人印象深刻。由于在古陵县盘桓经营多年的缘故,他在这里早已牢固地建立起了盘根错节根深蒂固的干部关系网络。只要对这个干部关系网络稍作了解,我们就可以知道顾荣实际上可以被看作是一位在暗中操纵遥控着整个古陵县基本政治格局的地头蛇式的人物。因为李向南上任后的一系列改革措施严重地影响威胁到了他多年苦心经营的政治格局,所以想尽一切办法力阻李向南影响力的逐渐扩大,自然就成为他的必然政治选择。虽然我们无意于否认李向南这一形象的美学价值,但两相比较,恐怕还是顾荣这一人物有着更高一些的艺术含量。

或许是因为《新星》产生过巨大社会影响的缘故，柯云路特别想能够在接下来的创作过程中延续这种曾经的辉煌。他之所以在《新星》之后要继续写作李向南仍然作为主要人物活动的"京都"三部曲，如此一种潜在创作心理的存在，显然是不容否认的一个客观事实。但正如同李向南的能量只适合在古陵县的政治舞台上加以表现的缘故，一旦进入京城这样一个更加扩大的社会政治空间，他就必然会被淹没一样，柯云路"京都"三部曲的写作实际上也遭遇了难以有效克服的瓶颈。结果，构想中的三部曲，在只是勉力完成了其中的两部《夜与昼》和《衰与荣》之后，也就草草收兵了。当此之际，一方面是80年代末那次重大社会政治事件的发生所造成的影响，另一方面是柯云路自己的兴趣也有了明显的转移，由小说而渐次转向了对于神秘现象的探究，尽管作家后来也曾经复归过小说创作，但却再也没有能够企及《新星》这样的思想艺术高度。很大程度上，《大气功师》的写作与发表，也就预示着作为"晋军"之一员骁将的柯云路小说创作的终结。

假若说有着浓烈社会政治情结的柯云路的小说创作可以被划归为政治现实主义，那么，另外两位外来知青作家郑义和李锐80年代的小说创作，就应该被纳入文化现实主义的行列。应该看到，郑义最早产生全国性影响的那篇思考表现"文革"伤痕的短篇小说《枫》还是隐含着浓烈政治兴趣的。他的关注点由政治而逐渐地转向文化，是从中篇小说《远村》的写作开始的。现在看起来，曾经获得过全国优秀中篇小说奖的《远村》，是一篇带有明显的田园牧歌情调带有一定抒情艺术意味的小说作品。在文学史的意义上，此种书写大约可以被归入到沈从文那一脉的传统之中。小说讲述的，是一个带有突出苦难意味的"拉边套"的故事。所谓"拉边套"，也就是文学史上其实并不少见的"一女二夫"叙事模式。很显然，如此一种形象的说法，只能够出现在相对贫瘠偏远的乡村世界里。"拉边套"，是在用即使是乡村世界里现在也已经基本消失了的马车来打比方。如果说女人的丈夫可以被看作是那匹驾辕的马，那么，另外一个男人，自然也就是拉边套的马了。主人公杨万牛是太行山深处一个小山村里的农民，曾经有过当志愿军在朝鲜作战的特别经历。早在当兵出国之前，他就与同村淳朴的姑娘叶叶两情相悦。但由于家庭过于穷困的缘故，为了让自己的哥哥娶媳妇成家，万般无奈的叶叶到最后只能以亲换亲的方式嫁给了四奎。待到杨万牛复员回到故乡的时候,叶叶和四奎已然是生米煮成了熟饭,一切都已注定而难以更易。一方面是发自内心的真实感情,另一方面却又是心爱的姑娘已经成为人妇的严酷现实,杨万牛的最终选择,也就只能是心甘情愿地拉边套了。其实,类似于杨万牛的拉边套,在那个贫瘠时代,可以说是偏远乡村世界一种常见的现象。当本土作家对此司空见惯习焉不察的时候,是携带着强烈文化反差的知青郑义不无敏锐地发现了此类现象中所潜藏着的诗学内涵。到现在,重读《远村》,在充分体会拉边套行为中的苦难意味的同时,我们其实也不难从中感受到一种不无真切的温情。

　　《远村》的获奖,很快给郑义带来了全国性的声誉。不能忽略的是,也就在郑义小说产生全国性影响的同时,包括韩少功、王安忆等在内的一批知青作家,正在积极酝酿发起一场在新时期文学史上影响深远的文学运动——"寻根文学"。面对渐成气候的"寻根文学",同为知青作家的郑义很快就加盟于其中。加盟"寻根文学"之后的郑义,分别在理论探讨和创作实践方面做出了积极的努力。理论探讨方面,他在《文艺报》发表了影响颇大的一篇文章《跨越文化断裂带》。郑义所谓的"文化断裂带",就是认为五四新文化运动在中国传统文化与现代文化之间制造了一个断裂的鸿沟。在他看来,"寻根文学"的一个根本主旨就应该是跨越这个文化断裂带,重新接续上当代文学创作与中国传统文化之间的内在有机联系。而在创作实践方面,郑义最有标志性的行为,就是创作了较之于《远村》影响更为深远的中篇小说《老井》。《老井》的社会影响之所以更为深远,与小说被吴天明导演改编为同名电影并在东京电

郑义中篇小说《老井》,《当代》1985年第2期

郑义中篇小说集《远村》

影节上获奖有着无法剥离的内在关联。

尽管《老井》的故事依然发生在贫瘠的太行山深处一个名叫老井村的山村里，但与《远村》相比较，《老井》的显著特色在于作家一种文化意识的自觉。也就是说，郑义自己在《跨越文化断裂带》这篇文章中所明确出示的价值立场，从根本上制约影响着《老井》这部中篇小说的写作。由于地理位置的制约，老井村很多年来所面临的一个根本问题，就是饮水的困难。所谓"老井无井渴死牛，十年九旱贵如油"的民谚，就可以说是老井村严重缺水状况的真实写照。正因为如此，很多代老井村人一致的努力方向，就是能够在有朝一日打出一眼富含水源的水井来。故事开始的时候，时间已经是"文革"结束后的80年代，打井的使命义无反顾地落到了小说主人公孙旺泉他们这一代年轻人身上。实际上，孙旺泉的命名本身，就明显地寄寓着老井村人们渴盼解决饮水问题的强烈愿望。但作为一部篇幅颇大的中篇小说，《老井》如果只是一味地展示老井人的打井故事，显然会过于单调。于是，孙旺泉感情纠葛的有机介入，也就是必然的事情。《远村》中杨万牛的不幸遭遇是被迫"拉边套"，而孙旺泉却是万般无奈地"倒插门"。虽然孙旺泉与曾经在县城读过中学的巧英早就相亲相爱，但因为家庭的贫穷，一方面为了给弟弟换来娶亲的钱，另一方面又面临着自己的父亲刚刚在井下被炸死的严酷事实，孙旺泉最终还是不无屈辱地以"倒插门"的方式把自己"嫁"给了村中一个家境富有的寡妇段喜凤。不仅无法与心爱的人双栖双飞，而且还得被迫承受一般男人所难以承受的"倒插门"的屈辱，心性一向很高的孙旺泉的痛苦感受可想而知。但孙旺泉的难能可贵处，就在于，他并没有被这样的苦难给击倒。情感上的不幸遭遇，反倒更加激发起了他内心中潜藏着的一种英雄主义气概，他反而以更加昂扬激奋的精神状态投入到了老井村打井的事业之中。在孙旺泉与老井村人付出了巨大的牺牲，做出了前仆后继的不懈努力之后，老天不负有心人，老井村终于还是打出了水。但也就在这个时候，对感情彻底失望的巧英，毅然离开老井村，一个人走向了山外的世界。某种意义上，孙旺泉与巧英的命运遭际，能够让我们意识到男人是山，就那么坚韧地矗立在太行山巅，而女人则是水，最终无奈地流向了不知处的远方。

细察那批"寻根文学"作家的文化立场，面对着民族文化之根，不外批

第七章 "晋军崛起"

判与肯定两种不同的姿态。假若说韩少功的《爸爸爸》持有的是一种文化批判的价值立场，那么，郑义《老井》所显示出的，恐怕就更多是对于一种民族精神的肯定与张扬。孙旺泉与老井村人那样一种咬定青山不放松的祖祖辈辈打井找水的悲壮努力，很容易就可以让我们联想到愚公移山的寓言故事来。潜藏于其中的，显然是一种面对生命困境而进行坚决抗争的一种昂扬向上的民族精神，是中华民族一种代代不已的生命强力意志。更进一步地，《老井》还能够让我们联想到古希腊西西弗斯不断地推石上山的神话传说来。法国作家加缪曾经给予西西弗斯的神话传说以一种现代存在主义的理解。在这个意义上，说郑义的《老井》带有一定的存在主义意味，应该也是具有相当合理性的一种艺术论断。

郑义之外，另外一位同样应该归属于文化现实主义的"晋军"作家，是李锐。尽管说在80年代，李锐也创作有其他一些小说作品，但真正能够代表其这个时期小说创作最高成就的，却应该是副标题为"吕梁山印象"的系列短篇小说《厚土》。或许是一种时间上的巧合，1986年11月号的《人民文学》《上海文学》和《山西文学》，同时推出了李锐的短篇小说《厚土》7篇。这7篇精粹短篇在同一时间内的集中推出，引起了文坛内外的高度关注。时任《小说选刊》主编的著名作家李国文曾以"好一个李锐"为题撰文在《文艺报》上对李锐的这一系列小说给以极力的肯定。李国文以外，雷达、吴方、李庆西、李国涛、蔡润田、段崇轩、马风、陈坪、韩鲁华等人都曾经撰

李　锐

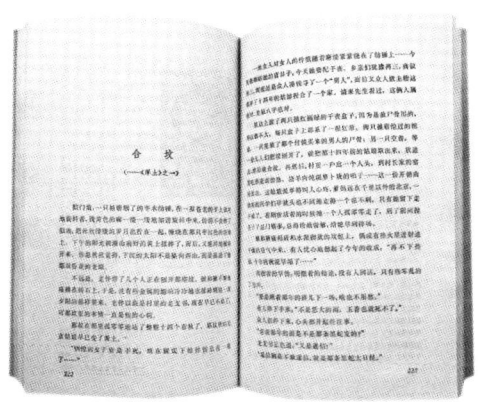

李锐获奖短篇小说《合坟》

文对《厚土》进行过深入的探讨与研究。除了上述专文的探讨外，还曾经召开了专门的创作研讨会。真可以称之为一部《厚土》激动文艺界了。关于《厚土》系列，在学术界享誉颇高的由潘旭澜主编的《新中国文学词典》中有着甚为准确到位的介绍评价："所写大都为吕梁山区黄土高原上习焉不察、周而复始的人事片断和生活情状，尤其着重于民族文化心态中沉重、黯淡、消极、麻木的负面，旨在以文化的眼光看取原始状态般生活的常与变，对民族心理素质作深沉凝重的批判和反省。""作品显示出一种独特的文体追求，在穷乡僻壤常见生活场景的摹写中，营造并渲染扣人心弦、动人情思的艺术氛围，达成叙事风格与所观照生活情感的相应与一致。叙述语调沉稳平缓，遣词造句简约有力，笔触富于包孕性。"（潘旭澜主编：《新中国文学词典》，第889页，江苏文艺出版社1993年版）

同样是对吕梁山生活的表现，在作家更早一些的小说集《丢失的长命锁》中，是侧重于叙写吕梁山民对于新生活的渴望与追求，而到了《厚土》，则不仅将侧重点偏移到了吕梁山民生活中沉重、黯淡、消极、麻木的一面，而且作者也不再仅仅满足于对生活情状的再现与描摹，而是将这些负面因素提升到了存在的高度进行审视表现的。而这也就极明显地提升了小说的思想艺术品位。李锐在《生命的歌哭》（李锐：《拒绝合唱·生命的歌哭》，第207页，上海人民出版社1997年版）一文中有一段话："有一次，在一个文学讲座上有位大学生问我：你的作品里常常出现山的描写，这是否有什么特别的象征和意义。我告诉他，那些山都是我小说里的人物，是它们和别的人物一起组成了我的那些故事的。"虽然最初给李锐带来巨大影响的只是1986年底集中推出的《厚土》7篇，但后来李锐又相继推出了具有差不多风格的十余篇小说。在李锐的这个《厚土》系列中，《合坟》《看山》《眼石》《锄禾》《秋语》诸篇影响较大，其中《合坟》一篇曾获1985—1986年度全国优秀短篇小说奖，这一系列曾获台湾《中国时报》文学奖，并于1989年由马悦然教授翻译为瑞典文出版。尽管说在《厚土》之后，李锐更多地把自己的创作精力投入到了长篇小说的写作之中，但《厚土》中若干具有经典意味的精致短篇的存在本身，却在很大程度上充分有力地证明着李锐无论如何都应该被看作一位杰出的短篇小说作家。

第七章 "晋军崛起"

相对而言，钟道新在"晋军"群体中的存在，会给人一种明显的与众不同的感觉。他的独特之处鲜明表现为一种理性智慧的烛照。阅读钟道新的小说，你首先会感觉到他小说标题命名方式上的个性突出，诸如《权力场》《经济场》《超导》《股票市场的迷走神经》等等，皆属此类。认真想来，钟道新小说标题命名的一大特色，就是特别喜欢征用一些比较冷僻的专业术语。如"场""超导"都是物理学术语，"迷走神经"则是生理学术语。但与这些专业术语相搭配的，却又往往是当前社会上一些最引人注目的重要话题，如"权力""经济""股票市场""单身贵族"等等。这二者的有机结合本身所凸显出的，即是一种典型的大概独属于钟道新的理性智慧。非常明显，如此一种独特的小说命名方式所透露出的，乃是作家对于社会现实生活一种深刻的理解与认识。在《权力场》与《经济场》这两篇作品中，"场"字所表现的，是围绕权力和经济这两个中心话题而形成的一种有各自内在运转规则的不以个人意志为转移的特殊的社会文化语境。其中，显然潜藏着钟道新对于中国现实社会的某种深刻洞察。袁成吾虽然已经清醒地认识到了当今社会权力运转过程中某些根深蒂固的弊端，然而，当他以一个县委书记的身份处理诸如徐志纯倒贩彩电、纸厂环境污染等与权力密切相关的社会事务的时候，却还是无论如何都不得不违心地遵循权力"场"内的一些不成文的规则行事。也正因为如此，小说结尾处，当离休了的老部长陈默孤零零地面对着新换了的市政府招牌时，叙述者才会不由自主地发出如下一种感慨："当一个人与一个机关、一套制度作对时，他显得是多么渺小啊!"这种发自内心的感慨，实际

钟道新

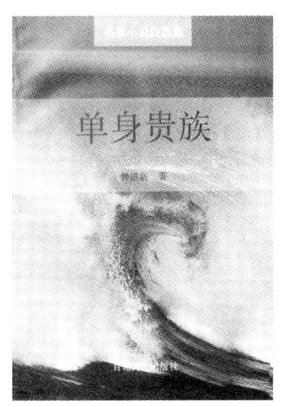

钟道新中篇小说集《单身贵族》

上正是针对现实社会中所存在着的一些严重弊端而发出的。由上述权力场的所谓"场效应",钟道新其实已经敏锐洞悉了市场经济转型期间中国现实社会进行变革的艰难性与迫切性。很显然,钟道新的睿智就表现为他以一个"场"字,即把中国社会现实生活中某些难以言说与把握的复杂情形精确而鲜明地做出了一种富含艺术理性的概括,并由此而起到了一种突出的警世作用。

同样的,《经济场》中的大学经济系教师毕正,满腹经纶,现代经济学的知识烂熟于心,对经济发展规律有着深入的研究和认识。然而,当他真正涉足于当下时代经济社会的时候,却产生了一种非常强烈的陌生与不适应感,以至于到最后输了个精光。其根本原因,就在于,毕正对于转型期中国缺乏科学的全面认识,未能够意识到某种不合理的"场效应"的存在并主动去适应之。其结果,自然也就是被这样一个未尽合理的"经济场"无情地排斥于"场"外了。在这里,我们不应该指责毕正的迂腐和正统,作为一个合格的经济学家,他当然可以按照他所认识到的经济规律来从事经济活动。关键的问题在于,毕正所面对的并不是一个正常的经济运行圈。正因为他把正常的经济理论运用于不正常的经济实践,他最后的失败也就是可想而知的事情。通过毕正的悲剧性遭际,钟道新批判的笔触,依然尖锐地指向了现行社会体制存在着的某些弊端。一个"场"字,所表现出的,一样是作家那种非同寻常的理性智慧。

尽管说钟道新是知青作家,但在他的小说创作历程中,除了早期的若干小说比如《心,不是石头的》《第二故乡人》等,曾经对于知青生活有所涉猎,进行过相对真切的艺术表现之外,他小说写作的着眼点,实际上一直都远离着知青生活。虽然说他后来诸多小说作品中为作者所钟爱的主人公往往有着知青的既往历史,无论是《权力场》中的县委书记袁成吾,还是《经济场》中的经济学家毕正,抑或还是《超导》中的超导研究者贝小知、熊无忌,《股票市场的迷走神经》中热衷于炒股的常锐、刘科,钟道新笔下的此类人物形象,都有过曾经插队落户的知青经历,但钟道新小说的一个基本主题,却是对转型期中国社会现实的关注与思考。就此而言,我们也不妨把钟道新的小说看作是一种典型不过的"后知青"小说。而这也就意味着,对于当年的插队知青在改革开放时代的命运遭际进行充分的艺术审视与表现，已然构成了"晋军"作家钟道新一个显著的小说创作特色。

艺术风姿各异的本土作家

知青作家的小说写作成就固然非常突出，但成一、周宗奇、张石山、韩石山、王东满、张平、权文学、崔巍、蒋韵、哲夫、燕治国、赵瑜等一批山西本土作家的表现，也一样可圈可点、令人瞩目。正如同前面已经分析过的那些知青作家一样，这些年龄大致相近的"晋军"本土作家，虽然有着基本类同的成长文化背景，但他们的小说创作实际上却也是各具个性、多元并存的。首先一位，是成一。现在看起来，祖籍河南、生长于太谷县城，有着南开大学学习经历的成一，在新时期以来的山西文学史上，是一位小说艺术风格曾经发生过多次自觉转换的作家。他早期曾经获得过全国优秀短篇小说奖的《顶凌下种》，非常自觉地承接着"十七年"期间"山药蛋派"的艺术表现方式，但从系列小说《陌生的夏天》起始，他就逐渐地由"山药蛋派"式的现实主义而转向了一种具有现代意味的心理现实主义。然而，从发表在《收获》1989年第1期的长篇小说《游戏》开始，成一又更进一步地从心理现实主义干脆就转向了现代主义。但成一艺术风格转变迁移的脚步，却并未到此为止。到了新世纪开始的时候，成一的小说创作再一次完成了一个堪称华丽的转身，又由《游戏》的现代主义转换为中国本土小说传统的转化与传承。这一艺术

成 一

成一长篇小说《游戏》

转型的标志性作品,就是他那两部旨在书写晋商历史命运的长篇小说《白银谷》与《茶道青红》。

然而,尽管新时期的成一小说艺术风格呈现出一种不断迁移的状态,但很显然,80年代"晋军崛起"阶段的成一,基本上处于心理现实主义阶段。因此,我们的关注点,也就自然落脚在了他旨在透视表现一个空前的变革时期农民心理变迁的系列中短篇小说《陌生的夏天》之上。需要注意的是,当"晋军崛起"在《当代》1985年第2期集体亮相的时候,被列入其中的成一那部中篇小说《云中河》,就属于这个小说系列。我们注意到,对于他的这个系列,曾经有学者做出过这样的一种描述评价:"作品多写农村题材而又与传统的农村小说相异趣。以近几年农村变革为主要背景,力求从农民的心理层面上观照历史和现实的交会、自我觉醒与历史重负的纠缠。手法上以心理展示为主,追求地道的中国农民特有的心理活动流程的真实。"(潘旭澜主编:《新中国文学词典》,第419页,江苏文艺出版社1993年版)唯其特别注重于对于变革时期农民心理的透视表现,所以,在某种意义上,我们方才能够把这个阶段的成一看作是一位心理现实主义作家。所谓的心理现实主义,当然是相对于那种更加注重于外部世界与人物行为展示的传统现实主义而言的。成一所以要由传统的现实主义转向更具现代意味的心理现实主义,其根本原因在于,成一认为只有从人物内在深层的心理层面切入,才可以更真切更深入地描写表现现实生活。不难发现,在《陌生的夏天》系列中,成一确实以明显有别于传统现实主义以情节结构见长的心理写作模式,展开了对处于巨大改革过程中农民心态与价值观念变化的捕捉与描写,其中无论是马占奎的"苏醒"(《洼地》),还是史天寿的迷惘困惑(《泥房子》),都给读者留下了极难抹去的深刻印象。可以说,通过成一的心理现实主义小说《陌生的夏天》系列,我们的确能够清晰地触摸到一条明显处于改革浪潮冲击下的中国普通农民心态变化的基本发展脉络。即使仅仅从这一点来看,成一这个系列小说的价值就是十分重要的,更何况,其中确也还有着对于农民复杂人性世界的挖掘与表现呢。

本土作家中,虽然一般并未被看作"寻根文学"作家,但其这个阶段的小说创作明显地与"寻根文学"中的那种文化批判倾向殊途同归的,是曾经先后以《镢柄韩宝山》与《甜苣儿》两次获得过全国优秀短篇小说奖的张石山。能够两次获奖,所充分说明的,正是张石山一种突出思想艺术能力的具备。在"晋军崛起"的20世纪80年代,最能够代表张石山写作成就的,是系列小说《仇犹遗风录》。由于张石山的《仇犹遗风录》主要是以仇犹古国遗民青石沟张氏家族为表现对象的,所以我们不妨把他的这个系列小说称为"家族文化小说"。从文本中可以看出,张石山的注意力集中在"遗风"二字之上,其叙写范围基本上是20世纪。他旨在以青石沟为人文地理环境,试图通过对张氏家族这只"麻雀"的解剖,勾勒数十年来中国农民的命运,并进而探讨形成这种命运的原因何在。

张石山

张石山中短篇小说集《单身汉的乐趣》

在张石山的家族文化小说中,最耐人寻味的人物形象是族长锁爷这个人物。《仇犹遗风录》没有一篇小说专门写他,但他却差不多出现在了所有的作品之中。数篇小说连缀起来,锁爷的形象便显得极其丰满而又自然。在作品中,锁爷是作为具有双重身份的人物出现的。一方面,他的出身是富农,是作为极左政治的专政对象出现的。因此,每逢政治运动到来,他就免不了要与大白驴、小白犁、张增寿这些破鞋、坏分子一起游街、跪炉渣、冻冰棍儿,一起受尽折磨、丧尽尊严,而这也就决定了他妻子瘫痪在床却无钱治病、三个儿子三条光棍的生存现状。另一方面,他又是张氏家族堂堂的族长,位居青石沟的"三大人尖"之首,家族内的一切事务不分巨细他都要亲自过问,樊樱桃花和小艾的追求自由爱情他要过问,宝山家的分家他也要过问,他几乎是青石沟所有大事的决策者。这两方面的因素就决定了他既是青石沟农民的专政对象,同时却又是青石沟农民实际上的精神统治者。就使他一会儿是被杀戮者,一会儿又是刽子手。这两方面因素的冲突同时也导致了自己的精神变态。他游街时不得不与大白驴、小白梨为伍,但游街后却马上祭祖,向祖宗表白自己是如何的严守男女之防,坐怀而不乱。他本来正目不转睛地直勾勾地盯着戏台上演出的《小女婿》,但嘴里却之乎者也地指责唱戏的人:"夫子说,'非礼勿视',不合礼法,看也不该看。古话又讲,'扫地不荡尘,走路不看人',女人家,上台!唱戏!礼崩乐坏呀!"这时的锁爷,作为一名观众,特别是男性观众,自然对小艾的演出特别是小艾本人很感兴趣,因而才有"目不转睛"的神态。但作为一族之长,作为封建礼教的自觉维护者,他又势必要在无意识中自觉地运用理性去压抑人性。锁爷微妙的矛盾心理在此得到了很好的表现。从这矛盾心理中,我们完全可以感受到作为一个活生生的男性,在他自觉地成为传统文化封建礼法的维护代表者的过程中,他的人性、他的灵魂是如何被封建礼法逐渐吞噬掉的。当然,我们同时也可以感受到在这一过程中锁爷人性的挣扎和挣扎反抗之无奈。对锁爷形象的塑造,体现出了张石山鲜明的文化批判倾向。

  小说书写带有鲜明浪漫情怀的蒋韵,是"晋军崛起"那批作家中唯一的一位女性作家。尽管蒋韵的小说创作起步于1979年刊发于《安徽文艺》上的短篇小说《我的两个女儿》,但其创作个性的初始成熟,却应该是80年代中后期的事情。这个阶段陆续发表的中短篇小说《盆地》《冥灯》《落日情节》《旧街》等作品,可以被看作是蒋韵在"晋军崛起"时期最具代表性的一批作品。也正是从这个时候开始,蒋韵的小说创作逐渐地由社会学层面跃升到了生命存在的层面。这一点,在篇幅约略只有7000字的短篇小说《冥灯》中的表现就非常明显。作品描写北方姑娘范西林在一个偶然的机会到黄河边的一个县城去参加会议,结果正好撞上县城里在枪决一个男犯人。如此一种特定情形便引发了范西林关于死亡的两个回忆片断:一个是"文革"期间曾经参与一次宗教暴乱的死囚被游街示众的场景,另一个则是一个名叫杏花的女人毒死了经常欺侮她的男人的故事。三个看似互不相干的死亡故事,就这样不期然地碰撞交融在了一起。正是面对着现实中的行刑场景,因为联想起了既往的死亡情形,所以,范西林才不由自主地陷入了对死亡的沉思之中。应该注意到,《冥灯》里在描写死囚游街的场景时,蒋韵反复写到各种人兴奋地说着"来了，来了"，这种重复就把一种鲁迅意义上的看客心态鲜明有力地凸显出来。毫无疑问，看客们对于死亡的态度是极端冷漠的，一个生命的陨落，于他们而言无非也就是看一场热闹的表演，充其量是无聊生活的调剂品而已。此外，还有回忆中杏花的那句"我想通了"，也曾经在小说里被重复多次。那么，杏花究竟想了些什么，或者说她又想通了什么？所有这些，实际上都可以引发读者对于生命存在本身的深入思考。西哲有言："向死而生。"孔子也曾经说："未知生，焉知死。"尽管看似二者思考的方向相反，但把生与死搁置于同一个平台上进行谛思，却是确凿无疑的事实。其实，蒋韵这个时期的许多小说中，死亡都是一个中心事件。通过自己笔下形态不同的种种死亡事件的形象描写，蒋韵所苦苦思索着的，却是带有强烈本体意味的生命存在的意义问题。蒋韵之所以在90年代之后相继写出诸如《栎树的囚徒》《行走的年代》《隐秘盛开》《心爱的树》等一系列优秀小说来，她"晋军"阶段的死亡书写是一个绕不过去的必然通道。

曾经一度担任山西省作协领导职务的周宗奇，其文学创作起步于1972年。"晋军崛起"阶段，周宗奇最引人注目的作品是短篇小说《老干事吴诚》和《新麦》。前者刻画了一位颇为生动的老干事形象，但与《老干事吴诚》相比，更强有力地对现实社会进行着批判性审视的，却是后一篇《新麦》。或许与中国社会现实充满吊诡色彩的发展变异有关，周宗奇的写作兴趣后来发生了转移，变成了一位成就突出的纪实作家。艺术转型后的周宗奇推出的长篇巨构《文字狱纪实》，有着不容忽视的重要思想文化价值。

虽然曾经先后结集出版过《猪的喜剧》等几部中短篇小说集，但能够代表韩石山晋军阶段写作成绩的，恐怕还应该是长篇小说《别扭过脸去》。作品所集中描写的是乡村青年女性李惠兰的爱情悲剧。在韩石山这部旨在呈示李惠兰爱情悲剧的长篇小说中，为李惠兰主观上的爱情追求提供客观契机的，乃是乡土社会中根深蒂固的关于传宗接代的深层观念。质而言之，李惠兰与郭秉义的爱情关系正是借助于如此一种潜在的观念形式方才得以最终实现。就此而言，李惠兰爱情悲剧的成因，一方面固然在于她遇人不淑，遭遇了薄情寡义的郭秉义，但在另一方面，从更其本质内在的意义上说，她的悲剧更是由黄土地上传沿已久的那些不成文的乡俗所造成的。

王东满

王东满长篇小说《大梦醒来迟》

曾经担任过山西文联副主席的王东满，虽然诗词书画样样精通，但相比较而言，他的主要创作成就还是体现在"晋军"那个时期的小说创作上。其中，透视表现乡村生活的长篇小说《大梦醒来迟》可以说是他的代表作。借助于主人公程必成个人的一生遭际以及他一家人的生存状态，小说集中描叙展示了普通农民命运的浮沉以及情爱生活的矛盾纠葛。对于这部长篇小说的思想艺术价值，有论者做出过深入的分析："小说借程必成在非人的政治待遇中，逆来顺受，卑躬屈膝的悲剧生涯，一方面揭示了中国农民仍在遗传着封建意识，封建愚忠现象；另一方面指出，长期以来的封建政治压迫和封建意识的渗透，极左观念的影响，在日渐消减着中国农民的独立精神和创新精神。"（王巧凤：《王东满的〈大梦醒来迟〉及其他》，见《山西文学十五年》，第96页，山西人民出版社1997年版）

某种意义上，哲夫可以说是一位著作等身的作家。虽然后来走向了纪实创作，以对于生态环保题材的关注而享誉文坛，但他在"晋军"阶段的写作形式却依然是小说这种文体。《毒吻》是其中具代表性的一部长篇小说。作品主要写人类对自身的污染：一座重工业城市中一对在化工厂工作的夫妇，因为长期在剧毒环境中工作生活的缘故，怀孕后生下一子，天然携带剧毒，不仅毒死了父母双亲，而且也还殃及了纯情少女。毒孩子痛苦万分，万般无奈之际，只能够自己吃掉自己。此条主线之外，尚有其他六条线索同时展开。此种结构方式的现代主义色彩殊为鲜明。不仅如此，作家在小说叙事过程中也还采用了多维的手法：你—我—他—何伟，四个人称交替轮换、多维扫描。能够以现代主义的手法，构想写作充满强烈现实生态忧患意识的长篇小说，所见出的，正是哲夫一种特出的艺术创造能力。大约也正因为如此，他后来才会在生态纪实领域大放异彩，取得更其骄人的写作成就。

曾经出任过山西文联副主席的燕治国，"晋军"时代的乡村小说写作，可以说是山西文坛一种另类的存在。我们都知道，中国现当代文学史的乡村小说创作有着两种不同的创作倾向：一种是以鲁迅为杰出代表，旨在从乡土习俗中挖掘国民劣根性，并对这国民劣根性持激烈批判和否定态度的一脉；另一种则是以沈从文等作家为代表的，注重于在现代都市文明的对比冲突中，美化并充分肯定保持了淳朴人性的乡土文明的一脉。燕治国的乡村小说，很显然应该被归于沈从文这一脉。他的作品中，更多的是对于故乡山水人情之美的歌颂礼赞。这一点，非常突出地表现在他的系列小说《农家闺女》之中。

虽然说"晋军崛起"时期山西作家的主要成就集中体现在小说这一文体之上，但其他文体领域实际上也有着相应成就的取得。这其中，最不容忽略的一位作家，便是此后成为中国报告文学领军人物的赵瑜。赵瑜此一阶段最重要的报告文学作品，是 1985 年创作的中篇报告文学《中国的要害》。虽然这只是一部描写表现山西晋东南地区公路建设的作品，但赵瑜的突破却在于，通过这样一个有局限性的题材，在中国，乃至世界的范围内，揭示了中国的要害问题。唯其如此，谢泳方才会给予作品这样的高度评价："可以说，《中国的要害》在当代报告文学创作中较早地触及了中国的体制改革，因而《中国的要害》其含义也就超出了作家所揭示的具体问题。"（谢泳：《从〈中国的要害〉到〈强国梦〉》，见《山西文学十五年》，第 305 页，山西人民出版社1997 年版）

广义上的其他"晋军"作家

如前所言，除了狭义上的那批主要由第三代山西作家构成的"晋军"主体之外，也还存在着一个广义上的"晋军"作家群体。相比较而言，由于这些作家较之于狭义的"晋军"作家要年长一些，所以，他们的文学观念自然也就显得保守一些，更趋近于上一代的"山药蛋派"作家。在创作方法上，这些作家所恪守的，也主要是传统的现实主义表现方式。

现在看起来，曾经担任山西省作家协会主要领导职务多年的焦祖尧，其最高小说创作成就的取得，实际上就在"晋军崛起"的80年代。从题材的角度来说，或许是因为受到赵树理和"山药蛋派"诸作家影响的缘故，长期以来占据山西小说创作主流的，一直是以乡村世界为表现对象的乡村小说。而焦祖尧，由于自己一直在工业领域工作，对于这一领域的生活状况非常熟悉，因此自然也就成为当代山西文学史上一位少见的工业题材作家。说到工业题材的小说创作，即使在整体意义的中国当代文学史上，其表现也非常不尽如人意，所以在乡村文学大本营的山西受到冷落，也就自在情理之中。这样，焦祖尧的意义，即在于其以优秀的工业题材小说创作填补了山西文学的这个空白。

除了若干中短篇小说之外，焦祖尧80年代最主要的创作成就是在很多作家的长篇小说意识尚未觉醒之时，就不仅接连完成了《总工程师和他的女儿》与《跋涉者》两部长篇小说，而且在社会上也产生了较大的反响。其中，《跋涉者》显然更应该被视为焦祖尧的小说代表作。小说时间跨度颇大，从1958年的"大跃进"时期一直写到了"文革"结束后1978年的改革开放。重点描写处，当然分别是1958与1978年。小说有两条互有交叉的结构线索，一条主线是矿山的工作，主要写20年前老工人吴老明的工伤事故和20年后杨昭远重新回到矿山后勇捅假劳模吴冲的"马蜂窝"等事件；另一条副线主要描写表现曾经蒙冤多年的杨昭远与他的恋人丁雪君之间复杂缠绵的爱情故事。就这样，历史和现实、当年的极左与后来的改革、工作和爱情，这些必要的情节因素在焦祖尧笔下被编织为一个有机的艺术整体。如此一种相对宏阔完整的情节结构之外，《跋涉者》思想艺术成就的另一个方面，则是对于人物形象的生动塑

焦祖尧

焦祖尧长篇小说《跋涉者》

造。其中最不容忽视者,当为小说主人公杨昭远。关于这一人物形象,焦祖尧的值得肯定处,一方面是既写出了他对于事业的无限执着,也写出了他对于爱情的格外忠诚;另一方面在于他真实再现出了杨昭远性格的发展过程。20年前初出场时,杨昭远是一只初生牛犊,是一个"不设防"的单纯幼稚的文弱书生,20年跌打滚爬的人生历练之后,重新复出之后的杨昭远就已经成熟了许多,既能够识破政治对手的阴谋权术,更能够主导并引领矿山的改革事业。唯其如此,小说才会一出版,就得到资深作家的高度肯定与由衷赞赏:"我觉得这部作品比这两年得到很高评价的一些长篇小说并不差……读这本书,我就常常想到现实生活中的事,觉得亲切。"(韦君宜:《读〈跋涉者〉》,载《当代》1986年第5期)

焦祖尧是一位优秀的工业题材作家,而田东照则可以被看作是一位纯粹意义上的乡土作家。虽然说田东照早在"文革"时期就创作发表过诸如《龙山游击队》与《长虹》这样篇幅浩繁的长篇小说,但他真正意义上文学成就的取得,却还是在"文革"之后的80年代。短篇小说《第28号人物》《失掉权力的族长》、中篇小说《黄河在这儿转了个弯》《农家》,田东照创作生涯中这样一些思想艺术标高性的作品,均创作于这个时期。其中,最不容忽视的是发表于《中国》杂志上的《黄河在这里转了个弯》。小说主人公是曾经做过船老大的青年农民赵大。整部作品围绕赵大的婚事纠葛纵横捭阖地书写了主人公几十年人生历程中的恩怨沧桑,充分地显示出一种丰厚饱满的美学力度。这一小说的情节扭结点,是盛行于黄河岸边的冥婚习俗。赵大在而立之年与富农女儿狗旦于互帮互助中产生了不可遏制的浓烈感情。岂料情不逢时,当时正值大抓阶级斗争,大割所谓"资本主义尾巴"的极左时期,更何况赵大不仅企图偷卖自留羊替狗旦的父亲看病,而且还在批判大会上公然为家庭成分不

田东照

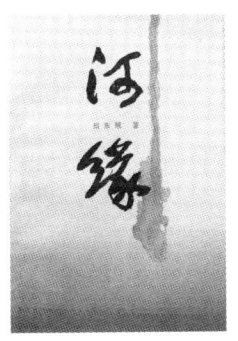

田东照中短篇小说集《河缘》

好的狗旦开脱罪责。结果，在狗旦不堪忍受凌辱投河自尽之后，过于激愤的赵大居然办了一件活人娶"死妻"（即冥婚）的荒唐事。赵大之所以如此，一方面固然是要安慰母亲的亡灵，但在另一方面，却也完全可以被看作是对于那个灭绝人性的不合理时代一种无声的抗议。斗转星移的十多年后，农村的形势发生了根本性的逆转，赵大又重新萌动了爱情和婚姻的念头。多少带有一点巧合意味的是，这一次，他自己一见倾心的意中人沈玉兰，居然是当年他所娶的那位"死妻"的母亲。怎么办呢？赵大又一次面临着人生的一大关键选择。虽然遭遇了种种料想之中的阻力，但赵大最终却还是凭借着绝大的勇气战胜了乡村世界中的陈腐观念，一对有情人终成眷属。由以上分析可知，田东照的《黄河在这儿转了个弯》，既有对于黄河岸边古老风俗的充分展示，更有对于在这一文明与愚昧的冲突中成长起来的新一代农民艰难曲折心路历程的真切描摹。小说最突出的成就，即体现为通过乡俗这一独特的艺术视角切入生活客体，关注并思考表现农民的命运变迁，对处于巨大变革时代的古老黄土地上的生活景观进行了相对全面深入的扫描与重现。

无论如何都必须提及的一位作家，是曾经做过多年"为他人作嫁衣裳"的文学编辑工作的李国涛。尤其值得注意的是，李国涛不仅做了多年的文学编辑，而且还是一位有相当成就的文学批评家。无论是对于鲁迅，还是对于行进中的中国当代文学，李国涛都发表过不少真知灼见。说实在话，能够以文学批评的方式真正对于新时期山西文学的发展有所促进者，真还非常少见，但李国涛却是其中格外引人注目的一位。进入20世纪90年代，李国涛却突然地远离了文学批评，开始以"高岸"的笔名创作发表了不少长中短篇小说。自此之后，山西文坛就增加了一位名叫"高岸"的小说家，就出现了一种格外令人瞩目的"高岸"现象。之所以把李国涛的忽然从事小说创作视为一种特别的文学现象，从根本上说，是因为放眼中国小说界，由小说家而兼擅文学批评者，为数并不算少，诸如王蒙、韩少功、李锐、王安忆等等，这样的例证可谓比比皆是，但如果倒过来，一位特别擅长于理论批评写作的作家，某一日忽然弃批评而改行从事小说写作，其实是极其罕见的。在这个意义上，李国涛能够由一位极有成绩的文学批评家而摇身一变为取得了相当思想艺术成就的小说家，无论如何都是一件非常不容易的事情。

刘勰《文心雕龙》有句云："操千曲而后晓声，观千剑而后识器。"这句话用在李国涛身上是再恰当不过的事情。多年的文学编辑与文学批评生涯，无疑使得李国涛对于小说创作有着深刻的体认和感受。依着如此一种高明的思想艺术识见从事于小说创作，李国涛就显示出了某种较之于其他作家的不同处，就为"晋军崛起"时代的山西小说提供了别一种小说类型。一种什么样的小说类型呢？话题还得从汪曾祺说起。或许是因为写过一些关于汪曾祺研究文字的缘故，李国涛的小说创作之深受汪曾祺的影响是显而易见的事情。

高岸长篇小说《世界正年轻》

捡拾汪曾祺的大部分小说，可以发现，其最显著的一个特色，就是对于旧时代旧社会林林总总形形色色的众生相的精致描绘，其叙事背景大多是20世纪的三四十年代，比如《受戒》《大淖记事》等等。于回忆中怀旧，可以说是对汪曾祺小说一个侧面的精准概括。由此而反观李国涛的作品，就显然应该确认其为一种特色鲜明的文化怀旧型小说。正因为作家拥有着几十年丰富复杂的社会人生经验，所以，当他回首往事的时候，才会发现诸如郎爪子、程宜福之类小人物的悲剧（《郎爪子》《紫砂茶壶》），才会发现叶家、朱家和余家等曾经显赫一时的大家族的败落（《苍凉街巷》系列中篇、《一片石》），也才会发现泰山脚下那一所矿工文化学校第三分校内居然潜隐着如此众多性格怪异的教工形象（《世界正年轻》）。

关键问题在于，我们究竟应该对李国涛的文化怀旧小说给出怎样的理解与定位。很显然，李国涛小说所表现出来的那样一种浓烈的文化怀旧倾向，虽然从表象上看是指归于过去的，但它的价值却并不仅仅完全属于过去，反而具有鲜明的现实意义。这种现实意义，正是在过去与现在、历史原则与现实原则、功利原则与超功利的审美原则的强烈碰撞与对比中显现出来的。更进一步地说，李国涛的小说文本，通过对既往故事的追忆，充分展示了1949年前后那个新旧冲突与交替的时代人们灵魂蜕变的艰难，既为古老家族旧派人物的衰败破落谱写了一曲不无哀婉与惆怅的挽歌，也为新事物的产生和新人物的成长唱出了一曲不无苦涩和迷惘的赞歌。正是在这追忆的过程中，真切地表现出了作家对人类苦难的关注与对人性复杂的体察,因而使得他的艺术笔触潜入到人性的深处,勘探了隐于这新旧交替时代芸芸众生的生存状态之下的存在本质,使自己的思考上升到了对于人类存在进行终极关怀的形而上的高度。唯其如此,我们方才断言李国涛的这些文化怀旧小说有着鲜明的现实意义指向。

第八章 "一报一刊"与文学评论的振兴

厚土上升起的"双子星座"

《批评家》是匆匆出世的。正如代发刊词《我们的想法》所说:"比起一些兄弟刊物经过较长时间的筹备,又出试刊,又请专家座谈讨论,我们显得有些大胆,也有些稚嫩。"

的确大胆,稚嫩倒未必。这从刊物编排及具体内容一看便知。创刊首期就重点推出林兴宅的论文《文学的审美特性与文学欣赏的方法》,显示出《批评家》重视文艺研究与批评方法的更新,提倡批评方法多样性的开放眼光。还有,阎纲、谢冕、曾镇南、白烨等人的名字也出现在刊物的目录上。这一年夏天,《批评家》还在太原召开了全国文学评论刊物座谈会,18家刊物派出代表。会后发表了《联合倡议书》,把重视批评、搞好批评的呼声推向高潮。这一年被称作"批评年",也是历史上少见的"批评年"或"批评家年"。

《批评家》是在一个轰轰烈烈的年头出世的。1985年4月10日创刊,创刊之初为双月刊,第二年改为单月出版。栏目设置为五大板块,即"理论探讨""作家与批评""评论家与评论""批评方法与流派的研究与介绍"和"外国学者论中国当代文学"。这样的设置基本未变,只是不久把后两块改为"文艺批评的理论与方法""国外理论批评界",而"外国学者论中国当代文学"则成为"国外理论批评界"的一个栏目。在这个大框架里,又不断出新举措、开新栏目,比如,"座谈会"就是一种很好的形式,多人发

《批评家》创刊号,1985年4月

言，既有交锋，还能相互启发，避免了干巴巴的论述，大大增加了刊物的可读性。"随感录"专栏，一事一议，有感而发，篇幅短小活泼，可以谈创作，也可以谈理论、谈批评。

自然，《批评家》尤其注意立足本土，把培养山西批评新人、活跃山西批评、壮大山西批评队伍放在重要地位。这也可以说成是创办《批评家》的根本目的。这一宗旨也在《批评家》创刊的代发刊词里说得极为明确："我们这个刊物是在山西这块土地上出世的，在作品评论、作家研究方面，除了全国性作品作家外，对山西的作品作家，自然要给予较多的重视。"

为着这一目的，刊物有意采取了一些举措，比如，开辟"评坛新人园地"和"大学生研究生论文选萃"，对青年作者稿件认真审阅，优先安排发表。"评坛新人园地"从1985年第4期开始，坚持三年半，先后发表过北明、席扬、杨品、王君、赵勇、陈坪、李杜、侯文宜、杨矗等15人的论文，"大学生研究生论文选萃"从第3卷第2期开始，坚持两年多，刊发过李建中、刘晓东、李波等人的论文。

《批评家》还注意发现有培养前途者，并及时调到编辑部或吸收进编委会。杨占平（杨品）是创刊不久后调来的，谢泳是1986年进入编辑部的，阎晶明在读完研究生课程后也进入编辑部。这三人后来都是山西批评界的骨干力量。1986年冬，《批评家》成立了编委会，由15人组成，杨占平（杨品）、陈坪、席扬三人即为新生力量。这个名单从第3卷第1期开始，登在刊头。

1987年，《批评家》推出一个"山西作者专号"，1989年又出了一个"山西青年批评家专号"，有力地推动了山西批评家队伍的成长与壮大。创刊之初，每一期里要编进山西作者的三四篇稿件都很困难，而到1988年后，有近60%的稿件出自山西作者之手。山西已有六七十人从事文学批评和研究，且已经不限于单一的作品评介，而是在美学、文艺学、文化学乃至现代思想等领域的多元探索。在作品批评上，同样深入到对创作宏观的把握。可以说，《批评家》培养出了山西批评家的基本队伍。现在活跃在高校、科研院所的批评家骨干，正是《批评家》时期的新生力量。据统计，5年中，刊物发表了120余篇评论山西文学的文章，对老中青作家的创作均予以了关

第八章 "一报一刊"与文学评论的振兴

注。

据中国社会科学院文学研究所资料室介绍，他们只收藏 4 种评论刊物，《批评家》就位列其中，由此可见这一刊物在当时的影响之大。而《批评家》也仅仅存在了 5 年时间。1989 年因结构性调整停刊。5 年里，共出版 5 卷 29 期，另出版增刊 2 期，一期为

2012 年春节，《批评家》同人的合影

《吕梁师专专号》，1988 年 11 月底出版；一期为《晋东南师专专号》，1989 年 11 月出版。全刊合计 31 期。

《批评家》主编董大中在谈到创办刊物的经验时，深有感触，他认为：首先，他自己在批评上注意坚持批评者的本位立场，或说主体意识。1985 年主编《批评家》，更把坚持批评的主体性、独立性，建立一门独立的批评学科，当作刊物的中心话题和指导思想。也恰如《我们的想法——代发刊词》里所说："我们所以起这么一个名字，一方面，是给评论工作者提供一个发表评论和理论探讨的园地；另一方面，要给评论和评论家加以研究、评论和介绍，以期评论工作有一个大的发展。"

《批评家》的实绩已经充分证明了自己努力方向的正确与成功。

"双塔"评论是伴随着《太原日报》改大报而出世的。1984 年 4 月 1 日改大报的第一天，副刊头条就推出重头评论文章《"月光"、"晚霞"何其相似》，揭露湖南作家叶蔚林短篇小说《遍地月光》变相抄袭俄国作家蒲宁的短篇小说《通宵晚霞》的行为。叶蔚林小说的抄袭是由当时在《太原日报》评论版做编辑的陈坪发现的。揭露文章由张厚余执笔、两人共同署名发表。这种勇敢的举动引发了社会的关注，在无形中扩大了"双塔"评论的影响。其后，署名"张南枝"的自然来稿：《这算是独特的风景描写吗？》又揭露叶蔚林的中篇小说《在没有航标的河流上》抄袭了契诃夫的中篇小说《草

《太原日报》"双塔"评论版

原》中的风景描写。这篇稿子经过陈坪对两部作品的比照查证,又补充了两处被遗漏的、足可证明是明显抄袭的引文后在1984年5月10日的《太原日报》上推出。两篇揭露文坛抄袭的文章后经《文学报》等多家媒体转载,引起了更大的社会反响。张厚余后来把这种敢于直面事实、锋芒毕露、棱角分明的做派,提升到干预意识的高度来看待。的确,他们不是一时的心血来潮,是有意识为之的。这也是顺文艺界潮流而动的。

"双塔"评论还敢于匡扶正气。1984年10月20日,显要位置发表《一枚不光彩的金牌》的文章,质疑唯一荣获山西省诗歌金牌奖的作品《山路》。这种担当与勇气同样招来无数钦佩与尊敬的目光,短短一个月内,收到信件200件。

"双塔"评论立足太原、放眼全省、辐射全国,这种理念与《批评家》可谓是不谋而合。冯牧、阎纲、雷达、曾镇南、何西来等著名评论家的文章陆续出现于报端。"双塔"评论还特别开辟专栏,约他们经常赐稿。这个由冰心题写"双塔"刊名的评论阵地,与《批评家》一道,宛如三晋大地上拔地而起的"双子星座",扎根于这块古老的厚土,招来了全国评论人士的青睐与尊重。

1985年春天,"双塔"评论刊发杨士忠的文章《我省小说创作的新势头》,对山西文学的态势作了客观而中肯的分析,并首次提出"晋军突(崛)起"的口号,与同年《当代》的提法不谋而合。这种分析判断是有见地的,几年后,"晋军崛起"成为一个响亮的口号,"晋军"果真在三晋大地崛起了。

其实,"双塔"评论一直在关注山西作家的创作,一直在为"晋军"的发展壮大鼓与呼。

首先,关注老作家马烽、西戎、李束为、孙谦、胡正、冈夫等人的创作,不仅约他们本人谈创作体会,更有专门的评论文章不时出现。仅是副刊主持人的张厚余一人就撰写过好几篇,如《真实的荒诞与荒诞的真实——读西戎的〈他是弱者也是强者〉》《五老文章老更成 凌云健笔意纵横——我省老作家散文印象》《不老青春谱华章——读老诗人冈夫近作》等等。

其次,鼎力支持"晋军"新生代的主力。张石山、李锐、成一、周宗奇等作家,"双塔"评论或专访,或专论,始终如一地关注他们的新作力作。可以说,"晋军崛起"有"双塔"评论的鼓吹,更有"双塔"评论的有力推动。如李国涛《晋军"入海"的趋势》、杜学文的《晋军新生代》、段崇轩的《艺术感性的大解放——读焦祖尧短篇小说〈病房〉》《困惑中的探索——读周宗奇短篇小说新作〈美之梦〉》、孙钊的《畸形人格的超越——王东满小说的一种良性超稳现象》等"晋军"作家作品的单论或专论。多年后,重新翻阅那些早已泛黄的报纸,依然禁不住心潮澎湃。一篇篇力透纸背的评论文章伴随着那些作家一路走来。一批山西文学评论家正是从"双塔"评论阵地成长、成熟,进而成为山西乃至全国文艺评论界的中坚力量。

1993年,时任《文艺报》常务副总编、评论家的贺绍俊撰文谈到了《太原日报》"双塔"评论"立足太原,放眼全国"的办报理念,他说:"《太原日报》'双塔'成为作家、评论家的朋友,在不久前一个新闻机构进行的'你所喜欢的文学报刊'的调查中,北京的好些作家、评论家朋友,不约而

山西文坛"风景线"

郑 笃

《郑笃文集》

同地写下了《太原日报》文艺版。"

中年批评家的用武"平台"

李国涛、董大中、张厚余、杨士忠、蔡润田等都是有建树的中年批评家。李国涛早期就有《〈野草〉艺术谈》的论文集，后来，更成了《批评家》、"双塔"评论的重要作者。董大中、蔡润田、张厚余、杨士忠既是中年评论家的骨干力量，又是刊物的主持者。前两位分别是《批评家》的主编与副主编，后两位则先后主持过《太原日报》"双塔"评论。他们几位对"一报一刊"的情感更为深切，对山西评论家队伍发展壮大的感受大约也更有切身体会。

中年评论家是继往开来的骨干力量，他们理论功底扎实、评论风格稳健老到。在较短时期里摆脱了教条主义理论的影响，评论视野上，从微观走向宏观；评论方法上，从一元走向多元。他们注重理论方法与创作过程的探求，注重新作品新作家的评析，更注重对本省作家作品的评析探寻。

"一报一刊"成了他们的大本营。他们不仅努力耕耘，还热切地扶植与培育评论新秀，由此，山西文学评论由弱到强、从小到大，并形成了一个有生气的充满活力的评论家阵营。

值得注意的是，一些老年评论家也热切地关注着文坛动向，关怀着青年评论家的成长。郑笃在"双塔"评论上撰文《关于文艺评论的一点管见》，倡导简明扼要的微型评论，并写了《微型评论试作三题》，殷切之情溢于言表。作为老一代文艺家和山西文艺界的领导者，他也十分重视理论研究与评论的写作方法问题。言简意赅、务实坦率，是他经常强调的文风。

"山药蛋派"研究专家高捷，与青年评论家段崇轩有意味深长的《文学对话》，也发表于"双塔"评论。这是关于批评与创作的思考，颇有见地，比如：深入生活，真正了解人民，有艺术的发现，又有自己的也是人民的语言，为人民大众喜欢的风格，大约就够了。这朴素的话语拿来针砭时下的文艺界，也未尝不可。

姚青苗既搞创作，又写评论。他在《批评

李国涛

评论集《文坛边鼓集》

家》上发表有《现代主义与中国当代文艺的关系》，他还有《对当前鲁迅研究中一些问题的看法》《文学创作必须坚持社会主义方向》等文章。青苗每一阶段的文章都能在理论界引起一些反响。

李国涛说他80年代初的论著《〈野草〉艺术谈》是业余研究的成绩，其时他还是《汾水》编辑部副主任。也正是这时候的努力，奠定了他日后小说文体研究的坚实基础。80年代中期，他所发论文涉及的多是小说文体，光在《批评家》、"双塔"评论上撰写的小说文体研究文章就有《'厚土'文体的追求》《语言的"纠结"与文体的形成》《关于小说文体批评》《四时风物——缭乱的文体》等。在《汪曾祺小说的文体描述》中，他提出了"小说就是语言"的论题。从李国涛十余年来的整体研究状况来看，对小说家个体文体特性的考察，是他文学批评中最为精彩的部分。

不仅如此，他还时刻关注着山西文学评论事业的发展。在《文坛边鼓集》的前言中他写道："除了对山西的一些著名作家的作品进行过评论外，我也很注意后起者的佳作，为他们作过一些鼓吹。"《马烽论》《蒋韵论》《周宗奇论》等文章就是个体作家的专论。李国涛还是马烽研究专家。另外，李国涛在"双塔"评论上还发表过《作家要有危机感》《人物是典型化的中心》《注意批评方法的更新》等文章，表现出对当下创作的关注。

董大中的文艺评论是多方面、全方位的，身为赵树理研究专家，却有开阔的研究视野。80年代中期，他曾在"双塔"评论上刊文《我省小说创作进

董大中专著《高鲁冲突》　《批评家》主编董大中

展不大的原因》《文学批评的春天》《一部反映改革的好小说〈跋涉者〉》《时代精神：文学的价值及其他——对改革文学的几点思考》《打开心灵空间　进行创造性思维——再谈社会的发展与文艺家的天职》等，热烈关注山西文坛，关注改革文学，显示出一个评论家应有的敏锐。1987年，董大中发表《文学在寻求自己》的长文，提出"唯一形式是最高形式"的命题，认为鲁迅小说最像小说，依然可做典范。从这一命题出发，他还分析了"晋军"主力成一、李锐、蒋韵等人的作品，认为这几人也是在追求"唯一的形式"，追求"文学性"。

至于他在《批评家》上所发表的《试论纯文学与通俗文学的分野》《艺术生产力是一门科学》等论文，则有了学理的意味。对艺术评价价值，董大中认为除了本体价值，还应有附加价值。文学批评上，他倡导"越位意识"，认为批评家不应该被动地跟在创作后面，更不能仰赖于创作进展，而是必须走到创作前面，分析创作现象，研究创作规律和创作中出现的共同性普遍性问题。

蔡润田的评论动因可概括为"补偏救弊"。他时常能感受到文坛的某些偏颇，"对现实问题有勇气发表异议，不为一时的狂热所迷"。在"浮论喧嚣，恶札屡见"的新时期文学某段时间，"以不苟同不入时的调子写冷静而理智的文章"。他发表于"双塔"评论的文章，比如《人类的成熟，文学的悲哀——小说创作的无情化倾向》就表现出对

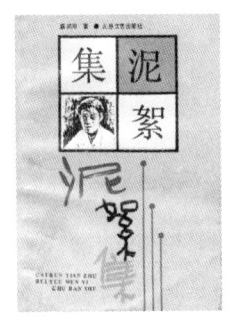

《批评家》副主编蔡润田和他的评论集《泥絮集》

文学本体论价值模糊的担忧。他认为，某些朴素然而基本的文学质素反被轻慢冷漠了，致使文学性特征和美感式微，文学再度陷入困境。这正是针对当时创作界所谓"三无（无主题、无情节、无人物）"倾向所发的。

蔡润田对《文心雕龙》有独到体悟，所以，他的评论显得醇厚持重，他在《批评家》上的文章《创作过程全程描述》就是如此。其他涉及《文心雕龙》的系统之论达6篇之多。他在"一报一刊"上还发表过《关于〈中国的要害〉的断想》《愿意与应该——创作自由随想》《"人性"臆解》等文章。他的理论研究与创作研究并重，研究成果大部分体现在《泥絮集》《三边论集》中。蔡润田曾获首届赵树理文学奖、第一届华北地区文艺理论评论奖一等奖，全国"双塔"文学征文（评论）一等奖。

张厚余主持《太原日报》"双塔"评论时，强调干预意识，主张写争鸣文章，他还力挺新秀，为"晋军"鼓与呼。前辈作家，他有过对西戎、冈夫的专论，新生代作家，他对周宗奇、李锐、成一、韩石山

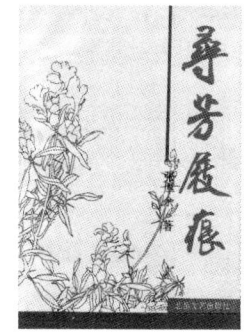

评论集《寻芳履痕》　　张厚余

等也有专论文字。另外发表的文章还有《改革文学：新时期文学的主潮》《"复杂"的真谛——孙颙的短篇小说〈昨天与今天〉》《谈〈山中，那十九座坟茔〉人物塑造缺陷——兼与冯牧同志商榷》等，都发表在《批评家》和"双塔"评论上。在批评标准上，张厚余主张"实事求是""冷静""客观"。他认为，批评家不仅仅是文艺创作的阐释者、评判者，而且是与作家共同创造典型的创作家。真正的评论家从来就不是作家艺术家的附庸者、追随者，更不是吹捧者、炒卖者，而是以其理论和实践优势，指出优长得失的引导者。他的批评成果体现在《寻芳履痕》里。张厚余曾获省市多项文艺理论创作奖，还荣膺"杰出贡献艺术家""太原市优秀作家"称号。

杨士忠1985年在"双塔"评论上撰文，最早提出"晋军突（崛）起"，显示出一个评论人士应有的敏感。此外，他还在"双塔"评论上发表过《我

杨士忠和他的文学艺术论著

们时代的文学主旋律——近期改革文学讨论述评》《由衷与挚爱的歌唱——焦祖尧和他的小说》(与人合写)、《收获的喜悦与探求的困惑——读〈火花〉第十期漫笔》等文章,或追寻文学现象,或把脉作家个人,从独到角度,进行透视。

杨士忠的文学批评主张求真务实,认为批评是一种理性探求,应深入深层内容,并从内容走向意义,即"道"的层次。他就此在《批评家》上发表过《理性:艺术的核与光——艺术本体泛论之一》《艺术过程论》等文章,作了深入阐释。

对文学评论本身,杨士忠也有独到见地。他在"双塔"评论上撰文写道:"文学评论和文学创作一样,也有真善美的要求……要真实地把握和评论客观现实,必须表现真;要以评论态度的坦诚和献身精神,在立足点和出发点上,严格向自己提出善的要求;文学批评是审美活动,是对美的高级形态艺术美的审视与评价,而且本身也是一种艺术美。"(《关于评论的评论》)杨士忠多次获太原市文艺评论奖,"太原市杰出贡献艺术家""优秀作家"等称号,还获得过山西省第三届赵树理文学奖。

韩玉峰的文学评论主要集中在山西"五老"("西李马胡孙")和张平等作家作品上,同时也关注山西整体现状和其他作家作品。韩玉峰对戏剧、音乐、舞蹈、美术也多有评论。发表在"一报一刊"上的文章有《随想与启示——读柯云路近作〈新星〉》《"山区"之情与"太阳"之美——看我省电视文艺片〈山区日记〉和〈太阳之子〉》《山西民间舞蹈的复苏和走向》等,其他代表性评论还有《浅谈赵树理小说的语言艺术》《戏剧面临的挑战》

《现代戏的晋军"崛起"》等,代表性论著有《赵树理的生平与创作》。韩玉峰同省作协的《批评家》杂志、文学沙龙、文学专业委员会都有密切的联系。

艾斐是有成就的中年评论家。他的批评能及时感应"文艺思潮与时代政治",发表在"双塔"评论的《文艺使命与创作自由》就持此立论。1986年、1987年,他在"双塔"评论与《批评家》上先后撰写了《也谈小说流派的艺术界定》《论"茶子花"派的艺术格局与审美意象》的文章,把目光集中到文学流派上。1995年,出版了《中国当代文学流派论》。艾斐在多种批评方法的尝试方面,在紧随时代的敏感而把文艺作品的价值严肃化方面,都有阐述。对文艺思潮的关注,始终是他的研究重点。

韩石山为文生涯是从小说—散文—评论,一路走来的。所以,他的评论既有理性探求,又有趣味渗透。"双塔"副刊上多有他的文章,这种集杂感、随笔、漫谈于一体的点评,娓娓道来,随心所欲,于不经意间道出要害所在。值得注意的是,他的评论文字还灌注着一种"史识情怀",这或许与他早年大学里学习的历史专业不无关系。他在《批评家》发表过《毋以"真

评论集《山西文谭百篇》

韩玉峰

《中国当代文学流派论》

艾　斐

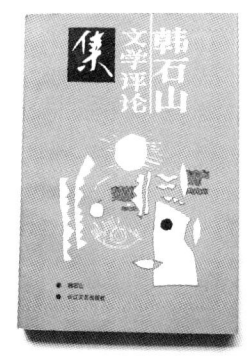

《韩石山文学评论集》

山西文坛"风景线"

实"自炫》《鸢飞鱼跃上下察——序〈聊斋艺术谈〉》《迟到的评论——评〈姐姐〉》等文章。90年代后,他相继出版了《李健吾传》《徐志摩传》等传记文学,显示出新的发展与开拓。

此外,曲润海、郑波光、孙钊、李旦初、梁衡、张成德、薄子涛、屈毓秀、崔元和、张仁健等人也在"一报一刊"上刊发过评论文字,提出过各自的主张见解。郑波光在《批评家》上有对成一的专论文字,他的赵树理研究很有特色。孙钊在"一报一刊"上也有文章,比如《不定向性与导引性的和谐》《畸形人格的超越——王东满小说的一种良性超稳现象》等,他的评论以对社会、人性、正义的评判为支点,又着力于德行的分析与研究。李旦初在《批评家》上发表过《评台湾现代主义诗潮的得与失——台湾新诗派蠡测之一》等文章,他重点关注的是中国现代文学。另外,梁衡有《论杨朔模式对散文创作的消极影响》,张成德有《王东满论》,

孙钊评论集《形象的河流》

孙　钊

屈毓秀有《西戎论》(与林友光合写),崔元和有《晋军在封闭中徘徊——山西近年小说创作停滞根源初探》,王德禄有《艺术的批评　批评的艺术——论李健吾的文学批评》,程继田有《对艺术风格时代性的思考》,郑义有《呼唤山西文学的新崛起——对批评家的批评》,张仁健有《嬗变中的农村文学的新走向——读〈山西文学〉农村小说特辑的感受与断想》,这些文章都发表在"一报一刊"上。

青年批评家的成长"摇篮"

杜学文在《我的批评观》中对"一报一刊"饶有兴味地回忆道:"……《批评家》很快就聚集了国内最主要的文学理论评论工作者。同时,也积极开展省内的批评活动,培养了一支比较整齐的批评家队伍。当然,那时除

《批评家》外，《太原日报》的'双塔'副刊也办得非常好。虽然只是一个地市级的报纸副刊，却有辐射全国的地位，许多重要的文章、重要的话题、重要的批评家在这里都有体现。甚至一度人们要想了解文坛的动向，必须看看'双塔'副刊。"

提到"一报一刊"，段崇轩也是心怀感激："我也有幸成为他们（《太原日报》'双塔'评论）的重点作者，几年里发表了多篇有点分量的文章。前期的张厚余，后来的杨士忠等老师，都是资深评论家，给予我许多关怀与指点。……《批评家》杂志是新时期文学中涌现的一份新锐文学评论刊物，面向全国文坛，立足当下文学，办得很有生气、很有特色。主编董大中和副主编蔡润田老师，都是有成就的中年评论家；编辑杨占平、阎晶明、谢泳均为脱颖而出的评论新秀。他们都给了我很多关照和鼓励，我每年都有几篇文章在上头发表。20世纪80年代中期的'一报一刊'，振兴了山西文学评论事业，团结了一支老中青评论家队伍，扶持了一批青年评论家新军，对山西文学事业功莫大焉！"

这两位当时已经成了山西评论界的青年才俊，日后，更成为青年批评家的中坚力量。他们一路走来，对《批评家》、《太原日报》"双塔"评论都有深切的情感。他们所言是接近事实的。

2012年，北岳文艺出版社隆重推出《山西文学批评书系》，收录了段崇轩、傅书华、苏春生、陈坪、杨占平、侯文宜、杜学文、王春林（以年龄长幼为序）8位批评家的主要研究成果。

8位批评家是当下山西文学评论界的中坚力量，仍然坚守在文学批评的前沿阵地。8位批评家与"一报一刊"有着很深的情分，有的成名作乃至力作就发表在上头，比如，段崇轩、杨矗、杨占平、陈坪等几位；有的则是从"一报一刊"起步，走进文学评论领域，开始各自的研究生涯，比如，杜学文、侯文宜、王春林等几位。可以说，"一报一刊"是他们从事批评事业的成长摇篮。当下，已经硕果累累的他们，重新提及"一报一刊"，都有各自难忘的记忆。

与8位批评家一道走进文学评论世界的还有席扬、阎晶明、丁东、谢泳、邢小群、赵勇、康序、王巧凤、郝亦民、刘阶耳、景国劲等人。正如有

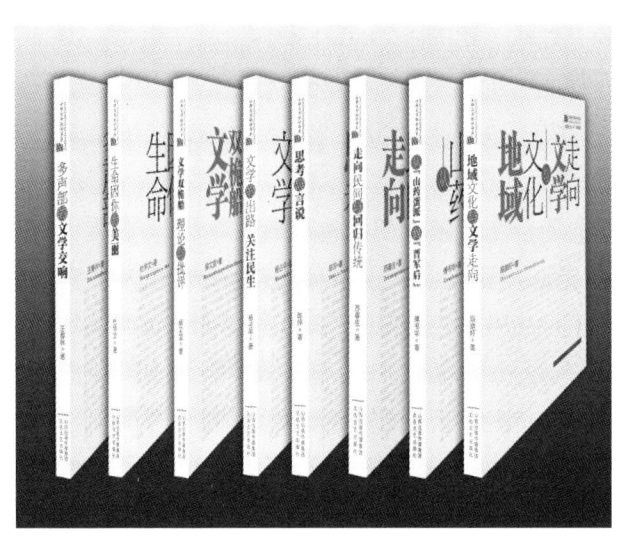

"山西文学批评书系"（八册），北岳文艺出版社2012年版

的研究者所言，这些青年批评家有强烈的独立意识、否定意识、批判意识和创造（重构）欲望，眼光也灵活开放。

阎晶明、谢泳曾为《批评家》编辑，两人也是"一报一刊"的活跃作者。阎晶明的批评精于从细部分析，以微观批评见长，对成一的批评文字，就可看出这一特色。他在"一报一刊"上的文章主要有《批评特性的批评》《无法否定的理性》《当代文学的两极平衡》《散文艺术的沉沦》等。谢泳也写文学批评，比如，这一时期他在"一报一刊"上就有《改革时代与改革文学》（与丁东合写）、《钟道新与阿瑟·黑利》等文章，但更有影响的是报告文学评论，代表性的有《社会问题报告文学的终结》等。此段期间，"一报一刊"上不时也可见到席扬的文章，比如，《评〈槐树岭人家〉》《历史哲学与文化寻根的审美统一》《黄河与高原之神的时代雕刻——晋文化小说的抽样分析和思辨》《悲剧与新时期文学》等。他的批评文字理论性强，以思辨见长，批评个性表现在对"文学—文化"批评模式的追求上。他的《选择与重构》是一部不可忽视的批评力作。邢小群在"双塔"评论上曾发表《振兴山西的文艺批评》，引起过不小反响，她在《批评家》上发表有《关于人的价值的对话——漫谈长篇小说〈亚细亚瀑布〉》，她在当时的山西批评界也很活跃。丁东的批评文字以新奇短小见长，他在"一报一刊"上的代表文章有《职业的痛苦与生命的痛苦》《论一种批评心态》《"情理相悖"中的批评抉择》等。康序在《批评家》上曾发表有《文学亚理论的逻辑生成》，这一理论构架到后来日渐完善。此外，"一报一刊"上，刘阶耳的《在昂扬的长风中梳理金翅——潞潞诗歌的意象转换》，魏坷的《晋军崛起成因初探》《说说文学未来学》、北明的《民族传统 并协原理与〈老井〉》、王青凤的《崛起中的山西小说界》、星星的《主潮的幽默》、李杜的《他们和他们的诗》、景国劲的《两类文学文本及其阅读》、赵勇的《新时期诗歌管窥》《论中国当代悲剧观》、郝亦民的《走向多维——张石山近作论》、柯云路的《关于文学作品的历史观》等，都是较有见地的文章。

段崇轩对《批评家》、"双塔"评论充满了感激之情，因为他的不少有力度的批评文章多是从那里面世的。粗略检视，从1984年到1990年，短短五六年里，他在"双塔"评论和《批评家》上所发文章有十多篇。如《向生活的深层掘进——评成一小说创作发展》《当代农民心理世界的冲突》《批评家要注意塑造自己的形象》《关于改革文学生命力的反思》《艺术感性的解放——读焦祖尧短篇小说〈病房〉》《困惑中的探索——读周宗奇短篇小说〈美之梦〉》《熵定律与艺术生命》《衰弱与重振——〈山西文学〉农村生活小说研究》《山西作家的双向超越》《黄河的情思——评燕治国小说创作》《当代农民心理世界的冲突》《生活的厚赐与困惑》《成一小说的象征性手法》等。

段崇轩的文学批评有两个方向：一是评论作家作品，主要是山西作家作品；二是探求小说艺术规律，尤其是短篇小说艺术规律，已经完成一部50万字的《中国当代短篇小说演变史》。他还重视探讨山西文学历史演变，研究山西地域文化与文学的关系。二者其实是紧密联系的，作家作品探析是小说艺术理论体系化的过程，而小说艺术理论则是评介创作的基础与渊源。段崇轩重视乡土小说研究，提出了乡村小说概念，认为乡土小说唯有艺术地表现了地域色彩，才会有无穷魅力，才会避免创作雷同化。地域色彩是乡村小说的生命源泉。

段崇轩

评论集《边缘的求索》

在评论集《地域文化与文学走向·后记》中，段崇轩认为，山西有五代作家，前四代他都给予了细致的关注，唯有第五代作家较为隔膜。他说："我只给葛水平、李骏虎、王保忠几位写过评论。作为群体，写过一篇短篇小说创作综论。"由此可见，他对山西作家的体察几乎是全方位的，评论文字也细致入微。

自然，段崇轩的作家作品研究没有局限于山西。全国一些有影响的作家，比如王安忆、何士光、池莉、田中禾、王跃文、郭文斌、关仁山等，他也都予以了关注。

段崇轩把评论本身也看成一种审美活动，他认为，批评一个作家、一部作品，绝不是一种机械的转述和纯客观的评介，而是带着一种感情和审美态度的欣赏和评论。他的评论文字里透出一种忧患意识和担当情怀。段崇轩先后获中国当代文学研究优秀成果奖、赵树理文学奖评论奖、山西省社会科学研究优秀成果奖、中国作家协会等联合主办的"我读鲁迅"全国征文大赛奖等奖项。

杨 矗

专著《对话诗学》

杨矗的评论向以理论思辨见长，这一点从他初期的评论文章就露出端倪。他也是"一报一刊"上的活跃作者。他的《于朴拙中见功力》曾被《批评家》放在"评坛新人园地"予以推介，《追寻：张承志小说的一个视点》也刊载于《批评家》上。他在"双塔"评论上发表过《文艺定义辨》《〈百年孤独〉与文艺可能性空间》（与董竞成合写）、《对期待视野的选择——小说创作面向读者之得与失》《理想主义的危机》《1988：文学的滑铁卢》等文章。

杨矗的批评观第一体现在，重视理论批评化和批评理论化，认为好的文学批评要自觉地用先进的理论来介入和应用于批评，以保证批评的深度和科学品质；第二体现在，追求以理解—阐释为基础的文学批评。阐释学美学认为，人的一切文化活动都是以文本的理解—阐释为基础的。文学批评自然也是一种理解—阐释活动。

在《对期待视野的选择——小说创作面向读者之得与失》一文中，杨矗以《新星》《夜与昼》为例，指出其审美理想的缺失。他说，大凡成功的优秀作品，都做到了现实生活写照、审美理想抒发与读者期待视野契合的三融合，而《新星》《夜与昼》没做到。杨矗的批评对象也多是以山西作家为重点的，他获国家级、省级奖多项。

傅书华的批评文字，重视从个体生命角度立论言说，对新中国成立后"十七年文学"及其作家的评论文字尤其如此。这或许与他个人的坎坷不无关系。自小就经历了家庭的巨大变故，日后又有农场的8年插队。他说，他自己是备受压抑的胆小怯弱之人，可他又深受"作协"气场的感染，于是，生命得以升华为文学批评。

这位来自晋东南长治小城的青年才俊，早在1983年就以《王蒙没有藏匿金钥匙》步入评论领域，1988年，在"双塔"评论上发表《当代文学应勇敢地直面现实》，进一步引起山西评论界的注意。他回忆说："其时，'晋军崛起'势头正盛，山西作协《批评家》杂志的董大中、蔡润田老师等人，对我这样的小城评论者，又热情有加。再后来，我调到太原任教，与省作协交往更为密切。"

傅书华的评论重点乃至最精彩的部分还是山西作家。比如，《从"山药蛋派"到"晋军后"——山西三次小说创作高潮之再审视》《赵树理与"山

傅书华

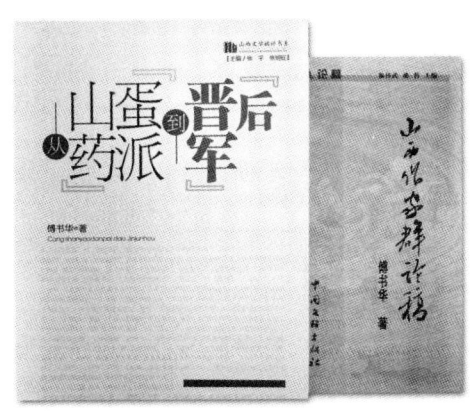

傅书华著作

药蛋派"》是从整体上审视山西文学的研究之作；而《论赵树理文艺创作中的三晋文化特质》《梦幻中的现实》则是对赵树理、马烽个人创作的评论以及对成一、李锐、张石山、张平、钟道新、蒋韵等人的研究。傅书华立论爱提"边缘"，他的两部著作书名就是《边缘处的言说》《边缘之声》，这或许与他对山西文化特质、形态、价值、意义的思考与理解有关。傅书华曾获中国文联文艺评论奖二等奖、山西省哲学社会科学优秀成果奖二等奖、山西省赵树理文学奖、山西省教学改革成果一等奖等奖项。

苏春生是从研究"山药蛋派"作家起步的，早期曾在《批评家》上发表过《孙谦论》，后来更有《山药蛋派论》的专著问世。他的批评文字旁征博引、言必有据、注重资料、注重考证，这一点从他参与编撰的《马烽西戎研究资料》就能看出来的。该书曾得到中国社科院文学所马良春先生的赞誉。《读新发现的赵树理的一篇佚文》《从通俗化研究会到大众文艺创作研究会——兼及东西总布胡同之争》，两篇文章一样是从资料引出论据，发前人所未发。

苏春生

苏春生著述

苏春生的研究重点有两大块：解放区和国统区文学，山西区域文学，这两大块是联系在一处的，都统摄于民族性的高度。《文化救亡与民族文学重构——"战国策派"民族主义文学思想论》透视了战争年代的民族精神。"对'战国策派'文化主义的文学批评进行了深入开掘，它是现代文学批评史上继激进主义、自由主义、保守主义之后又一个较为完整的以民族意识为本质的文学批评理论"。

"追寻文史本真，探求学理真谛"，"重视原始文献，提倡实证研究，重说文学史"，是苏春生文学批评观与学术研究的姿态，是对批评与研究的反思，也是对学界学术境界的一种期盼。苏春生曾获第一届华北地区文艺理论二等奖，山西省社会科学研究优秀成果二、三等奖等各种奖项十余项。

陈 坪

陈坪的母亲曾在高校教授西欧文学，因此即使在那个一般人无书可读的年代，他也能涉猎到一些最基本的汉译西方文学名著。1977年高考恢复后他原本想报考美术专业，最终读的却是历史。在大学期间，他的阅读兴趣其实是在西方文学、哲学和美学方面。

调入山西省社会科学院文学研究所后的最初两年中，陈坪在《批评家》连续发表了三篇评论文章：《论〈孤岛〉》《超越灵肉冲突》和《被遗弃与被断送的》。前两篇是被《批评家》放在《评坛新人园地》推出的。这些文章，充分显示了其独特的观察视角和思

陈坪评论集

维的内省力。他的评论文字，善于将思考的深度和细致的作品分析相结合，学风严谨；内容、风格上具有厚重感和较强的理论思辨色彩。

陈坪对柯云路、李锐、成一、张平等山西作家的代表作也有批评文字。思想的穿透力，一以贯之地渗透其中。如《凭自己的力量游回大海》是对柯云路复杂的创作历程的一个整体性的回顾梳理，作者对柯云路深度的心理解读及小说世界的深层分析，为理解这位毁誉参半的作家开辟了一个认知的维度；《深切的体察与理解》中的观点，被当代作家李陀发表在《青年文学》1987年第12期上的文章《李锐给我们带来了什么》所引用，并被称为"非常精彩的意见"，是理解李锐作品的"金钥匙"；《远非个人抉择所能了结》从小说体裁——政论性作品为切入点，直捣问题的要害，对张平的长篇小说《抉择》做了以思想性见长的批判性考察，而这则是别的评论文字有意无意忽略或回避了的。

《"新时期文学"与"后新时期文学"分期之我见》《自我追问的阙如》《论乡土小说与农村题材小说的不同》《文学批评何以会"精神涣散"与"小圈子化"》等评论文章从宏观上立论，视野开阔，或辨析文学分期，或拷问功能缺憾，或透析文学现象，都具有一定的理论深度。他的两本评论集《沙

杨占平

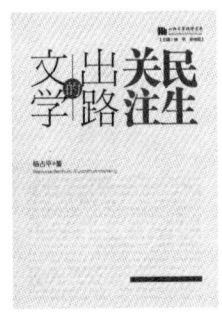

评论集《文学的出路关注民生》

痕》《敞开的窗口》都不厚，却有着自己独到的思考。

杨占平1985年就进入南华门的作协大院，几代山西作家的成长和他们的作品成果，都熟稔于心了。他一来就进入《批评家》编辑部，做编辑，写批评文字，并最终成为山西评论界有建树的批评家。因此，说杨占平是山西批评界的代表性评论家并不为过。

在《批评家》做编辑时，杨占平也常常有批评文字见诸"一报一刊"。比如，《〈活动变人形〉的理念化倾向》《认知模式和审美模式的重构——评焦祖尧的短篇新作》《作家的追求与作品的价值》《冈夫论》《历史氛围与多元性格——评张平〈梦中的情思〉》《风格与模式》《陌生化：阅读的一种心理》《多视点，无秩序，少深刻——1988年文学评论管窥》《改革文学与改革意识》《情节与审美》等（都署名"杨品、王君"）。这些评论，有对山西作家的专论，也有对全国性名作家的评论，还有对一些文学现象的深入体察和对文本风格与模式的审美性评价。

杨占平研究"山药蛋派"，写作传记文学，关注"晋军"崛起，追踪青年作家，时时在深切地感受着山西文坛。他的评论文字多从纵向的考察入手，以历史的眼光解剖现实问题。进而思索当下文学之痛。《关于现实主义创作现状的思考》《文学的出路：关注民生》《赵树理的文学成就与人生悲剧》《新世纪的晋军》等都是较有分量的评论文章。杨占平同时还关注影视创作，并有评论文字乃至专著，这些批评文字中，一样能看出他的人文关怀与思想坚守。

杨占平有一本《山西文坛30年作家掠影》，受到李国涛的赞誉。李国涛还特别撰文《辛苦·眼光·苦心——谈杨占平新著〈山西文坛30年掠影〉》。全书对山西文坛60位作家进行了逐个点评，这是杨占平30年批评的总结性成果，确实可以看出他的辛苦、眼光与苦心。李国涛举例说，谈李锐的《"拒绝合唱"的李锐》，不仅因为李锐出过同名的一本散文集，更因为他以一种不受影响不受干扰的态度,在写作上,看重自己的"方块字"身份。谈吕新,《一位有别于山西文学传统的作家》,也是一语道出吕新的文学品质。可见杨占平的眼光的确独到。

《山西文学批评家自述》里,杨占平撰文《独创性·真感受·重现实》,他的评论风格恰恰就是如此。他获得过中国当代文学学会奖、中国文联理论评论奖、山西省社科成果奖等奖项。

侯文宜的批评新作《论三维联系中的文学批评》,就发表在《批评家》上;这篇文章与另外两篇《生机在于:变革与转化——从否定之否定规律看文艺研究方法论的新建设》《"晋军"文化心理与"晋军"文学特点》,被她看成是个人生命中的重要事件,是她受80年代文学启蒙影响的思想成果,标志着她文学批评的真正开始。

侯文宜也是从评论山西作家起步,大学毕业论文《论马烽小说的现实主义艺术》潜移默化地影响了日后的批评路子,她日后的批评文字多涉及山西作家,无论是对文坛流变评论,比如《从文化心理看80年代的"晋军"崛起及文学特色》《20世纪晋域小说发展的两个高峰——"山药蛋派"与"晋军"社会文化成因比较》,还是对作家作品的读解,比如《奇崛大气与朴野灵动之美——葛水平小说创作的独特性》《以生命的激情写照现实——评谭文峰的小说创作》,都如此。

侯文宜

"理论的批评化,批评的理论化"是侯文宜追求的一种学术境界。她认为,没有亲验文学付诸批评的理论建构是灰色的,没有理论思考付诸思辨的批评是肤浅的。走理论—批评融通的路子,以亲验文学进行文学批评写作为活水之源,以理论知识背景思考为宏观基石,以批评学研究整合二者,并向两端

《中国文气论批评美学》

延伸,从而最终达到对文学的接近、解读与阐释。

侯文宜有一本代表性论著《文学双桅船:理论与批评》,集子的取名就透露出批评的意义,她把批评与理论看成文学之船的双桅。她曾获山西省文艺评论奖、山西省社科优秀成果一等奖等奖项。

杜学文对"一报一刊"充满景仰并有美好的记忆。80年代中期,他在"双塔"评论上发表了《改革与改革文学——与丁东商榷》《"晋军"新生代》等评论文章,显示出良好的锐气与敏感。他在《批评家》上也有论文发表。他的文学批评后来有了长足的进步。

杜学文文学批评的代表作当数《赵树理的文化意义研究四篇》和《张平作品研究三篇》。前者以《小二黑结婚》和《李有才板话》两个经典文本为例,对赵树理作品的文化意义、文化价值做了富有思想性的探讨。后者对张平作品做了整体审视,并提出启示意义。他的影视批评,在不经意间透出深度,一样有学术与思想的灌注。

杜学文

《面向新世纪的山西文学——试论山西文学第三次高潮的形成和发展》是以杜学文为代表的4位评论家合作的一篇大文章,认为世纪之交,山西的文学创作继20世纪50年代中期之后的"山药蛋派"、80年代初期的"晋军崛起"后,以张平的长篇小说《抉择》为代表,出现了第三次创作高潮。

《追思文化大师》是一本随笔性的集子,谈及鲁迅、胡适、蔡元培等文化历史名人做人做学问乃至生平行状。娓娓的叙述中,不时闪耀着思想的吉光片羽,颇具可读性。

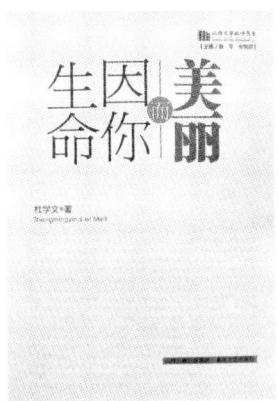

评论集《生命因你而美丽》

杜学文有自己的批评观,认为文艺作品除了自身"纯粹"的存在意义外,其最重要的价值是对社会生活的表现,以及建立其上的对社会生活进步的推动和对人内心世界的完善。一言以蔽之，就是要有益于世道人心。深刻性、真实性、生动性三者统一得越完美，作为文艺作品的品格就越高。至于如何做好批评，他的切身体会是理论素养和深入生活缺一不可，自然，批评时还要有情感投入。杜学文曾获中国文联文艺评论奖、中国金鹰电视节电视艺术论文奖、赵树理文学奖、山西省社会科学优秀成果奖、山西文联文艺评论奖等多种奖项。

1988年正值文化热，王春林连续在《批评家》上发表《遗风之外的文化思考——评张石山系列小说〈仇犹遗风录〉》《家族文化小说的评述》，至今他还念念不忘杨占平的提携（杨占平其时正是《批评家》编辑）。他说，见了杨占平，总会不由得执弟子礼。

王春林酷爱文艺批评，那个时期的各种文艺讲习班都尽力参加。刘再复、孙绍振、林兴宅等文艺名家讲课的动人情形，他依然难忘。自然，这些极大地影响了他日后的文艺批评。

王春林的文学批评始于对王蒙《活动变人形》的评析，到后来，逐渐形成两个基本方向：一、从文体角度，持续关注日益成为代表性文体的长篇小说；二、从作家个案角度，关注重心落到了王蒙身上。当然，王春林的批评视野是开阔的，省内的成一、李锐、张平、葛水平、李骏虎等名家，省外的张炜、史铁生、铁凝等名家，也都持续关注着。

王春林

王春林属于那种总能不断取得长足进步的批评家。1996年，山西作协推出一套《山西青年作家创作丛书》，其中出现的6本批评文集中，就选入了王春林的《话语、历史与意识形态》。2012年，山西作协又新推出一个山西文学批评书系，选入8位中青年批评家，王春林的《多声部的文学交响》又位列其中。另外两本评论集子《思想在人生边上》《新世纪长篇小说研究》也有分量。王春林在

《新世纪长篇小说研究》

2012年8月，山西文学评论委员会在忻州奇村召开加强山西文学评论建设座谈会

"双塔"评论上也有文章，比如《于沉稳中前行——2002年长篇小说回顾》就有代表性。

王春林的批评基本上还是历史的社会的美学的批评，但西方现代哲学——美学思潮，比如结构主义、现象学、语言学等，也有应用。他的批评文字个性明显、视野独到，比如对李锐的长篇小说，选取"人性"视角，对葛水平的小说，他又指向"传统宗法制度"，张平的小说，他又拷问底层"家庭苦情"和女性"精神谱系"。王春林曾荣获中国当代文学研究第9届优秀成果奖、山西新世纪文学奖、赵树理文学奖等奖项。

上届作协主席张平曾在一篇文章中说过："在山西文学的整个格局中，文学评论无疑是其中重要的、不可或缺的组成部分。创作与评论的比翼齐飞，才构成了山西文学的强劲发展。山西有一个阵容精悍、梯队合理、素养厚实、学风纯正的评论家群体。"他的评价是中肯的、由衷的。山西素来有"文学大省"之称，其中自然包括文学评论在内，它在全国也应该是名列前茅的。当然，从发展的眼光看，这个群体存在着年龄偏大、知识老化、后继乏人等等问题，山西作协等有关方面，已经清醒地意识到了发展文学评论的重要性，正在通过各种举措逐步解决存在的问题。现在，已经有一批评论新人特别是高等院校文学院的年轻教师正在成长和壮大，发表了一批文学研究和评论成果，譬如续小强、阎秋霞、刘芳坤、吴言、王朝军、赵春秀等，成为山西文学评论中的新方阵、新力量，它将推动山西的文学评论乃至整个文学不断向前、长足发展。

第九章　跨世纪的"第三次文学创作高潮"

2000年，世纪之交的时刻。全世界都在迎接一个新的世纪的到来。北京新建了中华世纪坛，以纪念人类进入新的时代，并祝愿新的世纪里收获更加美好的未来。这座充满了中华文化意味的建筑，位于长安大街，由建筑、雕塑、园林综合体的方式，形成自成一体又与周边环境协调统一的人文景观，预示了中华文明的生生不息、绵延不绝、万象更新。北京举行了盛大的迎接新世纪和新千年的庆祝活动，为在新的时代中华民族的伟大复兴和全人类有一个更加美好的未来而祝福。

这一年，山西的文学也表现出崭新的气象。在第五届茅盾文学奖评奖活动中，张平的长篇小说《抉择》荣登榜首，再次证明了山西文学在全国的影响和地位。而在此前后，山西的作家们一直努力创作，出现了一批备受关注的优秀作品，也涌现出更加年轻的作家。世纪之交，山西文学这种比较集中的创作现象再次引起人们的关注，省委宣传部于2000年12月9日召开了"面向新世纪山西文学发展研讨暨张平文学创作表彰会"。来自全国各地的作家、评论家和山西地方的有关领导、专家出席了会议。山西省委、省政府决定授予张平"人民作家"荣誉称号，山西省委宣传部出台了《关于繁荣文艺创作的意见》。会议对面向新世纪的山西文学进行了研讨，并宣读了由多位评论家集体撰写的论文《面向新世纪的山西文学——试论山西文学创作第三次高潮的形成和

山西省委宣传部召开研讨、表彰大会的报道

发展》。这篇文章后来获得了中国文联文艺评论奖,并引发了关于山西"第三次文学创作高潮"话题的讨论,成为推动山西文学乃至于文艺创作不断繁荣的重要支点。

山西"第三次文学创作高潮",是山西文学创作发展的必然延续。但是,这一"高潮"的时间段如何界定,说法不太统一。开始评论家们想限定在20世纪90年代中期至21世纪最初的10年。因为一种创作现象不可能无限期地存在。特别是被称为"高潮"就应该更短暂一些。但是这样一来,2010年之后的创作又该如何界定就成了一个问题。所以感到还是将这一"高潮"的时间段延长至当下比较妥当。总之,山西文学的这次创作"高潮"是跨世纪的,呈现出一种强劲有力、规模广大、变化多样、深入持久的文化特征。我们的分析就设定在20世纪90年代中期至当前大约20年的时间里。

山西文艺创作研究中心课题组文章

高潮迭起的山西当代文学

新中国建立以来,山西的文学创作令人瞩目,其最突出的特点是山西作家对时代的发展与变化非常敏感,充满激情,并予以生动的表达。诗人高沐鸿在1949年10月1日新中国成立的当天即写下了激动人心的诗篇《这是我们人民自己的胎生》。他在诗中写道:"说不尽欢喜/说不尽兴奋:/中华人民共和国今天诞生!/他的母亲是伟大的。/他就是劳动勇敢的——四万万七千万中国人民!"另一位作家马烽在刚刚创刊的《人民文学》发表了短篇小说《村仇》。至20世纪50年代中期,解放后分散在全国各地的作家如赵树理、马烽、西戎、孙谦、胡正等先后返回山西,与在山西的束为等其他作家会合。他们的创作有共同的审美追求、相近的艺术风格、集中的题材选择,多在当时山西的文学刊物《火花》发表。这批作家,虽然具体而言,各有特色,但总体来看,仍然表现出比较一致的创作倾向。他们以赵树理为旗手,以被称为"西李马胡孙"的"晋绥五作家"为主将,影响带动了一大批作家,形成了"山药蛋派"文学创作流派,并产生了重大影响。由于他们的作品多在《火花》发表,也有人称之为"火花派",或"赵树理流派"。这一时期,首先是出现了一批生动表现农村、农民生活的作品,如赵树理的《三里湾》《登记》、马烽的《"三年早知道"》《韩梅梅》、西戎的《宋老大进城》《赖大嫂》、胡正的《汾水长流》、束为的《老长工》、孙谦的《伤疤的故事》等。其中的人物如小腿疼、吃不饱、赵满屯、赖大嫂、宋老大等成为中国文学人物画廊中具有典型意义的代表。其次是形成了一个比较庞大的创作群体。除前面所提作家外,后起的许多作家如韩文洲、刘德怀、杨茂林、谢俊杰、李逸民、义夫等均为"山药蛋派"的重要作家。外地的作家如贾大山、赵新等亦自称为"山药蛋派"。"山药蛋派"的创作对山西乃至全国的文学影响重大。

新时期前后步入文坛的一批更新的作家,在其起步之初均带有浓厚的"山药蛋派"色彩。尽管他们后来的创作也出现了分化,个人风格表现得更加突出,但至少在其前期,我们仍然可以看作是"山药蛋派"的延续。他们当中如田东照、王东满、张石山、马骏、权文学、田昌安、崔巍、王西兰、李秀峰等保持了比较稳定的创作风格。如张石山被誉为是得"山药蛋派"真传的作家。另一批作家如张平、柯云路、成一、李锐、周宗奇等,其创作初期"山药蛋派"的特色比较明显。但后期发生了较大的变化。这些作家并不一定认为自己属于"山药蛋派",但可以肯定的是,他们的创作是从"山药蛋派"起步的。与"山药蛋派"作家关注农村生活不同,山西还有一些作家显然更关注城市、工厂、重大事件,如焦祖尧、赵瑜、张枚同、程琪、黄树芳、许元上等,严格来说不能算"山药蛋派",但是其创作思想与"山药蛋派"是一脉相承的。就文学创作的流派而言,"山药蛋派"是现当代文学中一个典型的案例,具备了我们一般所说的文学流派的所有要素,如有影响广大的代表性作家、有较为庞大的作家群体、有在文学史中具有重要影响的标志性作品、有自己的创作理论等等。在20世纪80年代初期,山西曾就"山药蛋派"能否延续下去进行了热烈的讨论。一种观点认为"山药蛋派"将一直延续下去,另一种认为"山药蛋派"将发生分化、新变。这一讨论虽然没有形成统一的定见，但对山西文学的发展意义重大。仅从这次讨论中，我们可以看到"山药蛋派"的影响是非常强大的。不管怎么说，20世纪五六十年代兴盛的"山药蛋派"是当代山西文学创作的第一次高潮。

"文革"期间，山西文学进入一个前所未有的萧条期，但并不是无话可说。一是包括郭潞生等人在内的地下文学仍然默默地运行着，直至天安门事件爆发，一批控诉极左路线的诗歌产生了重大影响。其中即有山西诗人的作品。这也标志着这些地下诗歌开始走出地平线，成为一种时代的呼唤。二是以戏剧《三上桃峰》为代表，证明山西的文艺工作者即使是在那个非常特殊的时期，仍然没有放弃自己对社会和时代的表达。三是一大批已经在文坛产生了重要影响的作家在山西各地下放，如本土的马烽、西戎等，外地的丁玲、丛维熙等，对自己身边的文学青年产生了重要影响。这些人当中，有相当一部分成为后来新起的中国文坛广有影响的重要作家。至改革开放的新时期初期，山西文学再一次表现出令人瞩目的景象。早逝的文武斌以诗人的敏锐感受到了一个新的时代的来临。他在自己的诗中激情难抑地写道"春来了！来了——来了——/ 来得这样突然这样快；/ 春来了！来了——来了——/ 来得如此威风如此气派。/ 蛰居的心儿简直不敢相信：/ 今天，就是她日日夜夜的期待！"这种难抑的激情是诗人的，更是人民的，是那个时代的。山西的文学人从自己对民族的热爱和时代的感受中表达出属于自己的，更是时代的伟大歌声。以马烽《有准备的发言》和《无准备的行动》在《汾水》发表为标志，山西文学很快进入复苏和兴盛。"文革"期间已经在悄悄地学习创作的一批更年轻的作者开始表现出不同凡俗的创作态势。小说《顶凌下种》《镢柄韩宝山》《结婚现场会》《在住招待所的日子里》《祭妻》等，诗歌《检察长的眼睛》《城市与〈勇敢的野牛之血〉》《肩的雕塑》等广为人知的作品蜂拥而出，获得了全国优秀中篇小说奖、全国优秀短篇小说奖、《诗刊》优秀作品奖等重要奖项。1985年，《当代》集中刊发了山西新起作家的中篇小说专辑，章仲鄂在当期的编者按中写道："晋军"的崛起，引人注目。由此，"晋军"成为整个文坛瞩目的新现象，也首开文学界以地域为名的风潮。自此，所谓"湘军""陕军"等先后出现，夺人耳目。

关于文学"晋军"，有广义与狭义之分。所谓广义的晋军，是泛指山西

张平长篇小说《抉择》

张平长篇小说《十面埋伏》

的大部分作家。所谓狭义的晋军,则专指在20世纪70年代末80年代初走上文坛并产生了巨大影响的山西作家群。他们不包括之前已经产生影响的年龄更大的作家,也不包括在此之后成名的作者。这些人由两部分构成。一部分是山西本土的作家如王东满、张石山、韩石山、张平、赵瑜、蒋韵、周宗奇、燕治国、彭图、崔巍、王西兰等。另一部分是外籍人士,但由于种种原因来到山西,如成一、李锐、柯云路、钟道新等。他们共同的特点是在开始写作时都有在底层生活的经历,有的当过兵,有的插过队,有的下过乡,有的是工人等等,与基层群众有非常密切的接触,能够感受到中国社会最生动丰富的生活原貌。同时,他们与山西的前辈作家不同,基本上都接受过比较好的正规教育,或者上过大学,或者是所谓的"老三届"。知识储备较厚,文化视野比较开阔,相当一部分人在北京、太原等大城市生活过。他们的作品在全国各地各类大大小小的刊物发表,长、中、短篇皆有令人刮目之作。同时,他们的创作与中国新时期文学表现出基本同步的状态。凡伤痕文学、改革文学、反思文学、寻根文学、新写实主义、现代派写作等不同创作现象中都有他们活跃的身影。其最为突出的特点则与"山药蛋派"一脉相承,即是对中国的社会、文化及人民命运的热切的关注。"晋军"的崛起,形成了山西文学在当代的第二次创作高潮。

90年代中期之后,中国的文学越来越表现出难以用某一种现象来概括的情形。改革的不断深化,以及社会生活的快速发展,令人眼花缭乱、应接不暇。旧的问题解决之后,新的问题又表现出来。人们不再激情澎湃,而是有了更多的思考、探寻,甚至迷茫。特别是西方文学理论和作品的大量传入,文学的表现手法越来越丰富多样。与此同时,人们的价值表达也更加丰富复杂,文学在社会生活领域的影响日见减弱,边缘化逐渐成为一种话题。就中国文学而言，出现了一种众语喧哗、色泽斑斓的景观。一方面，对现实生活的关注仍然是最为亮眼的，出现了诸如张平、周梅森、陆天明、何申、关仁山、谈歌、刘醒龙以及刘恒、方方、池莉等作家；另一方面，个性化写作也产生了重大影响，还有一批作家则执着于文化色彩非常强烈的表达。总之，进入90年代，文学变得更为复杂也更为丰富，更难以用某一种类型来概括。这对山西的文学也产生了影响。但是，尽管如此，山西的文学仍然表现出自己的执着。之前已经产生了重大影响的作家们，其创作势头并没有减弱，仍然非常强劲。一批更新的作家涌现出来。1997年，张平的长篇小说《抉择》在《啄木鸟》发表，同年在群众出版社出版，2000年又获得第五届茅盾文学奖。以此为标志，山西文学创作的第三个高潮来临了。

引人注目的几种文学现象

世纪之交，山西作家的创作呈现出更加活跃的态势。一大批风格各异的作品次第涌现，新人辈出。传统的创作样式被突破，不同的题材、风格、类型都表现出强劲的实力。这是山西文学非常独特的一个时期，也是山西文学走上多样化的一个转折时期。

首先要说的是，这是山西数代作家共聚一堂的难得的历史时期，也是不可复制重现的时期。主要是，在20世纪40年代步入文坛，为中国文学的进步做出突出贡献，当然也为山西文学奠定"大省"地位的一批作家仍然保持了旺盛的创作活力。这时，虽然赵树理已经在"文革"期间离开了我们，但"西李马胡孙"中的多数仍然健在，并坚持创作。比如马烽写出了《玉龙村纪事》，这是他最新的一部长篇小说，于1997年发表在《黄河》第3期。此外还有中篇小说《袁九斤的故事》等。这两部小说于

马烽长篇小说《玉龙村纪事》

胡正长篇小说《明天清明》

成一长篇小说《白银谷》

成一长篇小说《茶道青红》

李锐长篇小说《银城故事》

1998年结集由北岳文艺出版社出版。胡正创作了短篇小说《那是一只灰猫》、长篇小说《明天清明》等。比他们稍晚的一批作家也新作迭出。如焦祖尧创作了报告文学《黄河落天走山西》、长篇小说《飞狐》等。田东照以《跑官》为代表的系列"官场小说"产生了较大的影响，也在某种程度上成为所谓"官场小说"的滥觞。而近年的"葫芦湾系列"则显示出他更加成熟老到的一面。另外一位非常独特的作家高岸在这时引起人们的重视。说他独特是因为所谓"高岸"本来是著名评论家李国涛，他由于眼疾不能长时间阅读，从20世纪80年代末开始写起了小说。如果说进入文坛的话，他当然是一位"老作家"。但就小说创作而言，还可以说是"新兵"。不过高岸的小说出手不凡，一发而不可收，先后有《郎爪子》《世界正年轻》等短、中、长篇小说问世。另一位以书法著名的林鹏则出版了长篇历史小说《咸阳宫》。在世纪之交，由于年龄的关系，以上两代作家许多已经离开了我们。这使山西文学失去了最为宝贵的财富。同时，山西当代文学最早产生影响的人们当中，有许多已经不可能再和我们一起共享盛事。

除以上提到的作家外，步入文坛约20年的一批作家在这一时期表现出非常旺盛的态势。张平连续推出了长篇小说《国家干部》《十面埋伏》等。成一在创作了许多农村题材的作品后，转向历史，以晋商为题材表达他对世界和人生的感悟，这一时期影响最大的是近百万字的长篇小说《白银谷》，以及后来的另一部同样以晋商为题材的长篇小说《茶道青红》。李锐则推出了《无风之树》《万里无云》《银城故事》及后来的《张马丁的第八天》等。蒋韵创作了一系列长中短篇小说如《栎树的囚徒》《完美的旅行》，以及《隐秘盛开》《朗霞的西街》等。张石山有《攻城》等出版，崔巍有长篇小说《野村》等推出，张不代有长篇小说《草莽》问世。钟道新创作了《超导》《权力的界面》《特别提款权》等一系列表现当代生活中最具先锋性、前沿性的作品，非常遗憾的是他英年早逝，是山西文学的一大损失。王祥夫继续关注社会底层人们的生活，发表了《种子》《雇工歌谣》《顾长根的最后生活》等众多的各类小说和文化随笔。乔忠延除发表了大量的散文、历史文化著作外，还创作了长篇小说《苍黄尧天》。李克仁有长篇小说《轮回》等，孙涛有长篇小说《龙族》等，彭图有长篇小说《野狐峪》《白虹》等，田昌安有长篇小说《古堡》等，王西兰有长篇小说《送葬》等，田澍中有长篇小说《五汉街》等，刘维颖有长篇小说《水旱码头》等。此外，后起的一批作家如吕新有《抚摸》《草青》《白杨木的春天》等问世，继续了他小说创作的先锋性。曹乃谦除《温家窑风景》系列小说外，还出版了长篇传记小说《伤逝九章》等。李海清有《蛤蟆营春秋》等，张行健有《田野上的教堂》《古源苍茫》等，晋原平有《生死门》《权力场》等，谭文峰有《扶贫纪事》

李锐长篇小说《张马丁的第八天》

蒋韵长篇小说《隐秘盛开》

《走过乡村》《风从塞上来》等，许建斌有《乡村豪门》等。葛水平有《裸地》《河水带走两岸》等，李骏虎有《母系氏家》《弃城》等。在这里，我们难以一一列数。只能概而言之。

除小说外，这一时期山西文学其他类型的创作也非同凡响。韩石山以犀利的笔法参与国内各种热点的讨论，或者自己就成了热点。同时将关注的焦点转向文化，先后创作了传记文学作品《李健吾传》《徐志摩传》，及后来的《张晗传》等大量的文史研究作品。赵瑜的报告文学作品进一步表现出强劲的态势。《革命百里洲》《寻找巴金的黛莉》，以及与人合作的《晋人援蜀

王祥夫和他的长篇小说《种子》

曹乃谦和他的小说集《最后的村庄》

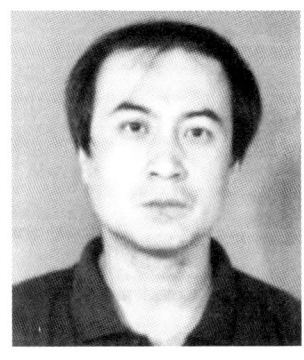

吕新和他的长篇小说《草青》

记》《王家岭的诉说》等先后面世。哲夫则完成了一系列的以环境保护为主题的报告文学如《中国档案》《黄河追踪》《世纪之痒——中国生态报告》等大量的作品。此外有如周宗奇的《清代文字狱纪实》《守望潞盐》等、王东满的《姚奠中》等、鲁顺民的《380毫米降水线——世纪之交中国北方的农村和农民》等。而张锐锋则创作了大量的所谓"新散文"作品，如《祖先的深度》《飞箭》《河流》《卡夫卡迷题》等等。总而言之，这一时期，最让人欣慰的是，这是一个从20世纪40年代以来出现的山西作家数代相聚的时刻。从这一点来看，也是一个唯一的时刻。

这一时期，山西文学的另一个特点就是影响力进一步扩大。首先是在各类重要评奖活动中获奖。除张平的《抉择》获第五届茅盾文学奖外，其长篇小说《抉择》《国家干部》先后获第七届、第十届"五个一工程"奖。王祥夫的短篇小说《上边》、赵瑜与人合作的报告文学《革命百里洲》获第三届鲁迅文学奖（2001—2003）；蒋韵、葛水平的中篇小说《心爱的树》及《喊山》获第四届鲁迅文学奖（2004—2006）；李骏虎的中篇小说《前面就是麦季》获第五届鲁迅文学奖（2007—2009）；张锐锋的报告文学《鼎立南极》获"五个一工程奖"；刘慈欣的长篇科幻小说《三体》获中国优秀少儿文学奖；等等。此外，还有多人获得了庄重文文学奖、中国作家文学奖、"传世藏书杯"小说选刊奖、"大家·红河文学"奖、郭沫若诗歌奖、冰心散文奖、徐迟报告文学奖、艾青诗歌奖，以及各类报刊的奖项如《人民文学》奖、《上海文学》奖等，或被收入各种年度选刊，进入年度排行榜。许多作品被各种选刊类报刊转载、连载。其次是被改编为各种艺术形式，如张平的《抉择》被改编为电影《生死抉择》、《国家干部》被改编为同名电视剧，谭文峰的小说《走过乡村》被改编为电影《红月亮》，杨文斌的长篇小说《省委书记》被改编为电视剧

谭文峰和他的中短篇小说集《走过乡村》

张行健和他的小说集《黑月亮》

晋原平和他的长篇小说《生死门》

《走过柳源》，许建斌的长篇小说《乡村豪门》被改编为电视剧《大富人家》，彭图的长篇小说《野狐峪》被改编为同名电视剧，等等。

这一时期山西文学还有几个现象应引起注意。

一是所谓的"衰年变法"。这一概念是评论家傅书华提出来的。主要指山西一批作家在年过六十退休之后，表现出更加旺盛的创作激情，连续推出了一大批广有影响的新作。焦祖尧、韩石山、张石山、周宗奇、王东满、李锐、成一等作家均有许多作品问世；李国涛、董大中、蔡润田、毕星星等评论家也不断地推出自己的新作。这里特别要提到寓真与陈为人两位。退休之前，寓真以写旧体诗而名，但引起文坛更为关注的是他退休之后在诗歌理论、传记文学等方面的成就。近年来先后有《聂绀弩刑事档案》《张伯驹身世钩沉》以及各类诗歌、诗论等问世，产生了广泛影响。陈为人退休之后爆发出令人惊叹的创作活力，以常人难以想象的速度出版了一系列文化类著作。如《唐达成文坛风雨五十年》《走马黄河之河图晋书》《太行山记忆之石库天书》《摆脱不掉的争议——七位诺贝尔文学奖得主的台前幕后》《中国历代改革家的命运与反思》等。据知情者说，他甚至在出差期间住旅馆的时候也躲到厕所间写作。他们的创作表现出山西作家对文学生命般的执着，也为中国文坛贡献了一批优秀作品。

二是女作家群兴盛。虽然山西一直不乏女性作家，如现代文学中的石评梅，五六十年代的段杏绵、王樟生，今天的蒋韵等。但真正成为"群"的状态还是在这一段时间内。蒋韵不说，与她差不多时间走上创作道路的高芸香、张雅茜、徐小兰等依然有作品出现。更年轻一些的如葛水平、小岸、李燕蓉、李心丽、蒋殊、高菊蕊等表现不凡。特别要提到的是孙频和陈亚珍两位。从年龄来看，孙频比较小。但从创作来看，这一时期正是她冲入文坛的火爆时期，不仅作品数量多，而且引起的关注比较大。她的小说大部分被各类选刊转载，或获奖。相较而言，陈亚珍年龄较大，她是一位在文学道路上一直默默坚守的作家，以创作长篇小说为主，她的《羊哭了，猪笑了，蚂蚁病了》出版后引起文坛的极大关注。

三是报告文学的山西现象。这期间，山西涌现出大量的报告文学作品，且产生了比较大的影响。一是有一批专门从事报告文学创作的作家如赵瑜、鲁顺民、聂还贵、魏荣汉、黄风、李金山、王宝国、郭万新等；二是有一批在创作其他体裁作品的同时，也进行报告文学创作的作家如焦祖尧、哲夫、张锐锋、韩石山、周宗奇、王东满、寓真、王西兰、皇甫琪等等，三是一大批报告文学作品产生了较大的影响，并获得了各种奖项，除前面提到的《革命百里洲》《鼎立南极》外，《寻找巴金的黛莉》获中国作家鄂尔多斯文学奖、徐迟报告文学奖，《华侨抗日女英雄李林》获中国传记文学奖，其他如中国首届环保文学奖、中国图书奖等等。如果同时考虑传记文学的写作和后面谈到的所谓"文学性的学术写作"等有关作品，这一时期，山西的报告文学创作可谓蔚为大观。以上所言仅只涉及长篇报告文学创作。实际上除此之外，还有更多的中短篇报告文学作品出现。

四是所谓的"大众化写作"。但这种概括似乎不太准确。这一时期有许多生活、工作在社会各个领域的人，如农村、工厂、机关、学校，甚至是自由职业者一直坚持文学创作。他们一般与作协没有太多的联系，甚至在他们写了很多的作品之后仍然没有进入文坛的视野。如果要让他们与文学发生联系的话，可以称他们为农民作家、工人作家，或者自由作家。由于他们的创作是一种自为的行为，也就是说，他们并不积极参与到当前的文学主流之中，也不追求文学界对他们的关注和认可，只是以创作证明自己的存在。因此，他们的创作是一种更加纯粹的无功利的行为。比如王宝国本来是一个农民，因热爱创作在县文联帮忙，后被组织发现解决了他的工作身份。如果说他们的创作是一种体制外的创作，只是说他们没有进入目前政府设置的文化单位，包括没有进入作协这样的机构之中。但是这种概括也很成问题。因为作家历来就散布在社会的各个层面，也许用"群众性"可能会相对好一点。因为他们的大多数在创作了相当多的作品后仍然不被人关注。但是他们的存在又非常重要，是文学生态优化的一种体现，也是文学"纯粹性""神圣性"的证明。这其中也包括许多网络作家。有几位的作品点击量很大，甚至进入排行榜的前列。

这一时期，山西的诗歌创作也表现出非常活跃的态势。一是继续了诗歌对现实生活的敏锐关注，二是出现了许多以历史为题材的作品，包括梁志宏的《华夏创世神歌》等长篇巨著；三是在诗歌语言及表现手法上的进行探索的创作等；四是某种具有文化意味的表达；五是旧体诗的繁荣等等。此外，诗歌社团也十分活跃，各地成立了名目各异的诗社，并开展了各种各样的活动，包括举办受到政府支持的诗歌节等。

影视、戏剧文学创作也有许多优秀作品出现，特别是许多写小说的人介入影视领域。比较典型的如钟道新参与了《黑洞》等多部产生较大影响的电视剧的创作，张石山、梦妮等改编的电视剧《吕梁英雄传》，牛建荣的电视剧《喜耕田的故事》等均产生了广泛的影响。此外如电影《给我一支枪》《浴血雁门关》《尉迟恭》、电视剧《黑金地的女人》《阿霞》《西口情歌》《红军东征》等均为山西作家创作。在戏剧文学方面，《解放》《山村母亲》《西沟女儿》《山里娃》《上马街》等山西作家创作的作品均产生了较大的影响。

山西的文艺理论与评论也表现出一种活跃态势。一方面，一些具有较大影响的评论家调走，到外地工作；另一方面，一批新人涌现出来。特别是山西高校的年轻教师成为山西文艺理论与评论队伍的后继人才，尽管他们的作品还不够多，但已经显现出非常活跃的态势。而长期坚守理论与评论阵地的中老年评论家成为山西这一时期的主力。有的不断在全国发表具有较大关注度的文章；有的对中国短篇小说、长篇小说进行跟踪研究，成为这一领域的权威；有的则专注于山西本土的评论，发挥了积极的引领、评介、宣传作用。值得注意的是，这一时期山西关于文艺理论的研究也多有成就，出版了一系列的理论著作。而老一代的李国涛、董大中、艾斐、杨士忠、蔡润田等的研究方向发生了变化，更多地关注文化、学术和思想理论。他们在文化领域的影响可能更大。一些作家在创作之余结集出版了自己对文学创作的思考，也成为山西文艺理论与评论的重要收获。

高潮的主线：现实关怀与文化表达

在山西文学的第三次创作高潮中，涌现出一批在全国广有影响的作家，他们的创作题材、体裁、风格不同，但是有许多人均可说是某一方面的带头人、领军人物。总体来看，这一时期文学创作主要从两个方面拓展：一是继续密切关注现实生活，直接表现时代的发展变化；二是从文化的层面进行思考，在超越具体生活现象的基础上表现人生的命运与价值。这构成了这一时期山西文学的主线。

首先要说的是张平。这一时期,他有多部长篇小说出版,均产生了较大的影响。特别是《抉择》获得了第五届茅盾文学奖。此外,他过去发表的一些作品或因为被改编,或被再版,又再次被读者关注。如被改编成电影《天狗》的长篇小说《凶犯》等。综观张平的创作,直面现实,反映时代,描写普通劳动者,表现社会生活中的正义和力量是他的一贯追求。他自己也说要一生一世为老百姓写作。张平创作初期以表现"家庭苦情"小说为主。其中揭示的是蕴藏在普通人身上充沛的人性和由此而来的温暖。后来,他的创作发生了重大转折,由对具体的个人命运的关注转向对重大社会问题的关注,并成为20世纪90年代之后中国表现现实生活文学的标志性作家之一。其《抉择》获茅盾文学奖的评语比较准确地说明了他的创作特色。其中写道:"《抉择》直面现实,关注时代,以敢为人民代言的巨大勇气和张扬理想的胆识,深刻地揭示了当前社会复杂而尖锐的矛盾,突出地表现了在艰难抉择中维护党和人民利益的市长李高成的崇高形象,也比较充分地展现了广大群众和党的优秀干部与腐败势力坚决斗争的正面力量,给读者以正义必定战胜邪恶的信心。小说注意调动扣人心弦的情节和细节等艺术手段,在冲突的浪尖去刻画人物,描写生动爽利,语言流畅激越。整部作品正气凛然,具有强烈冲击读者心灵的思想和艺术力量,其启示意义,尤其发人深省。"他的作品也是山西文学关注现实、为民代言精神的生动体现与传承。

与这种精神相连,并表现同样突出的是赵瑜的报告文学创作。虽然赵瑜并不进行小说写作,但他的报告文学几乎每一部都引起人们的关注,甚至成为热点话题。他是中国纪实文学大军中最为重要的代表性作家之一。他的创作有这样几个特点。一是对社会生活的密切关注。所有作品的创作都要进行大量的深入细致的采访、调查。这一工作的艰苦和烦琐非常人所能想象。也正因为如此,才为他的创作打下扎实的基础。二是他的创作一般来说均关注的是重大社会题材。这些事件是中国在走向现代化进程中遇到的问题。作家以其独特的眼光进行诠释。其作品之所以能够引起广泛的反响,与这种对社会发展进程的关注密不可分。第三是他的表述具有一种铁板铜琶、黄钟大吕式的语体风格。如果说不足的话就是缺少细腻的描写。而这也正成就了他作品的那种大气,与他关注的题材品格一致。比较独特的是他产生了重大影响的《寻找巴金的黛莉》,以寻找当年与巴金通信的山西籍女青年"黛莉"为故事线索,贯通时空,融汇虚实,表现了中国青年的人生志向和向善向美的追求,具有浓厚的人文色彩。其中既有悬念,又有比较细致的分析描述,可以说是赵瑜作品中的一个"另类"。在山西作家中,另一位创作了大量报告文学作品的作家是哲夫。哲夫首先是以小说,特别是长篇小说闻名的。但是世纪之交,他集中精力进行了大量的以环境保护为题材的创作,陆续出版了一系列相关的作品,均生产了重大影响,被誉为是手执"笔枪"站在生态环保最前沿的"绿色斗士"。此外也有诸如《执政能力》等非环保题材的作品面世。可以说,哲夫是当代中国作家中作品数量最多的作家之一,也是为创作走遍多半个中国的为数不多的作家之一。

与张平、赵瑜、哲夫等关注重大社会事件不同,王祥夫的小说创作更关注普通人的精神世界和人生命运。王祥夫发表过大量的长中短篇小说,同时,他近年来的散文创作也具有非常浓郁的文人色彩。但是,给他带来重要声誉的还是他的中短篇小说。特别是短篇小说《上边》获得了第三届鲁迅文学奖。他不太关注我们生活中的所谓"大事",比如那些能够影响人生活的社会重大事件、生活环境等。他关注的是生活的片段性状态,是最常见的"日常生活"中的细小之事。但是,他总是瞪大眼睛,把这些别人很少注意到的人事叙述得仔仔细细、心绪难平。用一个不太准确的比喻来说王祥夫的小说,他的状态就像一个手持手术刀的大夫一样,鞭辟入里地把人生的每一点细微之处切割开来,露出人性中那些淡淡的美好、希望和生活下去的魅力。他一般不讲述大起大落的故事,而是选择生活中的某一片段。他也不渲染内心强烈的情感,而是把自己的同情、认可、欣赏严格地控制在对人物的描写之中。他非常重视对细节的刻画,是一位不多见的以细节来表达思想和情感的作家。他似乎在小说中为我们塑造了一个非常冷静、客观的世界。但是我们在阅读的过程中却深深地感受到作家内心极力控制的对小说中人物的那种同情和欣赏。他为我们描写了许许多多生活中的"小人物"和"大多数"。正是这些芸芸众生构成了我们的生活和社会。他的作品具有强烈的人道主义精神和人文色彩。他对现实的关注不是从事件开始的,而是从普通人的生活细节入手的。

相对于这些表现现实生活的追求,另一些作家则企图从对历史的观照中探寻超越现实意义的文化价值。一般而言,他们写的是所谓的"历史题材",但实际上他们并不是要讲一个历史故事,而是要努力表达在这样的历史之上所展示的文化内涵和人生意义。成一以晋商为题材的小说创作进入了新的境界。他近百万字的《白银谷》试图在对晋商家族的描写中揭示中国传统文化与外来文化之间的碰撞、交融。在这部作品中,作者更多的是对传统文化中对人性压抑、扼制的批判,期望外来文化对传统文化的改造,以及不同文化的交融中中国新文化的生发。而在他的另一部作品《茶道青红》中,延续了对晋商家族及其商业经营故事的描写。但是,从价值表达的角度而言,则通过对主人公戴夫人形象的塑造,表达了作者对中国传统文化中积极成分的赞美。李锐在创作了一系列以20世纪初期中国社会变动为背景的小说之后,出版了《张马丁的第八天》。尽管作者在这部小说中仍然坚持了叙述的悬念、突变等手法,但与过去的作品有别,他更关注的是中西文化之间的纠葛,对不同文化沟通、理解的期待,以及在具有悬念意味的故事之上对人生意义的探求。这些作品如果从内容的层面来看,当然没有脱离中国的生活,即使是一种已经"过去"的历史生活。但是,如果我们简单地认为他们在写所谓的"历史小说",就会大大低估其超越具体生活表象之后对文化价值思考与追寻的努力。事实上,这些作品对山西文学具有非常重要的意义,证明山西文学对生活、社会以及生命存在的关注领域得到了极大的拓展。同时,在文学自身价值的体现上也有了新的追求和成功的实践。文学不仅是对社会表象的再现,同时也是人对自身存在意义的思考和表达。

与这种思考及表达相近的是蒋韵的创作。蒋韵是一位一直坚持自己独特追求的女性作家。但是评论界至今没有给予应有的关注。她似乎在描写一些处于社会边缘状态的具有"失落感"的女性。这些人的现实处境,包括她们的人生历程都不能算成功,甚至在许多时候应该属于"失败"。她们没有显赫的社会地位,是现实生活中的小人物;也没有比较宽裕的经济条件,是最普通的芸芸众生中的一员。同时,她们也没有成功的事业和理想的家庭。从现实的角度看,无论如何她们都是一些"失意者"。但是,不论她们的人生处境如何不如意，这些"弱小"的女性在自己的内心世界总是保持了对理想的精神性追求。在许许多多失意的生活中，她们身上总是能够体现出对他人的爱、关照和善良，以及浪漫的想象。这些人性中最美好的品格成为蒋韵小说最闪光的地方，形成其独特的价值追求和人性魅力。不同于一般人的表达，蒋韵从来不满足于描写一个人生失败、人事无常、人性冷漠的故事。她总是要在这种"失意"的生活中张扬人精神世界的旗帜，并使其在世态炎凉中高高飘扬、熠熠生辉。她也不回避人性中的恶。但是，在这"恶"之外，蒋韵总是要展示人性中依然顽强地存在着的善。这使她的小说品格总是高于许多满足于叙述一个悲惨故事，并因此使人感到伤心、绝望的作品。在那种伤感、失落、不如意中，蒋韵的笔下，精神的追求从来都表现得充盈饱满、昂扬坚韧。这种对人的精神力量的执着，使蒋韵高于一般的写作者，并突显出她不可或缺的重要价值。

　　世纪之交，山西文学除小说领域的新变之外，其他文体也表现出争奇斗艳之态，成为中国文学广为关注的现象。就散文创作而言，对中国当代文学影响比较大的是以刘白羽、杨朔、秦牧等为代表的模式。他们的创作是中国现当代文学的重要成就。但正因为其影响大，也使人们对散文的理解充满局限。一般来说，他们的散文作品篇幅比较短小，表现的多为现实生活，且以写景抒情、表情达意为最突出的特色。新时期以来，随着文学观念的解放，一些不同于这种特点的散文涌现出来。如余秋雨的文化散文，着重对历史文化事件的追述和解读，是关于历史文化的当代体验。这使散文的品格发生了蜕变。这种变化在所谓的"新散文"中得到了进一步的张扬。特别是1998年《大家》开设"新散文"栏目，张锐锋、庞培、祝勇、张晓枫等人的作品几乎在比较相近的时间里出现，使散文发生了重要变化，主要表现在这样几个方面。首先是散文的规模，不再以"短小精干"为主，而是恢复了中国散文最初的恢宏与博大。也就是说，由于篇幅的限制，一度散文只能表达比较"细小"的内容，而新散文则使散文有可能表现更加广阔的生活和思想。其次是新散文使散文表现的题材得到了拓展。除对当下生活的表现外，新散文似乎更注重在超越具体"生活"的基础上表达人们对社会、历史、现实、人生、价值观等诸多领域的思考体验。三是过去比较强调的作者的现场感悟和微弱的"情节性"已被突破。作者描写的内容不一定是自己亲身参与的生活,而更可能是作者思考、感悟、理解的生活。作者描写的对象也可能不是自己看到的现实,而更可能是"知道"的东西。就张锐锋而言,作为新散文的代表性作家又表现出自己鲜明的特色。他的散文,内容更加恣意,视野更加开阔。由于他理工科背景的学养,在作品中往往涉及许多科技领域的东西,或者他更方便地从技术的层面来表现自己的体悟,他的思考和表达也更具有理性色彩。但是,我们必须强调的是,他的散文是"文学"性的,绝对不是"科学"性的。张锐锋的独特之处就在于他能够把技术性的东西用文学表现出来,而不是写成技术报告。

这期间另一位作家正在产生极大的影响。这就是山西文学中的"另类"刘慈欣。他是目前中国科幻小说的领军人物。长期以来,山西缺少影响重大的科幻小说。刘慈欣的意义不在于为山西文学填补了一项空白,而在于他再次证明中国文化中那种丰富的想象力和创造力。他本人是一个电力工程师,但是他的成就是小说。刘慈欣能够把生涩的、僵硬的、机械的科技概念移入文学之中。可以说,他交给读者的是文学的世界。但是这个世界同时也是充满想象力的科幻世界。也就是说,他能够把科学技术"语境"与文学的情感状态天衣无缝地统一起来。他描写的是立足于科技的非现实的幻想世界,是人类对未来的想象和憧憬,但其中的人物关系、情感构成、价值表达却是在现实的土地上滋养、形成的。他在非现实的境界里关注着生活在现实中人类的意义和价值。他关于技术的介绍被文学性的表达溶解。

刘慈欣科幻小说三部曲《三体》

刘慈欣

技术只是人物生存、活动的背景、环境。而他所要强调的是人的价值和情感。刘慈欣在不为人知的寂寞中为我们创造了一个想象力无比丰富，具有色彩斑斓般魅力的"未知世界"，拓展了现实中人们情感体验的空间，也展示了中国人关于自身远景的创造力。同时，他又悲天悯人地关注着现实中人们精神世界的构建。他把科技与情感有机地融为一体，并激发了人们向上、健康、理性的力量。

这一时期，山西的文学创作中还有一个非常特殊的现象，似可称之为"文学性学术写作"。所谓"文学性"，就是说这些写作者本来都是进行文学创作的，且大部分人有突出的创作成就。"文学性"的另一重意思是指，他们的学术表达是以文学的思维、语体进行的。往往比较强调人物的命运、情感、性格，语言生动鲜活，与一般的学术表达是非常不同的。而所谓"学术"是说，这些写作必须建立在艰苦的学术研究的基础上。这种建立在学术研究的基础之上，又以文学性的手法进行的写作，就是所谓的"文学性学术写作"。其中，如韩石山先后完成了《李健吾传》《徐志摩传》《张晗传》，以及包括林徽因、陆小曼等历史人物的有关作品；张石山完成了《被误读的〈论语〉——〈论语〉片解九十九篇》，以及与鲁顺民合著的《礼失求诸野》等；周宗奇完成了有关清代文字狱的系列作品之后，还有《守望潞盐》《大鏊林鹏》等；陈为人则出版了一系列著作；毕星星有《大音绝唱》《坚锐的往事》等；聂还贵有《中国，有一座古都叫大同》《雕刻在石头上的王朝》等；此外如王东满的《姚奠中》；苏华、张济的《何澄》；等等。这些作品虽然也可以归于散文、报告文学或者传记文学等，但其非常突出的一点是必须在充分的学术准备基础上才能进行写作。还有一个特点是他们都不是严格意义上的学术著作。这不是说没有学术品格，而是说，这些作品不是理论性的学术作品。尽管它们有充分的学术性，甚至有考证、引用等学术著作的特点。他们更突出的是文学性。从而是不是也可以说，它们是一种介于文学和学术之间的文体。

除中老年作家的创作外，这一时期大量更年轻的作家进入中国文坛的视野，许多人表现出非常活跃的态势，并产生了重大的影响。除葛水平、李骏虎等外，如王保忠、孙频、杨遥、李来兵、小岸、杨凤喜、唐晋、张乐朋、黄风、玄武、手指、闫文盛、李燕蓉、陈克海、蒋殊、张卫平、镕畅、王国伟、邓学义等等均表现出活跃的创作态势。这些人创作的经历不同，成就不同，产生的影响也不同。概而言之，这批作家有这样几个突出的特点：一是他们对文学创作有一种"纯粹性"执着。在文学逐渐边缘化的时刻，他们中的大部分人才开始自己的创作。他们进入文学园地的时刻让我们感受到了文学具有的魅力，以及这些作家对文学非同一般的热爱。他们中的许多人并没有很理想的现实境遇。但是，他们并不期望在世俗化浪潮冲击的人们的社会生活、侵蚀人们的精神世界的时刻求得世俗利益的改变。在他们内心深处，文学永远具有神圣的意义。二是这批作家的文学天分比较突出。虽然我们还不能用类似于超群或出类拔萃之类的话来表达，但总体来看他们是一些具有良好艺术感觉的作者。不论是语言的表达、故事的叙述、人物的描写、心理的刻画等都表现得比较成熟。三是这些作家的艺术表现力呈现出多样的特色。我们很难用某种统一的风格来概括他们，但是，他们从一开始就表现出自己独特的审美追求。有的人长于从具有历史意味的视角来表现生活，有的人善于从文化价值的层面关注人生，有的人以心理描写见长，并逐步形成以心理刻画来结构小说的风格，有的人则喜欢理性的思考，还有的人乐于创造一种穿透现实时空的玄幻境界等等。他们的出现证明了山西文学人才的不断涌现，也证明了中国文学将形成新的创作势力。他们是中国文学未来的希望和脊梁。

高潮的意义：分化、蜕变与新生

山西文学创作的第三次高潮对山西文学的发展而言，具有特殊的意义，具体来说就是分化、蜕变与新生。

至少在当代文学的发展进程中，山西文学一直具有突出的地位。这主要是因为有以赵树理为代表的"山药蛋派"作家在中国文坛所产生的影响，以及他们对中国文学和中国文化所做出的重大贡献。中国文学史不可能忽略、回避这一创作现象。他们的创作思想和风格不仅对山西文学的影响很深，对中国文学也具有非常重要的影响。大概而言，这批作家的创作多以农村生活为题材。他们虽然也有许多长篇作品，但基本以短篇为主。在创作风格上，他们比较注重叙述完整的故事，使用大众，主要是北方农民习惯的语言。在创作思想上，强调为人民，或者说为农民代言，比较关注现实生活中的问题，希望能够通过自己的创作表达基层群众的意愿。这种创作追求在与他们相比稍晚的作家身上也体现得非常突出。或者也可以说，比他们稍晚的作家基本是按照这一成熟的模式开始创作的。至20世纪70年代末80代初走上文坛的更年轻的一批作家，不论他们后来的发展如何、创作追求怎样，一个毋庸置疑的事实是，这批作家在开始步入文坛时，也仍然是以"山药蛋派"的风格出现的。但是，另一个不容置疑的事实是，这批新时期初在中国文坛产生重大影响的作家越到后来，风格越不统一。而到了新世纪前后，在所谓第三次文学创作高潮中出现的作家，则在一开始就表现出迥异的追求。这批作家不仅与自己的前辈不同，而且相互之间也有很大的差异。随着前辈作家逐渐退出文坛、狭义"晋军"个人风格的分化，山西文学已经不再呈现大致同一的创作模式。可以说，山西文学创作的第三次高潮就是一个典型的分化状态。这种分化首先表现在题材的选择上。虽然还有很多人在表现农村的生活如葛水平、王保忠、杨遥，包括李骏虎等，但农村已经不再是唯一的或者最重要的题材选择。城市生活、知识分子的生存状态、打工者、女性世界、校园生活，甚至军事题材、历史题材、高科技领域、金融贸易、科幻等等都是他们关注的话题。也就是说，在这一时期，题材选择的范围更加广阔。其次是创作风格的多样化。我们不能再用某一种风格或者流派来概括山西的文学。这一时期的山西文学更加强调作家个人的追求、特色。如果说，之前的创作者或者有意识地使自己表现出"山药蛋派"特色，或者潜意识中不自觉地表现出"山药蛋派"风格是一种整体趋势的话，这一时期，已经很难说谁与谁是风格相近的了。他们每个人都是一个创作的"个体""这一个"。他们努力形成属于自己的特色。再次，文学体裁的分化。新时期之前，山西的文学创作有少量的但是产生了比较大的影响的电影文学作品，有不多的报告文学作品，作为文学主体的仍然是小说，特别是短篇小说。但是，在新世纪前后的时期，中长篇小说成为作家们最喜欢使用的形式，即使是新出道的作家也有长篇问世。而除小说之外，其他的文学体裁也非常丰富。如报告文学、长篇散文、影视剧本、诗歌，以及文学性学术写作等等。总之，这一时期，一个最突出的特点即是分化。山西文学真正进入一种众语喧哗、百花争艳、各美其美的发展状态。

这一时期，山西的文学也在进行着艰难的蜕变。这种蜕变首先表现在那些成名较早的作家上，特别是崛起的"晋军"那一代人身上。他们实际上从20世纪80年代后期已经开始从最初的模式中出走，并探求形成属于自己的风格。大致来说，在90年代，特别是90年代中后期，他们个人的风格大多形成了稳定的状态。实际上，山西文学的所谓"分化"是从这些人的创作开始的。尽管他们的成长或多或少地带有前辈作家的影响。这批成熟作家的蜕变还表现在文学体裁的转变上。一些人已经创作了大量的小说作品，但是不再从事小说创作。有的进行批评，有的执着于报告文学，有的关注"文学性学术写作"。还有的人进入影视创作领域，成为剧作家或者专题片的撰稿人。

对于那些更年轻的作家来说，他们步入文坛时正处于一个文学异常复杂的时期。一方面是文学的空前繁荣。从事创作的人单从数量来看，比任何时候都多，作品的数量也同样多。仅长篇小说年产量即已上千。这还不包括对网络作家作品的统计。另一方面，文学的影响力大大降低。过去一篇小说走红的事情已不可能。也就是说，要想产生更大的影响，比新时期初要困难得多，必须有长期的坚持和更加鲜明的创作个性，而不是共性。所以，从他们个人来看，出手之时就要以独特的风格与社会见面。这就引发了这样两个问题。一是他们能不能形成稳定的成功的被文坛认可关注的风格；二是山西文学是不是能够完成从曾经的单一向成熟的多样蜕变。所以，从山西文学发展的总体趋势来看，所谓分化与蜕变主要在这一时期完成的。

这种蜕变也表现在作家们的文学观和对社会生活的态度上，也许这是更加重要的问题。就赵树理、马烽等"山药蛋派"作家而言，他们既是社会生活的主人，也是文学所表现的生活的一分子。他们虽然从事的是文学创作，但力图通过文学为现实生活发声，为和自己一样的老百姓代言。他们的个人情感、价值选择与自己生活的时代是一致的。因此，读他们的作品，不会感觉到这些作家是以观察、审视、高高在上或分离的心态来写他们热爱的人物，他们是在写他们自己，他们与自己笔下的人物是同一的，与时代是同步的，他们的创作是为了推动这个时代向前进。他们期望通过自己的创作解决社会发展中的问题,并激励人们前行的信心和力量。这种创作思想可以说是山西文学的主潮,一直到今天仍然表现得比较充分。但是,进入20世纪90年代,作家们的创作思想开始出现分化,到新世纪前后逐步成型。尽管山西文学依然积极地承担了对社会的责任,但其出发点和表现方式都呈现出不同的追求。大致来看,一些作家希望从文化的层面思考社会和人生。他们的作品有故事,但不再是现实生活中的故事。他们讲述故事的目的不是为了说明故事本身的意义,而是企图通过故事之上的人和事来表达自己某种带有哲学意味和文化价值的感悟,因而具有一种形而上的品格。他们与前述作家不同,不再是写"自己"的经历,而是写自己的"感悟"。作品中的人物和作家没有那种血肉相连的同一关系,而是成为作家审视的对象。他们对生活的关注不是从具体的现实生活切入的,而是从超越现实的形而上层面进行的。这种蜕变使山西的文学形成了两种表达状态:一种是与作品中的人物具有同一关系的从现实生活出发的表达,另一种是把作品中的人事作为审视对象的超越具体生活的形而上表达。他们共同构成山西文学的多彩版图,并在新世纪之交表现出强劲的创作态势。

  与此相伴的是山西作家在创作中表现出来的价值倾向。在20世纪90年代前期之前,总体来看,山西文学所表达的价值追求具有一种"神圣性"。也就是说,作家们力图通过自己的创作表达自己认为"神圣"的价值。或者他们塑造的人物暗合了时代的必然要求,或者他们直接表现社会发展的历史选择,或者他们希望能够通过文学解决现实生活中的问题等等。总而言之,他们的心目中,不仅文学自身具有"神圣性",文学所表达的价值选择也具有"神圣性"。这种所谓的"神圣性"是社会生活发展的一种符合时代要求和人民愿望的必然选择。从某种意义讲,他们或隐或显地承担了"引路人"的角色。而所谓的"引路人",就必须是正确的、庄严的、神圣的,具有时代感和前瞻性的。90年代之后,这种创作态度逐渐蜕变,至新世纪以来,随着社会生活的世俗化,以及人文世界的弱化,文学的神圣性逐渐淡漠,世俗化倾向渐浓。在文学中,明晰的理想和高尚的情怀逐渐削减,对个人日常生活、处境的关注,以及价值观的迷茫逐渐多起来。许多人不再有明确的价值追求,而是有更多的现实诉求;不再有激励读者热血和激情的描写,而是更多地感到了人生的无奈和不可把握。一些作家并不能从生活中看到历史前行的方向,也没有人生价值的明确选择,而是成为现实生活简单的摹写者。他们没有走在时代的前列,而是跟在了生活的后面。尽管仍然有很多作家坚守着文学的神圣感,但世俗化表现也成为一种突出的现象。

这种蜕变也表现在作家文体的多样化上。同样是小说创作,他们的小说观念是非常不同的。一些人仍然执着于比较传统的小说构成。但是,这样的人越来越少,更多的人则追求小说构成的丰富性。以小说的叙述而言,许多人已不再追求讲一个有头有尾、起承转合的传统故事,而是执着于叙述像生活本身一样流淌着的自然状态的人生。还有的人从细节出发结构小说,或者从人物的心理出发结构小说等等。小说在我们作家的笔下是非常不同的。他们的实践已经打破了传统的范式,使文学表达的手法、样式更加多样、丰富。

毫无疑问,山西文学正在蜕变中新生。后起的更年轻的作家们表现出更为丰富的个性色彩。从文学的丰富性来看,这当然是非常好的一件事。但是,他们也面临着非常严峻的考验。首先是,除少数人外,这批作家的格局相对较小。其原因主要是因为他们不太关注社会的发展变化及历史的发展规律,他们没有太丰富的生活经历。主要是说,他们没有前辈作家那种人生的大起大落和生活状态的反差,比如战争、灾难、城市、农村等等。虽然我们不能苛求作家一定要经历人生的波折,但是应该有对现实生活积极的关注、体验。他们身处于一个正在发生着巨大变革的时代,但从个人的经历来看,基本是稳定的、有保障的、平和的,同时也是有局限的。他们接受知识的渠道更为广阔、便捷、多样;他们心目中的文学样式更加丰富、多彩,社会生活异常快速的变化对他们也产生了重要的影响。但是,变的是生活而可能不是他们自己。他们缺乏从自身命运的跌宕起伏中体验、感悟、期待生活的经历。这使他们对社会的理解缺少了深刻性和广阔性,而多了一些迷茫性。他们有悲天悯人的情怀,但这种情怀是源于自身的还没有达及社会和他人的心性。所以,如果一直使自己局限在这种比较"小"的格局之中,不能以更加深广的眼光来观察社会、体验人生、寻求未来,对他们的创作将会生产很大的限制。他们不太在意社会的变化对个人命运的影响,往往写一种弱化了社会背景的"孤立"的人生。同时，他们关于历史、社会的宏观性观照比较薄弱。缺乏从社会、时代发展的大格局中来关注、表达个人命运的方法。他们的创作天分非常突出，有很好的故事结构能力和语言表达能力，但是缺乏历史的深刻性以及对社会发展大趋势的必然性的感悟、把握。这一点可以与狭义的"晋军"走上文坛时产生重大影响的作品进行对比。这批"晋军"作家的作品大部分都有对时代社会的艺术性表达，他们往往是通过一个具体人物的命运预示了时代的某种必然要求，或者从文化的层面来表达自己对生命价值的感悟。这使"晋军"作家的作品具备了比较宏大的品格和强烈的艺术感染力。

中国正发生着具有根本意义的变革，现实生活表现得前所未有的丰富，为文学创作提供了精彩的素材和多样的可能。中国的发展变化不仅对中国具有重大的意义，对人类的发展进步也具有重大的意义。在短短 60 多年的时间里，中国完成了基本的工业化、现代化建设，从落后、挨打走向了繁荣、复兴。虽然还存在许多问题，面临着严峻的挑战，但我们不能漠视、否认这一基本的事实和历史的必然。反观我们的文学，对这一时代本质的表现仍然非常欠缺。从我们的文学中难以看到这个时代所经历的筚路蓝缕的创业历程，以及中国人民自强不息的奋斗追求。中国到底发生了什么？中国人民到底在干什么？他们的精神追求是什么？理想和希望在哪里？我们还没有很好很深刻的表达。山西文学一直有关注现实生活、社会人生的优良传统，而且在今天也仍然表现出这种执着的关注。但是，我们还是希望有更多更好的作品来具有本质意义地表现这个时代。这是我们文学新生的必然之路。

第十章　四世同堂的山西诗坛

现在我们进入诗歌地带。

这无疑是山西文坛最为绚丽的景观之一。

山西，是华夏文明的发祥地，自然也是中国诗歌的发祥地，数千年来，唐风吹着，魏风吹着——从西汉的女诗人班婕妤，到东晋的郭璞、南北朝的鲍照、隋朝的薛道衡，以及唐朝的王绩、王勃、宋之问、王翰、王维、王昌龄、王之涣、卢纶、白居易、柳宗元、温庭筠、聂夷中、司空图，直至金元的一代文冠元好问、明代的薛瑄、清代的傅山，以及近代的祁寯藻、徐继畲、董文焕、杨笃、杨深秀……可谓群星璀璨，名家辈出。

据《全唐诗》辑录，山西诗人达100多人，诗歌总数达4000余首，约占全唐诗的百分之八（这还不包括自称"太原白居易"的诗作）。当然，单就数量，也许并不太能说明问题。重要的是诗人的成就及其在历史上的地位：初唐的王绩、王勃、宋之问，是唐诗繁荣局面的开创者；盛唐的王维，在艺术上是可以和李、杜三足鼎立的开宗立派的大家；王昌龄以边塞生活为题材的七言绝句，在唐代可以说是无人可比；晚唐的司空图以《诗品》独步诗坛；温庭筠则以词而成为花间派鼻祖……所以我们有理由说，那是山西诗歌最辉煌的时代。

到了现代，山西诗歌即使算不上辉煌，却也称得起壮观，所谓壮观，就是说除了山西本土的诗人高长虹、高沐鸿、赵树理、卢梦、冈夫、毕革飞，还有一大批优秀的诗人来到了山西，比如艾青、卞之琳、何其芳、田间、公木、阮章竞等等，他们共同组成了山西诗歌创作的阵容。田间在这里写了《赶车传》，阮章竞写了《漳河水》，何其芳写下抒情组诗《北中国在燃烧》，艾青是1938年初到临汾山西民族革命大学任教的，在这里写下了名篇《北方》……

《山西诗歌选》，山西人民出版社1979年版

而我们接下来所要记述的山西当代诗歌，就是在这样一些宏大而又辽阔的历史背景下开始的。

早些年，诗人柴然曾在《谁在亵渎山西诗歌》一文中开列出一份200余人的山西诗人名单，后来，诗人王国伟在这份名单的基础上悉心整理并广泛征询诗友提名，先是推出一份300余人的《山西当代诗人名录》，后又不断扩充，如今已达500人。

一如柴然先生所说，这么多"山西诗人视诗歌为生命。这里诗人活着，诗生长在山西，生生不息"。

而国伟先生在名录的"按语"中亦说：

山西诗歌发展良好局面的形成，必然是由一个个诗人的勤奋创作和真诚坚守来支撑的。名单中列出的这些诗人，基本上形成了山西当代诗歌创作队伍的中坚力量，并代表着山西新诗发展的水平和方向。

在这个浮躁的时代，我们为山西还有这么多优秀诗人而感到自豪和欣慰，特别是应当向那些为山西诗歌发展做出过贡献，现在仍然在为山西诗歌默默坚守、勇于突破的诗人们致敬。

我们也就是怀着这样的情感，来阅读并叙写这六十多年的"诗史"的。六十年潮落潮起，五百人同舟共济，这是何等壮阔的景观！这景观，是一部数十万字的专著也未必能完满再现的。但我们现在的状况，却是用两三万字的篇幅来综述这一切。

唯此，我们只能简单地按山西诗歌家族中每一位诗人的年龄（实际年龄和走上诗坛的年度）划代，从而构成一个粗略的谱系，进而让读者诸君能够大致领略山西诗歌的景象以及它的传承和发展。

这样定位，也许会过于人情化，甚或可能会影响评述的诗学高度，然而，我们似乎别无选择。况且常人也好、诗人也罢，有什么比家族更重要，有什么比血缘更重要呢？

诗界两泰斗

在四代诗人组成的山西诗歌家族中，冈夫与马作楫，无疑是德高望重的。他们诗才卓著且宅心仁厚，既是"族长"，又是导师。他们肩负的责任是双重的，因而功绩也是双重的：一方面是"言传"——以他们的作品为诗歌创作提供了优秀的范式，并间接地影响到这一家族中几代诗人的创作；一方面是"身教"——或以他们崇高的人品、诗品为家族后学树立楷模，并由此引导他们健康成长；或呕心沥血，直接扶植、培养和造就了一大批晚辈诗人。

这两大功绩，自然只是就"山西诗歌家族"而言，扩而大之，当我们把他们的创作经历同中华民族的历史进程联系起来，当把他们优秀的创作放置于整个中国诗歌发展的坐标系上，我们便会看到他们对于中华民族及其诗歌发展所做出的更为巨大的贡献：从20世纪二三十年代冈夫的诗作——如《世界》（1927）、《女妖之舞》（1928）、《告别》（1929）、《我们生死在共同的战场》（1937）、《七月》（1939）——到40年代马作楫的《忧郁》（上海光华1948年版）；从50年代的《战斗与歌唱》（冈夫著，作家出版社1956年版），到60年代的《汾河春光》（马作楫著，山西人民出版社1962年版）；从80年代的《冈夫诗选》《马作楫诗选》，到90年代的《远踪近影》（冈夫著）、《无弦琴》（马作楫著），两位老诗人的创作，形象地再现了近四分之三个世纪的革命风云和民族情绪，真切地记录了山西新文学以至中国新诗发展的历史轨迹。他们的诗，就是"山西新文学发展的一部活的历史"，一部"浓缩了的中国新诗发展史"（董大中语）。

冈夫（1907—1998），原名王玉堂，1907年1月4日出生于山西省武乡县故城镇一个以耕读传家的农民家庭。父亲是读书人，且家教严谨，使他从小便受到中国古典诗文，尤其是儒家经典的启蒙。14岁时，他以优异的成绩考入山西外国文言学校，开始接受西欧、苏俄文学以及五四新文学的影响。

诗人冈夫

他于1924年8月参加了高长虹倡导与组织的"狂飙"文艺运动并开始诗歌创作,从而成为山西新文学的拓荒者之一。他是自觉地把诗歌当作革命武器,以一名坚守岗位的士兵要求自己,因此起了笔名"岗夫";后来又为了表达掀掉压在人民头上的三座大山的意愿,改为"冈夫"。

此后七八年间,他写下了一大批极具现代意味的出类拔萃的诗篇。这些诗篇,一如他的一首短诗所言,那即是——

在黑的地方,
写下光的语言。

——冈夫《粉笔标语》(1932)

1932年秋,冈夫在北平参加了左翼作家联盟。同年冬,北平国民党当局以"共产党嫌疑犯"的罪名将他逮捕入狱,关押在北平草岚子监狱。也就是在这里,他写下《狱中残篇》并加入中国共产党,从而走上职业革命家或革命家诗人的道路。

自此而后数十年,他参加了从抗日战争到新中国成立后的社会主义革命和建设的全过程,经历了"文化大革命"及改革开放的历史里程,并创作了大量诗作。这些诗作散见于当时的报刊,其中一部分后来分别收入《战斗与歌唱》(作家出版社1956年版)、《冈夫诗选》(山西人民出版社1985版)、《远踪近影》(北岳文艺出版社1991年版)、《枫林晚唱》(北岳文艺出版社1999年版)、《冈夫文集》(三卷本)(山西人民出版社2001年版)。

《冈夫文集》,山西人民出版社2001年版

《战斗与歌唱》,无疑是一部名副其实的诗作;这一书名,实际上也正是对冈夫诗歌创作的主题及其特色的准确的概括:前期是"战斗"——为中国革命摇鼓呐喊;

后期是"歌唱"——为祖国的沧桑巨变而引吭高歌。

这是一些豪壮的歌、真诚的歌——

> 在我 80 多岁的日子里／我有过美好的梦想／也有过失望与彷徨／经历过许多风浪／又有过不少的忧伤／并想到现在和以后／仍会有这样那样的难关／要我们去闯去撞／但今天我还是要唱……
> ——冈夫《迎接新的曙光》（1989）

马作楫，1923 年元月 28 日生于山西忻县（今忻州市）。那是晋西北一个有着古老诗歌传统的县份。早在金元时期，这里（当时还不叫忻县而叫秀容）便出过一个叫元好问的大诗人。纯朴的风土人情造就了一代宗师真淳、清雄、沉郁的艺术风格；反过来，诗人又把他以诚为本、以真为贵和以温柔敦厚的中和之美为美学规范的诗歌主张和创作实践还归故土，成为民风、诗风悠久传统的组成部分。这对于少年的马作楫，不可能不产生大的影响，以至其

马作楫近影

10 岁便开始了诗歌创作并很快就在国内报刊上发表作品。1946 年，诗人考入山西大学教育系就学，4 年后毕业时以优异的创作实绩而被留校为师，执教于中国语言文学系。这 4 年的大学生活，对于马作楫来说无疑是十分紧要的。这当然亦并非仅仅是他在此找到了今后将终生从事的职业；更主要的，则是他在此期间终于一跃而出并完全成熟，从而跨入现代中国最优秀的抒情诗人的行列。

1948 年，他的第一部诗集《忧郁》在上海出版。

这是一部杰出的诗集，几乎篇篇珠玑，即使同后来被尊为"大师"的徐志摩、戴望舒等的诗作相比都毫不逊色。可惜的只是由于地域的局限、诗人所处环境与位置的局限，以及山西的诗歌研究和评论滞后等原因的局限，它被长期地埋没，未能得到在中国现代文学史上所应有的位置。这对

马作楫（中）和他的弟子诗人珍尔（左）、边新文（右）

于中国新文学史来说，是个损失……

后来就解放了。马作楫亦随之开始了教书育人和业余创作双轨并进的学院生活。他注意周围的历史变革，注意在现实生活中寻找新奇的感受并做出诗的表述。1962年，他出版了自己的第二部诗集《汾河春光》。

顾名思义，那是一些关于"春天"的诗歌，因而具有清新、明快且又素朴的风格。事实上亦不止是在这部诗中，在从此以后的所有创作中，他的诗都保持了这样一种风格。他注重以小见大：一个小场景，一件小事，一个小细节，都成为他诗的元素并得以升华，从而具有了浓郁的诗情画意和启人心智的审美、认识价值。而所有这些，则是因为他的内心里有一片奇异的境界、温馨和宁静的境界，那里有他的故乡（以及由此扩展的晋西北农村）、母校（以及由此辐射开来的古城太原）和同他息息相通的人们及其生活。所以他写出了《故乡》《童年回忆》《书声》《校园梦境》《太原》《双塔》等一系列诗篇并赢得广泛的读者。也正因为如此，他才只注意生活中的真、善、美而不去或很少去注意假、丑、恶，从而用他的诗歌为我们创造了一个美丽、善良而又纯洁的精神世界。

"新时期"到来之后，马作楫的诗歌创作和诗歌活动更为丰富和开阔。一方面，他把笔触拓展到了祖国的山川名胜、历史文化古迹，创作出《西湖之夜》《重庆夜景》《泰山遐想》《小白杨》等同类诗篇；另一方面，他开设了诗歌讲座并主讲诗歌创作，为培养和造就诗歌人才做出了巨大贡献。他的讲授深入浅出，启人心扉；课后，仍把精力投注到对于诗歌爱好者的创作指导上，并且不厌其烦地把学生们的诗作向国内报刊推荐发表。在他的关怀和参与下，山西大学中文系学生先后创办了《春天》及《北国》诗刊，使山西大学一度成为国内的诗歌中心之一,并从这里走出了郭新民、边新文、李建华、周同馨、李坚毅、李杜、宁天心、刘峭、徐建宏、温建生等一大批诗人。况且,这还只是他的授业弟子,若以受其直接扶植或与其长期交往并深受影响的诗人而言,则举不胜举,甚至可以说几乎包括了山西所有的中青年诗人。

20世纪80年代以来,马作楫出版有《马作楫诗选》(1985年)、《无弦琴》(1992年)、《怀念》(1999年)、《马作楫文集》(三卷本)(2004年)、《马作楫诗精选》(2006年)。2014年初,就在写作本文时,《梦想依然——马作楫书信诗文选》业已付梓,不日即可面世。

马作楫在和这部书同名的一首诗《梦想依然》中写道——

> 我有扇明窗,
> 洁白的云常飘临窗前。
> 问云,我那消隐的梦,
> 还有颗苦涩的心,
> 如今,她怎么样?
> 流云说,梦想依然!

归来的诗人

诗歌,或许就是一个巨大的温床、一个悠远的梦想,它孕育和造就了一代代诗人。我们下面所要评述的第二代诗人,便是一些永怀梦想、矢志不移的人。在20世纪90年代出版的《山西文学十五年》中,李杜便写到他们,称他们为"中年诗人"。迄今十多年过去了,他们已逾花甲甚或古稀,再这样说,显然已不合适,所以我们借用了中国当代诗歌评论史上的概念"归来的诗人"。所谓"归来的诗人",大致可分为两类:第一类是在20世纪三四十年代就开始创作并且已经成名的,比如说艾青、穆旦、郑敏、牛汉等等;第二类则是50年代开始创作并崭露头角、结果却因历史的原因而不能继续写作的这么一批人,比如说公刘、流沙河、邵燕祥、赵恺等等,他们都是50年代初走上诗坛、却因在"反右运动"中成了右派而被剥夺了写作权利,直

山西文坛"风景线"

1979年早春，山西省召开首次诗歌座谈会。省文联、作协领导与全体代表合影。
前排左起：李永生、于瑛、徐明德、周所同，左七李建华，左八徐若琦
二排左二起：武建中，左四起为孔祥德、马作楫、冈夫、郑笃、翟生祥、梁衡、
　　　　　　杨文彬、旭林、马长泰、张志安
三排左起：杨金台、赵国增，左八丰昌隆，右四吕世豪，右一张承信
后排左起：马晋乾、王振佳、梁志宏，左七周宗奇，右二文武斌

到1978年得以"平反"后才重新拿起笔写诗的。

而我们所要评述的第二代诗人，显然和这两类诗人有所不同，他们大多是六七十年代开始诗歌创作的。

那是极端革命或极度贫乏的年代，这不仅使他们在诗歌审美上先天不足，而且也使得他们在不知不觉之中形成了一种诗歌创作的定势。唯其如此，在新时期"归来"以后，他们所面临的考验便是异常艰辛的（其程度甚至远远超过老一代诗人）。他们似乎只能有两种选择：一是经历痛苦的"蝉变"，突破自己以及过去时代的局限，从而真正地进入诗歌；一是抱残守缺，最终为"归来"的诗所拒绝。

所幸的是，他们选择了前者，并完成了从《大寨战歌》(文武斌著，1976)

和《虎头山放歌》(董耀章著，1976) 到《彩色的原野》(董耀章著，1982) 和《春天从远方归来》(文武斌著，1983) 的巨大转变，进而在不断的突破和超越中写就了一部部诗集（据不完全统计，迄今已近 300 部）。他们所组成的创作群体，不仅成为山西诗歌创作的一支坚定的和活跃的主力部队，而且成为国内诗坛上引人瞩目的一大景观。

诗人文武斌

在这里，我们谨就几位具有代表性的诗人作一简单评介。

文武斌（1942—1983），原名文步彪，1942 年出生于山西文水。1968 年毕业于北京大学中国语言文学系。大学毕业后回太原工作，历任国营大众机械厂秘书、山西省国防工办秘书、太原市文联文学工作者协会副主席、《太原文艺》编委，以及《山西文学》编辑部编辑、诗歌组长。

在归来的诗人中，文武斌无疑是最具代表性的。这当然不只是因为他创作了这一时期堪称典范的作品——譬如《我的歌，唱给汾河》《啊，母亲》《春天的爱情》《突围之歌》等——同时也在于他对山西诗歌的影响，以及他在勾勒山西新时期诗歌发展线索和轮廓上的重要意义。许多年前，李杜在《山西新时期诗歌创作的总体回顾》及《山西文学十五年·诗歌创作》中便阐述过这条主线——从文武斌到潞潞。他认为，只有通过这条主线，才大体可以看清楚新时期山西诗歌的发展轨迹及其不同阶段的创作实绩。

当时他这样说：文武斌的价值，并非仅仅在于他个人在诗歌创作上所取得的成就，更在于他为后来的诗人找到了一条可以走去的道路——

他那"把一颗通红的丹心／掏给沉寂的夜／为你世代相传的昏暗／镀一层永不生锈的光明"（《致太行山》）的精神，像火炬，照亮了秦岭的道路，因而有了秦岭气壮山河的"矿山诗"；

他那"仔细品味人生，有甜有苦／苦的，是一条长长的瓜藤／甜的，是藤上结满妈妈的爱抚"（《夜半卧听春雨》）的诗歌表述，像清风，吹展了周所同的道路，因而有了所同清新隽永的"乡土诗"；

山西文坛"风景线"

他那"是我把人类文明／从愚昧的混沌里缓缓举起"和"掮着古老的民族／不断完成走向光明的'大陆漂移'"(《大地的春歌》)的气度,像狂潮,拓宽了潞潞的创作道路,因而才有了潞潞的独步诗坛,有了那"一个个浑朴粗犷的雕塑"(谢冕《黄河诗魂的寻觅》)!

董耀章,1937年生于山西忻州。在同代诗人中,他可谓创作丰硕者之一,仅就新时期以来的诗歌创作而言,便先后出版了《金色的山川》(百花文艺出版社1979年版)、《虎穴少年》(山西人民出版社1981年版)、《彩色的原野》(北京出版社1982年版)、《花潮》(山西人民出版社1984年版)、《美娘魂》(希望出版社1988年版)、《爱的风露》(百花文艺出版社1989年版)、《爱的星空》(山西高校出版社1995年版)等7部诗集。

诗人董耀章(左)和马晋乾(右)

在这些诗中,"山川""原野""风露""星空"以及大自然的所有存在,构成其诗歌的总体意象,"潮"(时代主潮)与"魂"(民族之魂)构成其使命感和责任感,而"爱"则构成其创作灵感的泉源和诗歌的主题。因而我们说他是这样一个诗人:一个对大自然及其色彩充满敏感和爱心的诗人,一个善于把现实题材、创作使命和浪漫情怀融为一体的诗人。

张承信,1939年生于河南南召,作为诗人,他却是由太行山哺育和造就的。亦唯其如此,他早期的创作才不是取材于便是寄情于太行山,他的这些作品后来便收在他的《太行月》的集子里。

诗集是1984年9月面世的。面世不久,张承信便捧出了他的新作——《谒包公祠》。诚然,这首诗对于张承信的创作无疑有着十分特殊的意义,诗人正是在这里,在一瞬间成功的把握中,找到了一段批判的距离和一种审美的高度,从而开创了自己诗歌的另一格局……

对于山西诗歌，张承信的贡献是双重的，一方面是他的诗，另一方面则是他退休之后与郭新民等创办并主编的《大众诗歌》。这里，我们谨援引诗人、诗歌评论家朱先树的一段话：《大众诗歌》"注意省内诗人，特别是重点培养和支持一些真诚执着的诗人和年轻诗人。不但发表他们的作品，而且还评论和推荐他们的作品。2005年，张承信曾约我写山西诗人的'诗人论'系列文章，我想于他本人来说是无私的、非功利的，意在为本地的有成就诗人都得到合理评价。自此每期发一位诗人的创作评论，如今已有近二十位诗人的文章得以发表……"

诗人张承信

唯此，我们有理由向诗人张承信深表敬意。

张不代，1945年生于山西长治县。在山西诗人群体中，他的创作无疑是特出的。他的诗尽如其人，或者说他的诗本身便是一个独立的生命体，其骨骼健壮、襟怀敞亮、情感激越、灵魂饱满。在这里最突出的要数灵魂，这灵魂当然主要是指心灵、思想、人格、良心。当代诗人、诗评家阿红在读过张不代的诗后，便谈到了"灵魂"并为之加了三组定语：一是"火焰般炙热的炎黄子孙的"，二是"涨满着大爱的"，三是"坚成锰钢的"（见《盗火者》序）。这显然并非是溢美之词，因为实际上这既是张不代的自觉追求，是他的诗学核心；亦是其全部创作呈现出来的鲜明特色。他把人格、良心以至信仰同富有激情的想象力和创造力结合起来，把自己的思想、才情和使命感同民族的历史、时代的律动结合起来，为我们筑起一座忧患与希望并存、野性和柔情交织的诗的高原——巉岩峭壁、浑金璞玉、气宇轩昂抑或愁肠百结，既是他的生命和心灵的艺术造型，同时又是所有个体乃至整个民族的生命的艺术再现。它以一种混沌而浪漫的美感，满足了我们对于理想和英雄的渴望，唤起我们理想化了的精神和尊严，使我们崇高起来、神圣起来……

一句话，张不代的创作成就是大的：其数量之丰、质量之高、规模之大，在当代中国都是不多见的。2011年2月，山西人民出版社出版了他的5卷本《张不代诗全集》，共收入作者1965年到2005年41年间创作的诗歌近

900首。称之为一座诗歌高原，当是恰如其分的。

梁志宏，原籍河北井陉，1945年生于太原，1963年考入山西大学中文系并开始诗歌创作，次年即在《延河》及《人民日报》发表诗作。后来他曾以三句话来概括自己的创作历程："60年代起步，70年代徘徊，80年代上路。"结果一"上路"便以《检察长的眼睛》获得《诗刊》1981—1982年度优秀诗歌奖；行进30年，便先后出版诗集《热风景》《黄高原》《红黄绿》《梁志宏诗歌精选》、史诗《华夏创世神歌》、长篇传记《太阳下的向日葵：一个正统文人的全息档案》等诗文集20部，并有5卷本《梁志宏文集》行世……而所有这些，既展现了诗人在创作题材上的丰富性和在创作手法上的多样性，同时也表明他是以怎样的努力和速度开拓着诗的疆域并臻达圣境。

近年来，在笔耕不辍的同时，梁志宏又以极大的热情组织并参与了一系列旨在举人才、出作品的诗歌活动：2011年5月，他先是与诗人赵少琳等携手创办并主编《并州诗汇》，同时又和企业家上官军乐联手，发起并实施了"彰显当代诗歌精神与走向"的"上官军乐诗歌奖"，后来，他们又组织成立光线诗社（同年12月）并创办《光线诗刊》……为太原诗群的崛起、山西

诗人赵国增、张不代、梁志宏（从左至右）在榆次晋商公园。他们同庚，都属鸡，为此曾被诗友称为"山西诗坛三只公鸡"

诗歌的繁荣乃至当代中国的诗歌发展做出了重要的贡献。

马晋乾，1941年生于山西交城，1962年开始发表作品。著有诗集《边塞星月》（合著）、《小叶集》《百花吟》《喇叭集》《马晋乾短诗选》，散文诗集《沉思集》、寓言诗集《喜鹊救鱼》、诗论集《一得诗话》等。

诗人、作家孙涛曾在《苦吟诗人马晋乾》一文中指出：马晋乾的"苦吟"，是他对什么是新诗、如何写新诗的一种刨根探底式的思考，是他在诗歌创作中始终关注和研究新诗的现状与走向的努力。我们赞同这样的评价，因为他确实是一个虔诚的诗人、沉思的诗人。他的短诗、散文诗，尤其是寓言诗创作，堪称奇葩；而他对山西诗歌发展所做出的不懈努力，也可谓劳苦功高：迄今，他已以诗丛和文丛的形式，为山西90多位诗人编辑、出版诗集近百种，并为28位诗人的30种诗集写序；2004年，他发起成立了山西当代中国新诗研究所，并主办了诗歌讲座、研讨、诗人联谊、采风等一系列活动。这些活动对强化山西诗人和国内及港台地区诗人的诗歌交流、增强山西诗歌在华语诗界的影响力，无疑都是卓有成效的。

崛起的诗群（上）："50后"诗人或80年代

新时期10年，无疑是山西当代诗歌发展史上的黄金时代。在此期间，中国散文诗学会山西分会及山西诗人协会相继成立；诗歌理论探讨及诗歌评论均取得长足进展；数十位老年、中年诗人在自我扬弃中取得突破并相继出版个人选集；尤其是一大批青年诗人脱颖而出，构成这一时期更为豪华、更为壮丽的诗歌景观，一如诗人潞潞在诗中所说："崛起了小号，崛起一片广阔起伏的高原"（《城市与"勇敢的野牛之血"》）……

这就是我们所说的第三代诗人。他们大都出生在20世纪五六十年代。他们诗心纯正、诗才超拔，为山西诗坛带来了前未有的生机和活力。

1983年，继梁志宏之后，秦岭又以《燃烧的爱》获得该年度的《诗刊》优秀作品奖；而潞潞的《肩的雕塑》则冲破传统诗歌模式的束缚，以一种宏大的命运感和一种凝重而又粗犷的诗风，给中国诗坛以强烈的震撼。也正是从这一时期开始，潞潞的创作成为中国新诗创作的一个瑰丽现象、一座极具魅力的峰峦。

（一）潞潞，《北国》，以及黄河诗派

对于山西乃至整个中国诗界，潞潞的存在显然都是一个奇迹。所谓奇迹，大体是就如下两方面的意义而言：一个是指诗人及其创作，也就是说他的创作经历及其作品是个奇迹，而他本人则是这一系列奇迹的创造者；另一个是指诗坛状况，亦即是说，倘或没有潞潞的诗歌创作和诗歌活动，新时期的诗歌景观将是寂寥、残缺甚而暗淡的。

潞潞，本名杨潞生，1956 年 4 月生于古称潞州的山西长治，后随身为军人的父亲辗转太原、寿阳等地，读书、插队并开始写诗。他最初的创作多是对郭小川等诗人的抒情方式或诗歌节奏形式的仿效；直到 1982 年才通过《肩的雕塑》摆脱他们的影响，找到并确立了自己。

1983 年，他考入山西大学中文系干部专修班，亦由此进入他在诗歌创作及诗歌活动上的第一个鼎盛时期。次年，他与诗友李杜等发起创办了"北国诗社"（诗社后来历经刘峭、杜国华、徐建宏、温建生、王显威、李成琪、乔傲龙、杜星亮、许凌云、张云、孟绍勇等社长薪火相传，达 20 余届），并主编出版《北国》诗刊。这本窄 16 开、拥有 84 个页码及十多幅黑白版画插页或插图的《北国》（创刊号），不管是就内容还是形式，无疑都是出类拔萃的，唯此一时间竟震动了国内诗坛：谢冕、北岛、江河、刘湛秋、骆一禾、翟永明等予以高度评价，杨炼则干脆称之为"当代中国最好的诗刊"……而时隔 20 年之后，诗人柴然如是说：《北国》竟那样具原创性、独立性，又那样强烈地震撼了中国诗坛。时至今天，《北国》已经成为现代中国诗歌史上一座屹立不倒的丰碑，也是新中国历史上第一个现代诗歌黄金时代到来的标志之一（《响彻西风的提琴》）。

1985 年春，《北国》诗刊创刊，诗人潞潞（左）和李杜（右）在山西大学校园留影

当然，这只是后话，在当时，《北国》的意义也许只是在于它集中发

表了"崛起"者们的诗作,不仅给受难的"朦胧诗"以声援,而且为山西诗歌提供了新的视野、新的高度;它集合起在校的、毕业的,以及和山西大学并无亲缘关系的一大批青年诗人,组成了一个强大的"北国"阵营,进而有了以潞潞为领军人物,包括陈建祖、张锐锋、郭志勇、郭俊明、陈瑞等在内的诗人们,对于"黄河诗魂的寻觅",他们选择了他们所共同拥有的土地,这便是世界上最大的黄土高原,它有自己的风光、个性、传统和历史,而在这风光、个性和传统中最要紧的便是黄河,他们把黄河的喧哗和骚动、沉思和超拔译成语言,足以诉说他们的时代和他们自己——"他们无疑钟情于更为瑰丽的现代文明,但他们却始终是黄土地的最诚实的子民。"

《北国》创刊号封面

(谢冕《黄河诗魂的寻觅》)也正是在这样的选择和寻觅中,他们扬起了"黄河诗群"的旗帜:郭志勇、张锐锋分别发表了《山西"黄河诗派"宣言》《山西诗之现状与"黄河诗派"的雏形》的文章,而潞潞则完成了《青铜之子》《大厦之路》《父亲的河》《黄土地》等一系列诗作,不仅丰富了当代中国的诗歌合唱,而且开启了粗犷凝重、质朴刚劲的一代诗风。

后来(2013),诗人柴然在回忆这段历史时这样写道:

> "黄河诗派"不仅就"新时期"山西文学而言,即便放置于更久长的山西现代诗歌史历史长廊加以考察,也是我们这块黄土地上一次自觉的、有着鲜明本土特色、波及全国并与当年风起云涌的全国性诗歌运动互相渗透的重要诗歌存在,影响之深远,一直绵延至今天。(《轰轰烈烈的北方——山西"黄河诗派"历史回顾》)

1985年,潞潞大学毕业并就任《山西文学》诗歌编辑。这一年,他以全新的观念观照历史,先后发表了《故土》《古战场的石榴树》《西风,马群》等十多首诗。在这些诗里,语言开始贴近于日常口语;句式和篇幅显著变短；诗的视野却霍然展宽并向前延伸，以致通向那间只供真正的诗人和诗歌安身的"石头屋子"。这屋子当然不是唾手可得的居所，可以说，从1986年起，诗人潞潞便一直进行着营造这间"屋子"的努力：他写了《老歌》《石头屋子》《希腊》（1986），又写了《低垂着的手》《野兽马蒂斯》（1987）以及《首饰工匠》《无边的花朵》（1989）——这些诗后来大多收在诗集《携带的花园》（北方文艺出版社1991年版）里——此后至今，他则不断发掘、拓展和提纯自己的内心世界以及诗歌的艺术想象力，写就了近60首《无题》。这是一些纯粹而又整齐、质朴澄明而又博大精深的诗篇，每一首都如同天籁浑然一体——正如诗人非默所说："这些真正意义上的诗歌，由于其纯粹的沉思性质，使它们看上去像一颗颗寒光闪烁的星辰，既独立存在，又相互照耀，在我们期待的视野中构成一片深邃的、不可测度的精神空间。这部孤独的书充满了对生活，乃至对生命本身的犹豫和疑虑。我们能够从诗人反复不断的质疑中感受到一种时光久远的迷惘、困惑和忧伤，而这种迷惘、困惑和忧伤又来自于一种强烈的命运感与对命运明澈的洞察。"——如果没有这些诗而只有"雕塑""屋子"，我们似乎仍可以说他是一位优秀的诗人，但是却不能说他是一个天才的诗人。然而他毕竟写出了系列《无题》，并以它们天才的光芒照耀人世。

从《肩的雕塑》到《携带的花园》再到《潞潞无题诗》，诗人就走过了这样一段天才的道路。然而这却是一个有着辉煌亦有着孤独的过程：一个在社会影响上由喧闹到寂寞，而在诗歌艺术上却是由芜杂到澄明的过程；一个从立足土地并为这块土地上的众生写照，到同这块土地、众生以至整个大自然广袤地融为一体的过程；一个从写人生的诗到写诗的人生的过程。也许这就是诗的宿命、诗人的宿命。

（二）郭新民和忻州诗群、长治诗群

郭新民，山西神池人，1957年生，1979年毕业于山西大学中文系。70年代开始发表作品，著有诗集《开玫瑰花的裙子》《醉汉与丁香》《今天的情绪》《花开的姿势》《郭新民短诗选》《郭新民抒情诗选》《一棵树高高站着》等。其中《郭新民抒情诗选》曾被中国作协提名为第二届鲁迅文学奖候选书

目,《花开的姿势》获首届艾青诗歌奖和赵树理文学奖优秀诗歌奖。

在"50后"诗人中,如果说潞潞是个"天才",那么郭新民无疑是个"全才"——他不仅诗词、书画、摄影,样样精到,而且仕途通达;不仅仕途通达,而且他在为官之地总能给当地的诗歌带来"福音"。

长治诗群的领军人郭新民(中)和郭俊明(左)、金所军(右)

1979年大学毕业后,郭新民先是就职于忻州地委组织部,后出任行署劳动局副局长(1985)。其间,他加盟创立"遗山诗社"(社长为诗人、戏剧家潘玉厚,社员近百人),成为诗社中有着重大影响的诗人(当时或后来有重大影响的诗人还有周所同、周同馨、宋文明、梁生智、赵孟田、赵泽汀、雷霆等)。1990年至2000年,他先后担任宁武县委和原平市委书记,更是给两地的诗歌发展带来春风。尤其是原平,这块本就生长诗人的土地,更加诗意盎然,创作更加活跃,影响日益扩大。

2001年,郭新民出任中共长治市委常委、组织部长。此后8年间,在工作之余,他几乎把全部精力都用在了诗歌大业上:培养文坛新人,并致力于"太行诗群"的崛起。他自己曾这样说:"我一直以一个业余诗歌爱好者的痴迷,关心、关注着这个群体的发展和进步,同时还以自身艰辛执着的努力和创作去影响、激励众多诗歌爱好者在诗歌之路上跋涉和奋斗,并不遗余力地为他们创造良好的氛围和工作环境。"(《"长治诗群"的崛起》)为此,在他的倡导和支持下——

从2003年起,长治市每年都与《诗刊》等单位举办一届规格较高、影响较大的"春天送你一首诗"大型公益活动,先后邀请牛汉、雷抒雁、叶延滨、朱先树、张同吾、王燕生、雷霆、石英、刘立云、林莽等众多省内外名

《惊蛰》2009年诗歌专号

家赴长治采风指导、参加活动,旨在"成为培植长治诗群发展的巨大动力和深刻背景"（郭新民语）。

从2004年以来,由郭俊明先生主办的大型文学季刊《惊蛰》每年推出一期"山西诗人诗歌作品专号",这一专号至今已办了整整10年。它不仅成为长治诗群的舞台,而且成了山西诗人的诗歌圣殿。

他牵头与《黄河》开设了每年一度的"太行诗会"评奖;连续数年推荐长治诗人出席"青春诗会",使得这一诗群参加多达6人（他们是郭新民、王太文、姚江平、金所军、吴海斌、成亮）,以致诗人叶延滨都甚是感慨:一个地级城市有这么多的人参加"青春诗会",是全国其他地方都不曾有的。

他还主编"太行诗丛"首批一套5本,包括郭新民的《一棵树高高站着》、金所军的《纸上行走的瞬间》、姚江平的《这些草》、吴海斌的《羊皮书》和王太文的《几块崖石》——2009年由作家出版社出版;并在《诗刊》《诗选刊》《人民日报》《文学报》《文艺报》《中国文化报》等报刊隆重推出长治诗群的作品,支持并创办"太行群落诗歌论坛""长治文学网"等网络诗歌平台……

唯此,家居长治的文学评论家陈树义才撰文说:

> 大概是2009年2月,我在开博不到一年的时间里,也是郭新民先生离任长治赴任临汾半年之后,有感于郭新民先生在太行山所写下的《一棵树高高站着》《感恩小米》等等脍炙人口的诗篇,也感恩于新民先生在太行山8年对这片土地的深深眷恋和对这方地域的文学尤其对诗歌发展的杰出贡献,写出了《郭新民先生与长治诗坛》的博文。正是在写这篇小文的同时,我发现了郭新民先生发表于《文艺报》的《长治诗群"的崛起》。在此文中,新民先生以他诗人般的激情深情回顾了太行山悠久的诗歌传统,更以诗人敏锐的观察力和洞察力第一次命名了"长治诗群"（或"太行诗群"）。我在为自己远离文学多年感官迟钝而

十分惭愧的同时，再一次感受到了新民先生对太行山的一往情深。

后来，他又写下《行走于太行山的歌者》一文，并在文中开列了这一诗群的名单，这里不妨抄录如下：

郭新民、金所军、姚江平、王太文、吴海斌、葛水平、郭俊明、陈小素、朱枫、吴涛、成亮、桑小燕、秦建平（秦歌）、王广元、贾长青、郎丽宁、秋临、唐振良、卫志坚、张佳惠、北琪、黑骏马、周晋凯、赵立宏、晋柳、周广学、程旭荣、孙喜玲、张治中、北方（王春平）、邢昊等。

（三）其他群落及诗人

1986年秋，诗人赵孟田在忻州地区农机校发起超超主义诗歌，创办刊物《黑眼睛》和《超超》（主要成员有赵泽亭、雷霆、宋耀珍、邢锐、任高还、金所军、韩玉光、梅生、赵志钢、卢丽琳、麻小燕等）。这无疑是新时期山西诗界最重大的事件之一，它在当时的影响便不同凡响，以致在1989年《深圳青年报》和《诗歌报》联合举办的现代主义诗歌大展中位居华北展区榜首，而它深远的意义，随着时间推移，已经或更加会彰显出来。

那次亮相，是在《诗歌报月刊》1990年的一、二期合刊，即"中国诗坛1989实验诗集团展示"专号上。在集中展示的全国60家最优秀和最具有代表性的诗歌团体中，山西的"无极主义"亦榜上有名。

"无极主义"是诗人无哲于1988年在山西河津发起创立的，成员有无哲、无晴、无休、东文、荒原等。在此之前，无哲等便已在山西铝厂成立了世纪风诗歌学会，并创办民刊《世纪风》（共出45期，在数量上，应为当时民刊之最）。

在那期《诗歌报》上，我们读到了两个诗群的"宣言"或"艺术自释"，仅录于此——

1990年《诗歌报月刊》一期、二期合刊"中国诗坛1989实验诗集团展示"专号

"超超主义诗歌"宣言:

超超主义是超超主义者面对世界的唯一态度,也是超超主义者和世界交谈的唯一方式。超超主义者只关心真实的现实,它所表现的也是生命本体对客观存在的真实感觉。超超主义反对任何虚假的情感。

超超主义者认为:诗歌艺术的存在,表明人类对自身的生存状态和生存意识的觉醒。

《诗作》2011年光之卷

"无极主义"艺术自释:

重要的是探索诗的潜意识状态,力求生命内在的感悟意识和诗的超前性,找回东方文化的奥妙同化西方的睿智,擦亮东方的理性龙珠,同时注入非理性的光束,如果可能,从容不迫地辉映世界之林。

20世纪80年代,的确是诗歌从容不迫且又异常活跃的年代。那时候,唐晋和一些报刊编辑及青年团干一起创办了《东方诗人》;雪野、郭志勇、张祖台在潜心于"现代主义"——诸如自白派及象征主义——的诗歌创作,并自印了书名为"无穷动"的署名为雪野、郭克、病夫的诗歌合集。此后,雪野仍叫雪野,出版了诗文集《酒王》并荣获赵树理文学奖优秀诗歌奖,郭志勇和张祖台则以郭克和病夫驰名诗坛;郭克作为执行主编,主办《诗作》诗刊,病夫主编了《呈现诗丛》——该诗丛共10册,收入了唐晋、金汝平、宋耀珍、雷霆、赵泽亭、麻小燕、吴笑冬、韩玉光、温暖的石头、邢昊、薛振海等11人的作品——并创作出由365首诗歌组成的大型组诗《大悲咒》)。而李坚毅、刘文青、柴然、叶荃等,则以位于迎泽湖畔的山西青少年报刊社

第十章　四世同堂的山西诗坛

30年相处的老哥们。前排左起：李坚毅，雪野，李杜，张锐锋。后排左起：郭志勇，病夫，柴然，金汝平，宋耀珍（病夫记录，2011年1月30日）

为大本营，酝酿着诗歌的"湖畔诗派"。数年之后，李坚毅的《生命的变奏》及叶荃的《幽远的灵光》虽然都是在马晋乾主编的"黄土诗丛"中得以出版。但总的说来，他们的诗实际上都更为注重生命体验以及水一般的潺湲灵动、柔韧或激越，而不甚追求黄土的厚重及其历史的内涵。也就是说，他们当时的"湖畔"创意虽没叫得更响一些，但即使作为松散的团体，其凝聚力和影响力亦已是卓有成效的。唯此，直到今天，除叶荃因工作性质等原因中途辍笔外，其他的人都一直活跃于诗坛，创作成果与日俱增：李坚毅出版《李坚毅诗歌精选》，刘文青出版了《一个人的词》，柴然出版了诗集《前年秋天》、多文体探索卷《死无葬身之地》……

在这里，在这些诗群之外，我们必须谈到一位诗人，那就是非默。

非默，1957年7月生于山西大同。插过队，当过建筑工人。1980年开始发表诗作。1982年调至大同矿务局工会图书馆工作，1988年至1990年就读于北京大学作家班。

在山西乃至中国当代诗人中，非默无疑都是最具现代性的诗人之一。他本名于建军，并以这个名字写了七八年时间的诗。这些诗，虽然在意象、句式等诸多方面逐步地和"传统"的诗歌拉开了距离，但在诗歌观念以及主题开掘上却仍有着纠缠不清的联系。

后来他便启用了笔名"非默",诗亦随之而变得更为现代主义。比如更为注重主观表现(而非传统意义上的抒情言志)、注重艺术想象(包括联想的跳跃和非逻辑化)、注重形式创新,当然,所有这些努力,也许只是为了再现诗人以及个体生命孤独的存在及其天命,恢复天生就富有诗性的汉语言的光辉。后来他自己曾这样说:"一个诗人终其一生的全部努力,不过是渴望藉由语言和思想,重返本源的黑暗。""我向往的诗歌境界是一种整体性的杂乱,开阔、深邃、质朴、有力。与我们的生存和存在相契合。"……于是他写下了《夜鸟》《黑鹭》《一只无题的眼睛》《虚构同一个黄昏的三种存在方式》等等。再后来,他便以自己的一首诗的名字——"隐藏的手"——为书名,出版了自己的第一部诗集(春风文艺出版社1989年版)。

数年后,他又相继出版了《非默诗歌集:天命》(北岳文艺出版社2006年版)、长诗《王事诗》(青海人民出版社2010年版)。

诗人、诗歌评论家唐晓渡曾这样评价非默及其诗作——

诗人非默、陈建祖、张锐锋(从左至右)在原平

非默几乎能满足我们对现代诗人的各种定义和想象,而他的作品又使所有的定义和想象都显得苍白。他以逼人的内视刺痛我们裸露而麻木的神经,以精湛的技艺倍增诗在灼热和凛冽之间流转不定的光芒。他忧郁而悲悯的眼光表明,在诗的空间里生命的失败或胜利都无多意义,重要的是它是否恰好可以安顿下一个人的灵魂。

诚然,在这一节里,我们还应该谈到秦岭、周所同、陈建祖,尽管他们后来都离开了山西,但他们终究是这一代诗人里具有代表性的诗人;我们也应该谈到周同馨、贾真、奔雷,虽然他们并不是严格意义上的"50后"(周同馨生于1961年,而贾真、奔雷则都是生于1949年),但他们毕竟是在这个年代登上讲坛并成为有着影响力的诗人的;我们还应该谈到边新文、毕福堂、聂还贵、杨培忠、谭曙方、熊国章、马鸣信,已故的诗人杨凤楼、柴勇以及更多的诗人,然而,由于篇幅所限,我们已不可能一一展开,这是一个遗憾,这个遗憾,也许只能在将来的《山西当代诗歌史》中得以补救。

诗人毕福堂(左一)和周同馨(左二)在"光线诗丛"出版座谈会上

这里,我们谨想就这一年代里的另一个诗歌群体——女性诗人群体——及其代表性诗人珍尔作一简要评述。

总的来说,在山西当代庞大的诗人群体中,女性诗人所占的比例委实是小了些。在 80 年代,较为活跃的女诗人也就只是珍尔、葛平、卡雅、任琳、黑太明、王立敏等十数人。而珍尔无疑是她们中最为优秀的诗人。

2010 年端午,诗人珍尔在山西女诗人诗歌朗诵会上朗诵诗歌

珍尔,本名李建华,1952 年生于山西太原。种过田,当过缝纫工人。1974 年开始发表作品,1982 年毕业于山西大学中文系。珍尔这个名字,是她大学毕业以后才启用的。后来她曾说起过这一笔名的由来,这本是她的小名,只不过是将小名中的"儿"变成了谐音"尔",取冰心诗句"珍惜你自己"之意。迄今为止,她已出版诗集《飘零岁月》《爱的花环》《永恒的约会》等。她的诗歌"纤细婉约、含蓄明洁"(马作楫语),无疑丰富了山西诗歌合唱的音色。而且不独如此,对于山西诗界,珍尔的重要意义还在于她的

"拓荒"性质——众所周知,在山西当代老一辈作家中,女性小说家有之,女性散文家有之,而女诗人则几乎可说是一个空白。因而珍尔的意义便显得更为紧要:她跻身诗坛,不仅打破了以往山西诗界男性一统的格局,而且同其之后出现的女诗人们一道,在那块空白上写下了优秀的诗篇。

崛起的诗群(下):90年代或"60后"诗人

我们将同一代诗人分成上下两篇评介,原因大致有二:一是这一代诗人人数众多且优异者举不胜举;二是因为就20世纪的最后10年与"新时期"10年比较,无疑有着极大的差别。

这是一个拯救与逍遥并存、沉寂与喧响互见的年代。

我们说"沉寂",是说由于一些客观的或主观的原因,不少诗人(尤其是归来的诗人)来而复去,或改弦易辙,或解甲归隐:山西诗人的庞大阵容渐显萎缩。我们说"拯救",就是说毕竟还有一批诗人仍在坚守诗歌以及人类困境中的审美精神,并为之进行着不懈的努力;而且就他们个人的创作而言,亦因之"坚守"而顿悟深透,因之"努力"而切近或臻达"独上高楼"的境界。至于我们说"喧响",则大致包含以下两层意思:其一,在新诗创作显现沉寂之际,古体诗词创作却异军突起、方兴未艾,寓真、温祥、李才旺、武正国、李旦初、时新、鲁兮、马斗全、陈霞村、康金声、王庆华、华夏、毛迎春、焦丽萍等老中青三代诗家佳作迭出,一些地市亦先后成立诗词学

2011年12月23日,山西诗词学会第五次代表大会在省人大培训中心召开。杜学文、赵京战、李雁红、武正国、李玉臻、李旦初(从左至右)等在主席台前排就座。

会，使古体诗词创作在更为广大的范围得以展开；其二，在一些名字从诗界消失的同时，毕竟又有一些新的名字相继出现，而且更为可喜的是，一些在上一个年代业已出现的名字，在这个年代（或新的世纪）里脱颖而出并光耀诗坛，如雷霆、唐晋、金汝平、赵树义、宋耀珍、赵泽汀、赵少琳、姚江平、王太文、徐建宏、温建生、北方（王春平）、梅生、王立世、无哲、邢昊、温雪军（玄武）、董雯、宋连斌（石头）、吴笑冬、吴炯、宁志荣、卢丽琳、邢锐、朱鸿宾、张乐朋、甲子、郭虎、白恩杰、陈小素、周广学、吴修明、苏建斌、侯燕、赵建雄、弓福安、潘洪科、孤岛、桦楠、朱枫、陋岩、帅树森、李霖、宋旭（山西北野）、崔万福、史晓华、李庆贤、申有科、杨丕梁、张红兵、柴舸、孙云苓、赵襄敏、唐振良、爱斐儿、裴彩芳、马坤茹、嗦林儿……他们以特有的艺术直觉、独到的表达方式和极具现代意蕴的作品，旋卷起年轻的飓风，晴朗了略显沉郁的诗歌的天空。

（一）从"超超"到《坚定》

他们中的大部分人，都是在1990年前后走上诗坛的。起步的时候，正赶上一个文学的低落期或寂寞期。这种低落或寂寞，至少表现在两个方面：一是诗歌乃至整个文学在新时期曾经享有的权威或荣耀趋于淡化，二是诗人、作家们亦不得不由社会的中心而逐渐地被挤到边缘。物欲横流，享乐主义以及平庸的、世俗的，或流行的社会心理，或商业化思潮，使作为高雅艺术的诗歌面临挑战。这样的情势对诗人们的影响自然是巨大的，他一方面造成了诗人队伍的萎缩，另一方面则同时也强化了新生代诗人的反叛意识、独立意识或"诗歌割据"意识，从而亦造就了诗歌创作活动的多元化、民间化或群落化的格局。他们或是缔结民间诗社，或是创办内部诗报诗刊，并由此组成或大致稳定，或相对松散的诗歌群落；他们以自己对于诗歌的冷静选择和清醒认识，以敏感的心灵、良好的理论素养和无所顾

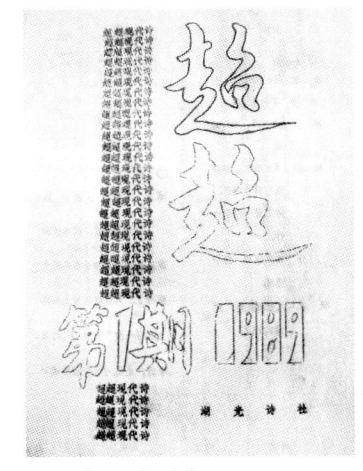

油印诗刊《超超》

忌的创作态度，使几近落寞的山西诗坛重新呈现出一派星火燎原的局面——

从"超超"、《世纪风》到诗人桦楠等在平定成立"评梅诗社"并创办社刊《梅棠》（诗社社员成立初期为33人，后逐步壮大，最多时达176人），到诗人孤岛（周鹏）等在临汾创办《圆桌诗刊》、诗人晋侯（侯勇）等创办《黄土诗报》；直到1994年至1995年由诗人宋耀珍（当时笔名宁肯）和宋连斌（后来网名"温暖的石头"）等主编的《坚定》诗刊……无疑是一个由小到大、由点到面的诗歌"燎原"过程，而一大批诗人也正是在这一过程中崭露头角，经受锻炼或考验而逐渐强大起来。

在这里，在这些诗社诗刊以及这些诗人之中，需要特别提及的是《坚定》及其同盟者。那是1990年8月，以山西诗人协会、山西大学生诗人协会名义主办，由徐建宏主持的山西诗歌创作研讨会在原平举行。参加者除"超超"的所有主力外，还有来自河津的无哲，来自太原的金汝平、唐晋、吴笑冬、郑凤岐、温建生、张晓枫等，诗人非默、陈建祖也出席会议。

很多年后，诗人王国伟这样评价说："成为山西先锋诗歌力量的大会师、凝聚与合流。至此，'超超'已经突破了原平和忻州地区等狭隘的地域性的标签和观念，成为新一代山西诗歌的主流力量和代表，这也注定了诗人们在面对生活和诗歌时所展示出来的姿态，这种姿态就是——坚定。"（《行走的诗行》，载《山西文学》2008年第1期）

也正是在这次会议之后，诗人雷霆提议将《超超》改为《坚定》，并主持编办了两期。之后，《坚定》交由宋耀珍主办。他与同在古交工作的宋连斌一起，为刊物的印行付出了艰辛的努力。

而我们也正是在《坚定》上，结识了这些坚定的诗人：宋耀珍、宋连斌、雷霆、赵孟天、赵泽汀、金汝平、唐晋、徐建宏、吴笑冬、卢丽琳……他们分散地生活在山西各地，每个人的诗学主张和创作风格亦多有差异，但这并不妨碍他们虔诚地聚集在诗歌的天空下，并坚定地发出各种声音——

这便是宋耀珍（1965年生，山西静乐人，著有诗集《第三人称》等）的声音：柔和、细腻、恬静、清纯透明乃至飘逸，一如"蓝色吉他的声音"（史蒂文斯），"无限地高，无限地向上延伸"（宋耀珍：《走上山岗》）。这声音不是对于生活的阐释，而是一片纯粹的蓝色的天空，一种遥远而又真实的幻象。就如同"一片明亮的海水中央／光明造成的空洞，出奇地明亮"（宋耀珍：《寄远方的朋友》）。

而雷霆（1963年生，山西原平人，著有诗集《雷霆诗歌》《大地歌谣》《官道梁诗篇》《我的官道梁》等，曾获赵树理文学奖优秀诗歌奖）的声音则是淳厚、硬朗而又清亮的，宛如起伏的山峦之间回环跌宕的民歌。"它来自风／来自阳光中最清纯的桑林"（《春蚕》），以及"风中的故乡"（《歌：给玉米》），来自养育了他、而他则在诗中千咏万叹的"官道梁"。这声音不是庙堂之上的低语而是民间的歌唱，是唱之所见、唱之所感、唱之所想：

诗人唐晋、雷霆、宋耀珍、郭志清（从左至右）在"天街小雨"

> 看看故乡，一百亩玉米风中成长
> 看看风中的故乡，一百亩玉米高过山冈
>
> ——《歌：给玉米》

也正是在回望家园时，他"发现"了官道梁，并由此找到了自己的灵魂之根，进而开始了对于这一地理意象和精神圣殿的发掘和构筑，写下了一系列优秀的诗章。官道梁系列，无疑是他诗歌创作的一座丰碑，一如文学硕士李叶利所说：它"不仅是诗人灵魂诗意栖居的地方，诗人也因他的官道梁世界而遗世独立"。

唐晋（本名武卫东，1966年生，山西清徐人，著有诗集《隔绝与持续》《月壤》《金樽》《侏儒纪》等；另有《夏天的禁忌》《宋词的覆灭》《玄奘》

山西文坛"风景线"

等长中短篇小说及文化专著等十数部行世。曾获 2000 年度山西新世纪文学奖)的声音,是长号的声音,音色高亢、辉煌,庄严壮丽而又饱满,回声嘹亮而又圣洁;而当弱奏时,则又温柔委婉、天高地迥——

> 一些声音,低低的响动,比祷告更低
> 另外一些则把我们引上云霄
> 投入明日才降下的灰烬。
> ——而那里有更多的沉默,更多的沮丧
> 从日历中为你翻响马车的铃铛。
> 我们的父亲算不算久远?
> 呓语里的美食算不算虚空?
> 浓香,细腻的刺青和粉尘
> 算不算幸福?算不算我们放弃的理由?
>
> ——《金樽》

从 1985 年开始走上诗坛至今,他创作的长诗、诗剧多达 12 部,这在山西诗人群体中,是绝无仅有的。唐晋是一个奇才,诗歌、小说、绘画、评论皆属上乘。诗人吴开龙曾这样评价唐晋的诗歌创作:"事实上,唐晋的长诗更能体现着他的美学趣味与诗性思想,在他的很多作品中,博尔赫斯的神秘、里尔克的神性、埃利蒂斯的狂野、庞德的繁绚、惠特曼的激情,还有李商隐的幽婉都能时隐时明地交织,构造出大美之气象……以诗的自由去获取自身的完美,这种完美是灵魂与肉体、精神与物质、神

2012 年 10 月,诗人汉家、金汝平、赵泽汀(从左至右)在网络诗选《诗作》中秋诗会上留影

圣和世俗的古老分裂的再度融合与最终和解。"

而诗人任晋瑜（网名"下雨街"）则如是说："对于整个山西及至整个中国诗坛来说，唐晋一直是个孤独的存在……这种非常个性的独立让唐晋始终保持在一个高度上。他的诗歌高贵、圣洁。有着鲜明的神性诗歌标志。这个诗歌现象的存在，使得唐晋可以像帝王一样写书，构建自己的精神王国。"

赵泽汀（1962年生，山西原平人，著有诗集《与一只蝴蝶的相遇》等）的声音，婉转、舒缓、幽深、圆润、纯净、空灵……他的诗，是对过往岁月的追忆，是对时光流逝的慨叹，是对亲情、友情的吟诵，是对自然生灵无微不至的凝视和体恤……是怀旧的、沉思的、沧桑的、温馨的，充满了感恩，也饱含着感伤——

> 我的前半生就结束在
> 这只蝴蝶出现之时，
> 我未来的和平与歌唱,将起始于
> 这只蝴蝶消失的一瞬。
>
> 我十分吃惊,世界用
> 一只蝴蝶的方式来选择我；
> 用这只刚从冬天皮肤里
> 挣脱出来的蝴蝶与我相遇。
>
> ——《与一只蝴蝶的相遇》)

徐建宏（1965年生，山西五台人，著有诗集《无暇爱恋的时刻》《过往的乐园》以及散文集《文朋列传》《尘世笔记》等）的声音空蒙、深邃、沉稳、忧郁，是秋天的声音、黄昏的声音、大提琴的声音。是"流浪者的自白"（《母亲》），是一个多愁善感的诗人在人类困境中的倾诉，一个形而上的思想者在存在与时间种种困惑之下的自诘自问、自言自语：

我在哪里诞生？又在何处了结？/我的每一种痴迷是否都将印上胎

山西文坛"风景线"

2010年7月17日,《北国诗丛》首发式在长治县南宋村举行,主编徐建宏(左一)、温建生(右一)向南宋党支部书记李保富(左二)及资深媒体人牛曜春(右二)赠书。

记?/一速光线能够到达的地方/就是我的归宿/野营者是否都将长眠于此:/当他们手中失去真理/在幻想的天国失去依蔽?
——《圣谕》(1991)

这声音中有一只神魔之手,拉着你一步步向虚无的却是音乐的深处走去,这声音里有一种令人惆怅的美、忧郁的美。

然而在这些坚定的声音中,最为特别的当数金汝平(1963年生,山西阳曲县人,出版诗集《乌鸦们宣称》《独角兽》《骚动的黑》,著有诗集《阴的无形之力》、散文诗集《歌声唱给白骨精》、评论《关于诗及诗人的随想》等)的声音。那是狂放无羁的个性、孤寂无奈的心境以至骚动不宁的创造欲望同琐碎的,甚至是无聊的日常生活场景相互碰撞所发出的声音:芜杂、粗糙、夸张、怪异、调侃、反讽、尖锐、含混……我们可以用这样一些或互相补充或相互矛盾的词组加以描述;似乎也可以引用詹姆斯·R.洛厄尔评爱伦·坡的一句话予以总结,那即是:"五分之三的天才,五分之二的胡言乱语。"我们这样概括,当然并不是说诗人处于一种迷狂的、不清醒的状态,因为实际情况并非这样。实际上他是一个相当清醒的诗人,他之所以发出这样的声音,也完全是出于理性的选择——

必须触及人类的灵魂
让他们疼痛
如同一根针在扎
又不见血迹

——《寻找》

这显然是一种不和谐、不悦耳,也不想和谐、不求悦耳的声音。然而这也许恰恰是应当珍视的,就如弗罗斯特所说:"写诗的目的是使所有的诗/听来尽可能声音各异。"用艾弗·埃文斯的话来说即是:"诗歌总得有点新声,哪怕是尖利和不协调……一种传统维持得太久了,它必须加以消除,诗歌才能发展。"(《英国文学简史》)在这里,我们或许还不能说金汝平的诗一定就发展了诗歌,但有一点却是可以肯定的,就是它们毕竟扩展了诗歌的声音音域、音色以及发音方式的可能范围。

(二) 网络时代的"60后"诗人

历史将记住 1994 年,那一年的 4 月 20 日,中关村地区教育与科研示范网络(简称 NCFC)工程通过美国 Sprint 公司连入 Internet 的国际专线开通,实现了与 Internet 的全功能连接。由此,中国开始"触网"并进入互联网时代。

20 年来,互联网几乎改写了一切——无论是政治、经济、社会生活还是文学创作。其深层次的转变无疑可谓是地覆天翻的。

从 2000 年前后应运而生的诗生活、诗江湖、橡皮、界限、诗中国、中诗网、终点等等网络诗刊(或诗论坛),到 2004 年之后博客的兴起,一些搁笔多年的"60后"诗人借助这一新生的媒介,完成了对于诗歌的回归,并迎来自己创作的第二个黄金时代;一些笔耕不辍的诗人则借助这一平台,佳作迭出,拥有了愈来愈大的影响力——在这些诗人中,雷霆、赵树义、宋耀珍、姚江平、温建生、吴炯、赵襄敏等大都属于前者,而唐晋、金汝平、宋连斌(石头)、赵泽汀、赵少琳等则属于后者。

此前,我们已对宋耀珍等 6 位诗人做过粗略介绍,这里不赘;谨为另外几位具有较大影响的诗人简立"档案"如下:

宋连斌(网名"温暖的石头""石头"),1967 年生,山西壶关人。著有诗集《瞧,这堆垃圾》、日记体长诗《肉》等。2000 年开始接触网络,活动于网易"诗人的灵感"社区;2002 年左右提出原生态诗歌写作概念,2004 年开设原生态诗歌论坛;2005 年与诗人宋耀珍创办《原生态诗刊》。他在《编辑手记代发刊词》里这样写道:

山西文坛"风景线"

2009年10月30日晚,"呈现诗歌朗诵会"在"天街小雨"举行。部分诗人合影留念。
前排左起:唐晋、赵树义、宋耀珍、病夫。后排左起:涂夫刘、苏非舒、小鱼摆摆、叫兽、木头、吴小虫、温暖的石头

从《诗经》开始,原生态诗歌就存在着,但我们一直没有把它从其他诗歌中抽取出来,进行命名和研究。从本质上,原生态诗歌写作走的是一条倒退而前进的路子。其关键词就是"厚重/直接/倒退/呈现",就是提倡诗歌"从诗意开始,到语言为止",提倡"诗意第一,语言第二",把表达什么作为判定一首诗歌高下的最高标准。在表达上,从"表现"倒退和还原为"呈现",减轻修辞对语言的压力和破坏。

这一理念的提出,无疑有着深刻的意义。

在山西诗人中,宋连斌显然是一个特立独行的诗人。旺盛的创新欲望和叛逆性格,注定了他的"不安分"。他的诗歌创作是在不断的"肯定、否定、再否定……"中前行的——他之所以提出原生态的命题,如他自己所说:是因为"诗歌写作的随便性是诗歌的一条不归路,面对日益泛滥的随便性写作,我一遍遍回到诗歌的源头判析和校正"。然而到后来,他自己却又写下了《随便诗六十七首》。他曾主张"语言第二",但实际上他的创作却是在对于语言(或者准确地说是"汉词")的一次次的"革命"(或者也可以用他的话说是"剥皮")中完成了自我的或诗歌的超越。

宋连斌早期用的网名叫"温暖的石头",并用这个名字创作了大量的诗歌,包括从2008年11月21日开始,到2010年12月31日完成的长诗《身体史》。可是到后来他就把名字中的"温暖的""剥"掉了,仅剩下"石头";而诗作《身体史》在最后印行时,也改成了《肉》。

100多年前,尼采便提出过一个口号:"一切从身体出发。"何以如此,也许就如刘宗灵先生在他的《身体史与近代中国研究》所说:是因为身体"与每一个人、每一个民族与文化的切身相关性。人首先是作为身体而存在的。身体不只是存在于生理层面的血肉形躯,更是由历史、社会与文化所构建而成的意义网络。身体既是人的自我理解的起点,又是人与自然、社会沟通互动的支点。我们要理解人的本质,认知人的处境,都不能不将身体作为一个重要的起点和条件。"

从这个意义上说,石头的《肉》,便是还生命、历史、文化等等以"血肉",或由"血肉"呈现自然、人类社会以及生命个体之"骨骼"。唯此,我们说它是对中国当代诗歌的重大贡献,绝不为过。

赵树义(曾用笔名"叶绿素"),1965年生,山西长子人,出版诗歌、散文、小说合集《且听风走》,散文集《低于乡村的记忆》,著有长篇散文《虫洞》、长诗孤独三部曲《尘浮屠》《转情筒》《裂帛书》等。

赵树义是2007年12月31日开博的,是在晚上的10点12分,他一口气贴了《蛇》等7篇散文(均为90年代旧作)。次日,也就是2008年元旦,他又上贴小说《麻点》5篇(写于1996年);直到元月8号,他才贴出了他于2007年创作的一首诗,曰《十一月》,从27日起,方开始上传自己当下创作的《无题》。此后他便一发不可收拾,在该年度内,写下100首《无题》。接下来,他又创作《某,或者某》汉字系列80首(2009年),并在新世纪的第二个10年之初,完成了他的"孤独三部曲"……迄今,他已在博客发表诗作900余首,这无论是对于他自己还是对山西诗坛而言,都是奇迹。

"80后"诗人吴小虫曾这样说:

多年来,树义老师的诗歌写法不激进、语言朝向自身的优美、恪守中庸之道、性灵挥洒和对古典诗质的有效汲取。在诗歌艺术的层面上,属于"根"的浇注,在人生哲理的层面上,属于"道"的阐释。他勤于笔耕、孜孜以求,用一组又一组质地坚实的诗歌不断超越自身,从而也不断丰富和拓宽着我们的诗歌观念和诗学视野。他的写作有力地证明了

太原诗词学会光线诗社于2011年12月22日正式成立，李元红（左四）、梁志宏（左三）与新当选的诗社领导合影：社长赵少琳（左二）、副社长兼秘书长贾健民（右二）、副社长王美玉（右二）、社长助理范利平（左一）、副秘书长吴小虫（右一），副社长朱鸿宾因公未到

一种风格纯正而不是故意歪腔歪调的诗歌回归的必要性，守护汉语的典雅雍容，守护生命的端庄严肃，因为在一个伟大的秩序面前，我们更多的是需要仰望和倾听。

赵少琳，1960年6月生于山西太原，著有诗集《在力的前沿》《弧线》《红棉布》《赵少琳诗歌精选》《纯棉的琴键》及散文随笔集《蜂鸟的段落》等。

在"60后"诗人中，赵少琳可谓是"老"诗人，这当然不是说他生于年代之首，而是说他开始创作（初中一年级）和发表诗作（1983年）都十分早，而且此后又从事诗歌编辑20余年，以致同年代的诗人们大都会以"老师"称之。但他的诗却是年轻的，弥漫着"现代"和"后现代"的气息；"他对意象、象征、隐喻、通感、变形、暗示、多义、超现实主义等表现技法，有意识地进行训练，就像一个苦练武术的人，不厌其烦地练习各种武术器械"（谭曙方：《在隐匿中奔跑的诗人——谈赵少琳和他的诗歌》）。

作为诗人，赵少琳的创作是优秀的；作为一个诗歌编辑和一个光线诗群或曰太原诗群的领军人物，他对于诗歌发展所做出的巨大努力，则尤其令人感佩。新世纪以来，他在《都市》文学杂志创意并主编"对抗与碰撞"诗歌专栏，成为当代诗歌的品牌栏目；他和诗人梁志宏发起组织的光线诗社，诗才云集、创作活跃、硕果累累，给我们带来极大的惊喜。

姚江平，1966年生，山西黎城人。著有诗集《夜的边缘有一棵树》《必须像一个人》，曾获赵树理文学奖优秀诗歌奖。

他的职业是法官，但这并不影响他在生活中慈眉善目，在诗歌中柔情似水。

当然，在做法官之前，他一直是在一个叫作西井的乡镇里工作，这使得他对土地和农村充满了深厚而又浓烈的感情。这深情厚谊，成为他创作的源泉，并自始至终贯穿在他的诗歌之中。唯此，"他的诗歌接近于泥土，朴实但不粗糙，精致但不浮华"（李洁夫、李寒语），或者也可以用《十月》诗歌编辑谷禾在编辑手记里所说的话加以概括：

2009年8月，诗人姚江平、花语、金所军（从左至右）参加青海湖国际诗歌节时留影

  在姚江平的笔下，当下乡村的残酷生存被有意无意地过滤了，他展现的全是属于自己的温暖的快乐的回忆。我甚至看到了那个熟悉的乡村少年的迎风成长的身影。他单纯、阳光、深情，还似乎有些被庄稼一般朴素的小小爱情充盈着。

邢昊，原名邢少飞，1963年生，山西襄垣人。著有诗集《房子开花》《人间灰尘》《时间沙漠里的梦想王国》（合著）、《伤风吹》等。

他是从20世纪80年代开始诗歌创作的，此后十多年，写了不少的诗。但是很多年以

晋城三诗人（从左至右）张红兵、周广学、邢昊在襄垣仙堂山上。

酷爱摄影艺术的诗人温建生

后,他自己说:"我真正意义的诗歌创作,必须从21世纪开始算起。以前写的全是非诗,或曰伪诗。我必须与其彻底决裂。"并说:"2005年'蜕变',闯荡于中国的诗歌论坛《诗江湖》《葵》《赶路》,踏上一条本真、率直、淋漓、痛快的不归路。"他的作品入选《中国诗歌年选》《2008—2009中国诗歌双年巡礼》《当代中国诗歌后浪》《中国网络诗选》《2009文学中国》等重要选本,并多次入围民间诗歌英雄榜——中国汉诗榜,获美国亦凡文学网诗歌特别奖,被《都市》评为"年度桂冠诗人",在省内外产生重大影响。

诗人伊沙曾如是说:"在那片被古老黄河冲刷过的土地上,现代诗的种子似乎很难结成果实,邢昊是我眼中唯一的现代诗人。他是有生命爆发力的,有一种内在的狠,但所有这一切都是通过现代诗的形象传达出来的。"

温建生,1968年生,山西交城人。著有诗集《与时光书》《散漫之辞》等。

他是在大学期间开始诗歌创作的,且曾任北国诗社的第五任社长。毕业后,因为工作性质等等原因,他在一段相当长的时间里中断了写作。而他的复出,则同赵树义等一样,也是因为博客。

那是2008年3月10日,他在博客里贴出了当天写就的诗作《简单情绪》。此后,他的创作与日俱增,历时两年,便捧出了他的第一部诗集,曰《与时光书》。而这一年,他刚届"不惑"。

多么散淡。落日已驮着白日梦西去/我独坐。四周寂静/心里堆着一寸深的青苔/茶微热。嘴唇微苦。隐姓埋名之人/躲在书中咳嗽,来回走动/我立起身,他的草庐摇摇欲坠/这样的时辰会让人恍惚/……

——《与时光书》

以这首诗的标题作为书名，想来该是具有深意的。对于时光，有什么人能比一个归来者、一个年届不惑之人的感受更为深刻呢？而且不独如此，这首诗，可以说较为集中地展示了他的诗歌创作的一些特点，譬如情绪、意象、状态、心境、落日、寂静、茶、恍惚……

他的大部分诗歌都是"散漫"的、"恬淡"的，不少的诗作里都涉及"静"的状态、涉及"茶"。古人云：茶禅一味。事实亦是如此，他的诗大多是禅悟式的、悲悯的、隐忍的、平和的、宁静的、通达的、富有昭示意义的……

亦唯其如此，诗人林南才在对他的诗进行评点时说："读他的诗，如和一位挚友品茶谈心，不需言语，只是静坐，就可以读出对方心之所想，或者读出的是我们自己所想，却感觉如此相似。"

诗歌新生代

这是山西诗坛得天独厚的一代人，他们或是生于20世纪70年代，或者是"80后"。

在"50后"诗人的眼里，"70后"诗人是幸运的，在他们童年或少年时代的记忆里，不会有反右，不会有三年自然灾害；有的可能只是"四五"天安门诗歌、是思想解放、是朦胧诗的崛起和诗歌的空前繁荣……而"80后"的诗人则更是幸运的，他们出生的时候，国门就打开了，他们在孩童时期，便有可能听他的父辈说起聂鲁达、庞德、艾略特、叶芝、史蒂文斯、埃利蒂斯、塞弗里斯、帕斯们的诗歌以及尼采、叔本华、萨特、弗洛伊德、罗兰·巴尔特、维特根斯坦和海德格尔们的哲学……而这一切对于"50后"诗人，无疑是难以想象的。

当然，在他们自己的心目中，也许会觉得并不是那么幸运——他们为自己这一代的命名是"尴尬的一代"（"70后"）、"漂泊的一代"（"80后"）。

"70后"诗人、诗评家霍俊明便在《尴尬的一代：中国"70后"先锋诗歌》一书中这样说：

透过浓厚的历史烟云，在中国20世纪最后的红色年代的尾声中，在"70后"这一代人不乏戏剧性的登场中，在理想主义、集体主义和实

山西文坛"风景线"

2011年10月，由山西省作家协会诗歌专业委员会主办的2011年诗歌高级研讨班在忻州举行。
前排左起：赵树义、温建生、李杜、张明旺、潞潞、姚江平、金汝平。
中排左起：王国伟、孔令剑、周广学、如斯、裴彩芳、木头、王占斌。
后排左起：薛振海、刘宝华、韩玉光、续小强、王太文、王文海

用主义、消费主义纠结的时代氛围中，我注意到了这些"红旗下的蛋"一片尴尬的面影和一颗似乎永远无所适从的灵魂。

……深植脑海的价值体系崩溃了，越来越张扬的金钱和本能的欲望以及文学的迅速边缘化，更成为这一代人必须面对的生活现场和精神场景。

无可辩白，"70后"一代人无论是在历史遭遇、生活经验乃至诗歌写作方面都呈现出显豁的"尴尬"特征。

他的评述无疑是历史的真实：物欲横流、道德沦丧，诗歌的声音渐陷沉落，他们已不可能再成为诗歌史上光芒耀眼的"北岛"……但这一切似乎并不打紧，这反倒也正好决定了他们选择诗歌时的非世俗、非功利性；他们是热爱诗歌才选择诗歌的，或者也可以说，他们是天生的。

亦就如霍俊明所言——

这一代人，已经以诗歌的话语方式承担了时代的误解和阵痛，并以卓异的诗歌语言、想象力和独创的手艺承担了历史和人性的记忆。他们也许曾经尴尬、痛苦、挣扎、迷失，但是他们永远在路上，因为他们始终没有放弃寻找存在的价值和理由，没有放弃一代人的理想或宿命。他们注定了是沉重而尴尬的一代，但他们也以灵魂的高大、强壮，并以卓越的诗歌权力站在了中国历史的某个山峰上。

第十章 四世同堂的山西诗坛

(一) "70后"诗人

这是一个人数众多、实力强劲、才华横溢的诗歌团队——金所军、韩玉光、王文海、王国伟、闫文盛、刘宝华、闫海育、郭新瑞、薛振海、任晋瑜、汉家、吕国俊、关海山、成向阳、李剑啸、姚宏伟、王占斌、石囡、黑牙、桑小燕、吴海斌、吴涛、闫庆梅、刘小雨、高慕容、朱宾、阎扶、古陶、张黎、木头、如斯、枕秋、弱水、秋临、闯王、王博达、王海云、黑骏马、北琪、赵立宏、杨秀清、宋清芳、荫丽娟、合心……可惜限于本书为诗歌所提供的有限空间,我们不能一一列出他们的名字;亦就如同我们不可能对业已提及的诗人一一加以评介,而依旧只能选择几位有代表性的诗人,而且依旧只能是"小档案"式的。这着实令人遗憾,却又是不可避免的。

金所军,1970年生,山西原平人。著有诗集《城或施家野庄》《尘世之情》《黑》《纸上行走的瞬间》《纸上行走》、诗文集《绝尘之船》等。

他开始诗歌创作较早,大致是1985年,那时他不过15岁;90年代,他亦曾多有佳作,但他在省内外产生较大影响,却是在21世纪——尤其是2005年,甚至可以说是他最为"丰收"的一年,就是在该年度,他参加了第21届"青春诗会",出版了诗集《黑》,获得赵树理文学奖文学新人奖,并加入中国作家协会……

2012年4月21—22日,由省作家协会主办的2012年度山西诗歌年会暨杏花村诗会在汾阳市杏花村举行。本次年会,正式设立了各市的诗歌分会组织,宣布了各市诗歌分会组织领导机构,聘任王占斌、王文海、雷霆、陈瑞、葛海林、赵建雄、金所军、北方、裴彩芳、无哲等分别任大同、朔州、忻州、晋中、阳泉、吕梁、长治、晋城、临汾、运城分会主任,并为他们颁发聘任证书。图为赵建雄、金所军、北方、无哲、裴彩芳(从左至右)等接受聘任证书

山西文坛"风景线"

他是一个喜欢秋天的诗人,仅以"秋"为题的诗便写了数十首——《一杯秋》《秋天慢下来》《秋天的声音》《秋,站在窗外》《这个深秋的午后》《秋天说走就要走了》《秋天站在树顶上》《秋分》《秋辞》(组诗)、《秋色将尽》《秋风里》(组诗)、《初秋在去往深秋的路上》……

当然还有《秋,或者秋后》——

秋,或者秋后
是一幅图画,徐徐展开
从晋东南,路过晋中,直到晋北
屯留的老农民砍倒玉米
秋天便短了,露出高于地面一寸的茬
武乡有位下世的老人埋在向阳的山坡
小小隆起的高度,让这面山坡低沉起来
太谷的村庄在唱戏,沧桑的高音破云而去
……

他的诗"优美、灵动、意象丰满、感情真挚……洋溢着汾酒的醇香"(谢冕语),"在干净明澈中有内在的丰富性"(陈超语)。

后来,他便开始敏感于"黑"并努力对其做出诗性的表达,那是2001年秋天,他写下了《黑》——

命运中突然来临的黑
猝不及防的黑
生命的黑
弃之不去
竟然是如此的黑
如此的黑

此后,他又写下了《黑的成分》《蚂蚁》《乌鸦》《黑夜的镰刀》《漆黑的粮仓》等"黑系列"的诗。这是一些不同于"秋天"的诗，它们"给人的感觉是冷静、思辨、不张扬，在他用语吝啬而隐忍的叙述里包含了自己对人生和命运的某种神秘的领悟和感受"；他的诗歌"具备了沉实的叙述之后的更大的语言张力。因此，我们说所军的诗歌是通透的，他是一个真正意义上具有大智慧的诗人"（李洁夫、李寒：《太行诗歌群落诗人扫描》）。

诗人韩玉光、陈小素荣获2010—2012年度赵树理文学奖优秀诗歌奖

韩玉光，1970年生，山西原平人，曾获《人民文学》"人文同里"全国诗歌大赛一等奖、中国诗歌学会"黄鹤楼"全国诗赛一等奖、《诗选刊》"中国2008年度十佳诗人"、赵树理文学奖优秀诗歌奖；参加第24届青春诗会，出版诗集《1970年的月亮》《捕光者》等。

1986年，他考入忻州地区工业学校，学的是机械制造专业。也许他并不是不喜欢这个专业，而只是因为他更喜欢诗，于是在校期间便开始诗歌创作，并于1988年发表处女诗作《无题》。1990年毕业工作后，他更是几乎把所有精力都献给了诗，他曾与诗人金所军等创办同仁刊物《北方草》《桥》；亦曾加盟"超超"，并成为最优秀的诗人之一。

他钟爱滹沱河，因为那是滋养了他的母亲河；他喜欢月亮，因为那是他来到这个世界时，除了母亲的目光，所见到的另一个"光源"——

    我一直在想1970年
    一只瘦月亮落在枝头的样子
    在半亩大的院落上空
    它第一次看见我——
    迟缓的哭声
    至少惊动了人间一瞬的安宁

                ——《1970年的月亮》

唯此,他写了一系列的有关"月亮"和"光"的诗歌,以至"月亮"和"滹沱河"成了他诗作中的核心意象,乃至他创作灵感的主要源泉。

后来,他就成了"捕光者",而且不只是月亮,还有太阳以及所有和"光"有关的存在。他以自己的诗歌"将贫乏的现实提升为具有美学力量的诗性之物,平常的事物和生命因此都涂抹上了诗意的光泽"(张德明语)——

我越来越爱用三秒钟的祈祷/来开始一天的生活。/常常是——/太阳光爬上窗外的苹果树,/两只鸟/在枝叶间相互致意,/我拉紧书桌和衣柜之间/足够两米长的命运之绳。/——拧开水龙头吧,/这生活的源泉清澈/而充沛。/我越来越喜欢用它来洗净尘埃。

——《三秒钟的祈祷》

在时光中成为黄金
在时光中成为风景的一部分
是否需要抓住生命中的光芒
照亮灵魂

——《捕光者》

2012年,他以"捕光者"命名的诗集由长江文艺出版社出版,并于次年荣获2010—2012年度赵树理文学奖优秀诗歌奖。评委会的评语为——

韩玉光习惯用朴素而精准的诗歌语言,令日常生活中的诗意细节获得一种闪光的品质,于自然、平静的词语中彰显出震撼心灵的力量。《捕光者》让万物的灵魂在文字里找到了归宿,让读者在作者波澜不惊的诗意描述中,既看到了古典的温情,同时也感受到了生存场景中的多元。

王文海,1972年生,山西朔州人,著有诗集《温暖冷色》《民间的阳光》《王文海诗歌精选》《故道书》,散文集《心灵牧场》等。曾参加第24届青春诗会,获全国第五届、第六届"乌金文学奖"、2007—2009年度赵树理文学

2011年1月16日16时黄河诗歌奖颁奖仪式暨闫海育诗歌作品朗诵会在"天街小雨"人文茶馆举行。
前排左起：吴小虫、木头、刘艳红、韩雪、小鱼摆摆、刘宝华、郭新瑞
中排左起：柴然、温暖的石头、赵树义、黄风、张锐锋、闫海育、郭虎、温建生、
　　　　　裴彩芳、王文海
后排左起：赵孟天、任晋渝、王国伟、山丹芳子、白云亮、唐依、金汝平、唐晋、
　　　　　赵襄敏、陈芳、薛振海、徐建宏、孔令剑、刘文青

奖文学新人奖、首届上官军乐诗歌奖杰出诗人奖。

1984年，小学五年级的王文海发表第一首诗作，比金所军还要早些，那是1986年，他14岁，便在《大同日报》发表了处女诗作《拼搏》。这或许也就是一种宿命，从此他也就不得不开始了在诗歌之路上的艰辛"拼搏"。

上大学时，他学的是历史；读硕士时，学的是经济管理；而作为职业，他则一直是从事党务工作，但这一切似乎并没有妨碍他的诗歌创作，甚而应该说是提升了他的诗歌。

2012年，诗人无哲曾发帖对"山西百位诗人"进行"同题诗歌访谈"，其中的一个提问是"您认为一首好诗应具有的标准是什么"，王文海的回答是"好诗是有管理能力的"。他的回答在百位诗人中是绝无仅有的，而且也是意味深长的。

由此引申开来，一个优秀的诗人对于自己的诗歌，其实也是必须具备"管理能力"的。他应该是他自己所创建的诗歌帝国的至高无上的君王；他

为这个王国圈定它自己的疆域，他为王国中所有的存在命名，他让它的臣民——譬如意象、节奏、语言、思想等等——按他的意愿和谐地歌唱……而王文海就是这样一位君王。

他为自己的诗歌界定了清晰的疆域，那就是塞外，以至北方——

  北方 神的咒语布满天空
  皮鼓和铜锣在面具后闪烁

  北方 黑黑的森林挡住了太阳
  后羿的神箭射不穿欲望

  回到北方 回到冬天的心脏
  回到肆意出没的狼群的故乡
  回到逐日追风烈马的天堂
  回到羊群欢叫的青青的牧场
  回到河流纵横的梦的海洋
  回到伟岸挺拔的白杨的队行
  回到烈酒酣畅的有风的地方
  回到雪莲盛开的迷人的冰山上
  回到茫茫大漠深处夕阳的身旁
  回到万里野花的颂歌中央
  回到疼痛的眼泪守望的毡房
  回到寂静的有炊烟等候的路上
  回到神鹰久久期待的含泪的目光

  回到北方 蘸着西风写那射雕的诗行
  回到北方 拥着大雪做刀背上的帝王

  北方 请收留我一个人孤独的仰望

> 北方　请允许我打开每一座星空的门窗
>
> ——《回到北方》

就这样，他以真挚的情感和超拔的想象，为他的北方进行了盛大的命名；以悲悯的目光，亲切地注视着这里的一山一水、一草一木，甚至是沙粒，乃至尘埃……

他说：我在晋北出生、成长，这里的贫瘠却成就了我想象力的富有。蛰伏在塞北一隅，看流云变幻，听世事苍然，发觉静谧的尘埃是世界上最幸福的动物。

他是谦卑的，也是自信的，他曾在《把脚步慢下来，让灵魂跟上》一文中这样写道——

> 当翅膀为我们完成了彼此的印证
> 沧桑才更接近于苍茫的本性
> 世间终将因此而含笑不语
> 我来了，边塞才更像边塞了

王国伟，1971年生，山西代县人。著有诗集《相思树》《神话》、散文集《云心乃水》等；电影剧本《浴血雁门关》（合著）获山西省百部优秀文艺作品奖、2012年山西省精神文明建设"五个一"工程奖、2010—2012年度赵树理文学奖影视戏剧文学奖。

他是在1988年开始诗歌创作的，次年，便以短诗《吐血·换血》获忻州地区大中专学生诗歌大赛三等奖。此后的五六年，便成了他创作的第一个丰收期，他写下了组诗《相思树》《坐在山中听远方》《挽歌十八节》等，这些诗作，后来就收入他的第一部诗集《相思树》(远方出版社2001年版)里。

显然，这是一些青春期的诗，有一种青春的调子：一种相思，一种迷惘，一种莫名的惆怅，一种一厢情愿的想象和执着——

> 兰,我面对一枝烛烛影恍惚/我不是在想你/我是想窗外之雪//雪在

飘／我面对一枝烛／烛无言／无言不仅是烛／亦有雪／冰冷之雪不肯／拥抱烛火／小小的烛／无力燃烧整个冬天／／今夜只有一枝烛火／在寒山冻水之间／柔弱地渲染／冬夜的冷漠／兰，你不属于这个季节／但你划着火／点燃一枝烛／在冬夜里孤独地燃烧

——《冬夜之烛》

1994年以后的10年，他基本停顿诗歌创作，直到2004年方才回归，创作了长诗《在城市的高处》，并获2004年度《黄河》诗歌奖。2008年，他则完成组诗《天空》以及长诗《神话》，并以其为书名出版了自己的第二部诗集。

《神话》本是一首对诗人唐晋同名诗作的"和"诗，唐晋读过后即撰文说这首长约100多行的诗作可以视为其诗歌创作的一次高峰。在诗集《相思树》和长诗《神话》之间，是王国伟从三十走向四十的生命过程。许多变化自然发生，生活环境的变化对他产生的影响尤其重大，当初相对封闭的视界渐渐打开，生命由"树"状态转化为一种更为活跃灵动的状态……可以说，《神话》中依旧有着《相思树》的影子，这些影子微妙地存在并形成影响，将一首诗的内容变得多重复杂。在这里，"诗歌"与"青春"的关系被诗人努力重架，通过多视角的解读，展示出"跋涉"和"迁徙"的意义……

沿着唐晋所说的"跋涉"和"迁徙"，我们或许会反过身来追溯到更为远久的过去，会想到屈原的《天问》……诚然，不管怎么说，《神话》都不可能和《天问》同日而语；但作为对天、地、自然、历史、人生的"追问"，却仍可以说是一脉相承的——

是上升还是陷落，悬崖上的薰衣草
裸露的根，探入石隙，在蓝色的血液
和透明的经脉间。是痛苦还是欢愉
震颤了深渊中的绿水。唇线的张弛
弹拨出迷人的香气，却苦涩无比
是爱还是恨，打碎了你珍藏的瓷瓶

洒落的露水，像月光下的薄雾
在柳枝的抽打下凝结成紫衣
……
是今生的传奇，是来生的佳话，是我的珍藏
是我一意孤行的勇气，是我永不气馁的前行
即使比晨露飞升得更早，即使比晚霞消失得更晚
是洒脱还是沉重能书写这页历史
是胜利还是失败能见证这段传奇
像永不衰朽的胡杨，成为沙土，成为风
成为爱意地降临，成为海市蜃楼的一部分
……

——《神话》

（二）"80后"和"90后"诗人

我们是如此深切地关注着"80后"和"90后"的诗人，因为只有他们才真正地代表着中国诗歌的未来。

在有限的视野内，我们见到了这些诗人——续小强、孔令剑、吴小虫、孙忠晓、成亮、曹谁、唐依、若寒、叫兽、王鹏飞（莫怀北）、张佳惠、小鱼摆摆、刘吟、张卓然、莫哲、安平、车邻、高桂英、柴高原、王凯菊（绿锈）、师璞、小贝、何妮、白云亮、霍虎勇、子轩、北松、田鑫、常洁、张静、袁昆、那嘉、萧泊零羽、石子、李云峰、李世明、付辉、左立忠、童天鉴日、常仕章、王寒星、华睿（王泽民）、麦坚、赵峰、张晋宏、李勇、张炯、孔长河、重阳拜雪、塞外雪客、郭倩茹、郭玲玲……

说实话，同他们父兄辈的诗人团队相比，他们所组成的诗歌阵营确乎嫌小了些，但这并不影响他们以一当十、以自己的天才和努力，为当代诗歌写下浓墨重彩的一笔。

我们最早与他们结识，大多数都是在21世纪的第一个10年。那时候，诗人孙忠晓还在山西师范大学就读，大一时，他便与学兄发起成立了神州诗

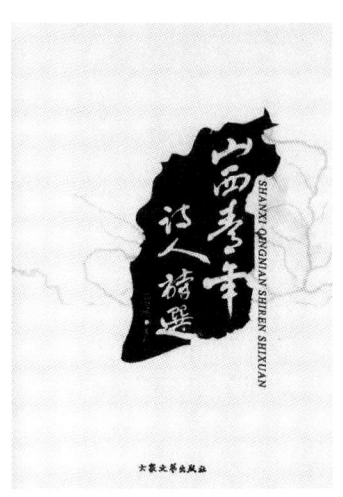

由"80后"诗人孙忠晓主编的《山西青年诗人诗选》，大众文艺出版社2009年版

社并创办《神州诗刊》。此后社团不断壮大，最终成为一个跨院校的、以"80后"诗人为主体的诗歌群体——神州诗群。2009年6月，由孙忠晓主编的《山西青年诗人诗选》问世，成为我们与山西"80后"诗人的最早的会面。

孙忠晓在该书的"后记"中说

  这本诗集的作者，可以按年龄以及诗歌创作类别的不同分为两个专辑："'70'后先锋诗人"和以"神州诗群"为主体的"'80后'诗群"。需要一提的是，"'70'后先锋诗人"已经步入当今诗坛。毫不夸张，他们作为冲锋哨和先行军，给我们做出了实至如归的表率。另外一部分作者——精心遴选的30多位校园诗人，跟我一样，或许只略得汉诗皮毛，作为其中的一员，我充分了解我们这个群体。他们对诗歌的虔诚不可简单忽略，亦不可一言蔽之。本来，计划中还有一部分大名鼎鼎的"60后"青年诗人，他们堪称我们的灯塔兼精神导师。让人叹惋的是，由于时间仓促和地域限制等诸多原因，未得一一尽识众位前辈，实造成遗珠之憾。

这样的表述，显然是"低调"了些，但恰恰也是这种低调，让我们感受到了一种虔诚或谦卑（对诗歌的）、一种尊崇或大度（对前辈诗人的）、一种对于诗歌以及诗歌未来的清醒的或智性的掌控能力。他们的起点是高的，因而他们的前途是异常广阔的。

2009年末至2012年，诗人吴小虫等又倾心组织，先后在《梨花》《诗歌月刊》、宁夏《原音诗报》《都市》《黄河文学》《黄河》《山西文学》、贵州《诗歌杂志》《天津诗人》等陆续推出了山西"80后"诗人作品辑。2012年5月，由"70后"诗人赵卫峰主编《漂泊的一代：中国"80后"诗歌》由中国文联出版社出版，山西入选的有孔令剑和吴小虫。

2010年4月，诗人吴小虫曾在自己的博客里举办过一次"山西'80后'诗歌大展"，他在"导言"中这样说——

> 在这里我可以负责任地说，我们山西"80后"诗歌虽然集体出场晚，但个别人的成熟和出众是绝对不能掩埋的。同时，山西的"80后"诗歌比起其他省的"80后"诗歌也绝对不会差，差的是我们还能不能继续。
>
> 这也是摆在我们各个年龄阶段的所有诗歌写作者面前的一个问题，那就是：朝前走，顶住风。

我们欣赏这席话，也愿意（或者也只能）对这个诗群中几位"成熟和出众"的诗人予以简单评介：

续小强，1980年生，山西灵石人，著有诗集《反向》等。

大学期间，他便曾创办《我们》杂志、《火鸟》报。2000年毕业后开始从事编辑工作，早年编辑《新作文》，倡导"诗教中国"，并在《新作文》开辟"八〇汉诗志"栏目，每期推出一位中国"80后"优秀诗歌写作者。2007年末，策划出版了厚达160个页码的《新作文·中国80后诗歌写作报告》，对中国"80后"诗歌作了一次全方位扫描和总结，此后，曾任《名作欣赏》执行主编，现任北岳文艺出版社社长兼总编辑。

十多年来，他就走了这样一条编辑和创作并行不悖的道路：他的创作为他从事编辑工作奠定了坚实的基础，而编辑业务又为他的创作提供了更为广阔的视野。

《反向》是他正式出版的第一部诗集，而诗集的名字却是以他写给女儿的一首诗来命名的——《反向——给我的女儿希希》——

诗人续小强

>我就是你的父亲。一个迟缓的人
>我拥有孤独的天赋。在你的眼神中
>我的轮廓漂移不定。你正在聚集星辰给予你的光
>我偏向于野草正在覆盖的小路。没有谁注意到你的小手无边际的寻找
>我走过每一条街道之后:哦,始终如一的悬崖
>我不属于你,不属于你的母亲。以及曾经平静的窑房
>我为一种幽暗的使命献身。在时间的沙子里
>你是我筛出的最美妙的一个词语。我要求自己像煤一样默守
>一本书的位置,一支笔的虚空,一篇日记的时间。你清净的笑容
>我深信这是我的过去和未来。你血液中的时针一刻不停
>而我已轻松地告别。仿佛一只木船,靠在石头上沉睡、腐朽
>奢望雨季的到来,奢望河床的充盈。

"这是一本关于爱与纯真的诗集。""70后"作家鲍贝曾在《来自北方的温情婉约——续小强诗集〈反向〉读后》中这样说,"温暖的记述是整本诗集的主题,也是小强的一种语气。在他的诗集里,描写的对象大都是至亲的人:妻子,女儿,父亲,母亲。这些对象的选定,注定了他叙述的语气离不开暖,离不开温情脉脉。孤独依稀可见。然而,孤独也是暖的。像晨露,晶莹剔透,稍纵即逝"……

而他的学兄"睡不醒的至尊宝"则如是说:

>续小强的诗,与恢宏的形式无关,与炫目的修辞无关,与高远的想往无关,甚至与读者无关,但一定是纯粹的诗。与那些有志于隐喻、执着于生僻词汇、坐在保卫森严的宫殿里发号施令的诗人不同,续小强的诗显得朴实而无距离。我熟悉他描述的场景,知道他用词的含义,对他的情绪能够感受。从这个意义上讲,《反向》的表达是无野心的、非功利的,对《反向》的阅读是日渐麻木的日常生活里偶然的奢侈行动,是令人感慨、值得珍惜的。

第十章 四世同堂的山西诗坛

孔令剑，1980年生，山西绛县人。《山西文学》编辑，山西省作家协会诗歌专业委员会秘书长。

在省作协，孔令剑属于忙人之一，当然不只是编务以及相关诗歌活动的联络和组织，还有"全国文学创作山西中心"项目筹建等行政事务，占用了他绝大部分的精力和时间，于是他也就把写诗交给了夜晚——

诗人孔令剑

在夜晚想起夜晚／总是另一个。／每一个，都有一盏灯／坐在未眠的窗前，静静／阅读时间的空白。／都有书页，在羽翅中打开／同夜一样黑的文字／在一双眼睛里逗留，又／沿着灯的光线飞走。／都有一个人／从夜色中剪下自己的影子／挂上身后空寂的墙。／此刻，这些影子坐在一起／正谈论一个话题：／沿着一颗星星钻探的隧洞／如何开掘这夜晚之上的／另一片天空。

——《话题》

他的诗多是沉思性的、低语式的；仿佛每一首都是一种启悟，简约、澄澈，而又极具穿透力。

孙忠晓，1986年生，山东沂南人。2009年毕业于山西师范大学。山西省作家协会会员，山西文学院签约作家。著有诗集《绿风》（合著），主编《山西青年诗人诗选》（大众文艺出版社2009年版）。现供职于临汾市文联。

诗人韩玉光曾这样评价孙忠晓及其诗歌创作："孙忠晓是一位敏感的诗人，他善于从容易被人忽略的事物中发现与自己灵魂交叉的部分，并找到交谈的方式。每一朵梨花，每一只蝴蝶，都似乎与他的命运相关，是需要破解之谜，他从卑微中体味博大，能够焕发词语本身的魅力"——

总有一些你看不见的事物／在草丛，在林间……／比如深山里的油

山西文坛"风景线"

诗人孙忠晓

桐花／比如空谷里的矢车菊／而我所说的不仅仅是这些／总有一些你看不见的飞鸟／瞄准隐藏在暗林里的弹弓／比如清风明丽之物……／玻璃的位移撞倒醉汉／总有一些你看不到的风／伤害青萍之末，切断植物的脉络／比如落花，看她从南山归来／眼泪埋伏着隐情——／正如翅膀伤害了蝴蝶／总有一些你看不到的事物／刺痛双眼，却逃不脱一张蛛网／……如果你俯身乡间／这个春天，总有一些聋掉的耳朵／听到土地内部巨大的轰鸣

——《总有一些你看不见的事物》

——而诗人许由则说："他的诗是'青春'和'乡愁'的复合体。他是用认真去抚摸那些沦陷的岁月，他更喜欢锱铢必较，用敏感的锐利的牙齿鲸吞浮尘，泡沫；他的至情话语，有着钻石和晨露喧嚣后的清爽，他的诗搀扶着一生的积蓄……"

吴小虫，原名吴小龙，1984年生，山西应县人。2000年开始写诗，2004年开始发表作品。作品入选《梨花：2008中国诗歌档案》《中国八零后诗歌写作报告》《漂泊的一代：中国"80后"诗歌》等，曾自印诗集《苍蝇迟早会飞回来》，由"红色玩具诗刊"出品诗集《生而为人》。

也许他们真的是"漂泊的一代"，就如同孙忠晓从山东来到山西，而吴小虫却离开山西到了重庆。他也许会在那儿待下来，也许会回来，但这都不重要，重要的是他作为山西"80后"诗歌活动主要策划人，已经将名字留在了山西文学史上。

何况他的根是在北方——

北方以北　那是一条丘陵

丘陵的北边是一座高原
寒冷的天气好像从未变过
而古代的风也一直没有停歇

我要说到关于北方的寒冷
罕见的大雪之后依然能看到
有人赶着牛车
一代又一代的人躺在这里
第二年开出无名的小花

不管是小县城还是都市
毫无例外保留了糟蹋的痕迹
爷爷吐了口痰说
这样会更舒服一些

舒服的破旧的小屋　因为没有更多的钱
钱让人质疑　但拨动神经
去改善心脏的跳动中失修的冲撞
在苍白中这些都久违了

而我要说到的大雪
从天空降落的过程中　已经失去了力量
然后是一个世纪的冷　不因过年了
我们内心的灰尘从此光洁

2010年11月12日上午，山西文学月刊社以诗歌朗诵会的形式纪念创刊60周年。诗人吴小虫朗诵诗歌

　　诗人韩玉光曾这样评价吴小虫的诗："吴小虫的诗歌语言弹性很强，在他的诗中有时能读到调侃和随意，有时又令人觉得沉重，他似乎在用一柄双刃剑对准了熟悉的生活，寻找突破的口径。有愤怒，却暗藏在平静中，甚至如灰尘飞扬，最终归于光洁。"

山西文坛"风景线"

诗人（从左至右）韩玉光、成亮、闫海育、姚江平、王国伟、王文海

成亮，1980年生，山西高平人。曾在《诗刊》《当代》《诗选刊》《星星诗刊》《南方周末》等发表诗歌，有诗歌入选多个年度选本，曾参加第23届青春诗会。

在"80后"诗人中，成亮和吴小虫似乎可以代表两个极端：小虫爱动，成亮好静；小虫心里装着"80后"这个"圈子"并为之不遗余力，而成亮则好像跟这个"圈子"毫无关联——诗人李洁夫、李寒即如是说：

成亮生于20世纪80年代，属于所谓的"80后"诗人，却从来没见他参与什么"80后"的圈子。他一直是一个安静又勤奋的写作者。他像一个"懂事"的大男孩，在自己的诗歌里种植梦想：花园里的那几棵树/看上去和去年没什么改变/但我知道/他们确实比去年粗壮了些……/看那些情侣们牵着手走进又走出/偶尔，也能听到几声孩子的坏笑/只有这几棵树安静/不发一言/让人看不穿结果/却缓缓有了重量。

——《那几棵树》

诗人屠岸先生亦这样论及成亮，说——成亮说："诗歌的写作一定要自然而然。"我比较欣赏他的这个写作态度。他的诗歌忧伤但不灰暗，孤独但不寂寞，和他的人一样有一种恍惚迷离的迷人气质，这也正是一个优秀诗人必不可少的潜质。

牛汉先生亦说：清新的语言有着不可想象的撞击力，他用他自己的方式，在诗歌的世界里找到了内心与世界的沟通方式。

林莽先生亦曾说：读成亮的诗，能感到一个青年心灵中潜在的淡淡的清愁。它们是明澈、纯净而健康的，不矫情，与灵魂和心灵相同。他的笔下有一种敏锐的知觉力，通过这种感知力呈现他明朗的"痛"，这是一件看似简单却不容易做到的事。

至此，我们便领你看过了山西诗坛的大致风景。当然还有现在还不能清晰呈现的一部分，那就是"90后"诗人。2014年1月，山西省作家协会主办的《黄河》曾发启事约"山西'90后'诗人小聚"，这一相约的直接成果是，让我们结识了"90后"的9位诗人，他们是高晓东、寇宗源、赵应、郭凯欣、荆卓然、李鑫鑫（左北）、李义利、刘施文、赵星瑜。当然，我们也还在网络上接触到另外的一些"90后"诗人，赵伟、仝晓、郭晓宇、晋北孤鸿等。他们还年轻，拥有无可限量的未来。我们现在要做的是关注他们，并为他们祝福！

第十一章 自成气象的山西散文

散文的兴起

20世纪五六十年代，在山西文学的版图上，散文只是小小的一块。作家少、作品少，处于弱势、边缘位置。赵树理、马烽、西戎、束为、孙谦、胡正等老一代作家虽有散文作品发表，但他们的主业是小说，散文只是偶然为之。被誉为"山西文坛五女杰"的霞裳、郁波、杏绵、青稞、彦颖以散文创作为主，兼写其他文体，创作了一批较好的作品。但她们的作品受时代影响较深，在思想艺术上鲜有独到之处。山西散文的兴起，是在新时期文学之后。特别是新世纪的十几年来，散文创作得到了长足发展，不仅有小说家、诗人、评论家等加盟散文创作，同时涌现了一批专事散文的纯粹的散文家。有关散文的文学活动空前活跃，对散文理论的思考、探讨也逐渐深入。山西散文终于日益隆起、自成气象。

1985年，山西省作协设立并颁发了首届赵树理文学奖，其中散文项目获得一等奖的是束为和王祥夫。这是一次意义重大的评奖，可惜的是，之后却停顿了，一直到2005年重启，整整相隔了20年。

1990年，以韩石山为主席、陈为人为副主席、丰小平为秘书长的山西省青年作家协会，举办了山西省青年作家散文大赛，李景平、杨栋、孙莱芙等五人获得一等奖。在此基础上，1991年由百花文艺出版社出版了《山西青年作家散文选》，这可能是新时期文学以来，山西最早的一个散文选集。

1999年，山西省作协编辑出版了《山西文艺创作五十年精品选》，由韩石山主编了其中的"散文卷"，成为一个兼具文学价值和历史价值的散文选集。

2000年，太原市作协为杨新雨散文召开研讨会，韩石山、蔡润田、阎晶明、傅书华、张锐锋、孙涛、蒋韵、哲夫等20余位作家和评论家到会并发言。其后陆续有众多作家撰文，分别见于省内外报刊。杨新雨散文获得了广泛的赞誉。

2003年，山西省作协组织四作家作品研讨会，其中的散文作家有玄武、卢丽琳等人，其代表作品分别为《汉字乌托邦》及《妇人》。文学评论家和作家有杨矗、陈坪、杨士忠、张锐锋、李杜等分别对他们的作品做了热情发言并有相关评论发表。省内媒体《山西日报》《山西晚报》等做了专版介绍。

《山西散文报告文学选》，北岳文艺出版社1991年版

2003年，散文家祝勇创办《布老虎散文》杂志。这是对当代散文产生巨大影响的一个文学事件。山西散文作家中，张锐锋、玄武等人时常在该刊上发表作品。同年，"布老虎散文奖"评选，张锐锋以《算术题》赢得此奖。张锐锋、祝勇、周晓枫等就此发起新散文运动，在全国文学界引起很大反响。

2005年，省作协重启赵树理文学奖，由省委、省政府设立，从而成为山西文学界最重要的文学奖。杨新雨以《孤独仰望》、张锐锋以《算术题》获得重启后的首届赵树理文学奖散文奖。该奖三年评选一次，至今为止，还有聂尔、玄武、乔忠延、王西兰、燕治国、聂还贵、孙喜玲获得此奖。该奖项有力地推动了山西散文的发展。

2005年10月，在临汾，时任中国作协副主席、山西省作协主席的张平组织召开了山西省散文促进会。省外有陕西作家高建群、百花文艺出版社社长王俊石、《散文》主编汪惠仁、《散文选刊》主编王剑冰等莅临，省内有杨占平、张发、陈玉川、毕星星、李骏虎、杨新雨、玄武、乔忠延、韩振远等参会。在几天的会议中，散文家们都发表了关于散文创作的见解。

但是山西散文界的活动和组织依然较少，在很多年里给人一种较为沉寂的状态。2009年11月，山西省散文学会成立。经过会议选举，杨新雨当选会长，玄武、聂尔、乔忠延、沈琨、韩振远、谭曙方当选副会长。山西省散文学会的成立，可谓山西文坛的一件盛事。山西省散文学会聚纳了大量人

2009年，山西省散文学会第一次会员大会

才，仅在2010年至2012年度的赵树理文学奖评奖中，就有10位山西散文学会的成员获奖。

2012年，山西省散文学会设立了山西散文的两个奖项，并隆重举办了首届颁奖活动，聂尔、玄武分获"山西散文名家奖"和"山西散文名作奖"，林鹏先生获得"山西散文荣誉奖"。名家奖和名作奖这两个奖项的设立经过了精心的设计，颁奖消息在省内媒体及《文艺报》《文学报》等公布以后，受到文坛的一致好评。同年12月，在中国散文学会第三次全国代表大会上，杨新雨、乔忠延当选为中国散文学会理事。

山西省散文学会还举办了多项有意义的活动。比如每年一度的全国海棠诗文征文及评奖，比如编辑出版多套散文图书，比如组织散文家采风兼创作的活动。

2011年，山西省作协设立了文学专业委员会，其中散文专业委员会由张锐锋任主任，杨新雨、聂还贵任副主任。山西散文委员会于同年召开了首届年会，并邀请了国内著名散文家蒋蓝来讲课。此外，开始每年出版山西年度散文选。

2013年是值得记忆的一年。2月，以蒋韵为主席、金朝晖为秘书长的山西省女作家协会编辑出版《山西女作家走山西·散文卷》一书；5月，长治市文

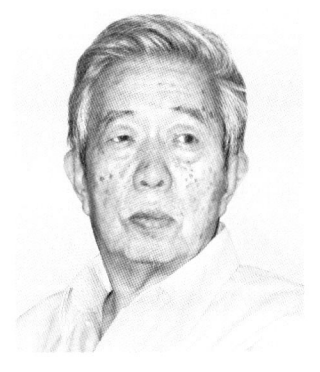

林　鹏

联为沈琨举办了作品研讨会；8月，省作协与阳泉市文联为指尖作品召开研讨会；12月，太原市文联为闫文盛作品召开研讨会。

新世纪以来，山西散文界关于散文创作的理论文章逐渐多了起来，受到人们的关注。张锐锋是对散文创作论述比较多的一位，著有《散文有什么意义》《新散文创作的几个问题》等。玄武也有对于散文创作的相关论述，比如在网络上流传甚广的《关于散文创作的十八条"准则"》。玄武的文论比较感性，也更具个性特点。聂尔对于散文的很多论述散见于他的《我的散文观》等多篇文章中。2012年4月，聂尔还应邀前往北师大及中国人民大学，作了题为"漂泊的文学——散文与人和物的关系"的文学讲座。

我们期待着关于散文的文论和探讨更多更深入一些。

韩石山主编《山西文艺创作五十年精品选：散文卷》(1949—1999)，北岳文艺出版社1999年版

以散文写作为主的重要作家

新时期文学以来，在山西作家的行列里，有了比较多的以散文写作为主的重要作家，他们的出现，促进了散文文体的自主。

大约在1990年，张锐锋在《大家》刊发系列长篇散文《飞箭》《皱纹》等，给世人以横空出世之感，其长篇散文以鸿篇巨制的庞大体积、深邃而穿越古今中外的思考、富于诗意的语言引发文学界轰动。乃至今日，仍有读者和今日的成名作家谈到当年读《大家》上张锐锋散文所感到的强烈震撼。他们说，读张锐锋，始知散文原来可以有这样一种写

张锐锋

张锐锋散文集《皱纹》

法。当年,他获得在当时文学界声名卓著的"大家·红河"文学奖。

在此之后,张锐锋的创作一发而不可收。他的作品,多发表于《十月》《花城》,以及后来的《布老虎散文》上。张锐锋还曾获取赵树理文学奖、散文奖、中宣部"五个一工程"奖等诸多奖项。

中国人民大学教授程光炜说:"近些年来,张锐锋和庞培他们在散文方面艰苦卓绝的努力是意味深长的。假如鲁迅对传统表现的是一种爱恨交集的心情,那么,张锐锋这里则是一个沉重的凭吊———历史不是人们想象的那样呈螺旋式地上升,好像是在经历一次折回,从传统的断裂处开始,重新去检讨那个人们'自设的陷阱'。"

北京大学教授张颐武说:"我们原来的散文写作……久而久之,便形成了一个秩序,从而使我们的散文变得非常僵化、非常刻板。现代的文学制度在形式上最顽固的堡垒,我觉得就是散文一直没有明显的变化;现在,经过张锐锋、祝勇他们10年的努力,终于超越了五四散文的整个传统。张锐锋、祝勇他们解决了一个问题,就是用具体来超越具体。我认为这个意义非常深远。"

微信公众号"小众"在张锐锋专辑的荐语中说:"张锐锋的散文,对每一个具有自觉文体意识的散文作家来说都是一个巨大的存在。无论你喜欢还是不喜欢,无论你如何挑剔、指责他散文的弊端,你都无法忽略他。"

杨新雨的散文创作始于20世纪末,清新淡雅,在细节处打动人心。他的文风基本是内敛的,或者说善于隐藏,但却能感觉到丰富和潜在的力量,这力量的显现也不是爆发式的。甚至看不到什么偏激的用词,在表达时他总是挑选中性的方式。一件事他一点一点讲述出来,平静,干净,也不怎么铺垫,看似一览无余,读完之后的感觉也不是震撼式的,但它长久地萦绕在阅读者的心里,仿佛在微微颤抖地流动着。一种奇异的流动感。

评论家傅书华先生在《新雨散文纵横谈》里写道:"新雨的散文耐读,还因为他的散文往往写的是一种复合型情感,还因为他在散文中往往设立两个相对立的价值支点,在两个价值支点的相对立中构成一个价值的'张力场',而在这个价值场中,则蕴含着时代的嬗变、社会的转型、人生的两难、存在的相悖。作者对此又并不作线性的思考、单一的判断,而是在张力中给读者以深入的思考,并因这思考产生、形成了绵长的回味。"

王祥夫在《杨新雨小论》里这样评价:"杨新雨的散文和随笔大多不长,就文章风格而言是朴素平和的,好像是深宅大院里用了上百年的老红木家具,漆水已经脱尽,让人看到的是不再有修饰的本色。景物描写和人物素描性质的笔墨均很少,好像只是一种平淡了的记述,但读起来让你感动,让你感动的恰又不是惊天动地的事件和呼天抢地的情感迸发。……就像我们在街市中行走,看到什么都是片断的、不固定的、一闪一闪的,但杨新雨偏偏会在这片段的瞬间捕捉到让你心动的东西。"

伍立杨在《一枝气可压千林》一文中说:"真正有吸引力的文字艺术,其吸引力都是内在的。杨新雨的文体,总是那样的深稳沉着、气骨迂徐,所谓水深流去慢、贵人话语迟,大有言外之意。"

杨新雨

杨新雨散文集《孤独仰望》

杨新雨著有散文集《孤独仰望》,曾获首届冰心散文奖、赵树理文学奖散文奖等。他的作品《养母》流传甚广,更于2005年至今,被选入北师大版初中语文教材之中,他的其他许多作品也被选入多种散文选本中。

沈琨笔耕约50年,发表散文300余篇,出版了散文集7部,得到众多的评论和赞誉。20多年前,老散文家柯蓝说沈琨的散文"文笔流利,写景描情,状物状人,均有他的独到之处",说他"所猎涉的题材较广","充满了生活的气息"。文艺评论家李国涛更看重沈琨的"文笔与才情",他觉得沈琨"似乎领会了(郦)道元夫子的精神","全书的文章都保持着相当的水平,而且可以说有明显的沈琨风格"。

1993年,作家王祥夫在《山西文学》发表《读沈琨散文记》,认为山西"执笔写散文者不少,但成绩斐然者甚少,而沈琨的散文创作是一个例外"。

之后,沈琨开始了他的"三晋文化散文"的写作。人们看到,沈琨的散

山西文坛"风景线"

沈 琨

沈琨散文集《岁月山河》

文创作发生了深刻的嬗变和超越。这种嬗变和超越，突出表现在他的创作视野走出"盆地"意识，走向"大文化"境界，表现在他的作品所蕴含充盈的气韵博大上。第三届冰心散文奖的获得，标志着沈琨的散文达到新的高度。

沈琨的《岁月山河》出版以后，很快引起热议，一年内出了三个版本。中国散文学会副会长石英先生称这部书是"一部文化内涵丰厚的力作"，认为这部书被列入"文化散文"的框架内是凭着作家"自身的拥有，自身的笔路，娓娓道来，却在表白的平实中深寓韵味——其文的吸引力不由外在添加，而是内在情致和既有功力使然"。

评论家董大中在《穿越时间的隧道》一文中说："作者笔下的景物，已经淡化了他的个人色彩，而是成为中国历史文人共同制作的浮雕。有时虽然可能跟眼前的实景不完全相合，但它更符合'岁月'的实际，是眼前所见自然景观和历史上人文景观的美妙统一。"

沈琨的散文集《关山无限》，堪称是《岁月山河》的"姐妹篇"。《岁月山河》《关山无限》中的每一篇作品，都渗透进一种对于历史的探寻和感悟，笔调也显得更加平静沉稳。这些作品已经不再是一些单独的篇什，而应该作为一个完整肌体来看。这时候，作者为我们显示出一种磅礴大气，一种对于散文文体的艺术自觉。

乔忠延是又一位笔耕长达半个世纪的散文作家。1979 年，乔忠延发表了他的第一篇散文《糯米》，1980 年 8 月 5 日《人民日报》副刊发表了他的散文《喜酒》。而《童年岁月》成为乔忠延的成名作。

90 年代之后，乔忠延的写作进入成熟期，其散文写作在质和量上都有了大规模的飞跃，至今他出版了《豆蔻岁月》《童话岁月》《梦幻岁月》《尧都沧桑》《枯荣岁月》《炎凉岁月》《尧都人杰》《远去的风景》《荒疏的风景》

《飘扬的风景》《尧都史鉴》《尧都土话》《尧都风光》《山西古戏台》《乡村记忆》等15部散文专著,共计500万字左右。

乔忠延先后获得了赵树理文学奖、冰心散文奖、冰心儿童文学图书奖。乔忠延的散文之所以让我们感到真实可信、朴素亲切,最要紧的就在于作家始终保持了"纯净的心态",坚守了作家的良知。

玄武较为成熟的散文作品见于1998年左右,那是一组动物随笔,后来结集出版于百花文艺出版社,名为"爪子、嚎叫与飞舞"。动物随笔系列作品,在散文界给他带来一定的声名。然而这不是他满意的作品,他真正比较看重的是"东方故事"系列,早在2000年之前已有一半写成,却束之高阁。

这是一位有强烈写作自信的作家。从此他的作品往往搁置数年才得以刊发,很多时候,他甚至不乐意刊发自己的作品。在他成名之后,他的作品也人为地能够搁置8年以上。

约在2002年,他的《蚕马》《盘瓠》发表于《十月》杂志,惊艳一时,作品以强劲的想

乔忠延

乔忠延散文集《心仪天地》

象、饱满的激情、混沌而博大的文章审美、令人窒息一般的密度为时人所称道。诗人张祈激动地评价:"玄武对散文写作的勃勃雄心在文字中看得一清二楚。近些年来,我从来没有见过有一位中国作家能用现代语言写出如此厚重、奇诡、神秘、优美的作品。在对传统文化的理解中,在对古老源头的寻求中,玄武用他独有的笔锋把我们带到了另一个世界。他的散文汪洋恣肆、旁征博引,情节生动、想象合理,而且在行文中不时闪现出属于他自己的绝妙构想。可以这样说,玄武的散文是继承了庄子的浪漫主义精神,并结合现代西方超现实主义、拉美魔幻文学的艺术结晶。"

评论家杨矗认为:"玄武作品中那些写动物、植物的篇章,涉及的是人性、人和物的关系,突出地表现出尊重、亲和'物'的神话思维和生态和谐观念。在文本策略上,玄武的散文又具有后现代的互文、戏仿特点,即与我国古代的神话传说、中外的一些文学作品互文、戏仿,使文本与文本之间互释互动,拓展了作品的意义空间,使其文本意义始终处于动态的增殖状态。"

这就是玄武和他的文学。我们已看出,玄武的追求是特殊的、可贵的、宏大的、奇伟的。玄武是中国当代的"荷尔德林"——像海德格尔的"思"与"诗"之求一样,玄武对诗性、神性相融的古老诗思、古老人性、人的本真"存在"的追求,也不是一种简单的回复,而是在新的历史条件下的否定之否定式的超越性的重建。他面对的是根本性的、既传统又崭新的建设事业。

玄 武

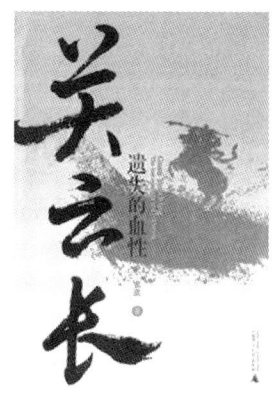

玄武长篇散文《关云长》

玄武作品散发于《十月》《人民文学》《中国作家》《青年文学》《散文》等期刊。作品被选入百种以上文学年选。其著作有《逝书》《爪子嚎叫与飞舞》《晋祠寻梦》《关云长·遗失的血性》《众神的盛宴》等。他力求每部作品均有所不同。他未竟的作品还有很多,比如《47个人的袁崇焕》《十七世纪的世界游圣》,比如《唐意象》《八十年代的北方村庄》。有些作品未完成,有些作品已完成但他不乐意刊发或出版。他曾获取的奖项有赵树理文学奖新人奖、冰心散文奖的单篇作品奖、山西散文名作奖、赵树理文学奖散文奖等。

这是一位值得期待的作家。他忽略各种文体的界限,以蛮力将一切体裁优秀的东西纳入散文写作。他的散文创作,早年有诗化特点,后来有小说虚构特点,近年又具备了纪实文学的某些特征。

聂尔,起初写文艺评论,后来多写散文。

2001年出版第一本散文集《隐居者的收藏》；2009年由花城出版社出版了第二本散文集《最后一班地铁》；2012年，中国人民大学出版社出版了他的第三本散文集《路上的春天》。《路上的春天》经由南方周末网转载之后，被更多的读者看到，是三本书中发行数较多的一本。

聂　尔

评论家赵勇的《在散文的时代里诗意地思考》这样评价聂尔："在这个散文的时代里，能够做到诗意地思考已经很不容易了。……那些还在以这种方式思考着的人，必定是一些孤独而痛苦的灵魂。他们那种微弱的声音尽管有可能被这个喧哗的时代淹没，但是唯有他们的存在，才会让我们感受到这个时代的贫困，我们也才会想起自己的心灵之泉已经干涸很久了……或许，这就是聂尔其人其作的全部意义。"

刘剑在《对存在的谛听》中写道："像鲁迅、穆旦、北岛、余华等人一样，聂尔的写作是坚硬的，属于汉语质地中冷峻的一种；同时他的文字又是质朴的，像阳光下的石头，散发着温

聂尔散文集《路上的春天》

热，泛着斑驳的光彩，带着生命的刻刀一般固有的尖锐锋利，切割开事物的表面，探寻到存在的深度。它绝不温软媚俗、拖泥带水，而是简练干净，像阳光穿透迷雾一样，瞬间照亮周遭事物黯淡的生存。但是当他让回忆之光浸润往事，沉入对人物命运书写的时候，他的写作又是柔软的，甚至带着神秘莫测的阴柔的诡谲，他躲在人物命运的背后，既关注着他们的命运，又在不经意间带着冷嘲。虽然那冷嘲不仅指向他的人物，也指向作者自己。于是我们走进他如水的娓娓诉说，邂逅他如水的心灵，然而这不是一条澄澈的水，而是一条幽深的水，他时时刻刻以自己的思考探测着人心的深度和生命的可能。"

聂尔认为："我认识到自己永远无法攀上哪怕是一个平凡的高度，正如我

知道自己永远无法奔跑一样。于是我坐了下来，谈一谈我对这个世界的看法，因为我总归是有一些看法的。过程中我又认识到，要简单地说出自己的看法并不容易,因为很多看法本身就不简单。这其中牵连到对语言的运用——世界存在于语言中。我们运用语言的方式决定了我们的世界的边界……我的散文只是对于人的困境的一种直接地观察和思索。人在困境中行动着，这个我们都能看得到。"

聂尔流传颇广并影响较大的散文作品有《道路》《我的恋爱》《最后一班地铁》《父亲之死》《路上的春天》等。他的许多作品被选入众多散文选本，他的散文集《最后一班地铁》获得赵树理文学奖散文奖。

闫文盛出生于1978年，已经是中国作协会员、山西文学院专业作家，迄今在百余家文学期刊发表作品260万字。自2003年开始，作品连年入选各类文学选本百余次。散文集《失踪者的旅行》入选"21世纪文学之星丛书·2010年卷"。另著有散文集《你往哪里去》、系列散文《主观书》《光线》《一个人散步》，获"2007—2009年度赵树理文学奖新人奖"等。

闫文盛能诗、能小说、能评论、能散文，但后似以散文为主。闫文盛散文承袭一贯的细密绵长文风，风格接近其诗作。同时，他的散文题材比以往更有拓展，有从对自我的关注迈向现实的倾向，语言情境少了些一向的温和，而更趋于理性。

祝勇在评论中说："闫文盛有着超强的写实能力，他的所有篇章，都没有惊心动魄的场面、曲折离奇的情节，只有琐碎而浩大的日常生活，在他的笔下绵密地展开。他所描述的许多场景，都是我们熟悉，却又不够关注的，比如集市、火车站、楼下的小巷。或许是因为司空见惯，所以才会'失焦'。而碎片式的拼贴、无主题的变奏，几乎撑满了他作品的内部空间。这让他的文字更加贴近生活的原色。他笔下的空间形象，也成为当下矛盾、混乱的中国社会的缩影。"

谢宝光对他的《失踪者的旅行》如是说："作者所描绘的'暗部'，其实正是日常生活的基本形态，它们在现实中也许不具备参考价值，但在进入文字或被作者艺术化提炼后，却为一个陌生的读者带来一种极大的审美体验。都市是沸腾的，一个优秀的散文作者却可以以沉潜的笔触分离出那些遮蔽的叶梗，使'暗部'明亮，同时使一个在淹没一切的城市中赁房而居的'失踪者'，作为一个骄傲的文字骑士抛头露面。"

他的散文观是让人凝思的一个短句：散文是心灵的寓言书。

指尖 2005 年开始创作，出版有散文集《槛外梨花》《花酿》《河流里的母亲》《雪线上的空响》，作品散见于《人民文学》《美文》《散文》《青年文学》《山西文学》《山东文学》等刊物。作品入选多种文学选本。作品曾入围第二届在场主义散文奖新锐奖，获 2011 年度《青年文学》作家奖提名奖、首届网络文学大奖赛散文奖等。

诚如作家马叙所说："指尖一直以抒写乡村事物见长。她的语言，平静、从容，从细微处切入，她的叙述，客观而又不失鲜活与温润。她的乡村是人间情怀深处的乡村，那些乡村事物被她安放得恰到好处，文字透过这些事物发出应有的光泽。这组《诸林前》，写法新颖，是一篇异形的林木志，具有实验性。指尖在《诸林前》这篇文字中，写人与林木与土地间的依存关系，跳跃的片断，看似漫不经心的叙述，构成了整篇文字的氤氲气息，这气息既是自由的，同时也是紧贴着事物的，这样的文字读来放松，舒服。"

赵树义，曾用笔名叶绿素，出版诗歌、散文、小说合集《且听风走》、散文集《低于乡村的记忆》等。作品散见于《山西文学》《黄河》《都市》等。他 80 年代开始创作。2008 年起致力于散文写作。2013 年三易其稿，完成长篇散文《虫洞》约 25 万字。另有长篇散文多种。其中《虫洞》获业界人士好评，如张黎所言："一篇散文竟写了 24 万字，且囊括了如此多的自然科学，全篇的语言又如此诗意，《虫洞》确实令人震惊。一个作者竟拥有如此悲悯的情怀、如此内敛的感情、如此挣扎的心灵，赵树义着实让人感叹。""而长篇散文，往往会因内容的庞杂带来语言的芜杂和阅读理解上的歧义性。对赵树义长篇散文《虫洞》，似乎很难准确判定其性质，但他对散文文体所做的努力是值得肯定的，他作品中无处不在的智性是显而易见的。赵树义的《虫洞》是庞大的存在，值得在此特别记下。"

水伊，她说写字是因为记者角色进入的。她更多成系列的文字是以专栏形式出现的，比如动物专栏，《当无忌遇上水伊》；比如娱乐专栏，《水煮娱》；比如服饰专栏，《抱你的是大衣》；比如生活专栏，《我们都是生活的人质》。还有一些杂志专栏，以女性生活为主。也收获粉丝一片。比如她有一篇散文《水边一支不肯红的花》，单看题目就得让人喜欢。2013年，水伊出版散文集《我们都是生活的人质》。她说："一定要说散文观的话，我认同文无定法，自媒体时代，尤其如此。"

还可以举出一些重要的散文家，他们在散文创作上表现了独到的思想理念和多样的艺术追求。

譬如阎扶，他是又一位自诗歌入手，渐渐延伸入多种文体的写作者。多年以来，他似乎有意无意游离于文坛之外，其写作积累有一定的量。代表作是散文集《龙子》。这是一位孤僻的写作者，也是一位有悟性的写作者。有悟性而且孤僻的写作者，往往剑走偏锋，因此阎扶的散文作品，像济慈诗歌耽于冥想，文风内向而飘忽。他似乎对神秘事物迷恋不已，写传说中的兽，记录自己的梦境，如此等等。他的散文的写作题材往往是乡村，很少延伸到现实中去——即便延伸到现实，也往往仅仅是一晃而已。从他的写景状物，偶或使人想到柳宗元。他的写作，又有着博尔赫斯的影子以及卡夫卡式的变化。但无论如何，阎扶的散文有着审美的独特性。

譬如卢静，她的散文见于《青年文学》《山西文学》《东方文学》《散文选刊》《中国年度散文诗》等，出版散文集《穿越河流的鱼》。雪城如此评论她的散文："卢静的语言，她思考问题的角度和她对文字的敏感，都是别人无法复制的。"而卢静自己这样表达："当一束光迸射而出，宇宙之心，就发出了它的第一声话语。当我怀着敬畏之心观看，一棵树，也不会无缘无故摆在那里，它的种子射土而出，树的躯身有条不紊地布置枝柯的图案，最后结出果实。而果实一呈现便要牺牲自己，奉献了全部甘甜。表达自己的心灵根源于万物的本性。而语言文字是人类获得的最独特的珍贵赠礼之一。选择写作，以写作为存在的另一种方式，抵达生命核心，抵达高山旷野的悲悯。"她的《塔影及历史的乡愁》《母亲的月亮神话》等散文，颇为人们所称道。

譬如贾哲慧，以乡村生活为题材，10年来写了四五十万字，其中部分发表于《散文百家》《山西文学》《扬子晚报》等报刊，有的被《散文选刊》《读者》《晚报文萃》等选本和中考题、高考模拟题选用。贾哲慧说："我始终注重中国古典文学，尤其经典散文的研读，努力在继承中发展，在语言和意境上下功夫。文学是以特殊的表达形式而存在的,王弼在《周易略例·明象篇》中讲到象、意、言的关系时说:语言文字是表现象的,象又是传达意的,人们得到象而忘记文字,得到意而忘记象。这是我写作的方向。"

山西散文从五六十年代的寥寥数人,到新时期以来的由小到大、由弱到强、"人多势众",可谓山西文学的一大景观。在长长的散文家名单里,可以随意举出很多人,如抒发故乡情思、描绘乡土风情,以《乡逝》获得冰心散文奖的王改瑛;如书写命运与情感,出版散文集《此情可待成追忆》,以《静思集》获得赵树理文学奖的孙喜玲;如创作了《翠翠》《款月亭待月》《从故乡出发的雪》等优美回忆散文的卓然;如师法散文大家孙犁,致力文化散文创作,出版了《梨花村随笔》等十多部集子的杨栋;等等。

兼写散文的重要作家

相对于专门的散文作家,兼写散文的作家中,有许多作家的知名度更高,他们以自己的名气,使散文受关注的程度得以增加。散文是一种最自由的文体,它的思想、内容没有边界,模式、写法没有定规。正是这种"自由度",使得写作群体显得庞大。底座加大,塔尖也会相应地高耸。

李国涛

李国涛以评论家著称,后又以小说家名世。但谈山西散文不能不提李国涛。他多年来几乎远离文坛活动,只是默默书写自在文章。他的散文,深得文章自然之美。一些人间琐屑小事,或许是他人不愿入文的,由他笔下碎碎道来,总能令读者觉得回味无穷。他在《新散文史的脉络》一文中,将胡适、周作人、鲁迅、林语堂定作新文化运动以后散文的四条主线。文中又说:"文人应有深厚的文化修养,修炼成'文人'并不易,那不是什么人都能达到的程度。既是文人,写出什么题材的作品都该是文章。"

李国涛散文集《世味如茶》

李国涛在短文《闲话散文》里谈到他对散文的态度:"我写过所谓的'散文'。那大约是中学学生写的作文一类。我就是这么个路数。我想,散文并不是散成一片,不成篇章。所谓'散',是相对于后来出现的'骈文'而言,'骈'者是四六对句,有韵。散文的语言较口语化。这事谁都知道,也能写。总之,随意一点,那么写出来的东西也就可以尽意、尽兴一些。我只知道这些。但我没有专门学过这种写作。我什么也没专门学过。后来我写过评论,还写过小说,说来不怕人笑话,笔法都是这样,总带有随意而谈的意思。我早年,在中学时(其实我也就只是读过中学)和中学稍后,读过鲁迅、周作人的文章,大为倾倒,以为这才是散文的高峰。比如鲁迅中年的《秋夜》、晚年的《女吊》,简直在新文学里是不可企及的典范之作。周作人谈茶谈野菜,谈雨,谈天说地,平实淡雅,我都喜欢。我后来一直喜欢这个路子。新中国成立后,俄国文学风行一时,在评论里,我爱读别林斯基的。那一路滔滔而下的风格,真是震动读者之心。英国的散文大家兰姆的文章我也爱,那种随意、散淡、文雅,也令我倾心。后来孙犁的散文,尤其是晚年的,我也爱。汪曾祺的、黄裳的,也爱之甚切。奇怪,画家的散文,如黄永玉的、吴冠中的、陈丹青的,我都喜欢。那位新疆小女子李娟写新疆生活,许多发在《文汇报·笔会》上,真称得起奇妙。我的审美眼光和水平,大体是这样。"

韩石山

这些,似乎可以看作是李国涛散文的师承和法度。他的散文著作有《世味如茶》《总与书相关》等。

韩石山以小说成名后,又写散文、文学评论,有"文坛刀客"之称,后又潜心于现代文学研究及作家传记的书写。他勤于笔耕,著述颇丰。而《李健吾传》《徐志摩传》《寻访林徽因》《少不读鲁迅,老不读胡适》《谁红跟谁急》《民国文人风骨》《此事岂可对人言》《装模作样——浪迹文坛30年》等,都是他颇有影响的作品。

韩石山散文集《此事岂可对人言》

他的散文可谓笔法灵动、意趣盎然,曾有散文

《无奈的远游》获得"人民文学奖"。

他对散文的论述也是别具一格:"凡我散文作家,提笔属文之前,心中一定先要存一美女形象。其文章的整体,要似美女之体型,该凸的凸,该收的收,详略是也。其文章的亮点,要似美女之目,顾盼流莹,勾人魂魄,所谓文眼者是也。其文章的见识,要打动美女之心,不同凡响,迥异流俗,所谓超卓是也。苟能如此,虽是一篇寻常之文,无异于花前月下,卿卿我我,薄暮时分,与美人相携而归,罗帷轻摇,浮香暗动,其乐如何!散文的品格既如彼,乐趣又如斯,细心揣摩,倾力而为,想作不好,怕也由不得你了。"

张石山长于小说写作,曾两获全国短篇小说奖,近年更进军影视作品,成为著名编剧。但他的散文随笔作品也是精彩纷呈。1998年以来他共出版了8部散文著作,《商海炼狱》是个人经商下海的经历纪实;《洪荒的太息》是走马黄河采集完成的关于民俗民歌的文化专著;《穿越——文坛行走三十年》是回顾个人文坛经历的纪实著作,《拷问经典》是关于意识形态方面的个性化思考的专著。

张石山　　　张石山随笔著作
　　　　　　《被误读的〈论语〉》

《人间耳录经》是关于民俗民歌民间笑话童谣等段子的记忆集成。《礼失求诸野》是与鲁顺民合作完成的关于乡野礼俗的长篇文化专著。《爱河之源》是若干中短篇散文集成。《叙述的乐趣》是偏重于文化、文学、文字、文友序言等类文章的集成。

张石山出版的《被误读的〈论语〉》一书,似可算作随笔作品。此书不强解、不臆断,说理明白通畅,每有独到犀利见识。在阅读中,每每有电光一闪般的快感。

燕治国是又一位多产且全面的作家,作品兼及小说、散文、报告文学、影视剧本,以及民歌搜集、整理和编写等。散文集有《人生小景》《人生小路》《晚晴里的风景》《人生进行曲》等。作品被多种选刊选载,其中《渐行渐远的文坛老人》获赵树理文学奖散文奖,以及山西省政府文学艺术创作

燕治国

燕治国散文集《渐行渐远的文坛老人》

奖、《中国作家》《山西文学》优秀作品奖等。

他的《渐行渐远的文坛老人》怀着对国内文坛著名老作家崇敬的感情，真实地记录了他们的人生片断与创作轨迹，让读者看到了这些作家可亲可敬的性格特点和为人为文的操守风范，同时也是弥足珍贵的文学史料。

王祥夫以小说家入散文，与纯粹的散文家作品又有所不同，其作品得小说的叙事优势，从容而蕴藉。兼之，王祥夫善画、善书，他又自艺术家的角度入散文，故其散文形成了一种独到风格，笔下风物摇曳生姿。已出版《杂七杂八》《纸上的房间》《何时与先生一起看山》《衣食亦有禅》等多部散文集。

王祥夫

王祥夫散文随笔集《衣食亦有禅》

段崇轩评论说：“小说、散文、评论三种文学样式，王祥夫轮番操作，游刃有余。但他的主要创作成就，无疑在小说和散文两方。他的散文大多描写的是他的所经、所见、所感，譬如他的游历随感、书斋生涯等等，是真正见性情、见学识的创作，儒雅、空灵而有趣味，是他内心世界的写照。而他的小说创作，则'入世近俗'，多取社会现实生活为表现对象，社会的腐败、人性的扭曲、弱者的无助，都在他的视野之内，表现了他作为一个知识分子、当代作家的社会良知和人间情怀。在散文中，是一个感性的、自我的王祥夫，在小说里，是一个理性的、社会的王祥夫，恰好表现了作者精神世界里的两极状态。但这两极状态又不是互为隔绝的，他的个人情致和审美趣味往往制约和支配着他的小说创作，这就使他的创作多了对现实事件幕后和背景的思考与展现,多了对民俗、历史、文化的注目与描述,使一些简单的现实题材平添了一种文化韵味、文化背景,使王祥夫的小说不经意间超越了许多同时代作家的作品。"

毕星星创作开始很早,自己说应该开始在"文革"时代。其创作以纪实文学和散文为主。1992年由北岳文艺出版社出过一本小册子《蓝光红火》,就是纪事性质的散文。近年出版的著作有杂文随笔集《坚锐的往事》《走过带伤的岁月》等。

毕星星散文大多发在《随笔》《南方周末》《散文》《南方都市报》。新世纪以来,几乎每年有散文随笔杂文登上国内几种主要的年选、排行榜。曾获第三届冰心散文奖、2004—2006年度赵树理文学奖。

毕星星作品风格冷峻,用语简洁到吝啬。李国涛在评论毕星星时说:"诗有六艺,星星的散文多属赋也。所谓赋就是'铺叙其事',换个说法就是纪事。星星在文学期刊做编辑,业余主攻文学评论,散文在他是副业的副业了。他的多种经营各业兴旺,使我喜悦。副业也罢,在星星并不是小摆设。他的散文,直面现实,激浊扬清,对于生活中背运失时的普通人,星星尤能给予满腔的同情和支持。尽管他也不够强大,却总想用自己的正直善良承担许多。我从中感到了一个知识分子的良心和苦衷。这令我在激奋之余,有时也不免扼腕长叹。"

毕星星

山西几位评论家把毕星星散文称作"史记体",不管准确与否,毕星星认为,这个概括方向大致不错。他的散文,讨厌无病呻吟,追求深厚的政治历史内涵,尽可能为恢复历史真相、强化集体记忆写作。

蔡润田是一位儒雅学人,学养深厚,他的文字属于理论批评及研究文类的居多,而《南华杂俎》和《独语集》可以看作是他的散文随笔集。他在

毕星星随笔著作《坚锐的往事》

《独语集》后记自嘲"未必能赢得喝彩,差可自遣也就够了",但仍然赢得方家的喝彩。

韩石山评论说:"他的文字,属于典雅华赡一路,思路也缜密深邃。""许多生活情节,便充溢着人情味而妙不可言,如同清晨时分,翠绿的叶片上颤动的水珠,晶莹剔透,欲滴不滴,让人爱怜也让人担忧。""这些精妙之处,就是那晶莹的露珠,只有初启的朝暾、轻拂的晨风,才能领受它的鲜嫩与娇媚,只有一个同样精妙的心,才能铭记几十年,于今写出,仍是那样鲜活、那样水灵。""更为绝妙的是,这些回忆,他不是用第一人称写出,乃是用第三人称的'他'作叙述的主角,一种生疏化的处理,或许就是西方文论里的'间离效果'吧,似乎在说着与自己无关的事,反让你更觉得真实、亲切,不由自主地融入作品里的情境,领受一种生疏的也是新奇的意趣。"

蔡润田对散文写作,作如下理解:"写作为奴,须听命于两个主子:一曰心灵,一曰思想。一仆二主的写作情境是最好的。如果说散文更需要吐露心底的话语、情致,随笔则更需要见出思想、器识。就中,散文,应该让角色化了的因而被限制被改装了的人成为非角色化的自由的真正的人,让心灵在这里得到安宁,带来丰富的感性体验,蒙田把这叫作内心世界的'后屋',散文就应写出'后屋'的东西。但实际上散文抑或随笔,除心灵与思想之外,都还要有与之相匹配的语汇。熨帖而富于表现力的语言也是重要的一点,否则无以感染人、说服人。"

特别要郑重介绍的一位,是学者和书法家林鹏先生,我们所注意到并为之欣喜的是,又一种古老的文学传统被发掘并光而大之,那就是林鹏先生对先秦士文化的鼓吹和宣扬。在《平旦札》

蔡润田

蔡润田散文随笔集《独语集》

《东园公记》等散文随笔著作里,林鹏先生对士文化的理解俯仰皆是。我们要说,林鹏先生所宣扬、所挥发的,乃是一种伟大的文学传统,在今日,他尤其值得山西文学界和山西散文写作者充分重视。

近年,山西及北京,多次为他的作品召开研讨会,获得如潮好评,许多文坛大家都对他的作品赞誉有加。周宗奇下苦功撰写了50万字的评传《大聱林鹏》,先后在大陆及台湾出版。

陈为人以人物传记见长。新世纪以来发愤著书,在2012年当年,他竟以近200万字的作品发表量稳居山西文坛创作量之榜首,令人惊叹。除人物传记作品外,他还出版有散文随笔类著作《走马黄河之河图晋书》《摆脱不掉的争议——七位诺贝尔文学奖得主的台前幕后》《太行山记忆之石库天书》《中国历代改革家的命运与反思》等书。

陈为人

陈为人散文著作《走马黄河之河图晋书》

北京大学教授、博士生导师钱理群推荐他的《走马黄河之河图晋书》作如是说:"我欣赏并郑重推荐陈为人先生的《走马黄河之河图晋书》,本书对黄河文化的研究、描述的最大特点,是作者将三晋黄河文化置于中华民族精神中的'恋母情结'与'审父意识'的矛盾与和谐的关系中,来加以阐释与讲述,这就完全超越了'地域文化'讲述模式的局限,升华为一个'民族文化'的共性探讨,并具有某种哲学的意味:这是真正的'黄河学',或者说,是为'黄河学'的研究打开了一个全新的思路,是具有开创性的。"

山西文学院院长潞潞这样评价:"陈为人用他的行走和思考诠释着太行山脉——这大自然鬼斧神工的象形文字,呈现出其间蕴含着诡谲而富丽的神旨,即人在自然与历史中的行迹、生命力的激情与苦难和欢乐的相遇、人的灵魂在黑暗搏斗中绽放的光亮、生命不息的民众平凡却伟大的人性。"

李骏虎以小说获得鲁迅文学奖、庄重文文学奖等多种重要奖项。另有诗歌、散文、评论的写作。

他的散文集有两部。《受伤的文明》收录了发表在《人民文学》《光明日报》《文艺报》等报刊的作品，主要以文化散文、思想随笔为主，是作家对中外文明和古今文化变迁的比较思考。《亲情永恒》收录了90年代以来的亲情散文，记录了作者对故乡和父母的深厚感情，以及离开故乡后对故土乡亲的种种物象的怀念，是一部记录晋南风俗画卷的优美散文集。

葛水平是又一位自小说入散文的作家。出版散文集《走过时间》、长篇散文《河水带走两岸》等。葛水平的散文语言考究，状物精准，在阅读她的小说作品时，笔者也每每惊叹她的大气和功力。她以《河水带走两岸》获得冰心散文奖。

作家叶广芩评论葛水平散文："水平不光对琉璃，而且对古代建筑的规制、建制都非常清楚，这种文化的积淀绝非常人能比的。由此可以看出深入生活，有我们意想不到的精彩，民间文化的博大精深是我们取之不尽、用之不竭的财富，我们深入生活是一个学习的过程、充实的过程、提高的过程，丰富自己灵魂的过程，也是提高我们生命质量的过程。通过这本书可以看出水平对生命走过的理解，人生的苦为，生的悲凉，活着的无奈，从而引出了对生命的思考，对生的敬畏，对死的豁达。水平年纪不大，但思想非常的贯通，对我们整个中华民族的文化是理解得非常非常的透彻和深刻的。"

聂还贵的创作涉猎诗歌、小说、散文、报告文学等多种文体。《雕刻在石头上的王朝》和《中国，有一座古都叫大同》，既可称为报告文学，也可称为学术散文，均获得赵树理文学奖。短篇小说《野狼》、散文《解读落叶的八种视角》分别入选国家规划教材中职《语文》课本、复旦大学中职《语文》课本等多种教科书。另著有长篇学术散文《大同四合院：北魏平城坊历史档案》《云冈艺术的生命呈现》等。

他的文章兼及文化、学术、纪实、散文诸因素。《雕刻在石头上的王朝》以诗意的笔法和空灵的感觉，通过对云冈石窟这一世界文化遗产的透视，丰富而厚重地抒写了北魏王朝留存在人类历史长河中的一段文明史，还原了一种历史生动的映像，具有深刻的思想内涵和艺术感染力。

张行健 1984 年就开始发表小说，其创作精力自然主要放在小说上，迄今发表各类文学作品计 500 余万字。但他对散文也情有独钟。他认为，小说写阅历和感觉，写生活积累和情感体验，而散文则是写性情写体验，写真切的生活经历和深邃的艺术感觉，有相同有交叉，更有不一样的文体的微妙和魅力。

多年以来，张行健先后在《山西文学》《人民文学》《中华散文》《山花》《黄河》《延安文学》《青年文学》《读者·原创版》《岁月》《野草》等发表 100 余篇散文作品。其中《婆娘们》获《人民文学》杂志优秀散文奖。

张行健的散文立足于一个"真"字，生活之真、情感之真、情绪之真，在创作状态上还有全身心的投入，在客体的表达和铺陈中，力争兀显个体的元素，强化个人的文学气质，表现属于自我的那一份思索与情感、态度和认知。

韩振远小说创作的成就令人瞩目，曾获得赵树理文学奖短篇小说奖，而他的散文创作也成绩卓著。作品见于《美文》《中华散文》《散文》《散文百家》《天涯》等刊，许多被选载、入选各种年度选本。著有《家在黄河边》《回眸远古》《古之旅》《晋商之源》等多部散文作品集。2004 年获中国首届"郭沫若散文随笔奖"，并获《山西文学》《黄河》《读者》《散文选刊》多种奖项。

2008 年 2 月，他的散文《50 后与 80 后》在《读者·原创版》和《山西文学》发表后，在"50 后"与"80 后"两代人中引起强烈反响，迅速被全国数十家报刊转载，文章被《读者·原创版》网站刊发后，数天之内点击量超过 18 万次，留言近 2000 条，同时，全国上百家网站转载，总点击量超过百万人。为回应读者，作者专门写出《被亲情拴在一起》一文，刊于《读者·原创版》2008 年 2 期。《50 后与 80 后》所以能引起如此大反响，与本人一贯倡导"将散文笔触伸展到社会生活的各个方面"的散文理念有很大关系，从表现乡村生活疾苦的《风雪打工汉》，到表现农民工问题的《遭遇出逃民工》，再到这篇表现两代人时代特点的散文，都是作者散文理念的成功实践。

韩振远认为："对散文写作者来说，不是要如何挖掘自我，而应该是如何走出自我,去面对社会,发现大千世界中的动人之处,从而把笔触伸展到社会生活的各个方面。只有这样,才能不会被自己的理念缚住手脚,也不会被散文的表现方式缚住手脚,去不自觉地寻找新的表现手段,观念更新、形式更新的追求自然会体现在其中。"

徐小兰小说、散文兼写,已有近200万字作品散见于各文学刊物,散文集有《做个美丽自然的女人》《不能不说的疼痛》《柔软的坚守》,长篇文化散文《千年望族》等。

她说:"常常觉得:我如散文,散文如我。今生今世,我就是为散文而生、为散文而活的。"

王祥夫在《孤独的倾诉》一文中写道:"感觉中,那是个很大的舞台,舞台很深远,没有色彩,只有一束光,从上倾泻下来,照在一个身穿黑衣的女子身上,她静静地站着,朗诵一首很长的诗,这可能是徐小兰散文美学意义上的抽象。如果说,朱自清先生的《荷塘月色》的基色是绿色的,杨朔先生的《茶花赋》的基色是火红的……那么,徐小兰的散文则是不设色的素描,是一幅幅黑白心象素描……抹去文学的因素,徐小兰的散文还有着社会学资料存在的价值,这就是徐小兰。"

介子平有过许多诗歌和评论文字,他似对美术有独到研究,文章每每以美术入题;历史、现实是他散文作品的另两个重要题材,但他的行文,往往在史与今之间飘忽穿梭。散文集有《少年文章》《消失的民艺》《褪色的记忆》等。

他的散文作品有高士之风,文字冷峻,简到无以复加,文中见识,如古树苍枝横生。他的散文类作品,篇幅都不太长,短小精悍。造句多用文言式句法,但古今中外、经文、俗语随手拈来化入文章,言尽而余音袅袅不绝。介子平的散文作品是另一个极端。他似乎并不在意文体的探索,反而复古,在复古中见出新意。而我们则从他的字里行间,每每看到中国古代士人的风骨。

毛守仁以小说成名,其散文也有浓郁的风格,其作品见于《人民文学》《美文》《名作欣赏》《散文选刊》等报刊,散文集有《大河血性》《石在》。毛守仁的散文语言质朴、通晓,文字洗练、淡泊,表现出一个作家对事物的观察与描写的准确性，也是作家多年形成的文字自信，字里行间没有华丽的辞藻，靠真诚靠准确靠细致入微靠豁达的心态来打动读者，同时，也有意要为贡献汉语言的质感而努力。

他认为散文当追求四项原则，一为写真，说真事、讲真话、抒真情、见真心、写真人、亮真诚，用真字来区别小说。二为行善，用心善、用意善，不作伪，不矫情，不媚俗，不媚政，不颂圣，不媚奖，不应景，有一副善人心肠。三为大美，立意美、行文美、意境美、朴素美，不做作、不卖弄，散文须美，并非任何文体都当得起散文之名的。四为随意，环肥燕瘦，不拘一格，形式多样，有话可长、无话则短，行于不可不行，止于不能不止。

弱水的散文常见于《散文》《散文选刊》等重要载体，出版有散文集《如果你叩我的门》。她的文字，纯洁、真挚、善良、美好。

聂尔在评论中写道："弱水散文是关于生命之痛和爱的双重变奏，她在这永恒主题中唱出了独属于自己的动人的歌，她把生命的节奏化作了如体温一般真实的文字，从而形成了她的散文风格。"

蒋殊，在《黄河》《山西文学》《上海文学》《散文百家》等刊物发表近20万字散文作品，有多篇作品入选多种年选，新近又有《故乡的秋夜》一文入选高中语文参考读本。出版有散文集《阳光下的蜀葵》。

谢大光先生论述蒋殊说："她随手写下关于乡村的记忆，开始可能只是作为排遣，只是为了尝试留住，无意中却打开了一个宝库。她把生命中最为珍惜的人和事捧到阳光下，散发的光彩回照着作者自己的心灵，这使得她的第一部散文集充满暖意；蒋殊的散文不论所为何题，总是在细微处洇出向善的力量。"

还有一些兼写散文的作家，也需要格外提及。譬如老作家张玉良，小说、散文俱佳，他的散文写人生经历、五台山风物、动物和鸟类的有趣生存，自然天成、文字优美，出版有散文集《遂心漫忆》《五台山野趣》等。譬如王西兰，初始以小说、报告文学等为主，2005年以后倾心于散文写作，并以《大唐蒲东》获赵树理文学奖散文奖，作品以可信的历史资料、扎实的文字功夫、充分的想象能力，把大唐盛世曾经矗立过的一座废墟，给予了全方位的复原，另出版有长篇文化散文《永远的关公》。譬如老一辈评论家杨士忠、张厚余的散文，其深入的笔触和悲悯的情怀给人印象深刻。

另外，王海英的情感散文、晋侯的《闽都别记》系列散文、闫海育的诗意散文、尧阳的大量散文随笔等等，都是山西散文的可喜收获。

尚须提到的散文作家、散文作品

限于篇幅，难以更多地介绍散文家，但实际上还有许多堪称优秀的散文家，他们有的水平相当高，成就也很大；有的写得非常好但写出的篇目较少；有的因其他文体的成绩太过耀眼，减弱了其散文的受关注的程度；有的闪亮之后，有所沉寂；有的已经显露才华，但还未引人注目；等等。在此也只能部分地提到他们的名字，比如续小强、李德平、静之、曾强、林红、宁志荣、孙莱芙、高定存、武志强、黄海波、杨红光、谢旭国、侯建臣、陈年、丹菲、任晋渝、悦芳、周绍英、侯锐、冯海、朱建平等。希望能够另有机会多介绍他们。

前面是列举优秀散文家，此一节换一个角度，简单而直接地列举出优秀的散文作品如下：张锐锋《皱纹》，韩石山《无奈的远游》，赵瑜《根据地》，聂尔《我的恋爱》，玄武《逝书》，杨新雨《两条汾河》，闫文盛《失踪者的旅行》，乔忠延《土语圣境》，毕星星《特级教师南岩之死》，蔡润田《独语集》，张石山《爱河之源》，林鹏《东园公记》，蒋韵《悠长的邂逅》，曹乃谦

2011年山西省作协散文委员会召开首届年会

《儿子的忏悔》，韩振远《苹果与女人》，钟道新《打火机与小摆设》，周宗奇《苦命妈妈》，陈为人《走马黄河之河图晋书》，葛水平《河水带走两岸》，沈琨《岁月山河》，鲁顺民《黄河古渡口——黄河的另一种陈述》，白灵《正畸》，李骏虎《亲情永恒》，黄风《走向天堂的父亲》，唐晋《祖先的瞳孔》，徐建宏《文朋列传》，介子平《古迹是故国的故事》，张行健《婆娘们》，秦溱《黎城纪事》，指尖《牙齿》，小岸《赶庙》，卢丽琳《妇人》，赵树义《低于乡村的记忆》，毛守仁《民国范儿》，孙喜玲《静思集》，王改瑛《乡逝》，弱水《府西，府西》，陈亚珍《我想对你说》，蒋殊《故乡的秋夜》，水伊《水边一支不肯红的花》，阎扶《龙子》，卢静《母亲的月亮神话》，晋侯《马咀》，造化《堂兄》，贾哲慧《忧郁的山羊》，尧阳《三百多年无人能懂的忧伤》，谭曙方《寻找六福客栈》，黄静泉《临终之语》，张暄《卷帘天自高》，闫海育《华山有约》，阎庆梅《寻茶去》，张勇耀《瓷窑河岸边的故乡》，郭虎《那一年十八岁》，王芳《只是远行客》，成向阳《我是达人》。

新时期以来的山西散文，已走过了30多年的历程，像山西这块贫瘠却又深不可测的土地一样，山西散文沉静而低调地绵延发展着，山西散文前景美好。

第十二章　报告文学的强劲勃发

报告文学成为山西文学的重要一翼

相对于小说、散文、诗歌，报告文学是一个非常晚近的文体，到今天才有不到百年的历史。但是与山西有关的报告文学却比较早，早在 1936 年 6 月，作家宋之的在《中流》发表《一九三六春在太原》，山西第一次出现在报告文学的视野里。而在此前，与山西相关的纪实性文字不断见诸报刊，最著名的是林徽因关于山西古建筑的一系列通信。1949 年之后，《为了六十一个阶级弟兄》《为了周总理的嘱托》更是一时经典。报告文学虽然是一个非常晚近的文体，当它刚刚成为五四新文学的体裁之一，山西便进入它的表现范围。报告文学这种文体对山西并不陌生。而山西本土写作者接触到报告文学，则要等到抗战枪声响起。

山西本土报告文学的发育、成长和发展，与 1949 年之后的文学观念递变息息相关。山西是一个小说大省，山西文学创作较为人们关注的也是小说。从"山药蛋派"风靡全国，到 20 世纪 80 年代的"晋军崛起"，再到今天迎来第三次山西文学高潮，其创作实绩莫不是以小说创作为主。所以从 50 年代一直到 80 年代初，山西报告文学创作多由小说家完成，报告文学作为一种独立的文体，还只是作家们偶一为之的文学形式。观察 80 年代初以前的报告文学作家阵容，会发现，他们不是小说家，就是诗人，或者新闻记者。直到 80 年代中后期，赵瑜、麦天枢等数位的

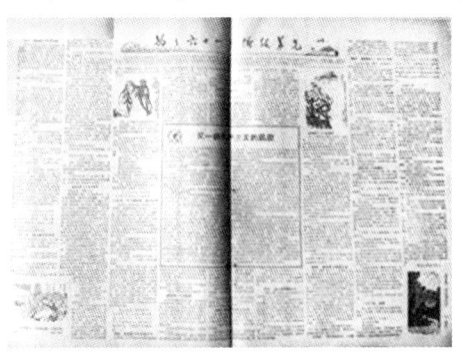

王石、房树民《为了六十一个阶级弟兄》，发表于 1960 年 2 月 28 日的《中国青年报》

报告文学在全国引起强烈反响，山西作家阵容里才有了真正意义上的报告文学作家。

报告文学在近百年的成长发展历史中，在人们的希望和呼唤中探寻与迈进，由一个弱小的、介于新闻通讯与文学表达之间的写作形式，发展成这样一个具有广泛社会影响的文学体裁，这是报告文学本身所具有的生命力和文学品质使然。而在近百年的发展过程中，一批卓有成就的报告文学作家和一大批优秀的报告文学经典作品反过来成就和丰富着这一文学体裁，有力地促进了报告文学的创作和发展，正因为一大批作家的存在，报告文学才变得越来越独立、越来越突出起来。

1949年之前，中国的报告文学一直与"革命"的时代话语主题有着纠缠不清的关系，是投枪，是匕首，是无产阶级向旧世界宣战的武器，体现出较为浓厚的战斗性。当然，如果更为宽泛地界定报告文学这一文学样式，1949年前的报告文学格局还要丰富得多。

随着新中国成立，报告文学对旧时代的批判转向对新时代的讴歌，报告文学的基调由1949年前的战斗变身而为歌颂，歌颂在社会主义建设高潮中出现的新人新事。大致上讲，这一时期的报告文学和其他文学样式一样，被视为党的宣传工具，所以其表现主题和宣传的基调与主流倡导的意识形态相统一。同其他文学样式一样，报告文学经过一段艰难的发展，到1985年之后，才形成以批判为主要特征的报告文学形态。

孙谦和陈永贵

马烽在农家采访

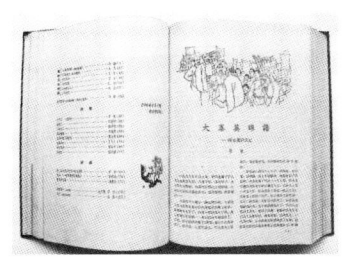

孙谦报告文学《大寨英雄谱》，载《火花》1964年第3期

马烽报告文学《雁门关外一杆旗》，载《火花》1964年第7期

李束为（右）

束为报告文学《南柳春光》

全国的报告文学创作大致上分为以上三个时期，山西的报告文学发展大致上也同全国的报告文学发展相一致。

在1949年之前，从事小说创作的作家在抗日战争和解放战争时期留下了许多战地通讯与特写；而在1949年之后，山西报告文学创作呈现出相对活跃的气象，有的作品在社会上反响强烈。比如孙谦的《大寨英雄谱》《曲峪新歌》、马烽的《雁门关外一杆旗》《林海劲松》、束为的《南柳春光》、青稞的《甩掉扁担》《武侯犁》《同蒲风光》（合作）等作品，霞裳、郁波、杏绵这时也有报告文学作品发表。此一时期的报告文学，多以劳动模范为宣传对象，以为政治服务、配合宣传为基本特色，作品在艺术上显得粗糙一些，基本上还是宣传好人好事。这种情况一直持续到1976年粉碎"四人帮"之后。

在60年代至70年代，山西报告文学创作中比较多产的是王樟生（青稞）。她的创作基本上可分为三个时期。在60年代和70年代，以写劳动模范为主，作品以报告文学集《金星公社片断》《李顺达造林》和《昔阳行》为代表。到80年代，则以写知识分子题材为主，有以写知识分子在"左"倾路线盛行的年代的坎坷经历与悲惨命运的作品，也有知识分子在科研等领域忘我为社会主义事业无私奉献的事迹，作品有《贡献》《红烛颂》《环形路上》《国际悲歌歌一曲》等。从80年代以后，王樟生的报告文学转向记述祖国和平统一的基本主题，她写了《一个日本士兵的故事》《有朋友自大阪来》等作品。王樟生的报告文学作品虽然选材范围较窄，思想容量受到一定限制，但她

王樟生（青稞）

却以写人为主,以浓郁的情感和细腻的文笔打动读者。

在80年代前期,山西报告文学创作开始以少数人偶一为之转向为较多的作家所注意,这一时期的作家郑义、张石山、李锐、韩石山等,都时有报告文学作品发表。小说家焦祖尧在报告文学的领域中引人注目,他创作的报告文学《火》《先人该是欢欣还是哭泣》《犁》等作品,热情歌颂了新时代的开拓者,作品以情感人,受到国内报告文学界的重视。

霞裳、青稞报告文学《同蒲风光》,《火花》1959年第9期开始连载

山西的报告文学创作从1985年以后发生了重要的转变,最重要的标志是出现了专门创作报告文学的作家,作品在全国产生了一定的影响,在80年代中期以后的中国报告文学发展中有较重要的位置。

80年代中期以后,中国的报告文学出现了一个繁荣的时期,这一时期的报告文学创作通常被称为"问题报告文学",其重要特征是由以往创作中一人一事转向全方位和多角度,以国家社会面临的各种问题为主要题材和主题,在整个创作过程中以批判为主要基调,张扬科学与民主精神为主要追求。在这次报告文学崛起的时候,山西报告文学界的赵瑜、麦天枢成为全国报告文学界的主要作家。

田东照主编《山西文艺创作五十年精品选:报告文学卷》

赵瑜曾以报告文学《中国的要害》较早地涉足问题报告文学的领域,后又以《但悲不见九州同》《强国梦》《太行山断裂》等作品再次引起注意。麦天枢以《土地与土皇帝》《活祭》等作品形成了自己在报告文学创作中的独特风格。另外,马骏以《丰收不在田野》《土地无姓氏》等报告文学作品反思我国农业改革中的重大失误,也引起读者的关注。还有田昌安的《南北奇婚录》等。如果说,"晋军崛起"过去只

山西文坛"风景线"

周宗奇

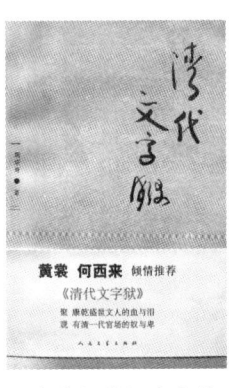

周宗奇长篇纪实文学
《清代文字狱》

意味着山西小说创作繁荣的话,那么随着独立的报告文学作家出现,"晋军崛起"的荣誉也当有报告文学作家的贡献。

而进入 90 年代,山西的报告文学创作同全国报告文学发展形势一样,一度走入低谷。但是恰恰在这个时候,山西的报告文学经过一段时期的沉寂,以张平的《法撼汾西》、赵瑜的《马家军调查》为标志,再度为全国所关注。焦祖尧的《黄河落天走山西》着力表现山西省的世纪工程——引黄工程建设全过程。哲夫关注生态的报告文学《中国档案》《长江生态报告》等长达百万字的作品在读者中引发强烈反响。与此同时,作家对报告文学这一文体所承载的文化内涵和文化品格有所认识,以韩石山《李健吾传》《徐志摩传》为代表的传记纪实性作品广受好评,陈为人的人物传记《唐达成文坛风雨五十年》在海外发表引起轰动,周宗奇关于清代文字狱的历史报告文学不独具有历史研究价值,更多地具有历史反思精神。大致上,以《马家军调查》《李健吾传》《清代文字狱》为标志的一批优秀作品为标志,山西的报告文学创作已经成为山西文学重要的一翼。

焦祖尧:从《把爱长留在人间》到《黄河落天走山西》

80 年代初,山西小说家兼写报告文学,有较大影响的是焦祖尧。董大中在《铺设一座彩色的桥》中说:"他似乎不满足于写虚构的小说,进入 80 年代以来,曾经多次走到工厂、矿山、建筑工地和农村,向真实的人物进行调查研究,写出了一篇篇非虚构的报告文学来。"这段话说出了焦祖尧这些报告文学作品的由来。就是说,焦祖尧在深入生活的过程中,为真实人物的可歌可泣的事迹所感动,他不是以小说的形式,而是以报告文学的形式,把自己的所见所闻所思写出来。这使他的报告文学有两个显著的特点,一是把笔力集中在一个人或一件事上，很少宏观考察，二是歌颂的主人公不是成功的英雄，便是做出不平凡事迹的普通老百姓。

焦祖尧写报告文学，开始于1981年，以后几乎每年都写一两篇，到1984年，也是"晋军崛起"的时候，他的报告文学也写得特别多，有15篇左右，到1987年，只是偶一为之。1990年，作者出版了报告文学集《火·犁·人间和明天》，共收入21篇作品。

焦祖尧（右）在地头采访

《把爱长留在人间》写的是孝义市一位普通农女马牡丹勇敢救助身陷火海的儿童而失去自己骨肉的故事。这篇作品显示了焦祖尧报告文学的基本特色：第一，从眼前出发，选取所写人物的一段现实过程，靠蒙太奇手法，将有关材料串联起来，分段挂在那个现实过程的叙述上。那个现实过程就像一根绳子，从全篇说，它是一气贯下；从每一段说，它又相对独立。充作蒙太奇的那个事物，则像戏剧舞台上的道具。像《火》中的"火"，既是作者构思的中心，也是一个道具，反复命名使用，用它引发出许多相关的事物。以农民企业家马吉祥为描写中心的《先人该是欢欣还是哭泣》，第二部分从"六亲不认"立笔，第三部分从"倒霉"立笔，都是父亲骂他的话。作者拾起老人的骂人话，从反面取意，串联起许多材料，使全篇浑然一体。第二，着重写人，写他的小事，把平常调查报告中的材料化解在像小说那样的叙述和描写之中。作者不追求事件的完整，更不追求视角的广大，文中很少"宏观"的场面，概括性的叙述也不多。他用小说家的眼光去观察生活，把焦距对准在人物的心灵上，从多方面去刻画人物形象。他的报告文学作品，更像小说。

《黄河落天走山西》是焦祖尧进入90年代之后一部重要的长篇报告文学作品，反映的是山西重点工程——万家寨引黄工程建设过程，从采访到创作

焦祖尧长篇报告文学《黄河落天走山西》

完成花费一年多时间。1996年开始，作品开始在《人民文学》和《黄河》上发表，最后由山西教育出版社出版。这是一部典型的主旋律重大题材作品。但是，作者从历史和战略上对这项超大型工程进行了成功的艺术把握和思想把握，信息量非常之大。与焦祖尧前期报告文学作品不同的是，这部长篇报告文学突破了以前单一事件单一人物的书写，撑起的是一个宏大的立体世界，塑造的是一个群体形象。他既立体而宏观地描绘出作品的空间历史感，同时，花大量笔墨放在写人上面。作品中塑造的一系列人物个性鲜明、真实感人，从时任省委领导的胡富国、郭裕怀，到一线基层的工程局干部职工，他善于捕捉细节，善于用小说家的眼光叙述场景、烘托气氛，而人物的内心世界也通过一个一个细节和一个一个场景表现得淋漓尽致。

继《黄河落天走山西》之后，焦祖尧还写了以山西高速公路建设为题材的《大运亨通》，可视为作者90年代以来主旋律和重大题材的姊妹篇，同样具有宏观把握的历史气度和人物塑造的成功之处。

赵瑜：从《中国的要害》到《寻找巴金的黛莉》

赵瑜从80年代开始就一直活跃在中国文坛，是全国报告文学领域的重要作家。

赵瑜1978年开始在地市的报刊上发表散文和短篇小说。1983年发表

赵 瑜

《玉峡关纪事》。这篇作品发表时被称为散文，但宽泛地说，也可说是报告文学。这篇作品写山西晋东南山区修公路前后的变化，曾引起文学界，特别是报告文学界的注意。之后，赵瑜还写过一些散文和电视剧本如《我的日本兄弟》《人的世界》《山里人》等。

赵瑜走进中国报告文学界并受到注意的是1985年创作的中篇报告文学《中国的要害》。这

篇作品就其素材而言，仅是反映山西晋东南地区修公路的事。但是赵瑜的突破在于通过这个有局限性的题材从中国乃至世界范围内，提示了中国的要害问题。在1985年，这篇作品的最大价值不在于它提示的具体问题，而在于作家对产生这些问题症结的深入剖析，作家通过中国公路问题这一具体的事实，引起人们思考当代中国经济建设中所隐含的矛盾和复杂性，即中国的政治体制问题。可以说，《中国的要害》在当代报告文学创作中较早地触及了中国的体制改革，因而其含义就超出了作家所揭示的具体问题。

《中国的要害》不仅在思想上达到了一定的深度，而且具有开创性，它的出现预示了后来中国报告文学发展的大致趋向。这后一点很值得注意。这一趋向的大致特征是从宏观上驾驭生活素材，站在现代社会科学研究所达到的水平上，超越传统价值标准，用现代人眼光评价社会生活，使作品本身超越报告文学固有的新闻和文学价值，在很大程度上取得了为决策者提供建议的效果，或者为决策者制定方针政策提供了某种思路。从文学的意义上看，这篇报告文学在结构、语言、人物描写上都有新意。

之后，赵瑜创作了长篇报告文学《但悲不见九州同》。作品记述了全国劳动模范李顺达在"文革"中的遭遇。李顺达的特殊性在于他既是"文革"漩涡中的风云人物，又是这场历史悲剧的受害者。"文革"结束了，但"文革"的余波还搅得他无法安宁，直到生命的最后一息。李顺达本是一个朴实的中国农民，但历史的震荡把他推上高层政治舞台，使他力不从心，无法支配自身命运的沉浮，更无法实现自己善良的社会愿望，他的命运已经远远超出了一个农民本身，而折射出一段历史的缩影。赵瑜在这篇作品中写出了李顺达的复杂性，具有一定的深度。他没有人为地净化历史，而是使用了大量历史资料，把李顺达当作一个历史制约下的农民来理解，没有去神化他。在这篇作品中，赵瑜力图超越一般的社会道德评价尺度，揭示历史与个人动机愿望之间的冲突，揭示中国政治结构深层和民族心理结构的落后因素，由于这样的努力，这篇作品在许多关于"文革"题材的报告文学中是较为成功的一部。

从读者接受的角度看，赵瑜最成功的作品是《强国梦——当代中国体育的误区》。作品从整体上反思了中国体育特别是中国体育的体制问题，具有较强的理性精神和批判力量。中国的体育文学一向被称为"冠军文学"。从较早的郭小川的《小将们的挑战》，到新时期报告文学创作中出现的理由的《扬眉剑出鞘》，以及鲁光的《中国姑娘》等作品，几乎都是对已有成绩的团体或个人进行歌颂，在这些作品中，最常见的一个模式是运动员的艰苦奋斗和不幸遭遇，最后在党的关怀下取得了成绩。这类冠军文学模式的形成与中国多年来形成的对英雄的评价标准是一致的，它的深层原因在于中国社会过分强调政治和伦理的作用，所以读"冠军文学"，读者常觉得那些成为冠军的人似乎并不是由于自己具有良好的身体素质和科学的训练方法才成为冠军的，他们成功的动力是艰苦奋斗和爱国主义等等，这种偏重教化作用的"冠军文学"影响中国体育报告文学创作的时间很长，直到《强国梦》出现之后，这种传统的写法才被打破。就这一点而论，赵瑜对于中国体育报告文学的创作具有一定的探索性和启发意义。在《强国梦》之后，赵瑜还写了《兵败汉城》，反思中国在第23届奥运会上的失误，可以说是《强国梦》的续篇。他创作的《太行山断裂》记述山西晋东南地区市管县决策的失误，曾引起人们的关注。

进入90年代，尤其是进入新世纪以来，赵瑜尝试过用影视纪实方式实现其艺术追求，集合山西数位作家创作拍摄完成多集电视专题纪录片《内陆九三》引发社会热议，之后，相对沉寂数年，回归报告文学写作，呈现出井喷式的创作态势，迅速成为全国报告文学代表性作家。

这要从《马家军调查》说起。

《马家军调查》发表于1998年第3期《中国作家》，这是作者继《强国梦》《兵败汉城》之后体育题材报告文学的又一力作，标志着赵瑜创作的一个新高度。

《马家军调查》显然继承了80年代社会问题报告文学的理性和批判精神，但又超越了问题报告文学。社会问题报告文学是报告文学文体的一次突破，人们在肯定它对报告文学贡献的同时，对它的思想大于形象、"激情呐喊"与"偏激思维"等也有诸多的批评，赵瑜自己也有所反省和认识。他在谈到《马家军调查》时曾经说过："报告文学要深化，首先要避免非黑即白的简单批判。过去我写作也犯过偏激的毛病，一味追求震撼力，给后人的深思不足，因而也削弱了批判的力度"。从《马家军调查》中，一方面可以看到赵瑜对以往创作的继承，延续了自己的思维的前瞻性思考和全局性特点；另一方面他是在努力自觉地克服非此即彼的二元对立思维模式，然后再来审视马家军这一引人注目的题材。

马家军有着耀人眼目的光环，"马家军事件"使社会对马俊仁和马家军有各种各样的看法，作家实地近距离地采访体验却出乎意外，他尽量用平静的心态，从客观的角度看待马家军，对马家军既没有盲目地吹捧肯定，更不是简单地批判否定，而是在远距离的审视中去发掘丰富、复杂的内容，以利于人们从不同角度和侧面全面了解认识马家军及其"兵变"事件。中国人在奥运会上"吃鸭蛋"，世界嘲笑中国时，金牌对于中国人是极其重要的；逐步走向体育大国、体育强国的今天的中国，科学、理性、人性显得重要起来。全面审视"马家军"已经不再是民族激情的问题，而是民族理性的问题。《马家军调查》发表后有评论说它"起码不输给时下任何一部小说"，这在很大程度上应归功于作品对典型人物的塑造。

《马家军调查》在塑造人物上进行了自觉的探索，是报告文学写人的突破。其一，它不仅把重心转到人物，而且关注人性并用报告文学探索人性的多样性。在中国报告文学史上并不乏个性鲜明的人物，特别是新时期之初，塑造典型人物几乎成为报告文学创作中的重要美学追求，典型人物的塑造也大大提升了报告文学的文学性。但不能否认，以往报告文学中人物总体说来是"扁平"的，人物的性格和精神总是朝一个方向发展，没有完全脱离"通体光明"的写法和"好人好事"模式。而马俊仁是一位"优点长处和短处缺点一样的突出"的世界冠军教练，作品并没有回避他身上"灰色"的部分，他有精明干练、坚韧向上的一面，也有粗暴狂傲、自私卑琐的一面，他身上有着"相当农民化的局限性"。"马家军"的悲剧与他人性中的灰暗成分和农民式的思想局限有极大的关系，在他身上隐约可以看到阿Q的某些气质。其二，作品从更深的社会意义和文化意义上来写人，找出人物性格形成的特殊环境是报告文学写人的一条基本规律，但是有的报告文学作品对人物性格形成背景关注不够，从而使作品缺乏应有的深度。《马家军调查》表现人物，不仅展现人物性格形成的历史和现实环境，而且在民族文化和地域文化

赵瑜、胡世全长篇报告文学《革命百里洲》

背景中来探索人物性格形成的根源。马俊仁具有东北人粗犷、直爽、率真等特点，他的性格折射出中华民族顽强坚韧、积极进取等优秀品质，又积淀了小农经济自私迷信、目光短浅等封建糟粕；他是开放大潮中涌现出的佼佼者，又是改革时代里的失败者。作为文学形象，马俊仁是立体的、丰满的，虽然作家笔下是生活中的真实人物，但是这一形象毫不逊色于虚构的文学形象。这一艺术形象的成功，无疑开辟了报告文学的新天地，使文学形象"圆形"的丰富特质在报告文学中得以实现。

随后，赵瑜再推出另外一部力作《革命百里洲》，这部作品获得第三届鲁迅文学奖。这部作品是赵瑜从80年代开始的报告文学创作之旅的重大转折。

这个转折的标志之一，是作者关注现实的方式有所改变，不再是被读者和评论家贴上这样那样标签的"问题报告文学"，单就文体本身而言，已经是对以往报告文学的一个重大突破。有评论家评价这部作品，"总是大处着眼，时刻关心着国计民生的重大问题，关心着普通老百姓，关心着中国的发展和进步，关心着文明古国在现代化进程中的痛苦和无奈。选材准、立意高"。《革命百里洲》不是直接对现实的正面干预与尖锐批判，也未停留在就事论事的表层，而是从农民与中国革命的历史角度，结合自然、地理与文化、风俗等，对"三农"问题进行了全方位的立体反思，因而显得更深沉、凝重。它以长江中游的岛屿——百里洲为视点，通过描叙20世纪上半叶发生在该岛上的众多人事，在重新解读中国革命与中国历史的同时，沉痛反思了中国农民的前途与命运——正如作品所写："孤岛百里洲像一面镜子，折射着长江两岸20世纪的江村传奇。我们把这些故事链接起来，藉以装点中国农民革命的悲剧之美。"其二，作者一改以往报告文学的叙述方式，文风显得平实而冷峻，其思想纵深达到以往作品不曾达到的高度。它虽只写到50年代初的土改革命，但其立足点却是当今的"三农"现实。作品指出农民的运动、战争的爆发、王朝的更迭、时代的演进，往往同时发生在"人地关系高度紧张"加"水旱天灾苦难深重"这两大国情背景下；最原始而又最现实、最矛盾而又最统一、最宏大而又最具体的话题，还是土地。作品由此总结："三农"问题无论在昨天还是在今天，都是中国大业成败的核心问题，一个政党的最终胜利，始终离不开农民的支持——"离不开贫农，也离不开富豪，更离不开中间普遍的中产阶级"。作品贯穿着深沉的忧国忧民之情，表现出对底层民众尤其是农民这一"最广大人民"群体的深切人道主义关怀。

《革命百里洲》虽然从发表时间看不是第一部提出"三农"问题的作品，但从写作时间来说，却是最早调查和思考"三农"问题者之一。因为作者早在1998年长江特大洪灾之后即已开始了对以百里洲为中心的长江两岸农民的调查。为了使作品"言必有据"、论由史出，且在思想和艺术方面均能超越自我，作者先后花了5年的扎实工夫。他选取了百里洲这个因相对孤立的地理位置而大体保存了中国传统的农耕文明的基本特征和典型案例的孤岛作为研究对象，从历史大潮的冲刷积淀中捋出中国农民问题延绵承传的脉络这样一个写作思路，通过对百里洲这个"小麻雀"的解剖，观照中国农业社会变革的客观规律及阻碍变革的痼疾所在，其内涵的厚重价值不可低估。

《寻找巴金的黛莉》一经出版就在文学界和读者中引起了不小的震动，这部作品以寻找与巴金通信的名叫黛莉的少女为线索，掀出一段鲜为人知的真切的历史，牵出一位现代女性传奇而坎坷的命运。赵瑜的这部作品为报告文学注入新的内涵，不独是赵瑜个人报告文学视野的拓展，其浓郁的抒情语言与叙事结构，使中国的报告文学样式有了新的可能。这部作品大大突破了报告文学"文学＋报告"的狭隘定义，文学性要大于报告性，而扎实的史学考证与情节的文学逻辑演进，又让这部作品没有脱离开报告文学定义的范畴。这部作品，明显带着作者对报告文学文体本身的思考，在某种程度上，这部作品的诞生得益于国际学术界对非虚构文体研究的影响。

赵瑜长篇报告文学《寻找巴金的黛莉》

巴金是中国新文学史上极富个性的作家,其作品影响了几代中国青年,而其个人的经历也极具传奇色彩。《寻找巴金的黛莉》以寻找现实主人公黛莉和考证发凡巴金作为现代文学史上重要作家的创作思想递变两条线索同时展开,它既是一部知识分子在漫长的革命理想主义语境中成长和沉浮的个人史,也是钩沉中国新文学思潮的递变史,两相交织,时空转换,体现出赵瑜驾驭长篇叙述与结构的文学才情。因此,这部作品一度竟然被视作当下长篇小说的重要收获频繁转载。

赵瑜在2000年至2013年,还有《篮球的秘密》《火车头震荡》《晋人援蜀记》(合著)、《王家岭的诉说》(合著)等一系列受读者和文学界关注的作品问世,限于篇幅,不一一评述。

以作品的量来衡量,赵瑜在2000年前后的报告文学作品明显要多于80年代"晋军崛起"时代。就质而言,此后的创作显得更加成熟和稳健。作为一个作家型报告文学作家,尽管题材的选择显得格外重要,但是他的文学性追求始终是放在第一位的,所有作品的语言、结构、叙事方式,都能够体现出作家的匠心所在。关于报告文学文体,赵瑜在谈自己的《寻找巴金的黛莉》时讲:"关于叙事文体,这部作品确实有些特别,采用这种写作手法主要还是考虑到与内容相适应,希望追求一种形式与内容的有机结合。我比较关注报告文学的文体变革,一直希望对它的叙事方式有所拓宽。作家写作的追求是双重性的,一方面追求更多人阅读,这方面应当比较看重选题,比如《马家军调查》,主要是抓焦点;另一方面是创新,创新也是报告文学的生命。因此报告文学家要不断提高文学修养与思考能力,越是真实写作的作品,越是对作家思想意识高扬的考验。"所以,与其说他是一位重要的报告文学作家,毋宁说报告文学是他得心应手能够熟练驾驭的文体,从这个角度讲,他的意义其实远远超越了报告文学文体本身。

麦天枢:从《西部在移民》到《昨天》

麦天枢是由新闻记者而从事报告文学写作的。

1987年,他的报告文学《土地与土皇帝》发表,引起注意。在那个年度,《土地与土皇帝》成为中国报告文学界最引人注目的作品之一。作品写的是晋西北横山村党支部书记李计银在一块解放已40年的土地上的统治史。麦天枢在这部报告文学作品中通过对李计银种种劣迹的揭露，深刻地剖析了中国体制结构中的弊病。麦天枢在这部作品中，除了剖析李计银这个人大代表无法无天的劣迹之外，更注意将读者的视线从具体的人物身上引开，启发人们更多地去思考产生这种人物的更为广阔的社会背景。读这篇报告文学，读者在作

麦天枢

家不断的启发和暗示下，已从对李计银个人的评价中意识到中国政治体制的缺陷和"土皇帝"诞生的必然性。《土地与土皇帝》的创作，不仅把麦天枢推到了报告文学作家的前台，而且从这篇报告文学之后，麦天枢开始了他整个创作道路上的一个新阶段。他通过对中国大地上出现的种种不公平现象以及这些现象产生根源的剖析，令人信服地展示了"土地"对人的束缚。"土地"成为麦天枢作品中一个相对集中的母题。

麦天枢认为，作家要在商品经济发展的时代高度来把握生活。由此而形成理念，并把理念注入形象中，传递给读者。所以在麦天枢的报告文学作品中出现的人物，多数是作家的思想载体，在《土地与土皇帝》中，作家向读者传递了这样的思想：权力是怎么产生的？是权力产生的；权力是怎么被剥夺的？是权力更大的人所剥夺的。麦天枢说："如果我们的法律机器只有在哪个人一言半语之后才能转动起来，这毕竟是一个当代社会不能不正视的缺憾。"《土地与土皇帝》出现的重大意义在于它不仅揭示了中国法制的不健全，而且揭示了权力异化的根源。从创作的角度讲，从这篇报告文学中，读者看出了作家本人的整个生活背景和思考重心。

《土地与土皇帝》之后，麦天枢写了报告文学《西部在移民》，这部作品曾获得首届"中国潮"报告文学第一名。《西部在移民》同样围绕"土地"这个母题展开，记述了中国大西北移民过程中产生的一系列问题。作品写了整个移民过程中农民、干部和决策者的种种心态。作品曾写到新中国成立以

来延续了几十年的救济政策，作品告诉我们，社会救济的异化养活了一批懒汉。对此，作者感慨地说："社会在发挥它的优越性的时候，不知不觉把人的品质中腐朽的依赖性充分发挥出来，使大片土地物质的贫困又陪伴着精神贫困。"

继《西部在移民》之后，麦天枢又写了《挽汾河》，记述一条清澈的河流如何在新中国成立40年以后变成一条臭水沟的历史。作家在为一条河流唱挽歌的同时，对造成这种现象的原因进行了深刻剖析。

麦天枢作为一个记者型的作家，他的作品理性的成分较浓，这个特点常常使他的报告文学在文学性上受到一定的损害，他自己也非常清楚，认为报告文学的功能首是认识，其次才是审美，他以他的作品直接介入社会，至于文学性他好像很少考虑，也许他的观点更接近于报告文学的本质。在当代报告文学发展的过程中，特别是1985年以后，从作品的选材角度和作家本人的情感理性上考察，其最大的特点就是对于政治的兴趣和对当代现实的关注。他的所有报告文学作品中，以批评性作品为多。自觉的批判精神来源于理论的成熟，或许正与对生活的感受密切相连。在麦天枢的报告文学作品中，有一个基本的冲突模式，那就是"权势"和"贫贱"的冲突。在报告文学作家的作品中，有以反映社会现实问题为主的报告文学，它受社会学研究影响，主题可以概括为现状与对策，思考的是人与人之间的关系，突出的是传统与现代观念的冲突。还有一类基本的主题是民主与法制，麦天枢的报告文学就是这类作品的典型，不断在自己的作品中张扬科学与民主精神。

麦天枢作品大致有两个系列：一是土地系列，像《土地与土皇帝》《西部在移民》《挽汾河》《活祭》等；一个是性系列，如《爱河横流》《白夜》《天荒》《一个人和他的精神世界》等。

在《爱河横流》中，麦天枢对安徽定远县大批青年男女"私奔"的现象进行了政治、经济、文化等多种角度的分析，他呼喊人们对人的价值、人的尊严的爱护，同时也沉痛地告诉人们封建主义枷锁目前还多么沉重地套在人的身上，而打碎这些枷锁仍需要政治、经济、文化等多方面因素的发展。这个系列中的《白夜》《天荒》《一个人和他的精神世界》，虽然表面看来是以性问题为基本线索，但在这个线索之中，读者还是可以看出作家的本人的意图。在这些作品中,他是这样谴责"假道学"的:"他们最渴望什么,就最能否定什么,就能对别人禁锢什么。他们一方面对别人,对年轻人立戒条,一方面不择手段地为非作歹。他们嘴上一套,肚里一套的做法,比他们糟蹋女孩子本身还让人可憎。"接着,他又说:"文明献身于权力,就无所谓文明。道德与权力嫁接,就没有道德了"。

麦天枢报告文学的特点是富有理性和启蒙精神。这里的理性主要指他作品中渗透出的科学与民主精神。在麦天枢的作品中,读者能够感觉到他在关注中国现实问题时所具有的现代眼光。在对当代改革生活的评价中,他能保持相对的冷静,在记述一个人物或事件时,保持足够的批判精神,他常常能写出事件的不合理性的不可避免性,既批判那些非现代意识的东西,又能指出他们被迫选择的无可奈何心态。

《昨天——中英鸦片战争纪实》是1992年麦天枢与近代史研究者王先明合作的一部长篇纪实报告文学。在1989年以后的报告文学作品中,这部作品较多地受到来自学术界的评价。这是一部建立在大量已有的有关鸦片战争研究资料之上的历史纪实。从作品的思想容量上看,作者较注意吸收西方汉学界对鸦片战争的研究成果,并同时注意从整个时代背景上进行整体把握,特别是对于东西方两个古老文明相遇时产生的冲突有自己独特的理解。作为历史纪实,麦天枢较为注意细节及偶然性对历史巨变发生的影响,在整个作品的语言风格上仍保持了他一贯以理性思索为特色的长处。麦天枢写作这部作品的时候,报告文学已经由80年代中期的繁荣走向低落。在90年代初期,麦天枢的这部长篇历史报告文学中依然流露着他对现实的关注与思考。

从较为宽泛的意义上讲,《昨天》可以算是一部报告文学,但作为历史研究来看似乎更恰当一些,它在写法上无疑受黄仁宇《万历十五年》之类历史著作的影响。作为一个作家与学者合著的作品,其文学性较弱而学术性较强,也是情理之中的事。从《昨天》之后,麦天枢更多地从事了理论研

麦天枢长篇纪实文学《昨天》

究和电视文化片的制作。他策划的《大国崛起》在全国观众中反响强烈。

马骏《东方世界的晨曦》和田昌安《南北奇婚录》

马骏和田昌安两位有很多共同之处,都是在70年代开始小说创作,80年代"晋军崛起",都有过非常活跃的小说创作旺盛期,有的作品备受关注。也恰恰在小说创作的高潮期,两位几乎是同时开始转向报告文学写作,而且一发不可收。两位都做过山西市一级文联负责人,负有组织协调文学创作之责。马骏曾担任山西省作家协会副主席。

马骏曾做过雁北地区的地方官员,过去一直从事小说写作,从80年代中期以后,他的创作转向报告文学,并先后以《丰收不在田野》《土地无姓氏》等作品引起关注,综观马骏前后两个阶段的写作,虽然最初是由小说步入文坛的,但整个创作却以报告文学的成就为大,从80年代中期以后,更是基本上将自己的创作固定在报告文学的写作上。

马 骏

马骏报告文学集《东方世界的晨曦》

马骏青年时期曾在山西财经学院读书,对经济学有一定的了解。他在报告文学写作中,基本是从经济学的视角进入的。这使他的报告文学有两个非常明显的特点。第一,从题材的选择上,马骏善于从宏观上着眼,从丰富的生活中捕捉那些对社会生活影响较大的典型事例,并且能以宏大的历史眼光剖析这些事例在社会发展中所具有的价值。《丰收不在田野》从整体上剖析了中国农业所面临的问题,并分析了农业的根本出路,具有浓烈的理论色彩。这篇报告文学曾产生过较大影响,这影响首先得自于作者对社会问题的深入思考和宏观把握。第二,从创作特点看,马骏的报告文学大体属于80年代中期最有影响的"社会问题报告文学",但他的特点是长于综合分析,从整体上观察事物的典型性,他有驾驭大题材的能力,并能在写作中较好地处理报告与文学之间的关系。他长于在报告文学中以议论取胜,但他的言论是融在整体叙述中进行的,并不显得离文学较远,特别是在《土地无姓氏》中,他的叙述和议论的能力都发挥得较好。

马骏在山西报告文学中是有代表性的,他的《丰收不在田野》较早触及了"社会问题",在同类报告文学的写作中是较早从宏观上着眼,并将政治、经济、文化等方面引入报告文学写作的。1991年北岳文艺出版社出版了他的报告文学集《东方世界的晨曦》,代表了他这一时期的报告文学实绩。

田昌安也是在80年代开始写作报告文学的。他有过一段话,说到他转而从事报告文学写作的原因,大致意思是因为小说反映现实有一个很宽的缓冲地带,而许多活生生的现实是小说叙述远远无法抵达的。所以,当他知道他所在的晋西北地区存在严重的拐卖妇女的违法行为,其复杂性远远超出小说作家的想象时,他决定运用报告文学的形式去反映。

从1988年开始,作者借《山西文学》倡导纪实文学之机,开始了报告文学写作。中篇报告文学《南北奇婚录》甫一发表,即引起小说不曾有过的关注与反响。这是一部全面反映晋西北地区打击非法拐卖妇女儿童的报告文学,这个中篇报告文学,"试图透过罪恶与残暴,透过荒唐与怪诞,透过凄苦与悲伤,透过泪水与血浆,对'南北奇婚'进行一番较为全面、深入的采访",进而写出拐卖妇女这一违法事件背后复杂的社会因素与人性纠葛。

田昌安

在采写《南北奇婚录》的过程中,作者发现,这样的违法事件背后,其实牵扯着当下农村普遍存在的其他问题,于是激发起作者对"三农"问题的深入思考。继《南北奇婚录》之后,一直到2000年前后,作者持续报告文学写作,有反映率先致富而后又相继破产的"万元户"创业和守业问题的《关于失败者的报告》;有反映伴随着"城市化"进程的日益加快,一些山庄窝铺逐步走向消亡和"山民"们艰难的生存状况的《山村兴衰记》;还有同样是反

田昌安报告文学集
《南北奇婚录》

映婚姻问题和农村妇女问题的《当代童养媳》；反映种毒、贩毒、吸毒、戒毒的《毒品离我们有多远》；反映曾是全国劳动模范、人大代表，后来却因"非法拘禁"被判刑入狱的定襄县横山村党支部书记李计银人生经历的《荣辱沉浮今又说》等。2003年，作者将一系列中短篇报告文学结集出版，获得赵树理文学奖。

田昌安的报告文学带着80年代全国兴起的"问题报告文学"的影响痕迹，常常就事论事。所不同的是，作者所写的其实无不是身边的人物、身边的事情，既不同于记者型报告文学作家介入性叙述和评论，也不同于作家式报告文学作家用心经营，身处其中的切肤之痛足以震撼和感染读者，更像是叙述自家村落的故事。田昌安的报告文学虽然表面上看不出什么思想含量，几乎都是朴素的叙述，但是，在朴素而平静的叙述中，体现出田昌安作为一个小说家的文学描摹功底，他是靠文学的叙述能力来凸显事件的完整性和人物的形象性，通过人物形象来说服、征服读者的。

近年来，田昌安关注走西口历史，致力于组织民间口述历史的整理，其实也是这一系列报告文学的另外一种延续、另外一种思考。

哲夫的大生态报告文学

无论是哲夫的小说还是报告文学，在山西文学的格局中都显得富有个性。

直到1997年，哲夫还是一个影响力特别大、拥有广大读者群的类型化小说家。过去文学批评界鲜少注意到哲夫作品与读者之间的这种特定的对应关系，直到山西另一个类型化小说家刘慈欣在国内外获得巨大声誉，哲夫当年的类型化写作意义才渐渐为文学界所注意到。

事实上，哲夫在1976年开始文学创作的时候，走的还是传统意义的"严肃文学"路子，发表了大量中短篇小说，在改革开放初期的山西文学格局中，哲夫已经是一位令人瞩目的青年作家。但是1980年，一个偶然的机缘，让哲夫走上了类型化写作的道路。他自许此后的小说是"生态环境文学"，其代表除了一系列中短篇小说、散文之外，影响巨大的是《黑雪》《毒吻》《天猎》《地猎》《天欲》《地欲》《人欲》等生态系列长篇小说。《天猎》的发行量高达百万册之巨，其他环保小说发行也达十几万册。1997年，10卷本《哲夫文集》由长江文艺出版社出版，同时美国也推出内容相同的个人文集。他是一个拥有广大读者的作家，在山西文学的格局中是一个不可忽视的重要文学现象，很值得研究总结。

1998年，哲夫的《中国档案》由光明日报出版社出版，"将红色的归档，为黑色的立案"，《中国档案》分为上下两册，上册《中国高层决策写真》，从毛泽东写到曲格平，写了中国环保从无到有的过程；下册《新闻曝光的背后》，写了1993年伊始的淮河污染治理过程。本书出版后在全国引起反响，后改编为电影《零点行动》在全国上映。这部作品引起全国人大环资委的关注，从此，哲夫以作家身份被特邀参加"中华环保世纪行"记者团，连续6年参加在全国各地的采访活动。2000年，长篇纪实《黄河追踪》出版，也分为上下两册，上册《西部大盘点》，下册《魂兮归来》引起很大反响，该书也多次获奖并在国外出版。随后，又有百万字的生态纪实文学丛书——《长江生态报告》《黄河生态报告》《淮河生态报告》出版。2002年之后，哲夫在写完河流考察之后，开始把目光投向林业。他前后走访和调查了9个省区，行程上万里，耗时两年余，酝酿完成《世纪之痒——中国生态报告》的长篇纪实，2006年由长江文艺出版社出版。

哲　夫

哲夫的一系列大生态报告文学就题材选择而言，涉猎广泛，作品以扎实的田野调查为基础，直击中国目前严峻的生态环境问题，以一个作家的责任感和使命感，仗言直书，大胆揭露，他自称以"一管秃笔，一颗人心，一部头脑，一介身躯"投身绿色环保事业。

他的报告文学和他的小说一样，都被列为"生态环境文学"范畴，也同小说一样拥有一个

哲夫长篇报告文学《黄河生态报告》

相对固定的庞大读者群，哲夫由此开创了山西报告文学类型化写作的一个先例，或者说，他成功地实现了报告文学类型化写作的尝试。哲夫的报告文学既有着严肃文学在语言、构思、叙述方面的优长之处，风格十分鲜明，明晰、畅达、细腻而富有抒情性，又有着类型化文学所特有的与读者互动的色彩，从他的作品中可以明显看出他的叙述是充分地照顾到特定读者人群的。

大致讲来，哲夫的类型化报告文学创作有以下几个特点：一是题材固定，无论是中短篇报告文学，还是长篇系列报告文学，都没有离开过环保和生态两大主题，主题鲜明，选材精当；二是信息量巨大，哲夫的笔触从水利写到林业，从江河转向森林，动辄下笔万言，使读者能够全方位了解中国目前环保与生态的现状；三是文体疏朗开阔，有相当大的自由度，哲夫是小说家出身，而且有着较为丰厚的古典文学修养，他的报告文学时有严肃甚至沉闷的叙述，却往往能够跳出报告文学"报告"的限制，穿插大量古典诗词和抒情性散文，甚至不拒绝小说蒙太奇手法，不拒绝小说式的想象虚构。

有评论家这样评价他的环保生态报告文学："当环境危机越来越严重地威胁着人类基本生存的时候，当一种文化的生态观念越来越深入人心的时候，我们才终于逐渐地体会认识到了哲夫环保题材文学作品创作的重要性和超前性。春江水暖鸭先知，能够于大众都尚且处在懵懂无知状态的时候，就率先意识到环保问题的重要性，并且身体力行地以系列环保文学作品的创作，既促进了国人对于环保问题的觉醒，又促进了政府对于环保问题的重视与解决，可以看作是思想格外敏锐的哲夫对于中国当下的文学创作、对于中国社会的现实发展，所做出的重要贡献。"

从一开始的虚构文学创作转向非虚构报告文学创作，哲夫在两种文体之间顺利完成了无阻碍转换，也为自己赢得了一系列声誉。最典型的是他创作于2008年的《执政能力》。开始，这是一个完全虚构的长篇小说，由作家出版社出版之后，引起关注，随后，哲夫又将长篇小说再行修改，出版《执政能力》"真人版"，一变而为一个长篇报告文学。这部报告文学以吕梁山区的桃峰县政治、经济、文化建设为背景，展示了以县委书记和治国为首的县委政府领导班子秉承"立党为公，执政为民"的执政理念和励精图治为民造福的故事。人物，包括县名都是虚构的，但是所写的事和人都是真实的，所以这部长篇纪实文学作品的副标题为"一个县委书记的故事"。

这是一部以真人真事为基础的长篇纪实作品,而且是以正面歌颂为主调的"歌颂"式报告文学,难免让人担心会落入过去歌颂式报告文学浅薄而苍白的俗套。然而,作家通过对县委书记和治国的大力肯定,所凸显出的实际上是哲夫对于当下中国社会现实问题正在进行着的严肃而深入的思考,巧妙地寓批判于歌颂之中。哲夫在《执政能力》中所鲜明提出的是,我们的执政者不仅应该勤政、廉政,而且更应该善政的问题。这正是哲夫这些年来在小说与纪实之间自由转换所获得的自信。

传记文学赋予山西报告文学以重要文化品格

如果着眼于纪实性来考察山西报告文学,会发现山西报告文学创作中一个不可以绕过去的写作现象,那就是许多曾经在小说创作上卓有成就的作家在1990年后致力于传记创作。传记文学的创作,韩石山、陈为人二位的成就备受关注。

事实上,从80年代甚至在这之前,山西就不乏传记文学作品。这些传记作品的诞生,或是上级安排的受命之作,或是应出版社之约的学术著作,从90年代开始一直到2013年,经过20多年发展,山西传记文学创作已经有了相当成就。比如王树森的《山西王阎锡山》,王生甫的《赵戴文评传》,高捷、段崇轩、刘芸灏、邰忠武、任文贵撰写的《赵树理传》,还有申双鱼、徐成巧合写的《铁笔圣手赵树理》,杨占平的《赵树理传》和《马烽评传》。韩石山则在不到10年之内完成了《李健吾传》《徐志摩传》《寻访林徽因》《鲁迅与胡适》《张颔传》《林鹏传》,陈为人有《唐达成风雨文坛五十年》《山西文坛的十张脸谱》《马烽无刺》等等。历史上曾诞生过《资治通鉴》这样宏大国家工程的省份,自有其传记传统。

作家韩石山早年以小说名世,1990年之后,其在文学批评领域的影响声誉日隆。随后,其《李健吾传》《徐志摩传》在传记文学界最为人所瞩目。而这两部代表作较少见诸评论文字,因为他的传记作品本身就是非常有特色的作家和作品评论。

这两部作品是山西纪实文学作品中不可多得的传记力作,它们不是简单

韩石山

韩石山长篇传记文学《徐志摩传》

地以传统编年叙事记录作家从生到死的一生,而是把大量的笔墨用于历史细节和文学事件的考证发凡,体现出作者扎实的史学功底。同时,透过对传主的评述文字,传达着作者自己对历史对文学的独特理解和阐释。如果说,韩石山的《李健吾传》和《徐志摩传》是不可多得的作家传记作品,那么阅读的过程毋宁是一个充满学术乐趣的考证之旅,用真实的历史细节抽丝剥茧,一步步还原一个真实的作家形象。韩石山在《李健吾传》后记中写道:"近年来传记文学大盛,其写法大多近似小说,环境如同实勘,声口务期逼肖,至于实情若何,似乎无暇顾及。我没有这个魄力,只能就事论事,循序而进,在资料允许的前提下,编排调度,使事件尽量完整,人物的行为与性格有所依傍。无意菲薄时贤,在传记文学的写作上,我还是服膺朱东润先生和他的《张居正大传》。"所以"……纵有安排不尽恰当处,聊可自慰的是,没有一句出自臆造……有些原可以化为作者叙述的地方,也引用了传主著作中的话,多半是为了读者领略李氏的文笔风采"。可见作者在传记文学文体上的匠心。

新近创作的《张颔传》,通篇采用访问记的形式写来,由一个个访问现场将传主的一生学术经历与学术追求串起来,既有强烈的现场感,又具有相当的历史纵深,应该是韩石山传记作品中显得最为轻松的一部。张颔先生是一位古文字学家、书法家和篆刻家,是山西省少有的哲学社会科学学者,在官本位盛行的社会环境下,长期以来"墙内开花墙外香",其对"侯马盟书"的识别和整理,在海内外广有影响。他墨守书城,孜孜矻矻,把一生都贡献给了自己钟爱的学术研究。张颔先生的治学经历充满传奇色彩,对于后学的治学与研究无疑具有启示性。从作者题材的选择就可以看出作者对传主文化品质的认同与共鸣。而作者一节一节传神而轻松的叙述，则将读者一步一步带入到传主的治学经历之中，充满着智慧的快感与乐趣。

韩石山的传记文学作品，从选材到叙述，从考证到结构，既体现出作者作为小说家的扎实的描摹塑形功底，又有着深邃的思想内涵。有评论谈到韩石山的《李健吾传》对传记文学文体的启示时说："无论传人还是传己，都需要公允客观的态度，平静超脱的心理。传记不仅仅是一种文章体裁，更是写传者与被写者胆略、胸怀、精神、见识、气节等天衣无缝的契合，'诗外'的功夫不是写传本身，而是对人生的实践与感悟，韩石山历经岁月坎坷，对人生特别是文人的人生有深刻的认识。因此，他能品味李健吾之酸甜苦辣，亦能同感其悲欢离合；能叹其不遇，亦能悔其自闭；能奋其长歌当哭，亦能哀其身如飞鸿，随世俗之苟且。"此评可谓精当。

韩石山把山西的文化承传归结为三种，一种是1949年以来的红色文化，一种是在传统文化折射下的乡土文化，还有一种是自春秋时期晋国而下，历柳宗元、司马光一直到傅山的士大夫文化。山西现当代文学的文化品质其实一直是红色文化与民间文化的此消彼长，而没有由来有自的士大夫文化博大、担当和儒雅的一面。从作者的选材上可以看出作者明确的文化价值取向，也因此，他的作品为山西纪实文学注入新的文化内涵。

作家陈为人曾做过作协机关的领导，早在70年代就开始文学创作，后来一度沉寂无闻。是在他退休之后，突然间以传记文学和报告文学为文学界所注意，可谓宝刀不老。他的《唐达成文坛风雨五十年》在海外甫一出版，即好评如潮。随后，作者以每年百万字作品问世的速度连续推出《山西文坛十张脸谱》《马烽无刺》《最是文人不自由》等山西作家传记作品，同样引人注目。

作家丁东评陈为人的《山西文坛十张脸谱》，大致上总结了陈为人传记作品的一些特质。

其一是他审视作家的重点在人本而不在文本。他关注的重点是作家的人格、命运、操守、个性，是作家所处的政治环境、生存状态和人际关系，是作品背后的故事，而不是阐释作品本身，更不是用学院派的方法，依据某种理论概念对作品进行分析和归纳。这样写作家，关心当代文学的人们可以

陈为人

陈为人长篇传记文学《唐达成文坛风雨五十年》

看,不关心文学的读者也可以看,从中得到知人论世的乐趣。古人曰:"誉人不增其美,毁人不溢其恶。"其实做起来很不容易。其二,本书讲述的10位作家,除了赵树理去世较早,其他都是作者的熟人、师长、朋友、同事。他写这些人,有直观的感受,有他与对象的直接沟通和互动。写熟人,但他不是一味溢美,而是力求把握真实的分寸。马烽、孙谦、胡正、钟道新等人已经去世,生后对他们言说还好办一些。其他几位李国涛、田东照、周宗奇、韩石山、潞潞都健在,写他们如同近距离的灵魂搏斗,难度之大可想而知。虽然不能说每一次搏斗都能达到灵魂毕现,但毕竟有的篇什达到了这种深度。其三,他走进作家心灵的途径,主要不是通过已有的出版物、印刷品,而是采用口述史学的方法,尽可能采访作家本人和知情人。口述采访的重要性不仅在于增加传记的生动性,更重要的是,本身就是独家的新鲜史料,大大提升了传记的史学价值。这种研究文学家和文学史的路径选择,当然不是陈为人的独创,在他前后,李辉、陈徒手、徐庆全等学者都有成功的实践。李辉、徐庆全研究当代文坛的著作经常被其他文学研究者所引用,我相信陈为人的传记也有这种价值。

除韩、陈两位之外,诗人寓真每有佳构,前后有《聂绀弩刑事档案》和《张伯驹身世钩沉》。《聂绀弩刑事档案》轰动一时,争议不断,暂不评述,而近年创作的《张伯驹身世钩沉》,是一部别具风味的传记作品。作者并不满足于传主个人经历的梳理与书写,而是通过对近现代史上大量史料的检视与整理,不仅给人们呈现出一个具有独立人格和独特家世的中国知识分子形象,而且呈现出一幅具有浓郁文人气息的近现代史画卷。作品的叙述控制非常到位,语言精雕细琢,经读耐读,常常让人掩卷长思。之所以将这部传记作品纳入报告文学范畴,就是因为作品内容涵盖的广度与深度,它反映的历史,写的是过去的人物,但无不照射着今天的现实,具有报告文学反映现实、关注现实的品质。

真相与真实：文体意识的强化

从 2000 年开始，一批原来从事小说创作的中青年作家先后转向报告文学创作。其中，鲁顺民的《380毫米降水线》《失忆的蛟龙》、晋绥土改系列、《送 84 位烈士回家》，毕星星的《特级教师南岩之死》《蓝火苗　红火苗》，黄风的《静乐阳光》《黄河岸边的歌手》《滇缅之列》，玄武的《关云长——遗失的血性》，皇甫琪的煤矿农民工系列，聂还贵的《中国，有一座古都叫大同》，王保国的《李林传》，郭万新的《吉庄纪事》，魏荣汉的《中国基层选举报告》，还有赵瑜、鲁顺民、李骏虎、黄风、玄武五作家的《王家岭的诉说》，散文家张锐锋的《鼎立南极》，张石山的《父亲是一棵树》，张卫平的《歌太平——萨都剌》，李金山的《重说司马光》等等作品，不同程度受到关注。

鲁顺民

鲁顺民报告文学《送84位烈士回家》

其中，赵瑜执笔，由5位作家共同采写的长篇报告文学《王家岭诉说》一经问世，即引起广泛的社会反响。这是一个典型的报告文学作品，既有新闻的即时性，又具有报告文学写作方式的创新和突破，使突发事件迅速进入报告文学视野成为可能。王家岭矿难震惊全国，举国关注。本来这是一部受命之作，五作家在采访过程中，发挥各自长项，分头采访，将整个矿难放置在更为广阔的社会背景下加以考察，揭示出在经济高速发展的今天，依然存在着传统与现代、科学与愚昧、人性善恶的严重冲突。有评论指出：其一，遵命文章也可以突破条条框框，主要取决于作者的立场与态度。《王家岭的诉说》这样写来，也就这样出来了，没有听说遭

毕星星

毕星星纪实散文《蓝火苗　红火苗》

魏荣汉

魏荣汉报告文学《中国基层选举报告》

到什么艰难曲折。当然,如果把《王家岭的诉说》写成《八天八夜》的孪生篇,可能领导很高兴,可能作家会受到表扬,得到别的好处,但如果那样,作品就没有多少意思了,作家的写作也没有多少意思了。其二,《王家岭的诉说》是一部沉重的文学作品,同时也是一卷珍贵的文史资料。中国的矿难世界驰名,但记载矿难的文字实在太少了。《王家岭的诉说》记载的是一场矿难,展现的是一个国有大矿混乱的管理状况,诉说的是众多农民工弟兄的惨痛命运,多少年之后,人们透过这一部真实的文字记载,仍然能够读出一段鲜活的历史。

张锐锋早年曾写过《黑色八一八祭》等多部社会反响强烈的中篇报告文学作品,他以倡导"大散文"名世,报告文学偶一为之,或者说,报告文学已经成为其新散文观念下的一个重要延伸。他的《鼎立南极》获得全国"五个一工程"奖。这是一部以南极科考为反映对象的科技报告文学,从选材上讲,对于山西报告文学而言,同样是一个不小的突破。张锐锋对文学如何与科学结合有自己的思考。他讲:其一,文学和科学之间有三个共同点:对必然性的探究,对人的发现,对美的追求。哲学家怀特海从希腊悲剧入手,看到悲剧的本质并不是不幸,而是事物无情活动的必然性。这种必然性,必须通过人生中真实的不幸遭遇才能说明。其二,文学以自己的方法、手段,不断探讨、检视人的存在本质,更多地从人出发,以人为归结点。人不仅成为文学关怀、描述和探讨的对象,还是文

聂还贵长篇报告文学《中国,有一座古城叫大同》

聂还贵

学内在构成的本质特征，有效地将宇宙浓缩于人自身。科学采取了相反的路径方式，将理解人自己的活动放大到宇宙存在的全部时空里，将人类认识世界的历史融合到认识自己的历史中。所以，文学与科学都是属人的，以人为起点和归宿，本质上都是对人的认识能力和人自身的发现。其三，文学不论承载怎样的思想，不论探索语词种种排列组合的奇迹，也不论其对人的理解达到怎样的深度，最终都要回到审美层次上。南极探险为人类文明塑造新典范新理想。

张锐锋

张锐锋报告文学《鼎立南极》

谈到报告文学的写作，张锐锋说：散文是我的本行，但也会经常产生创作别的文体的冲动。作家在社会中生活，发现了自己想写的某种材料，就不要画地为牢，拒绝自己的心灵诉求。

黄风是近几年崛起的后起之秀，不到三年间连续推出《黄河岸边的歌手》和《滇缅之列》（合作）两部厚重的报告文学作品。其中以中缅边境缉毒为题材的《滇缅之列》是作家新近完成的一部作品。《滇缅之列》题材好、立意高、材料多、观念新，是山西省作家密切关注社会现实生活，深刻反映公安武警战士忠诚与奉献精神的优秀成果。这部作品至少有以下三个特点：

黄 风

其一，作者是以一种强烈的责任感和真诚的态度写作的。其二，《滇缅之列》所描写的谭家泉等江桥警犬复训基地各种身份的人物，都是真实可信

黄风、籍满田长篇报告文学《滇缅之列》

的。我们能够明显感觉到，作者在写作中，一方面对材料进行了提炼、加工，另一方面适当附上自己简洁却深刻的议论，就使作品达到了一种艺术的真实境界。由于艺术的真实更集中、更典型，因而也就更有震撼力，更能打动读者。其三，《滇缅之列》的核心内容之一，就是探讨缉毒战士如何处理个人利益与国家利益的矛盾，通过一个个实实在在的故事，体现出缉毒战士的优秀政治素质和业务素质，有一种榜样的力量。

皇甫琪是一个以小说家自许的基层作家，直到2009年才开始涉猎报告文学写作。他的第一部报告文学《煤矿农民工》在《当代》发表之后，在社会上引起了强烈的反响。《光明日报》《文艺报》等媒体给予了关注，作了评介。"《当代》文学拉力赛"2011年第六站选登的9封读者来信中，有3封是写给《煤矿农民工》的。读者陈学书在来信中说：作者保持了一个作家的良心和血性，把笔触伸向社会的底层，集中笔力塑造了田二平（及其大姐）左家军、武建宏、郝旨荣、桂书生、王土新等煤矿农民工的形象。作者用饱含深情的文字，写了他们生活的艰难，以及他们对生存的最低要求。这使我们想起了鲁迅曾说过的：他们吃进去的是草，挤出来的是牛奶和血。我们的社会，何时才能还农民工应有的生存与人格尊严呢？

山西报告文学创作在2000年后的一个明显特征，是有着明显文体创新意识的同时，对报告文学文体思考也体现在具体创作过程中。如何把握"报

2012年5月，山西省报告文学创作会议在保德县召开

告"与"文学"之间的平衡，一直是困扰所有报告文学作家的一个理论难题。报告意味着写实，文学意味着虚构。而在欧美的文体划分那里，报告文学被一概纳入"非虚构文体"。要写实就不允许虚构，若虚构则不成其为"报告"。山西作家在山西丰厚的文章纪实传统那里得到了启示，而且经过近半个世纪的探索，正在或者说已经找到了二者之间的平衡点。这个平衡点就是在反映真相的同时，写出真实的人物。

注重于文体本身的创新与思考，正是山西报告文学能够持续不断走向明天的一个基础和保证。

第十三章　风生水起的女性文学

在一个曾经强大的男权社会中，女性一直扮演着边缘的、附庸的、点缀的角色，然而出乎料想的是，从欧美的女权运动到中国的妇女解放，伴随着世界范围的女性觉醒和历史的脚步声，女性文学的高涨和繁荣在许多国家已蔚为大观，诸如英、法、美直至脚下的整个中国。

或许对不少人来说，印象中的山西文学还是当年男性称雄的"山药蛋派"作家、之后的"晋军"那茬作家，以及"晋军"后的王祥夫、房光、吕新们，就像有论者所曾感叹的："现代山西女性文学被强势'山药蛋派'和'晋军'淹没，无力显示应有的文化态势。"其实，从 20 世纪 90 年代到新世纪以来情形大变，不仅女作家数量骤增，而且形成一股"风生水起"的强劲势头，主要一个节点即是 2004 年蒋韵的《想象一个歌手》和葛水平的《甩鞭》，进入当代中国文学最新作品排行榜，到 2007 年，俩人的小说《心爱的树》和《喊山》又同时获得全国当代文学最高奖项的鲁迅文学奖，一时间山西女性文学十分抢眼。事实让人们看到，近些年来山西文学格局的一个重大变化就是女性文学的崛起，众多女性作家及有影响力的作品不断涌现：蒋、葛之外，陈亚珍、张雅茜、小岸、孙频、曹向荣、李燕蓉、李心丽、陈年、陈春澜……枝繁叶茂，硕果累累，几乎占到半壁江山，以致不少学者、评论家连连赞叹"女性作家，迫人刮目相看""女性作家值得深入研究"。这种情形，不由让人想起当年"晋军"的崛起。曾经的黄土地上，女性执笔写作者有影响者几许人也？但今天不同了，女性写作不但成为普遍现象，她们的整体存在与活力尤其引人瞩目。可以说，女性文学已成为当代山西文学版图中的一方靓丽风景。

从石评梅到"山西女作家群"

"女性自立""女性解放"这样的词在中国并不陌生,它是自20世纪初五四运动以来一直为人们所熟用和为之奋斗的社会理想,但"女性文学"却是近些年才流行开来的概念。

女性写作或创作无疑古代近代早已有之,但我们知道,那时是零零星星、极个别的现象,中国古代的蔡文姬、李清照、卓文君,欧洲近代的乔治·桑、简·奥斯汀、勃朗特姐妹,只是男性主导的文学世界里的凤毛麟角。然而历史进入到20世纪,事情发生了巨变,西方世界经历了从法国到英美的女权运动,妇女不光在政治上反抗千百年来习以为常的男权统治争取自己的独立、自由和平等权利,尤将写作看作是妇女解放的一部分,主张打破从前文学中将女性形象塑造成非天使即魔鬼的父权偏见模式,以女性自己的创作重新书写和认识自我价值,从而形成一股强大的女权主义文学思潮,而以弗吉尼亚·伍尔夫《一间自己的屋子》、西蒙·波伏娃《第二性》为代表的女权主义文学理论更是风行世界。这一切都宣告了女性文学的独立存在,如著名女性主义批评家托里尔·莫瓦就说:"'女性写作'问题得以占据70年代法国的政治与文化讨论的中心位置。"中国尽管从五四时期起在妇女解放的新思潮下已有众多女性投笔创作,以鲜明的女性意识表达她们的思想感情,呼号着女性解放和平等的要求,但一直并没有以某种"主义"自称。当下流行的"女性文学"概念,其实源自于西方女权主义文学,只是在翻译时有的译为"女权主义",有的译为"女性主义",而对于中国来说,学界一般认为并没有真正意义上的西方那样激烈的女权主义运动和女权主义文学,"在中国语言环境中,'女性主义'是一个比'女权主义'更令人接受的词,避免了中国文化对于'权'的敏感和拒绝,而进入后结构主义的性别理论也意味着战斗硝烟已然过去了。于是,西方女性主义在中国的旅行进一步获得了通衢……"由此沿用开来。所以,"女性文学"的概念在严格意义上主要指以反父权改变男女不平等为宗旨、具有鲜明女性意识、表现女性真实自我的女权主义文学,而现在一般多泛指女性作家创作的文学作品,即从女性视角观察社会、书写女性审美经验、具有女性意识和女性特征的文学。

民国"四大才女"之一、第一代山西女作家石评梅

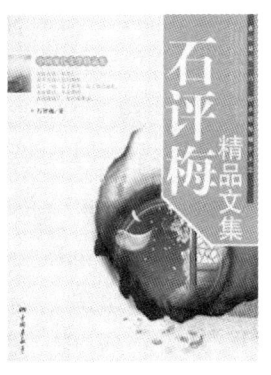

石评梅作品集

回溯山西女性文学的历史脉络,我们首先得从石评梅说起。因为从山西文学史上看,女性写作,在现代之前似乎没什么记载,现在能看到的较早的女性写作也就是20世纪五四时期了,同那时整个中国妇女解放的运动和新思潮相伴随,代表人物便是著名的石评梅女士。

石评梅是学界公认的现代著名的女作家,山西平定人,其一生是短暂的,从1902年至1928年,仅26年光阴,但蕴含着她情感和思想的文字却使她永存,让人们从不同的角度看到不同的意义。放在山西文学的框架内,无疑,她的文学创作是那个时代的女性先声,也是山西文学在中国现代进程中的一种现代性表征。何以这样说呢?理由在于:一是她作为20世纪初山西走出的新女性处于北京五四新思潮的潮头,在北京女高师结识了冯沅君、苏雪林、庐隐、陆晶清等新女性,其时正值新文化运动如火如荼,她们常常一起开会、演讲、畅饮、赋诗,所谓"狂笑,高歌,长啸低泣,酒杯伴着诗集",发出时代之音;二是她参与编辑了《妇女周刊》《蔷薇周刊》并在《语丝》《晨报副刊》《文学旬刊》《文学》等现代报刊上刊文,成为新思想的传播者;三是其作品显示出鲜明的女性意识和女性立场,表达了新女性对爱情、真理、自由和光明的渴望与追求,"要使写作成为照亮人们的火把"。

综观石评梅的创作,涉猎广泛,包括了诗歌、散文、游记、小说、戏剧剧本、评论等,以新诗见长,而一般认为成功尤在散文,在她去世后,其作品由友人编辑成《涛语》《偶然草》两个集子。石评梅所写,多为爱情、友情、苦闷的思想主题,最打动人的当然是歌吟爱情的篇什了,特别是她与中国共产党早期活动家高君宇生死爱情的缠绵悲伤,例如代表作《墓畔哀歌》:"我爱,我原想追回那美丽的皎容,祭献在你碧草如茵的墓旁,谁知道青春的残蕾已和你一同殉葬。……这一杯苦酒细细斟,邀残月与孤星和泪共饮,不管黄昏,不论夜深,醉卧在你墓碑傍,任霜露侵凌吧!"而最彰显女性狂飙精神的,则是那些追求民主自由、个性解放的檄文和蕴含着大爱、真理、光明的呼号,如《妇女周刊》发刊词》《致全国姐妹们的第二封信》《同是上帝的儿女》,她呼吁:"相信我们的'力'可以粉碎桎梏,相信我们的'热'可以焚毁网罟!""男女两性共支的社会之轴,是理想的完美的组织;妇女运动,与其说是为女子造幸

北京陶然亭公园,石评梅与高君宇合葬墓前塑像

福,何如说是为人类求圆满。"此外,她的小说则主要是对女性生存命运的观照和悲悯,如《弃妇》是现代女性小说中最早的一篇正视妇女命运的作品——描写了被抛弃的包办婚姻的妻子的命运,《红鬃马》《匹马嘶风录》都塑造了从柔弱女子到坚忍顽强的新女性形象。总之,石评梅的创作带有当时女性文学普遍的热烈又悲惋的特点,而其个体之感伤傲洁、清冷冥思的色彩尤为突出,从她的作品中,我们可以看到现代早期妇女的经验世界,其纤细敏锐的心弦与清妙绚丽的文采,都显示出不同于男性的女性特质,是为早期山西女性文学的标志。

如果说在20世纪20年代中国妇女走出闺房或锅台介入社会和写作的并不多,山西范围就更是少之甚少。山西女性文学的新一波出现,是伴随着民族民主革命和社会主义思想启蒙而来的,从40年代解放区宣传实践的妇女解放到1949年共和国成立后妇女"半边天"的定位,女性写作大大增多,她们上学毕业后入职文化领域做杂志编辑,这就有了王樟生、段杏绵、郁波、李霞裳、彦颖等女性文学的创作者。据60年代初大学毕业后分配到省文联(作协)工作的侯桂柱《火花十二载》回忆:当时编辑部的中层骨干却是一帮女性,"编辑部主任为段杏绵,副主任郁波。小说组组长李霞裳……诗歌组组长彦颖……理论组组长王樟生,四川大学中文系毕业,经常以青稞的笔名发表诗作。"这表明在60年代前后,山西已有了一批活跃的女性作

家。应该说,她们的创作是山西文学进一步的现代性表征。近年有研究者将山西女性作家作代际划分,把这一代作家看作第一代。其实如果从整个山西现代女性文学发轫处算起,虽然人数少,也应该石评梅为第一代,这代作家应该是第二代了,其创作时间跨度主要自 50 年代至 70 年代,现大多已去世或歇笔,只有 80 多岁的王樟生仍笔耕不辍。

可以发现,这茬女作家数量也并不多,特别是她们的创作在文学性、女性色彩上都很黯然,既不同于之前的石评梅也不同于之后的蒋韵们。她们所经历的是新中国成立初期到 70 年代末那样一个"政治"时代,虽然女性地位空前提高,但由于大一统的国家政治意识形态,女性解放被视为无产阶级革命的一部分,女性视角与表达基本上湮没在男性意识或革命建设的主题之中,其作品也表现出"男女都一样"的"雄性化"和"无性化"的教化倾向。例如被赞为写作"飞毛手"颇有影响的王樟生,除了写过充满时代豪情的《给一群四川姑娘》《青春颂》等诗歌,主要作品即是 1959 年与李霞裳一起采访写就的《同蒲风光》等;段杏绵作为 1944 年投身革命工作的文化人,

1988 年 11 月,山西作协第三次代表大会上的女作家们。左起:王樟生、刘亚瑜、郁波、高芸香、黎阳、蒋韵、段杏绵、雪珂、彦颖、于秀芳、张改荣、郝东黎

第十三章　风生水起的女性文学

主要写的都是革命作品，如中短篇小说《地下小学》《临时工作》、长篇纪实文学《刘胡兰的故事》《一个自强不息的女性》等；郁波《青春的光辉》《钢花红满天》、李霞裳的《三八妇女节有感》《寒夜星火》、彦颖的《贵儿媳妇》《乡村小景》等，均充满革命年代的战斗气息。其中除了王樟生在改革开放后被选为山西省女作家联谊会第一任会长，作为女性的个人空间写出追怀自我一生的散文集《相逢在台湾》和纪实小说《流亡童年》，总体上看，这代女作家的共同特点是那个时代集体意识形态的反映，她们创作的自主性、女性意识被同化于追求政治性、革命性、教育性的社会洪流中。

但即使如此，尚有女性文学的存在，其后却是万马齐喑的"文革"10年，是从1966年到1976年的天下荒芜。山西女性文学的再度复兴是进入改革开放之后的历史新时期，首先是80年代伊始即登上文坛的蒋韵，她以《我的两个女儿》这样典型的女性写女性的小说宣告了女性文学的新生，接着是雪珂探索女性生存经验的《女人的力量》，很快她们俩与成一、郑义、柯云路、李锐等男性作家构成了"晋军崛起"，成为新时期最早一批体现文学新元素的时代先声；随即有程琪、高芸香等女作家出现，她们的《拉骆驼的女人》《吴成荫买分》都产生一定反响并获奖。然而，山西女性文学作为一个整体现象受到关注，应该说是90年代尤其是新世纪十几年以来的事情，这就是紧步蒋韵们而来的一茬又一茬女性作家的涌现。这个时期已经又走过了30年，有意思的是，相应地，大约每一个10年总是雨后春笋般地冒出一茬女作家，若按代际顺序而下，当属第三代、第四代、第五代了。不像第二代与第三代特殊历史条件下的文学断层，致使前者创作实绩平淡、后者影响力尚弱，这几代作家衔接得很紧，且形成一种交叉的整体态势。如以葛水平为代表的一批"晋军新锐"女作家喷涌而出——包括写作时间较长的第四代张雅茜、高菊蕊、徐小兰等和近年声名鹊起的第五代小岸、孙频、曹向荣、陈亚珍、李燕蓉以及李心丽、陈春澜、陈年等人。葛水平与蒋韵在中国当下文坛一同列入排行榜、一同获鲁迅文学奖，而小岸、孙频、李燕蓉等也频频以其掷地有声的作品获得转载和好评，这就使得山西女性文学呈现出前所未有的鼎盛局面。由此，构成了空前交叉汇聚的女性作家群落，也即如《山西晚报》采访其领军人物蒋韵后的醒目报道："山西女作家这个群。"

山西文坛"风景线"

山西省女作家协会成立大会

前些年就已经有人意识到:山西女性文学形成靓丽风景的突出标志不是哪一个女作家的事,而是在静静的等待和寻求中确立了赖以生存的山西女性文学必备的女性自觉意识、女性立场,诗意而浪漫的人文传统,性别与身份的确切指认,超越人生困境和自我困境……不同阶段的经历,将使山西女性文学蓄时待势,在不同质的转换与变形中,形成自己独特的个性和艺术风格。(王巧凤:《山西女性文学的湮没与浮出》)这些可以说今天已经变成了现实,并展露出群体的骄人实绩。据统计,2011—2013年全国转载山西女作家的小说占到全部山西作家的一半以上,仅2011年转载15篇中就有10篇出自女作家之手。这个群已完全不同于一个世纪前孑然一身的石评梅,石评梅只是到了北京新文化运动的中心地,才找到她的同仁庐隐、陆晶清等,而百年后的山西女作家,在三晋大地本土就有自己无数的姐妹在创作、交流,开展各种各样的文学活动。一个世纪的历史,一方地域的现代性演进,从石评梅到"山西女作家群",这不啻是一个世纪神话!

且看近年这个"群"的一些活动大事记:

2008年,山西女作家协会成立,据统计,会员达600余人。

2008年,山西女作家协会以"山西写字的女人"为名在互联网上开通公共博客。

2009年,山西女作家在潞安王庄煤矿采风。

2009—2010年,开办了"女性文化沙龙"讲座。

2011年,举办了新春联谊会暨征文颁奖会。

2011年，在女性青年作家与女性青年批评家间展开了一次别开生面的对话。

2012年，编辑出版了《黄土地与芬芳——山西女作家作品选》小说卷/散文卷。

2013年，编辑出版了"三晋女书"系列丛书。

"女性叙事热"与中短篇小说的"井喷"

从全国范围看，女性小说叙事在现当代中国文学中一直不算太弱，从20世纪前期的丁玲、萧红、张爱玲、杨沫到80年代以来活跃的宗璞、谌容、张洁、王安忆、铁凝、方方、池莉、迟子建、毕淑敏等，可以说波澜起伏。但就山西文学圈来看却不然。早期石评梅的小说很难够得上"小说"，50年代的女性叙事文学性匮乏，80年代唯蒋韵产生较大影响力，但近年来，随着社会转型、生活洪流的激发，又有"政治淡出、文化凸显"的语境氛围，女性的话语自觉和表达欲望空前活跃，在多年几代创作力量的积累和蓄势勃发下，不仅原有的像蒋韵、张雅茜这样的小说家写小说，不少写诗写散文的亦转做小说，如葛水平、徐小兰等，又有小岸、孙频、李燕蓉、曹向荣、李心丽等一批新生力量的迅速成长和叠加，八面来风，由此形成一股"女性小说叙事热"，于是而有女性小说作家群和女性中短篇小说的繁盛。这已为人们所普遍公认，如有不少学者、批评家接连指出：

> 一批女性小说家的异军崛起，确实构成了新世纪山西文坛的一道亮丽景观。……虽然难言女性小说家的创作已经足以与男性小说家分庭抗礼，但她们的小说创作业已成为山西小说界一个非常重要的组成部分。
> (王春林：《黄土地与芬芳·小说卷》序)

新世纪之前，山西女作家的小说创作在山西的小说创作格局中，处于边缘位置。但近些年来，山西女作家的中短篇小说创作在山西的小说创作格局中，所占份额、比重日益增大，其所提供的新的文学观念、文学元素、特点等，尤应引起重视。……山西女作家的中短篇小说创作，

山西文坛"风景线"

蒋韵

以其实绩,迫人不得不刮目相看。(傅书华《笔走龙蛇 各呈异彩——2012山西中短篇小说创作年度报告》)

无疑,说"女性小说家的异军崛起"也好,说"迫人不得不刮目相看"也好,都说明女性小说在山西文学史上的突破,不仅在"群体"的凸显,尤在作品连续不断引起的反响及其所提供的"新质"。如果说以往山西文学的上空弥漫着浓厚的"山药蛋派"气息,即使到"晋军""晋军后"都未能动摇主写乡村社会现实的现实主义文学传统,那么,女性文学的勃兴无疑打破了这一局面,她们对男女两性关系和爱情、婚姻、女性命运的关注,她们的水灵、细腻、偏于内倾型的心理体验和好幻想、温情悲悯的抒情气质,已全然不同于以往的传统形态,变成"个体的、妇人生活固有产物的措辞用语"。

在这里,首先要说到的当然是古典优雅的蒋韵和乡俗风情的葛水平了。众所周知,蒋韵在80年代已成名,而葛水平是新世纪才走红,二人的生长环境、出道早晚、作品所写都大不同。蒋韵从小在省会长大,太原师专毕业并曾留校任教;而葛水平却是所谓"走过时间,走不出山神凹",太行山土地和民间戏文养育了她,让人一看到她的穿着打扮就想起赵树理小说中描写的人物"三仙姑"的绣花鞋。但作为同是五六十年代生人,岁月沧桑和女性情愫使她们多取怀旧视角的长焦叙事,作品开阔醇厚、感伤浪漫,近年两人几乎是联袂上演,作品连连被转载,并分别以《心爱的树》与《喊山》同时摘得第四届鲁迅文学奖。她们中短篇小说的成就之突出,可谓"山西女性文学的双子星座"。

蒋韵的中短篇小说集相当丰赡,90年代已

蒋韵小说集《心爱的树》

葛水平　　　　　　　　　　　　　葛水平长篇小说《裸地》

有《我的两个女儿》《失传的游戏》《现场逃逸》，2000年后连续出了《完美的旅行》《北方丽人》《上世纪的爱情》《绿灯笼》《妹妹上花楼》等，其中多篇被全国选刊、年选转载或进入"中国短篇小说排行榜""小说月报优秀作品奖"，另外还曾获得鲁迅文学奖、赵树理文学奖等文学大奖。其创作时间之长和数量之丰，不仅是山西女性文学翘楚，在中国女性文学中亦是位列前茅的。而这也使她的小说呈现出一种丰富斑驳的态势。一般认为其创作可划分为两个阶段，就像李锐说的："1989年以前还是跟着新时期文学一点一点往前走……1989年后，她找到了自己的主调。"（李锐《漂流的故事》）20世纪90年代前，主要是实写刚刚过去的"文革"时代的伤痛经历和混乱无序下的生活状态，即"为她那一茬人塑像"，代表作如《我的两个女儿》《无标题音乐》《长长的日子》等。90年代后其创作有一个大的转型，这就是拓展到一种历史情境中的生命形态和对人的精神的探索，由实在而趋于空灵，所谓"用隔世的眼光"使"此生此世"产生"令人无法捉摸的内在丰厚"。譬如从90年代的《盆地》《冥灯》《落日情节》到新世纪以来《上世纪的爱情》《完美的旅行》《北方丽人》等，人们试图从不同的方面做出解读，包括死亡主题、童话与古典主题、漂流的故事说、女性主题、现代性主题、人性叩问与身份认同说等等，其实总归之，就如她自己说的："一个旧的古典感伤主义者""外乡人""漂泊者"，其小说最大特点是具有浓郁的苍凉感和女性关怀，所以，她写"失去、生命悲情、苦难"，写空冥的意象和美丽的哀伤，写人的坚韧的精神追求和珍贵的至情、至爱、至善,这成为她小说的一个总色调。例如代表作《心爱的树》就写了民国时期到60年代发生在梅巧与"大先生"之间的感伤而美丽的故事。女主人公梅巧的纯真无邪、不甘平庸和远走他乡、凄苦经历,男主人公"大先生"的大义凛然、重情重义和以德报怨的君子情怀,都令人十分感动。这里倒是有必要提到"蒋韵现象"的问题,很多人都谈到文坛对蒋韵关注研究不够或遇冷的问题:"在浮躁喧嚣、热点迭出的当代文坛,蒋韵小说的存在如同她作品一贯的意境一般,散发出几许的凄凉和万般的无奈。"(郭海玉、史玉丰:《蒋韵小说近三十年研究综述》)还有对蒋韵的批评,王安忆《知识的批评》一文中认为蒋韵作品中泛滥着现代技法结构,且在解构小说下掩盖了故事简单、抽象、思想和想象力匮乏的事实。那么,究竟该怎样看待蒋韵的风格和艺术呢?其实是萝卜青菜各有喜爱,无论如何,蒋韵写出的是一种独特的、原创的、富有诗意张力的小说,她的意义就在于不为文坛时流所左右写出属于自己的东西,在于小说特有的精神质地、诗性结构、瑰丽深情的语言和悲悯情怀,理解了它们才知其魅力所在。

葛水平的出现不仅是山西文坛也是中国女性创作的一个奇迹,因其2004年小说发表转载的轰动效应,有人干脆把2004年中国的中篇小说创作叫作"葛水平年"。她的处女作《甩鞭》一发表就被全国性权威刊物《小说月报》选载,同时《地气》又与蒋韵的作品同登"中国中篇小说排行榜",紧接着又发表了荡气回肠的《天殇》《狗狗狗》《黑雪球》等,之后《喊山》又获赵树理文学奖和代表中国当代文学最高水平的第四届鲁迅文学奖,简直是闯入文学界的一匹黑马。目前已出版中短篇小说集《喊山》《守望》《官煤》《陷入大漠的月亮》等,其小说往往掷地有声,以至有评论家称赞其"创作出一种熔现实主义与现代派为一炉的作品",让人"看到了多种艺术表现方式所共造的瑰丽"。(段崇轩:《求索之旅——读葛水平的中篇小说〈甩鞭〉〈地气〉》)。作为当代文学大师赵树理的同乡、沁水山神凹村长大的葛水平,同样有着蒋韵悲天悯人的情怀,但她眼中的画面是傍晚的炊烟与夕阳、等候归来的亲人、路上的咩咩叫着的羊群,还有乡村平淡生活里滋生出的许许多多的死去活来的故事,这一切便成为葛水平小说创作的主题和色调。因而,她的小说世界凸显出一种太行山风格,从民间乡里汲取了大量历史传说、人物故事,用生花妙笔将晋东南太行山脉、沁河流域的人文地理形诸笔端，我们往往会在其小说中读到这样的句子："太行山走到这里开始瘦了，瘦得只剩下一道细细的梁，瘦得肋骨一条条挂出来，挂了几户人家。""太行山绵延千里的山脉，河流密布，山岭纵横，一沟一壑间就有了人家。"就这样，一方地域硬是让作者写活了。其小说给人印象最深的，还数一鸣惊人的《甩鞭》和《地气》，二者一写20世纪40年代命运多舛的女子王引兰的故事，一写当今山村在城市化进程中萎缩、消亡和坚守的故事，但"甩鞭"那敲天动地地告诉春天来临的方式和"地气"那隐秘诱人的气息，都透射出山村的一种恒久的厚实、坚韧。后来的代表作《喊山》也是如此，它写传说中一个女哑巴被拐卖到山村受尽压抑的故事，最终在善良正义的人们的帮助下哑巴获得新生开口说话，其坚忍顽强的生命精神像"喊山"一样震撼回响在山间上空。葛水平的小说就是这样，透过一个个山野村夫村妇的故事，我们看到的是"在民间生活的丰厚质地上展现人心中艰巨的大义和宽阔的悲悯"（鲁迅文学奖评委会评语），而这也正是葛水平具有的一种启示意义："葛水平行走在北方。北方对于葛水平不止是一种地域，更是一种气质和格调。北方的大地磅礴而血性。她生于斯，长于斯……沉着静默的外表下涌动着激越的弦歌，平易质朴的乡土化叙述中闪烁锤炼和诗意的锋芒。这是葛水平的力量所在，也是这一代作家带给我们文坛的希望所在。"（陈世旭：《行走在北方》）

蒋韵、葛水平之外，女性中短篇小说领域最值得注意的是她们之后的一茬年轻女作家，不同于前辈的写怀旧、写曾经的故事或传说，不同于其带有传统情结与新启蒙混合的"沉静"和"复合"、"温情"与"高尚"、"激情"和对"爱"与"善"的执着，她们往往表现出离经叛道的"断裂"或者"转折"的历史样态，她们没有那么多"过去时"，只有"现在时"的敏锐观察或刻骨经历，她们的小说主要是写当下生活和人性心理的解剖，叙事格调趋于深沉、锋利、反讽甚至冷漠、零度叙事，已完全是另一种形态。这群女作家可谓少壮派实力作家，主要由"70后""80后"两茬人构成，被统称为"晋军新锐"，她们近年的创作势头正猛，作品转载率很高，是山西女性中短篇小说的主力。但读其小说会发现，她们在生活感受、人物故事、审美情感上各有个性风格，大体上可作两类观之。

山西文坛"风景线"

小　岸

一类是以小岸、曹向荣、李心丽、陈春澜等"70后"作家的小说为代表，基本上都是21世纪之初开始的小说创作，主要体现为温情与理性之中对现实的观照，在暴露假恶丑中发现真善美。

小岸近年以《水仙花开》《温城之恋》等一系列以女性为描写对象的中篇小说而名世。2007年，小岸的《你是你，我是我》因获赵树理文学奖受到瞩目，2014年《车祸》再获赵奖。可能人们不知道，她的文学创作与前辈石评梅还有一种缘分，原来，她是石评梅故乡"阳泉市评梅女子文学社"的成员，当然与石评梅所处的时代和审美体验已然不同，其沉静的个性没有石评梅的那种愤懑、哀怨、怒号，而更多温情脉脉的情调和女性关怀。小岸的创作主要是写现实社会题材，多取材于当下生活的触发，就像她在《外面的世界闯进来》"创作谈"中说的："每天，从城市的四面八方，从空气的涌动流转中，从街头巷尾的口口相传中，一些特殊的人和事便会不请自到。"因此，其小说最突出的一个特点就是写小人物、普通人，敏锐地关注现实世界中发生的事件和人的命运，并往往透过生活表象进行着人性心理的探索和解剖。《水仙花开》写一个善良女性水仙的命运曲折、心如枯木的生存状态和回忆中那曾经充满梦想的像"水仙花开"的生命跃动；《温城之恋》顺着男主人公迟岩的心理愿望将其置于现实与历史的穿越之中，写他与一个优雅女子"蓝心"温城相恋的故事；《你是你，我是我》写了一对成年男女交往的片段中的情感困惑与操守；新获赵树理中篇小说奖的《车祸》写女主人公

小岸作品在多家刊物转载

袁小月在现实与超现实之间的精神游历。读小岸的小说会发现有种智慧的烛照，那就是站在女性与神性互为一体的立场上，给残缺的现实及世俗的生存法则以温情、理解，并在价值形态上而非现实形态上以超越，其小说非常擅长人物塑造和心理开掘，往往以一两个人物为焦点构筑故事，以独特的情节结构和叙事魅力展开时空穿越，营造出一种富有悬念和张力的小说世界，尤其"花"的意象凸显出小岸的女性感觉与书写之美。

曹向荣

与小岸女性温情相仿的还有曹向荣、李心丽、陈春澜等，但她们的写作相对传统，故事线性、叙事舒缓。曹向荣叙事的意义在于乡村精神书写，在这样一个都市化、金钱化、道德下沉的时代，乡村世界意味着什么？还有没有美好的人性、人情？身处农业文明之源河东大地的曹向荣，质朴的个性带来质朴的小说，曾获得赵树理文学奖的《憨憨的棉田》写一个不为城市和金钱所诱惑的地道农民憨憨的故事，写了农人对土地、农作的热爱，从《泥哨》到近期的《结婚照》也都写出了现代社会所久违了的简单而又淳朴、清新而又健康的人性情感，令人读后倍感亲善美好。同曹向荣一样质朴、来自吕梁山离石区的李心丽近年小说创作甚勤，曾获2009年《黄河》优秀小说奖的代表作《片上》及近期的《流年》《女人聚会》等，都描写了小人物的日常生活和美好追求。较之曹向荣、李心丽小说的乡土乡里风味，陈春澜的小说带给我们的主要是城市底层况味，2009年《不速之客》获赵树理文学

近年崛起的山西青年女作家孙频、李国莉、小岸、曹向荣

孙频小说集《隐形的女人》

奖,近年多篇小说入选《小说选刊》《北京文学中篇小说月报》等,她以温和曲折的叙事写照着一群城市小人物的世界,诸如《暗潮》中路佳湄因阴差阳错的情感所经历的婚恋纠葛和心灵挣扎,《月光牡丹》里盼子成功的独身母亲含辛茹苦的悲凉命运,小说中人物的愿望不无卑微、庸俗,但作者将女性视角和温情、博爱的情怀,直接引入到了现实的平民的世俗生活之中,因之给读者以深深的感动。

另一类以孙频、李燕蓉等为代表,主要写进入都市的青年人之当下生活境遇、焦虑而迷茫的精神困境和难以把握的命运,她们的小说女性意识、现代意识愈加突出,更少传统羁绊,表现出了思想和形式层面上的探索实验意味,"相较小岸、曹向荣、陈春澜们,孙频、李燕蓉们更善于用尖利的锋刃,划破社会现实、人生的表层,面对鲜血淋漓的真相,显示女性的温情与博爱的情怀"。

孙频2008年才开始写小说,但可谓"小荷才露尖尖角,早有蜻蜓立上头",其近几年来创作甚丰,在各大文学期刊发表中短篇小说100余万字,代表作有《同屋记》《醉长安》《隐形的女人》《祛魅》《合欢》《鱼吻》《耳钉的咒》等,其小说以"她世纪"下的新一代女性叙事而为文坛所称道。当初有所谓"新新人类"之说,即是说"80后"不同于之前任何一代人的特立独行。的确,就孙频的小说来看,表现出更为强烈自觉的女性意识和对这个时代特有的女性命运的观照、现实的无情展露和尖刻解剖,她将笔触深入到对人的欲望、情感、精神等进行深层挖掘,其穿透力、深刻性都是山西女性小说中空前的。2012年,她发表的11部中短篇小说中就有

孙 频

6篇为全国各种选刊或小说年选所选载；2013年发表了11部又有7篇被选载，是近年山西中短篇小说转载率最高的。不仅荣获《上海文学》短篇小说"新人奖"、2010—2012年度赵树理文学奖，还与铁凝、方方、莫言等文坛名宿同获《小说月报》第十五届百花奖，为"80后"作家中少有。她的小说主要写当今闯荡社会的30岁上下的青年，尤其从偏僻小城或乡下进入城市的女性所面临的现实困境，因此具有"底层"写作的魅力，同时渗透着对当下社会虚无荒诞和种种生存悖论的探索，对命运与环境、女人与男人、灵与肉关系的重新思考。例如《祛魅》中写大学毕业后的李林燕分配回吕梁方山中学后的人生经历，她本可以通过一位旅美作家完成精神突围，但结果仅仅是一个精神梦幻，就在此时，她明白了一个"祛魅"的道理："再见到任何一个男人的时候，她几乎是不由自主地，下意识地，先要把他祛魅。先把他身上一切虚假的磁场……再说其他。"综观孙频的小说，可以说表现了最清醒、最决绝的女性主义精

李燕蓉

李燕蓉小说集《那与那之间》

神，她不再像其他女作家那样的温情处理，干脆"将人生有价值的东西撕毁给人看"，所以其小说结局大都是悲剧性的。而这里想特别提到的是孙频的小说风格，她小说中的主角多为知识女性，作者又是学院出身，故常常充满知识性的趣味和文化人的调侃与反讽，例如写一次笔会后李林燕"第一次"把她神圣的爱情献给旅美作家，两人半夜三更幽会：

> 那一夜，李林燕彻彻底底地融化在了莎士比亚的戏剧中，在逼真的背景下她临时变成了里面的一个女主人公。

又如受到新派教育的李林燕竭力显示自己脱俗不凡的美，但自己的反抗实际上却成为小县城的笑话，这时作者描写道：

去教室上课的时候，穿着杏子衫、喇叭裤，蹬着半高跟鞋，一只胳膊下面端端正正夹着课本，高高挺着胸脯，因为挺得实在太高了点，使她看起来就像拎着两只乳房在走路，很容易让人想起"两只黄鹂鸣翠柳"之类的诗句。

这样生动独到、幽默风趣的笔墨在孙频小说中可以说比比皆是，无疑极大地提升了其小说的文化品格与艺术品位，是孙频小说受欢迎的重要原因之一。

与孙频小说有异曲同工之处的是李燕蓉，出生于1975年的她虽属"70后"，但也多以"她世纪"的叙事特征引起反响，已出版小说集《那与那之间》。在文学界，李燕蓉以执着于现代小说的"先锋"作家而著称，表现了现代社会挤压下各种人物精神情感的异变，借鉴了许多现代表现形式。曾获赵树理文学奖的《飘红》写全民炒股大潮中一个简易股票交易所的兴衰历程，充满现代社会迷走神经的荒诞感；《那与那之间》写了一个更具荒诞色彩的骗局故事；近期的《对面镜子里的床》《开始熟睡》《春暖花开》都以细腻摇曳的笔触伸向女性现实婚恋的生存困境和复杂微妙的情感世界。可以说，孙频、李燕蓉的小说代表了女性作家的新锐表达，人物已全无理想色彩，笔法也以人物交集纠葛的叙事为主，语言淡定尖刻，充满心理剖露。当然，山西女作家毕竟有别于南方都市女性文学，天然地呈现出质朴厚重的地域文化色彩，因而她们的小说才以新的现实原质、思想因素与深厚意蕴的现代艺术魅力引起独到反响。

另外应提到的是山西女性小说反映生活的广阔性，譬如近年引起较大反响的文学新人陈年，主要写煤矿生活，是山西鲜有的写工业题材的女作家，让人想起山西老作家焦祖尧写过的那些煤矿矿工生活题材的长中短篇小说。令人欣慰的是，在中短篇小说园地，像陈年这样的小说新人可以说如雨后春笋般不断地出现、成长着，诸如蒋殊、李心丽、镕畅、笛安、李国莉等等，嫣然一片盎然生机。

"风景这边独秀"的长篇小说

女性文学的勃兴，不仅在于中短篇小说的灿烂，还有一批长篇小说给人带来的惊喜。相比于 90 年代只有蒋韵写过长篇，2000 年之后，女性长篇小说也出现了群体井喷，主要有蒋韵的《我的内陆》《隐秘盛开》《行走的年代》《人间》(与李锐合著)、张雅茜的《走出红尘》《依然风流》《此生只为你》、陈亚珍的《神灯》《十七条皱纹》《羊哭了，猪笑了，蚂蚁病了》、葛水平的《裸地》、张素兰的《白村的河》等等，其中多部作品获得各类桂冠奖项。这些作家在多年的中短篇创作经验积淀中，再也按捺不住内心的梦想和冲动，转向大叙事或者说长叙事的探索，她们同男作家一样想要表现更广阔的生活和思考，想要"清算"记忆、"结账"历史，做出成就建立丰碑，但有别于男性作家的是女性视角下的人的命运变迁、生命悲情、细腻的心理描写、诗性的幻想与虚构、女性语言方式的意向象征以及种种奇幻的、荒诞的、反讽的色彩……总之是，读她们的小说会让人有写法不拘、笔墨灵秀、散文化与诗化的艺术通感。

首先是蒋韵的长篇掘进。从 20 世纪 90 年代至今，她已出版长篇小说 9 部，《隐秘盛开》获赵树理文学奖、第四届华语文学传媒盛典"年度小说家提名"，在长篇小说的数量、质量上堪称山西女性作家之最。1996 年的《栎树的囚徒》是其最早产生影响的一部代表作，小说通过天菊、苏柳、贺莲东三个人物的复调叙述，讲述了从现代军阀混战到"文化大革命"时空背景下范氏家族的兴衰离散，其对几个女性形象的塑造和对历史、精神意志的拷问，都达到了思想艺术的高点，一时引起广泛关注。著名作家李锐、成一将其归结为是中国文化破碎、解体过程中"一个漂流的故事"，写出了"宏大的历史进程中的生命感受""悲剧中的悲剧"，正是由这部作品的影响力，"漂流的故事"和"夕阳""落日"的意象，成为蒋韵式创作风格的一种典型标志，也因之感动了多少读者。但蒋韵并没有驻足于此，在 2011 年《文学报》记者的采访中，蒋韵回顾说："我在多年前，也曾经非常迷恋现代文学'新'的形式和'新'的表达，至今，也还有人更喜欢我的那一类作品……我小说的变化是在 2003 年，那就是试着在更为隐秘的地方和深处小心翼翼埋下'我'的印记……"(张滢莹：《蒋韵：生活在别处》)读她的长篇我们似乎能够感受到这种变化：如果说 90 年代的《红殇》和《栎树的囚徒》主要是伴随着中国流行的家族传奇叙事，而新世纪以来，《我的内陆》《隐秘盛开》

山西文坛"风景线"

张雅茜

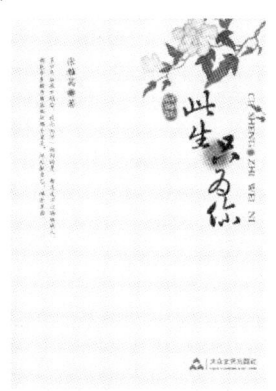

张雅茜长篇小说《此生只为你》

则打破了这一经典模式,由家族叙事的华丽表达转向了个人经验叙事的素朴表达。《我的内陆》的意义在于它是一部有关人与某一特定地域关系的小说,它以"我"的视角让读者走进中原的一座"内陆"历史名城,就像茅盾当年说萧红的《呼兰河传》堪为"一篇叙事诗、一幅多彩的风土画、一串凄婉的歌谣";而《隐秘盛开》看起来故事并不复杂,主要就写了潘红霞"古典式"的爱情故事并衬托以拓女子、米小米的故事,但在由上述三人构成的故事背景中涉及各种社会关系、生活场域、心理、情境、意象等等,从而构成了整个小说的深层意蕴与复调效果——对一个时代的纯真信仰和理想精神的凭吊、对古典与现代价值冲突的思考和对主体精神信仰的重构。就像有评论指出的,蒋韵的小说在女性精神主体信念的探索方面具有独到的意义——"我用我的小说向80年代致敬",此即蒋韵的特殊意义。所以,蒋韵的长篇小说像她的中短篇一样充满悲情色彩与精神高格,但如果说她的中短篇小说更偏重于写意、用意念来结构小说,使作品空白点增多以至不无晦涩难懂,其长篇创作则呈现出一种酣畅淋漓的叙事,给读者以更完整的故事情节和审美气场。

与蒋韵是挚友的张雅茜,在多年的中短篇创作基础上,新世纪之际也开始了向长篇突破,1999年出版了第一部长篇小说《依然风流》(原名"洭津渡")。这部小说主要叙述了地处黄河古渡口一家四代女人百年的历史命运和悲情故事,不仅生活容量大、人物众多、情节复杂,而且涉及漂流回归、家族历史、地域文化、民情风俗,主题意蕴可以说广泛而深刻。这部小说凸显出这个河东作家的长篇构筑能力和个人风格:善于编织跌宕起伏、缜密绵长的人生故事;对女性生存状况、终极命运的关注与探索;女作家那种细腻的、抒情的、娓娓道来的叙事笔调；晋南地域文化象征意象"黄河岸""洢津渡"等的突出呈现。从这部长篇开始，张雅茜似乎找到了自己的创作向度，即通过长篇的宏大表现一种历史性的女性的命运史、精神史，其后的《烛影摇红》《走出红尘》都是如此。正是这样的自觉意识，将作者带向对自我一生的反观和拷问，在2009年推出了带有浓厚自传色彩的长篇新作《此生只为你》。对这部小说评论界给予了极高的评价："张雅茜新著《此生只为你》，的确是2009年山西文坛一部不可多得的重要长篇小说……""它代表着张雅茜几十年创作的一个高度，是我们山西女性写作的一个丰美的硕果，也是山西文坛近年来一部珍贵的、有着独特芬芳的重要的长篇小说。"小说表层主要叙述了20世纪中叶一个小城女性宋梅影充满曲折与坎坷的爱情婚姻故事，但其深度意蕴在于透过上述故事和故事中的所有人物及其心理、伦理、情感、行为对于人的灵魂审视和精神拷问。

这部小说在叙事艺术和结构上都独具匠心，其巧妙性在于以女主人公的"日记"与女友作家身份构成第三人称叙事的外视点与第一人称内视点的双重线索，在一种双声复调的间离效果中达到了艺术意旨的完成。

陈亚珍

李商隐诗云"心有灵犀一点通"，一个有趣的现象是，晋中的陈亚珍同晋南张雅茜的第一部长篇小说都是在临近新世纪的1999年出版的。这样的巧合和集中亮相，使蒋韵不再显得孤单，山西女作家在长篇小说领域亦始有"群"的气象。

陈亚珍的写作比较杂，1982年开始发表作品，纪实文学、中短篇小说、散文、电视剧本均有涉猎，并获多种奖项。但近年来主攻长篇小说创作，因为"让她最感伸缩自由、书写尽兴的还是长篇小说"，已出版《碎片儿》《神灯》《十七条皱纹》《羊哭了，猪笑了，蚂蚁病了》，曾分别获得北方地区优秀图书一等奖、二等奖，《十七条皱纹》获

陈亚珍长篇小说《羊哭了，猪笑了，蚂蚁病了》

第二届赵树理文学奖,新近《羊哭了,猪笑了,蚂蚁病了》进入 2012 年中国长篇小说排行榜,排在第四位。陈亚珍的创作很另类,倒不是文坛一度热闹时尚的"隐私化""身体化"写作什么的,但确有"私人"的性质,只不过是社会化了的"私人性",或者说将个人在社会复杂关系中的经历和情感体验升华为历史与社会问题写了出来,她曾自诩"是野地里不惧贫瘠、茁壮生长的蓬蒿",有评论家也曾指出她"在山西作家长篇小说中的边缘化状态和个人化写作方式",其《碎片儿》写一个受尽社会歧视、最终成为农民企业家的女人将过去一切撕成碎片儿抛撒的故事竟是缘起于"给母亲写信":"我只想给我母亲写封信。因为我有太多的话需要对娘诉说。……更确切一点,就是我与母亲之间的隔膜需要疏通,所以,这封信一写就写长了,写了长达 10 年,受寻根文学的影响,最后竟写成了一部长篇小说《碎片儿》,从此文学也就成了我生命的需要。"(陈亚珍:《文学从爱好开始》)由此开始形成陈亚珍长篇创作的个性特点:抒写身边真实的生活并直指人性、灵魂深处,对社会现实和人间伦理的诘问,对历史和传统的思考。目前最能代表陈亚珍长篇成就、具有魔幻性和悲喜剧色彩的是《羊哭了,猪笑了,蚂蚁病了》,小说以梨花庄为中心,通过亡灵视角,观照像羊、猪、蚂蚁一样弱小者们以及"无告者"们的生存状态、苦难历程、人性扭曲,并从历史的背面进入了历史,反思了半个多世纪以来的中国社会历史及其深重的文化征候。在艺术上,陈亚珍的小说往往呈现出率性、真切甚至是朴拙的笔墨,也有一种匠心独运,譬如书名"神灯""羊哭了,猪笑了,蚂蚁病了"都是反讽意味十足的隐喻意象,尤其在叙事结构上往往形成立体交叉艺术,当然,有时也因为过度自由地穿梭叙事而不免给人情绪化或浮泛感。

葛水平,无论如何,这个名字已成了今日山西女性小说的一个代表性符号。她在中短篇小说上掀起的波澜未落,就又在长篇领域搅动起浪花,2011 年由作家出版社推出的《裸地》又让人们眼前一亮,这部长篇给中国文学提供的是一部完全不同以往的史诗性的乡土小说,2013 年与王保忠《甘家洼风景》一起获得赵树理文学奖长篇小说奖,为山西女性长篇小说的天空再增光彩。

《裸地》讲述的是从 19 世纪的清末民初到 20 世纪"土改"这一动荡的

历史时期山西省暴店镇的移民史和盖氏家族的兴衰史。这部小说的写作就像葛水平的一篇小说名，是接"地气"的。2005年，山西省作家协会组织一批作家到基层挂职，葛水平来到了屯留。屯留是个移民县，三分之一的山东人，三分之一的河南人、三分之一的本地人，这样的人员构成注定这里有很多的故事。葛水平经常下乡去转一转，听当地人讲述那片土地上的故事，从而就有了这部讲"移民"的小说。小说的主干故事是讲一个叫聂广庆的山东人逃荒到山西，半路捡了个老婆"女女"，在河洼谷安了家。有四房姨太太的暴店镇大户、族领盖运昌，由于只有一个傻儿子，时时为缺少健壮的子嗣后代而苦恼，因为女女的美丽，也因为她的良好的生育能力，遂设计使聂广庆签了典妻合约，最终圆了盖家想要个"带锤锤"梦。在表层故事之下，小说表现了中原乡村土地上人们的生存状态和生活哲学，折射出作者对土地、对生命、对善恶、对社会、对历史和民众命运的深沉思考，就像作者自己说的那样："我想写一个男人，写那份误入人间的无奈，他永远都清楚日头翻越不过四季的山冈，他却要用生之力搏那山之高不过脚面的希望。想写一个女子，或几个女子，走过青石铺就的官道上留下的那份弥久的清香，想写一个村庄街口的老槐翻阅秋风的繁华，那粉细的红绿花朵，那一生都行走在路上的寻找，他们都是奔向了光明的地儿么？"《裸地》的意蕴无疑是丰富的，无论女女、聂广庆及盖运昌等人乐观、顽强的生存精神，还是后来盖家家族和暴店镇繁华的衰落，都写出了让人咀嚼不尽的历史内容，使这部小说成为太行山民间社会的史诗性写照。而更值得注意的是它的原生态写照，山西是中国现代民间本色乡土小说的原发地，葛水平的《裸地》让我们想起了赵树理，虽然她汲取了当今许多新的艺术技巧，但透过河洼谷肥沃的土地、山峦土丘、骡马庙会、家族纷争、农人农事和方言土语，我们从中品到那来自太行山民间风情的原汁原味。譬如这样一段描写：

  太行山绵延千里的山脉，河流密布，山岭纵横，一沟一梁间就有了人家。一条潞水环绕，曲里拐弯处依山傍水的村庄有上土沃、下土沃、暴店。上土沃财主原姓、下土沃财主皮姓、暴店的大户盖姓，三家财主有联姻，看不见的气候凝结了巨大的气场。

总之，近年的山西女性长篇创作生气勃勃、颇有看点，可谓"风景这边独秀"。就像英国女性主义代表人物伍尔芙在《妇女与小说》中说的："如果你试图总结当前妇女小说的特征，你就会说：它是大胆的，它是真诚的，它是忠于妇女的感觉的……一本妇女的书，决不会像男人的书那么写法。"事实确是如此，限于篇幅我们这里不能再展开列举更多的女作家，然而，谁又能说她们的作品不以这些"特征"给我们深深的打动和美感呢？诸如张素兰的《白村的河》、李心丽的《师范女生》等，它们共同成就了山西女性长篇小说的丰茂光彩。

不可忽略的女性散文与诗歌

尽管小说已成为当代文学的主角，山西女性文学的勃兴也主要是以小说为标志的，但说山西女性文学，实在不能对散文和诗忽略不计。

散文总的来说是一种尴尬的文字，这尴尬来自它的面目模糊，文学乎？非文学乎？这便形成散文的热闹与散文的边缘化，写作者众多，评论界漠然。而诗因纯文学性导致的边缘化更是众所周知。但在一定意义上我们说，没有散文和诗又何以有文学呢？譬如最初的文学起源，譬如一个作家的浮出，或是文学的丰富性，或最后的文学港湾问题。

我们知道，在山西像韩石山、张石山、李锐这样的"晋军"代表人物，在小说高峰之后，大多作起了散文；李国涛身体不允写小说，回到了千字散文的写作；有的作家写小说大红大紫，同时流连于散文的经营，如王祥夫。走进这方园地，你才真正能体会到"什么是文人"，你会感到散文和诗其实才是一个充满文气性情的世界，小说则溢满了社会学元素。而尤其对女性来说，散文与诗是那么合拍于这个天性絮语、情意绵绵的"她世界"。扫描山西女性作家的创作，大体可以说，没有散文和诗几乎没有她们创作的开启和滋养。一个现象是，她们几乎无一例外的都是从写散文或写诗开始走上文学道路的；另一个现象是，一些女作家转向主攻小说后仍然不辍于散文或诗；再一个现象是，当她们停笔小说后又复归于散文或诗。事实上，山西女性文学的集合地或者说最大场域在这一块，这样庞大的写作群及其成就，无疑是山西女性文学一个不可或缺的部分。

第十三章 风生水起的女性文学

从远的来看，山西女性文学开先河者的石评梅，就是从写诗和散文开始的，如前所述，她的情感世界主要依此寄托，当时即被称为北京著名女诗人，后期写过小说但成就却在散文。其实这也是20世纪二三十年代女性文学的高潮所在，如冰心"爱的哲学"式散文、谢冰莹的《从军日记》和萧红的苦难式散文，都是新文学重要成就。从共和国建立到新时期以至新世纪来看，女性散文与诗作者可以说仍是山西女性文学的集聚地，或者说所有女作家的共同家园，其中有一直驻足在这块园地、默默地以散文或诗语书写着她们的文学梦的，也有以小说闻名穿梭于小说和散文之间的。那么，近年有哪些可圈可点之处呢？

就诗一方面而言，女性诗人与诗作形成了整体亮相。诗是当今最边缘的，写诗的人得耐得住寂寞，真爱诗，把诗当生命活动才能入到诗境中，但山西女性文学中不乏优秀诗人和诗作。据中国作家网，目前当红的山西女诗人近40人；据《2012年山西诗歌年度报告》点评到的有大同的喙林儿、孟昭莹，朔州的温秀丽、宋清芳、刘小雨，吕梁的侯燕、李艳玲、杨秀春、梁小花，晋中的葛平、孟丽红、苏宝银，长治的陈素，晋城的周广学、杨秀清，临汾的何妮、陕红艳、裴彩芳，运城的孙云苓、卢静、赵爱玲、赵好玲、刘锁爱等。其中许多人在《诗刊》《诗探索》《星星诗刊》《诗潮》《诗选刊》等全国报刊发表大量诗作或出版诗集，引起广泛关注，其诗作一方面有较强的女性意识，另一方面立意高远、不落俗套，入选各类中国诗歌年鉴、诗歌年选、"21世纪中国文学大系·诗歌卷"等，并获得诗坛多项诗歌奖。总之，她们的诗涉猎广泛、体验深刻，举凡人生、历史、社会、自然、爱情等领域，无不表现出诗人对生活的爱和感悟，表现出女性特有的纯美与哀婉。

就散文方面而言，比之诗要幸运得多了，它容易上手，也方便抒情叙事，艺术伸缩自由，几乎是所有女性作家的"自留地"。它无须诗的纯雅和含蓄，无须小说的变形和虚构，可以最自由、最真切地书写一切，因此收获颇丰。

蒋韵散文集《悠长的邂逅》

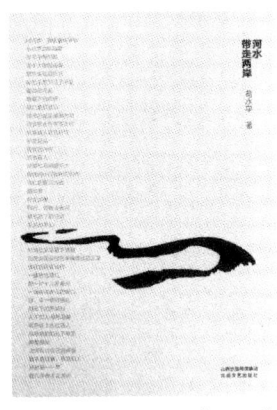

葛水平长篇散文《河水带走两岸》

其一是专写散文或以写散文为主赢得文坛赞誉的。近年不少女作家以散文成名,诸如指尖、卢静、江雪、水伊、若水、王芳、孙喜玲、边云芳等,都以女性对这个世界独特的观照、感受和表现引起关注,入选《中国年度散文诗》《中国散文诗年选》等多种选本。像孙喜玲获得2007—2009年度赵树理散文奖的《静思集》,便以独特的女性视角、婉约流畅的语言写出了富有批判精神的人生社会思考;卢静的散文集《穿越河流的鱼》入围2010—2012年度赵树理文学奖新人奖,为我们带来"灵动的鱼儿""冰雪林中的梅""蝉变""龙门"等凝结着诗意和思想的镜像。而像写作时间较长的徐小兰,虽著小说,但成就似主要还在散文,其散文集甚丰,有《不能不说的疼痛》《女人如月·桃花祭》等,2010年又有影响颇大的长篇文化散文《千年望族》问世,展现了河东大地的悠久历史、人杰地灵和精神风采。

其二是值得注意的一些著名或新锐女小说家的散文。蒋韵有散文随笔集《春天看罗丹》《悠长的邂逅》,散文《我不倾诉》获"四通杯"美文一等奖,《豆蔻年华的微笑》获得"2013年度华文最佳散文奖",为山西女性散文不断奉献自己的上乘佳作。蒋韵的散文擅长在叙事中写出种种生活情状和情趣,无论《我不倾诉》中"我"真切的生命体验和情感内藏,还是在"我母亲的姥姥"和"母亲——我女儿的姥姥"故事中回忆那"豆蔻年华的微笑",其历史、沧桑、人生都与流畅的文笔和叙事的精巧浑然一气,读来生趣。而葛水平的散文集《河水带走两岸》又一次将山西女性散文带入中国文坛视野,引起广泛反响并获得"冰心散文奖"。葛水平原本文学功力就在诗和散文,在小说成名前是以其诗集《美人鱼与海》《女儿如水》和散文集《心灵的行走》为人所熟悉的,其散文特色主要是大视野下对历史和现实的思考和感悟。在小说的繁华酣畅后,其"心灵的行走"似乎还是散文来得真切,在她沿沁河两岸重走家乡的山山水水、村村落落之后,最终写下了集历史、民俗、自然、社会变迁、心灵感悟和文化反思为一体的《河水带走两岸》系列散文,文笔清新自然,意蕴深厚耐嚼,被评论界公认为"一部民间史诗歌谣""写出了大地山河以及隐藏在岁月深处的物事以独一无二的美和魅力"。此外,像小岸的散文集《水和岸》、曹向荣的散文集《消停的月儿》也都是有分量的创作。特别值得注意的还有近来小说"新锐"陈年的散文,其《行走的生活》入选《中国散文年度佳作2013》精选,被视为是将流淌的陈年往事置于新的时代背景下一种历史积淀和智慧考量的写照。而这里更看重的是她独具特色的对矿区底层生活世界的写照,如《卖命人》《鬼节日》《哭祭》《拾炭的女人》等,都将一副残酷真实的震撼带给了你:从学校走到学生住的棚户区是一条拉煤的公路。汽车,拖拉机,三轮车,马车,拉着满当当的煤,一路扬扬洒洒。路是黑色的,草是黑色的,风是黑色的,同样黑的还有孩子们的脸。

山西女作家作品合集《黄土地与芬芳——山西女作家走山西·小说卷》

其三是各类文学作者、文学编辑以至从事不同社会职业的女性,她们的大客串形成雄厚的散文力量,标志性成果是2013年蒋韵主编、北岳文艺出版社出版的《黄土地与芬芳——山西女作家走山西·散文卷》,这可以说是一次群体的集结号——它的特殊意义主要在三点:一是它的副标题——"三晋女书,这是世界上独属于女人的文字";二是它完全打破了女人一己个人抒情的小世界,走向了宽广的社会、历史、文化、民俗,全书分为"古城寺庙篇""山

山西女作家作品合集《黄土地与芬芳——山西女作家走山西·散文卷》

川景物篇""人物民俗篇"三大板块,在眼与物、心与物的交融中构成了天地人间、风物万象的宽阔视野和历史厚度;三是集结了散文家、诗人、小说家以及不同职业的女性作者近60人,共筑起这部包罗万象的散文世界。其实在某种意义上,散文与诗、小说又何尝不是相通的呢?所以才有了这些女性在三者之间的穿梭,才有了她们的这一切叙述和抒发。

香港学者林幸谦曾特别谈到山西现代早期女作家石评梅的"女性叙事特

质及其时代意义"(《濡泪滴血的笔锋——论石评梅的女性病痛身体书写》),如果说"石评梅的文本乃是那个时代中一个女性作家的提问、议题、事件、事实、呐喊等形式的综合体现,为五四现代女性文学留下宝贵的文学遗产",那么,今天的山西女性文学则是世纪之交历史时空下提供的新的女性言说文本,其中一切写照思考,同样为这个时代女性文学留下了宝贵的遗产。当然,山西女性文学也不无缺憾,从中国一流女性作家看,她们的创作观察生活和思考的深广度都值得借鉴,从世界范围看,20世纪后期西方女性文学一个显著特征是性别意识与文化意识的交融,她们的创作主题已拓展到种族、性别、代沟、文化间的冲突,而山西一些女作家则不无视野狭窄、主题陈旧、思想肤浅的问题。这是山西女性文学的一种局限。显然,在后现代两性关系重构和谐的新的社会环境下,山西女性文学乃至中国女性文学在感知女性自觉时,还需要感悟"民族"的自觉,在"女性"的性别视角背后,还应有超越性别的更高境界,这才是女性文学的坚实之路,文学的天空才会更为宽广。

第十四章　五代作家的短篇小说情结

山西短篇山高水长

说起山西文学,不能不说山西的短篇小说。有一份作品获奖统计很能说明问题。新时期伊始,中国作协首创全国优秀短篇小说评奖,90年代之后又接着举办鲁迅文学奖,山西作家作品获奖的有:

成一《顶凌下种》,获1978全国优秀短篇小说奖;

柯云路《三千万》、马烽《结婚现场会》、张石山《镢柄韩宝山》,获1980年全国优秀短篇小说奖;

张平《姐姐》,获1984年全国优秀短篇小说奖;

张石山《甜苣儿》、李锐《合坟》,获1985—1986年全国优秀短篇小说奖;

马烽《葫芦沟今昔》,获1987—1988年全国优秀短篇小说奖;

王祥夫《上边》,获第三届鲁迅文学奖(2001—2003)优秀短篇小说奖。

山西短篇小说获奖的,自然远远不止这些,其他如《小说月报》奖、《中国作家》奖、《上海文学》奖,还有山西自己的赵树理文学奖等,也总是榜上有名。可以肯定地说,在小说、诗歌、散文、报告文学、文学评论等各文学门类中,短篇小说获奖最多,级别也最高,可谓独占鳌头!获奖自然不能代表一切,但

《山西短篇小说选》,山西人民出版社1960年版

《山西短篇小说选》，山西人民出版社1979年版

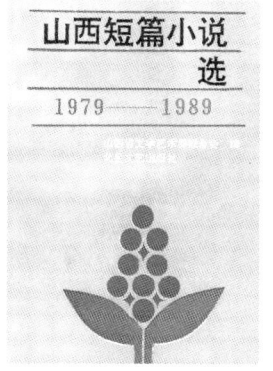

《山西短篇小说选》，北岳文艺出版社1991年版

《山西文艺创作五十年精品选：短篇小说卷》（1949-1999），北岳文艺出版社1999年版

它确实体现了山西短篇小说的艺术高度、重要地位和深广影响。"文革"之前不兴评奖，作品是靠自己的质量风行于世的。山西老一代作家的那些短篇小说精品，轰动社会，脍炙人口，已经作为经典载入文学史册。在60余年的山西文学历史中，短篇小说如一颗颗精美、珍贵的珠玉，贯穿始终，光华灿烂。老中青五代作家对它情有独钟，精心打造，代代相传，创造了山西当代文坛的独特风景。

几千年的山西文学史源远流长，成果辉煌，但最"抢眼"的是远古神话、唐代诗歌、汉代和北宋史传文学、元代杂剧、明末长篇小说等等。短篇小说似乎发育不良，地广苗稀。我们没有《唐代传奇》《三言二拍》《阅微草堂笔记》《聊斋志异》等短篇小说经典。也许在远古神话、史传文学片段中，孕育着短篇小说的萌芽吧？20世纪前30年，是中国现代文学的勃兴时期，短篇小说平地而起，成为新文学的一方"重镇"。而山西文学则处于沉寂、滞后状态，只有石评梅、李健吾、田景福、姚青苗等开始进入短篇小说领域，创作了一批作品。但总体而言，这些作品处于草创阶段，思想艺术上尚不成熟，没有进入全国文学"版图"。同时，这些作家多数不在山西生活和工作，有些作品缺乏地域文化特色，算在山西文学中也有点勉强。

山西短篇小说的"横空出世"，是在20世纪40年代的山西革命根据地，后叫解放区。革命根据地在山西大片土地上的建立，剧烈而深刻地改变着整个山西的政治局势、战争状况、经济发展、文化文艺等各个领域。它同延安革命根据地、解放区连成一片，成为全国革命和战争的中心。共产党把"枪杆子"和"笔杆子"并列，文化文艺成为一条重要战线。各个根据地都成立了文协、文联,创办了报纸、刊物,不仅群众文艺开展得如火如荼,文学创作也推进得有声有色。在戏剧、歌舞、诗歌、散文、报告文学等各种文体类型中,短篇小说有着重要的位置。它体式短小精悍,特别善于宣传党的思想、路线、政策,也格外便于反映当下生活,塑造各种人物。它形式灵活多样,最具有艺术创新潜力,也最容易得到各阶层读者的接受和喜爱。还有一条,对作家来说,便于入门,是走向创作成熟的一条"捷径"。因此,根据地的政治文化体制,对短篇小说给予了高度重视和多方支持。此时,太行区的赵树理,经过 30 年代在通俗化、大众化道路上的苦苦摸索,已经成为一个成熟的小说作家,40 年代之后的《小二黑结婚》《福贵》《催粮差》《传家宝》等短篇小说,开创了现代文学史上大众化创作潮流。太岳区的李古北的《见面》《大柳庄记事》、唐仁均的《阎铁梁》等,以鲜明的山西地域特色,表现了根据地军民的抗战和日常生活。而晋绥区的一批年轻作家,一边参加农村斗争,一边从事文化宣传,以短篇小说为"基石",开始了他们的创作生涯,几年时间就迅速成长起来。马烽的《金宝娘》《村仇》,西戎的《喜事》《谁害的》,束为的《租佃之间》《红契》,孙谦的《胜利之夜》《村东十亩地》,胡正的《民兵夏收》《长烟袋》等等,以广阔的背景、多样的题材、朴素的形式,表现了"新的人物,新的世界",代表了根据地短篇小说的成就和风貌。《晋冀鲁豫革命根据地文艺作品选》《晋绥革命根据地文艺作品选》(山西人民出版社 1982 年版)两书收入 44 篇短篇小说。《解放区短篇小说选》(人民文学出版社 1978 年版)一书收入山西根据地 9 位作家的 10 篇短篇小说,其中绝大部分是山西作家。这些足以表明山西短篇小说在 40 年代中国文学中的突出地位。

山西革命根据地短篇小说是特定历史条件下,革命和战争催生的产物,是毛泽东的《讲话》孕育的果实。在十几年的发展中,它已形成了一种革命文化或者说红色文化传统,直接影响了新中国成立之后的山西当代文学,特别是短篇小说。我们甚至可以说,山西的当代文学是从 40 年代就开始了。作为一种革命文化和文学传统,自有优秀的、积极的方面,但也有它偏激的、负面的因素。而这些,都一古脑地带入了山西的当代文学。

新中国成立后 60 余年的山西短篇小说发展,可谓风雨兼程、一路曲折、

《汾水》1978年第1期短篇小说特辑

几度沉浮。它所以能生生不息、奔涌向前，有几个方面的重要原因。首先是一代一代作家的承传、倡导、实践。从根据地过来的老一代作家，大都是从短篇小说上起步的，有的甚至可称纯粹的短篇小说家。有的虽然创作有长篇小说、中篇小说、报告文学、电影文学，但似乎都不是他们的"主业"，他们最成功的是短篇小说。第二代作家是在第一代作家的直接关怀、扶持下成长起来的，创作状况基本与前代相似。第三代作家是为"晋军"作家，他们在新时期脱颖而出，具有强烈的现代意识和较厚实的文学功底，虽然后来大多数转向了长篇小说、纪实文学、影视文学等文体，但他们的起步同样是短篇小说，且在继承前代传统的基础上进行了大胆的变革、创新，使山西短篇小说出现了一个"柳暗花明"的新局面。第四代作家深受前几代作家的影响，在创作上既有固守也有突围，初期"人多势众"，后来则逐渐星散，但坚持下来的几位，在短篇小说上走向了佳境。新世纪开始，文学大有世俗化的倾向，短篇小说依然不大景气。但山西却奇迹般地呈现出一幅短篇小说的新风景。第五代作家接续传统，默默耕耘，创作了大量短篇小说佳作，形成了一个新锐作家群，在全国文坛引人瞩目。其次是文学体制的大力组织、扶持、促进。譬如省作协主办的"老字号"刊物《山西文学》，它的前身是《汾水》，《汾水》的前身是《火花》，从1956年创刊到现在的50多年中，一

《火花》1957年第7期短篇小说特辑

《山西文学》1984年第9期小说专号

以贯之地把发表短篇小说作为刊物的重要使命。刊物在创刊、改刊启事中一再重申："本刊是文学刊物，以发表短篇小说、报告文学、散文、诗歌为主；同时也发表文学评论、创作经验及其他形式的文学作品。"始终把短篇小说放在首位。而重点推出优秀作品，及时组织文学评论，召开短篇小说创作会议，举办小说评奖等，成为刊物的经常举措和活动。这些都极大地调动了作家的创作积极性，推动了短篇小说的长足发展。

山西五代作家都有一种浓厚的短篇小说"情结"。这种"情结"使他们对短篇小说喜爱有加、不断探索，使他们成为具有全国影响的短篇小说作家，乃至大家。譬如第一代的赵树理、马烽、西戎、李古北、束为、孙谦、胡正。第二代的韩文洲、焦祖尧、田东照、李逸民、义夫、杨茂林、谢俊杰、马骏等；第三代的成一、李锐、张石山、韩石山、权文学等；第四代的王祥夫、曹乃谦、吕新、谭文峰、张行健等。第五代的王保忠、杨遥、李骏虎、孙频、手指等。山西短篇小说具有鲜明的地域特色，它关注现实、思想深刻、人物鲜活、形式朴素、语言简练，熔现实主义、现代主义、民间元素为一炉，呈现出一种质朴、厚重、刚健的审美品格。

"问题小说"这把"双刃剑"

早在 1959 年，赵树理在谈到他的创作时，说过一段耐人寻味的话："我的作品，我自己常常叫它是'问题小说'。为什么叫这个名字，就是因为我写的小说，都是我下乡工作时在工作中所碰到的问题，感到那个问题不解决会妨碍我们工作的进展，应该把它提出来。"（赵树理：《当前创作中的几个问题》，载《火花》1959 年第 6 期）这就是赵树理著名的"问题小说"理念的来源。这些话，是赵树理的经验之谈，也是理性概括。它看似朴素、实在，但内涵却丰富、深远。它既是赵树理个人的创作宗旨，也是山西老一代作家的创作追求。自从赵树理提出"问题小说"理念后，更成为山西几代作家自觉的创作思想和文学传统。"问题小说"所反映、揭示的问题，也许只是一些工作、生活中的具体问题，但它的背后却往往深藏着一些社会、人生中的重大问题。但"问题小说"，又是一把锋利的"双刃剑"。当作家在创作中反映的问题与主流意识形态基本吻合时，他的创作就会得到认可、肯定。当作家在

赵树理短篇小说《登记》单行本

马烽短篇小说集《我的第一个上级》

作品中揭示的问题与当时的政治、路线不符甚至相悖时,他的作品就会招来批评乃至批判。"双刃剑"反过来伤害了作家。山西作家奉行现实主义精神,一面紧跟政治、时代,真诚地歌颂,一面又洞察社会、人生,努力"暴露",发挥文学的"经世致用"功能。这就使他们的创作常常处于摇摆、矛盾状态。这种状态集中表现在第一、第二代作家的短篇小说创作中。

有一种普遍看法,认为山西老一代作家是"跟跟派",着力歌颂,不会暴露、批判。这种看法是简单、片面的。赵树理的创作,深刻地反映了一个现实主义作家的思想困惑和艰难求索。40年代是他创作的"黄金期",新中国成立后他的创作就颇有点"背时"了。他长中短篇小说皆擅长,但最突出的还是短篇小说。读者从他的《求雨》《老定额》《互作鉴定》中,不难看到他对封建迷信做法、追求定额生产、一些青年向往城市不安心农村等社会问题的揭示与批评,是顺应主流政治的,总是主题先行,在艺术上并不成功。但在另外一些作品中,则揭露了一些深层的社会问题。譬如《登记》从表面看是歌颂新婚姻法、倡导自由恋爱的,但从深层看则揭露了普通农家、基层政权中盘根错节的封建婚姻风俗与观念。譬如《锻炼锻炼》,作家主观上是"批评中农干部的和事佬的思想问题"的,但客观上却提出了农业社以及各级干部同普通农民究竟是什么样的关系、如何对待落后农民等一些重大问题。这是新中国成立后作家的两篇农村题材短篇小说力作。马烽是一位执着的短篇小说作家,他歌颂党的农村路线、政策,塑造农民中的新人形象,发表了一批清新刚健的优秀作品。但他同时也有多篇揭露社会问题的小说,五六十年代的《一篇特写》《四访孙玉厚》都较深入地暴露了农村工作中的极左路线、农村干部中的弄虚作假问题。新时期的《结婚现场会》描绘了贫困山村依然存在的买卖婚姻现象，揭示了这种现象背后现实的、经济的、生存的种种根源。《葫芦沟今昔》则针对80年代初期，人们用否定过去的方法肯定现在，把历史与现实割裂开来的观念与做法，用一个村子的发展历史告诉人们：十一届三中全会以后农村的巨大变化是在前人艰苦奋斗的成果上、在总结历史教训的基础上取得的。历史是因，现实是果，我们不能割断、歪曲历史。马烽的高超之处，是能够准确、机智地把

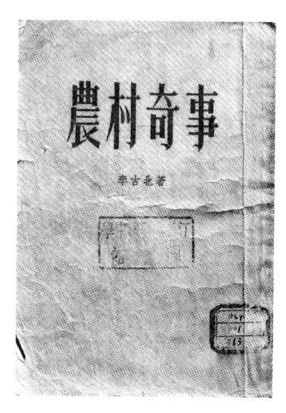

李古北短篇小说集《农村奇事》

握住歌颂与暴露的分寸。他用短篇小说谱写了农村40多年的变革"诗史"。

  李古北是20世纪40年代成名于太岳根据地、50年代活跃于全国文坛的短篇小说作家。他本来是"山药蛋派"的中坚作家，但由于60年代之后创作的中断、本人也调入高等院校等原因，逐渐被文坛和读者淡忘。他的《桂元的故事》《农村奇事》《粮食》《话篓子》等，深刻地反映了农村土地改革、合作化、人民公社运动的历史变迁，塑造了各阶层人物的生动形象，是山西农村题材小说的重要成果。《奇迹》写的是当年"除四害"运动中的一个小插曲。一面是声势浩大的大搞卫生和从上而下的检查验收，一面是兴师动众地捕捉一只漏网麻雀，颇像一幕荒诞剧，含蓄地揭示、讽刺了群众运动中的形

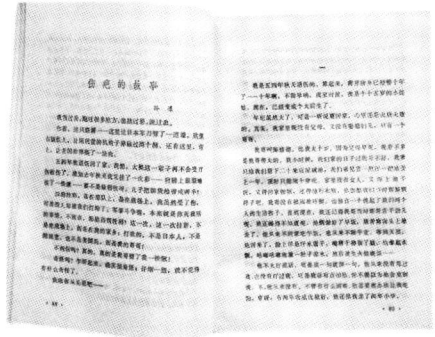

孙谦《伤疤的故事》，载《火花》1958年6月号

束为《于得水的饭碗》，载《火花》1959年11月号

式主义和"瞎折腾"现象。《破案》则通过先锋农业社对两穗丢失玉米的曲折侦破，暴露了浮夸风、瞎指挥对农村社会的干扰、危害，讽喻、批评暗含其中。孙谦既是一位电影剧作家，更是一位短篇小说家。他的《伤疤的故事》《南山的灯》是五六十年代农村题材的典范作品。他对农村问题的揭示，不在政治、社会层面，而在人性、道德层面。《有这样一个女人》《奇异的离婚故事》题材类似，都是现代版的陈世美和秦香莲故事，作家同情、赞颂了其中的两位贤妻良母式的传统女性，揭露、批判了其中的两位道德败坏、人性丑陋的"变心"男人。在五六十年代，进城干部这种喜新厌旧、离婚再娶的现象十分普遍，孙谦在作品中表现了他的人文情怀和传统道德。束为是一位纯粹的短篇小说家，没有中篇、长篇小说，代表作有《好人田木瓜》《老长工》等。他的重要作品《于得水的饭碗》以穷困农民于得水的饭碗为线索，表现了1958年农村大办食堂运动的激进、盲目和危机，生产队薄弱的经济基础与社员们海量的吃饭需求，不同层次农民因"大锅饭"形成的矛盾、纠葛在作品中表现得深刻而有力，是一篇直面现实、思想敏锐的力作。

让人困惑的是，山西老一代作家奉行的是革命现实主义创作方法，但他们的作品却常常受到主流话语的尖锐批评乃至批判。赵树理的《"锻炼锻炼"》被批评为是对"农村现实"和"整个社干部"的"歪曲和污蔑"。马烽的《一篇特写》《四访孙玉厚》被认为是受了"资产阶级文艺思想兴风作浪"的影响，"不是十分健康"。李古北的绝大部分作品被周扬指称有严重"自然主义的倾向"，此后受到上纲上线的批判。孙谦的两篇婚姻题材小说被判定为受了"写真实论"的毒害，宣扬的是"资产阶级的人性论"。束为的《于得水的饭碗》被指责为"歪曲"大好形势。而这些批评和批判，往往来自上面的旨意，由下面的作家、评论家实施，形成一种"自我批评"或者说"窝里斗"。由此可见五六十年代极左行为的严酷和盛行。由此可见山西老一代作家现实主义精神的不朽和顽强。

"山药蛋派"第二代作家秉承了前辈作家的创作思想和方法，在五六十年代努力创作，发表了大批优秀短篇小说，与第一代作家共创了山西短篇小说的第一个高峰期。他们中的相当一部分作家，创作生涯延续到新时期文学，有的又有新的突破。但总体说来，"山药蛋派"作为文学流派，80年代中期就基本终结了。在歌颂与暴露的问题上,他们与前代作家大同小异,但在揭露社会问题的广度与深度上,逊色于前代。韩文洲是地道的"山药蛋派"传人,当时成就突出,影响很大。他的短篇小说内容主要有两类,一类是歌颂新人新事的,作品清浅优美,但缺乏深度和特点。最出色的是写"中间人物"的《长院奶奶》,把一位嘴巴厉害、自私小气、管家很严的农村老太婆形象写得活灵活现。另一类是揭露农村工作干部思想和工作作风的"问题小说"。譬如《四年不改》《关门领导》《藏红旗》《最红火的一天》等,多方面地揭露了基层政权以及干部身上的官僚主义、命令主义、形式主义、教条主义等不正之风。但这些作品思想和艺术都欠成熟。田东照的创作起步于60年代,但在新时期才展露实力。他长中短篇小说兼顾,均有代表作品。短篇小说《第28号人物》以先抑后扬的手法,刻画了一位冲破政策戒律,从农村实际出发,冒险分给农民半亩菜地的改革先行者的形象——王聋子,深入地提出了农村工作干部与普通农民的关系问题。《失掉权力的族长》描绘了农村赵云清族长由尊到卑的变化,展示新时期传统风俗与现代文明的微妙转换。两篇小说都写得质朴、严谨、厚重。谢俊杰在中篇、短篇小说上有多篇佳作。短篇小说《下乡日记》以日记作为表现形式,展示了"文革"时期发生在县水利局的严峻斗争。造反派的阴谋诡计、夺权野心,受控制的黑技术员的献身水利、忘我工作,通过一位年轻大学生的眼睛、自述,展示得历历在目、惊心动魄。

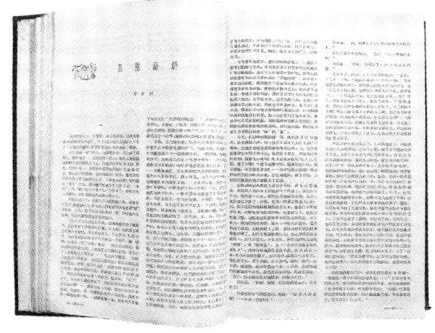

韩文洲《长院奶奶》,载《火花》1958年2月号

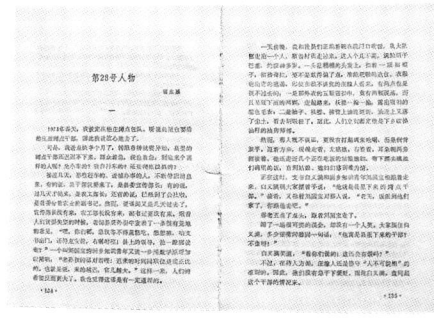

田东照《第28号人物》

焦祖尧中短篇小说集《故垒西边》

西戎短篇小说集《宋老大进城》

在山西的第二代作家中，焦祖尧是一个"例外"。他的题材主要是工厂煤矿，同时也写农村、城市。他长中短篇小说都写，均有代表性作品。马烽评价说他的作品："有塞北的刚健之气，又带有江南的明丽之情。"他倾心塑造各种人物形象，譬如在《时间》中刻画了一位以矿为家、胸怀天下、严格要求青年的老工人的感人形象。他善于在作品中揭示社会人生的深层规律和问题，譬如在《复苏》中提出了"在我们心目中，工人到底是个啥？是出煤的工具，还是人，矿山的主人？"这一问题可谓发人深省。有评论家说："焦祖尧是属于承前启后的中年作家中的代表性人物。"

对于现实主义文学，特别是革命现实主义小说来说，塑造个性化乃至典型化人物形象，是一项重要的任务和使命。山西第一、第二代作家对此有着清醒的认识和坚定的信念。西戎说："短篇小说的创作最终还是要塑造一两个有血有肉的人物的。因此，要把着眼点放在人物的形象塑造上，让作品的倾向、作者的感情，从人物形象中流露出来。"（《西戎文集》第5卷，第2431页，山西人民出版社2001年版）焦祖尧说："文学创作的中心是写人。人是在集体、社会中生活的人，人与人之间的关系以及这种关系在特定事件和环境中的变化，构成了社会生活的主要内容，呈现出丰富复杂极其纷繁的生活现象和社会现象。"（焦祖尧：《说自己的话》，载《中学生文学》1986年第1期）

山西短篇小说创造了多少活灵活现而又影响深远的人物形象啊！他们已进入当代文学人物画廊，他们在一代一代读者中口口相传。西戎是塑造人物形象的"能手"，既能写成长中的先进人物，又能写性格多面的落后人物。《宋老大进城》中的宋老大，是一位说话啰唆、爱管闲事、敢于批评、以社为家，具有新农村主人公意识的老农民形象。《赖大嫂》里的赖大嫂则是一个自私自利、精于算计、耍泼使赖，在家是"母老虎"、在外是"惹不起"

的落后妇女的典型形象。赵树理特别擅长描写那种传统的老农民形象,认为这同样是一种"英雄人物"。《套不住的手》以老农民陈秉正的一双手为切入点,真诚地歌颂了老人纯朴、热心、勤劳的品格,突出地表现了他把劳动当作人生需要和快乐的精神境界。《实干家潘永福》中的主人公已是县委委员、农工部长,他在一项项艰巨的工作任务中,联系群众、苦干实干、精心谋划,传统农民那种务实和苦干精神在他身上一以贯之。胡正长于刻画农村中的年轻姑娘、中年媳妇形象。《两个巧媳妇》里的杨万花、尹芝贞,一个热情、坦诚、要强,一个内向、多疑、精明,是农村家庭妇女中不同性格的"人尖"。第二代作家在塑造农村新人形象上显得更得心应手。譬如李逸民的《雏燕初飞》,刻画了一个虚心向老农学习,在科学种田上大胆探索的中学毕业生学信的形象。譬如侯桂柱的《范冬妮》,描写了一位在丈夫和农业社领导的感召下成为有文化、会劳动、争上进的年轻妇女的形象。还有马烽笔下的水利局长老田、"三年早知道"赵满囤,赵树理小说中的"小飞蛾""吃不饱""小腿疼",束为作品里的田木瓜、老长工郭在先等,都是达到典型高度的人物形象。

对通俗化、大众化的执着追求

社论是什么?是报纸、杂志对重大问题发表的权威性评论。社论一般是评论政治、社会、文化等要紧问题的,但《火花》1960年第6期就发表过一篇关于文学的通俗化、大众化,关于短篇小说创作问题的社论,题目是"为短篇小说的新、短、通而努力",文章指出:

《为短篇小说的新、短、通而努力》(社论),载《火花》1960年6月号

> 短篇小说这种体裁,也和其他的文学体裁作品一样,有它自己的特点和

山西文坛"风景线"

马烽《谈短篇小说的新、短、通》,载《火花》1960年9月号

优点:它便于迅速地表现当前的政治斗争和生产斗争,迅速地反映我们伟大时代的精神面貌。同时,从它的艺术价值来说,也绝不是像某些人所说的,它只是一幅画的一角,或者只是一个片段。它本身就是一幅画,一种具有充分价值的艺术形式。

为了完成伟大时代赋予我们的使命,我们必须重视短篇小说的创作,使它精益求精,在思想性、艺术性上大大提高一步。这是刻不容缓的任务。为此,我们希望从事短篇小说创作的作者,在自己的创作实践中,首先要为短篇小说的新、短、通而努力。

紧接着,《火花》1960年第9期刊出马烽《谈短篇小说的新、短、通》,第10期发表金笙《关于作品的民族化和群众化问题》。所谓"新",就是"要大力表现新的时代、新的群众、新的生活和广大劳动群众的新的精神面貌"。所谓"短",就是"要名副其实,写得短小精悍"。所谓"通",就是"要写得通俗易懂、平易近人、结构顺当,语言能念出口、听得懂。"一篇社论、两篇文章,主题统一、表述相似。就是要求短篇小说努力做到新、短、通,实现通俗化、大众化、民族化的创作目标。它不仅是毛泽东《讲话》精神的忠实贯彻,同时也是山西老一代作家的自觉追求。

山西短篇小说在思想和艺术上有自己的鲜明特征,它短小而厚重、质朴而丰富,主要体现在如下三个方面:

追求故事情节与人物形象的水乳交融。短篇小说主要有两大创作模式,一是故事型,二是人物型,各有长短。山西老一代作家则努力把二者结合起来,在讲述故事中显示人物,在刻画人物时带动情节,创作出大量形神兼备的佳作。譬如赵树理,是极善于讲故事的,但人物同样鲜活、厚实。如《传家宝》《杨老太爷》等,读来引人入胜。西戎小说更注重生活场景、人物细节的描写,但作品的故事框架很完整,情节发展很清晰。如《姑娘的秘密》

《灯芯绒》《在住招待所的日子里》等，故事情节和人物形象可谓相得益彰。第二代作家义夫，有一个很有意思的创作习惯，在一篇小说写作之前，不厌其烦地先给别人讲故事，讲三遍、五遍、十遍，在讲述过程中，一篇小说就由简到繁、由粗到精成熟了。在他的《羊胡爷爷》《红日当头》《喜筵》《花花牛》等重要作品中，读者可以感受到作家叙事状人的神态、口吻。刘德怀的小说多取较重大的题材，在《大路宽又长》13000字的篇幅中，讲述了干部和社员进城赶集的完整故事，刻画了三四个富有个性的人物，把故事、人物、场景，调度得井然有序、自然和谐，可见山西作家的现实主义功力。

追求地域风物与民情风俗的自然展示。山西老一代作家的作品，所以具有地域特色、醇厚耐读，就是他们的作品自觉不自觉地表现了他们谙熟的风土人情、地域文化。山西从南到北地域不同，风土文化也不同，老一代作家都真实地表现了出来。赵树理描绘的是晋东南太行区一带的民情风俗。如打卦算命、装神看病，如龙王庙祈雨等，他对这些民间迷信都给予了善意的批评；如唱戏、闹红火、办八音会等，他对这些民情风俗则给予肯定、歌颂。马烽书写的是晋西北吕梁区的风土民情。如封闭的大山、干旱的土地、贫寒的土窑洞，如晋西北人的尚武精神、务实秉性、倔强个性、俭啬民风等，如隆重的婚丧嫁娶仪式、热烈的摔跤比赛等，这些描写都简练、朴素、鲜活。胡正擅长写农民的日常生活、民间活动。譬如《七月古庙会》写农村集市的看戏、赶会、采购、走亲戚，写得欢快热烈而富有诗意。李古北写的是晋南河东地区的地域风物与文化，中条山的初春、大片的麦田、古老的民风习惯，把河东深厚的地域文化表现了出来。山西第二代作家笔下的地域特色有所减弱，但在韩文洲、田东照、义夫、杨茂林、马骏、李秀峰等的作品中，依然能够看到。譬如马骏的《两只羝羊》写的是晋北农村生产责任制初期的故事，把生产队的抓阄分羊，人与人之间的微妙关系、精心算计等，写得惟妙惟肖、入木三分。

追求叙事语言的大众化、农民化特色。山西老一代作家的短篇小说所以独树一帜，与他们追求语言的通俗易懂有密切关系。赵树理、马烽都明确地说，他们的作品是写给农民看的。但他们对艺术的孜孜追求，突破了预设的读者对象，成为一种雅俗共赏的文学。在叙事语言上，山西第一、二代作家，有的融入了群众活的语言、词汇，有的整体上转变成了农民语言；而在人物语言上，则努力实现个性化、生活化，要完全吻合人物身份。他们的小说语言，朴实、简练、流畅、传神，是共同的风格，而每个人又有自己的独特个性。赵树理的语言质朴、幽默、深厚，马烽的语言简洁、清新、刚健，西戎的语言温润、活泼、纯正，孙谦的语言率真、明快、开阔，胡正的语言自然、洒脱、机智，可谓各有千秋。山西第二代作家的语言基本继承了前代的特色，但又有新的变化。如田东照的语言多了理性色彩，谢俊杰的语言平添了抒情意味，而焦祖尧的语言富有知识分子情调。

"晋军"作家的超越

山西短篇小说历经五六十年代的发展繁荣，走过"文革"时期的重创、沉寂，进入70年代末期后的新时期文学，顺应时势、聚集力量、再次发力，又呈现出一个变革创新的蓬勃局面，形成了山西文学短篇小说史上的又一个高峰期。此时，山西的第一、第二代作家焕发青春，在创作上努力突破，佳作迭出；一批风华正茂的"晋军"作家脱颖而出，锐意变革，创作上形成一种新气象，是为山西的第三代作家；而更年轻的一批青年作家紧随其后，既有对传统的继承，又有对现代的吸纳，出现了一种多样化态势，文坛称为第四代作家。山西新时期文学的辉煌局面，自然是由四代作家共同创造的，但先锋、中坚力量自然是第三代"晋军"作家。这批作家此时的年龄正值三四十岁，处于人生、创作的黄金时期。他们由两部分人组成，一是或工作或插队来到山西的外来作家，如成一、郑义、柯云路、李锐、钟道新等；二是出生、成长在山西各地的本土作家，如周宗奇、王东满、张石山、韩石山、燕治国、权文学、李秀峰等。10年"文革"，他们沉在农村、工矿等社会底层，积累了丰富的社会人生经验，"文革"之前就读完了中学、大学，有着较完整、扎实的文化和文学功底。新时期的改革开放潮流，给一代"晋军"作家提供了千载难逢的机遇与舞台。

一种文学传统只有不断地继承、创新，才能生生不息、长足发展。山西文学、山西短篇小说是有一个深厚、强劲的文化传统的，它既有自己的优势、强项，也有自己的劣势、弱项。"晋军"作家在创作初期，对此就有着较清醒的认识。他们在继承前代作家优秀文学传统的基础上，不断扬弃革命文学传统中僵化、陈旧的东西，面向五四启蒙文学、面向西方现代文学，博采众长，为我所用，实现了思想和艺术上的变革、超越，丰富和提升了山西文学的文化传统。概括说来，他们完成了两个转变。一是思想立场的转变。山西老一代作家奉行的是通俗化、大众化创作，站在大众立场上为基层读者特别是农民读者写作，这显然是一种时代的产物、历史的局限。"晋军"作家则把思想立场转向了精英知识分子一边，他们要用"启蒙"思想审视社会人生，他们要面向更广大的读者群，特别是知识分子。二是艺术观念的转变。山西老一代作家运用的是现实主义、革命现实主义的创作方法和手法，这一套东西已经不能适应时代和读者的要求。"晋军"作家积极借鉴西方现代文化思想、艺术观念、表现手法，形成了一套现代现实主义的创作思想和表现形式。他们的思想立场和艺术观念，都集中体现在他们的短篇小说中。如前所说的几位重要作家，无一例外，都是从短篇小说起步，走上文坛的。

"晋军"作家的创作，是在现实主义文学的基点上，不断走向开放和现代的。譬如对老一代作家的"问题小说"理念，他们都很认同。鲁迅的"暴露""病根""加以疗治"的创作思想，不也是一种"问题小说"理念吗？但"晋军"作家在短篇小说中提出的问题，已不再是配合政治、路线、政策发现的具体问题，而是一些普遍的社会、文化、人生、人性等方面的问题了。他们显然比前代作家站得高、看得远。

评述山西新时期的短篇小说，首先说到的应是成一。他60年代大学中文系毕业，分配到山西原平县委办公室工作。不仅有着完整、扎实的文化、文学功底，而且对晋北农村和农民的生活十分熟悉。他从70年代初期就尝试短篇小说创作，但到新时期才走上坦途。他厚积薄发，在70年代末和80年代创作了30多篇短篇小说，辑成《远天远地》《外面的世界》《陌生的夏天》三个集

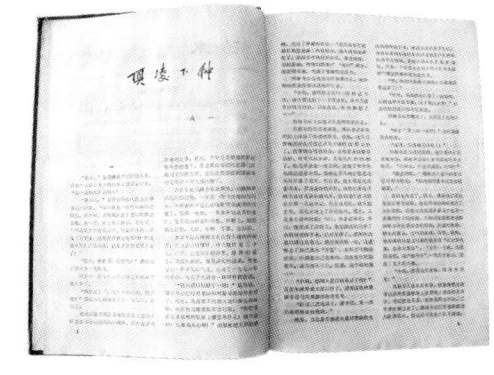

成一《顶凌下种》，载《汾水》1978年第1期

成一《远天远地》，山西人民出版社1982年版

李锐《丢失的长命锁》，北岳文艺出版社1985年版

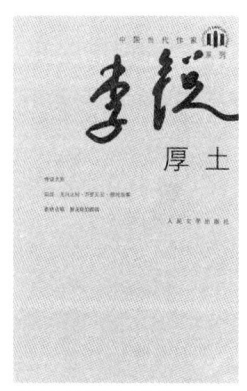

李锐短篇小说集《厚土》

子。他承袭了五四小说，特别是鲁迅小说的创作精神，又融合了西方现代小说的表现方法和手法，是纯正的知识分子型小说。他的小说题材现实、情节巧妙、人物结实、主题深邃、形式精湛，在山西短篇小说中出类拔萃。《顶凌下种》是他的成名作，作品不仅塑造了一位朴实、沉稳、机智的农村老支书形象，和一个色厉内荏的造反派县委副书记形象，同时揭示了"文革"时期农村和农民中蕴藏的一种深厚的正面力量。《远天远地》里，作者刻画了一位既有点官僚主义、脱离群众，但又勇于反省改错的地委书记的形象，敏锐地提出了党风、干部体制中存在的严重问题，具有深沉的现实主义力量。但90年代之后，作家中断了短篇小说创作，转向长篇小说探索。

李锐是一位知青作家，他以短篇小说起步，在长中短篇小说上均有优秀作品。他三种体裁轮番使用，短篇小说贯穿始终，成就卓著。70年代末到80年代初，他创作了一批题材多样的短篇小说，显示了他在这一文体上的丰厚潜力。1986—1987年完成的《厚土——吕梁山印象》系列小说，2004—2005年创作的《太平风物——农具系列小说展览》，不仅蕴含了作家深广的社会人生反思，同时体现了作家对短篇小说文体的创新。前一个系列中的《锄禾》《眼石》《看山》《合坟》、后一个系列里的《连枷》《锄》《犁铧》《耧车》等，是其中的代表性作品。李锐的短篇小说饱含着鲜明的现代知识分子的审视意识，创造出一种在有限空间浓缩无限的经典型文体。

山西本土作家的短篇小说同样精彩。张石山是一位工农兵生活都有深切体验，农村、工厂以及城市题材兼容并包的实力派作家。他谙熟民间社会和民间文化，在

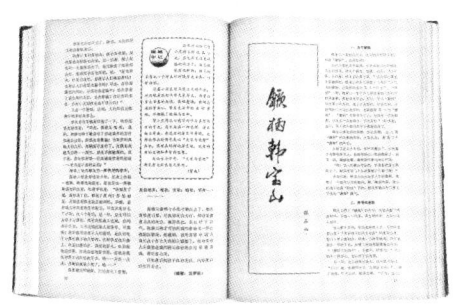
张石山获奖短篇小说《镢柄韩宝山》

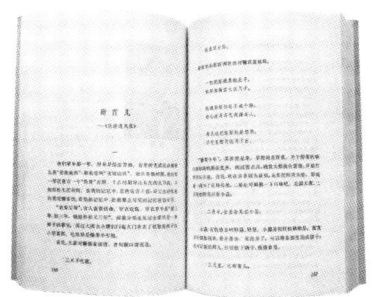
张石山获奖短篇小说《甜苣儿》

作品中表现了广阔的社会背景和丰富的民间生活。他喜欢赵树理的小说风格，自觉不自觉地有所继承，因此有评论家把他称为"山药蛋派"传人，但他在思想和艺术上不拘一格，古典小说、民间艺术乃至西方现代派文学都有所借鉴，并形成了他自己的艺术路子和风格，与传统的"山药蛋派"已相去甚远。他在80年代创作了一大批优秀短篇小说，充分表现了他在这一文体上的才华。代表作《镢柄韩宝山》和《甜苣儿》，前一篇讲述了一个实心眼、不做假的农村青年的有趣故事，后一篇描写了一个爱情幻灭、不得不屈服于现实环境的农村姑娘的命运遭遇，人物鲜活，内涵丰富。张石山确实承传了山西老一代作家关注现实、注重刻画人物、语言朴实土气的创作特点，但又努力用现代思想意识观照社会人生，直接从古典小说、民间文艺中吸取营养，实现了对传统现实主义的变革和超越。此外，他的《大车王忠》《含玉儿》《老一辈人》等也都是难得的短篇佳制。

韩石山是一位以短篇小说出道，在小说、散文、评论、传记文学等各个领域都有不凡建树的学者型作家。他亲身经历了六七十年代的农村和底层社会的动荡与变迁，熟悉各个阶层特别是底层百姓、女性人物。在作品中描绘了斑斑驳驳的社会图画和各种各样的人物形象。他的短篇小说故事情节自然巧妙，人物形象逼真鲜活，表现形式灵活多变，叙事语言机智流畅，创造了山西短篇小说新的写法和风格。譬如《画虎的人》描述了一位乡村画匠在"文革"前后的命运变化，表现了作家对人的主题的深刻反思。譬如《轻盈的脚步》展示了一双高跟鞋在80年代初期农村各种人物特别是年轻女性中间激起的波浪，揭示了时代的缓慢进步和人们思想观念的逐渐开放，颇有喜

韩石山《轻盈的脚步》，北岳文艺出版社1987年版

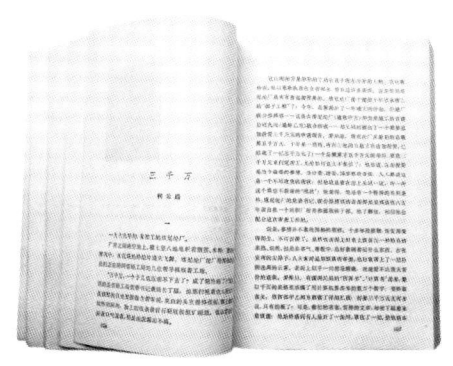

柯云路获奖短篇小说《三千万》

剧色彩。韩石山在短篇小说上路子很宽，但在80年代中期之后就改弦易辙，转向了散文、评论等文体的写作，他的选择或许是明智的。

山西新时期的短篇小说真是佳作迭出、数不胜数。郑义的《枫》重现了"文革"武斗中一对年轻恋人的悲剧结局，是伤痕文学的重要作品。柯云路的《三千万》塑造了一位企业改革家的强者形象，是改革文学的代表作品。钟道新的《风烛残年》写城市中知识分子家庭的日常生活，饱含着人伦亲情的温暖、可贵和人在现实中的无奈、坚守。周宗奇的《新麦》描述70年代中期某县委书记下令超缴公粮，在农村发生的一系列事件和问题，揭露了极左路线给农村和农民造成的巨大伤害。王东满的《柳大翠一家的故事》刻画了一位在农村变革中涌现出来的独特女性形象，昭示了农村改革开放的必然趋势。权文学的《在九曲十八弯的山凹里》，通过一幕因拆信导致的悲喜剧，表现了新的历史时期，法律与道德、现代与传统、城市与乡村的错位和冲突，内涵极为丰富。如今，这些作品人们还记忆犹新。

就在"晋军"作家在短篇小说上扬帆远航的时候，80年代中期，他们中的绝大多数却转向了长篇小说、纪实文学乃至影视文学等领域。也许他们觉得短篇小说再难以表现自己的生活积累和艺术追求，也许整个短篇小说创作已走上了一条狭窄艰难的"独木桥"。在这样的情势下，短篇小说的"接力棒"传给了山西更年轻的第四代作家。这一代作家大抵是清一色的本土作家,他们在创作上既承传了老一代作家的现实主义传统,又吸取了中一代作家的现代主义精神,呈现出一种兼容状态。从总体上看,这一代作家的势头、实力弱于前几代作家。王祥夫是这一代作家中的佼佼者,他70年代末期就开始发表作品,兼写长中短篇小说、散文随笔、文学评论等,还涉猎绘画书法。他对短篇小说文体钟爱有加,在30多年的创作

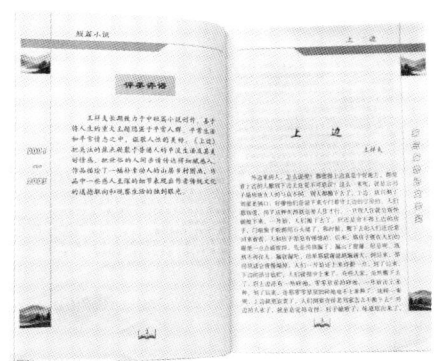

王祥夫获奖短篇小说《上边》

生涯中持之以恒,不断有力作精品问世。他用短篇小说文体揭露种种社会问题,刻画各种底层人物,展示晋北一带的地域和风俗,显示了一个文人型作家的创作潜力和审美趣味。他发表短篇小说60多篇,代表作有《好崩杂录》《城南诗篇》《玻璃保姆》《桥》等。《上边》是一篇艺术精品,展现了古老山村一幅日常生活图画。父母慈祥善良,爱子如命;儿子孝顺听话,心系桑梓。在传统乡村日渐衰败的时代背景下,这家人家还坚守着耕读本分、父慈子孝、亲情唯大的传统文化。刘子瑞夫妇实际上担负了农业文明和文化的守护人的角色。《桥》则揭示了农民与政府的对抗,蕴含了作家对底层的关怀和对现实的忧患。王祥夫的短篇小说还会源源不断地写下去。曹乃谦的短篇小说不多,但他的"温家窑系列小说"是乡村小说的一朵"奇葩"。著名作家汪曾祺、瑞典汉学家马悦然,曾给予热情关注和很高评价。2007年长江文艺出版社以长篇小说出版了《温家窑风景》,收入29篇短篇小说和1部中篇小说,是这一系列最完整的版本。曹乃谦在这一系列小说中揭示了晋北农民围绕着食和性展开的生存状态,展示了普通农民难以挣脱的贫穷命运,肯定了他们自觉不自觉的奋争、反抗精神。

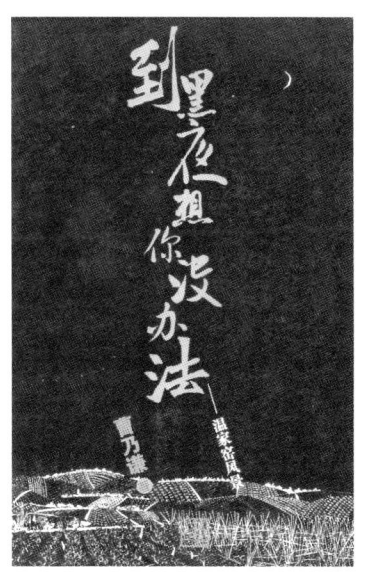

曹乃谦《到黑夜想你没办法:温家窑风景》

《亲家》《愣二疯了》《莜麦秸窝里》《打拼花》《天日》等,是这一系列中的精华作品。这些作品篇幅精短、构思奇巧、人物突兀,特别是叙事语言朴实、笨拙、简练、幽默,达到了返朴归真的艺术境界。谭文峰更多地继承了山西前几代作家的现实主义创作方法,在八九十年代发表了一批短篇、中篇小说,屡被转载、改编、获奖,在全国文坛广有影响。《扶贫纪事》表现了农村扶贫和改革的艰难,塑造了一位书生气十足但锐意变革的农村工作干部形象。《仲夏的秋》刻画了一个集社会性、现实性、自然性为一体的真实丰满的农村女性形象,写出了人性的丰富复杂。房光是一位真诚的现实主义作家。他在短篇小说中既有对生活中假丑恶的揭示,也有对真善美的歌颂。在《没看见有雁飞向南方的秋天》《莜麦谣》《罗马峪》等作品中,让人们看到了晋北农村的古朴风貌、农民们默默的劳作和生活、改革春风的阵阵吹动,像一首既古老又现代的歌谣。

走向现代、走向多元

80年代的山西短篇小说,一改既往那种一本正经、土头土脑的形象,变

1977年山西省短篇小说创作会议合影

得丰富多彩、亮丽新潮起来。题材上，过去基本上是清一色的农村生活，当下却有了工厂、城市、知识分子等各种题材。主题上，以前紧跟政治、路线、政策等方面的"问题"转圈，现在却向人生、文化、生命等领域拓展。表现形式上，昔日紧抱着传统现实主义不敢放手，当下却融合了大量的现代、古典乃至民间的艺术形式和手法。而短篇小说的这种重大转型，是在第三、第四代作家手里完成的。

从艺术形式和手法上说，主要体现在如下几个方面：

心理描写乃至意识流手法的普遍运用。80年代初，中国文坛出现了王蒙的意识流小说，一时间引发了一场争论。在山西，成一率先尝试大规模的心理描写手法，甚至接近了意识流。他说："心理描写是五四以来新文学中极普遍的手法，只是大多用于城市生活、知识分子。农民的心理就不丰富吗？丰富得很。特别是这些年，农民几经折腾，多不如意，更缩回到内心世界里去了。近年的突变，越发在他们心里激起了复杂的回响。这里是一个异常丰富的世界。我们的笔不直接深入到这个世界，实在是丢掉了许多极富表现力的东西。"（成一：《跟着生活探索》，载《人民文学》1982年第12期）作家看到了改革时期农民心理世界的复杂变化，用心理线索取代情节发展，用心理形象替换性格人物。譬如《本家主任》用一个公社老伙夫的眼睛和心理去观察、感受一位新来的公社主任，通篇都是老伙夫的心理活动和内心诉说。譬如《外面的世界》写一位护树的老农民，置身在汽车如河流的公路上，展开了他茫然、昂奋、回忆、想象、憧憬等变幻莫测的心理活动，已成为一篇准意识流小说。韩石山也是深谙这一手法的，譬如在他的《连阴雨》中写一个农村姑娘芍芍一边在炕上剥玉米，一边胡思乱想，在绵绵秋雨中，一个怀春姑娘的孤单、烦闷、欲望、骚动，精雕细刻，颇有诗情画意。成一、韩石山之后，心理描写乃至意识流手法成为山西作家一种普遍的表现方法。

抒情小说表现形式的"开花结果"。山西老一代作家的短篇小说是一种社会现实类小说，主题思想厚重，个人情感甚少。新时期文学以降，出现了着重表现作家感觉和感情的抒情类小说，使山西的短篇小说变得风姿绰约起来。抒情小说在中国现当代文学中已形成自己的传统，沈从文、孙犁、汪曾祺一脉相承。山西作家正是借鉴了这一流派的表现形式和手法，在本土结出

山西文坛"风景线"

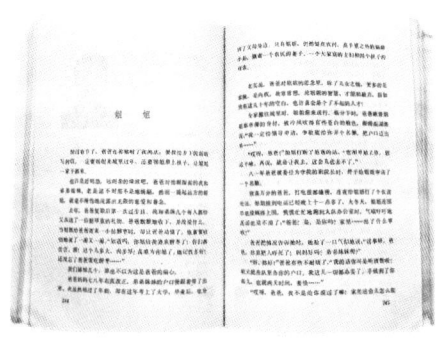

张平获奖短篇小说《姐姐》

了丰硕成果。燕治国的短篇小说,一般不接触重大的社会现实和主题,而青睐昔日故乡——黄河岸边小城小村的日常生活和小人物的情感世界。他的《晨雾》《出走》《雨丝》,写天真纯朴的农家闺女进入城市之后的曲折经历、矛盾情感,表现了这些女孩子们的真善美品格,具有一种抒情诗般的忧郁、优美情调。张平80年代初期发表了一批短篇小说,但表现的不是他后来热衷的政治、改革、反腐等题材,而是普通百姓、知识分子的家庭生活、情感关系。《祭妻》《糟糠之妻》《婉儿》《情分》均是这类作品。他的代表作《姐姐》,描述了一位"发配"农村的教授的女儿丢弃了"小资"式的对爱情、理想的幻想,在一个贫苦农民家庭里找到了理解、亲情和尊重,自觉地肩负起了改变这个家庭的道义责任。作品人物丰满、感情丰沛。有评论家把张平早期的短篇小说称为"家庭苦情小说"。

蒋韵一直坚持短篇小说创作,把小说当诗歌去写。她在80年代的作品中倾注了作家全部的感觉、感情、愿望、理想。如《苏青》《枣树院》《无标题音乐》等,不仅蕴含了她的人生经历,渗透着一种对真情、友谊、高尚、精神的寻觅,而且可以感受到隐藏在作品中的叙事者形象——一个单纯、善良、优雅的年轻知识女性。张行健的短篇小说有两种类型,一种是揭示农村中的社会人生问题的,另一种是书写他对青春、对故乡的情感体验的。在后类作品如《秋风萧瑟》《山校》《天边有颗老太阳》中,把自己那一份沉郁、缠绵、浪漫的情感诉诸笔端,再加上他善于编织故事、刻画细节以及娴熟地运用语言的能力,使他的小说充满了浓郁的生活气息和情感色彩。抒情小说已经成为山西作家的一种重要文体,它改变和优化了山西短篇小说的风貌和品格。

象征艺术手法的积极借鉴。象征主义是西方现代派文学中的重要流派,而象征手法则是一种具体的表现方式。正如袁可嘉所说:"它十分重视形象思维,用文学所拥有的全部手段来形象地构造意境,力求表现方法上的浓缩和精练。"(袁可嘉:《后期象征主义》,见《外国现代派作品选》第一册,第5页,上海文艺出版社1983年版)象征方法又分整体象征、局部象征等几种。新时期文学之后,山西作家积极借鉴现代派文学中的象征手法,取得了良好的艺术效果。成一十分喜欢象征手法,如《顶凌下种》里老支书在土壤中冰凌未消的墒情下播种,意在表现农民顶着极左路线的寒流坚持生产。如《门面》中官庄大队兴建门楼、办公室,干部和社员把这些当作象征荣誉、实力的重要"门面",揭示了农民的虚荣、爱面子等国民性格。《绿色的山岗》里庄后山冈上满眼的绿色,则象征了改革开放后农村的喜人变化和女主人公对未来的满怀信心。张玉良是一位典型的抒情小说作家,他的代表作《鹰》,题材新异、意蕴深远,富有强烈的象征意义。作品中的小红鹰,已不再是一只野禽,而成为一个寓体、象征。它对自由的放弃、对主人的感恩、意识不到的奴性等,正是中国知识分子乃至各种阶层人们的文化心理和道德人格。常捍江是山西第四代作家中颇有个性的一位,他的短篇小说揭示了山区农民的艰难生存,具有一种幽深的现实主义内涵。同时他能在乡村环境和日常生活中抓住一些典型意象,赋予丰富的象征意义。如《申村爷坐街》里的申村爷、《古空》中的申柏岩,都是作为农村中的传统文化和道德的象征形象去塑造的。几个特写镜头和细节,就把人物的精神特征兀立纸上。再如李秀峰的《牛变》,同样采用了象征主义甚至魔幻现实主义手法。

现代派方法的大胆探索。山西的现实主义传统根深蒂固,但在新时期文学改革开放的背景下,出现了现代派创作潮流。第三代作家中成一、李锐、蒋韵等鼎力汲取了西方现代派小说中的一些具体方法和手法,第四代作家中的吕新则轻装上阵、全盘"拿来"了西方现代派形式和技巧,成为山西文坛上的独特现象。他从1986年开始创作,数十年来矢志不渝,艰苦地跋涉在一条寂寞的探索之路上,发表了大量的短、中、长篇小说,赢得了全国文坛的关注和"小众"读者的追捧,被封为"先锋派作家"。他把自己在晋北农村的童年生活回忆作为创作源泉,注重对感性世界的发现和渲染,精心营造一种淡远、朦胧、多彩的叙事语言,在新时期现代派作家中独具特色。譬如1986年的《那是个幽幽的湖》,刻画了一位十几岁的小男孩,在一个古老而神秘的家族中感受到的一种恐惧感和压抑感。譬如2001年的《嗣嗣》，描绘了一个普通农家的琐碎生活，在平淡如水的画面中，却蕴藏着一种静水微澜似的严峻。作品晦涩、怪异、神秘，而又淡雅、新颖、深邃，给人无穷的思想和艺术启迪。譬如王祥夫，小说路子很宽，早期就创作有多篇现代派小说，如《对一例梅毒病患者的调查》《非梦》《城堡乡村》等，运用了大量时空交错、象征派、荒诞派表现手法。但他更得心应手的是那种富有现实主义、古典主义特质的小说。

新锐作家的承传和创新

在整个短篇小说萎靡不振的背景下，山西短篇小说却接续地域文脉，风生水起地活跃起来，形成一道独特的风景。在众多中青年作家热衷"效益好"的中篇、长篇小说乃至纪实文学的潮流中，山西的新一代青年作家却了然地投身短篇小说创作，现在已有十几位在这一领域耕耘多年、收获丰硕，构成了一个生机勃发、令人瞩目的"新锐作家群"。

这是段崇轩《山西短篇小说新风景》中的一段话，文章发表在《山西文学》2011年第9期，《文艺报》2011年12月14日重载这篇文章，改为《"山药蛋派"后继有人》。

段崇轩《山西短篇小说的新风景》，载《山西文学》2011年第9期

"风水轮流转""三十年河东，三十年河西"。90年代末期，整个社会加速了市场化、世俗化进程，文学已然边缘化，短篇小说更是滑向了边缘的边缘。但山西文学仍保持了稳健的势头，老中青几代作家还在潜心创作和探索，形成了一些作家和评论家所谓的"山西文学创作的第三次高潮"。但这个

第十四章　五代作家的短篇小说情结

山西新锐作家群

"口号"并未得到文坛和读者的普遍认可。

　　进入新世纪初期,更年轻的一代作家悄然地、陆续地登上文坛,并显示了他们独特的个性和风采。如果从山西作家的族谱上去划分,他们应当属于第五代。他们出生于20世纪60年代中期到80年代初期,大多数生于70年代,年龄相差十六七岁。这一代作家的年龄段跨度较宽,远不像前几代作家集中,代际界限越来越模糊了。他们大部分来自农村,也有一部分出自城镇,对底层生活的体验,是他们重要的人生资源。他们比上一代——第四代作家的文化学历略高,大多上过大学本科、专科,却一般是本省的普通院校。他们散落在社会基层,当农民、做教师、搞文化宣传、进城打工……数年的奋斗,多数进入县、市直至省的文学体制——文联和作协。他们涉足文学,源于对文学的喜爱和钟情,并没有太多的功利目的。但文学最终还是改变了他们的命运。他们的文学目标和理想,要比前几代作家远大,不满足于成为本省的地域性作家,一出道就力图标新立异,冲击全国文坛。他们对山西的前代作家和作品虔诚地学习借鉴，但绝不愿邯郸学步、丧失自我，更期望超越前代、取法多师，重塑自己。同前代作家保持了一定距离，有着很强的个性意识。

山西新锐群中的十几位作家，都把短篇小说作为他们的主要文体。他们通过短篇小说出道、成名，又通过短篇小说锻炼、提高自己。短篇小说是他们的根基、标志。具体分析，又有两种类型：一种是短、中、长篇小说乃至其他文体兼而写之的作家，如葛水平、李骏虎、闫文盛、孙频、小岸等，他们兼写多种文体，而短篇小说也毫不逊色，成为他们创作中的重要组成部分；另一种是主攻短篇小说、其他文体为辅的作家，如王保忠、杨遥、手指、张乐朋、杨凤喜、李来兵等。他们把短篇小说作为自己的立身之本，在读书、写作中刻苦探索艺术规律和技巧。现有文学体制给予他们多方面的关心和扶持。他们的作品在全国重要文学刊物上"遍地开花"，有多篇作品获得了《小说月报》奖、《中国作家》奖、《上海文学》奖和赵树理文学奖等奖项。他们继承和发展了山西短篇小说的优秀传统，显出一种更加个性、现代、自由的创作状态。

"写什么"的继承与突破。回顾山西短篇小说的发展不难发现，那些进入文学史的经典性作品，往往有两个特点，一是深入地表现了社会现实生活，二是塑造了独创的人物形象。这是现实主义文学的基本特征和最大"亮点"。山西新锐作家的创作中不乏反映现实生活的短篇佳作。它们或许还不够宏大、深刻，但却格外真切、细腻、客观，带上了这一代作家的色彩。王保忠秉承了山西本土作家的较多思想与精神，直面晋北农村的社会变革与突出现象，切入传统文化与现代文明的矛盾深层，揭示了社会现实的脉动与走向。代表作有《张树最后的生活》《家长会》等。而在另外一类作品中，则着力塑造乡村社会的普通人物，发掘他们身上的真善美人情人性。如《美元》《前夫》等。杨遥的经历曲折、多样，对底层社会有着广泛了解和深切体察，他用短篇小说的形式定格了底层社会的一幕幕情景，雕塑了浮雕般的底层民众形象。如《二弟的碉堡》中一心发财的那位"泼妇"式的女人，《谯楼下》里以卖碗托赚钱"拉边套"的男人，都刻画得逼真鲜活、很有力度。在另外一些作品，如《白袜子》《刺青蝴蝶》中，书写了乡村少年青春的萌动和痛苦的成长,显得更为深切、动人。张乐朋是一位追求思想深度和艺术创新的作家,在他的《童鞋》《偷电》《边区造》等作品中,独辟蹊径,深入揭示了底层人物身上自私、卑劣、狡猾、盲从、残暴等人性和文化的"劣根性",表现了"可怜之人必有可恨之处"的主题思想,是对现代文学启蒙精神的继承。

李骏虎有两副笔墨,既写乡村也写城市,而且两幅笔墨都达到了熟能生巧的程度。如《留鸟》《乡长变鱼》写的是乡村生活和各种人物,严峻的现实中蕴含着荒诞色彩。《局外人》《流氓兔》写的是城市公司中的人际内幕与城市人的精神困境,灯红酒绿中掩盖着现代人的种种无奈。葛水平以中篇小说闻名,波澜曲折的故事情节和丰满强劲的人物形象,是她创作的主要特征。她在短篇小说中同样延续了这种路子。《第三朵浪花》写40年代革命根据地土改运动错划成分造成的悲剧,《我望灯》写山村神汉装神弄鬼导致的悲惨人生。《玻璃花儿》写城镇商人的命运沉浮,都给人一种震撼和启迪。杨凤喜熟悉乡村社会的各种人物,塑造了一些性格鲜明的传统农民形象。《镰刀》中的老田驴就是一位朴实、执拗,一生忠于"大集体"的旧时代人物,从他身上折射出一个时代的巨变。

"怎样写"的借鉴与探索。山西新锐作家在"怎样写"方面似乎更加重视、自觉。他们一面借鉴既有的表现形式,一面探索新的方法和手法。在短篇小说的艺术模式、新的写法和技巧、叙事风格和语言等几个方面,进行了大胆的拓展和实践。手指的作品不算多,但篇篇精到、篇篇出新,显示了他对社会的独到观察和创作上的严谨。他最拿手的是对城市"80后"生存与精神状态的描写。《我们干点什么吧》《我们为什么没老婆》中,空虚、期望、焦虑、叛逆,成为年轻人基本的精神状态。他的代表作《去张城》写"我"与王爱国劳神费力前往张城,抵达的却是张镇。其中蕴含着一种荒诞感和黑色幽默,是一篇真正的现代派小说。闫文盛是一位创作勤奋、文体多样、产量很高的作家。他的短篇小说题材较宽,表现对象主要是年轻打工者和他们的生活。《影子朋友》《掌上的星光》都突出地表现了城市的腐化堕落和打工青年的艰难生存与精神扭曲。

山西新锐作家群中还涌现出几位女性,她们在表现爱情、婚姻、家庭领域方面，可谓得天独厚、各有千秋。孙频专注于表现人的情感，特别是爱情生活。她目光锐利、视野开阔、才气横溢，在短篇和中篇小说上都有丰硕成果。她的《流水，流过》写一位孱弱的男人对亡妻的终生爱恋、对女儿的苦心教育，一个平凡的生命放射出灿烂的光辉。《鱼吻》则洞幽烛微地展开了现代青年男女之间，那种混沌、复杂、错位、畸形的爱情关系和心理碰撞，雕刻了两个独特的青年形象，让我们看到了一种别样的人生图画。小岸的小说单纯、明净、好读，短篇、中篇均有佳作。《熔》叙述了现代人两种不尽相同的婚爱悲剧，意在反思人们在爱情上的随意、不专等现象。《茉莉花》用优美的意境、抒情的手法，刻画了一个男人和一个女人对各自深爱的人的一片痴情、坚贞不渝，歌颂了一种纯真的、传统的高尚爱情。李燕蓉是一位执着探索现代小说的"先锋"作家，她表现了现代社会挤压下各种人物精神情感的异变，借鉴了许多现代表现形式。譬如《3%灰度》里刻画了两位城市白领家庭生变后的无所适从和对世事人生的迷惘困惑。譬如《底色》中描写了一位大学生在婚爱、就业上的屡屡失误、挫败，表现了人生就是一种荒诞的主题思想。

山西新锐作家虽然实绩卓然、势头正好，但依然存在着思想资源匮乏、生活天地狭小、文学修养欠丰等诸多创作"瓶颈"。期望他们能认清问题、寻求对策、不断进取，跃上短篇小说创作的一个更高的台阶。

山西当代短篇小说已走过 64 年曲折、非凡的历程。但正如刘勰所言："时运交移，质文代变""歌谣文理，与世推移"。现在它面临着新的社会、文化、文学环境，面对着越来越多样、苛刻的市场和阅读需求，它需要顺应时代、深入变革、大胆探索，才能焕发新的生机和活力。

任何事物，都要不断地总结经验和教训。不管是"山药蛋派"作家的传统，还是"晋军"作家的经验，抑或新锐作家的实践，都有优势、长处，也有劣势、局限。山西作家、评论家要克服浮躁和自满，真正重视短篇小说艺术，总结经验、吸取教训、寻找规律，重振山西的短篇小说。

短篇小说依然是现代社会重要的艺术形式，它是社会的"心电图"，是文学的"风向标"。它可以成就一个作家，可以缔造一个"大师"。2013 年加拿大作家艾丽丝·门罗获得诺贝尔文学奖,并被授予"当代短篇小说大师"的称号,就是明证。山西老中青作家依然需要坚守短篇小说创作传统,不断奉献力作精品,推动短篇小说乃至整个文学的发展和繁荣。

第十五章 "山西新锐"再出发

《文艺报》2012年3月9日"山西新锐作家群评论"

在"文学已死"余音未绝、"断代危机"令人焦虑时,"新锐作家群"已悄然在新世纪的中国文坛上占据了一席之地,各地作协为新锐作家召开的研讨会屡屡见诸新闻媒体,"新锐作家"作为文坛重要的新生力量,日渐引起评论界的关注。山西的"新锐作家"作为一个群体被关注始自新世纪初,与全国文坛基本同步,但从创作主体构成而言,"山西新锐"除了"70后""80后"(这是全国文坛大致公认的"新锐作家群"的主要力量)之外,还涵盖了"60后",因此,可以容纳到"山西新锐小说"群体给以检视的作家就更为广泛一些,主要有刘慈欣(1963)、张乐朋(1965)、葛水平(1966)、韩思中(1966)、王保忠(1968)、曹向荣(1969)、李来兵(1972)、杨凤喜(1972)、小岸(1973)、燕霄飞(1973)、李骏虎(1974)、李燕蓉(1975)、杨遥(1975)、闫文盛(1978)、手指(1981)、邓学义(1982)、陈克海(1982)、孙频(1983)等。2012年3月9日《文艺报》以一个专版刊载杨占平《一支颇具潜力的队伍》、段崇轩《对短篇小说传统的继承和拓展》、傅书华《黄土地上的七色花》、侯文宜《乡村题材写作的创新》、王春林《走向全国 追求个性》以及陈坪《城乡胶着中的寻觅》6篇文章,第一次以集中的方式向全国推介"山西新锐"的群体风貌,标志着山西第五代作家正集结成群,整装再出发。

第十五章 "山西新锐"再出发

"山西新锐"的文学生态

文学是一门与生命相通的艺术，而作家的创作风格、精神气质、文学观念的形成自然会受到成长背景、文化环境与精神资源的影响，因此，文学同时也是一种社会现象、文化现象。考察"山西新锐"的文学世界，不能不先进入他们赖以生存的社会文化环境。

关于文学生态。随着政治中国（20世纪50年代到70年代末期）、文化中国（80年代）向经济中国（90年代以来）的转型，文学的生态环境发生了巨大的变化，一个碎片化、市场化、消费化、娱乐化、多元化的社会迎面而来。80年代被盛赞为文学的黄金时代，文学作品备受社会重视，各种主义盛行一时，尼采、萨特、叔本华、海德格尔等各种哲学思潮一股脑涌进大陆。但种种思想的碰撞、主义的论争所演绎的时代激情尚未完全释放，政治风波、经济霸权就淹没了一个时代的理想；中国到底有没有"现代派"还在争论之中，"后现代派"的碎片化、多元化就已分解了社会的整一性；物欲扩张、道德滑坡、人文失落等等一系列的社会问题日益突出，文学的边缘化几乎成为时代发展的必然趋势。早在1988年王蒙就曾预见："人们变得日益务实以后，一个社会日益把注意力集中在经济建设、经济活动上而不是集中在政治动荡、政治变革和寻找新的救国救民的意识形态上的时候，对文学的热度会降温。"（阳雨〈王蒙〉：《文学：失却轰动效应之后》，载《文艺理论与批评》1988年第2期）

事实上，崇尚经济利润最大化的价值理念的盛行，对作家有着巨大的诱惑。20世纪末，作家的队伍发生了分化，下海为商者有之，坚守纯文学阵地者有之，而最具标志意义的莫过于1992年《王朔文集》开启的中国"版税付酬制"。在给作家松绑的同时，文学开始与商品经济发生直接的关系，之后更有市场、传媒合谋之下韩寒、郭敬明们名利双收的模式化运作。自此，躲避崇高的"痞子文学"大行其道，宣扬享乐的形而下文学甚嚣尘上，文学做了利益忠实的奴仆，良知、忧患、责任、批判、高尚等等曾经是文学要义的核心词被性欲、物欲、消费、叛逆、平庸、审丑等等替代，文学在走向边缘的过程中逐渐失去了其高洁的精神追求。

关于精神谱系。山西新锐和"晋军"中的本土作家们较为相近，表现在人生经历的相似性：出生均在贫困、偏僻、落后的乡村或者小城镇，通过读书、接受高等教育，改变了农民的身份，毕业之后又大多重回原籍，继续在底层挣扎、讨生活，但在落寞的日子里，文学的种子却在悄悄地发芽、倔强地生长，终于在破土而出，长成一颗幼苗的时候，被慧眼识珠的文学前辈或者文化单位发现，文学终于为他们带来了命运的转变。杨遥在《我们的路》中有一段话可谓是这个群体大多数人生平的写照："我由于一直读书，稍微也有点运气，走了一条和别人相比有些不同的路。在这条路上，我在村里当过老师，在高速路养护部干过几个月，在县政府办公室当过秘书，还干过副镇长，也在市委某个部门借调了三年多，虽然一直没有调过去，后来到了省城。一路上磕磕碰碰，有过很多艰难曲折。每次当我站在人生的十字路口，面临一次新的选择的时候，没有一次和我的家人商量过，因为他们都是农民，除了认识土地、庄稼和自己周围的那几个人之外，帮不上我什么实质性的忙。"（杨遥：《我们的路》，见其新浪博客：http://blog.sina.com.cn/s/blog_500fb3010101efof.html）对这些来自于底层，又通过个人奋斗而改变自身生存环境的作家们来说，《平凡的世界》中孙少平式的奋斗史对于他们来说并不陌生，其文化身份用"城乡交叉地带"来概括更为准确。这样的精神生态为他们的写作找到了两种情感角度，即站在都市回望乡村和以乡下人的眼光看都市，城与乡的隔阂在这群新锐作家的文本中得到了鲜明的体现。

关于知识构成。他们与山西以吕新、王祥夫为代表的第四代作家较为相似，段崇轩在十多年前对第四代作家的论述几乎可以移植于此："在山西青年作家中，还有一部分作家，他们具有一定的现代意识和审美思想，虽然他们在骨子里和情感上依然积淀着许多现实主义的因素，但在思想和艺术上却常常向现代倾斜，或者'脚踩两只船'，现实现代两条路同时并进，呈现出一种具有现代色彩的创作特征"。（段崇轩：《固守与突围中的山西青年作家》，见蔡润田主编：《山西文学五十年纵横论》，第195页，山西人民出版社2000年版）这主要得益于他们知识背景的多元化。对于新锐作家而言，处在一个众声喧哗的时代，他们所分享的文学资源是最为丰盛的。一方面中国文学经过了80年代的黄金岁月，从伤痕、反思、寻根、现代派到先锋，从现实主义到现代派再到新小说实验，文学经过十多年的开拓，历经文学与政治的关系、文学的主体性、文学向内转、文学的审美意识形态化、文学的日常生活审美化、文学的人文精神失落等等的理论论争，文学这艘小船在十多年的时间里完成了西方文学百年的历史，从"写什么"到"怎么写"，预示着文学正行进在"归家"的途中。

另一方面，这也是西方文学大师对他们的滋养最为富有的时期。在王保忠短篇小说的创作中，从契诃夫到博尔赫斯，从卡尔维诺到卡佛，再到门罗等的身影依稀可辨；而陀思妥耶夫斯基、卡夫卡、海明威、托尔斯泰、米兰·昆德拉等对李骏虎的诸多熏染；李来兵作品中对"零度叙述""符号叙事"等西方现代创作技法的借鉴；手指小说《去张城》的荒诞意味以及他作品中随处可见的"元叙事"手法……作品在形式方面的显著变化充分说明了西方现代小说技法对这一代作家的影响之大，而这一点正是"新锐作家群"文本的特色之一。

关于政治文化。新锐作家与山西当代文学的鼻祖"山药蛋派"所处的时代有了很大的不同。"'山药蛋派'（赵树理除外）创作生涯始自'战士身份'，都有非常强的组织观念，表现在文学创作上，也是较少独立性，而多数情况是和主流意识形态绝对保持一致。这种在文学起步阶段养成的思维，几乎伴随了他们一生，这也就是为什么我们在后来几乎每一次政治运动当中都能见到这些作家为了配合主流意识形态而写出的文学作品"。（谢泳：《山西作家的文化构成》，见蔡润田主编：《山西文学五十年纵横论》，第218页，山西人民出版社2000年版）而新锐作家群开始创作的阶段，正是文学努力逃离政治、"个人化写作"占据文学舞台主角的时期，"为了捍卫艺术的'客观性'和文学的'纯洁性'，人们便倾向于接受'纯艺术'和'纯文学'等'唯美主义'理念，而'无用性'和'无功利性'，则不仅被视为'艺术'和'文学'的最为基本的特点，而且也成了艺术家和作家排斥'政治性'和'意识形态性'的最便捷、最常用的武器。这种把文学从政治分离出来的力量如此强大，以至于一个人必须有足够的勇气，才敢把政治上的深刻性和力量感当做评价作品的一个尺度。"（李建军：《文学与政治的宽门》，载《小说评论》2007年第2期）身处其中的作家们自然不能不受到这种价值理念、文化理念的影响，再加上这批作家起步时大多处在体制之外,仅仅是出于对文学的热爱,为了完成自我的倾诉,因此,他们的文学观念从一开始就更多体现出独立性、个体性与纯粹性,属于"内倾式"写作,所谓主流意识形态的概念基本与他们不发生关系。只是,随着人生际遇的改变,他们中的大多数现在已经是山西文坛的中坚力量,担任着各级作协、文联的某些职务。这种先是体制之外的自由写作,后被体制收编并成为体制核心力量的身份变化,对他们的文学创作到底有什么样的影响,尚需时间的检验和深入的研究。

之所以要赘述90年代以来的社会环境、文学生态,是要说明严肃文学、传统文学在消费的时代空间里作顽强地坚守是何等不易,而综观山西新锐作家群的创作,显然更接近于传统文学的精神气质,其中一个原因在于,山西作为一个内陆省份,上述社会转型所带来的一系列价值观的巨变,并没有经济发达区域来得尖锐激烈,由市场化体制变革所引发的生存方式、伦理秩序以及价值观念的变化与经济发达地域相比,也要小得多。正是这样的一个时空错位,使得山西的新锐作家们在走上创作道路的时候,少了些许人文精神失落的颓败与绝望,也少了新媒体时代炒作、包装对文学的伤害。因此,这群出身多来自乡村或小城镇的作家,在传统农耕文明的伦理道德的浸染下,在成年后坎坷艰难的奋斗中,逐渐成就了他们悲天悯人的精神底色。

"山西新锐"之文本解读

正如罗兰·巴特在《写作的零度》中说的:"一位作家的各种可能的写作,是在历史和传统的压力下被确定的。"(《罗兰·巴特随笔选》,百花文艺出版社1995年版)山西新锐作家的创作既不能回避山西文化传统对他们潜在的形成的历史性,也无法绕开他们成长岁月的现实当下性,新锐作家们的创作主题据此大致可分为两大板块:乡土情怀与现实焦虑。

乡土情怀根深叶茂

山西文学给人的印象总是离不开厚重、宏大、忧患等等一些传统文学形态所具有的特征,这种文化基因的传承造就了山西文学数十年的辉煌,而乡土情怀是山西作家们相近的思想底色。从"山药蛋派"开始就一以贯之的现实情怀、民生意识、人文资源培养了新锐作家们丰厚的精神品格,在山西这片热土上续写着属于他们自己的历史。

20世纪末期以来,现代性、城市文明、后现代意识等等,以前所未有的速度向农耕文明下的乡村逼近,城市的价值观念逐渐侵蚀了乡村的价值体系,城市人的思维方式、行为准则悄无声息地改变了乡下人的生活,现代的商品生产、消费观念、功利理性改变了传统小农生产及具有感性特征的农耕理性。乡村已经被林立的烟囱、深色的污水、起伏的喧嚣代替。青山不再,秀水难寻,乡村在社会转型的阵痛中正渐行渐远。此时的乡村既不同于20世纪20年代鲁迅时期的愚昧、落后,也不同于50年代赵树理时期在奔向新生活的向往中所展示的欢乐与自信,更不同于80年代反思文学、寻根文学时期,其文本中充满对乡村被动走向现代文明过程中挽留的遗憾。过去,"农民以城市(即便是小城镇)为乐土,艳羡城市的消费文化,并由此感到文化自卑。这里有他们的文化觉醒,而绝不只是农村青年的虚荣;以全新的文化作为参照系统,对土地的内涵产生极大的怀疑与绝望,从而有对'文明'的追求,对乡间传统人生的质问"。(丁帆:《中国乡土小说史》,第334页,北京大学出版社2007年版)因此,农民背井离乡逃离土地是怀着开拓土地之外新的生存空间的向往。但现在,农民与土地再也不是相互依赖彼此和谐的关系,昔日人声鼎沸、鸡鸣狗吠的温暖乡土不复存在,逃离之后的乡村只剩下满目疮痍。对于从乡村走出的作家们而言,他们明知传统与现代、乡村与城市冲突的过程中,乡村沦落的不仅仅是乡野的静谧与亲切,更有人性的迷失、道德的沦丧。由是,尖锐的疼痛就这样在不期然中扎进了这些"乡村遗失在城市里的孩子"(葛水平语)的心里。经历了一路的艰辛,农人子弟在城市里的奋斗史成功史固然令人感叹使人敬佩,但是,他们回望故乡的眼睛里就有了太多的犹疑、矛盾和忧伤。面对传统与现代、乡村与城市的冲突,作家想象或者记忆里的乡村与现实的乡村出现了错位,于是,每个人都按照自己的方式走进了书写乡村的文本,从中表达着自己与乡村难舍难分的情怀。

葛水平,一个执着地寻找爱与信仰的精灵一般的女子,山西新锐作家群的领军者。2004年,38岁的她以中篇小说《甩鞭》《地气》震惊文坛,评论

山西文坛"风景线"

韩思中

韩思中长篇小说《死去活来》

界誉其为"一匹黑马"、最得赵树理神韵。她在创作中,诗歌散文小说各种文体样样皆精,10年间,著作不断惊艳文坛,各级奖项纷至沓来,令人目不暇接。但她首先是一个诗人,"诗人的天职是还乡,还乡使故土成为亲近之处"(海德格尔:《人,诗意地栖居》,第87页,上海远东出版社1995年版)。在对故土的怀想中,人的生命与自然之间演绎了绝唱的悲壮。善良与丑恶,温婉与坚硬,内敛与野性,质朴与灵气,诗意与世俗,冷静与热情,轻盈与厚重,安宁与绚烂……葛水平的精彩就在于她充满矛盾和张力的乡村世界让人陶醉、使人惊叹。正如贺绍俊所说"葛水平是乡村精神的守护神。她像一只在田园上飞翔的夜莺,不断地为乡村的芬芳而歌唱。但她有时又像是一只啼血的杜鹃,为了乡村正常的时秩而奔走呼号。在她的精神世界里,充溢着乡村田园的诗意,这不是传统士大夫的诗意,而是生活在乡村土地上的一位女孩在她的想象飞升起来后而获得的诗意。"(贺绍俊:《地气·暖暖地气中的灵性》,北岳文艺出版社2008年版)。世纪之交,与葛水平同时涌现的还有多位年轻的女作家,如小岸、曹向荣、李燕蓉、孙频等,构成了一个风生水起的女性作家方阵,创作了一大批令人耳目一新的作品,成为山西文坛上一道从未有过的风景线。对此,本书的"女性文学"一章,已作了重点评述,此处不再赘述。

韩思中,三度获得赵树理文学奖,从获得文学新人奖至今十余年,已出版中短篇小说集《嫌犯在逃》《毒日头》和三部长篇小说《歌谣》《温柔乡》《死去活来》。《挣挣扎扎》写了一个现代乡村故事,用了一个近乎闹剧的方式完成了悲剧的主题。马兰花原本是一个大龄剩女,家境贫寒,工作又不如意,但是因为认识了有钱的侯二小,不仅自己的命运暂时得到了改变,而且还让小学旧貌换新颜,只是美貌如何抵得过权势的诱惑,侯二小为了煤炭局副局长的位子,移情别恋,抛弃了马兰花,换了副县长的女儿,故事一波三折,在马兰花陷入低谷之时,大学时的恋人郑一的出现再次让马兰花得到了

"天上的馅儿饼",不仅工作调到了县中学,房子也解决了,本来可以皆大欢喜,与郑一重续前缘,但是因为怀了侯家的种,侯二小的意外死亡让这颗种子成了稀有宝贝,马兰花最后做了为侯家传宗接代的工具。在挣挣扎扎中,马兰花,一个弱女子在钱、权交易之下跌宕起伏、波折扭曲的人生命运,以及马灯对有钱的侯二小、对有权的郑一的毕恭毕敬受宠若惊的卑微,侯家仗势欺民霸田修路等等都凸显了社会转型时期,乡村在权贵的笼罩下,正在一点点丧失了传统的本分、坦然、淡定、朴素、亲善等等美好的过往,笔触轻松,故事却在荒唐之中尽显沉重的反思。《死去活来》则进入到人的生命、生存层面,讲了一个关于"转世"的故事,一个男人与一个女人组成了前生今世,原本并不新奇,但可贵的是作者对于生命的理解,主人公沈玉兰出身卑贱、命运多舛、嫁给生父、被卖妓院、险遭鬼子强暴、"土改""文革"遭批斗,可谓历尽艰辛,但她坚信"六道轮回,善恶有报"乃人生大道,默默忍受着命运给她的一切馈赠。古稀之年,她死而还阳,之后发变黑、齿换新、嗓变粗,她的前生——张皓再次魂归,前世今生就这样魂归一处。长篇小说所要求的深刻内涵、宏大精神、多线索结构、复杂的人物性格、真实的生活细节等等要素,在这部小说中得到了全面的展现,显示了韩思中渐渐成熟的小说驾驭能力。

王保忠,一个乡村精神的守候者。多年来他辗转于乡村世界,以长镜头、刻录机的方式为文坛留下了一幅幅农村在走向现代化过程中喜怒哀乐、爱恨情仇的画卷:有基层政权对农民利益和生命尊严的损害与压制,如《树了个典型》《说个媳妇给根娃》等小说;也有在现代化、城市化的力量汹涌而至时,农民面临的生活困境、精神困扰,例如《奶香》《桃花梦》《美元》《家长会》等小说。在长期执着于短篇小说探索的基础上,2011年以20篇短篇小说集结而成的长篇《甘家洼风景》引起了较大关注。"甘家洼"不仅仅是一个物象的存在,更是一个被消费主义搞得沸腾了、迷乱了、颓败了的"文化符号",一个"传统农村"的浓缩版本:在奔向城市的幸福美好中,产生了中国特有的"农民工现象",也就有了只剩下老弱孤寡病残的静寂的"空村",当然也有了两地分飞的孤男寡女原欲的萌动和内心的焦灼,有在教育公平日益失去均衡时,乡村教育被粗暴地"撤并"后奔赴异地求学的留守

王保忠

王保忠《甘家洼风景》

儿童，还有城市人以旅游观光的名义给乡村带来的生态破坏……在这部长篇小说中，对于孤独男女们来自原欲的"性焦虑"，作者并没有停留在对男人或者女人肉体出轨的层面，而是深入到精神层面，正视这种普遍存在而又难以启齿的需求，从人性的角度审视乡村走向城市的过程中对人的影响。《夜活儿》中的老甘像个巡捕，多年如一日地夜巡村子，为的是一方平安，也为的是风化纯正。但是，当一次听到女人仙芝撒尿的声音竟激起他的情欲时，也是他夜活儿的结束，他宁肯投奔到跟人跑了的老婆的大辫子的梦里。因为老甘尽管有原欲的饥渴，但是他对乡村伦理更加重视，他不能容忍自己有如此的意淫之想，与其说他在拼命压制自己的情欲，倒不如说他维护的是传统的乡村伦理。《狐媚》中的仙枝耐不住男人常年不在的寂寞，和一个男人有了一次出轨，但在出轨时，想起因为偷汉子被沉塘的青莲，她一把把那个男人推了下去。这里的浮石既是救了青莲一命的浮石爷，又是仙枝心里的警戒线，尽管她知道男人外出是为了给家里挣好生活，但是一如当年的青莲，"男人心里不能只为有钱"，即便如此，当沉睡的寂寞的身体产生欲求时，她也在用"浮石"提醒着自己不能违背道德底线。

王保忠之于山西文坛甚至全国文坛的意义，就在于当大多数乡土小说家热衷于对乡村进行政治批判、文化批判或者原始探秘的时候，他却像一个古老的刻录机，忠实地记录着正在逝去的乡村的故事，这才是当下中国千千万万个农村正在发生着的原生态的现代化进程，在这其中有乡村城市化的过程中农耕文明日渐式微的尴尬与落寞，也有人们内心无所依附无所适从的焦灼与困惑。与那种激烈地批判城市物欲文明带给乡村人性的异化不同，与那种遥远地深情凝望不同，与那种含混的价值观也不同，王保忠是一位有立场有判断的现代乡村的歌者，他的立场是作为一个启蒙者"为农民代言"，但情感上却往往"成为一个农民"，如同作品中的老甘一样具有堂吉诃德精神，试图拉住被历史裹挟着匆匆前行的故乡，挽留昔日美好的风景。所以，甘家洼不仅仅是晋北的一个地理乡村，更是一个文学乡村，是一个在疼痛中在失语中不断驻足回望的乡村的典型。

李骏虎，乡情的怀旧者。如他所说："我在最有激情的年龄写了个人体验，在走向成熟的年龄写自己最为熟悉的乡村，在有一定阅历之后写历史，以后再在把握一段历史规律之后写当代，像巴尔扎克那样写'当代'。"我们先进入他的乡土世界感受他的乡魂何在。

早在2000年，《人民文学》第12期就发表了李骏虎的两篇散文《对乡村的两种怀念》，其中对"大牲口"和"大土坑"的温馨怀念就已经给他后来的乡土文学奠定了怀旧的基调：乡村之于作者是精神的后花园、灵魂的寄放地。无论现实的奋斗是如何的艰辛，乡情永远是他内心诗意的归宿。这些乡土题材的小说已经为作者带来了诸多荣誉：中篇小说《五福临门》入选中国小说学会2009年度中国小说排行榜，2010年中篇小说《前面就是麦季》获得第五届鲁迅文学奖，长篇小说《母系氏家》获得2007—2009年度赵树理文学奖。这几部作品除了对农村风俗画卷与风土人情的展示令人耳目新颖之外，其最大的价值在于审美向度的独特性。

李骏虎

代表作《母系氏家》在问世之初即有评论家认为是"一部值得咀嚼玩味的长篇小说，一部标志着李骏虎新的创作阶段的代表性作品，可以说，这是李骏虎创作生涯中的一次成功的跨越"（杨占平：《成功的跨越——由〈母系氏家〉谈李骏虎小说创作的转型》，载《黄河》2010年第2期）。的确，这部小说尽管没有引人入胜的故事性和传奇性，也没有戏剧化的情节冲突，语言更是土得掉渣的乡间口语，却给读者留下了深刻的印象，不仅个性鲜明的人物形象令人掩卷难忘，即使不经意的细节也让人忍俊不禁、

李骏虎长篇小说《母系氏家》

拍案叫绝。小说中三个女人的曲折命运尽管都与性有关，但在整个叙事中，作者并没有把性作为小说的兴奋点，更没有因此而放纵欲望，而是通过性在三个女人生命中的不同功能来体现自己的反思，在道德伦理与生命伦理遭遇冲突中试图做出自己的价值判断。从总体上说，尽管三个女性都各自有不同的不公平命运，有着无法逃避的宿命，然而，她们都在以自己的方式和命运进行着不懈的抗争，要么在精神上有自己独立的追求，要么在经济上有自己独立的地位，可以说，作者既抓住了女性独立中最本质的要素，又对追求独立与平等的方式保持了清醒理性的思考，既对女性的生命欲望倾注了足够的同情理解，又对这种生命欲望的释放进行了道德伦理的反思。相对于他前期的《奋斗期的爱情》《公司春秋》《婚姻之痒》以及一些中短篇小说而言，《母系氏家》少了很多青春的凌厉和浮躁，显示出了人到中年之后对人生理解的宽容大度、沉稳成熟，于是"慈祥"不仅成了小说里长盛、七星们挂在脸上的笑容，更是一种内化在心底的人生姿态。

对乡村的怀旧式回溯使骏虎的小说充满了明朗、温暖的色彩，他的突破就在于写出了乡村人物的世界观和精神境界。这里有《五福临门》中因追求财富而迷失了自己的二福，有婆媳大战的壮观，也有二福媳妇莲为了儿子军筹集彩礼钱而四处奔波处处碰壁的尴尬，还有《用镰刀割草的男孩》里弥漫着的淡淡的伤感。《焰火》中的主人公宋凯，身为副县长，却在"忙得晕头转向心情郁闷需要放松时，能缓解紧张调节情绪的，仿佛只有这一个可去之处"。一个在官场身不由己的知识分子在检讨自己失去淳朴之心时，他的可资疗伤的良药也只有通过对自然、村庄和亲情的渴望来救赎布满灰尘的心灵。

对乡土情感无处可遁的眷恋毕竟无法抵御现代性对乡村的入侵，情感上的怀旧无法让一个知识分子无视乡村在转型期所遭遇的困境与悲壮。短篇小说《漏网之鱼》就是一篇揭示煤窑老板为了追求利润最大化，不惜采取过度开采掏空煤层的手段，终于酿成重大事故的故事。其中有乡长与老板、记者权钱交易的黑暗现实，也有对林家贵这类借机发财幸灾乐祸的小人物的灰暗心理描写。矿难，在金钱的召唤下肆意地掠夺着人的生命，而有幸活下来的人则都成了"漏网之鱼"，故事虽小，现实意义却是深刻的。在中篇小说

《庆有》中，乡土的情感则变得比较复杂与矛盾，这里既有怀旧的温馨与宽容，如儿时的庆有与学书偷西瓜时的刺激与得意，又有对乡村在现代性进程中不知不觉沦落的警醒与无奈。小说的结尾写庆有和支书、村长进城本是出于人道的同情去慰问云良的亡灵，因为酒后无法回乡，去洗澡按摩，却巧遇做了按摩女的庆有的小姨子秀芳。故事在尴尬中结束，预示了乡村在日渐异化的历史进程中全面崩溃已是不争的事实。

现实焦虑如影相随

我们所置身的消费时代，同时也是一个焦虑时代。20世纪90年代以来，物质书写、欲望书写就一直是文坛的一个主流倾向，其中对性、金钱的纠缠是文学的核心领域，认为欲望不可抵挡从而敞开欲望是这一时期很多作家的思想倾向选择，故而文本在"张扬人性"的旗帜下成了欲望宣泄和释放的土壤，因此我们习以为见的是依靠大胆与粗俗的本能化叙事来迎合欲望时代的窥视癖好，以及人们在被欲望挟持的过程中带给自身的困扰。对于山西新锐作家群而言，现实焦虑、生存焦虑等也是他们必须直面的时代病症。

"李骏虎用小说的方式为同龄人画像。他对同龄人的生存态度、思维方式、情感特点体验得特别深刻。他努力表现一代人独特的生活感受和情感轨迹。他能从司空见惯的普通生活中发现人生的内涵，悟出生活的本质。他的小说中充满闪烁着智慧的细节，许多出人意料的故事结局。"这是2009年李骏虎获得第十二届庄重文文学奖时的评语，也是对他前期以都市婚姻爱情为题材的作品的阶段性概括。这部分作品主要包括《奋斗期的爱情》《公司春秋》《婚姻之痒》等，与他的乡土小说相比，缺乏一种沉淀的冷静和精心修剪的圆润，但也因此更具有青春的生动与激情，以一个外来者的视角来感知城市的温度触摸城市的喜怒哀乐，反映了城市里"乡下人"的精神成长。

《奋斗期的爱情》主人公李乐其实就是作者精神的化身。一个年轻人刚毕业进入社会，对前程和爱情都充满热望，但是对触手可及的爱情每次都在关键时刻落荒而逃，而"我之所以能'守身如玉地保持住纯洁'，并不是对人性压迫下的爱情的厌恶和拒绝，——相反，我很愿意沉迷于世俗的幸福，只是因为我有理想，并且看到世俗的幸福可能扼杀我的理想，因此才不得不拒绝"。这部作品之所以是李骏虎最为看重的作品之一,正如他所说:"自从开始文学创作以来,我就有意识地让自己的创作和当代文学的潮流保持一定的距离,关注时代,但不关注时代文学,更不关注所谓的文学权威给出的这个时代的好作品的标准;文学是我的精神需求,阅读和创作都发自本心,不刻意追求发表,也不追求进入文坛关注的焦点,更不去跟风凑热闹。"(朱慧、李骏虎:《用小说探索人的精神世界——专访第十二届"庄重文文学奖"获得者李骏虎》,载《山西日报》2009年11月9日)《公司春秋》与《婚姻之痒》表现了李骏虎早期为理想而压抑人性欲望的主题思想。前者写一个人进入城市,开始发现社会复杂和人心叵测之后的精神反应。小说弥漫着一种荒谬、喧闹、陌生的氛围,反映出一个乡下人进入到城市的核心之后,对原来的传统道德观念的彻底颠覆而导致的精神焦虑,在周围所有人都为利益而疯狂相互陷害时,唯有"我"保持了自己原本的品质。而《婚姻之痒》虽然抛弃了前面以理想主义对抗现实的方式,但又干脆让自己走进文本之中,并不惜违背网上众多跟读读者的希望,充当了一个道德审判的法官,让马小波为自己的出轨和背叛受到沉重的道德谴责。他在后记中这样写道:"我承认,《婚姻之痒》里没有理想主义的精神,只有刻意的道德上的审判。我们需要直面婚姻、反思婚姻,而不是无视矛盾粉饰幸福;我们必须坚强地直视伤口,并有足够的勇气撒上一把盐来感受它刻骨的疼痛,逼迫自己从灵魂深处进行反思和忏悔。先俯察灵魂深处,我们才有资格仰视理想的光芒。"无疑,这个阶段的李骏虎具有天真的理想主义者情怀。

张乐朋先因诗歌被人熟知,2006年之后才开始小说创作,但已取得不俗的成绩。《边区造》对暴力的冷静叙述堪比余华,对人性的残暴、历史的吊诡描写又有新历史小说的余韵,人性孰善孰恶令人深思,被《中国作家》的程绍武誉为"这是一篇当代文坛多年未遇的天才之作"。而且预言张乐朋"一定会一步登上文坛,成为一颗耀眼的文坛新星"。《童鞋》中那个为了儿子工作给厂长小外孙买鞋付款"打伏笔"的老张、《偷电》中帮人"偷电省钱"的老马们自私、算计、小心眼的形象,在张乐朋的笔下都显得生动精彩;以窑工生活为题材的《快钱儿》和《乱结层》,语言简洁、冷硬而短促,情节设置绵密,显示了张乐朋的叙述才华与控制故事走向的理性能力。2013年对于他来说，更是一个收获季，长篇小说《桥堰》问世，故事从徐家叔侄之间的一场莫须有的误会开始，引出了一连串猜忌恩怨的感情纠葛，从家庭矛盾同室操戈逐步演化成你死我活的争斗。时值国难当头，形形色色的小人物被时势裹挟和左右，一方成了功臣，另一方就成了罪人，同样是历史的见证人，命运却打着不同的时代烙印。作品通过桥堰镇近半个世纪的变迁，描绘出一幅世道人心起伏变幻的历史画卷。中篇小说《一束莲》选取教育题材，围绕一次赛讲活动，以写实的手法展现出荒诞的意蕴，使得这部小说具有了非同一般的意义。搞得热闹非凡的赛讲活动，表面看来严肃认真，却潜藏着一个巨大的秘密，原来由矿区出钱筹办的这次活动只不过是权钱的交易，老陈要升官，矿长老婆要"名正言顺"地上职称，于是，原本是选手的石庆就被莫名其妙地选做了评委，而他的课件则被许爱莲"横刀夺爱"。只是，成人世界精心导演的好戏被一个小学生当堂破坏，使得导演恼火、演员尴尬、游戏中断。教师的生存现状、教育的生态环境随着各色人等的粉墨登场被一一揭露出来。莲者，本出淤泥而不染，在这里却成了对世态莫大的讽刺。

张乐朋

张乐朋长篇小说《桥堰》

李来兵的小说可以归纳为关于寻找的故事。他的小说总是让人不太容易进入，因为他的小说不是情节小说也不是性格小说，而是接近于心理小说的一种实验文体，使阅读变得有些艰涩和摸不着头脑，一目十行的阅读速度显然无法应对小说情绪的流动，只好耐着性子，慢慢地咀嚼细细地品味，掩卷而思时，也会有一些不同寻常的发现。《大山深处的天空》在找未被污染的人性美善。让人印象深刻的地方，一个是煤矿老板刘福生在官场出入却绝不同流合污，与各种金强式的好色好钱贪官周旋却能洁身自好，一个有良知的未被利益蒙蔽了良知的煤矿主跃然纸上；另一个是乌云格日勒，美得众星捧月般的大山深处的一颗珍珠，却与金强的儿子金小山真心相恋，突破了"官二代"纨绔子弟的常态思维，让一个贪官的儿子拥有对爱情的某种执着是为

李来兵

李来兵短篇小说《节日》,载《人民文学》2006年第6期

了赋予他一种美好的品质,寄予了作者对人性之美之善的美好期待。《掩盖》中的"我"在寻找自己的文学理想。因为"我"不愿意在我的小说里加入"人们喜爱的元素",比如说性,比如说凶杀,所以"我"的作品无法得到"市场"的认可。但是,通过梦中"我"和两个女人的艳遇与性爱,虚荣心得到了满足,"我"完成了走向"市场化"的仪式。梦里梦外,到底是通过梦境来向现实妥协,还是用现实中"我"对于"纯粹小说观念"的坚守来反抗梦境的堕落?梦与现实隐喻的是"我"分裂的人格,并尝试用一种意淫的方式来调和"我"与现实的矛盾,是作者"在人格精神的一系列自我拷问、自我戕害、自我割裂后,完成自我救赎和实现自我烛照。"(李来兵:《与小说相遇——我的谢幕词》,载《黄河》2005年第2期)

杨遥从事文学创作十多年,已在《人民文学》《十月》《当代》等杂志发表作品百万余字,相对于其他的高产作家并不算多。但是他的小说贵在精品多,如部分作品被选入《小说选刊》《中华文学选刊》《长江文艺·好小说选刊》《21世纪文学大系》《中国新写实系列丛书》《新实力华语作家作品十年选》《小说选刊十年选》等选本,获得赵树理文学奖、《十月》文学奖、《上海文学》奖、《黄河》优秀小说奖、《山西文学》优秀作家奖等奖项,说明了其作品获得了文坛较高的的认可度。他的小说主要是对底层人生存境遇的关注与揭示,一部分以纪实性为主,以"我"的视角写小人物的人生经历,以描述、剪贴的方式对生活进行原生态的还原。《北京的阳光穿透我的心》中的"我"为了被这个城市接纳,一再放低标准委曲求全,但总是被"北京户口"而拒于千里之外,在终于找到一份推销水的工作而且前景正好的时候,"我"离开了,因为"我喜欢一种自由的生活,且和文学有关。我觉得自己就是诗人兰波笔下的总是'生活在别处'的那种人,我的肉体需要

漂泊,我的精神需要流浪,我认为'长有翅膀的人总是渴望飞翔的'"。北京的阳光原本与"我"这样的小人物无缘,但也正因为北京的这一段求职经历才让主人公更看清了自己真正的追求和梦想,找到了人生的方向,尽管这条路也许充满了未知的挑战。

杨 遥

除此之外,杨遥还有一部分作品深受胡安·鲁尔福、川端康成以及卡佛等小说家的影响,荒诞怪异而又寓意深刻。《唐强的仇人》写一个生活在底层的弱者唐强的复仇故事,先是莫名其妙惨遭痛打,继而又被人偷钱,"打死"窃贼、逃亡、悬赏打王二……这个唐强试图要反抗他猪一样被人打、被人赶的生活,但可惜他只有阿Q的勇气,本来想做一只狼,却只有羊的软弱,于是把王二打一顿就成了一个昭告天下的笑话。这样的故事在现实生活中似乎随处可见,正因为人们习以为常,才会对唐强的被打熟视无睹漠不关心。唐强的悲哀在于面对强者无从反抗的无奈处境,只能让仇恨慢慢释放

杨遥短篇小说集《二弟的碉堡》

在自己虚张声势的心理活动中,得到精神上战胜对方的满足。再如《为什么骆驼的眼神总是那么疲惫》写一个颇具荒诞色彩的故事:元明的生活一团糟,工作调动不顺利,家庭生活不如意,就像故事中的骆驼,原本是个对生活充满好奇的动物,一直都在寻找能让自己别有洞天的新鲜感,但是走过一座又一座的沙丘,看到的总是同样的沙子,等到终于看到树木、泉水时,疲惫的眼神已经失去了欣赏美景的能力。这多么像元明平淡无奇日复一日的庸常的生活状态。似乎是一种暗示的结果,从此元明开始逃避,在快速旋转的呼啦圈中终于逃离了让他疲累不堪的生活。

《闪亮的铁轨》《二弟的碉堡》都是关于"外来者"的故事。小说中的两个外来者的到来都打破了村庄原先的宁静,不知来自何方的"少年"和二弟就像两面镜子,反射出人们的内心的善恶、美丑、敌意、疯狂等,不同的是

少年是个弱者，最终被驱赶放逐，而二弟的强悍让她把旗帜挂到了她的"碉堡"上空，挑战夜里来倾倒垃圾的嫉妒、阴暗、恶毒的人们。

杨遥小说的主人公无一例外都是处于社会最底层的小人物，他们或有生存的焦虑或有身份的焦虑，为了有尊严地活下去，他们饱受屈辱与压抑。杨遥不仅写出了他们的生活状态，也写出了他们面对现实的态度，或者"复仇"，或者"逃避"，他们在怯懦中忍耐，也会在忍无可忍时爆发。正如王祥夫所评价的："中国的拳术，有'形意拳'一路，把拳头伸出去打你，而在意念里却是要打你背后的那堵墙，这样一来，出拳的力度便大不一样。杨遥的短篇小说就某种意义而言就是拳术中的'形意拳'"。正是这个"形意拳"构成了杨遥这类"他"视角小说的意蕴，显示了其高超的小说才能。

杨凤喜2003年开始在全国各地文学杂志发表中短篇小说近70篇，作品散见于国内20余家文学杂志，曾被《新华文摘》《中篇小说选刊》《小说选刊》转载。2013年出版了长篇小说《银谷恋——丁戊救荒》。他的特别之处在于心理描写的精致、细腻、委婉、自然，读完之后总会令读者会心一笑或者深思良久。《在阳光里奔跑》把一个得了癌症的老头最后的时刻对生命的依恋写得令人动情。《固若金汤》通过如何处置一把不明来路的钥匙，使退休之后的老孔无所适从的焦虑纤毫毕现。《下夜的男人》写一个老光棍赖伍孤苦无依又愤愤不平的嫉妒隐忍心理。《一步之遥》里的邻居咫尺之遥却如远隔天涯般陌生……凡此种种，杨凤喜的小说世界里都是这些名不见经传但是又遍布我们周围的小人物，都以反映城市化进程中小人物思想的裂变、情

杨凤喜

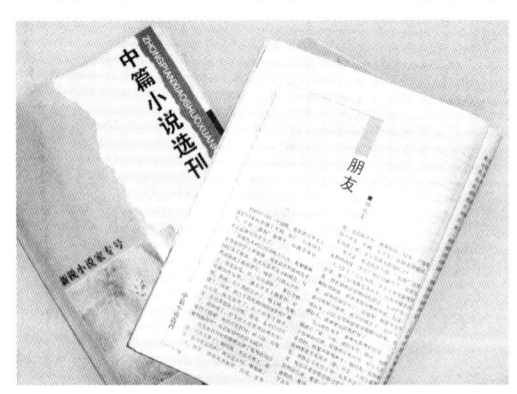

杨凤喜中篇小说《朋友》

感的游移，以及时代变革中的惶惑和笃定为主，多以平凡琐碎的叙事展开，虽然充满了对个体生命的思索，却有代表性地折射出很多人共同的矛盾、无奈或困顿，从而引发读者的共鸣。《独自等待》写了一个非常唯美的身在婚姻却精神出轨的故事，小美与徐轻风因看病相识，从此陷入长达两年的精神之恋。出于对家庭的责任感和负疚感，两个人都想了断这段情缘，小美却在赴约的路上出了意外，包被抢了，小美的精神自此恍惚不安，因为包里有她写给徐轻风分手的信件，她被这封信可能会大白于天下的恐惧折磨得心力交瘁……杨凤喜用日常生活陌生化的处理方式，让每个人都走进了"本我"的世界，把日常生活中我们习以为常的庸常以心理真实的探秘展现出其沉重、荒诞的一面。杨凤喜在探究普通人的"本我"层面无疑体现了其独特的价值。

闫文盛，1995年开始创作，从诗歌进入文学世界，随着生活环境、心境的改变，继而散文继而小说，兼及评论、报告文学、传记文学等各种文体，均取得不俗的成绩。他的可贵之处在勇于尝试各种文体的互通互融，在开放中寻求文体新的突破，如散文语言的精练化、内涵的哲理化，小说结构的散文化、语言的诗意化，在他，似乎都是那么的自如熨帖。2005年，闫文盛开始走近了小说。最初的小说主要写自己及其同龄人的故事，在《逆光像》《贫贱夫妻》《寄居者》《沉重的睡眠》《爱情鸟》《少年情事》中，诸如城市生活中的屡屡迁徙，呕心沥血的工作与猝然而至的辞职，爱情中的伤害与刻骨铭心的思恋，日常生活中的一地鸡毛……但是，他也有一部分小说同样面

闫文盛

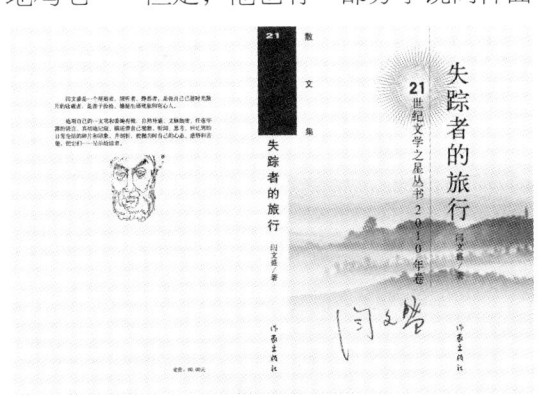
闫文盛散文集《失踪者的旅行》

对日常生活,不再留恋对生活本身的复制,而是深入到生活的内核之中探究本质,在这些小说中基本找不到池莉、刘震云、刘恒们面对日常生活的理解、同情与温暖,反而总有一种撕心裂肺的痛感、让人人抓狂的绝望,以及种种惊异的丑陋。正如他自己描述的:"我很少去写那些我生活中的小幸福,这并非因为它们不牵涉深度,我想最大的可能只是,它们是另外一个层面上的真实,与我直到目前仍然坚拒的历史真实没什么大不同。"(闫文盛:《自我发现》,见其新浪博客:http://blog.sina.com.cn/u/1033410521)

这个内在图像显然与日常生活的经验无关,而是来自一种被理性遮蔽的非理性的真实。就像先锋小说家们笔下对于人性之恶的展览陈述与剖析,例如余华的《现实一种》,在闫文盛的小说中依稀有这种暴力的气息。如《十年乱》父亲与儿子之间混乱的情史。白蕊原本是个受害者,后却主动接受了林晓晨,而且自此变成了一个无人敢要的淫荡之人;曲紫葳在与林晓晨的性生活中迷失了自己,后来却又莫名其妙地喜欢了林的父亲林一凡——一个赌棍和嫖娼者,整个故事混乱得简直不忍复述,推动故事情节的是性的饥渴、强烈的控制欲和占有欲,父子反目、情人反目、夫妻反目莫不是因此而起,这个世界很阴暗很疯狂,与我们经验中的日常生活显然有太遥远的距离。

《痴人妄想录》是一篇近乎内心独白式的作品,是闫文盛对读者的新挑战,也是他对小说观念、生活观念的一次集中的"自白"。"印证岁月的孤苦。它是我自己的家国梦。"闫文盛如此表述。小说以"我"的视角讲述了两个人的命运,一个L,一个林。他们原本都是有大志有理想的人,但L经过岁月的修剪与磨砺,渐渐地堕落蜕变成了一个自私、暴虐的人;林则在无法寻找到诗意的世界选择了逃亡;而"我"其实是两者的混合体,既有L被岁月洗涤干净对第一次醉酒第一次恋爱第一次人生种种的怀念之后无奈地遁入现实,做了世俗的投降者,也有林对于文学纯粹的追求而终于无法自存于世的悲观。不同于L是向生存本身的妥协,"我"是因为对父母对妻儿的愧疚才开始尝试做一个正常的人;不同于林的悲观绝望,"我"在世俗的大地上依然在追求诗意的生存方式,并尽可能地保持十多年前对文学的喜爱,在罗伯-格里耶、马尔克斯这些伟大作家的故事中寻找自我救赎的力量。"自我救赎"是作者在凡俗人世努力抗争和拒绝的一种姿态,借用文学的声音，他完成了一次艰难的心灵对话。这不仅是闫文盛自己的孤苦岁月，也是众多热爱文学然而又不得不在这个被金钱完全控制的日常生活里辗转腾挪的写作者的惶惑、愤激、抗争与无奈。

手指，2004年开始创作以来，已经在《收获》《人民文学》《大家》《芙蓉》等重要刊物发表中短篇小说多部。入选过《北大选本·2008中国小说》《21世纪文学大系2009年短篇小说》《新实力华语作家作品十年选》等。10年间，手指基本都在"我世界"的"我经验"中挥笔泼墨，忠实记录着以他为代表的乡下"80后"进入到城市之后的各种焦虑，将生活的冷酷、混乱、虚无以及人的卑微表现得淋漓尽致。就选题而言，不外乎乡下人在城市的种种遭遇：爱情、房子、车子、工作等等

手 指

手指短篇小说《寻找建新》

关乎生存本身的压力，这一视点与上述新锐作家们并无二致，但是，在对文本细读的过程中，还是能够品味到岁月在他身上留下的意味。

关于虚无。这似乎是这个"小时代"中"80后"们的普遍精神病态。手指最好的小说之一是《去张城》，与王保忠的同名小说不同，王保忠的张城是少年"北大"心中的神圣所在，因为那里有他精神的领袖——一个作家，他悄悄离家去张城的目的是为寻找自己的文学之梦。而手指笔下的"我"却在别人的鼓动下，本来是要去张城看一个怀了孕但和"我"没有任何关系的叫"小艳"的女人，结果在张城的必经之地王城，有一个原本联系并不多的朋友王爱国邀请"我"去他那儿做客，"我"去了王城之后又觉心烦意乱，寡淡索然的王爱国本来就让"我"厌烦到极点，竟还要和"我"一块儿去张城，结果两个人却稀里糊涂坐上了去张镇的车。"我"漫无目的、百无聊赖，面对未来的生活茫然无措，这几乎就是这一代人思想普遍虚无的写照。

小说中弥漫了一种不确定的、令人难以捉摸的情境，与余华《十八岁出门远行》中梦境、怪诞的氛围颇为相似。

关于城市。手指有很多小说都写关于城市的焦虑，乡下人对城市的向往以及到了城市之后的种种不适应。《小县城》里的胜利为了讨好小女生，竟然去商场偷各种东西，只为得到别人的一点羡慕，然后等有一天去了那个瘦女孩家时，"他在镜子里看见了自己，他一下就看见了自己皱巴巴的衣服，黑漆漆的双手，另外一个自己像被石头砸中的玻璃似的，一下子碎裂开来"。强烈的自卑让胜利无地自容，他依然无法融入小城人的生活。另一个人物建新在9岁时就对小县城充满了向往，因为一次不期而至的雨天，他被滞留在县城的旅馆，而这短短的几天竟是他一生中最快乐的日子，只是成年之后的建新的这种快乐并不被别人理解，包括他的妻子。在城里过着四平八稳、日子拮据的建新再也没有了9岁时的快乐，于是他回到县城住到最豪华的旅馆，约了几个混得不怎么样的同学，在对方的局促不安、受宠若惊中，建新用自己编造的神话满足了自己的虚荣，他终于通过这种方式找到了自己。由此可见城市所给予建新、胜利的除了生活方式、物质层面的自卑之外，始终有一种无法得到城市认可的危机，他们永远都只是城市的边缘人。《寻找建新》可谓是《小县城》的姊妹篇，从乡下、小县城来到城市的"我们"为什么要寻找建新呢？除了建新曾经是我们的老师，行侠仗义，为我们打抱不平，和我们一起赌博疯玩，是我们的主心骨之外，"我们需要一个为我们做主的人，带领我们的人"。先一步到了城里的建新显然对此轻车熟路，在通往城市的通道中，"我们"都是孤独的个人，我们太需要找个人一起取暖，一起走进城市的深处。

日常生活与荒诞、小人物与焦虑，在燕霄飞的《奶香》《打开门有多难》《房客》《湿淋淋的声音》等作品中也有精彩表现，尤其是《湿淋淋的声音》对于中国当下的现实社会的某一侧面有着尖锐的洞穿。"我"与远村的志生都是穷山村的诗人，但是贫困的物质生活无法给精神润色，志生的死令人震撼。《打开门有多难》中的"门"，既可以理解为是小说中总是让任伍费尽心思的那个现实的门，更可以被理解为是一种心灵之门、精神之门，是多年存在心理隔阂的任伍和双秀之间的情感之门。《系红绳的翅膀》通过诗化的语言营造了一个悲情的氛围，对民办教师田来元的现实处境与飞到遥远的、自由的地方之间横亘的种种矛盾、束缚做了详尽的描述，使得诗意化的叙述与沉重的故事之间形成了强大的反差和张力，展示了作者较好的语言感觉。

在这批作家当中，来自于湖南土家族的陈克海是唯一的"外来户"，他的《都是因为我们穷》这个中篇小说值得关注。该小说以当代都市青年的生活为题材，写了乔飞、朱丽、王玉摇这些在都市漂浮的小人物们无力改变自己的命运的悲凉，只好通过婚姻、通过"傍富"来改变自己的未来。小说的重点在于写这些城市漂泊者的精神和情感困境。那些快餐式的情感历程，反衬出人世的荒芜。小说以横截面的方式，打开了异性合租生活背后的时代之门，凸显出这个时代精神世界的废墟特征。

值得一提的还有邓学义，患有先天性脆骨症，常年与轮椅为伴，文字感觉却很好。他从20岁起开始写作，有散文、小说等，十多年里，创作的作品多达百万字，在各类杂志上共发表了近20篇文学作品。2010年，他的短篇小说《谎》在《山西文学》上发表，并获得了2010—2012年度赵树理文学奖短篇小说奖。数千字的篇幅，却把马二柱、席世谦、李工头几个人物塑造得形象生动，精心编制的谎言漏洞百出，但是人们之间心照不宣的默契让这个小说充满了阳光和温暖，叙述精致圆润，颇见功力。《兄弟》里日子深处的真诚朴素与生存原则的挤压，道出的是沉甸甸的生活况味。

刘慈欣的小说创作在山西是个"异数"。其代表作有长篇小说《超新星纪元》《球状闪电》《三体》《三体Ⅱ：黑暗森林》《三体Ⅲ：死神永生》、中短篇小说《流浪地球》《乡村教师》《朝闻道》等，被视为中国最有影响力的本土科幻作家。他的科幻长篇小说写得宏伟大气、想象绚丽，成功地将极端的空灵和厚重的现实结合起来，同时注重表现科学的内涵和美感，兼具人文的思考与关怀，体现了一种具有中国特色的科幻文学样式。这在一向特别注重现实生存、缺乏超越现实空灵想象的山西文学谱系中，不能不说是一个奇迹。

整体而言，新锐作家的文本主要集中于乡情乡土与现实焦虑两个层面，创作还是以现实主义的创作为其宗旨，对小人物、平凡人生的关注为其核心，对"城乡交叉地带"的精神展示为其重点，在继承山西传统文学厚重品格的同时，也在叙事、形式、语言方面做出了许多有益的探索，呈现乱花渐欲迷人眼的繁荣景象。

"山西新锐"的创作瓶颈与前景

山西新锐作家已走过一二十年的创作历程，已然成为山西文学的中坚力量，不少作家的创作鲜花掌声一路相伴，屡屡获得各级奖项与荣誉：鲁迅文学奖、庄重文文学奖、人民文学奖、赵树理文学奖、中短篇小说奖、《上海文学》奖、中国小说排行榜等等；很多作品被《人民文学》《上海文学》《收获》《十月》等选用，被《小说选刊》《小说月报》《中篇小说选刊》等转载，说明这支创作队伍"在路上"的势头正好。

但需要指出的是，这里对山西新锐群"60后""70后""80后"的描述只是一个社会学意义的划分，并非文化学意义的"代际"所指。例如文学史上的"80后"不仅仅是指20世纪80年代出生的人，还具有"城市""独生子女""新媒体""现代消费"等等限定词含义，而山西的"80后"孙频、手指、陈克海、邓学义等显然与此文化意义相距遥远。90年代，中国文坛上"60后""70后"甚至"80后"逐渐声势浩大声名显著之时，却基本上看不到山西新锐作家的身影，而以"60后"创作群体为主的"新生代作家""新状态作家""晚生代作家"等（此为特指小说领域的指称，与诗歌、散文界

2011年10月，在杏花村汾酒集团召开晋军新锐作家创作暨山西文学发展座谈会

有所不同)作家群中,山西"60后"作家们也难归入其中。此外,山西新锐作家群对全国文坛的冲击力、影响力还较为有限。例如"60后"的余华、格非等为主力的先锋小说早在80年代末期就对中国文学的走向发生了重要影响,韩东、朱文、徐坤、东西等等的很多作品以及围绕他们而产生的文学事件也已然"入册","70后""80后"作家在世纪之交时曾制造了很大的文坛波澜,搅动了文坛一池春水,卫慧、棉棉、韩寒、郭敬明等一些名字在文学史的叙述中已无法回避,而山西新锐作家群虽然开始创作的时间不等,但成名均在新世纪以来,仅就时间而言,与他们的同龄作家相比至少有10年的滞后。

另外,这群新锐作家与山西文坛的前辈相比,影响力也较为有限。从40年代开始,当代文坛风水轮转、流派众多,但山西作为其中一块文学重镇的地位从未动摇,从四五十年代"赵树理方向"对中国文学的引领,到80年代"晋军崛起"带给文坛的惊异,再到90年代张平为代表的"政治文化类型小说"引领主旋律小说,山西文学几个时期均是文学乃至文化的重镇,而山西新锐作家群除了个别作家获得了主流文坛及省外评论家的关注之外,大部分作家还缺乏锐利的锋芒,在全国文坛处于相对边缘的位置。

确实,目前新锐作家群的确存在诸多瓶颈、问题需要突破。

首先是创作题材的窄化。山西文学缺乏真正"城市小说"的局限还未突破。这群新锐作家的创作依然集中在对乡村的现实书写上,写到城市生活的作品也多是反映乡下人进城之后的种种不适、茫然、自卑与迷失的精神状态,是关于乡下人进城的故事,是关于乡村文明与现代文明如何遭遇的故事,而不是关于城市本身现代性的小说,原因是这批作家的出身基本没有城市背景,缺乏相应的城市生活经验。

其次是创作经验的重复。综观山西新锐作家的创作,大部分人创作伊始至今,自我重复现象比较突出。例如王保忠的"甘家洼"世界虽然自成体系,但是当"甘家洼"形成一个自足的阅读对象时,会形成审美疲劳。李骏虎虽然有向巴尔扎克"进军"的追求,但目前的创作依然缺乏新的突破,例如2013年的长篇小说《浮云》基本上是他创作以来的一个中短篇小说汇总,《焰火》《此岸》《还乡》甚至早期的都市婚恋小说中的人物的影子在这部长篇中清晰可辨，表现的主题、写作的技法也基本上沿袭了他一贯的风格特点。手指的小说剥离故事与背景，几乎都是同一个"手指式的"人物在发声……这部分作家除了闫文盛、手指、孙频之外，基本都到了不惑之年，但这个年龄的贾平凹因《废都》轰动社会、李锐凭借《厚土》奠定了文坛地位、张平的《法撼汾西》开启了政治文化类型小说的时代热潮……他们的成功就在于对自我经验的不断突破与创新，而山西新锐作家和这些大作家相比，差距还是比较明显。

第三是写作技法尚需提高。与山西传统文学相比较，新锐作家的创作技法有了显著的变化，元叙事、象征叙事、心理叙事、狂欢叙事等对于新锐而言的确不再陌生，但是也有一些作品是为了追求新异而在形式上翻新，与内容脱节，且模仿名家的痕迹过重。如韩思中的《死去活来》中生之艰难、困窘固然通过故事的演绎让人感慨万千，但是，小说试图想要达到的利用魔幻现实主义的手法达到深层的民族揭秘、生命揭秘的意图并没有实现。小说的主题与莫言的《生死疲劳》非常相似，但是并没有将神秘文化的形而下的描写提升到形而上的人类生命意识的思考，因此，对民间神秘文化的利用，反而在某种程度上削弱了对其严肃的人生命题的拷问。

第四是缺乏大的格局、大的情怀。李骏虎说"'70后'的自我开始摆脱时代对整体命运的支配，这使得文学对个体的关注得到拓展，艺术的轻盈和自由得到彰显，但是，'70后'因此而缺乏历史感，这是时代决定的，但是也可以以作家的意志为转移，毕竟，一部作品没有历史感注定是浅薄的，人物没有命运感是苍白的。在这样一个琐碎庸常的时代，'70后'的笔触多是'民生''底层'等等叙事，这是危险的"。其实，这不仅仅是"70后"的局限，也是山西新锐作家们普遍的局限。在崇尚个人化叙事的时代，凸显个人意味的同时，远离了意识形态，也拒绝了历史、政治等厚重的底蕴，整体创作呈现平面化、琐碎化，缺乏足够的哲学深度、文化深度，能够代表三晋文化特质的作品尚未出现。

第五是对于新媒体时代文学发生的变化缺乏足够的敏感。在经济时代的文学市场化浪潮中，山西新锐作家也开始"触电""触网"，如葛水平的《喊山》《地气》、韩思中的《与歌手吴有有打官司》、张乐朋的《边区造》、李骏虎的《婚姻之痒》等被拍成电影、电视剧；再如手指的小说《去张城》贴在"新小说论坛"之后被《收获》编辑发现，自此开始进入文学圈并攻占重要文学阵地。这些都说明他们的文学生产方式与传播形式发生了新的变化，但是与其他发达地区的新锐作家相比还是缺乏一定的锐气，传统的文学刊物依旧是这批作家重要的话语场地。新媒体时代对于文学提出了哪些新的要求，包括文学的思维、文学的修辞、文学的语言等等，在新的传播时代，文学如何才能进入读者的阅读视野等等，都是这一批作家们需要思考的重要命题。

山西新锐作家已然再出发，但他们能够走多远，有待于自身的努力，也有待于山西文坛各界给他们以更有力的支持与帮助。

附：山西文学大事记（1949—2013）

1949 年

1月16日，《人民日报》发表王春的文章：《赵树理怎样成为作家的》。

5月18日，晋绥、晋南文艺工作者代表一行11人，由周文率领从临汾赴北京，参加全国文艺工作者代表大会。

8月8日，由前晋冀鲁豫与晋察冀两区文联联合召集华北文艺工作者会议，参会的有沙可夫、贺绿汀、周扬、赵树理、陈荒煤、欧阳山、李伯钊、田间、光未然、阮章竞等60余人。周扬作了总结发言。

12月3—16日，山西省首届文学艺术工作者代表大会在太原召开，到会代表共289人。大会由高沐鸿致开幕词，省政府副主席裴丽生讲话，省委副书记赖若愚作政治报告。大会期间，山西省文学工作者协会（省文协）正式成立，王玉堂（冈夫）任主任，束为、郑笃任副主任。

1950 年

1月，《人民日报》连续发表竹可羽的文章，批评赵树理的中篇小说《邪不压正》。此前已有或肯定或批评的文章发表。

3月，省文联、文协发出1950年创作号召，要求文艺工作者广泛反映生产建设、新人新事，在创作中应突出关于合作社、干部工作作风和工业建设的主题。

5月1日，由山西省文学

1949年第一次全国文代会西北地区全体文艺代表的合影。前排坐者左二为西戎，第三排右二为力群

工作者协会编辑出版的综合性文艺刊物《山西文艺》(月刊)创刊。主编郑笃,编委力群、王中青、王玉堂、史纪言、李束为、汪洋、青苗、洛林、洪飞、唐仁均、高沐鸿、高首善、赵维廉、郑笃、卢梦。该刊16开,月刊,每期40页。

1951年

1月21—30日,山西省人民政府在太原海子边人民大礼堂召开山西省首届文艺、新闻给奖大会。省政府文教委员会主任冀贡泉致开幕词,山西省委书记赖若愚作政治报告,省政府代主席裴丽生、副主席王世英和省委宣传部部长陶鲁笳作了关于文艺问题的重要指示。史纪言、力群分别作了新闻、文艺工作报告。省文协主任王玉堂(冈夫)作了《把我们的文学工作向前推进一步》的发言。大会总结了1950年全省文艺、新闻工作的经验,指出了1951年工作的方向与任务。参会人员530余人。

大会历时10天,山西省政府副主席王世英致闭幕词,山西省文教厅副厅长王中青代表评委会报告评奖经过与结果,其中束为的小说《春秋图》、冈夫的诗歌《红花绿叶词》、韩文洲的小说《浸种记》等6篇作品获文学创作甲等奖,汪洋的鼓词《大破一贯道》等27篇作品获乙等奖,陈志铭的小说《一件意外的事情》等68篇作品获丙等奖。

2月20日,著名作家赵树理由京抵并,省文联、省文协举行欢迎座谈会。会上赵树理介绍了自己的创作经验。会后,赵树理赴长治专区,了解农村的新变化和新动向。

1951年夏,山西文艺界人士的一张合影。前排左起:力群、墨遗萍、王玉堂(冈夫)、郭维洲、高沐鸿。中排左起:郑笃、唐仁均、李束为、张沛。后排左起:卢梦、高凤岐、李涛、张振亚、夏洪飞

7月6日，马烽短篇小说《结婚》在《中国青年报》发表，《人民日报》1951年7月10日转载，并加推荐按语。

7月25日，《山西文艺》出至第1卷第12期，刊发启事：暂时休刊。

9月22日，由省文协主办、编辑的《山西文艺》以副刊的形式在《山西日报》刊出，周刊。主编郑笃。此周刊接续原《山西文艺》(月刊)的总第13期。

1952年

3月1日，《山西文艺》(《山西日报》副刊，省文协主办)出至21期，即《山西文艺》月刊总第33期时停刊。

1953年

10月31日，省文联及各协会举行常委扩大会议。会上，郑笃、洪飞传达全国二次文代会精神，并决定《山西文艺》于第二年复刊。

1954年

2月16日，省文联召开文联常委和各协会常委联席会议。会议根据全国二次文代会精神，讨论文联改组和今后工作任务等问题。决定原"山西省文学艺术界联合会"改称为"山西省文学艺术工作者联合会"，团体会员改为个人会员，各协会应予结束。

4月15日，综合性文艺月刊《山西文艺》复刊(总第34期)，大32开。主编郑笃。1955年之后，主编胡正。

1955年

孙谦短篇小说《奇异的离婚故事》在《长江文艺》第1期发表，包括1957年在《火花》发表的《有这样一个女人》等，1960年后，在《山西日报》《人民文学》等报刊发表多篇文章进行批评。

1956年

2月27—3月6日，周扬在中国作家协会第二次理事会会议（扩大）上的报告《建设社会主义文学的任务》中，点名批评了山西作家李古北的短篇小说集《农村奇事》，认为有歪曲现实的自然主义倾向，把读者引导到庸俗的，注意琐细事情的趣味上去。此后，《火花》从1959年到1960年，连续发表文章，对李古北的创作进行了严厉批评。

4月29日，为了更好地推进创作高潮的健康发展和加强对广大业余写作者的创作辅导,省文联举行第一次文艺讲座。主讲人为马烽,他以"青年文学创作问题"为题,向1000余名青年文学写作者和爱好者作了报告。

9月1日,《山西文艺》9月号刊登启事:"这一期(九月号)的《山西文艺》是最后一期了……决定从10月份起将《山西文艺》停刊,与原《太原画报》合并创刊《火花》文艺月刊。"

10月1日,文艺月刊《火花》创刊,16开,40页。

1957年

5月21—22日下午,省文联召开驻太原的各文艺刊物和报纸副刊的文艺编辑座谈会。会议由省文联副主席马烽主持,省委宣传部副部长高沐鸿同志应邀参加会议。马烽在会上说:"召开文艺编辑座谈会的目的,是让大家谈谈我们编辑工作上、编辑思想上所存在的缺点、困难,以便互相研究、共同改进,从而搞好全省的'鸣''放'工作。"

11月,《火花》11月号消息:山西省文联、太原市文联为了迎接伟大的十月革命节,从而使我省文艺界更好地认识苏联在社会主义建设各方面的伟大成就,并学习苏联的先进经验,发展我国的社会主义文学艺术事业,特拟定各项纪念活动。举行千人以上的文学报告会,特聘苏联专家作关于苏联文学艺术工作方面的专题报告。

1958年

1月,马烽短篇小说《"三年早知道"》在《火花》第1期发表,其中的主人公赵满囤在后来的批判"写中间人物"运动中,作为中间人物受到批评。

5月27日,《火花》编辑部与《文艺报》编辑部在太原联合召开座谈会,对《火花》从1956年10月创刊以来到目前为止所发表的70余篇短篇小说的创作倾向、风格和特色进行了初步研究和讨论。出席会议的有省文联主任李束为、《火花》主编西戎、《文艺报》副主编陈笑雨及山西省的评论者、教师和报刊编辑郑笃、唐仁均、马作楫等。

8月,赵树理短篇小说《"锻炼锻炼"》发表于《火花》1958年第8期。《人民文学》1958年第9期转载。作品中的"小腿疼""吃不饱"被质疑为"中间人物",小说被称为"写中间人物"的黑样板受到批判。

11月,《文艺报》第11期刊出"山西文艺特辑",共发表12篇评论文章及消息报道。

1959年

1月4日,中国作家协会山西分会筹备委员会成立。主任马烽,副主任束为、西戎、郑笃,秘书长胡正,副秘书长张万一、王世荣,委员共21人。

山西文坛"风景线"

1959年1月,中国作协山西分会筹委会成立,与会者同省领导座谈。
二排左二为西戎,左四为胡正。

5月22—25日,省文联、中国作家协会山西分会筹委会召开了全省文学创作工作座谈会。参加会议的人有省、市、专区党委宣传部的同志,专业作家,业余文学作者,省、市文艺报刊编辑部的编辑,省文联文艺理论研究室的学员等150余人。会议内容:贯彻全国创作工作座谈会的精神,交流文学创作经验,了解为国庆10周年的献礼创作计划完成情况。

1960年

1月18—22日,山西作协筹委会召开文学创作座谈会。参加会议的专业和业余文学创作者共250余人。会上,筹委会主任马烽作了《反右倾,鼓干劲,争取文学创作的继续跃进,为向党献礼而奋斗》的报告。筹委会副主任李束为作了总结。

10月30日,省作协筹委会主办文艺讲座,主讲人刘白羽。主要讲我国文艺的道路和任务、文艺作品和文艺队伍问题。

1961年

9月21日,马烽《我们村里的年轻人》由长春电影制片厂和山西电影制片厂联合摄

赵树理(左一)与青年作家谈文学创作,右起依次为焦祖尧、韩文洲、义夫。
(1961年11月)

制,在山西省汾阳农村开始拍摄外景。

1962 年

3月26日,省作协、《火花》编辑部邀请曾在晋西北抗日根据地从事文艺工作的部分同志座谈。讨论、交流当年毛泽东《在延安文艺座谈会上的讲话》(以下简称《讲话》)发表前后,晋西北文艺界的概况以及他们对《讲话》的体会。参加座谈的有李束为、马烽、西戎、胡正、孙谦和《火花》编辑部、文艺理论研究室等单位的作家、编辑共30余人。

5月19日,省作协筹委会为纪念毛泽东《讲话》发表20周年举行座谈会。西戎、胡正、唐仁均、戈基、姚青苗、马作楫等50余人参加。

7月,西戎短篇小说《赖大嫂》在《人民文学》第7期发表,作品中的主人公赖大嫂后来作为"中间人物"的代表人物,受到了错误的批判。

8月2—16日,中国作家协会在辽宁大连举行农村题材短篇小说创作座谈会。周立波、康濯、李准等16位作家和评论家参加了会议,山西作家有赵树理、束为、西戎。茅盾、周扬到会并发表了讲话。中国作协副主席、党组书记邵荃麟提出写"中间人物"的思想主张。赵树理的现实主义创作得到充分肯定。但在1964年之后,"中间人物论"受到了严厉批判,许多作品中的人物,特别是山西作家作品中的人物被批为"中间人物"而遭到否定。

1963 年

11月5日,山西省文学艺术工作者第三次代表大会在太原召开。省作协第一次代表大会也同时召开,选举省作协主席马烽,副主席西戎、孙谦、胡正、郑笃、高鲁。

1963年11月,赵树理在山西省第一次作代会上讲话

1963年11月,李束为在山西省第一次作代会上致开幕词

山西文坛"风景线"

1964年巴金(中)访问太原时与马烽(右一)、西戎(右二)、孙谦(左一)、束为(左二)在一起

1964年

5月,山西省一批老作家,深入农村采写报告文学作品。马烽去雁门关外的"大寨"——应县臧寨生产队,李束为去太行老区平顺县,西戎到闻喜县,胡正去曲沃县采访回乡知青孟凤鸣,郝汀到万荣县孙吉小学,孙谦以抗旱为题材赶写话剧剧本。

10月13日,省作协、省剧协、省电影公司、山西日报社联合召开省城文艺界批判《早春二月》座谈会,省级文化单位部分文艺理论工作者参加座谈。

1965年

1月,《文艺报》发表关于批判"写中间人物"论的文章和材料后,省作协邀请在省城的作家、文学评论工作者30余人召开座谈会,讨论和批判"写中间人物"论的问题。

1966年

5月下旬,省文联、省作协等单位召开座谈会,纪念毛泽东《讲话》发表24周年。

夏,据当事人回忆:"文革"爆发,波及省文联。群众组织"红色造反队""东方红""风雷激"成立。后又出现了"革命造反队"组织。重点揭批的是赵树理、李束为、西戎和袁毓民四人。

秋,根据省委宣传部的通知,省文联成立了"文革"领导小组。机关全体人员公开选举马烽为组长,苏光、王世荣为副组长。职工除学习"五一六通知"及有关"文化大革命"的报道、专论外,开始写大字报,破"四旧"。

随着运动深入,马烽、苏光被当成阻碍运动的"马苏联盟",和李束为、西戎、孙谦、王玉堂、赵树理、郝汀等成了黑帮,住进"牛棚"。每天被监督劳动,打扫卫生,清理厕所,不断被批斗,写交待材料。

8月中下旬,赵树理被揪回山西省文联批斗。

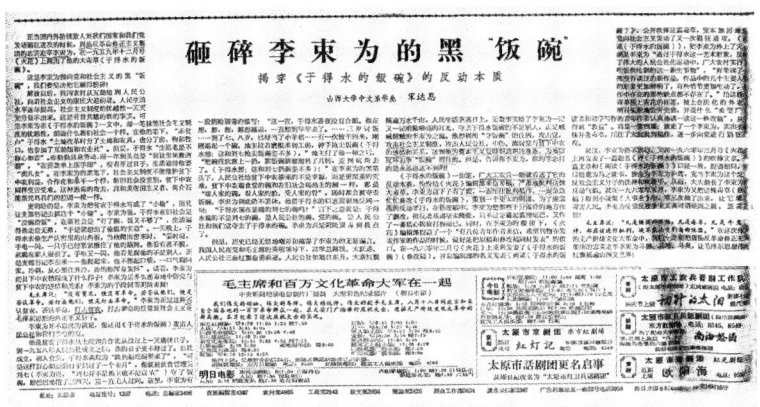

《山西日报》1966年9月25日发表批判李束为的文章

冬，社会上的造反组织冲进文联，有山西大学的"红色爆破手"，多是中文系的学生，以后又有群众组织进入，搞打、砸、抢。

1967年

1月12日，省委被造反派夺权，紧接着省文联也被夺权。社会上的造反组织进驻省文联。

冬，造反派指令马烽、束为、西戎、孙谦四人烧暖气锅炉。分配年龄较大的赵树理、王玉堂（冈夫）扫街道、扫厕所。

1968年

8月25日，进驻文联的造反组织陆续撤走。省革命委员会派军宣队、工宣队进驻，把赵树理、马烽等关进"牛棚"，接连不断地召开批斗会。

1969年

秋，据当事人回忆：山西省直机关和太原市直机关干部到北京参加毛泽东思想学习班。省文联和省音协被编为第四大队第三连。住在中关村一所高等学校内。国庆节后不久，学习班迁到石家庄，仍住在一所高等学校内。

1970年

夏，据当事人回忆：学习班结束。上级决定，对学习班人员做如下安排：对绝大部

山西文坛"风景线"

分干部,不分单位,全部打散,分赴全省各地区去"插队"。对一部分历史问题仍未作结论的作为"对象",按照一比一的比例配备了"动力",到忻定省五七干校继续办学习班。侯桂柱作为"动力",任命为一个班的班长,李太和为党小组长。学员"对象"有马烽、西戎、孙谦、李束为、郝汀、程曼、陈志铭、范彪等。

9月23日,著名作家赵树理因遭受林彪、"四人帮"反动路线的残酷迫害,在山西太原含冤逝世,终年64岁。

1971年

省文联机关撤销。

4月,马烽、西戎、孙谦等获得"解放"。马烽等作家以及家属分派到农村插队落户。马烽插队落户在长治地区平顺县。

1972年

5月,山西省群众艺术馆主办的《革命文艺》,推出纪念毛泽东《讲话》发表30周年

《山西日报》1970年8月16日继续发表批判赵树理的文章

专辑。这是当时全省唯一的文艺刊物。

1973年

本年到1976年，山西人民出版社出版了一批文学书籍，如长篇小说有克扬、戈基《连心锁》、田东照《长虹》、王东满《漳河春》等。短篇小说有大同矿务局工人业余文艺创作组《煤海的报告》、工农兵作者《凌云峰上》《松青旗红》《警钟常鸣》等。

1974年

1月初，省晋剧院的《三上桃峰》参加在京举行的华北地区文艺调演。

1月28日，《人民日报》发表署名初澜的文章——《评晋剧〈三上桃峰〉》。文章歪曲事实无限上纲，指责山西省晋剧院演出的《三上桃峰》"是否定'文化大革命'，为修正主义路线翻案的大毒草，必须彻底批判"。

3月1日，《山西日报》转载《人民日报》发表的初澜《评晋剧〈三上桃峰〉》一文，中共山西省委发出通知，号召联系《三上桃峰》引深"批林批孔"运动。省委和太原市委联合召开了有3万人参加的批判《三上桃峰》大会，省城文艺界、省军区以及昔阳县、大寨大队分别集会，对《三上桃峰》进行了批判。

5月3日，省革委文化局创作组干部赵云龙因撰文批评江青的文艺"根本任务论"，遭到"四人帮"迫害，于本日含冤而死。1978年7月16日，省文化局为赵云龙召开了平冤昭雪大会。

1975年

夏，山西省委决定成立文艺工作室，以代替"文革"中被取消的省文联，马烽被任命为主任。

11月4日，文化部致函山西省革命委员会，同意恢复山西省的文学刊物《火花》，并重新定名为"汾水"。

1976年

1月15日，文学双月刊《汾水》创刊，逢单月出版（1978年元月改为月刊），16开本。该刊以发表短篇小说、报告文学、散文、诗歌为主，同时也发表文学评论、创作经验及其他形式的文学作品。

4月上旬，山西省短篇小说创作会议在太原召开。

山西文坛"风景线"

中国作家协会山西分会第二届理事会全体成员合影（1978年5月23日）

1977年

6月8—22日，山西省文艺工作室在省城召开了全省文艺理论座谈会，来自全省各地的30余名专业和业余文艺理论工作者参加了会议，山西省委宣传部和省文艺工作室的有关负责同志出席了会议。会议期间，深入揭发、批判了"四人帮"的反革命修正主义文艺路线及其代表性论点。在发言中，大家就"四人帮"提出的"根本命题""三突出""写与走资派斗争"等文艺口号的极右实质进行了深入剖析，并且指出这些口号名曰谈文艺，实则为其篡党夺权的政治阴谋服务，它们在理论上荒谬绝伦，在政治上极端反动。

1978年

5月18—22日，山西省文联召开第三届全体委员（扩大）会议，恢复了省文联及所

1978年10月，西戎（前排左二）与柯灵（前排左三）、端木蕻良（前排左四）、奥德斯尔（前排左一）、刘知侠（前排右三）、汪浙成（前排右一）等同志在深圳西丽湖创作之家

属各协会的活动。大会期间,根据尽快恢复和健全组织机构的精神,经充分酝酿,对省文联和各协会的领导班子进行了调整充实。中国作家协会山西分会主席由西戎同志担任。

10月17日下午,我国著名作家赵树理同志骨灰安放仪式在北京八宝山革命公墓礼堂举行。安放仪式由周扬同志主持,刘白羽同志致悼词。

1979年

3月,作家成一的短篇小说《顶凌下种》获1978年全国优秀短篇小说奖。

7月25日,省作协发出搜集民间文学作品启事,搜集内容包括神话、传说、故事、民间叙事诗、民歌、童话、寓言、笑话、谚语等。

11月28日,评论家李国涛在《光明日报》发表《且说"山药蛋派"》文章,对山西老一代作家的创作进行了概括,从此这一概括、命名风行文坛。

1979年11月,山西省文联委员和各协会理事赴延安、西安参观时,胡正(中)、刘德怀(右一)与陕西作家杜鹏程(右二)、王汶石(左一)、李若冰(左二)在一起

1979年中国作家协会第三次全国代表大会会议期间,山西作家代表团的一张合影:李束为、郑笃、西戎、马烽、郝汀、成一、焦祖尧、冈夫、胡正、李逸民、张福玉、天兰、韩玉峰等

山西文坛"风景线"

1980年春,中国作家协会山西分会第二次代表大会召开

1980年

4月3—16日,山西省第四次文代会在太原召开。来自全省21个代表团的1085名代表参加了大会。力群主持开幕式,王玉堂(冈夫)致开幕词。贾克主持闭幕式,郑笃致闭幕词。会议期间,省作协召开第二次代表大会,选举出主席西戎,副主席胡正、郑笃、孙谦、王玉堂(冈夫)、焦祖尧、韩文洲。

《汾水》编辑部举行1979年优秀短篇小说评选授奖大会。一等奖有《老二黑离婚》(潘保安)、《新麦》(周宗奇)、《有福老汉》(张发、秦溱)、《黑牡丹》(马力)。二等奖《吴小梅》(郑义)、《从前线回来的坦克兵》(张俊南)、《一日三餐》(赵新)、《我为什么嫁给他》(焦垣生)、《最美丽的》(甘茂华)、《在48号汽车上》(黄树芳)。

8月25日,省政协副主席、省作协二届理事会理事、诗人高沐鸿在太原逝世,终年80岁。9月1日在太原举行追悼会。

10月15—22日,《山西文学》编辑部召开农村题材短篇小说座谈会,本省及河北的20名作家参加了会议。会议由郑笃、李国涛主持。

12月31日,青年作家郑义创作改编的彩色故事片《枫》由峨眉电影制片厂拍摄完成,是日在太原上映。

1981年

3月24日,柯云路《三千万》、马烽《结婚现场会》、张石山《镢柄韩宝山》,获得1980年全国优秀短篇小说奖。

3月24日,召开由省作协驻会作家和《汾水》编辑部有关人员组成评委会评选出的

《汾水》1980年优秀短篇小说发奖大会。获一等奖的是《镢柄韩宝山》（张石山）、《人样儿》（成一）、《臭臭外传》（权文学）、《酒醉方醒》（杨茂林）；获二等奖的是《硬汉宫老存》（张发）、《秋雨漫漫》（郑义）、《第28号人物》（田东照）、《赵三勤》（贾大山）、《结构美学》（贺小虎）、《三凤告状》（田澍中）、《闸门》（王西兰）、《于小菊》（王红罗）。

6月4日，由中国作协山西分会主办为期三个月的第四期读书会举行开学典礼。会议由省文联联络部负责人陈志铭同志主持。参加这期读书会的学员共有20名，他们都是山西省各地区近年来涌现出的中青年小说作者，都具有一定的创作能力和发展前途。

7月1—3日，中国作协山西分会和文化部艺术研究院《文艺研究》编辑部，在太原联合召开座谈会，讨论农村题材短篇小说创作问题。出席会议的有《文艺研究》编辑部的闻山和山西作家、评论家马烽、西戎、郑笃等30余人。

1982年

3月1日，《山西文学》编辑部举行1981年《汾水》优秀短篇小说颁奖大会。西戎代表评委会向获奖同志表示祝贺，并向4位一等奖、9位二等奖获奖作者颁发了奖金和证书。

3月2日，《山西文学》编辑部举行历时5天的短篇小说创作、组稿座谈会，并邀请山西省作家马烽、西戎、束为、孙谦、胡正、郑笃、焦祖尧等分别对不久前评选出的获奖作品进行了综合性的分析与评论。获奖作者成一、韩石山等人向与会者畅谈了各自的创作体会和经验。

3月22日，应省文联、省作协的邀请，中国作家协会书记处书记、著名作家王蒙，北京作协理事、著名报告文学作家理由，解放军文艺出版社编辑吴振录三位同志与省城文学工作者50多人举行座谈会。

3月26日，中国作协山西分会在太原召开第二届第二次理事（扩大）会议。会议由省作协主席西戎主持，省作协副主席焦祖尧作了《为建设社会主义精神文

1982年春，王蒙（前排左二）、理由（前排左一）来太原在省作协机关与马烽（前排右一）、西戎（前排右二）、王玉堂（后排右二）、孙谦（后排右三）、胡正（后排右一）、郑笃（后排左三）、焦祖尧（后排左二）等同志合影。

山西文坛"风景线"

1982年7月,山西省老作家与外省老作家一起登庐山,前排左起:赵戈、马识途、马烽。后排左起:吉学沛、孙谦、西戎。

明,争取山西省文学创作更大的繁荣》的报告。代表们进行了热烈的分组讨论。

5月初,由中国作协山西分会主办的为期两个月的第五期读书会正式开学。参加这期读书会的学员共18名,他们大都是从山西省各地、市文联所主办的刊物编辑部推荐、抽调来的编辑人员,都具有一定的业务水平与创作能力。

6月14日上午,中国作协山西分会邀请《文艺报》副主编唐达成为省城文艺界百余人做报告。会议由省作协副主席焦祖尧主持。唐达成就当前文艺界一些情况及各种倾向谈了自己的看法。

8月11—13日,《山西文学》编辑部召开历时三天的焦祖尧、成一作品讨论会,到会的20余名评论工作者,就焦祖尧、成一两位作家的创作道路、作品风格、语言特色、艺术得失等问题,作了广泛深入的探讨。

8月28日至9月4日,由中国作协山西分会主办的赵树理学术讨论会在太原举行。来自全国各地的多所大学的著名教授和现代文学研究者,省内外著名作家、评论家,以及赵树理的家属,共40余人参加了会议。周扬、陈荒煤、康濯等同志写信表示祝贺。与会者各抒己见,畅所欲言,对赵树理在现代文学史上的贡献,及他的创造道路、成功经验、为人和作品,进行了多方面的探讨。

8月31日下午,《山西文学》编辑部邀请著名作家柯蓝、陈登科同志在迎泽宾馆就文学创作问题,为省城文艺界及大专院校部分师生300余人做报告。

9月21—27日,《山西文学》编辑部在大同矿务局召开全省工业题材创作座谈会。

1983年

4月11日,应省作协邀请,林斤澜、邓友梅、从维熙、刘绍棠、刘心武等5位作家在太原工人文化宫为600余名文学工作者和文学爱好者作了关于文学创作的专题报告。

9月14日,省作协召开文学创作座谈会,由省作协主席西戎主持,出席会议的有省文联、省作协副主席郑笃、胡正,以及山西省部分地市文联负责人与中青年作家30余人。

10月5—9日,为了给即将召开的中国作家协会第四次全国代表大会做好思想与组织准备,作协山西分会根据总会通知精神及有关选举办法的规定,召开了在山西的中国作家协会会员大会。会议充分发扬民主，采取无记名投票方式，选举出出席中国作家协会第四次全国代表大会的代表11人。他们是王玉堂、王东满、成一、李束为、李国涛、李逸民、郑笃、胡正、张石山、焦祖尧、韩文洲，另有全国作协上届理事马烽、西戎、孙谦为当然代表，王中青为名誉代表。

11月8日，中国作协山西分会主席团在太原召开扩大会议，邀请部分中青年作家参加座谈。与会同志回顾了全省和自己的创作历程，分析研究文学创作的成绩和出现的问题，开展批评和自我批评，团结一心，认真清除精神污染。会议由省作协主席西戎主持，作家马烽、束为、郑笃、胡正、焦祖尧、李国涛、周宗奇、成一、张石山、韩石山、赵修身等，在会上先后发了言。

1983年冬，北京作家刘心武（左一）、林斤澜（左二）、邓友梅（左六）、丛维熙（右四）、刘绍棠（右三）应临汾地区文联之邀到山西讲学时留影

1984年

3月12—16日，省作协召开山西省小说创作会。参加这次会议的老中青作者、评论者针对山西省当前小说创作情况，以及如何进一步提高思想性、艺术性等问题，展开广泛深入的探讨。会议还邀请省委农村政策研究室副主任张雪就当前全省农村情况结合党的农村政策做了报告。

6月28日至7月3日，中国作协山西分会在太原晋祠召开二届三次理事扩大会议，对作家深入生活与反映改革现实的问题进行了深入的讨论，并本着改革精神对作协机构作了新的调整和整顿，推举出山西省优秀文学作品评选委员会成员，着手对三中全会以来各种文学作品进行评选，同时表彰了山西省近年来在全国和中央各刊物、各部门获奖的文学作品和作者。省委副书记王克文，省委宣传部长张雨田和副部长李玉明、温幸，省文联主席马烽、副主席李束为等出席会议并作了重要讲话。太原市委书记、市长王茂林作了关于城市改革的重要报告，与会者深受启发和教育。

7月，中国作协山西分会设立创作、青年、评论、权益、儿童、编辑工作委员会。

11月16日，省作协召开文学评论工作会议。省委宣传部副部长温幸与省文联副主席李束为，省文联副主席、省作协副主席王玉堂、郑笃、胡正等，省文化厅厅长曲润海、省委宣传部文艺处处长韩玉峰等出席会议并讲话。会议决定要加强文学评论工作，推动文学创作。

11月20日，省作协的党组新领导班子由省委宣传部部长张雨田代表省委正式宣布，胡正任省作协党组书记，焦祖尧任副书记，西戎、周宗奇为党组成员。

11月22日，作协山西分会组织部分文学评论工作者召开专题座谈会，会议由省作协党组书记胡正和省作协副主席王玉堂主持，与会者对柯云路的长篇小说《新星》的思想内容和艺术表现手法作了进一步的分析和探讨。

1985年

1月25日，大型文学季刊《黄河》创刊号出版，为16开本，240页，1989年改为双月刊。

3月9—13日，中国作协山西分会在太原召开二届四次理事扩大会议。省作协主席西戎主持会议，省作协副主席、党组副书记焦祖尧传达全国第四次作代会精神，并代表主席团作二届三次理事会以来的工作报告，省作协副主席、党组书记胡正介绍了全国作代会盛况，并讲了省作协1985年的工作部署。山西省委副书记、省长王森浩亲临会议并作了热情洋溢的讲话。

3月16日，张平《姐姐》获得1984年全国优秀短篇小说奖。

同日，郑义《远村》获得1983—1984年全国优秀中篇小说奖。

4月10日，文学批评双月刊《批评家》创刊，次年改为单月出版。

4月20日，《当代》第2期集中推出山西作家的四部中篇小说：郑义《老井》、成一《云中河》、雪珂《女人的力量》、李锐《红房子》，并加"编者的话"："本期刊载的中篇小说，均出自山西省的中青年作家之手。近几年'晋军'的崛起，引人注目，这里选发的四篇，不仅题材各异，风格也迥然不同。"此后，"晋军崛起"成为一个公认的文学现象和文学表述。

5月23日，省作协隆重召开文学嘉奖大会，颁发了山西省首届赵树理文学奖（包括长、中、短篇小说和散文、报告文学、诗歌、儿童文学、文艺理论作品97件）、优秀文学编辑奖（14名优秀文学编辑）和文学编辑荣誉奖（12名老文学编辑）。大会还特别为山西省荣获1984年全国优秀中篇小说奖的郑义、荣获1984年全国优秀短篇小说奖的张平发了特别奖。

8月14日，由黄河流域八省区作协共同发起、轮流主办的首届"黄河笔会"在太原召开。来自青海、甘肃、宁夏、内蒙古、陕西、山西、河南、山东的作家代表团,以及来自北京的评论家和报刊编辑130余人。开幕式由省文联主席马烽主持,省作协主席西戎致欢迎词。副省长张维庆代表省委、省政府向大会作了热情洋溢的讲话。笔会期间,代表们游览了五台山、恒山悬空寺、应县木塔、大同云冈石窟等名胜古迹。8月23日,笔会在大同市闭幕。

1985年8月,首届黄河笔会活动期间,杜鹏程(左二)、胡正(左三)、焦祖尧(左一)、杨茂林(右一)在一起交谈。

8月27日至9月1日,省作协《批评家》编辑部邀集18家文艺评论刊物代表20余人在太原举行座谈会。会议就新形势下文艺评论刊物如何制定对策并促进文艺事业的腾飞等问题,进行了广泛的讨论。

9月20—26日,省作协在长治召开工作现场会议。这次会议,是针对当前培养创作队伍和创作思想上存在的一些问题,以及地市文联经费不足、办刊面临重重困难的局面,为统一思想,明确办刊指导方针,进一步贯彻全国作代会精神,做到"出作品,出人才,走正路"而召开的。

11月7—8日,省委宣传部召开了山西省中青年作家座谈会。座谈会由省委常委、宣传部部长张维庆主持。省委副书记、省长王森浩和省委常委、秘书长张长珍到会看望了大家。参加这次座谈会的,有山西省近年来创作比较活跃,作品在省内外有一定影响的中青年作家27人。中国作协山西分会和山西省文联的负责同志也参加了会议。与会作家就山西省文学创作的现状、存在问题及发展趋势、提高作品质量和壮大文学创作队伍、在"七五"计划期间和2000年以前山西省文学创作的奋斗目标,以及应该采取的措施等方面的问题,畅所欲言,充分交换了意见。

本年,省作协创联部主持的机关刊物《山西作家通讯》(内部)创办,全省作协会员人手一份。

山西文坛"风景线"

1986年3月，省委领导张维庆（左三）、白清才（右二）、王建功（左二）和省作协领导胡正（右一）、焦祖尧（左一）在山西省第二次中青年作家座谈会上

1986年

1月17日，省作家协会和省电影家协会联合举办电影《咱们的退伍兵》座谈会。影片编剧马烽、孙谦出席了会议。

3月24—31日，省作协在太原召开山西省第二次中青年作家座谈会。这次会议主要内容是贯彻落实1985年11月召开的，1986年2月22日经省委、省政府批准的《山西省中青年作家座谈会纪要》精神，制定创作计划和深入生活计划。

8月6日，省作协儿童文学工作委员会和希望出版社联合召开会议，传达贯彻5月在烟台举行的全国儿童文学创作会议精神。全省20余名儿童文学作者参加会议。

8月29日至9月3日，省作协召开山西省诗歌创作会议。会议邀请《诗刊》编辑部的同志与全省40余位诗歌作者共同探讨了山西诗歌创作的发展问题，并民主选举成立了文学社团组织山西省诗人协会，该会为作协山西分会的团体会员。王玉堂（冈夫）当选为山西省诗人协会名誉主席，马作楫、张不代为主席。与此同时，还成立了中国散文诗学会山西分会，胡正当选为名誉会长，钟声扬为会长。

10月25日，省作协举行赵树理文学院读书班结业典礼。马烽、西戎、胡正到会并讲了话。这期读书班于6月20日开学，为期4个月，学员30余人。

1986年10月第二届黄河笔会在河南召开。山西作家代表团成员游览少林寺。图为崔巍、郭书琪、张平、马烽、孙谦、胡正、冈夫、蒋韵等人合影

12月24日，中国作协《小说选刊》编辑部与作协山西分会联合召开李锐作品讨论会。参加会议的有《小说选刊》副主编肖德生、编辑部副主任傅活，著名评论家雷达、何镇邦、李国涛，作家焦祖尧、成一、韩石山等多人。

1987 年

1月26日,省作协在太原召开了省城部分作家、评论家、诗人和报刊文学编辑、大学文学教师座谈会,就如何结合文学界情况,贯彻落实党中央和省委关于旗帜鲜明地坚持四项基本原则、反对资产阶级自由化的号召,进行了热烈的讨论。为使这一学习讨论在全省文坛更深入广泛地开展起来,经本会主席团和党组研究决定,特发出致全体会员的一封公开信。

2月7日,本会制定出《中国作家协会山西分会关于会员请创作假的暂行规定》,并向全体会员公布。

1988 年

4月21日,张石山《甜苣儿》、李锐《合坟》获1985—1986年全国优秀短篇小说奖。

8月5—12日,省作协、晋城市文联在长治市联合召开报告文学笔会。出席会议的有报告文学作家苏晓康,评论家李炳银、冯立三,《报告文学》编辑部刘小雁,省作协副主席焦祖尧,晋城市委宣传部长成葆德等。

11月28—30日,中国作协山西分会第三次会员代表大会在太原召开。省委副书记王茂林代表省委、省政府到会致词表示祝贺,上届分会主席西戎做了工作报告,大会通过了新的《中国作家协会山西分会章程》,选举产生了中国作家协会山西分会第三届理事和主席、副主席。焦祖尧当选为主

1988年11月28日,西戎(中)在中国作家协会山西分会第三次会员代表大会上做工作报告。左为马烽,右为李束为

1988年11月,山西省作家协会第三次代表大会在省城迎泽宾馆召开

席，周宗奇、李国涛、田东照当选为副主席。

1989年

8月22日，马烽《葫芦沟今昔》获1987—1988年全国优秀短篇小说奖。

9月8—11日，省作协在朔州市召开1989年工作会议，参加会议的有地市文联主席、刊物主编共30余人。省作协主席焦祖尧就本年前半年的刊物工作、会务工作、机关工作、作家企业家联谊会工作等方面，向大家做了汇报，省作协常务副主席田东照总结了前段工作，并对山西省今后的文学创作工作做了部署。会后还参观了神头电厂和平朔露天煤矿。

12月19日，省作协召开会议，欢送马烽调中国作协任党组书记。出席会议的除马烽、西戎、孙谦、王玉堂、胡正等老一辈作家外，还有部分中青年作家和各部门的负责同志。

本年，赵树理文学院成立，后定名"山西文学院"，为全额事业单位，编制15名。

1990年

1月，《批评家》停刊。

3月17—20日，省作协在阳泉市召开了1990年工作会议，参加会议的有各地市文联主席、刊物主编共30余人。省作协常务副主席田东照作了工作报告，省作协主席焦祖尧就省作协1990年的工作安排讲了话。

3月26日，省作协举办文艺理论报告会，会议由省作协主席焦祖尧主持。中共中央宣传部文艺局副局长、文艺理论家李准，《人民日报》文艺部主任、文艺理论家丁振海作了报告，报告就当前全国文艺界的现状，文学评论面临的任务，以及如何加强马列主义、

1990年5月22日，省委领导王茂林（前排右八）等与山西省第三次中青年作家座谈会的作家们合影

毛泽东思想在文艺理论中的主导作用，澄清资产阶级自由化思潮近几年对文艺思想所造成的混乱等问题，进行了分析阐述。

5月22日，山西省第三次中青年作家座谈会在太原召开，省委副书记王茂林到会祝贺并作了重要讲话。

8月25日，中国作协山西分会召集省城部分老中青作家进行座谈，纪念山西省文学先辈、著名作家高沐鸿先生逝世10周年。省作协主席、党组书记焦祖尧主持了座谈会。与会者对高沐鸿先生的作品、人品给予了很高的评价。

12月19日，省作协举行文学院读书改稿班开学典礼，省作协领导焦祖尧、田东照、李国涛以及老

1990年12月，山西省第三次赵树理学术讨论会期间，中外作家在一起畅谈。左起：董大中、焦祖尧、胡正、力群、挪威女作家

作家西戎、胡正、孙谦、冈夫等到会并讲了话。参加读书改稿班的来自全省各地市的中青年作者共25名，学时为期一个月。

1991年

2月22日，中国作协山西分会三届一次理事会召开。省作协主席焦祖尧主持会议，省作协副主席田东照作理事会工作报告。会议做出《关于深入生活繁荣创作的决议》，并聘请6位老作家为省作协理事。

4月10—12日，省作协召集全省部分诗人在古交市就山西诗歌创作问题进行热烈座谈。大家指出，只有站在传统的肩膀上，走在时代的大浪中，投入诗人的真情实感，诗歌创作才能有质的飞跃。山西省老中青诗人冈夫、马作楫、张承信、张不代、梁志宏等50余人参加座谈。

6月8日，由省作协主持召开的全省散文创作讨论会在隰县举行。省作协主席焦祖尧到会并讲了话。

9月1日，中国作家协会山西分会正式更名为"山西省作家协会"。

9月7—11日，省作协1991年第二次工作会议在阳城县召开。参加会议的有各地市文联主席、各刊物主编共30余人。省作协常务副主席田东照向与会者汇报了半年来省作

协的各项工作,省作协主席焦祖尧就目前全省文学创作和今后工作的安排讲了话。

11月6日,由省作协组织的第二期读书会举行开学典礼。省作协领导焦祖尧、田东照、李国涛、周宗奇以及老作家西戎、胡正、韩文洲等参加开学典礼并讲了话。来自全省的17名业余中青年作者参加了这次为期两个月的读书班。

1992年

1月15日下午,省作协举办一年一度的迎春座谈会,省委书记王茂林,省委常委、宣传部长张维庆,省委宣传部副部长温幸,中国作协党组书记马烽看望大家,并和大家促膝谈心,共商山西省文学创作大计。参加座谈会的除机关的全体同志外,还有新华社、山西日报社、太原日报社、光明日报社、山西电视台的记者以及北岳文艺出版社的负责同志。座谈会始终充溢着热烈而活跃的气氛。

5月13—15日,中国作家协会和山西省作家协会在太原迎泽宾馆隆重举行马烽、西戎、束为、孙谦、胡正文学创作50年学术研讨会。开幕式由中国作家协会党组副书记玛拉沁夫主持,中国作家协会书记处书记葛洛代表中国作协致辞,省委常委、宣传部长张维庆代表省委、省政府向5位作家表示祝贺并讲了话。省作协主席焦祖尧就5位老作家的50年文学生涯及山西省的文学现状作了长篇讲话,西戎代表5位老作家也讲了话,会议历时三天,开得热烈隆重、圆满成功。

5月23日,省委、省政府在山西电视台通过电视向全省人民直播隆重纪念毛泽东《讲话》发表50周年会议的实况。省委书记王茂林发表讲话,省委常委、宣传部部长张维庆主持大会。会上,省委、省政府授予马烽、西戎、束为、孙谦、胡正、冈夫、郑笃七位老作家"人民作家"的荣誉称号。

1992年5月,在马烽、西戎、束为、孙谦、胡正创作50年研讨会上,文坛五战友与当年老领导亚马(右三)、卢梦(右四)合影

6月2—5日,山西作协和《诗刊》社在平定县联合召开娘子关诗会。《诗刊》社副社长杨金亭,编辑、著名诗人李小雨、梅绍静和山西省诗人共30多人,畅谈思想,切磋诗艺,共商山西省诗歌创作大计。

6月25日,省作协文艺理论研究室与《黄河》编辑部联合召开高岸作品讨论会。与会的专家、学者就高岸的小说进行了富有见地的评述。

8月31日至9月3日,山

附:山西文学大事记(1949—2013)

1992年5月13日,参加马烽、西戎、束为、孙谦、胡正创作50年研讨会的专家、学者济济一堂,合影留念

西省作家协会1992年工作会议在黎城县召开。出席会议的有省作协领导,《山西文学》《黄河》主编和有关部门负责人以及各地市文联主席共30余人。

本年,儿童文学期刊《黄河少年》(内部)创刊。主编段杏绵,副主编禹晓元、张秋怀。

1993年

1月,省作协召开三届二次理事会。山西省委副书记梁国英出席会议并发表重要讲

1992年5月,山西省委、山西省人民政府授予马烽、王玉堂(冈夫)、西戎、孙谦、束为、胡正、郑笃(自左至右)"人民作家"称号

话。省作协常务副主席田东照作理事会工作报告。

2月,《笑话大王》创刊(内部),社长陈为人,主编王子硕。

5月18—19日,省作家协会在太原举行市场经济与文学创作研讨会,山西省部分作家、评论家和大专院校教师共50余人参加了会议。

6月28日,《黄河》编辑部与《小说月报》编辑部在太原联合召开了钟道新作品讨论会。来自北京、天津、上海、西安、沈阳及山西当地的评论家、作家共80多人参加了会议。与会者充分肯定了钟道新十几年来在小说创作上所取得的成就,对于他的小说从题材

山西文坛"风景线"

1994年,诗人们冒雨到陵川县锡崖沟采风。左起为张承信、马作楫、董耀章等

到风格在山西乃至全国文学界的独特性进行了充分评价。

1994 年

5月9—11日,省作协在汾阳县召开著名老诗人马作楫和中年诗人吕世豪的作品研讨会,来自省内的20多位诗人、评论家、编辑到会并发了言。

8月4日,省作协在老诗人冈夫的故乡武乡县举行冈夫作品研讨会。山西省作家、评论家、诗人共30余人参加了研讨会。研讨会总结了冈夫70个春秋的文学创作生涯,一致认为他的人品、诗品对现在的文艺工作者有着深远的借鉴意义。

8月18日,省作协组织省内诗人马作楫、董耀章、张承信、潞潞等赴陵川县锡崖沟冒雨采访参观。10月,《山西日报》"黄河"副刊用一个版的篇幅发表了诗人们创作的长诗《锡崖沟的曙光》。

9月9—11日,省作协在高平市举办了山西省报告文学创作座谈会,来自全省的作家、评论家以及新闻界人士50余人参加了座谈会。与会者就报告文学的现状、采访和写作特点及发展趋势等问题进行了十分广泛深入的讨论。

9月15日,山西作协和上海文艺出版社在太原联合召开由高岸、成一、李锐潜心创作的三部长篇力作《世界正年轻》《真迹》《旧址》研讨会。来自北京、上海、天津、陕西、辽宁和山西的50多位评论家、作家、编辑参加了讨论。山西省委宣传部长崔光祖和副部长温幸到会并讲了话。省作协主席焦祖尧和上海文艺出版社总编辑江曾培共同主持了会议。

1995 年

3月9日下午,省作协文艺理论研究室及《山西文学》编辑部联合邀请参加《太原日报》"双塔"副刊研讨会的部分京沪学者、评论家,就当前文学现状及山西文学创作态势进行座谈。与会的顾骧、舒展、蓝翎、阎钢、雷达、何西来、牧惠、毛时安、张志忠、牛玉秋等人先后发言。

3月16—17日,省作协在朔州市召开1995年工作会,省作协主席、党组书记焦祖尧,党组副书记母小红,副主席田东照、周宗奇,各地市文联负责同志,省作协各部门负责同志,省作协和各地市文联主办的刊物负责同志参加了会议。

6月14日,省作家协会在太原举行座谈会,庆祝《赵树理全集》的出版。

8月4日,省作家协会、省老文艺家协会、中国赵树理研究会为纪念世界反法西斯战争及中国人民抗日战争胜利50周年在太原联合举办了抗战文学研讨会。省城文艺界老中青作家、评论家80余人聚会一堂,共同追忆、总结和探讨抗战文学的发生、发展和成就。老作家胡正主持了会议。中共山西省委副书记、省长孙文盛向会议发来了贺信。

8月15—16日,省作协在太原召开重点作品选题会,邀请全省各地近20位作者与会,就各自正在创作的情况进行交流。省作协领导,以及《山西文学》《黄河》、理论研究室负责同志,对这些作家的创作发表了看法。大家表示,要对自己的创作认真反思,抓紧写作,尽快拿出作品来。

9月20日,省作协、《人民文学》编辑部和吕梁文联联合在离石召开权文学、常捍江、石舟作品研讨会。来自北京、太原、吕梁等地的数十位作家、编辑、评论家参加了会议。

12月11—14日,省作协组织部分诗文家赴山西省重点建设工程——万家寨引黄入晋工地参观访问。几天中,诗文家们感触颇深,创作出一批诗歌、散文,在《山西日报》1996年元月初发表。参加这次采访活动的诗文家有温祥、翟生祥、韩石山、梁志宏、焦玉强等。

本年,山西省作家协会影视艺术中心成立,全民所有制企业,编制30人,后更名"山西作家影视艺术制作有限公司",与省作协影视文学创作部合署办公。主任赵建平。

1996年

1月4日,省作协为老诗人、老作家王玉堂(冈夫)九十华诞举行庆贺会。

3月5日,原山西省文联和山西省作家协会副主席、山西省电影家协会主席、人民作家、著名电影剧作家孙谦在太原因病不幸逝世,享年76岁。3月13日,省内外各界数百人怀着极其沉痛的心情,前往山医二院含泪为孙谦送行。

3月初,省作协《黄河》编辑部与理论研究室举行了张石山小说创作讨论会。对张石山作品热心关注的作家、评论家、文学编辑及部分业余作者20余人参加了座谈。

3月5日,根据省委关于加大扶

1996年7月初,省作协在代县召开全省文学理论与评论工作会议

山西文坛"风景线"

1996年7月16日在长治召开的第七次全国丁玲学术讨论会会场

1996年冬,老作家马烽(右三)、西戎(右四)、胡正(右二),与青年作家张晓枫(左一)、李海清(左二)、彭图(左三)、宋剑洋(右一)亲切交谈

贫力度,尽快使300多万贫困人口脱贫的指示要求,省作协的扶贫点确定为岚县敦厚乡丁家沟村,5年内达到省委规定的脱贫目标,省作协同时还把丁家沟村作为作家深入生活的一个基地,将组织作家、编辑经常去该村体验生活。

3月21—23日,山西省作家协会1996年工作会议在晋中地区举行。省作协党组成员和各部门负责人,各地市及铁路、煤矿等企业文协负责人共50人参加了会议。

4月16—18日,省作协组织省城部分作家、诗人到太旧路参观访问。参加这次访问活动的有罗继长、韩石山、翟生祥、马晋乾、赵瑞生等。

7月4—5日,省作协在代县召开全省文学理论与评论工作会议。来自全省文艺、高校、社科、新闻、出版、文化等单位的50余位同志参加了会议。

7月16—19日,省作协与中国丁玲研究会、中国社会科学院文学研究所,长治市委、市政府联合主办的第七次全国丁玲学术讨论会在山西长治举行。

10月7日,中国作家协会、山西省作家协会、中国赵树理研究会、中国解放区文学研究会联合在北京举行纪念赵树理诞辰90周年座谈会。中宣部副部长、中国作协党组书记翟泰丰为座谈会准备了长篇讲话稿，委托中国作协书记处书记陈建功宣读。与会的50多位新老作家高度评价了赵树理在文学创作上的卓越成就，肯定了他在文学史上的重要地位。

12月16—20日，中国作家协会第五次全国代表大会在京召开。山西省15位代表参加了这次盛会。会上，马烽当选为中国作协副主席，焦祖尧当选为中国作协主席团委员，张平当选为中国作协全国委员会委员，西戎、胡正被推举为中国作协名誉委员。

1997年11月，《山西文学》在孝义召开山西新生代创作讨论会

1997年

3月20日，省作协1997年度工作会议在太原召开。省作协主席焦祖尧传达了刚结束的中国作协工作会议

刘巩

精神，常务副主席田东照对省作协去年的工作进行了总结，党组副书记毋小红就省作协1997年的工作要点做了说明，提出了具体目标。

3月，由省作协和《太原日报》合编的《新批评》文丛出版。

4月25日，省作协与中共山西省委宣传部、中国作协创研部、北岳文艺出版社在北京联合举办了《山西作家长篇小说丛书》研讨会。与会的50多位作家、评论家认为，山西一下推出8部长篇小说，气势大且有浓郁的生活气息，展示了山西文学创作的最新成果。

7月15—19日，山西省中年作家张不代、韩石山、张平赴大连参加由中国作协召开的全国中年作家创作座谈会。

7月中旬，全国知名作家王安忆、刘恒等，在太原与省作协主席焦祖尧等就当前文学创作情况进行了交流。

12月7日，省作协、新任党组书记刘巩到任。

1998 年

3月24—25日,省作协1998年度工作会议在太原举行。作协党组、主席团成员及各部门负责同志、各地市及大型企业文联、各文学编辑部负责同志参加了会议。

4月14日,原山西省文联副主席、山西省作家协会副主席、山西省诗人学会名誉会长、人民作家、著名诗人、副省级离休干部王玉堂(冈夫)在太原不幸逝世,享年91岁。

山西省作家协会第四届理事会全体成员合影(1998年12月31日)

1998年5月,省作协领导焦祖尧(左三)、毋小红(左四)等到扶贫点岚县丁家沟调查研究

4月20日，省城各界人士600余人满怀悲痛，在山医二院吊唁厅为王玉堂（冈夫）送行。

7月21—23日，省作协同山西大学师范学院等单位承办的中国现代文学研究会第七届年会在太原举行，来自全国各地的200多位专家、学者参加了会议。

12月28—30日，山西省作家协会第四次代表大会在太原举行。出席会议的代表共241人。大会审议通过了《山西省作家协会章程》，选举产生了山西省作家协会第四届理事会。主席团由13人组成，主席焦祖尧，副主席刘巩、张不代、周宗奇、成一、韩石山、李锐、张石山、钟道新、秦溱、马骏、蔡润田、段崇轩。四届主席团做出设置名誉职务的决定，推举马烽、西戎、胡正为名誉主席，韩文洲、田东照、李国涛、董大中为顾问。

1999年

4月23日，省作协组织召开全省1999年繁荣文学创作工作会。省作协党组、主席团成员和各地市文联、各文学期刊的负责同志参加了会议。会议决定设立山西新世纪文学奖。

6月6—13日，中国作家协会副主席王蒙来山西省参观访问。在晋期间，王蒙同西戎、胡正等作家进行了广泛交流。省作协主席焦祖尧、省作协党组书记刘巩等，分别陪同王蒙一行到晋中、五台山、大同等地参观访问。

9月初，省作协党组副书记毋小红、省作协副主席马骏带领大同、晋城、朔州等地市文联负责同志赴辽宁、吉林、黑龙江参观学习。

9月末，省作协与《山西日报》文艺部在太原共同举办"山西文学50年"座谈会。

1999年9月，中国作协党组书记翟泰丰（前排左五）带领外地作家来山西省深入生活，与山西省部分作家合影

山西文坛"风景线"

1999年5月,河北省作协副主席刘小放(左三)率河北作家代表团访问山西,与山西作家交流创作经验。右三为省作协党组书记刘巩

会议邀请省城部分老中青作家和评论家参加,与会者回顾半个世纪走过的路,总结了在优良文化传统和革命文艺传统的哺育下,山西文学创作50年来所取得的成果,交流了经验得失。

11月初,由省作协顾问、原省作协副主席李国涛带领阳泉、忻州、晋城、运城等地市文联负责同志赴江苏、浙江、福建参观学习。

2000年

2月末,省作协与山西大学、山西大学师范学院商定,开设"文学论坛"系列讲座。讲座每周在两校各举行一次,每次由省作协指派一位作家或评论家去讲课,讲课人讲述本人的创作或研究题目。

3月13日,省委副书记纪馨芳在省委宣传部有关负责人的陪同下,到省作协调研,在与省作协党组、主席团成员和各部门负责人、部分驻会作家座谈时,纪馨芳认真听取了大家的发言后表示,省委将一如既往地支持全省的文学事业,尽力帮助省作协和广大作家解决一些实际困难,创造一个宽松舒适的文学创作环境。

3月21—22日,省作协四届二次理事会在太原召开。省作协主席焦祖尧传达了中国作协主席团会议和全委会会议精神,省作协党组书记、副主席刘巩代表主席团作工作报告。会议增补了王东满等19位同志为理事;颁发了首届山西新世纪文学奖,吕新、张锐锋两位作家获此荣誉;通过了省作协《2000年工作要点》和《关于创作选题的扶持意见》。

4月13日，省作协党组书记、副主席刘巩，党组副书记毋小红，副主席段崇轩以及创联部、理研室负责人和作家代表在运城与该地区部分省作协会员举行座谈会。与会同志畅谈近年来各自的创作情况，并对省作协的各项工作及所属《山西文学》《黄河》等杂志的办刊宗旨提出了看法与建议，并希望省作协今后能与各地市多进行联系。

5月16日，省作协与孝义市委、市政府协商，共同建立的"山西省作家协会孝义文学创作生活基地"挂牌仪式在孝义市隆重举行。省委宣传部副部长薛俊华、省作协主席焦祖尧和省委宣传部、省作协、吕梁地委宣传部、吕梁地区文联、孝义市委市政府等有关部门负责同志、参加省作协举办的全省青年作家创作研讨会的作家和评论家、孝义市的文学爱好者等各界人士100多人，参加了挂牌仪式。

5月17—19日，省作协在孝义文学创作基地举办研讨会，邀请20多位有实力的青年作家和部分评论家就文学创作的问题进行了广泛深入的探讨。省作协主席焦祖尧和副主席蔡润田、段崇轩参加了研讨。

8月，省作协党组委派副主席、《山西文学》主编韩石山，带领长治、晋城、忻州等地市文联负责同志，赴西北的新疆、甘肃、青海等省区参观学习。

10月，张平长篇小说《抉择》获第五届茅盾文学奖。

12月9日，山西省委宣传部在太原召开"面向新世纪的山西文学暨张平创作表彰会"，授予张平"人民作家"的称号，省委书记田成平发表了重要讲话。

10日，《山西日报》发表山西文艺创作研究中心课题组的长篇文章《面向新世纪的山西文学》，提出以张平长篇小说《抉择》获茅盾文学奖为标志，山西文学创作继50年代"山药蛋派"、80年代"晋军崛起"之后，第三次文学高潮正在形成。

2001年

1月6日，原山西省作家协会主席、原山西省文联副主席、人民作家西戎，因病医治无效，于下午2时30分在太原不幸逝世，享年79岁。

2月28日，省作协四届三次理事会在太原召开，100多位理事参加了会议。省委宣传部部长到会并讲了话。会议期间，省作协主席焦祖尧传达了中国作协不久前召开的主席团会议和全委会会议精神；副主席张不代代表党组和主席团对2000年度省作协的工作作了总结；党组副书记毋小红就省作协2001年度工作要点作了说明；各地市文联负责同志交流了一年来如何抓文学创作的体会。会议颁发了第二届山西新世纪文学奖，青年作家谢泳、晋原平、唐晋获此荣誉。

3月30日，新任党组书记周振义到任。

9月中旬，省作协副主席、党组副书记张不代，省作协副主席蔡润田带领长治、晋城、临汾等地市文联负责同志赴西藏参观学习。

山西文坛"风景线"

周振义

2001年11月28日,张锐锋、蒋韵、吕新、王祥夫、哲夫5位作家(从左至右)在三晋五作家新作暨叙事艺术研讨会上

10月10日,省作协在太原召开山西省中国作协会员大会,选举产生出席中国作家协会第六次代表大会的代表12名:张石山、李锐、成一、马骏、马作楫、周宗奇、李国涛、哲夫、蒋韵、吕新、钟道新、孙涛。

10月11日,由山西省委宣传部文艺创作研究中心和省作家协会山西文学院共同主办的韩石山传记文学创作研讨会在太原举行。山西省委宣传部部长致信祝贺。来自山西及京、沪、鲁的50多位作家、学者出席了会议。

11月6日,来自北京、上海、广东、辽宁、陕西等地的著名作家、评论家以及山西省文坛的知名人士相聚并州,就山西省著名作家成一90万字的长篇小说《白银谷》暨晋

2001年参加中国作家协会第六次全国代表大会的山西代表团成员。左起:阎晶明、王青风、李锐、周宗奇、哲夫、毋小红、焦祖尧、胡正、李国涛、成一、马骏、张平、周振义、蒋韵、陈玉川

商文化进行了热烈研讨。省委常委、宣传部长出席研讨会并讲话，中国作协副主席、著名作家马烽致贺信，中央电视台著名制片人王浩前来协商拍摄事宜。

11月28日，由山西文艺创作中心和山西文学院举办的三晋五作家新作暨叙事艺术研讨会在太原召开。本次研讨会选定的5位作家是哲夫、蒋韵、王祥夫、吕新、张锐锋。省委宣传部、省作协、省文联的领导、评论家，来自省内外各主要文艺报刊的资深编辑、专家，各著名学府的博士生导师以及评论家50余人参加了研讨会并有针对性地进行了发言。

12月23日，中国作家协会第六次代表大会在京闭幕。山西省作家协会代表团的马烽被推举为中国作协第六届委员会名誉副主席，胡正被推举为名誉委员。张平当选为中国作协副主席，焦祖尧当选为中国作家协会主席团委员，成一、周振义当选为第六届全国委员会委员。

2002年

3月23日，山西省作家协会四届四次理事会暨2002年工作会议在山西晋城召开。会议总结了2001年的工作，各地、市文联交流了文学创作选题管理的经验，并对2002年工作提出了新的设想和安排。会议还为2001年度山西新世纪文学奖获得者王春林、阎晶明颁奖。

4月至5月，山西省作协党组、主席团成员分四组赴各地市看望会员。

5月19日，由省作协召开的纪念毛泽东《讲话》发表60周年暨西戎、胡正、孙谦、冈夫文集出版座谈会在省城召开。省领导崔光祖、王昕、赵凤翔出席了座谈会并讲话。"四老"文集的出版对于彰显老一辈作家作品高尚的艺术审美观，推动山西作家对现实主义写作的继承与弘扬，加强读者对中国当代文学史的认识，具有相当重要的意义。座谈会上还宣读了中国作协对"四老"文集出版的贺信。

8月7—13日，山西文学院在太原晋祠举办首届高级研修班。省作协领导周振义、毋小红、张不代等参加这项活动。参加这次研修班的学员60余人，都是由各地市文联、企业文协推荐，有一定创作成绩或发展潜力的中青年作家。

9月16日，山西省作家协会、晋中市委宣传部、晋中市文联在榆次联合召开女作家陈亚珍作品研讨会。中国作协和省作协有关领导及作家、评论家雷达、周振义、毋小红、成一、韩石山等同志到会发言。

9月25—27日，《黄河》杂志社和省作协创联部共同组织忻州市和吕梁地区的部分业余作者30余人，在代县召开《黄河》小说创作促进会。省作协党组书记、副主席周振义，党组副书记、副主席张不代，省委宣传部文艺处负责同志胡励云，以及省作协业务部门负责同志参加了会议。

2003 年

3月26—28日，省作协四届五次理事会暨2003年工作会在太原召开。工作会上，为获得2002年第四届山西新世纪文学奖的青年作家曹利军、李骏虎颁发了奖杯、证书和奖金，1万元。为更好地调动全省作家的积极性，扶持优秀作品的创作，省作协拨出专款，帮助作家解决在深入生活、获取素材、搜集资料方面的困难，向16位作家每人拨发1000元扶持创作经费。

5月29日，省作协理论研究室组织召开由"非典"引发的思考座谈会。参加座谈会的有省作协主席焦祖尧，党组书记、副主席周振义，党组副书记毋小红，党组副书记、副主席张不代，副主席成一、韩石山、李锐、段崇轩及专业作家和各部门负责同志。

8月8日，省作协主席焦祖尧的长篇报告文学《大运亨通》研讨会在京举行。中国作协、山西省委宣传部领导以及评论家出席研讨会。

12月27—31日，山西省作家协会第五次代表大会在太原隆重召开。中共山西省委书记田成平发表了书面讲话。中国文联副主席、书记处书记李牧，中国作协党组成员、副主席、书记处书记陈建功代表中国文联、中国作协专程到会祝贺，并发表热情洋溢的讲话。来自全省各地的300多名代表参加了会议。大会总结了5年来山西省文学工作的成就和经验，商讨了进一步繁荣山西省文学事业、建设文化强省的大计，修订了《山西省作家协会章程》，选举产生了山西省作家协会全省委员会委员、主席团委员。张平当选为新一届作协主席。周振义、张不代、韩石山、钟道新、马骏、段崇轩、张锐锋、哲夫、吕新、杨占平当选副主席。

山西省作家协会第五届全委会委员合影（2003年12月31日）

2004 年

1月31日,原中国作家协会党组书记、副主席,中国文联执行副主席,中国大众文艺研究会会长,中国共产党第十一次、第十四次代表大会代表,第六届、第七届全国人大代表,山西省顾问委员会常委,山西省政协副主席,中共山西省委宣传部副部长,山西省文联主席,杰出的人民作家,"山药蛋派"代表作家马烽,因病医治无效,于22时38分在太原逝世,享年82岁。2月9日,举行了马烽遗体告别仪式,各级领导、省内外作家以及晚辈学生含泪送灵车缓缓离去。

3月19日,法国巴黎举办第24届法国图书沙龙。法国文化部部长阿雅贡为中国作家举行了中国文学招待会,并授予莫言、李锐、余华三位中国内地作家"法兰西艺术与文学骑士勋章"。

4月11日,山西省作家协会召开第五届主席团第二次会议。中国作协副主席、山西省作协主席张平在会上传达了不久前中宣部、中组部等部门举办的文艺创作骨干三项学习教育培训班的情况和中宣部部长刘云山讲话的精神。会议审议并通过了《山西省作协主席团业务分工意见》《书记处工作规则》《关于恢复"赵树理文学奖"的决定》《关于鼓励优秀文学创作的奖励规定》等多项议题。

4月16日,由省作协主办的《马作楫文集》出版座谈会在山西省社科院举行。参加会议的有省城文艺界、出版界、新闻界社科界70余人,省委常委、常务副省长范堆相在百忙中赶来参加座谈并讲了话,祝贺《马作楫文集》的出版,感谢马老对他的教诲。

5月16日,省作协召开影视文学创作会议。出席会议并发言的有省作协名誉主席胡正、焦祖尧,中国文联副主席仲呈祥,省作协副主席钟道新,原省文联副主席梁枫。省作协党组副书记毋小红作了专题发言。影视文学创作部主任赵建平在会上作了山西作家影视艺术制作有限公司的工作汇报。

5月25日,由省作协举办的山西诗歌大奖赛颁奖仪式在太原举行。省委宣传部、省作协为获奖作者颁奖。此次大赛历时近一年,有数百位诗人参与角逐。马作楫、李玉臻获金牌奖,卫克兴、宁志荣、李建华、杨凤楼、周广学、金汝平、梁志宏、阎振炜、董雯获

2004年3月,法国政府授予李锐"法兰西艺术与文学骑士勋章"。图为李锐(前左)在巴黎举行的授勋仪式上

山西文坛"风景线"

2004年7月,山西省青年作家创作会在太原召开

银牌奖,刘振国等94人获铜牌奖。

6月11—17日,由诗刊社、山西省作协、省文联等联合主办的"中国诗人看山西"活动在山西省展开,以著名诗人李瑛、吉狄马加、黄亚洲为团长的采风团一行30余人,由北向南,行程4000多公里进行采风。参加此次采风活动的,都是活跃在中国诗坛的著名诗人。活动结束后,2004年的《诗刊》10月号以"中国诗人看山西"为题,刊出了诗人们的诗作。

6月17—21日,省作协文学院开设的山西省新锐作家讲习班在省人大培训中心开班。讲习班特别邀请了北京大学博士生导师、著名作家曹文轩,清华大学博士生导师、著名作家格非,百花文艺出版社副社长谢大光,国家青年政治学院教授、法籍诗人宋琳等一批名家作为讲习班的代课讲师,省内山西大学文学院等院校的一些教授也为学员们代课。这批学员的年龄全部在40岁以下,共有60多人。

7月9—12日,山西青年作家创作会在太原召开。来自山西11个市和省直的40岁以下的90多名青年作家代表,与邀请的40至45岁年龄段已取得显著成绩的部分作家,山西省作协党组成员、主席团成员和荣誉主席、名誉委员共150人,认真听取了专家、学者、作家的专题讲座,并就创作思想与体会进行了广泛的交流。

中国作协党组副书记、书记处书记张健出席会议并讲话。中国作协党组成员、书记处书记、中国作家出版集团管委会主任张胜友,作家莫言、毕淑敏,评论家李建军作了专题讲座。山西省委常委、常务副省长范堆相,副省长牛仁亮还就"三农"问题等作专题报告。山西老作家胡正代表山西老一辈作家到会发表了热情洋溢的讲话。大会闭幕时,山西省委副书记到会看望了青年作家代表,并为获得2003年度《黄河》杂志优秀小说奖与阅读奖的作者、读者颁奖。

8月11日,由中国作协、山西省委宣传部、山西省作协共同主办的《国家干部》暨张平创作回顾研讨会在北京中国作协大楼举行。中国作协、山西省委宣传部领导、评论家以及新闻单位60余人出席研讨会。

10月,在著名作家马烽逝世一周年之际,一套5册164万余字的《马烽研究丛书》

由大众文艺出版社郑重出版,著者均为山西的作家、评论家。有周宗奇的《栎树年轮》、杨品的《马烽评传》、段崇轩的《土色土香的农村画卷——马烽小说艺术论》、马明高的《马烽电影艺术论》以及《马烽研究文集》。

10月30日,山西省作家协会和长治市委宣传部联合召开葛水平小说创作研讨会,来自中国作家协会及北京、上海、福建、天津等地的评论家、资深编辑有青年评论家阎晶明、人民文学出版社副编审李

2004年8月,山西省委宣传部、山西省作协主办的《国家干部》暨张平创作回顾研讨会在北京召开

建军博士、中国青年出版社文学艺术分社社长黄宾堂总编辑、《中国作家》编辑部主任萧立军、《人民文学》编辑部主任宁小龄以及山西省文学界及长治市相关领导、作家、学者70余人参加了研讨会。

12月27日,第三届鲁迅文学奖评奖揭晓,山西省作家王祥夫、赵瑜榜上有名。在本届鲁迅文学奖评选中,《上边》(王祥夫著)等4篇作品获全国优秀短篇小说奖,《革命百里洲》(赵瑜、胡世全著)等5部作品获全国优秀报告文学奖。

2005年

3月30—31日,省作家协会五届全省委员会第二次全体会议在太原召开,来自全省各地的近百名全委会委员出席了会议。会议决定在省作协成立55周年之际,授予我省老文学工作者荣誉证书和省作协成立55周年纪念品,老文艺工作者为曾任山西省作家协会理事、年龄在60岁以上者,共72人。

3月30日,山西省女作家联谊会换届会议在省城太原举行,产生了新一届山西省女作家联谊会的领导机构。蒋韵当选为第二届会长,副会长为毋小红、李建华、张雅茜、高芸香、郝东黎、董雯、葛水平。秘书长由李建华兼任,副秘书长为陈威、刘蜀贝、阎珊珊担任。本次会议还对山西省女作家联谊会的章程做了部分修订。山西省女作家联谊会是山西省女性作家的一个联谊性群众社团组织,成立于1985年3月。

4月19日,山西作家书画研究院在太原成立,并举行纪念抗日战争胜利60周年书画笔会。省委常委、宣传部长发来贺词,省政协副主席阎爱英出席。王东满任山西作家书画研究院院长。

4月22日,波兰作家代表团一行4人到省作家协会与山西作家座谈。

7月2日,忻州市委宣传部和忻州市文联在忻共同举办了杨茂林文学创作50年回顾暨忻州文学前景展望座谈会。省作协名誉主席胡正,原中国艺术研究院常务副院长曲润

山西文坛"风景线"

省作协组团赴俄罗斯考察

海、中国作协副主席、省作协主席张平等和杨茂林的故旧、文友、同事近百人参加了会议。

8月,由山西省委、省政府设立,山西省作协承办的赵树理文学奖公布了2001—2003年度的评奖结果。获奖作品为长篇小说《白银谷》(成一)、《银城故事》(李锐)、《天地民心》(齐国宝、王鹰),中篇小说《顾长根的最后生活》(王祥夫)、《吴成荫买分》(高芸香),短篇小说《翩翩》(吕新)、《乡魂(二题)》(张行健)、《花儿为什么这样红》(李月丽),诗歌《花开的姿势》(郭新民)、《夜的边缘有棵树》(姚江平)、《壶口》(边新文),散文《孤独仰望》(杨新雨)、《算术题》(张锐锋),报告文学《380毫米降水线》(鲁顺民)、《帝国时代的黄河》(哲夫)、《没有终点的生命旅程》(马骏),儿童文学《动漫明星大灰狼系列故事》(梅莹),影视戏剧文学《亮眼睛》(邓兴亮)、《生死之恋》(梁枫),文学评论《细读"十七年"小说中个体生命的碎片》(傅书华)、《文学批评之旅》(康序、陈颖灵)、《论主旋律作品如何赢得市场效应》(杜学文);文学新人奖由金所军、韩思中获得;优秀编辑奖由李杜、张发、朱凡获得;荣誉奖授予获中国作协第三届鲁迅文学奖《上边》作者王祥夫和《革命百里洲》作者赵瑜。

8月25日至9月4日,山西省作家协会组团赴俄罗斯参观、考察。考察团有省作协党组、主席团、书记处成员,文学院专业作家、机关各主要处室负责人,地市文联、作协负责人和工作人员等,一行18人。

8月28日,第11届中国电影华表奖颁奖盛典在北京展览馆举行,华表奖优秀纪录片奖颁给了湖北电影制片厂拍摄的《千秋三峡》。此片由山西省诗人潞潞撰稿。

10月4—11日,应波兰作家协会邀请,受中国作家协会和文化部派遣,以诗人张不代为团长的中国诗人代表团,参加在波兰首都华沙举办的第34届"华沙之秋"国际诗歌节,并对波兰共和国进行了友好访问。

本年,《黄河》召开第三届小说创作促进会,为活跃于晋北忻州、朔州、大同一带的4位青年作家王保忠、李来兵、杨遥、任晋渝的小说创作点评和把脉。中国作家协会副主席、山西省作家协会主席张平及20余位山西作家、评论家了参加了研讨会。

2006 年

1月21日,在马烽逝世两周年前夕,山西省委宣传部和山西省作家协会在太原举行马烽同志追思会暨《马烽纪念文集》首发式,近百名作家、艺术家、评论家和马烽的家属、生前友人等,参加了会议。

2月,《山西省作家协会55年》由山西人民出版社出版。该书为16开,282页,另有12面彩页,全书共35万字,近两百幅照片,是一本工作性的会志,图文并茂,具有较强的资料性和可读性。

4月18日,省委副书记、宣传部部长云公民同志率省委宣传部、组织部有关领导视察省作协。省委组织部副部长张凯同志宣布了山西省委关于李福明同志任省作家协会党组书记的决定。

5月12日,省作家协会五届三次全委会暨赵树理文学奖颁奖大会在太原召开。

5月12日,山西省首批签

2006年9月,纪念人民作家赵树理诞辰100周年座谈会在太原隆重召开

2006年11月,省作协领导欢送山西青年作家代表团赴京参会

山西文坛"风景线"

李福明

约作家签约仪式在太原举行,王晖、玄武、李国莉、李骏虎、张行健、张乐明、柴然、曹利军、葛水平、镕畅等10位中青年作家正式与山西文学院签约。

5月15日,为纪念"人民作家"赵树理100周年诞辰,由山西省委宣传部、山西省晋城市委市政府、山西省作家协会、山西省沁水县委县政府、中国国际电视总公司、中国广播电影电视节目交易中心联合摄制的17集电视连续剧《赵树理》新闻发布会在北京中国现代文学馆举行。参加发布会的领导、作家、演职人员新闻记者200余人首先观看了这部将于5月18日在中央电视台一套黄金时间播出的电视剧的精彩片段。

9月24日,"人民作家"赵树理100周年诞辰纪念日。9月22日上午,由中国文联、中国作协、中共山西省委、山西省人民政府共同主办的纪念"人民作家"赵树理100周年诞辰座谈会在省城迎泽宾馆隆重举行。中国作协、山西省委领导以及省城部分作家、艺术家、评论家等和新闻记者共100余人参加了座谈会。

9月24日,赵树理文学馆正式开馆。该馆位于晋城市区西流碑亭公园内,占地面积20亩,建筑面积5280平方米,投资1500万元,建筑设计为晋东南民居风格,该工程于2005年12月6日正式动工兴建。

10月10—16日,应日本笔会邀请,以中国作协主席团委员、山西省作协名誉主席焦祖尧为团长的中国作家代表团一行5人访问了日本。

11月10—14日,以王清宪为团长、李福明为副团长的山西作家代表团,赴京参加了中国作家协会第七次全国代表大会,代表有王祥夫、吕新、张发、张平、张石山、张锐锋、杨占平、陈玉川、段崇轩、胡正、赵瑜、钟道新、秦溱、焦祖尧、葛水平(女)、韩石山、潞潞。

12月,山西省作协山西文学院推出大型刊物《晋》。山西省"人民作家"胡正为这本大16开本、250个页码的刊物题词,"紧随时代步伐,反映新生活,塑造新人物,创作出无愧于时代的优秀作品"。

12月5—12日,山西文学院在太原举办了为期一周的山西省作家高级研修班。来自全省的50余名颇具创作实绩和创作潜力的作家参加了学习。

2007年

1月10日,省作家协会原副主席、一级作家、副厅级离休干部韩文洲同志,因病医治无效,于4时45分在太原逝世,享年81岁。

附：山西文学大事记(1949—2013)

2007年12月，焦祖尧文学创作50年座谈会召开

3月—5月，山西省作家、评论家李锐、蒋韵、燕治国、杨占平、段崇轩、傅书华等先后在太原中北大学作讲座，受到大学生的热烈欢迎。

4月24日，山西省作家协会五届四次全委会在太原召开。省委常委、宣传部长高建民，副省长张少琴，宣传部副部长、文化厅党组书记、厅长杨波出席并讲话。

5月14日，山西文学（2000—2006年度）杰出作家、优秀作家颁奖会在太原举行，经评委会严格评选，在《山西文学》2000年—2006年度刊发的作品中，评出5位"杰出作家"，20位"优秀作家"。来自全国的30余位作家、评论家和有关方面人士参加了会议。

8月3日，山西省作家协会副主席，山西省政协七、八、九届委员会委员，一级作家钟道新同志，因病抢救无效，于12时58分在太原逝世，终年56岁。

8月26日，2006年度中国科幻文学"银河奖"在成都市四川科技馆颁发。山西省科幻作家刘慈欣的长篇连载科幻小说《三体》获科幻特别奖，连续第八次获得"银河奖"奖项。"银河奖"是目前中国科幻文学界公认的最高奖项。

9月7日，中宣部第十届精神文明建设"五个一工程"评奖在京揭晓。张平长篇小说《国家干部》，姚宝瑄、卫中编剧，山西省话剧院演出的话剧《立秋》，以及潘宝安等编剧，省委宣传部、晋城市委市政府和省作协制作拍摄的电视剧《赵树理》获奖；根据"山药蛋派"作家马烽、西戎同名小说改编，张石山、梦妮、张挺编剧，由吕梁市委、市政府和山西广播电视总台等单位制作生产的电视剧《吕梁英雄传》（入选）获奖。

11月13日，中国作家协会与共青团中央联合召开的全国青年作家创作会议在北京开幕。山西青年作家代表团团长由省作协党组成员、山西文学院院长张锐锋担任，团员有葛水平、金所军、玄武、李燕蓉、李来兵、杨遥。

12月22日，焦祖尧文学创作50年座谈会在省城举行。中国作协党组成员、书记处书记陈崎嵘，省委常委、宣传部长高建民，原省级老领导郭裕怀、孟立正等出席。焦祖尧从1957年开始发表作品，从事文学创作至今已50年，主要作品有长篇小说《跋涉者》《飞狐》，报告文学《黄河落天走山西》《大运亨通》等，在全国文学界产生广泛的影响。

12月，第四届鲁迅文学奖（2004—2006）揭晓，5部获奖中篇小说包括山西省作家蒋韵《心爱的树》、葛水平《喊山》。

由山西省委、省政府设立，山西省作协承办的2004—2006年度赵树理文学奖近日揭晓。蒋韵的《隐秘盛开》、晋原平的《换届》和毛守仁的《北腔》获长篇小说奖；高菊蕊的《一条通向天堂的路》、董俊英（小岸）的《你是你，我是我》和张雅茜的《角儿》获中篇小说奖；王保忠的《张树的最后生活》、柴然的《净土之光》和张行健的《故里物语》获短篇小说奖；李杜的《李杜诗歌精选》、贾真的《贾真诗歌精选》和雪野的《酒王》获诗歌奖；聂还贵的《雕刻在石头上的王朝》、燕治国的《渐行渐远的文坛老人》和王西兰的《大唐蒲东》获散文奖；毕星星的《特级教师南岩之死》和田昌安的《南北奇婚录》获报告文学奖；袁秀兰的《袁秀兰儿歌》、乔忠延的《中国神话》和陈亚珍的《十七条皱纹》获儿童文学奖；姚宝瑄、卫中的话剧《立秋》剧本，张石山、梦妮的电视剧《吕梁英雄传》剧本，谭文峰、赵爱斌的电视剧《阿霞》剧本获影视戏剧文学奖；杨士忠的《艺术过程论》、王春林的《新世纪长篇小说研究》和段崇轩的《消沉中的坚守与新变》获文学评论奖。曹向荣、玄武和关海山获文学新人奖；王瑞庆和高厚获优秀编辑奖。张平的长篇小说《国家干部》、蒋韵的中篇小说《心爱的树》和葛水平的中篇小说《喊山》获荣誉奖。已故的《北岳》杂志主编王巨台获优秀编辑特别奖。

2008年

3月15日，《文艺报》、中国作协创研部、作家出版社、山西省作家协会在北京举办山西作家哲夫长篇报告文学《执政能力》作品研讨会。

3月21日，三晋文化研究会举行《西口情歌》出版发行座谈会，与会有关人士就山西古籍出版社精心推出的山西省知名作家、省文联副主席燕治国编著的《西口三部曲》之一《西口情歌》畅谈了各自的看法。

省作协党员干部职工为四川汶川地震区捐款

4月18日，山西省作家协会五届五次全委会暨2004—2006年度赵树理文学奖颁奖大会在省城召开。省委常委、宣传部长高建民，副省长、省作家协会主席张平出席并讲话。

4月19日，我国首家女性文学艺术工作者社团组织、山西省女作家协会在太原成立，来自全省各地的百余名会员参加了大会。著名作家蒋韵当选为协会会长。

5月,省作协机关各部门和各直属单位的广大党员干部职工响应中央和省里号召,踊跃向四川汶川地震灾区人民捐款,积极支持抗震救灾。胡正、焦祖尧、周宗奇、韩石山、王东满、张不代、张石山、李锐、段崇轩、张锐锋、潞潞等著名老中青作家及省作协党组成员带头捐款,山西文学院、《山西文学》《黄河》编辑部等单位和机关各处室作家、编辑及干部职工,通过自发捐款等多种形式,各尽所能,向灾区奉献一片爱心。全省广大作家和文艺工作者捐款已达10万元以上。

翁小绵

8月19日,省作协新任党组书记翁小绵到任。副省长、省作协主席张平主持了会议。

11月8日,由山西省作协《黄河》杂志社、大同市文联和大同县委、县政府联合主办的王保忠作品研讨会,在大同市雁北宾馆举行。

2009年

4月23日是第14个世界读书日,省作家协会与省图书馆联合推出系列讲座。作协副主席段崇轩、专业作家张石山,以及理研室李金山、王姝等作了4个文学讲座。

5月12日,山西省作家协会第五届全省委员会第六次全体会议在太原召开。会议增补翁小绵为省作协常务副主席。

5月12日,山西文学院第二批签约作家签约仪式在并举行,产生了唐晋、金汝平、

2009年5月,山西文学院第二批签约作家签约仪式

山西文坛"风景线"

山西小说创作回顾与交流笔会在河曲召开

手指、杨遥、杨凤喜、李来兵、闫文盛、刘慈欣、李燕蓉等9位新签约作家,加上首批签约作家中符合续约条件的李国莉、张乐朋、镕畅等3人,第二批共签约作家12名。

7月30日,由山西省作家协会、作家出版社主办的成一长篇小说《茶道青红》研讨会在并举行。中国作协副主席、省政府副省长、省作协主席张平,原省级老领导李玉臻、张正明,以及省内外专家、学者、作家、评论家,济济一堂,共话佳作。

9月5日,由山西省作家协会和山西省河曲县委、县政府联合举办的河曲县"山西作家创作基地"揭碑仪式暨山西小说创作回顾与交流笔会在民歌之乡河曲县召开。山西作协领导、本省作家、评论家以及外省专家60余人参加了会议。

11月18日,山西省散文学会在太原举行成立大会,参会代表及来宾百余人出席了会议。大会通过了学会章程,选举产生了理事78人、常务理事18人。散文名家杨新雨当选为会长。

2010年

4月19日上午,山西省作家协会第五届全省委员会第七次全体会议在太原召开。来自全省各地的作家、批评家100余人出席了大会。山西省委常委、宣传部部长胡苏平,中

2010年5月,山西作家沿黄河采风出征仪式

2010年8月,中国作协第七届主席团第十次会议在太原召开

国作协副主席、山西省副省长、省作协主席张平到会并讲话。

5月21日,为纪念毛泽东《讲话》发表68周年,山西省作家协会组织部分老作家沿着流经山西省的黄河沿县,进行了一次深入社会主义新农村建设及国家重点工程和改革开放前沿地区的采风活动。

6月18日,韩石山传记文学《张颔传》研讨会在并召开,副省长张平出席并讲话。张颔先生是山西省考古事业的创始人之一,在新中国考古事业上有重大贡献,其代表性成果为《侯马盟书》,即对1965年在侯马新田发现的春秋末期晋国赵、韩、魏诸国结盟文字进行了全面的考证。张颔先生在史学界、考古界、天文学界、书法界的多方面才华,被社会广泛认可。《张颔传》由山西省著名作家韩石山根据张颔先生的经历,采用采访体的形式撰写而成,是韩石山继《李健吾传》《徐志摩传》之后的又一部名人传记力作。

8月18—19日,中国作协第七届主席团第十次会议在山西省太原市召开。山西省委常委、宣传部部长胡苏平代表山西省委、省政府向与会同志介绍了山西省经济社会和文化发展基本情况。

8月,作为对世界反法西斯战争胜利的纪念,在山西省委宣传部和山西省作家协会的组织下,《世界反法西斯战争中的山西抗战文学》出版。

8月,山西省作家刘慈欣获首届华语科幻星云奖。

10月19日,第五届鲁迅文学奖(2007—2009)揭晓,山西省作家李骏虎中篇小说《前面就是麦季》获奖。

2007—2009年度赵树理文学奖揭晓。长篇小说奖:《巅峰对决》(钟道新、钟小骏),《茶道青红》(成一),《母系氏家》(李骏虎)。中篇小说奖:《108道弯》(张新乐),《英雄血》(蒋韵),《比风来得早》(葛水平)。短篇小说奖：《飘红》(李燕蓉),《不速之客》(陈春澜),《边区造》(张乐朋)。诗歌奖：《大地歌谣》(雷霆),《羊的眼泪》(桑小燕),《丹娘化蝶》(杨凤楼)。散文奖：《最后一班地铁》(聂尔),《静思集》(孙喜玲)。报告文学奖：《中国基层选举报告》(魏荣汉),《晋人援蜀记》(赵瑜、李杜),《执政能力》(哲夫)。儿童文学奖：《超新星纪元》(刘慈欣),《动植物智趣儿歌》(王兆福)。影视戏剧文学奖：《西周大夫》(戏曲剧本,张喜明)。文学评论奖：《高鲁冲突》(董大中),《对话诗学》(杨矗),《论〈革命百里洲〉》(孙钋)。文学新人奖：闫文盛,王文海,杨遥。优秀编辑奖：祝大同,徐大为。荣誉奖：李骏虎。

10月14日,山西省作家协会文学专业委员会成立,主任张平,副主任翁小绵,委员李歆、杨占平、秦溱、张锐锋

长篇小说委员会主任杨占平,副主任吕新、晋原平,秘书长祝大同

中短篇小说委员会主任秦溱,副主任朱凡,秘书长朱凡(兼)

诗歌委员会主任潞潞,副主任李杜、姚江平,秘书长王国伟

散文委员会主任张锐锋,副主任聂还贵、杨新雨,秘书长张卫平

报告文学委员会主任赵瑜,副主任哲夫、鲁顺民,秘书长黄风

影视文学委员会主任李歆,副主任赵建平、王安生,秘书长赵建平

文学评论委员会主任段崇轩,副主任傅书华、杜学文,秘书长李骏虎

12月23日,《山西文学》创刊60周年纪念大会在太原举行。《山西文学》主编鲁顺民宣读了全国兄弟刊物贺信、贺词及《山西文学》历任领导贺词。《山西文学》社长朱凡回顾了《山西文学》创刊60周年历程。来自全国和山西省的评论家、作家、编辑,以及省内各市文联负责人近百人参加了庆祝活动。《山西文学》创刊于1950年,是山西省创刊最早的一份综合月刊,历经《山西文艺》《火花》《汾水》至《山西文学》数次变

2010年12月,《山西文学》创刊60周年纪念大会召开

更。郑笃、胡正、西戎、李国涛、周宗奇、张石山、冯池、段崇轩、韩石山等知名作家曾任主编。

12月，由省作协长篇小说专业委员会编辑的《长篇小说纵横谈》出版，由党组副书记、副主席杨占平主编。

2011年

1月17日，山西省作家协会名誉主席、山西省老文学艺术家协会名誉主席，山西省作家协会原党组书记、副主席，山西省文联原副主席，著名的人民作家胡正同志，因病医治无效，于20时45分在太原逝世，享年87岁。

张明旺

3月3日，省作协与北岳文艺出版社在太原联合举办了《山西中青年作家作品精选》出版座谈会。此套由张平、翁小绵为总主编的《山西中青年作家作品精选》，由北岳文艺出版社1月出版，共180万字，包括小说、散文、诗歌、报告文学4卷。

3月15日，省作协新任党组书记张明旺到任。省委常委、省委宣传部部长胡苏平，副省长、省作协主席张平，省委组织部副部长陈跃钢、省委宣传部副部长李福明等出席了宣布对省作协党组主要负责人调整决定的会议。

4月21日，山西省作家协会五届八次全委会在太原召开。大会增补张明旺为山西省作家协会常务副主席。会上，为获得2007—2009年度赵树理文学奖的作者颁发了奖牌和证书。

5月8日，由忻州市文联主办的青年作家杨遥小说创作研讨会在忻州召开。

7月26日，纪念中国共产党建党90周年，山西作家"沿太行山革命老区，红色之旅采风活动"启动。

9月1日，省作协举办的首届中青年评论家高级研讨班在太原开班。来自各地市县、年龄在45岁以下有一定创作成绩的31名基层文学评论者，成为首届研讨班的学员。本次研讨班邀请山西省知名评论家段崇轩、杨占平、傅书华、王春林等做讲座。本次研讨班为期三天，取得了良好效果。

9月，省作协影视部主任赵建平荣获"第七届全国德艺双馨电视艺术工作者"称号，并于9月22日赴浙江嘉兴参加颁奖活动。

10月，山西省作家协会在杏花村汾酒集团酒都宾馆召开晋军新锐作家创作暨山西文学发展研讨会。山西省副省长、省作协主席张平到会，与评论家、青年作家共话文学。省作协党组书记、常务副主席张明旺就新锐作家的创作状态、山西文学的历史发展等问题作了讲话。评论家与青年作家就每个人的创作进行了回顾和反省。

10月27—30日，省作协在忻州奇村举办了为期4天的诗歌高级研讨班。研讨班由省

山西文坛"风景线"

2011年11月，山西作家代表团参加中国作协第八次代表大会

作协诗歌专业委员会主办，邀请了全省14位在诗歌创作上有成绩、有潜力、有发展的中青年诗人参加。

11月22—25日，以杜学文为团长、张明旺为副团长的山西作家代表团，赴京参加了中国作家协会第八次全国代表大会，代表有王春林、王保忠、王祥夫、吕新、李杜、李骏虎、杨占平、张平、张锐锋、张石山、赵瑜、段崇轩、秦溱、郭新民、韩石山、焦祖尧、鲁顺民、潞潞。

12月10日，由省作家协会、阳泉市委宣传部联合主办，省作家协会长篇小说专业委员会、中短篇小说专业委员会和阳泉市文联共同承办的青年作家小岸、刘慈欣小说作品研讨会在阳泉召开。

12月30日，由省作家协会及长治县委、县政府共同主办的《张不代诗全集》出版座谈会在山西省太原市召开。

2012年

2月10日，我国新兴版画的开拓者和奠基人之一、中国版画家协会名誉主席、山西省文联名誉主席、著名版画家力群先生因病医治无效，于22时10分在北京逝世，享年100岁。

4月18—19日，山西省作家协会五届九次全委会、五届十一次主席团会议在太原召开。会议传达了中国作协八届二次全委会精神，总结了山西省作协2011年的工作，部署了2012年的重点工作。中共山西省委常委、宣传部部长胡苏平，中国作协副主席、山西省副省长、省作协主席张平出席会议并讲话。山西省作协党组书记、常务副主席张明旺作工作报告。

4月18日，山西文学院第三届签约作家签约，共有13名青年作家：手指、李来兵、杨凤喜、刘宁、孙频（女）、宁鹏程、李心丽（女）、李晋瑞、闫海育、陈克海、徐建宏、蒋淑芬（女）、燕霄飞。

4月21—22日，由省作家协会主办，省作协诗歌专业委员会和汾阳市杏花中学联合承办的2012年度山西诗歌年会暨杏花村诗会在汾阳市杏花村隆重举行。

5月15—16日，由省作家协会、保德县委宣传部主办，省作协报告文学专业委员会、保德县文联承办的山西省报告文学创作会议在黄河岸畔的保德县召开。省作家协会党组书记、常务副主席张明旺，中国报告文学学会副会长、评论家李炳银，中国报告文学学会副会长理由，作家陶斯亮，以及来自全省各地的报告文学作者共40余人参加了会议。

5月22日，山西省纪念毛泽东《讲话》发表70周年暨文艺创作总结表彰大会在太原隆重举行。会议对全省全面深化文化体制改革以来涌现的百部优秀文艺作品进行表彰，总结近年来山西省文艺创作的经验，部署今后一段时期的文艺创作工作。省作协共有14部文学作品、3部影视作品获奖。

5月—7月，为纪念毛泽东《讲话》发表70周年，山西省作家协会组织省直和各地市60多名作家，以及山西省"山药蛋派"老作家的家属，开展了"踏着先辈的足迹"学习采风活动。活动5月28日启动，分两个阶段进行，历时近两个月。采风活动由省作协党组书记、常务副主席张明旺担任团长。活动主题鲜明、目的明确，就是通过追寻"山药蛋派"老作家们生活和创作的历程，树立正确的创作宗旨和创作方向，进一步促进新老作家走进生活实践、走进人民群众、服务人民群众。这次活动从吕梁、长治、临汾到晋城，涉及15个市县，全程数千公里。

8月，由山西省作家协会创作研究部编的《2011年山西文学年度报告》，在三晋出版社出版。

8月24—25日，由省作协主办、文学评论委员会承办的加强山西文学评论建设座谈会在忻州奇村召开。省作协党组书记、常务副主席张明旺，党组副书记、副主席杨占平，副主席、文学评论委员会主任段崇轩，以及来自全省的中青年评论家共20余人参加了会议。会上着重讨论了当下山西文学评论的发展状况与发现、扶植文学评论新人的问题。

2012年10月，太原市青年作家闫文盛、手指、孙频作品研讨会在太原召开

10月27日，由省作家协会和太原市文联主办、省作协中短篇小说委员会、太原市文学院、太原市作协承办的太原市青年作家闫文盛、手指、孙频作品研讨会召开。中国作协副主席、党组成员、书记处书记何建明，《文艺报》总编阎晶明，省委宣传部副部长杜学文，省作协党组书记、常务副主席张明旺，省作协党组副书记、副主席杨占平，太原市委常委、市委宣传部部长张春根，太原市副市长、市文联主席王爱琴，以及省内外的评论家、作家、编辑共80余人参会。

11月23—24日，省作家协会举办了第二届山西中青年评论家高级研讨班。胡平、李建军、杜学文、杨占平等国内和省内知名评论家分别做了专题讲座。

11月30日，省作家协会、北岳文艺出版社在中北大学召开《山西文学批评书系》出版暨新时期三晋百部长篇小说出版工程座谈会。省作协党组书记、常务副主席张明旺参会并作了讲话。山西出版传媒集团总经理王宇鸿，省作协党组副书记、副主席杨占平，省作协副主席段崇轩，本丛书8位作者以及部分高校教授、博士等参加了座谈。座谈会由北岳文艺出版社社长、总编辑王灵善主持。

12月25日，由省作家协会、山西人民出版社、《名作欣赏》杂志社共同主办的张石山新作《被误读的〈论语〉》出版研讨会在太原举行。省城和北京的作家、评论家、学者30余人济济一堂，共话佳作。

本年，省作协副主席、文学院院长张锐锋创作的长篇纪实文学《鼎立南极：昆仑站建站纪实》，自2011年12月由陕西人民出版社出版后，引起各界好评，先后获得陕西省"五个一工程"奖、中宣部第十二届"五个一工程"奖。

2013年

1月12日，省作协文学评论委员会和创研部联合召开了省城评论家2013年新春座谈会，共20多位评论家参加了会议。

1月，人民作家胡正逝世两周年纪念前夕，由胡苏平、张平担任编委会主任，张平、张明旺主编的《胡正纪念文集》由山西人民出版社出版。

4月21日，曹平安书法作品展暨书法专集《耄耋碎墨》首发仪式在山西美术馆举行。此次展览由省文联、省作协、省老年书画家协会、临汾市文联、中共蒲县县委宣传部共同举办。

6月13—15日，山西省作家协会第六次代表大会在太原召开。中共山西省委书记、省长出席大会，中国作家协会党组副书记钱小芊、副主席张平出席大会开幕式并致辞。省作协党组书记张明旺在大会工作报告中对五代会以来山西文学事业发展的成就和特点进行了回顾，总结了10年来的工作，分析了山西文学发展面临的重大历史机遇，进一步明确了作家的责任与使命。大会通过了五届作协的工作报告和《山西省作家协会章程》修改决议，选举产生了新一届山西省作协领导机构。杜学文当选为主席，张明旺、杨占平、张锐

附：山西文学大事记（1949—2013）

2013年6月13—15日，山西省作家协会第六次代表大会在太原召开

锋、哲夫、吕新、赵瑜、王祥夫、蒋韵、葛水平、潞潞、李杜、秦溱、晋原平、李骏虎当选为副主席。

6月，由山西省作家协会创作研究部编的《2012山西文学年度报告》在三晋出版社出版。

7月19日，第九届全国优秀儿童文学奖评奖委员会经投票表决产生了20部（篇）获奖作品。其中，山西省作家刘慈欣的《三体：死神永生》获科幻类奖。

9月8日，由山西省作家协会报告文学专业委员会主办的哲夫报告文学研讨会在山阴县召开。省内外作家、评论家40余人莅会。

9月24日至25日，全国青年作家创作会议在北京举行。山西省青年作家代表李骏虎、小岸、手指、孙频、陈克海和正在鲁迅文学院学习的张乐朋，在省作协党组副书记、副主席杨占平带领下，参加了文学盛会。

山西省作协党组书记、常务副主席张明旺作省作协第五届全委会工作报告

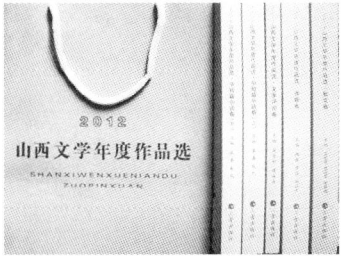

《2012山西文学年度作品选》，三晋出版社2013年版

山西文坛"风景线"

9月,由张明旺、杜学文为编委会主任的《2012山西文学年度作品选》在三晋出版社出版,丛书包括《中短篇小说卷·故事的力量》(上下)、《诗歌卷·坐在秋天的边上》《散文卷·寻找另一条河流》《文学评论卷·向着大地的回归》,共4卷5册。

10月,省作协文学评论委员会编辑的《山西文学批评家自述》由三晋出版社出版。本书收集了山西老中青21位批评家撰写的自述文章、5位已故批评家的述评文章,同时配发了26位批评家的个人照片、著作书影100余幅,共32万字。

10月5日,山西作协原常务副主席、第六届全委会荣誉委员、著名作家田东照同志,因病医治无效,在太原逝世,享年76岁。

(本文在编撰中参照了《山西作家通讯》《山西作家协会55年》等书刊,特此说明)

后 记

山西当代文学走过了曲折而光辉的60余年的历程，虽有大批的研究、评论文章，有数种山西文学史著述，但还没有一部专门的、好读的山西当代文学史。这部《山西文坛"风景线"》，就是从山西文学的现象、思潮、事件等切入，力图形成一个既相对独立而又有内在联系的文学"风景线"，构成一部形象生动同时有一定深度的山西当代文学史。可读性、史料性、思想性、图文性是它的基本特色。

这一选题的酝酿时日已久，后又对其内容、构架、写法几番论证，终于在2013年9月正式组织作者进入写作阶段。其间酸甜苦辣，作者们甘苦自知，不复赘言。现在，面对即将付梓的清样，颇多感慨。简而言之，本书作为集体劳动的成果，能够完成，有赖于三种精神：

奉献精神。当今社会，弥漫着的是心浮气躁、急功近利之风。本书重在对文学史实的记录与认知，做这项工作要有足够的定力，要能沉得下心来。这本书又是集体合作的成果，不是个人专著，不能集中地体现、突出自己的学术成就；对于在高校工作的老师来说，也算不得科研成果；每个作者手头又都有着自己的学术题目需要完成，所以，本书的完成，离不开作者们的奉献精神。

认真精神。正是因为有着这样的奉献精神，所以，本书的作者分工撰写的各个章节，虽然是自己的长处所在，但在撰写的过程中仍然体现了高度的认真负责的精神。核实史料，修改文稿，有的作者甚至几易其稿。参加本书撰写的作者，基本上都是学有所成的学者，大都有多部个人的论著出版，能够在这样一部多人合作的著作中对自己所撰写的部分多次修改，实属难得。

合作精神。既是多人合作，所撰写的各部分之间在内容上就难免有相互交叉之处，全书在整体的叙述方式、风格上，又希望着大体上的一致，这就要求作者们能够相互谦让，要求着作者们能够为了整体，适当地调整自己在写作中已经形成的表达方式。难能可贵的是，本书的作者们在这些方面都体现出了高度的合作精神，各自在撰写过程中对有可能交叉的内容，相互交流协调；在成稿后，对内容上已经交叉的部分，对叙述方式、叙述风格与整体不一致的地方，能够主动地忍痛割爱，删改自己的写作成果。文人一般说来，个性较强，对自己的写作文字也大多敝帚自珍，所以在本书撰写过程中，作者们所体现的这样一种合作精神，尤为难得。

为编写好这部书，省作协成立了编委会。主编负责拟定全书提纲，组织协调作者，审读修改书稿，搜集配置图片，联系协助出版等事项。副主编与主编密切配合，协助主编审稿、统稿、校对、协调书稿内容等。

参加本书编写的17位作者，既有评论家，又有作家，来自山西省的作协、高校、社科院、报刊社等文化单位，是山西省文学的中坚力量。负责各章编写的作者为：

段崇轩　导　言
苏春生　第一章　从解放区文学走向共和国文学
杨占平　第二章　荣辱沉浮赵树理
傅书华　第三章　"山药蛋派"的历史流变
王晓瑜　第四章　"中间人物"大本营
毕星星　第五章　"文革"中的山西文坛和《三上桃峰》事件
孙　钊　第六章　文学"地标"：《火花》《山西文学》与《黄河》
王春林　第七章　"晋军崛起"
陈　坪　乔林晓　第八章　"一报一刊"与文学评论的振兴
杜学文　第九章　跨世纪的"第三次文学创作高潮"
李　杜　第十章　四世同堂的山西诗坛
杨新雨　玄　武　第十一章　自成气象的山西散文
鲁顺民　第十二章　报告文学的强劲勃发
侯文宜　第十三章　风生水起的女性文学
段崇轩　第十四章　五代作家的短篇小说情结
阎秋霞　第十五章　"山西新锐"再出发

后 记

段崇轩　附：山西文学大事记（1949—2013）
傅书华　后记

编写这部书，在内容上、文体上都有相当的难度。从内容上讲，选择什么样的专题，是一个颇费思量的事情。尽管我们努力想做到全面、准确、深入，但事实上，有些方面、专题、现象，我们还没有顾及，有些作家和作品的评述还不到位，而有些作家和作品则可能被忽略了。从文体上讲，本想编写出一本散文体的简明文学史来，熔史料性、思想性、可读性于一炉，但实际上，每位作者的风格、语言很难强求一律，每个专题所要求的写法、形式也不尽相同。这就自然会带来这样那样的问题、缺点和疏漏。我们殷切地期望作家、评论家和广大读者朋友给我们提出宝贵意见！

这部书是山西省作协文学评论委员会的一项年度工程，在编写和出版过程中，得到了省作协党组和领导的竭诚关怀和支持。作协党组开会时专门研究了这部书的选题方案，并列入了2014年的重点工作计划。特别是党组书记、常务副主席张明旺，十分看重这一选题，专门召集编写会议作了具体安排。省委宣传部副部长、省作协主席杜学文，在本书酝酿提纲时就提出许多建设性意见，并在百忙中承担了第九章的写作任务。张、杜二位作为编委会主任，又审阅了全部书稿。在出版过程中，山西人民出版社社长李广洁、责任编辑高雷在时间紧、任务重的情况下，精心组织编辑和出版，做了大量工作。还有，在这部书的前期编辑排版中，《山西文学》杂志社的副主编姚霓、美编张萍付出了辛勤劳动。对于他们，我们表示深深的敬意与感谢！

2014年12月

感谢与启事

　　本书照片,部分为曹平安、阎珊珊所摄。部分因年代久远等原因,作者阙如。对所有作者,我们深表感谢!诚请照片的作者以及亲朋,直接与山西省作家协会联系,索取样书和稿酬。特此启事!